红色经典
爱国教育丛书

红色经典几代人的阅读记忆

铁道游击队

知　侠/著

漓江出版社

图书在版编目（CIP）数据

铁道游击队 / 知侠著. --桂林：漓江出版社，2020. 12
（红色经典爱国教育丛书）
ISBN 978-7-5407-8951-0

Ⅰ. ①铁… Ⅱ. ①刘… Ⅲ. ①长篇小说-中国-当代
Ⅳ. ①I247. 5

中国版本图书馆 CIP 数据核字（2020）第 224718 号

铁道游击队
TIEDAO YOUJIDUI

作　　者　知　侠

出 版 人　刘迪才
策划编辑　林晓鸿　陈植武
责任编辑　林晓鸿
助理编辑　秦　灵
封面设计　林晓鸿
责任校对　徐　明
责任监印　杨　东

出版发行　漓江出版社有限公司
社　　址　广西桂林市南环路 22 号
邮　　编　541002
发行电话　010-65699511　0773-2583322
传　　真　010-85891290　0773-2582200
邮购热线　0773-2582200
网　　址　www. lijiangbooks. com
微信公众号　lijiangpress

印　　制　北京飞达印刷有限责任公司
开　　本　710mm×1000mm　1/16
印　　张　22
字　　数　535 千字
版　　次　2021 年 2 月第 1 版
印　　次　2021 年 2 月第 1 次印刷
书　　号　ISBN 978-7-5407-8951-0
定　　价　38.00 元

读红色经典　树理想信念

红色经典文学作品，反映中国共产党领导下的中国人民在艰苦卓绝的革命斗争中，英勇顽强，努力拼搏，反抗帝国主义侵略，推翻压在中国人民头上的三座大山，建立新中国，建设新中国的伟大历史进程，塑造了一个个凛然正气，昂扬激情，为理想甘于奉献、勇于献身的英雄形象。红色经典的人物、故事影响深远，家喻户晓，影响了新中国的几代人。

红色经典，是中国老一辈革命者用生命书写出来的，是新中国建设者用青春和心血铸就的。他们勇敢坚强、不怕牺牲的优良品质和强烈的爱国主义情怀，他们不忘初心、一切为了人民的理想信念，为后世所敬仰。

阅读红色经典，是青少年了解那段历史，感受伟大的爱国主义情怀的极佳途径。为此，我们编辑了“红色经典爱国教育丛书”，收录了一批影响深远、故事精彩的文学作品。为了便于青少年阅读，编者加上《阅读导航》和《红色教育悟语》两个版块，并配上精彩的插图。

在迎接中国共产党成立 100 周年的伟大历史时刻，出版这套“红色经典爱国教育丛书”，具有特殊的意义。真切希望青少年读者在阅读中吸取精神力量，感受文学魅力，树立报国之志，点亮理想心灯。

阅读导航

内容概述

《铁道游击队》是以抗日战争时期，中国共产党领导的鲁南军区铁道大队抗日斗争事迹为原型而创作的一部长篇小说。

抗日战争时期，鲁南临城（今山东省枣庄市薛城区）、枣庄一带的铁路线上，以刘洪、王强为首的一批煤矿工人和铁路工人，不堪日寇的欺压和蹂躏，在中国共产党的领导下，秘密建立起一支抗日游击队。他们以微山湖为依托，打票车、劫货车、扒铁路、炸桥梁，为山里的队伍提供了很多珍贵的物资，破坏了敌人的运输交通，牵制了敌人的兵力，配合了主力部队作战。除了对日军特别是日军的列车进行流动打击，铁道游击队还负责护送党的领导人穿越敌占区，几年间护送的干部达千余人，从未出现差错。这样一支神出鬼没、有勇有谋的“飞虎队”，令山东地区的日军闻风丧胆。

1945 年 8 月日本宣布投降，日军却拒绝向铁道游击队缴械。当日军乘坐的铁甲列车趁夜色开出临城车站，发现前面的铁路已被铁道大队炸断。日军孤立无援，只好乖乖向一支不足百人的抗日游击武装投降，在军事受降史上极为罕见。

小说以传神饱满的笔触，塑造了刘洪、王强、李正、芳林嫂、小坡、彭亮等一大批正面人物，描写了他们大无畏的革命英雄形象；小说还描写了很多精彩、传奇的情节，像血洗洋行、击毙冈村、围追松尾、微山湖突围等。因作者本人有着非常丰富的抗战经历，又多次前往铁道游击队活跃的地区访问和体验，所以，这部小说源于生活，是当初铁道游击队的真实写照。

在今天的和平年代，我们更该读这样的经典，追昔思今，珍惜现在的美好幸福生活。

认识作者

刘知侠（1918—1991年），笔名知侠，原名刘兆麟，河南省卫辉市人。自幼家庭贫困，跟随父亲在铁路上打工、捡煤核。11岁那年开始半工半读，后考取了卫辉一中。1938年，怀着抗日救国的热情，奔赴延安抗日军政大学学习，并加入中国共产党。1939年，被分到山东抗日根据地文工团工作，后被调到山东省文协。1943年，在全省战斗英雄模范大会上，刘知侠认识了铁道游击队的战斗英雄，深深为他们的事迹感动，于是产生了以此为题材创作小说的冲动。为此，他前后两次通过敌人的封锁线到鲁南的枣庄和微山湖铁道游击队驻地体验生活，积累了大量的一手资料和素材。1952年，刘知侠根据游击队的战斗事迹创作了长篇抗战小说《铁道游击队》。其后，他一直从事文学创作，历任《山东文学》主编，被选为中国文联委员、中国作家协会理事、山东省文联副主席等。其主要作品包括《铁道游击队》《芳林嫂》《沂蒙飞虎》《战地日记》等。1991年，刘知侠病逝于青岛，但他的作品依然在鼓舞、教育着一代又一代人。

人物档案

刘洪（大队长）

他是一个孤儿，小时候经常和穷孩子们一起爬上飞驰的火车，练就了扒车的本领。成为铁道游击队大队长后，带领队员们活跃于临城、微山湖一带的铁路线上。他们破坏敌人的运输交通，牵制敌人的兵力，配合主力部队作战，屡建奇功，被称为“飞虎队”。

王强（副大队长）

外表忠厚，内心却机智灵活。他心思缜密，有大局观，讲义气，堪称队里的“智多星”。曾打入鬼子的洋行，颇受信任，成功杀死作恶多端的洋行掌柜。此后的多次行动都离不开他的策划，是游击队的核心人物之一。

李正（政委）

铁道游击队中的思想核心。主抓思想工作，从政治上领导铁道游击队。他凭借自己的沉着冷静和政治觉悟，屡次避免铁道游击队走上弯路，领导大家不断取得辉煌战果。

芳林嫂（帮助铁道游击队的枣庄妇女）

机智勇敢且具有坚定斗争信念，敢爱敢恨，美丽温婉的女性。她在刘洪的影响下以及多次对敌斗争中不断进步，支持并配合铁道游击队的各种行动，为铁道游击队提供了很多帮助。

小坡（游击队员）

性格活泼、头脑灵活的青年游击队员，也是刘洪的忠实追随者。他擅长唱歌，听过一遍的歌都能记住，战斗起来也毫不含糊。他是年轻一代铁道游击队队员的杰出代表，深受同龄队员的喜爱。

目录

第一章

王强夜谈敌情

到过枣庄的人，都会感到这里的煤烟气味很重，煤矿上那几柱大烟囱，不分昼夜咕吐咕吐地喷吐着黑烟，棉絮似的烟雾，在山样的煤堆上空团团乱转。附近人家的烧焦池也到处冒着烟。还有矿上的运煤车和临枣铁路的火车，不住地向天空喷着一团团的白云。这四下升起的浓烟密雾，把枣庄笼罩起来，人们很难看到晴朗的蓝天，吸到清新的空气，走到哪儿都是雾气腾腾。风从山样的煤堆上吹来，带着煤沙到处飞舞，煤沙细得打到人的脸上都不觉得。人们从街上走一遭回来，用手巾往脸上一抹，会看到白毛巾上一片黑灰。白衣服两天不洗，就成灰的了。下窑的和装卸煤车的工人，在露天劳动的脚夫，就更不用说了，他们整天在煤里滚来滚去，不仅手脸染黑了，连吐出的痰都是黑的。他们也不习惯时常去擦身和洗衣，因为很难洗得清爽。就这样，他们一年到头手脸黑，穿的黑，有钱人就叫他们“煤黑”。

旧社会有多少不平事！正是这些“煤黑”创造了枣庄的财富。那山样高的煤堆，是他们从深黑的矿坑里挖出来的，又是他们把煤炭装上火车，运往四方，供给工业的需要和万家住户的烧用。可是这些财富都被老财们掠夺去了，被鄙视和受苦的却是这些“煤黑”。日本鬼子占领枣庄以后，夺去了煤矿，许多有钱的先生们，在鬼子的刺刀下为敌人服务。又正是这些“煤黑”们，扛起了枪杆，成立了游击队，打击敌人。我这部小说就是写这些“煤黑”们，在共产党的领导下，怎样对敌人展开轰轰烈烈的英勇斗争，他们在敌占区的枣庄、临城、津浦干线和临枣支线铁路两侧，把鬼子闹得天翻地覆，创造了很多英雄事迹。这是后话，现在暂且从头谈起。

鬼子来了以后，中央军①跑了，共产党组织了一批煤矿工人，拉到北山里，和八路军游击队汇合，坚持鲁南山区的抗日战争。为了配合山里的斗争，和掌握枣庄及临枣支线敌人的情况，司令部派了两个精悍的游击队员回枣庄活动。这两个队员一个叫刘洪，一个叫王强。刘洪坚决勇敢，王强机动灵活。他们都是枣庄人，过去在煤矿上干活，由于自小生长在这里，他们对矿上和铁路上都很熟悉，还练出扒车的本领。他俩被派回枣庄后，山里的斗争就残酷起来，刚成立的八路军游击队，不仅时常遭到敌伪的袭击扫荡，而且还受到当地封建地主武装和国民党残余部队的排挤。在敌伪顽的夹击下，这支年轻的游击队经常吃不上，住不下，不得不四下分散活动。因此，有半年的时间，和刘洪、王强他们失掉了联系。以后，西边开来八路军一一五师两个主力团，打开了山里的局面，

① 泛指国民政府时期听命于中央政府，实际由蒋介石直接控制的军队。

山里游击队才站住脚，司令部才又派人到枣庄和刘洪、王强联络。

这天傍晚，枣庄的烟雾显得更大，天黑得仿佛比别处早些。煤矿上和街上的电灯亮了。四下的烧焦池的气眼都在呼呼地蹿着火苗。远远望去，枣庄像刚开锅的蒸笼。煤矿公司大楼上和车站票房上的太阳旗，像经不起这里的烟熏火燎似的，在迎着晚风飘抖。西车站上守卫的日本鬼子的刺刀，在电灯下闪闪发光。

西车站下沿，就是枣庄的西郊了，这里有一个陈庄，百多户人家，大都是下窑的工人和车站上的脚夫，还有几家炭厂。这庄除了炭厂烧焦卖，各个住家也在烧，因为烧焦是死利钱，一百斤煤能烧七十斤焦，一斤焦能卖二斤煤钱。七十斤焦就能买一百四十斤煤，所以烧一百斤煤的焦，净赚四十斤煤。男人们下窑去了，女人们虽然忙着家务，但也会抽空在小屋旁边挖个坑，填上煤烧起来。天黑下来，这个小庄子，到处都冒着烟，地上到处都喷着火苗。因为这里和车站只隔一道小沟，车站上有鬼子，所以天一黑，街道上就没有人了。

天完全黑下来以后，从庄西进来一个人影，绕过两个焦池，来到一家大门前。他把门推开，走进院子里。

"老王哥在家吗？"

"谁呀？"一个浓眉方脸的人，从有着灯光的西屋里走出来，他二十四五岁的年纪，眨着黑黑的小眼，向院子里的来人望着。他就是王强。在黑影里，他看到是一个穿着农村服装的人。

"我！从南乡来的！"客人走过来，一把抓住他的手说，"老王！你不认识我了么？"

王强嘴里咕哝着："是谁呀！"把头伸到对方的面前，仔细打量着，又把他拉到灯亮处再一看，"咦！"他扬着浓浓的眉毛，咧着嘴巴狠狠地咦了一声，双手抱住了对方的臂膀，把客人拉到屋里。

"啊呀，原来是你呀！老周！你怎不早说呢？真想不到呀！……"

显然王强对老周的到来，感到说不出的惊喜。他忙从袋子里掏出香烟，自己用火点了两支，把一支递到老周的嘴上，看看家人正在吃饭，他便拉着老周的手说：

"走！到那边炭厂小屋里去！咱们好好拉拉[①]，回头找到老洪，咱们痛快地喝一气！"

两人出了门，摸黑向右走了十多步，在一个栅栏门边停下。老周往里一望，这是一个四周围着短墙的小炭厂。中间有个炭堆，旁边有些筐筛铁铲等工具。院子四周靠近短墙的地方，有几个焦池在熊熊地烧着。所以这里显得烟气特别大。老王开了栅栏门，他们走进一间矮小的黑茅屋里。

王强点上了灯，说："这里还僻静些，你先在这里坐一会儿，我去找老洪去，马上就回来！"

老周知道这老洪就是刘洪，因为在一块时候长了，叫顺嘴了，就把刘洪叫成老洪了。虽然刘洪和王强的年纪差不多，可是都叫他老洪，这里边也包含着尊重的意思。他俩被派到枣庄来以后，原是由刘洪负责，因为刘洪没有家，所以将联络点设在王强家里。

① 方言。指聊天。

老周问："老洪住在哪儿？"

"就在这里。"王强指着东边那个地铺说，"我们两个，都住在这里。有时我也到家去住。"说着就出去了。

老周看看这小黑屋，确有两个地铺，临门一张小桌，两条粗板凳，屋子当中砌着一个火炉，窗台上有些锅碗盆罐一类的东西，显然他俩也是在这里做饭吃的。他和老洪、王强过去在山里，曾在一个连队里作过战。他看到这些摆设，想到刚才王强乌黑的面孔和满身的煤灰，感到对方真成了一个地道的枣庄人了。老周不由得回想起在山里一道打游击的时节，初进山时，老洪、王强他们的脸也是黑的，以后用山沟的水渐渐地洗干净了，由于常睡草铺，衣服上的煤灰味换成枯草味了，只是在密密的布纹里，还有些看不出的煤灰，直到换上了军装，身上才完全看不到煤的痕迹了。唯一的就是眉毛黑，只有在那眉毛中间还隐藏着些微微的煤污。现在为了执行党的任务，他们又生活在这煤灰里了。

外边的夜没有山里宁静，火车在轰隆隆地响着，远处还隐隐地听到矿上机器的嗡嗡声，老周想到过去他们在一块的生活，他很想马上看到老洪。记得队伍一拉进山里，老洪就是连里出色的班长，以后被提拔为排长。他有着倔强的性格，个子虽然不高，可是浑身是劲，只要见到他发亮的眼睛一瞪，牙齿一咬，就知道他下了决心，任何困难都会被他粉碎。有一次他们被敌人包围，他用一挺机枪掩护了整连的撤退。他趴倒在坟头上，打倒了十多个敌人，最后灵活地避开敌人的火网，安全地追上队伍。老周想到这里，真想马上见到老洪，心里才感到松快。

不一会儿，王强回来了。一手提着瓶烧酒和一大荷包[①]熟牛肉，另一手提了一手巾烧饼，放在桌上。

"找不到老洪！一到天黑，你别想摸着他的脚迹！"王强斟了两杯酒说，"咱不等他吧！你也许早饿了，一边吃着一边拉吧！"

"外边……"老周警惕地向门外望了一眼。

"没有什么！我进来时，把栅栏门扣上了，老洪回来会叫门的。"王强说着把门掩了，并笑着问老周：

"你啥时回来的？山里怎么样？"

"我回来四五天了，"老周把声音放低些说，"咱们山里的队伍已经整编，义勇军改为苏鲁支队，从枣庄拉出来的煤矿工人支队，编为三营，还是我哥周震当营长。因为鬼子常到山里扫荡，国民党地方顽固派的部队，又常给我们摩擦，所以部队流动性很大，一方面防鬼子，一方面还得防这些反共的龟孙。你知道咱这个部队刚成立不久，武器还不齐全，活动的地区又小，因此司令部就派我回来，通过我哥哥的关系，在家乡活动。因为他在这一带威信很高，咱们三营又都是这一带的人，地方群众关系也好，我们计划在南山一带秘密地建立起一小块抗日根据地，以备咱们部队遇到紧张情况时，可以跳过来隐蔽地休整一下，再投入战斗。要知道敌人在山里扫荡得越残酷，插到这敌据点附近，

① 这里指用荷叶包着，是旧时包肉的常用方式。

就越安全呀!"

"对!"王强连连点头,"应该在南山一带开辟一下。以后咱们的三营过来,老洪和我也可以在火车上搞些东西,接济接济部队。说实话,屯在敌据点里也真想咱们的部队……"

听到王强说要搞火车接济部队,老周正嚼着一块牛肉,他笑着说:"那再好也没有了。山里的部队的确很困难呀!部队派你和老洪回来,好几个月没有音信,司令部很担心,生怕你们遭到危险。"

王强摇了摇头说:"没啥危险。只怪我们没有和上级联系上。可是,我们有啥法子呢?我和老洪都不识字,又不好找人写信,我们去吧,又不知道部队住在什么地方。"

"我这次出山,司令部特别叮咛我找你们联系,看看你们活动的情况怎样,还嘱咐如果你们和山里直接联系有困难,就到西南山边小屯去联系,我家就在那里,离这七八里路。我那里经常有交通①和山里联络。我到这里来的主要目的就是和你们接上头,了解一下你们活动的情况,好向山里做汇报。"

"这太好了。过去我们和山里断了信,可把人憋死了呀!像两个没有娘的孩子似的,我和老洪老蹲在一起喝闷酒。这一下可好了,今后有啥事,就到小屯去找你们和山里联系吧!"

说到这里,王强兴奋起来了,他举起杯子说:"干一杯!"两人就一饮而尽。

他们一边喝,一边谈。老周的脸色已有些红红的了,可是王强的脸色没有变,只是一双黑眼里有点水漉漉的。老战友分别大半年了,乍一见面有说不出的高兴,尤其是在这敌人的据点里会见,更不容易,再加上王强和山里失掉联系,现在接上关系的兴奋心情,所以两人就越喝越有劲。老周的酒量比不上王强,可是也喝得不少。接着他就吃烧饼。饭后,两人点上了烟,隔着小窗,望到外边,天已阴起来,老周转过头来说:

"老洪怎么还不回来呢?"

"他没个准,常常到半夜才回来。"

"那么,你就先谈谈吧,你们到枣庄后,这几个月来的活动情况怎样?"

"还是等老洪回来谈吧,啥事都是他领着干的,我又说不好。"

"你先就知道的谈谈,老洪回来再补充一下就行了。老王,就我个人说,也很愿意早听听你们在这里的情形。老王,开始吧!"

"怎么个说法呢?又从哪谈起呢?"王强愁得抓着头皮说,"咱这些老粗,叫干点什么还可以,要是叫用嘴说,那就难了。"

"随便谈谈吧!想到哪就说到哪。先说,你们从山里回到枣庄,怎样安下了身,还有敌人的情况,你们进行了哪些活动。"老周笑着说。

"好!"王强咳嗽了一下,接下去说,"先说怎样安下身么?那还不容易,我俩都是枣庄生的人,自小在这里长大,老洪虽然没有家,可是早年咱在一块下窑,他常住在我家,像我家的一口人一样,这事村里人谁都知道。所以没几天,我们就弄来了'良民

① 指抗日时期的联络员,又称交通员。

证’。

“住下以后，找个什么营生来干呢？年轻人没有正当职业掩护，是会惹起怀疑的。过去我俩下窑，现在鬼子又开了工，正用人，一去就行。可是老洪和我商量了一下，我们都不愿意去干。要说往年下窑苦，四块石头夹一块肉，现在鬼子可更狠，他只要你多挖煤，可不管你的死活，一不小心，轻则皮鞭抽，重则刺刀捅。鬼子在公司四下设着岗，谁敢动一动，就机关枪嘟嘟。说到工钱，少得顾不上吃。过去一些老下窑的都不去干了，逼得鬼子没办法，从山里和河北抓来成千的俘虏，到矿上做苦工，四下安上铁丝网，每天只给几个黑窝窝头。老洪那个烈火般的脾气，他哪能受那个气呢？同时我们到这里的任务，还是偏重于军事方面的。下窑被困在里边，什么都不能做。左思右想，危险多，好处少。所以我俩决定不去搞那老营生了。

“干什么呢？老洪说：‘吃两条线！’白天在这小炭厂名义上当伙计。晚上，他就去约合一班子人，扒鬼子的火车。说起吃两条线，你恐怕有些不懂。你知道火车道的铁轨不是两条么？两条线就是铁路的意思。靠山吃山，靠水吃水，靠铁路就吃这两条线呀！往年下窑出苦力，顾不上生活，挖的煤像山样高，一列列火车日夜不停地往外路运，大肚子[①]赚的钱数不完，福享不尽。难道我们瞪着眼望着用自己的双手挖出来的煤炭，像流不尽的水样的运出去，而我们就老实地饿着肚皮么？我们饿极了，就扒上火车，弄下几麻包烧烧，或者去卖几个钱维持生活！难道这不应该么？说起这班扒车的人，都很有种，飞快的火车一抓就上，老洪扒得最好。有时在火车上遇到押车的车警，就得拼命。有一次老洪被车警用炭块打破了头，直到现在脸上还留下一块黑疤。他急了，以后上车就带着刀子，他说刀子有两个用处，可以割断麻包上的绳子，又可以捅车警。这一来押车的车警软了，因为这些家伙都怕死的。经过车上一些人说合，以后这班子扒车的，送几个钱给他们，他们也就睁一个眼闭一个眼，打马虎算了。这班穷兄弟都很服帖老洪，因为他勇敢、讲义气，扒车又扒得好，能为穷兄弟们撑腰。遇事，老洪一招呼，说干啥就干啥，像一群小老虎似的。这次回来，他又想起搞火车了。他说：‘搞鬼子的更应该！’老洪的意思是想领着这一班子人打鬼子。老洪就这样住下来了。

“我呢？开始和他们一道搞车，可是想想，这也不是个长远办法。以后我就利用我父亲的关系，到车站上去干了脚行[②]，推小车运货出苦力。因为我父亲过去在车站上下大力干脚行，以后当过脚行头，现在老了，不能干了，经他一说我很容易地就上去了。开始老洪不同意我干，他说：‘你干那个有啥意思呢？出力受气，还是扒车来得痛快，你没钱我给你。’可是以后他就同意了。因为我在车站上干活消息灵通，不但能了解鬼子的动静，而且车站上装卸货时，货物都经我的手，每一趟火车装的什么东西，我都知道。遇到机会我就告诉他们，他们去搞车，一搞一个准。……”

说到这里，老周打断了王强的话，连声叫道：“好！好！”他听到他们搞车的情形，听得很入神。过去他们在山里打游击，有时闲下来，也谈谈在枣庄时的情况，也听说他们会扒火车，可不知道里边还有这些详情。老周望着王强接上一支烟，听他说下文。

① 方言。对地主或资本家的憎称。

② 旧时称搬运业或搬运工人。

“以后脚行的活就更多了，鬼子在站台对过，开了一个国际洋行[1]。就像中国的转运公司一样，可是又不大像。因为它的权力很大，枣庄煤矿所有运出去的煤，从外边运进来的东洋货，和四乡收买来的粮食，都得经过这个洋行。商人往外发货，都得向他们要车皮。

“洋行里有三个日本鬼子当掌柜的。他们都是在侵华战场上受伤的军官，不能随军队杀中国人了，就下来做买卖，吸中国人的血。听说大掌柜是一个大尉。我亲眼看到，亲手摸到，鬼子是怎样将中国的财富，煤、粮食不分昼夜地往外运，像淌水似的，多心痛呀！接着他们又把些熊东洋货源源不断地运进来。这一切都是经过我们手装卸的。三个杀够中国人的日本掌柜的，养得胖胖的。他们有薪水，从奸商手里大把捞钱，还克扣我们脚行。照例，外来的货到站一落地，每件就是落地税一毛；脚行运到货栈定价一毛，洋行抽两分；从货栈出站交给商人，也是一毛，洋行还得抽两分。就这样一件货到站，他们要抽一毛四分，这些都是鬼子掌柜的额外收入。每天运下那么多货，他们还不发财！洋行成立不久，由于货太多，他们从站上脚行，抽出五十辆常备小车，每天到洋行听候使用。我被抽上了，编队的时候，选二头，大头是鬼子担任，由于我父亲过去是老脚行头，大家都推我做了二头，每天领着小车队给鬼子装卸货！”

说到这里，王强皱着眉头，对老周说：

“老周！你说，我过去在山里咱队伍上当班长，现在竟给鬼子脚行当起二头来了。这不是笑话么？”

王强说着，又从瓶里倒了一大杯酒，狠狠地灌下去。老周发觉他的脸色很难看，知道他心里不舒坦，便安慰他道：

“为了工作才这样。”

王强点点头，大声地说：

“要不是为了工作，谁干这个！”

老周说：“你们不但干得对，而且把自己安置得很好。老洪那一伙能扒车的，将来组织起来，在火车上很有用；你在车站上，和鬼子打交道，了解敌人的情况，这也是很要紧的。那么，现在谈谈敌人在枣庄的情况吧！”

“说到鬼子么？”王强骂了一声“奶奶的”，又说下去，“大部分住在公司里，车站上。洋街住着鬼子的宪兵队，现在又正在南马道一片空地上修大兵房，看样子还有大批的鬼子要来。枣庄街也成立了维持会。汉奸每天办保甲[2]，十家连环保，一家出事九家受累。居民都领良民证。鬼子整天出来，在街上抓人，夜里冷不防就查户口。大队的鬼子，三天两头出发，到山里扫荡，一回来就绑着一串一串的老百姓。起初送到宪兵队审问，一进去很少能活着出来的。以后捉的人干脆送到南马道大兵营了，那里四下用电网铁丝网围着，光见用汽车往里边拉，就没见出来的，枪毙了，也得有个响声呀！住在附近的老百姓，在夜里经常听到凄惨的叫声。以后从一个翻译官口里漏出来：这些运进去的中国人，都叫洋狗咬死，刺刀穿死。鬼子在夜间把捉去的中国人绑在木桩上，给鬼子新兵练刺刀，训练洋狗。那里有几十根木桩，挖了好几亩大的土坑，穿死，咬死就扔进去，

① 旧时指外国资本家在中国开设的商行，也指中国人开的专跟外国商人做买卖的商行。

② 旧时户籍编制制度，若干户编作一甲，若干甲编作一保，甲设甲长，保设保长。

撒上一层土，再扔进一批，又添上一层土，你说鬼子多残忍！”

说到这里，王强的眼红了，里边像有一团火在燃烧。他愤愤地提起酒瓶又倒了一杯，像喝白水一样喝下去，干咳了两下，又接着说：

“还有，煤矿上有个医院，鬼子占了改做军用医院，给负伤的鬼子治疗。原来在这医院的中国大夫大部分被撵走了，都换上日本医生。中国人也留用了几个，不过都驱逐到外边住。白天上班，晚上回家睡觉。开头这些中国大夫还没觉得什么，可是以后渐渐注意一件事，就是早上一去上班，总见手术室地板刚用水洗过，可是墙角，手术台脚，没擦洗的地方还残留着血迹。天长日久都是这样，中国大夫感到很奇怪，难道鬼子每天晚上都开刀动手术么？可是病房的鬼子开刀的并不多呀！没过多久，这个谜就被附近的老百姓揭开了。每天夜里都有汽车到医院来，天快亮的时候，汽车又开走了。有一个老百姓偷偷地隔着窗户往外看，只见开来的汽车，装的都是绑着的中国人。他心里想，鬼子难道还有好心肠连夜地给中国人看病么？可是天快亮，汽车开走时，车上却不见人影了，只见那么多麻袋包，血顺着麻包往下流，里边装的什么呢？原来鬼子把捕来的中国老百姓，供鬼子大夫做活体解剖。你说日本鬼子狠不狠，毒不毒！”

砰的一声，王强捶了一下桌面，酒杯子被震得跳起来，他被怒火烧红的眼睛里泛着泪水，望着老周。老周的脸色铁样的严肃、沉重，他的心被王强所讲的鬼子的残暴所激怒。他想，鬼子在山里扫荡时抓来的根据地的老百姓，原来都是这样悲惨地死在这里。小黑屋里沉静下来，只听到外边矿上的机器的嗡嗡声。就在这沉静的夜里，也许鬼子又在大兵营、宪兵队、医院里残暴地屠杀着中国人。王强沉默了一会儿，又说下去：

“在这种情况下，是个中国人，能平心静气么？老洪那个脾气，你是知道的，鬼子这样屠杀中国人，他还受得了？我们出山时节，带回了一棵十子连的手枪。我们人少枪少就小干，一有机会，我俩就带着它，夜里去摸鬼子的岗哨，混过去，打倒就跑。鬼子戒严、查户口，他能查出个屁？我们都是本地人，又在夜里，人熟地熟，他有什么办法？就这样，我们也干了几回，消消肚里这股闷气。白天我还是照常到站上，领着小车队在洋行值班，和那三个鬼子掌柜的打交道。可是自从我知道那些黑夜里的屠杀以后，我见了鬼子掌柜的心里就冒火，心里说：‘我啥时候杀了你们这些龟孙，心里才解恨！’一天，老洪对我说：‘老王，咱们干了他们吧！’我说：‘行！’老洪叫我侦察一下，在一天夜里，老洪约了人就把这三个鬼子军官杀了！”

“啊，杀了么！”老周沉闷的脸上，马上露出了笑容。

“当然杀了！老洪干事从不拖泥带水[①]，他说杀哪个，还跑得了么？”

“好，好，杀得痛快！”老周听了王强说半天鬼子屠杀中国人的残暴，心里一阵阵发沉，像坠上了千斤的石头，这一听杀了三个鬼子，才出了一口气。

“说杀了三个是假的，”王强笑着说，“杀了两个半，有一个没杀死，第二天又活了，这只怪我，惹起以后不少麻烦来。”

“你说说，你们怎么去杀的！”老周想听个详细。

① 形容说话、写文章不简洁或做事不干脆。

“是这样。”王强慢慢地说下去，“我不是小车队的二头么？每天晚上九十点钟左右，站上的货车都装卸完了，大伙都换班回家了，可是我还得去跟鬼子三掌柜金三结账。当天装多少件，卸多少件，工友该分多少钱，我领了再发给他们。就这样我和三掌柜金三混得很熟。有时晚上结完账，他也留我坐一会儿，给我一支烟，递我一杯茶，拍着我的肩头笑着说：‘王的，你的好好的干，以后我提拔你大大的！’我知道这是他拉拢我，好让我俯首帖耳地为他们效劳。我就应付着说：‘谢谢，太君以后升官大大的！’他听了也高兴得哈哈大笑。平时我也帮他扫扫地，倒倒茶，把他的屋子收拾一下。日子长了，到各个屋子里出出进进，鬼子也不避讳。有天晚上，是个机会，我和鬼子三掌柜结账结得晚了，大约有十点多钟，大掌柜、二掌柜都睡下了，这个矮胖子的金三打着呵欠也想睡，我装着收拾东西拖延着时间。等三掌柜也睡下了，我把电话机偷偷地搬到离床远些的地方，就把大门倒挂上走了。

“当晚我找到老洪，把情况一谈，他说：‘干！’我说：‘行！可是枪呢？’有三个鬼子，我们两个人一棵枪是够搞的。搞不利索，洋行对过就是站台，站台上驻着鬼子，并有流动的哨兵，是容易出危险的。老洪说：‘枪不够，用刀砍！再找个帮手就行了。’我俩商量着去约彭亮。他平时也和我们一道扒车，很勇敢，他一口答应了，愿意和我们一道去。三个人，一棵短枪。三把大刀，对付三个鬼子，一个人打一个正好。可是又一想，洋行离站很近，枪一响，站台上的鬼子听见，用机枪堵住门怎么办？商量了一下，进去都用刀砍，不到万不得已的时候，不放枪。我头里领路，夜十二点以后，我们就到洋行去了。

“他们在一个拐角黑影里等着，我悄悄地摸到门口，把大门弄开，让他俩偷偷溜进去，我用手指着南屋，南屋的门是往两边拉的，他们不知道怎样开法，我上去，把门用力往两边一拉，拉开了，屋里的电灯还雪亮。我一愣，老洪带着彭亮早跃进去了。只听得喊哩喀喳，鬼子一阵乱叫，等我跳进去时，两个鬼子已被他们砍翻了。另一个鬼子用被子裹着头，滚到地上乱叫。我急了，夜深人静，声音传得很远，不能让他叫下去。我跑上去，对着裹被子的鬼子照头照胸打了两枪。枪一响，我们就溜走了。我们汗流满面地跑回家里，听听车站上，并没什么动静。原来，在屋里打两下手枪，外边听不清楚，所以车站上的鬼子并没有发觉。事办得倒还利索，很痛快。这三个不知杀了多少中国人的日本鬼子军官，总算没逃出中国人民的手掌。

“可是，我躺在床上，又一寻思，一个心事缠得我一夜睡不着觉，第二天怎么办？去上班还是不去呢？不去吧！准惹起怀疑，平时都是一早按时到车站上值班，怎么就偏偏这夜出了事就不来了呢？不用说，不等吃早饭，就要被抓去了。反过来一想：去吧！杀了鬼子，心里总是一个事，一露出不自然，就出毛病。最好的办法是晚上逃出去。可是这一跑可就证实了，家里人准受连累。连夜和家人一道跑出去吧？鬼子四下有岗，不好出去，天已快亮，也来不及了。我翻来覆去睡不着，就去找刘洪，要他给拿个主意。我就是有这个毛病，啥事也能干，就是拿不定主意，要是灾祸真临到头上了，我也能对付过去，就是在事前事后多犯寻思，老洪说我太犹豫，可是我见老洪的眼睛一瞪，也就有信心了。所以我一有磨不开①的事，就找他商量。一见到他，老洪说：‘这点小事，你嘀咕什么呢？他又没有抓住

① 面子上过不去。

你的手，怕什么？'我说是呀！他说：'这三个鬼子还不该杀么？'我说该杀呀！他就说：'那你明天就理直气壮地上站去，啥事不要怕，越怕越有鬼上门！'老洪的话也对呀！他这一说我心里踏实了。第二天一早，我像没事人一样到车站上去。

"在站上，我点了点人数，小车队的人都来齐了。我说：'走！到洋行去看看，今天运啥货！'小车吱吱呀呀的都到洋行来了。一看，大门半开着，我心里有数呀！平时都是小车在外边等着，我一个人进去找三掌柜。这次我约了几个人一道进去，先带他们到账房。这里没有一个人，我坐下来，叫他们：'到南屋里去看看三掌柜的起床了没有！'他们都到南屋去了。只听一阵啊呀声跑回来：'二头！鬼子叫人杀了！'我故意装着不懂，问：'什么？大惊小怪的！'他们说：'鬼子掌柜的不知叫谁杀了。'我急忙站起来说：'真的么？哪有这种事！跟我去看看！'他们都要跑，想离开这是非之地，可是被我喝住了：'事到跟前，你们跑还行么？一个都不准跑。'我就往南屋走去。其实不看，我也知道发生什么事，不过一进门，却使我大吃一惊。大掌柜、二掌柜都死了，可是鬼子三掌柜却满头是血地坐在炕上。原来夜间我进去打他时，他早吓得蒙着头，裹着被子在地上滚，使我的枪没打准。头上那一枪，只在头皮上穿了一道沟，胸部的那一枪，由于他一滚，子弹从肋骨间穿过，却没打中要害，当时他是昏过去了，天亮时苏醒过来。由于他蒙着头，我没能打死他。可是也正因为这样，他也不晓得是我干的。所以我一眼看到他坐在炕上，虽然心里吃惊，可没敢流露出来，就假装惊慌地急忙跑上前去，叫着：'太君！怎么了呀……'三鬼子说：'夜里来了土八路，王的！你打电话！'我马上打电话给宪兵队，报告洋行出了事，又打电话给医院，叫派人来。不一会儿大队鬼子开来了，机关枪四下支着，鬼子端着刺刀围住院子，宪兵队进南屋检查，这时有些脚夫都偷偷地溜跑了，可是我硬拉几个人，在院里院外忙着，医院的汽车来了，我帮着把鬼子三掌柜抬上汽车，他临上汽车，看到我累得满头大汗，拍着我的肩说：'你的好好的，我医院的出来，干活大大的……'我说：'好好的，干活大大的！'送他进医院了。……"

老周完全被王强谈的杀鬼子的故事所吸引住了，一听到鬼子送进了医院，他才松了一口气，说：

"真危险呀！以后没有什么事了吧？"

"没有什么事？"王强眨着小眼笑着说，"危险的事还在后边呢？你往下听吧！"他又接下去说：

"我在回来的路上，狠狠地吐了两口唾沫，心里说：'奶奶个孙，鬼子才真是为钱不要命哩！'当我开始看着他满头是血，坐在炕上的时候，他样子很泰然，好像眼前的两具尸首，和他自己身上的伤，并不算什么似的，一点也看不到难过的样子。当时我就奇怪，也许是这些鬼子军官，打咱中国，杀人杀得太多了，手上的血也沾多了，看见血不算回事。可是等我送他上汽车，听他说干活大大的，我心里才明白了。原来洋行里大掌柜和二掌柜的权力很大，赚钱很多，三掌柜的官最小，常打杂，不被重视。所以这一次他没被打死，满脑子金票①的飞舞，代替了伤口的疼痛。他完全被一个欲望所占有，大掌柜、

① 抗日战争时期对发行或流通的日本纸币的统称。由于当时日本为金本位制，故称为金票。

二掌柜的死，不但没使他难过，相反却感到幸运，因为他的伤好了，就有希望做洋行的大掌柜了，今后可以大把地抓金票，发财。要当大掌柜，就离不开这班脚夫替他出力。他临上车要我好好干，就是拉拢我，要我今后为他出力。

“这个事情发生以后，我想鬼子总不会甘休的，准要开始捕人了。我也特别警惕。因为平时打一次岗，第二天就戒严，查户口，逮捕人，闹那么大动静。这一次白白丧失了两个军官，就会拉倒了么？不会的。可是一天，两天，三天都过去了，没有一点动静。车站上的鬼子像没事似的，每天还要我们装卸货。开头几天，有些胆小的，从那天见到鬼子的尸体后，就吓得不敢来了，怕受到连累，因为是我们一早发现的，容易惹起鬼子的疑惑。可是后来，看看没有什么事，就都又推着小车上站了。第四天人到齐了。我们一早正在车站上搬运货物，突然鬼子的骑兵包围了车站，四下架起了机关枪，我们所有的脚行，都被赶上了汽车，一直拉到宪兵队去了。

“我在汽车上，看看所有被逮捕的人，只有我一个是参加这次事件的。我心想这次可完了。到了鬼子的宪兵队，不死也得剥一层皮。人们一提到宪兵队，头皮都会发麻。一进去，我们都被关进一个大院子里，地上铺着煤渣，鬼子端着刺刀，逼着大家脱下衣服，跪在煤渣上听候审问。每个人的膝盖都被尖利的煤渣刺得血呼呼地流。我是二头，还没等脱衣服，就被第一个喊去审问。鬼子宪兵队长亲自问案，旁边站着中国人的翻译官。宪兵队长问我：‘你的二头的？’我没鞠躬，只点了点头，回答说：‘是！’惹怒了旁边的翻译官，他想对鬼子讨好，给我一个下马威，只见他飞起一脚向我后腿踢来，并用手向我前胸一推，想把我甩个倒栽葱。可是我眼快，急用手向上一架，右腿猛力往后一蹬，只听扑通一声，翻译官仰面朝天摔到地上。我愤愤地低声骂他：‘你是不是中国人？’翻译官恼羞成怒，从地上爬起来，正要去抽东洋刀劈我，被鬼子宪兵队长拦住：‘你的不好，滚的！’骂了翻译官一句，就拉我到屋里去了。他很客气地把我让到椅子上坐下，说：‘刚才翻译官的不好，你的不要见怪。洋行的事，你的知道？’我说：‘我不知道！’宪兵队长翻了下白眼，不相信地摇了摇头：‘你的二头的，洋行常常的在，这事你一定的知道。’他的眼睛狼样地盯住我的脸。我用眼睛迎着他说：‘我真的不知道。’鬼子的脸马上沉下来，在屋里走了一遭，然后站在窗前，指着玻璃窗外边一群跪着的人，对我说：‘他们里边谁的干活的，你的知道？说了没有你的事。’我摇摇头说：‘太君！那天晚上，我住在家里，没在车站上，我哪里能知道是谁干的呢？我不知道。’我这第三个不知道，使这个宪兵队长暴跳起来，啪的一声，捶着桌子，茶杯被震翻了。他刷地从腰里抽出洋刀，把刀放在我的脖子上，我的心一凉，耳边听到他叫着：‘你的二头，不知道，要杀了杀了你的。’我心里说：‘反正完了。’就又摇了摇头。可是，他的刀并没有砍下去，因为他问不出什么，是不会轻易杀了你的。

“这时，外边又进来一个鬼子，宪兵队长就怒冲冲地出去了。这新进来的鬼子满脸笑容，在我旁边坐下，从桌上茶盘子里，拿了两块茶点，送到我的面前。我说：‘我不吃！’他说：‘你要好好地说，皇军对你好处大大的。不然，你要吃苦的有！’我说：‘我不知道，能硬说知道么！’鬼子冷笑着说：‘你愿意吃苦头，那么，好！’他向外边咕噜了一声，两个武装着的鬼子进来了，手里拿着绳子，站在我的两边。眼看就要动刑了，鬼子发怒地问我：‘你说不说？’我说什么呢？看看马上就要吃苦了，这时，我突然想起鬼子三掌柜的，我要用这个没被我打死的对头，来为我挡一阵了。行不行就这一着了，我就理直气壮地对鬼子说：‘太君，就这样吧！我再说你也是不相信的，我请求太君打电话问问三掌柜金三就明白了。我是好人是歹人，他很清楚。出事的那天早上，我到洋行里去，是我发现了这事情，又是我给宪兵队打电话报告的，我又打电话给医院叫来汽车。汽车来了，还是我把三掌柜抬上汽车，送到医院里。这一些事是真是假，可以调查。这事要是我干的，我还敢大清早到洋行去么？我说这话如有一点假，可以打电话到医院去问问，三掌柜会告诉你底细的。’不知怎的，也许是急了，当时我很能说话，一气说下去。鬼子听了以后，顿了一下，仿佛认为我说的有些道理，果然，立刻从桌上拿起电话听筒，打起电话来了。我听出电话里有三掌柜的回声了，我的心在跳着。他们叽咕了一阵，鬼子把听筒放下以后，脸上有了笑容，很快地走到我的跟前来，握着我的手说：‘你的好人大大的，三掌柜的说你很好，好，你回去，没有你的事！’

“就这样，我就出来了。我一边抹脸上的冷汗，一边心里说：‘被抓的那些脚行，他能问出个什么呢？杀人的已放走了，他们这些人才真是不知道哩！’还不是空折腾一阵子，又都放出来。这些人虽然受了点罪，可是那两个鬼子军官，终究是埋葬在中国的土地上了。杀鬼子的事，就是这样。”

老周一气听完王强和老洪杀鬼子的故事。当他抬起头来，才感到天很晚了，听到外边呼呼的风声，风里夹着雨点，打着窗纸，远远地传来隆隆的春雷声。他刚才完全沉浸到故事里去了，一阵紧张，一阵高兴。最后他对王强说：

“老王，你真行！机动灵活，随机应变！”

“不！”王强说，“行的不是我，而是老洪，枣庄哪次杀鬼子的事都少不了他，都是他领着干的。……”

王强的话还没有说完，只听到街上啪啪响了几枪。王强急忙站起来，低低地说：“出什么事了么？’接着又听到外边轻轻的扑通一声，一阵急遽的马蹄声，从小屋后的短墙外响过去。王强赶紧吹熄了灯，小屋顿时变得漆黑。王强低声对老周说：

“鬼子的骑兵过去了，估摸又是在追捕人！”

他的话刚出口，小炭屋门吱扭一声开了，闪进一条黑影，王强问：

“谁？”

“我！”火柴嚓的一声，油灯点亮了。他俩看到灯光下，站着一个人，正是老洪。他比王强个子稍矮些，可是浑身都是劲，两只眼睛亮得逼人。他袖子上有片鲜血，手里提着短枪，胸部不住地起伏着，王强问他：

“老洪，你怎么了？”

老洪点上一支烟，狠狠地抽了一口说：“刚才我打了鬼子一个门岗，叫鬼子的骑兵追来了。”

当老洪看到老周时，惊喜地上前，紧握着手问：“你什么时候来的呀？”

“傍晚就来啦，已等你半天了。”

王强把老周来的情况谈了谈，老洪连连点头：

“这太好了！”

拓展阅读

鲁南抗日根据地： 山东抗日根据地的一部分。抗日战争爆发后，中共山东党组织领导了滕县、峄县等地武装起义，开展创建根据地的工作，并于1938年5月成立了鲁南人民抗日义勇队第一总队。1939年5月，八路军一一五师直属队一部及东进抗日纵队第六支队第七团，由鲁西先后进入泰安、泗水、宁阳边区，接着又向费县西北一带发展。7月，八路军一一五师六八六团由湖西区进入鲁南，开辟了邹（县）滕（县）边区。9月，八路军一一五师主力向泗水、滕县、费县、峄县、临沂地区挺进，与鲁南人民抗日义勇队第一总队会合，开辟了费、峄、滕边区和郯城、马头镇地区，创建了以天宝山为中心的鲁南抗日根据地。接着，向东发展，开辟了临沂、郯城、赣榆地区，向西发展又开辟了邹县、滕县、曲阜、泗水地区，至年底，鲁南区打通了同滨海、鲁中、湖西、鲁西的联系。至此，北起莒县，南至郯城，西迄临沂，东至海州湾的鲁南区委，统一领导根据地内的党政军民工作。该根据地人民坚持与日伪军作战，粉碎了日军企图控制山东东南沿海的企图。扩大了根据地，为迎接抗战奠定了基础。

第 二 章

老洪飞车搞机枪

王强和老周谈洋行杀鬼子的故事后不久，鬼子三掌柜就从医院里出来了。他养伤一个多月，仿佛并没有减轻体重，还是那样胖胖的。扫帚眉下边那一对凶恶的眼睛，时常眯缝着，嘴角拉得长长的，露出金牙咯咯地笑。他比过去更痛快了。因为最近他已被提升为大掌柜，又新调来两个鬼子听他调遣。每天大捆大捆的金票子都经过他的手，除了上缴，他个人的保险柜里，一摞摞的金票子在增高着。

每逢他看到王强时，总是把王强拉到身边的椅子上，递给他最好的烟，向玻璃杯里倒满啤酒，像招待上等客人似的，拍着王强的肩膀：

“你我朋友好好的！”

“好好的！”王强笑着点点头，可是心却在扑通扑通地跳着。他心想：我没有杀死你，倒“朋友好好的”了！

的确，三掌柜升任大掌柜以后，对他比过去更客气了。这一点使王强心里常犯嘀咕[1]。他当了大掌柜能捞钱，会更高兴了，可是为什么偏偏对我特别好呢？他难道从我身上看出什么破绽么？是因为他知道是我领人杀了两个大掌柜而感激我么？不会的。我打他两枪他还认为满意么？也许是他怀疑我，怕我再收拾他这大掌柜而拉拢我么，还是他借着亲近在进一步侦察我呢？每次和这新任大掌柜见面，王强脑子里都在思索这些问题。总之，鬼子对王强越客气，越引起他的警惕。

从洋行出事以后，鬼子在洋行四周的高墙上都扯上电网。铁大门也上了锁，从旁边另辟一个小门进出，天一黑就关得紧紧的。洋行里鬼子床头上都添上短枪，新大掌柜的床头上还多一把锋利的东洋刀。

王强听别人讲，新大掌柜过去在军队里，很会使东洋刀。捉住游击队，都由他来砍头。他砍得干净利索，而且一气能砍很多。王强咬牙切齿地想：这个眯着眼、咧着嘴，对他十分客气的家伙，实际上是一个杀人不眨眼的恶鬼。所以每当鬼子掌柜的把他拉到椅子上，递烟献茶的时候，王强从吸着的纸烟的烟雾里，仿佛看到了血淋淋的、被东洋刀砍下的中国人的脑袋在滚。他虽然脸上笑着说：“好好的！”心里却在骂道：“我×你奶奶！我没杀了你，咱总是死对头！”

① 产生疑虑；犹豫不决。

晚上王强对老洪说：

“我不想在洋行了！”

“怎么回事？”

“我两枪没有打死他，他现在却对我格外亲热了，这倒使我犯寻思[1]，是不是他在怀疑我？他越想拉拢我，我越犯疑心，×他奶奶！只恨我一时心慌，没有打准，打死了倒省事。谁知道他肚里卖的什么药？我想了又想，还是不在那里的好！”

王强望着老洪的脸，等着他的回答，因为从山里出来，上级指定老洪负责。同时，他俩自小在一起，从个人感情上，也是以老洪的意见为意见。老洪的性格刚强果断，他只要认准要做的事情，没有办不到的，就是刀山他也要攀上去。王强比较犹豫，遇事有时拿不定主意。

“你暂时在那里再待一个时期！”老洪说，“现在我们已经和山里取得了联系，我们最近要加紧干出点成绩来。你在洋行车站多注意着点，遇有军火武器，我们要搞一点。这些天，扒车也困难了，鬼子发现货车常丢东西，火车上有鬼子伪军押车，前天晚上我们扒上去，被一阵乱枪打下来了。……”

“怎么？没有伤着人么？”

“彭亮的裤裆给打穿了两个窟窿，还算没伤着人。昨天他们哭丧着脸对我说：‘看样子鬼子不叫咱吃这两条线了！’我狠狠地对他们说：‘鬼子什么时候也没说过叫你吃两条线呀！要吃就得干，以枪对枪，就是你空手，叫他逮住，也别想活，咱有枪，揍倒一个正好，揍倒两个，就赚一个。’他们才点了点头说：‘对，过去我们也曾用煤炭跟炭警拼过的，有枪就干！’现在是组织起来，武装起来的时候了，你在车站上要多注意一下武器的问题。什么时候搞到了枪，你就什么时候离开洋行，还没搞到你就出来，搞枪就困难了。”

王强点头说：“对！我再待一个时期。”

一天，站上甩下一节铁闷子[2]货车，王强领着脚行来卸货，打开车门一看，是从外路运来的日本商品，东洋花布、糖、化妆品和一些杂七杂八的东西，小车队一车一车地往洋行推。王强推得满头大汗。刚卸完货，洋行鬼子叫把这节空车推到月台边，另外装货，跟晚上×次票车运走。

王强有些累了，他领着工友们把卸空的铁闷子车推到站台边。当他问车站站务人员装什么货时，货物司事对他说：“军用。马上就运到。”

一会儿，车站外开来了两辆军用卡车，车上满装着军用品，成捆的军装、皮盒子、子弹箱，还有一些稻草包扎的捆子。在押车鬼子的刺刀下，他们一捆捆地从汽车上背下来，王强背上一个稻草捆子，觉得很沉重，足有三四十斤。用手一摸，摸着一个枪栓，他知道这是步枪。虽然十分累了，汗水直顺着脖颈流，可是突然一股劲来了，放下一捆，就去背第二捆，当鬼子威吓着吃累的工人，骂着“八格牙鲁”的时候，王强一挥手臂，

① （口语中也读 xín si） 思索；考虑。

② 上面有盖子的货车。

吆呼着：

“用劲呀！快点！”

他是那么有劲地来回搬着，鬼子看了，拍着他的肩膀称赞着：“你的大大的好好的！”王强抹着脸上的汗，一边搬一边说：“我的二头的！”

“好好的！”

不一会儿，两卡车军用品都搬到站台上了。洋行和车站的鬼子点清了件数，到票房里去写军运货单，一个中国的货物司事，把厚厚的一沓填好的发货签，交给王强，王强把发货签一一拴到各个单件上。当他往两个较小些的稻草捆上拴发货签的时候，注意到有两个铁腿叉出来，支在地上，他知道这是两挺机枪。他偷偷地数了数其他的稻草捆，一共十六捆，他估计一捆足有五六支步枪，那么，总共约有七八十支步枪，加上两挺机枪，正是一个鬼子警备队的武装。

站上的手续办妥以后，接着在鬼子的监视下，一件件装车。王强首先找了一大件军装装在车角里，工友们有的扛大件，有的扛小件。王强咋呼道：

“先扛大的，扛小件装孬种么？”

经他一喊，想去搬稻草捆的，都去扛军装包了，因为比起来稻草捆小些。军装、皮盒子、子弹箱数量最大，都装到车里边了，到装枪时，车里已经满满的了，稻草捆只好装到车门两边，当王强扛着机枪往车上装时，只能放在车门口了。

装完以后，鬼子叫把车门拉上，王强和另一个工友，从两边哗啦啦把带滑轮的铁门拉拢来，又把两个铁鼻合住。鬼子站长用粗铁丝穿过两个铁鼻，缠牢，又砸上了铅弹，然后叫脚行把车推到二股岔道，等九点的客车挂走。

把装好的闷子车推到二股岔道后，工友们喘着粗气对王强说：

“二头，咱可该歇歇了吧！”

“好吧，到洋行门口歇歇吧，我也累了，这一会儿大概没啥活。”

工友们都在洋行门口，蹲在自己的小车旁边，抽着烟，有的去找水喝，王强拉着一个工友说：

“老张，你在这里替我照顾一下，我到对面去买包仁丹①吃，我肚子有点痛。一会儿就回来。”

“你去吧！”

王强顺着车站向西去了。

当他一离开车站，脚步就加快了，满头大汗地奔到陈庄，找到老洪，一把把老洪拉到炭厂小屋里，低声地对老洪说：

“有武器了！”

“在哪里？”老洪眼睛发亮了，着急地问。

王强把刚才装军用车的情形谈了，最后兴奋地说：

“两挺机枪，八十多棵步枪，都用稻草包着，还有不少箱子弹。跟九点西开的客车

① 即“人丹”。中成药，用薄荷脑、冰片、丁香等制成，颗粒状。适用于中暑、晕车、天气闷热引起的头昏、胸闷等症。

挂走。”

“搞！”老洪摇了摇膀子，握紧拳头，斩钉截铁地说，“咱们部队太需要武器了。”

老洪想到山里自己的游击队，大多数队员背的土枪土炮，有的还扛着矛子，就用这样些低劣的武器，抗击着装备优良的鬼子。有一次和扫荡的鬼子遭遇，老洪那个班被鬼子的机枪压在一个小坟头下，坟头的草都被打光了，好容易才把一个班撤下来，一个战士被打伤。想到这里，他狠狠地对王强说：“搞！现在也该我们使使机枪了。”

老洪一说能搞，那是他准能办到的，可是一想到怎样搞的问题，王强有些皱眉头了，他沉思了一下，抬起头对老洪说：

“可是军火装在铁闷子车里呀！车门都用粗铁丝缠着。他奶奶，铁闷子车上没有脚蹬，又没有把手，车开着怎么上呢？”

“困难是有的，不过搞还是得搞。错过这个机会，就不容易搞了。”说到这里，老洪更果断地说，“我一定要搞到手的！你放心就是！”

“我想和你一道去，可是晚上还得接客车，装卸货没有我，恐怕会惹起鬼子的怀疑：怎么正是丢枪的那天你不在站上呢？”

“你马上回站去吧！我一个人搞！”

“不！老洪！”王强很担心老洪出什么危险，亲切地说，“你还是多约几个人搞的好！”

老洪摇摇头说：“人多了没有用，又不比敞货车四个角都有把手、脚蹬，四下一齐都能上去。这闷子车连一个人的把手、脚蹬都没有，怎么容那么多人呢？而且他们也扒不上去，人多了倒碍事。顶多找一个可靠的，在下边捡枪就是了。”说到这里，他对王强说：“你快回去吧！时候久了，会惹起怀疑的！”

王强临走时告诉老洪，这节车一般都挂在最后，如有变化，他会来告诉，如不来就是在最后了。为了防备万一，王强在铁闷子车上，用粉笔画个圆圈作为记号。

王强走后，老洪坐在乌黑的小炭屋子里，兴奋地搓着手，反复地叨念着：我一定给咱们的游击队搞一些武器送去。想到部队，他马上记起，临离部队时，张司令用洪亮的嗓音对他说的话：“同志！你年轻，勇敢，会扒车，到铁路上要搞出一些名堂①来呀！在铁道线上拉起一支游击队是很了不起的啊！在鬼子心窝里和大血管上插一把钢刀，也叫鬼子知道咱八路军的厉害！”这些声音仿佛又在老洪的耳朵边响着。如果搞到手，张司令接到这批武器，他会指挥队伍，用机枪把鬼子打得头皮发麻的。到那时候，他会对所有战士和指挥员说：“这是老洪送给我们的好礼物呀！让我们更好地教训鬼子吧！”想到这里，老洪欣慰地笑了。他对自己说：“他会这样说的。我一定要搞到！要把游击队最需要最宝贵的礼物送给他。”

想到怎样搞法，老洪站起来，抽了支烟，在小屋里来回走着。王强的话是对的，铁闷子车是不好上的。手抓住什么呢？只要抓住个东西，根据自己扒车的技术，他是能上去的，可是脚踏在什么地方呢？站不住脚如何拧铁丝呢？这些问题在他的脑子里打转。

① 成就。

他不住口地抽着烟，在揣摸着铁闷子车的每块铁板，每个角棱，甚至每个螺丝钉，考虑来，考虑去。因为他对车身的每个地方都很熟悉，正像骑兵熟悉他的马，渔夫熟悉他的渔船一样。

老洪自小生长在矿坑和铁道边上，父亲是木匠，他四五岁的时候，就死了父母，成为一个孤苦伶仃的苦孩子，靠他姐姐抚养。他姐姐嫁给铁路上一个老实的搬闸工人。姐夫很喜欢他，经常带着他到铁道旁边的闸屋子里去值班。姐夫只准许他在屋子里玩，不让他靠近铁道，怕出危险。他在闸屋子里隔着小窗，望着外边轰轰隆隆的火车来回奔驰，飞跑的车轮与铁轨摩擦的声响，震得窗棂哗哗地响动，小屋的地都在颤动。开始他有些害怕，以后他慢慢习惯并且喜欢这轧轧的音乐了。他甚至能在这震天动地的声音里，躺在小屋的床上睡去，一觉醒来，他会听出，窗外跑过的火车是货车还是客车，货车是载重的还是空车皮。他从车轮的轧轧的声响上，能判断出火车飞跑的速度。有时他呆呆地站在姐夫身旁，看着客车上车窗里的旅客，心里想着，自己什么时候能坐在上边，让火车带着自己飞跑，那是多么开心的事情呀！

十来岁的时候，老洪已经像一个大孩子一样，提着饭盒，给值班的姐夫送饭了，没事他也会提着篮子，跟着铁道边的一群穷孩子在铁道两侧和矿坑周围捡焦核子了。有一次送饭后，他看到从站里开出一趟货加车，到闸屋边走得很慢，他避开姐夫的眼睛，偷偷地抓住把手，跳在一节车的脚蹬上，让火车带了他半里路，因为车一离站速度就加快了，他心慌想跳下来，可是当他一离脚蹬板，便像一个棉球似的被抛出去，沿着路基的斜坡滚了好远。当他吃力地站起来，膀子在痛，头和手都被斜坡的石块擦伤了！他绕路走回闸屋子拿空饭盒回家，他姐夫看到他的模样，叫着他的小名问他：

“小本，你又和谁打架了么？”

“嗯！”他像承认的样子。

“怎么这次吃亏了！有谁欺侮你了么？”姐夫知道他是孤苦的孩子，由于没有父母兄弟，常会受到有钱孩子的欺侮。但是姐夫也知道他是个勇敢的孩子，就是三个孩子打他，他也不会示弱，胜利总是他的。“这是怎么回事？”姐夫关心地问道，“谁欺侮你，你告诉我，我下班去找他，咱不要欺侮人，可是也不能受别人的气！”

“没啥！”他笑着回答，提着饭盒就走了。

以后，他还是偷偷地扒车，慢慢摸着车的脾气了，他已经练到能在半里路外上下车不翻筋斗了。有一次被姐夫看见，把他拉到身边，很严厉地嘱咐他：

“你可不能和这怪物开玩笑呀！不小心，它碰你一下会要你的命！以后再不能傍火车边哪，你没看到火车轧死的人吗！”

他是见过被火车轧死的人的，车轮能把肉和骨头轧成酱，轧得比刀切的还齐，可是有铁轨宽的那段骨肉不见了，它像酱一样被列车上的铁轮带走了。

当姐姐知道苦命的弟弟好扒车玩以后，便把他叫到跟前，含着眼泪责怪他：

“你要作死么？火车能做稀糖玩么？它碰一下就筋断骨头折呀！爹妈死得早，把你交给我，我能叫你作孽么？你要听姐姐的话呀！”

姐姐是心疼他的，为了怕姐姐难过，他说：

“姐姐，我不去扒火车了！不过，你也别把火车说得太厉害了。”

“不厉害，也不许去！”姐姐命令他。

怕姐姐难过，有几天他不扒火车了。可是一听到火车的轰隆声，心里就痒痒的，尤其在刚练会又不太熟练的当口，更难抑制这种兴头。他又和捡焦核的一伙穷孩子偷偷扒车了，这群在铁路沿上生长的穷孩子，一看见火车就没命啦，正像靠近河边的孩子热爱河水一样，他们热爱着火车。河边海边能练出游泳的能手，铁道沿上也能练出扒车的英雄来。开始他能在出站五里路外上下，以后他能在两站之间，火车走到正常的最快的速度时，像燕子一样上下。他是这群孩子中间扒车最出色的一个。

一天，一个脸上有疤的捡焦核的孩子，想在扒车技术上露一手给同伙看，他扒上正跑着的火车，故意把帽子掷下，又跳下来，捡起帽子戴上，再一伸手扒上最后的那节车上去了。别人都想学他的样，可是，帽子掷下，跳下去捡帽子，还没戴上，火车早就轧轧地过去了。

小本很不服气，他扒上一列跑着的火车，跳下，急跑近铁路边的瓜地，摘了一颗西瓜，一只胳膊夹着，一手又抓着车把手上到列车最后的守车[1]。当守车上的打旗工人，看见从下边的脚蹬上爬上来个孩子，很吃惊地问：

“你是干啥呀？”

他笑着把西瓜递上说：

“大爷，天很热，我来给你送个西瓜吃！”

那个打旗老工人笑着接过西瓜。

“你这孩子真行，再别这样上车呀！火车跑得这么快，容易出危险，到车站再下去吧。”就把西瓜放回车里，可是回头看时，小孩早不见了。当老工人望着车后像紧往后抽似的两道铁轨，送西瓜的小孩已站在很远的道旁，在向他挥手了。

同伙的小孩们，都为他扒车的神速咋舌。

童年时代在铁路旁度过了，到十六岁那年，为了生活，老洪提着矿石灯到矿坑里去当挖煤工人。他和王强在一个井洞里干活，他们是很好的朋友。王强家有空屋子，他就搬到王强家住。因为他性情直爽，个性倔强，好打抱不平，在矿井里常和领工把头[2]打仗，没干二年就被开除。后来王强父亲托人说情，他才上了班，可是不久，他又用挖煤的镐头打破把头的头，又被开除了。他现在已经是十八九岁的人了，还能再去吃姐姐么？他不去。白吃王强么？也不甘心。在饥困到极点时，他看到一列一列的煤车往外运，心里说：“这里边也有我的血汗。”便爬上火车，扒一麻袋掷下，自己扛到街上卖掉，换烧饼吃。饿急了，他就这样干，去吃这两条线了。

在枣庄煤矿附近，吃两条线的人很多，一些穷困的工人，由于工资很少，不能养家糊口，下窑回来，也经常扒上煤车，向下掷煤炭。他们说：“这是我们用血汗挖出来的，弄两块下来烧烧，算什么呢！”

一次，老洪扒上煤车，正遇到一个押炭警，用木棒把一个叫小坡的扒车少年打倒在炭车上，他头上的血流在炭渣上。老洪用炭块砸倒了炭警，把小坡夹着，救下车来。由

① 货车的办公车，通常都在列车的最后一节。
② 解放前资本家雇佣来管理企业的头目，类似“包工头”。

于他的义气、勇敢、豪爽，这一伙吃两条线的，都很佩服他。

鬼子占领枣庄以后，煤矿一度停工。那些过去为工人撑腰，为工人说话，向资本家斗争的工人头领，号召工人武装起来打鬼子，他们拉出一批工人成立抗日游击队。老洪也去了，在队伍上，他才知道领头的几个工人是共产党。在斗争生活里，他眼睛明亮了，知道了共产党是自己的党，是受苦人民的救星。他更了解到工人阶级的地位，自己的前途和斗争方向。所以他在游击队里作战很勇敢，得到指挥员张司令的喜爱。上级为了要开辟枣庄的工作，掌握铁路线的情况，便把他和王强派回枣庄来了。

现在，老洪在小煤屋子里，来回绕着圈子，想着怎样搞到武器。由于铁闷子车不好上，他在苦苦地思索着。当他联想到这铁闷子车是挂在票车上时，他的眼睛突然发亮了："从连着它那节客车的脚踏板上去，再过渡过去不行么？"因为刚才他把思想都集中到铁闷子车上，没有想出好门道，现在竟从另外一节车上把问题解决了。他感到说不出的高兴。直到这时，才发觉屋里完全黑下来了。

已经将近七点了，他忙点上灯，从床底下，摸出一个虎头钳子，插在皮套里，挂在自己的裤带上。用一根宽布带紧紧地扎了腰，因为这样行动更利索些。他又掖了手枪，吹熄了灯，就出去了。

他想了一下，一直走到西头小坡家里。这是一个很破的小院子，几间草房，像经不起风吹雨淋、斜歪着要塌下去的样子。屋门口在冒着火光，显然他家晚饭吃晚了。

"小坡！"老洪喊了一声。

"谁呀！"一个十六七岁的细长个子的青年，从屋里走出。看着他那敏捷的动作，简直是蹿出来的，显然他是个机灵的小伙子。

一见老洪，小坡便扑上来，握着老洪的手说：

"洪哥，你找我么？"

"你还没吃饭么？"

"又要断顿了，今晚只能给妈妈煮点稀粥吃，妈妈病刚好，日子真难过！"

"有病没啥吃能行么？你为什么不早告诉我呢？"老洪从腰里掏出两块五毛钱，"去，两块钱给妈妈治病，零钱给你兄弟和妹妹买点煎饼！我腰里只有这些了！"

"这哪能行呢！洪哥！"小坡感动得不知说什么好，"老是花你的钱！上次妈有病，亏你付了药钱，没吃的时候，你总买煎饼送来！洪哥，我怎么报答你啊……"

"你快别啰嗦这些了！"老洪把小坡的话截住，"难道我喜欢听你这些话么？快把钱放下，走！我找你有点事商量。"

小坡大大的眼睛里冒着感激的泪花，把钱送回屋里，就出来拉着老洪的手走了。老洪把他拉回炭厂小屋，把灯点上。

"今晚有炭车么？也该弄两包炭了！"小坡问老洪。

"一会儿我去搞车，你跟我去好么？"

"好！太好啦！你一定带我去啊！"小坡平时是个快乐的青年，嘴很巧，小戏[1]他听

[1] 小型的戏曲，一般角色较少，情节比较简单。

一遍，就会唱了，只是生活的困难，常使他皱着眉头。现在听到老洪要带他去搞车，他脸上又浮上笑容了。

“你有胆量么？”老洪郑重地问小坡，两眼像两道电光样瞪着小坡。胆小的人都会在他这眼光下耷拉下眼皮。

“有！”小坡没有躲避老洪的眼光，肯定地回答，“我只要和洪哥在一起，就什么也不怕！”

“行！”老洪点头说，“我叫你办点事，你能办到么？”

“能！就是上刀山我也能去！”小坡说，“你救过我的命，你对我好！洪哥，这些话你不爱听，一句话，你相信我吧！”

“好！我相信你！”老洪从桌上拿过两个馒头，一段咸鱼，“你快吃饱，我再告诉你要做的事！现在已快八点，时间快要到了。”

小坡吃着馒头，老洪慢慢地对他说：

“事情很简单，你拿一把小铁锹，偷偷地穿过车站西边那个桥洞，到铁道南沿，找一个小坑趴下。等九点客车往西开过去以后，你就沿着铁路南沿往西走，看到从车上掷下的东西，你就捡起来，掷什么捡什么，把它捡到稍远的掩蔽的地方。我到王沟站东三空桥就下来，回来找你，击掌为号，记住了么？”

“记住了！”小坡笑着说，“原来就这么点事呀！”

“要紧的是任何人都不叫知道！”

“好！任何人都不叫知道！你放心就是！”小坡再度表示决心。

“时间到了，八点了，还有一个钟头，那么，咱们走吧！”

他们从庄西头，向野外走去。天很黑，风很凉，远远的车站和煤矿上一片雪白的灯光。

在漆黑的路上，小坡提着铁锹，低低地对老洪说：

“洪哥，听说你要拉队伍打鬼子，我要跟着你干呀！上次敌人来时，你们走了，你嫌我小，没带我，我在家哭了一整天！”

“今后，有你干的就是。”

在桥洞那里，他们分手了，远远的车站上当当地在打点，这说明火车从峄县车站开过来了。老洪向东靠近车站西头；小坡往西走出一里多路，在路基下沿，一块洼地的稀草里趴下了。

在枣庄车站西半里路，扬旗①外边，老洪在路基斜坡上，一丛黑黑的小树棵子里蹲下，耳朵听到远处一阵汽笛响，车站上一片嘈杂声，机车上的探照灯射过来，灰黑的路基上像披上一层薄薄的白霜。他知道是客车进站了，客车在枣庄站停五分钟，然后就开过来了。

他不自觉地摸摸怀里揣着的上了膛的手枪，由于紧张，心里一阵跳动，平时他扒车都是以一种轻松的心情跳上去的，那是搞粮食、煤炭，搞到搞不到跳下就算了。这一次

① 铁路信号的一种，设在车站的两头，在立柱上装着活动的板，板横着时表示不准火车进站，板向下斜时表示准许进站。

扒车和过去完全不同，要搞敌人的武器。他是以一种完成军事任务的严肃心情，来看待这次扒车的。他像小老虎一样蹲在树棵子里，好像等待着一声令下，就冲出去和敌人搏斗。

“呜——”一声冗长的汽笛吼叫，车站上开动的机车嘶嘶喳喳地喘着气。接着老洪听到铁轨发出低低的轧轧的声响，那是远处的列车开动，车轮与铁轨摩擦传过来的声音。路基上的白霜，越变越白，隆隆的声音越来越大了，地面也开始抖动。当老洪抬头看时，火车带着一阵巨大的轰隆声风驰电掣[①]地冲过来，机车喷出的一团白雾，罩住了小树丛，接着是震耳的机器摩擦声。从车底卷出的激风，吹得树丛在旋转，像要被拔起来似的。老洪挺挺的像铁人一样蹲在那里，眼睛直盯着驰过的车皮，一节，两节，三节……当他往后看一下，看到后边只有三四节车的时候，他拨开树丛，蹿上路基，迎着激风，靠近铁轨下边的石子。只剩两节车了，他闪过第二节客车的首部，眼盯着过来的尾部的上车把子。当这弓形黄铜把子刚要到他身边，他抢上一把抓住，紧跟着几步，身子像一只瓶子样挂上去。当飞动的车身和激风迫使他的身子向后飘起的时候，他急迈右腿，往前一踏，右脚落在脚踏板上，身子才算恢复了平衡。

老洪蹲在脚蹬上，从怀里掏出手枪，朝客车尾部走廊上望去，看看是否有乘客和鬼子。什么都没有，也许是夜深风凉吧！车窗都放下布帘，车门都紧紧关着。微黄的电灯光，向车外照着，照着最后一节铁闷子车的平平的铁板。铁闷子车的车门不像客车开在两头，而是开在车身中部两侧的。

老洪看到没有人，把枪重新塞进怀里，迈上去，一手握住客车尾部走廊的铁栏杆，一只脚踏着客车的车角，用另一条腿迈往铁闷子车的车角；左脚踏在车角一寸多的横棱上，用左手扒住铁闷子车的三棱角。当那边站踏实之后，他迅速地把右手和右脚贴过去，像要抱住这宽大冰冷的铁车似的。他右手紧紧地抓住平伸出去的一个铁板衔接处上下立着的角棱，就这样，他四肢像个“大”字形紧紧地贴在车身上，他感到车身的颤抖。

由于脚下的横棱只有寸把宽，说踏上倒不如说脚尖踮在上边，顶多使他滑不下去，可是要支持他全身的重量却不可能了。所以他把全部力气都使在两只手上，可是抓住的棱角又是那么窄，说抓住倒不如说钳住一点点，全身的重量不是集中到手部，而几乎是集中到十个手指头上。十个指头紧紧地钳住窄窄的铁棱，手指所用的力气，要是抓在土墙上，足可抓进去，穿上十个窟窿。但是，这是铁板，铁板坚硬地顶住他的指头，他的指甲像被顶进肉里去，痛得他心跳，但是他不能松手。疾风又像铁扫帚一样扫着他，像是要用力把他扯下去似的，下边是车轮和铁轨摩擦的刺耳的声音，只要他一松手，风会立刻把他卷进车底，压成肉泥——甩到车外也会甩成肉饼。他拼命扒着，头上的汗在哗哗地流，他咬紧了牙根支持着。

当他的十指痛得发麻的时候，他向后转过头，看到右手再伸一臂远的地方，有着拉车门的把手。他拼全力，再抓紧右手的铁棱，把左手移到一个螺丝钉上，再把身子向右

① 形容像刮风和闪电那样迅速。

手那边靠拢，猛力把左手移过来，也抓住右手抓住的同一角棱。这个角棱本来是“大”字身形的最右边，现在老洪已经在这条角棱上，把身形变为“1”字了，像挺立着勒一匹劣马的口缰。这时他腾出右手，向右边伸去，猛力一跃，抓住了把手，全身霎时感到一阵轻松，十指上聚集的血，顺着膀臂又周流到全身，他全身的重量，已从十指尖移到一个紧握把手的拳头和膀臂上了。这样，他就很容易地移过左手，也握住这个长长的把手，于是两只手支持身体，才感到轻快些了。他迅速地摸到关车门的铁鼻，用右手从腰里掏出老虎钳，钳住缠在上边的粗铁丝。由于手痛，第一下没有钳断，他一急，拼全力一钳，铁丝喀喳断了。打开了铁鼻，他双手抓紧车门的把手，用右脚蹬住车门帮，往后一拉，嘶啦一声，车门裂开两尺宽的黑缝，他一转身，就钻进去了。只听扑通一声，他跌在车门里边，原来王强把机枪有意地放在门口，把老洪绊倒了。

老洪一摸是机枪，顺手抓起，就从车门掷出去，又摸到一个稻草捆，也丢出去。当他抱起第二捆，突然听到车头上汽笛的呜呜声，他知道快到王沟车站了，急忙掷下第二捆，再掷第三捆。车的速度已显得放慢，他脚又绊着一个子弹箱，一脚踢下去。车快到王沟车站扬旗了，车进站就麻烦了。他携住王强告诉他后边车门的那挺机枪，右手抓住车门，一个旋风似的跳下。在平时，这样跳下他可以很稳地落在地上站住，但这时由于天黑，又夹着一挺机关枪，脚落在路基斜坡上，竟使他翻了个筋斗。当他爬起来抬头看时，火车已离开他很远，车头轰轰地驶过扬旗开进王沟车站了。

老洪扛着机枪离开铁道线二三十步，往回走。走出半里路，从漆黑的远处，传来轻微的击掌声，他啪啪还了两声。

小坡从一个洼地蹿过来，他紧紧地握着老洪的手，兴奋地说：“洪哥，都是枪！”他压住自己的兴奋，低低地说：“一挺机关枪，三捆步枪，一箱子弹，对么？”

“对！”老洪说，“这里离铁路太近，得搬远些。”

老洪扛起一挺机枪，又提了一箱子弹，小坡背了三捆步枪足有百十斤，但是他连腰都没弯，跟着老洪，往回走了三四里，在离铁路南边一里多路，一块地瓜地边的小沟里停下。直到坐在沟里的时候，老洪才感到浑身的疲劳。小坡充满疼爱的眼睛，在夜色里望着老洪一起一伏的胸膛。

“给我点支烟，遮住火光。”

小坡趴在沟底擦着火柴，用两手罩住给老洪点着了烟，老洪弯下腰，一气就吸了半截，小坡才知道老洪真疲乏到极点了。

突然从枣庄方向，顺铁路传来一阵微微的哐哐声，接着一道白光射过来，老洪急忙抹灭了烟，呼地坐起来，他身上的疲劳一下消失得无影无踪了。他拖过一挺去了稻草的机枪，架在沟沿上，低声叫道：

“小坡，快从子弹箱里取出子弹，快！”

小坡从跌裂了口的子弹箱里，掏出一包子弹，递给老洪。

老洪把子弹按在弹巢上，拉一下栓，顶上膛，对着铁路瞄准了。一辆鬼子的铁道摩托小电车，飞一样过来了。这是鬼子巡路的小卡车，上边有五个鬼子，两挺机枪，一个探照灯，在夜间铁道旁，照到人就开枪打。当摩托卡驶近老洪的枪口的时候，老洪是多么想搂扳机①呀！但是，他没有这样做，当鬼子没有发现他们以前，他不能开枪，因为打一下倒痛快，可是惊动大队鬼子出来，枪支可能保不住，那样会前功尽弃。

鬼子巡路摩托卡，只向他们这边闪了一下探照灯，没有发现他俩，就哐哐地开过去了。

他俩把枪埋在地瓜沟里，在上边盖上地瓜蔓，隐蔽好，便绕过鬼子的岗哨，回到枣庄。老洪到了炭屋子里，已经是下半夜了。

天一亮，王强依旧到站上去。老洪叫来小坡，交代他天亮以后带点干粮，背个粪箕子，到埋枪的附近守望着，他就直奔向南山边的小屯，去找老周了。

当老周听到他们搞到了枪，一把抓住老洪的手，摇晃着，欢喜地叫着：

“咦，老洪！你真行！”

“这算得了什么！”老洪微笑着回答，“你快送信到山里，叫咱们的队伍来取枪，时候长了怕会丢失。在土里埋得太久了，也容易损坏武器。枪都是新的。”

“好！现在马上派交通去……”老周正要出屋门，被老洪一把拖过来。

“老周，你给山里司令部捎个信，能不能给我们捎两棵短枪来，因为我们最近就要组织起来啦。”

老周连声喊着：“行！行！”就匆匆地出去，派交通去了。回屋后，约定天黑以后把武器取出来，山里会派人来接。

这天晚上，老洪和王强、小坡，三人到地瓜地里，取出了武器，到小屯去了。快要进庄时，突然一个岗哨向他们喊道：“谁？干什么的？”老洪知道是自己的队伍过来了，他是多么熟悉这个声音啊！

他答了话，随着他的话音，老周和另两个人影，向他跑来。老洪在黑影里一看，看到老周身后，是他们的张连长，另一个是指导员，一见面他们就紧握着手，兴奋得要拥抱起来。

回到屋里，他们把武器放下，老洪才在灯光下更仔细地端详他过去的连长和指导员的面孔。那黑瘦的面孔，说明他们为革命多么辛苦，但从他们眼睛里却看出愉快和力量。半年没见面了，老洪和王强，在连长和指导员面前，有点久别重见亲人的、带苦味的狂乐的感觉。小坡在旁边拆除枪上的稻草。

当连长看到摆在屋里的一排排崭新的、发青蓝色亮光的武器，郑重地对老洪和王强说：

“临来时，张司令和政委委托我向你们传达：由于你们为革命的英勇行为，要我代表部队，向你们致以谢意！”

老洪为上级的奖励感动得眼睛里泛着泪水。他立正挺站着，严肃地回答道：

“请你转告上级，我们要为党的事业更好地战斗。”

连长和指导员从身上摘下了两支匣枪，交给老洪和王强，说这是上级要他转交给他们的。老洪把短枪从匣子里取出，把两只木制的匣子又交回连长：“在敌人身边作战用不

① 枪上的机件，射击时用手扳动它使枪弹射出。也叫枪机。

着这个。”老洪和王强把光光的枪身子别在腰里，王强把自己的那支手枪交给了小坡。

因为这庄离枣庄铁路线很近，敌人最近有“扫荡”山里模样，部队不便久待，当夜就匆匆进山了。临行时，连长对他们说：

“我们夜里来回过铁路，路边的碉堡，常对我们打冷枪，这次过铁路，我们用这挺新机枪，对准敌人的碉堡眼，扫他一梭子试试怎样？”

当老洪、王强、小坡和部队分手后，在走回枣庄的路上，听到西南铁路边有几阵“哒……哒……”的机枪叫唤，老洪猜着是连长带部队过铁路时，在打鬼子碉堡。他听到这清脆的音响，高兴地笑了。

拓展阅读

铁道游击队：是抗日战争时期活跃在现山东鲁南地区（临城，峄县，滕县）的一支抗日武装。该游击队成立于1940年1月25日，受八路军苏鲁支队命令成立，成立时称"鲁南军区铁道大队"。人员最多时达300余人，由苏鲁支队任命洪振海为铁道游击队队长，王怀文为铁道游击队指导员，杜季伟任政委，王志胜为副队长。铁道游击队是一支由中国共产党领导的、英雄的抗日武装力量，隶属于八路军115师苏鲁支队。该队以临城（今薛城区）为中心，依靠群众，开展游击战术，与日本侵略者展开浴血奋战，奏响了民族救亡的最强音。于1945年解散并入华东野战军。

第 三 章

合伙开炭厂

半个月以后，一个下雪天的上午，老洪到小屯去。当他拍着身上的雪，要进庄的时候，看到庄头上的一家门楼底下，站着一个扛枪的庄稼汉，在打量着他。不一会儿，那庄稼汉朝他走过来，问道：

“你从哪里来？到这里干什么的？”显然是个放岗哨人的口气。

“枣庄。”老洪简短地回答，“来找老周的。”他指了指西边那个门。

一听说是从枣庄敌人据点来的，放哨人的眼睛就放尖了，又不住地上下打量着老洪，冷冷地问：

“你找他干啥？”

“我和他是老朋友呀！”说到这里，老洪哈哈地笑起来，“半个月前我还来过的。”

这时从街那边又过来一个扛枪的人，他看了看老洪，仿佛认识似的，很和蔼地说：

“你来找区长么？他在家，我领你去！”

“不用，我知道。”老洪说着就大步走进老周的门里。

等老洪进去后，扛枪人低低地对放哨的人说：“你不认识他么？那天夜里他来送枪的。”

“他就是在鬼子火车上搞枪的人吗？”放哨人瞪着眼睛问。

“是呀，那天他来时，我见过他。听说他过去和区长在一块打过游击。”

“真是个了不起的人呀！”放哨人说，“他出来，我得好好看看他！”

老洪一见老周，就笑着问：“你什么时候当区长了呀！我被你们的哨兵盘查了一阵，这儿真有些根据地的味道了。”

老周弄了些柴火，给老洪烤着，笑着回答：

“因为我在这一带地方关系比较熟，咱们的峄县办事处就确定我在这里当区长，开展这一带的地方工作。现在我已初步把南山沿这一片庄子的抗日民主政权组织起来了。部分的庄子已成立了农民自卫队。刚才村边问你的那个岗哨，就是本庄的农民自卫队员。”

接着，这年轻的区长把老洪拉到一间僻静的屋子里，从腰里掏出一封信，对老洪说：

“山里司令部来信了。上级表扬了你们搞武器的勇敢行动，希望你们再接再厉。根据你们现在的情况，上级认为组织起来已有条件，要注意发展基本队员，逐渐扩大。同时也应马上着手职业掩护，作为分散、集中的立脚点，掌握和教育队员，在可能情况下，迅速武装起来！……”

“是的！”老洪连连点头，领会了上级指示的重要性，说，“上级的指示很对，很及时。这样分散的、无组织的活动，是有危险性的。的确应该马上着手职业掩护，可是搞什么职业呢？……”老洪在寻思着。

“就在上次我去找你们的那个地方，搞一个炭厂不很好么？”老周建议说。

“对！”老洪说，“我也正这样想，回去我和王强商量一下。”

回到枣庄后，这天晚上，王强从车站上下班回来，在小炭屋子里，老洪向王强传达了上级的指示，他们立刻研究如何来执行。在搞职业掩护这个问题上，老洪已考虑成熟，对王强说：

“我看咱就在你这里开炭厂，集股扩大搞，新发展的队员就当伙计，这个买卖也不大用学，谁都会！”

“对！”王强眨着眼同意说，“是个好办法。这庄有几个炭厂，再添一个也不刺眼。我又会烧焦，咱庄烧焦的不少，可是能比上我这把手的，也没有几个。我烧出的焦，不会出孬货色，都是白皑皑的，敲着当当响。一百斤煤，包出七十斤焦……我也真不愿再在洋行里替鬼子推小车子啦，明明肚子气得鼓鼓的，可是面上却得装着笑脸，真把我憋死了。”

听到王强兴奋地谈着烧焦，老洪说：“开炭厂是好主意，可是本钱呢？”

“是呀！本钱呢？”王强的脸也沉下来。遇到决定问题的时候，他就望着老洪的脸孔，要他下决心，只要老洪说一声干，他就决心干下去了。在干的过程里遇到天大的困难，他都能用机智来克服，可是要叫他对亟待解决的问题拿主意，那就难了。现在他照例望着老洪沉思的富有毅力的面孔问：“你说怎么办吧！”

“怎么办？反正从咱这穷腰包里拿不出本钱来，”老洪肯定地说，“只有搞车。如果多组织几个人，不要搞煤，搞值钱的东西，狠狠地搞它一下，本钱就有了。”

王强点头说：“只有这个办法。”不过，他又接着说下去：“最近敌人对铁路很注意，货车上也加强了警戒，一趟车过去后，紧跟着又开出巡路摩托卡，见人就打枪。上次彭亮不是被打穿了裤裆吗？这样搞，困难是有的。”

“困难？有咱们的王强，还怕没办法么？”老洪哈哈地笑起来了。

王强望着老洪眼睛在放着光，知道老洪已经有了办法，下了决心了。于是他说：

“你说怎么搞吧！你说怎么搞，咱就干。”

“现在就得委屈你在车站上，再待一个短时间，多注意来往的货车，遇机会大大地搞它一下，我们的炭厂就有本钱了。搞车的人，我负责组织，一定要选那能干的，搞完车，他就是股东，也就是我们可以发展的队员。你在车站上很熟，在搞车前，你设法把那值班巡路的鬼子拢住，不叫他们紧跟车后边出发，那一切就都成功了。关于车上的鬼子，守车上也不会有几个，我们有枪好对付。如果炭厂开起来了，你回来烧焦就是！”

王强说：“行！就这样干，车站上由我对付，你光管车上好了。”

关于搞职业掩护问题，他们研究到这里，告一段落。接着研究如何发展队员。他俩在脑子里翻腾着那些自小和自己在一起捡焦核、一块扒车的穷工友，考虑到一个面影，就分析这人是否爱国抗日，是否和穷兄弟一个心眼，他的性情，扒车的技术，最重要的是胆量。当老洪想到一个黑脸上有块紫疤的，经常瞪着眼珠子好跟人吵架，但心地却很善良的彭亮时，毫不犹豫地说：

"彭亮算一个。"

"是个好家伙!"王强赞成说,"我也正想到他,又是个扒车的能手,当年不是他用帽子引起你的抱西瓜么?他又会开车,这是咱们拉队伍不能少的人才。上次搞机关枪和步枪,刚掷下三捆,就到站了,要是我们能掌握住火车头,让他开得慢些,十五捆不全搞下来了么?说到彭亮,我又想到林忠,林忠也该约一下,鬼子占枣庄前,他是火车上的打旗、挂钩工人,又在车头上烧过火。鬼子来了,几次动员要他上工,他不愿干。林忠这家伙,也不熊①。有他们两个,整个火车前前后后的一些机器就都掌握了。你说对吧,老洪?"

"是的,我们既然在铁道线上打鬼子,那么我们主要的任务就是对付敌人的火车。骑马的人不摸马的脾性,是会吃亏的,我们很需要这种人。应该约林忠!"

最后他俩又研究发展小坡和鲁汉。提到鲁汉,老洪说:"他勇敢,但是好喝酒,要酒疯。"

"这我们好好教育他。"

他俩决定初步先约这四个人,由他俩分头去谈,老洪找彭亮、小坡。王强去找林忠、鲁汉。

彭亮是个黑黑脸膛、身体魁梧的汉子。

在战前,他父亲在陈庄南头靠铁路的一个洼地上烧砖,他们就住在窑边两间矮矮的小草屋子里。因为家离铁路太近了,自小他在睡梦里都听到火车叫,不分昼夜过往的火车震得草屋乱动,可是却挡不住他睡觉。彭亮小时和老洪、王强在一起捡焦核,扒车学得也最快。离他家那个窑西边不远,就是车站东头铁路职工宿舍,到车上值班的司机、烧火、挂钩、打旗的工人上下班时,都在这里休息,彭亮小时常在这里打混,工人们看他还伶俐,都很喜欢他,他也很殷勤地替工人们烧茶倒水,出去买东西,像个小使唤人一样。他父亲常对他说:

"你和他们在一起是好事呀!学点本事,将来托他们为你在铁路上找个事,能当上个工人,全家都托福呀!"父亲又对他说,"铁路上的事很牢靠,简直是铁饭碗,一辈子也打不破的!"

十四五岁的时候,他很能做些重活了。有时他提着饭盒,给司机工人送到车头上,还帮工人们干些杂活。往炉里送煤的铁铲,像小簸箕一样大,他也可以端动,往炉里送炭了。他又会用沾油的棉纱擦机器,提着油壶为机器上油。他学什么都很用心,一学就会,而且做起来,简直和车头上的熟练工人一样。他跟着工人跟车出一趟班,能为大家做一大半事情。吃饭时,工人们约他一块吃。到什么地方要买东西,或是到站上去提水,都是他去。彭亮像车头工人不可少的膀臂一样,有时见不到他,他们就很惦念。

一个老司机工人,开车二十年了,人家都叫他张大车,车开得又快又稳。他开车,旅客不觉察就站住了,在不知不觉中,车就开走了。他开车时,经常是眯着眼睛,沉睡了似的坐在司机位置上,像一块雕刻的石像,可是车的一切都在他的掌握之中,从来不

① 怯懦;能力低下。

出一点毛病。张大车最喜欢彭亮，他经常把彭亮拉到司机座位跟前站着，手握手地教彭亮开车："你将来会成为一个好司机的！"就这样，彭亮很快就学会开车了。

虽然，他已是一个熟练工人，工人们为他的事，向机务处请求过，但是却不能为他在铁路上补上名字，原因是没有钱给那个肥胖的机务段长送礼。在旧社会里没有"门子[1]"和钱，是很难找到事情的。没有办法，每当他从火车上下来，工人们就从机车的煤柜里，给他偷偷地装一麻袋炭，扛回去换点钱维持生活。

日本鬼子占了枣庄，铁路一时停顿，虽然不久又通了，可是彭亮却死了干铁路工人这条心。因为他家的砖瓦窑，靠铁路太近，鬼子为了保护铁路安全，怕这里藏游击队，用刺刀逼着从站上抓来的人，把窑和草房拆掉。父亲一辈子吃这个窑啊！这白发苍苍的老头，强忍住悲愤向鬼子说理，被鬼子一刺刀穿倒了，血染红了窑边的枯草。这天彭亮不在家，等他回来后，看看窑和矮草房，都被平成了一堆土岗了，亲友已把他父亲和家人都安置在庄里的一座小破屋子里。在一片哭声里，他看到将要断气的父亲，父亲只翻了一下白眼，就死去了。

鬼子修复临枣铁路，正式通车以后，需要铁路工作人员，勒令过去在铁路上的工人上班，不上班就以通游击队判罪。有好多工人就迫上工了，为了生活，只得去。

和彭亮一条街上，有个和他很熟的伪人员，看到彭亮生活很困难就来劝他：

"你会开火车，到铁路上去报个名吧，你不是好久以来都盼着干铁路么？"

"去你奶奶的！"彭亮没等他讲完，就红着眼睛把这伪人员轰出门去。

虽然他自小渴望做个铁路工人，也就是父亲所说的找个打不破的铁饭碗；虽然他听到机车的轧轧声，心都在欢乐地跳动，但是现在他不想干了，因为他不愿去替鬼子做事。怎样生活下去呢？他和自小一块捡焦核的那一班穷兄弟，偷偷地扒鬼子的火车，从车上弄点炭和粮食来糊口。可是前些时鬼子警觉了，子弹打穿了他的裤裆，这些日子他没有再去扒车，眼看就要饿肚子了。

这一天，彭亮坐在街边的墙角下，低着头晒太阳。父亲的仇，家里的贫困，绞痛着小伙子的心。一个有力、能干，肩上扛上两百斤的麻袋，跑几里路都不会喘粗气的人，现在却像掉在枯井里的牛犊一样，有力无处使。苦闷中突然想起了老洪。这人浑身都是劲，矮矮的个子，眼睛不大，可特别亮。当它瞪着他的仇人的时候，会使对方胆怯；看到受委屈的穷兄弟的时候，会给你以力量。遇到不平事，牙咬得咯咯响。他勇敢、义气，容易使穷兄弟们在遭到困难的时候想到他。现在彭亮就想到他了。鬼子来时，他参加了据说是共产党领导的游击队，几个月前又突然回来了。这次回来，彭亮看着他好像和过去有些不同，他仍然勇敢、义气，但是像更沉着，肚里有学问了。前天他还对彭亮说："兄弟，有困难，告诉我，我会帮你解决的。"彭亮是个不愿向人告帮的人，只笑着回答："没有什么。"可是自己已经是一天没吃饭了。彭亮又想到老洪近日常和王强在一块嘀咕[2]，他们中间一定有事商量，是想拉队伍么？可是为什么背着我呢？我一定要跟着他们干。可是反过来一想：家庭呢，母亲和一群弟弟妹妹靠谁养活呢？难道都饿死么？

① 门路，特指能达到个人目的的途径。
② 小声说；私下里说。

彭亮抬起头来，从门口望着院子里母亲最喜爱的两只老母鸡，头一伸一缩地四下觅食，它们很久才在地上啄一下，显然地上找不到任何米粒，人们都几天不见粮食只吃菜梗了，哪里会把米粒落到地上呢？瘦弱的妹妹坐在屋门口的石磨旁，在摘着地瓜叶，用水把草和土块淘掉，揉成黑团蒸着吃，作为午饭。小破屋里传出孩子们的哭声，在向母亲要东西吃。

突然一阵咯咯的钉子皮靴声，街上来了群鬼子，端着发亮的刺刀乱叫，喝醉了酒的发红的眼睛在四下巡视。鬼子的皮靴声，吓退了正要走出门的老母鸡，折回向院子里跑去了，吓住了屋里叫饿的孩子的哭声。一个喝醉的鬼子，看到跑进院里的鸡，就晃着身子端着枪追进去。鸡噗噗地飞上墙了，母亲急着跑出来说："天老爷，我只有两只鸡了！"砰的一声，一只白鸡随着枪声从墙上掉下来了。鬼子去提鸡，看到被枪声吓倒在磨道里的妹妹，鬼子发狂地嚎叫着："花姑娘的！"彭亮红涨的脸上青筋在跳着，他紧握着拳头，站起来要向鬼子冲去，突然被身后一只有力的手抓住，彭亮回头一看，见是老洪。"先不要动！"他把彭亮拉到一个拐角处，从短墙上可以看到院子里的一切。老洪发亮的眼睛盯住院子，另一只手插在腰里。

母亲木鸡似的呆在那里，鬼子看着妹妹正要弯下腰去，一声哨子响，鬼子提着死鸡跑出来了。老洪看看集合起来的一队鬼子出街以后，就把彭亮拉到炭屋子里坐下。

"我不抓住你，你空手冲上去，不白送死么？"老洪瞪着彭亮说。他顺手递给彭亮一支烟，自己也点着一支。

彭亮握紧了拳头，纸烟被揉碎了，他气愤地捶了一下桌子："我难道眼看着我妹妹被糟蹋么？我是个人呀！"

"难道我忍心看么？"说到这里，老洪把上衣襟一掀，"你看这是什么？"

彭亮看到一支黑亮的驳壳枪别在那里。老洪眼里冒着火，斩钉截铁地说：

"只要他敢动你妹妹一手指头，我就打碎他的脑袋。撤到拐角，是为了打完便于走呀！"接着老洪惋惜地说："是哨音救了他的狗命。他们要集合了，你再放枪，就显得咱太笨了。因为他们一队鬼子听了枪响，包围过来，咱们不易脱身，反正他没动咱的人，就饶他这次算了。"

彭亮的眼睛里冒着感激的泪水，紧握着老洪的手：

"老洪，我看到你的枪了，你也给我一支吧！我跟着你干。"

"好，我们接受你的请求。我们最近要在这铁路线上拉起一支武装队伍，和鬼子战斗。"

"干！我心里像火烧似的，总算盼到了我报仇的日子啦。"

彭亮说到这里，突然想到母亲。自父亲死后，他更爱受尽苦难的母亲了，现在他仿佛听到破屋里一群孩子要吃的哭声。

"家里是困难的！可是这时候也顾不得家了！"彭亮咽了一口唾沫，显然他下了决心。他对老洪说："老洪，前些天，你问我：'兄弟！有困难么？'我对你说没有，实际上我家已吃了几天地瓜叶了。我没有好意思告诉你……"

"眼下我们还不拉出去，最近我们要开个炭厂，也算你一份股东，买卖一做起来，家里就都有吃的了！"

“开炭厂么？本钱呢？我哪有钱入股呀？”

“会有的！”老洪满怀信心地说，接着他把和王强计划的事情告诉彭亮，最后说，“这不就有本钱了么？”

彭亮听了一阵阵地高兴，连声说：“这太好了，这太好了。”他积压在胸中的愁苦，一扫而光。老洪停了一会儿，两只发亮的眼睛严肃地盯住彭亮：

“你真有决心么？”

“有！”彭亮坚决地回答。

“不怕牺牲么？”

“不怕！”

“好！”老洪的声音转得温和些说，“我现在代表铁道游击队吸收你为队员。我们是共产党领导的部队，有人民支持，能克服任何困难，战胜敌人……”

彭亮临走时，老洪笑着对他说：“现在我们是同志了，有困难要说出来呀；明天我从王强家弄点粮食，派人送到你家里。炭厂一开门，就不困难了。”

在紧紧的握手中，彭亮第一次感到“同志”的亲切。有“同志”在一块战斗，他不再感到孤独了，身上增添了无穷的力量。他们约定了会面联系的办法，彭亮才回去。

第二天，小坡背了一口袋粮食，流着汗送到彭亮的家里。彭亮的母亲看到这竖在屋当门的粮食，抚着口袋，喜得说不出话来。她望着彭亮的脸说：“是你借的么？”

彭亮笑着说：“这是老洪哥送给咱吃的。”

“啊！”母亲的脸上，出现了好久不见的笑容。“你老洪哥是个好人呀！”

小坡把彭亮拉到一边，握着他的手，低低地说：“咱们现在是同志了。”彭亮紧紧地回握了一下回答：“对，我们是同志了。”

母亲叫妹妹把粮食倒进缸里，小坡看了她一眼，便对彭亮说：“临来时，洪哥叫我告诉你，说昨天鬼子看到了你妹妹，也许还要来找麻烦的，叫她到别处躲几天才好。”

他接着很正经地说：“咱都是自己人，还用得着到别家去么？到我家去吧！我也只有一个母亲和妹妹，我今晚就搬到炭屋子里，和洪哥一起住了。你看怎样？大娘！”

“唉，你看你洪哥操心得多周到呀！”母亲很感动地说，“也对呀！梅妮儿，得去躲几天，到你小坡哥家去也好，都不是外人。”

当晚，小坡搬到炭屋子里，梅妮儿就到小坡家去了。

这天，王强领着小车队，在洋行门口运货。洋行正在从四乡收买粮食，运货厂的粮食堆积得像一座小山。当王强运了一阵坐下来休息的时候，看到粮食堆那边一片嘈杂声，他急忙赶过去一看，站岗的鬼子正揪住一个清瘦的二十多岁的中国人，鬼子一边骂着“八格”，一边要用刺刀穿他，一刺刀穿过去，那中国青年一闪，把裤子刺了一个大窟窿。王强认出来那被刺的人正是林忠，原来刚才鬼子丢了两包粮食，林忠从这经过，鬼子认为是他偷的。

王强赶上去，拦住鬼子。因为他在车站上来往很熟，这个鬼子他也认得，便掏出一包大金华香烟递给鬼子，笑着对鬼子说：

“太君的不要生气，”他指着林忠说：“他的，好好的！我的朋友大大的！”

鬼子这才息了怒，瞪了林忠两眼走去了。

这时鲁汉也赶来了，他和林忠很要好，看看林忠惨白的脸色，不知出什么事，便叫道："他奶奶，谁惹咱哥们生气啦！"他一动气就骂街，如果喝了两杯，他会拍着紫色的胸膛大声叫骂。

王强把小车交代给别人照管，便拉着林忠和鲁汉到附近一个饭馆子来了。王强和这家馆子很熟，他们被让到一个僻静的小屋里坐下。叫了几个菜，打了一斤酒，三个人喝起来。

林忠瘦黄的脸上，还没恢复平静，他平时是个喜爱安静的人，现在却滔滔不绝地对王强说：

"我自小生在铁道上，父亲一辈子，我也好多年，在车站上、火车上做事，车站上谁不认得我！现在我却不能在铁道边走了，这地方算没咱姓林的吃的了。"他气得胸脯还在起伏着。

"和鬼子你还有讲得清的理么？"王强说。

听说是和鬼子闹事，鲁汉狠狠地喝了一杯，摔得盅子叮当响，他骂道："奶奶的！在这个年头，好人算没有活路了。前天我到北乡去看我姐姐，走到路上碰上国民党的游击队，他们盘查我，说我从枣庄出来是汉奸。我说，谁是汉奸就揍死他！你有劲和鬼子使呀，鬼子来了你们就跑，现在抓住穷人寻开心。他说我嘴硬，便把我绑起来吊了一夜，还是我姐托人花了二十元钱才放出来。"

当谈到扒车也不好搞时，林忠和鲁汉都望着王强的脸说："你常和老洪在一块，你得叫他给咱这穷兄弟出个主意呀！"

"是的，老洪和我最近也在盘算着怎样斗鬼子，怎样活下去。"王强低沉地说，"咱们这样各顾各地搞，日久终会吃亏的，偷鬼子和杀鬼子差不多，他捉住你，就别想活。鬼子对中国人，还不是杀一个少一个。穷兄弟能在一起抱得紧紧的才行，有个穷兄弟吃了亏，大家都来帮呀！现在车又搞不成了，大家四散零吊着，也会惹起鬼子的疑心的。我们也该合伙搞一个职业，必要时，咱也准备点家伙，不行，咱就裂，裂倒一个够本，裂倒两个，赚一个。没事，咱还吃这两条线，有事，咱就合伙干。要紧的是咱穷兄弟心眼得抱齐。"

"对！"鲁汉沉不住气了，叫道，"你都说到我心眼里了，真得这么办呀！林哥你说呢？"

"对，应该这样！"林忠冷静地点头说。

"那么，你就叫老洪领着咱们干吧！自小在一块，谁还不知道谁的心眼！"

到这时候，王强郑重地看了看林忠、鲁汉的脸色和眼睛，然后说：

"你俩真愿齐心合伙干么？"

"谁不齐心，没好死！"鲁汉喷着唾沫星子，赌了咒。

"相信我们吧！不会有含糊的！"

"好，咱们干一杯齐心酒！"王强举起了怀，三人一齐饮了一杯。他接着说：

"今晚找老洪去。"

晚上，在炭屋子里小油灯下，老洪谈了谈计划。林忠和鲁汉入了伙。

洋行门前，堆得像小山样的粮食，装了一整列车。天黑以后，鬼子要把这从四乡征收的麦子运出去。王强擦了擦脸上的汗水，领着脚行工人们坐下来休息。当他把大部分人都打发回家吃饭后，就叫一个率领推小车的小头目留下，告诉他天黑后，把小车的车轴用肥皂打好准备着，这个小头目欣然地笑着回答：

“一定准备好就是！”

一说擦肥皂，他们都知道是什么事，因为过去老洪、王强他们扒车扒得多了，都是要他们来推。为了怕在黑夜里车轴有响声，在车轴上抹上些肥皂，就没啥动静了。他们所以高兴去的，是因为平时洋行里推两包一角钱，抹肥皂推时一包就给两角钱。

王强安排好，并约定了地点以后，便一直到站上去了。他去找打旗的工人老张，他俩是常在一起喝酒的老朋友，王强一把把他拉到旁边，老张说：“老弟，不行呀！回头咱再喝吧，站上还有一趟车是我值班，这趟车开出去我才有工夫呀。”他认为王强要拖他去喝酒。

王强说：“行！就等那时再喝。不过老张哥，这次我请客，可是得请另外人来陪你了，我没工夫。”

“不行！不行！只有咱兄弟们在一块喝，我心里才痛快，我不喜欢和不熟的人在一块喝酒！”老张是矮小的上了年纪的老工人，他摇着他紫红的脑袋。

“这个人你是认识的，不过不太对脾气就是了。可是老张哥，这个忙你可得帮帮呀！”

“你说谁吧！”

“小林小队长。”

“呸！和鬼子一块喝酒?！你不是拿我开玩笑?”老张把袖子一甩，要走，“我虽然好喝酒吧，可是和鬼子对盅，我可还没那个闲心呢！我干工，是被逼的，为了生活没办法，要有一点办法，谁愿意在鬼子下边干事，是婊子养的……”

王强笑着把老张拉住说：“老张哥，我知道你的心，我也不是叫你真心和鬼子喝酒，主要是当这趟车开过后，你能把小林哄到酒馆里应付两个钟头，就是对我们最大的帮助了。老洪你不信服么?这事是他叫我来托你的，昨天他还对我说：‘你找好心的老张，他会帮助我们的……’”

“是老洪这样说的么?”提到老洪，老张的态度缓和下来了。他是最信服老洪的。过去老张受工头的气时，老洪曾为他出过气，只要是老洪说的话，他都听的，因为他知道老洪和穷工人是一个心眼。

“是老洪叫我来的！”王强认真地说。

“你们想搞车么?”老张低低地问。

王强说：“是呀！我们想扒两袋粮食吃呀，这些日子困难极了。你只要哄着小林，使他不随车后出发沿路巡逻，就行了。这次你是假喝，改天老洪和你到一块，咱们兄弟们再真心地喝一气。”

“好吧！”老张点头说。

王强见他答应了，交给他十块钱，八块钱就能办一桌好酒席，另外买些纸烟和零食。临走，王强握着老张的手说：“这事过后，我们得好好谢谢你！”

老张笑着说：“只要我和老洪在一块喝两杯谈谈，我就心满意足了。他从山里回来后，我是多么想见见他呀，他真是个好汉子！”

王强告别了老张就回炭厂找老洪去了。

晚九点钟的客车过去以后，粮食车就开出了。阴暗的天空，随着一阵呼呼的西北风，飘落下大块大块的雪片。打旗工人老张送走了这列车，提着红绿灯，回到下处，从篮里取出一瓶兰陵美酒，夹着一包点心和上等纸烟，就匆匆地出去了。

在站台的灯光下，他正好碰上身材短粗的小林小队长。小林正准备到警备队去命令值班的鬼子扛机枪，准备摩托卡要出发巡路。老张一见到他，就迎上去，亲热地打着哈哈。

“啊呀，太君！”他从怀里掏出酒瓶一晃，说，“我正想请你去痛喝一顿美酒……”

“不的！”小林摆了摆手，他在车站上常碰到老张的。他说：“我的巡路的公事的有。”

“你得赏我这老脸呀！太君，天冷大大的！”老张指着在寒风里飞舞的大雪说，“喝一点暖和，喝完酒再去，走吧！”

“那边土八路的有？”小林看了看天，对出发也有点犹豫。

“没有的！土八路的没有的！走！”老张说着就把他拖到车站下沿的一个酒馆子里来了。

小林小队长平时是巡逻做警备的，不是捕人，就是打枪，所以在他眼睛下的中国人，应该是躲闪、逃避和发抖，他很少看到中国人的笑脸，因此，他认为中国老百姓不领会日本的中日亲善，更恨中国人。现在张老头在他面前是另外一种景象，他仿佛感到皇军东亚共荣圈在放光彩了。当他坐在摆满酒菜的桌子前，竟狂笑着，拍着老张的肩说：

“你的大大的好！”

“好好的，太君喝一杯。”

就在这时候，粮食车已开到枣庄正西，突然有几条黑影蹿上车去。在这风雪交加的黑夜里，把火车上的粮食包，纷纷向下抛着。彭亮在火车上，一边掀着，一边踏着脚下的粮食包向列车前边跑着。他翻上了车头后边的煤柜，爬到司机的地方，在车头上的小电灯下边，他看到了像一尊石像样沉静的张大车，他就是那个曾教会他开车的老司机。他叫着：“开慢些，开慢！”

张大车转回头来，看见彭亮说：“你干什么呀？”

彭亮急急地说：“弄几包粮食，开慢些！”说完又翻过到粮食车上去了。张大车领会了他的意思，就把车的速度渐渐放慢了。

老洪端着枪，趴在靠近守车那辆粮食车上，隐蔽在一个粮食包后边，像一个机警的岗哨一样，观察着守车的动静。守车的玻璃窗，在风雪中只露着昏昏的灯光，只要有人头露出来，老洪就要开枪打过去，可是那里一点动静也没有。四下只是漆黑的夜，飞驰的车身在颤抖着，夜风在呼呼地吹，车轮和铁轨摩擦发出的轧轧声。大概守车里的鬼子，惧怕车外的风寒，都守在火炉旁取暖了。

老洪身后的粮食包还在纷纷向下抛着。一直到王沟站外，火车加快了速度，他才跃了下来。

在老洪回来时，看到沿路都是粮食包。王强领来了小车队，彭亮、小坡、林忠、鲁汉，还有王强的一个本家哥王友都来了，王友是昨天才应约参加的。他们都帮着推小车的工友，把粮食包装上小车。几十辆重载的小车，被王强领着绕道推到附近的小庄边，他们把粮食藏在破窑洞里，藏到被鬼子烧坏的黑屋框里，再用草盖上。又推了两趟，才把铁道边的粮食包推完。

当他们回去时，雪还在纷纷地下着，一直下了一夜。他们在铁道旁运粮食包的痕迹，和掩盖粮食包的草上，都盖上了厚厚的雪被了。

第二天，彭亮、小坡、林忠、鲁汉分头到四乡，雇人把粮食推到齐村集上卖了，一共卖到四百元钱，回来交给老洪。老洪和王强再分头去办营业登记，并到煤矿公司的煤务处去缴款定煤。

小坡弄石灰，把炭厂栅栏门两旁的土墙，粉刷了一下。彭亮他们去购置筐、秤、铁铲之类的用具。

王强到洋行去请了长假，总算离开了可诅咒的洋行。

炭厂在积极筹备着。由于他们和各家炭厂同业很熟，就去请炭厂里的先生写对联，在粉墙上题字号。有些炭厂来送礼，照例得筹划几桌菜。择吉开张，是大喜，又买了一串鞭炮。

炭厂开张的那天，栅栏门两旁粉白的墙上已题上斗大的黑字：

义合炭厂

门旁贴上鲜红的喜对联，上下两联是：

生意兴隆通四海
财源茂盛达三江

一阵噼噼啪啪的鞭炮声过后，老洪、王强迎着来祝贺的同业，让到炭屋的酒桌上，接着是酒令三五地喝起来了。小坡忙里忙外地端着酒菜，彭亮他们在忙着由煤务处运煤。

炭厂里的煤炭堆像小山一样高，四周围已开辟了几个大的焦池，在喷着滚滚的白雾。夜里，能看到通气孔的火舌，蹿出尺多高。

拓展阅读

农民自卫队：又称农民自卫军。大革命时期和土地革命时期，中国共产党领导的农民自卫武装。抗日战争期间，农民自卫队武装极为简陋，主要是大刀、红缨枪或自制的土枪，后期则通过收缴恶霸武装等提升了装备水平。平时农民自卫队负责警戒和维持治安，战时则积极配合正规军作战，是各地武装起义的重要力量。

第 四 章

来了管账先生

炭厂开张不久，栅栏门外，经常停满了从四乡来买炭的小车。厂里整天是人声嘈杂，烟雾腾腾的。彭亮掌着过煤大秤，林忠、鲁汉上煤抬筐，小坡筛炭渣，王强操着他的拿手老行，在烧着几个焦池。老洪拿着香烟，在让着常来买煤的老主顾，像一般炭厂的掌柜一样，请大伙到屋里。

“吸烟吧，喝茶呀！”

显然，炭厂的生意是很兴隆的。每当晚上，他们洗过脸，吃着咸鱼炖豆腐和麦子煎饼，脸上都露出欢喜的神情，穷困暂时离他们远些了。过去和他们同一命运的人们也来要求参加了。

一天晚上，老洪叫小坡把栅栏门关好，把所有的人召集起来。在豆油灯下，他低低地，但却很有力地说：

“兄弟们，不，同志们！以后当我们在一起开会时，我们就要以‘同志’相称了。”

“是呀！”小坡高兴地说，“半月前我就偷偷叫彭亮同志了！这是个多么亲热的称呼呀！”

“是的，应该称同志，这称呼够味！”

“静一下，听老洪讲下去！”王强知道这是开会，截住了大家，小屋里又静下来。

“同志们！我们的炭厂最近的生意很不错，这样做下去，我们会赚很多钱的。”

“是呀！天一亮，小车就拥上门呀！”

“我抬了一天炭筐，汗都来不及擦。”这是鲁汉粗哑的声音。

接着老洪把含笑的眼睛，变得严肃些，对大家说：

“可是，我们千万不要忘记，咱们这买卖是什么人开的，是怎样开起来的。要是忘记这一点，像一般商人那样糊里糊涂过日子，那我们就会在高兴当中脑袋搬家。”

随着他最后的语音，人们脸上都换上了严肃的表情，眼睛都望着老洪坚毅的面孔，炭屋里霎时变得非常沉静。虽然大家都不响，但是从人们的眼睛里可以看出，好像大家都在表示：“老洪，你说吧！我们听着。”

“同志们，我们不是商人！”老洪坚定地说，“我们从来也没打算坐在柜台上去赚别人的钱。我们从小都是在炭渣里长大，捡炭核，下窑挖炭，扒火车，哪一天不是和把头、炭警、坏蛋翻筋斗，挨饿受气地过穷苦日子！现在鬼子又来了，过去抓着咱头皮的有钱人跑了，有的趴在东洋皮靴上叩头当了汉奸。压在我们肩膀上的担子更重了，除了和穷困斗争，还得和鬼子干。看看日本鬼子在咱枣庄怎样杀人，把我们的煤和粮食，一列车一列车地抢走，多么痛心呀！只有我们穷苦的工人，才知道祖国财富的可爱，也只有咱们工人，受尽了困苦，才真正懂得仇恨。”老洪的眼睛在发着愤怒的火焰。他继续说：“同志们，难道凶恶的敌人，会让咱们笑着脸皮，平安地每天吃麦子煎饼和咸鱼炖豆腐么？不会的，谁要这样想，谁就错了。”

“对！”

“对，一点也不假！”

人们都点着头。彭亮想起父亲死在刺刀下，妈妈吃着黑地瓜菜团，他的眼皮发红了。他继续听着老洪讲。

“我们过去靠斗争过日子，今后还得斗争，而且斗争要更坚决勇敢。我们现在开炭厂，做买卖，只是和敌人打马虎就是了，难道咱们还真做买卖人①么？大家来参加时，你们都表示过决心。我从山里来，也为了和大家一起组织起一支武装，在这两条线上干一场。共产党教育了我，使我的眼睛亮了，能够站在穷兄弟面前讲了上边那一席话。以后咱们人多了，山里还会派人来的，到那时大家的眼睛都会放亮了，朝着一个光明大道前进。可是现在怎么斗争呢？”

老洪停了一下，望着大家。

“老洪，你说吧！要怎么干，咱就怎么干，谁也不会给穷兄弟丢脸！”彭亮领头说。

“上次我们搞了敌人一部分枪，交给山里。上级奖励了我们两支短枪，加上原来一支，共是三支短枪。现在我们是七个人，以后还要发展，枪是不够的。现在我们不是用炭块和车警搏斗了，我们对付的是全副武装的鬼子，没有枪怎么能行呢？要是每人腰里都能有一支短枪，有事就好应付，不行咱就裂。如果现在不打算好，以后遇事就干瞪眼。说要搞枪，就马上搞。枪从哪里来呢？当然向敌人那里搞。最近我们要想办法搞一下。不过不能白着眼等机会呀！眼前也有个救急办法。咱们的炭厂最近不是很赚钱么？以后还会赚钱的，遇机会还要搞车弄钱的，钱就是救急办法。我提议这钱的用处有两个：一个是分一半给家属，使家里日子能过得去，多的可在家里存起来，以防万一。另一半买枪，鬼子来时，中央军跑了，从一些逃兵手里，可以买到枪，大家认为怎么样？”

“同意！”

“同意！”

“因为这是大家的事，那么咱们表决一下吧！”

七个人的右手一齐举起来，老洪从大家乌黑的、握得紧紧的拳头上，看到了力量。他脸上浮起了笑容，亲切地说：“同志们，放下吧！”第一次会议就这样结束了。

会后，彭亮和小坡、林忠在议论着：

“咱们的老洪，真和往日不一样了呀！过去咱们穷兄弟谁会讲句话呢？穷兄弟到一起，一看脸色就知道是受气了，还是饿着肚子，还用嘴去说么？真是受不住了就骂一声‘奶奶的’，握着拳头拼了。就说老洪吧，他过去老是蹲在墙角上，半天不说话，可是你

① 指商人。

看现在，他讲起话来多有劲呀！每一句都像小锤一样敲在我的心上。”

“他不仅会讲话了，”小坡也点头说，“他干事也和过去大不一样了呀！那次从铁闷子车上搞枪，这个事只有老洪能办到。可是，一搞下来，我和他正收拾着枪，鬼子的小摩托卡嘟嘟地开来了。探照灯直往我们照，老洪把机枪架起来，他要我压子弹[①]，他在瞄准了。当鬼子摩托卡开到跟前了，我趴在那里光等着机关枪响，可是没有响，老洪并没有开枪，如果开枪，我们在暗处，鬼子在明处，还不是一打一个准。可是老洪并没有那样做，事后我问他为啥不打，他对我说，打是能打个痛快的，可是机枪一响，大兵营的鬼子开过来，我们人倒好跑，可是枪呢？三四捆步枪，还有机枪、子弹，我们两个人是背不动的，要是丢了枪，那么，我们忙了这一夜，为了什么呢？就为痛快地打两梭机关枪么？小兄弟，你再想想。看咱们的老洪想得多周到哩。要是过去的老洪，看到鬼子的摩托卡，机关枪在他手里，早嘟嘟起来了。老洪是和过去不同了。”

“对！”沉静的林忠点头说，“从山里回来后，他是比过去更能干了。”

他们找到老洪，紧握着他的手，嘴里不住称赞着：“老洪，你比过去能干多了！”

“我能干什么呀！”老洪笑着说，“如果有点进步的话，这是党的功劳，党对我教育了呀！我们在党的教育下，大家都会成为能干的人！以后山里有人来，你们就会知道我的话是对的了。”

“山里几时有人来呀？”小坡着急地问。

“会来，只要我们组织好，马上就会来的。”

“党！”这个字眼在他们脑子里转着，他们急切地盼望着山里有人来。

为了更快地武装起来，老洪和王强在夜里又搞了几次车。不过扒车更困难了，鬼子对铁路的控制，一天天加紧了。在铁路两侧，每隔几里路修一个碉堡，里边住着鬼子和伪军。在碉堡之间，指定铁路两侧各村的伪自卫队站岗，他们在铁道边的土坎上挖一个洞，铺上草为鬼子看路。鬼子要他们在洞口扎上一人高的草把，遇有情况，就用火柴点着，鬼子看见火光，就坐着摩托卡、铁甲车出来。

老洪和王强他们经常到铁路两侧的土洞里，去看这些被逼迫来看路的人。他们在铁路线上常和这些人碰面，都是熟人。这些庄稼人，成夜地蹲在地洞里烤火取暖，来避洞外的风寒，等到他们看到铁道上照着白光，才抱着膀子出来，扛着红缨枪，站在草把信号的旁边，向鬼子显示他们很尽职责。他们对老洪说：“我们不会坏你的事的。”

可是有好多次当他们一跳下车，在搬运东西时，就被碉堡上和巡路摩托卡上边的鬼子发现，在一阵激烈的射击声中，他们不得不丢下东西匆匆跑掉。

敌人常出发到山里扫荡，为了后方的安全，对枣庄街内也加强了控制，夜里经常查户口、捕人。白天捕来的中国人，戴上只留着两个眼睛的黑色面罩，装在汽车上，每逢有这样的汽车过街时，人们都躲藏着。有时一队鬼子正走在热闹的街上，突然一声哨音，鬼子四下散开，端着刺刀嗷嗷乱叫，像冲锋一样在街上乱窜着。这时，走在街上的人谁若沉不住气，惊慌地跑了，就认为不是良民而被抓走。鬼子就用这样鬼办法，抓了不少

① 当时的轻机枪弹匣容量有限，至少需要两个人操作，一人射击，副手负责往空弹匣中压入子弹。

中国人送到宪兵队，有的被刺刀刺死，侥幸放出来的，也被狼狗咬得遍身稀烂。

没有正当职业的穷人，也被注意了，一些过去和老洪一块吃过两条线的穷兄弟，有的也被捕了。

在一个晚上，王强以很沉痛的声调告诉老洪说：

“李九被鬼子杀了。”

“怎么?”老洪睁大了眼睛问。

“李九叫鬼子杀了，死得很惨!”

这李九是老洪和王强要约的队员，过去他们都在一起扒车、捡煤核。鬼子来后，他也出去参加过游击队，可是他参加的不是共产党领导的，而是顽固派的游击队。这些队伍不打鬼子，光糟蹋老百姓，他待不下去，就带了一棵短枪，跑回了枣庄。他勇敢、能干，枪打得准。在一天夜里他偷偷摸进鬼子的兵营，打死了七个鬼子。他虽勇敢但有一个毛病，就是光靠他的枪法，不相信别人。老洪和王强曾经把他请到炭屋里，一块喝着酒，劝他参加炭厂，一块打鬼子。他却不干。他说：

“做买卖有啥意思呢，有这棵枪，吃遍天下。”

听到这话，老洪知道李九已走到另一条路上了。凭着他这蛮干法，他的枪能打鬼子，也可能做出坏事。不过老洪很爱他的能干勇敢，便以穷兄弟同心合力，团结抗战的道理说服他，可是李九总是摇着头说：

“打鬼子我不熊，可是要我入伙，我不干。自己光杆①干多痛快，人多了也嫌累赘呀。为了打鬼子，你们要我帮助，我不帮忙不够朋友，要是要我参加干，对不起!”

老洪和王强没能把他劝过来。老洪知道他的脾气，他只相信自己的勇敢和枪法，不相信群众力量。他所说的“嫌累赘”，实际上是怕别人坏了他的事情，平时他的行动从来不叫别人知道。老洪又和他谈了两次，看看没有效果，就暂时没再约他。不过老洪每想起来总感到是个心事。现在听王强说他死了，不觉吃了一惊。他问：

“他是怎样叫杀了的!”

“是这样，他从来都是晚上活动，以为别人都不知道他的行踪。夜里经常在公司东门外一个相好的寡妇那里落脚。这一点人家早知道了。朋友劝他，他老不听。这天晚上，他喝了酒打了鬼子一个门岗，就住到那个孤零零的小屋里。一个特务叫魏秃子的，向宪兵队去告密。天刚亮时，五十多个鬼子包围了那个屋子，李九平时认为自己枪法好，身轻如燕，可是这里偏偏四下不靠人家，没地方隐蔽，逃不出去。鬼子冲进去，虽然被他打倒了两个，可是他自己也被刺刀穿倒了。他死了鬼子还不解恨，又把他刀砍八段，抬着游街，现在街上还高挂着他的头颅。”

听王强谈后，老洪叹惜着说：“他是能干的，可是不相信大家的力量，落了一个个人蛮干的悲惨下场。”然后，又严肃地对王强说：

“同志，我们要记住这个教训，我们一定要有组织有领导的干。要加强教育，提高队员的政治觉悟。要相信集体和依靠群众。用在山里党经常教育我们的话来说，李九是犯

① 比喻孤独的人或失去群众、没有助手的领导。

了个人英雄主义。”

根据这一事实，老洪专门和队员们做了一次较长的谈话。由于敌人对无固定职业的人的注意和逮捕，使有些过去一道下窑扒车的穷兄弟也来炭厂，要求参加。一个叫赵六的中年人，和一个结实的年轻人小山来找老洪。

“老洪，你现在当大掌柜了，买卖怪发财呀，你没有忘掉咱在一块下过窑的穷兄弟吧！”

“有什么困难么？”老洪以为他们是来借钱，就去掏腰包。在穷朋友面前他是慷慨的，哪怕腰包里只剩一顿饭的钱了，他也会全部拿出。

“我们不是来借钱，你炭厂不再使唤人了么？俺俩想到你这里帮个忙。”赵六说。

老洪很知道他，他是个平时不紧不慢、满脸笑容、善于忍耐的人，可是遇有啥事使他忍无可忍，他红红的脸色变白的时候，他也是个什么都不怕，要怎么干就怎么干的人。前些时王强去约他时，他还有些犹豫。最近敌人常搜捕无职业的人，他才下了决心。鬼子一杀李九，他的脸发白了，因为他和李九很好，就约着小山来找老洪了。平时老洪吸收队员时，照例要问：“你有胆量么？”因为他明白赵六一旦下定决心后，他是拼命的，这就不用问了。可是一想起李九的事件，他在吸收队员时又多加了一个问话，就是：

“我们这炭厂可是有管教[①]的呀，行么？”

“这还用问么？我也没把你当成外人，才来找你。”赵六像生气似的回答。就这样，炭厂里又多了赵六和小山。

不久炭厂又买了两支短枪，连原来的三支，洪、王、彭、林、鲁，各一支，人数已经发展到十二个人了。老洪到小屯去找老周，向山里汇报了情况，并请求山里派一个党的工作人员来，从政治上培育这支小部队的成长。

一个晴朗的上午，炭厂里的生意忙得很，一批批买到炭的庄稼人，推着沉重的小车或挑着筐篓，还没走散，栅栏门又有一批挑担推空车的买炭人拥进来。人声嚷嚷，煤灰在阳光里飞扬。

小坡和小山在筛炭渣，累得满头大汗，汗水从他们乌黑的脸上冲下一道道的黑水。彭亮在扶秤，一刻也停不下来，脸上的紫疤在发亮了，只听到他沙哑的声音在喊着：

“一百五十斤……”

“二百斤……”

在彭亮的喊声里，一个买炭的小伙子，背着筐篓走进小炭屋里，这时老洪正坐在那里喝茶。青年人看到屋里没有外人，把嘴凑到老洪的耳朵上叽咕了几句，就又出去买炭了。

老洪本来坐在那里沉思什么，现在突然雄赳赳地走出炭屋，别人看到他发亮的眼睛眯缝着，惯于紧绷着的嘴唇，咧成向上翘着的月牙形。他是被一种巨大的高兴所鼓舞着。他向煤堆周围的人群瞅了一阵，看到王强正指挥着赵六，往一个已经烧熟的焦池上泼水，

① 约束教导。

焦池上白烟滚滚。刘洪喊：

“老王，来一下！”

王强过来，老洪吩咐他：“我到齐村集上有事，你在这里照顾着柜房！”

“什么时候回来？”

“下午。你记着叫人去割几斤肉，多打点酒，晚饭准备得好一点。……”

“有什么事么？”因为最近老洪宣布要大家少喝酒，怕耽误事，出毛病。现在他又叫打酒，王强奇怪地眨着小眼问老洪。

“到时候你就会知道的，保证你会高兴得小眼喝得通红。”

老洪走后，王强在中午休息的时候，叫人去办酒菜，鲁汉高兴地对大家说：

“今天买卖不错呀！看样咱们老洪要犒（kào）劳[1]犒劳大家了，几天没喝酒，我真憋坏了。”

“酒还是不能多喝呀！”小坡说。

“今天喝酒，一定有事。老洪平常不主张喝酒，他说一句算一句，从不改口的。可是今天又亲自安排人去打酒，准有事。”王强揣摸着。

“有事，就一定是喜事，咱就得痛快地喝一气。”鲁汉一提到酒他就有劲了。

老洪离开陈庄，到齐村去。齐村是枣庄西边八里路的一个大镇子，今天逢大集，四乡的庄稼人都到这里赶集，现在快到年跟前了，今天的集一定很热闹。可是他的脑子却没有在这集上打圈子，而是在想山里自己的队伍。熟悉的人影在他脑子里翻腾着。心里的喜欢使他的嘴老合不上，在不住盘算着：“是谁呢？”步子一阵阵地加快，不觉就到齐村了。

老洪走进集上的一个小杂货店里，有位瘦瘦的但却很温和的老大娘，向他亲热地打着招呼，老洪坐下来喝茶。这老人是小屯老周的姑母，枣庄鬼子加紧统治以后，他们就常约会在这里联系。老洪看着街上来往赶集的人群，里面有时也间杂几个伪军。他知道这齐村驻的敌人大部分是伪军，只有一小队鬼子住在村东部的一所大宅院的碉堡上，平时不常出来。

不一会儿，从来往的人群里闪出两条人影，向小店走来。一个清亮的嗓音：“掌柜的，腰带子怎么卖呀？”老周装着买货人走进门来，他宽大的肩上还搭着钱褡子。

“老主顾了，进来看看货吧，价钱还不好说么？”

老洪望着老周身后那个人，但老周的肩膀正挡住后边人的面孔，老洪只看到这人戴一顶带耳的破毡帽，穿一件非常不合身的臃肿的大棉袍，腰里扎了一条碎成条条的腰带，操着手，像一个老人一样随着老周走进来。

老大娘掀开一个冬天用的厚门帘，把他们让到暗暗的里间屋去了。在一阵紧紧的握手中，老洪才清楚地看到这人不是老人，而是青年，一双微向上挑的细长眼睛，在亲热地望着他，微黄的脸上浮着一种富有毅力的表情，这是老洪过去在山里部队上，常看到的政治工作人员脸上所惯有的那种表情，亲热而严肃。这张面孔，对老洪很熟悉，但是

① 用酒食等慰劳。

他记不住对方的名字。

“好吧？……”对方向老洪问好。

“好，好，山里咱们的人都好吧？”

“都好！”

“老洪，”老周指着细长眼睛的客人对刘洪说，“认识么？”

“认识！认识！”老洪肯定地笑着回答，“自己的同志这哪能不认识呢！在山里时常见面。”虽然他一时想不起对方的名字，但是已经认出这是自己的同志。

“是的，这是李正同志，”老周说，“在山里咱们是三营，那时李正同志是二营的副教导员。”

听到李正这个名字，老洪也记起来了，脑子里马上映出了一个年轻的教导员，在队前作战斗动员时的严肃而热情的形象。他记得李正同志在行军休息时，常喜欢拿一根小短烟袋吸烟。想到这里，他忙从腰里掏出大金华的烟卷，递给李正和老周，划着火柴为他们点着，自己也抽了一支。

“这里不兴用小烟袋了，吸纸烟了。”

“是的，在山里游击队最盛行小烟袋，买一根竹烟管，可以截三根，行军打仗携带方便。”李正说，“可是我这次来，没有带它，因为只有游击队才有那种东西，到这里就有些不合适了。”

一阵久别乍见面的亲热过后，老周把笑容收敛了，声调变得严肃起来，低低地说：

“山里现在派李正同志到这里来，司令部已正式命名称你们为‘鲁南军区铁道游击队’。李正同志随身带来了司令部的命令，任命刘洪同志为铁道游击队的大队长，李正同志为政治委员，王强为副大队长。游击队的任务是配合山里抗日根据地的军事斗争，掌握与破坏敌人交通，从内部打击敌人。配合山里粉碎敌人的经济封锁，夺取敌人的物资，援助主力部队。展开政治攻势，瓦解敌伪，搜集敌人内部及交通线上的军事和政治情报。李正同志到达后，迅速加强政治组织训练，马上在敌人铁路线上，展开武装活动。”老周谈到这里，老洪站起来，兴奋地握住李正的手，说道：

“你到这里来，我们斗争的信心就更加强了。”

“好！上级既然派我到这里来，咱们就共同努力，完成上级交给的任务。炭厂的情况怎样？”李正问。老洪把队员发展的情况和炭厂成立前后活动的情况谈了一下。李正一边听着，一边点着头。

“关于党的关系，过去老洪是和我联系，”老周对李正说，“现在你的关系转来了，你、老洪和王强三个人正好成立个党支部。”说到这里，他又转脸对老洪说：“政委是支部书记了。”

“对！”老洪说。

“根据我们这里的情况，”李正说，“最近还得一个时间进行些组织训练工作，才能开始行动，‘政委’、‘大队长’还只是以后拉出来公开战斗时的称呼。目前在炭厂隐蔽时期，我看对内对外还是改个称呼好些，你们看怎样。”

“炭厂里正缺一个管账先生，政委对外就叫管账先生吧！李正同志又会写会算，前些时我对外谈过准备请个管账先生哩！”老洪说。

老周和李正都点头，认为很好。老周笑着说："晚上结账，也正是进行教育的好时候!"谈到这里，店里的老大娘，忽然掀开门帘，探头进来说："街上敌人在清查户口了!"

"这里不能久待!"老洪说，"就这样吧，李正跟我一道去陈庄炭厂，老周你回去吧!"

老周已为李正准备好一张良民证，老洪和李正出了店门往东门走去，给站岗的伪军检验了良民证，两人就一直向陈庄走去了。

他俩到陈庄炭厂时，天已灰苍苍了，炭屋里已经点上灯，昏黄的灯光照着厂里乌黑的炭堆。这里炭堆旁边人们正在收拾着工具，大家看到老洪回来了，都慢慢地围上来。当老洪把李正让到屋里椅子上坐下后，一些人的眼睛不约而同地都望着这个穿破棉袍的陌生年轻人。小坡看到老洪很愉快，对客人又很尊敬，就很机灵地递上烟，擦着了火柴。

"吸烟吧。"

屋里准备好了的酒，炖好的肉菜，放在窗台上。小屋里弥漫着酒味和肉香。鲁汉在小屋门外拉着林忠偷偷地说：

"老洪从哪里请来个放羊的呀?"从李正的服装上看，他真像山上的放羊人。李正这次从山里出来，脱下军装，换上的确实是向一个放羊老人借的一套衣服。在穷僻的山村里，只能借到这样的衣服，到这矿山的枣庄，就显得有些刺眼。

"别从衣裳上看人呀!"林忠看看屋里，老洪正把李正让到正座上，低低地说，"看咱老洪还很尊敬他呢!"

王强和彭亮最后进到屋里来，当王强一眼看到李正，不由得一愣，脸上马上现出惊异和欢乐的表情，一切都明白了，他匆匆地跑上去，拉住李正的手叫道：

"你刚来么?你好呀。"

"你也好呀!王强……"李正恳切地回答着，在王强名字下边加上非常亲热的"同志"两个字，声音低得只有他两人才听见。

桌上摆上了酒菜，大家都进来坐下了，刘洪站起来，大家也都跟着站起来静静地望着刘洪，听他说：

"这位是山里的李先生，到我们炭厂来了，我们今后要常在一块了，他给我们管着账，我们炭厂要比过去搞得更好。现在是吃饭，要说的话饭后再细谈，我觉得我们应该痛快地喝一气!"

听到从"山里来"，许多人心里都明白了，都被一种欢乐和兴奋所占据了。当老洪一说到痛快地喝一气的时候，大伙都一致站起来，向李正举起了盛酒的茶杯。

李正站起来，望着四下向着他的乌黑的工人面孔，那一双双严肃而热情的眼睛，以及四下向他伸过来的酒杯，他低沉而有力地说：

"我们虽然是第一次见面，但我们的心早就在连在一起了。从今天起我就是你们中间的一个，我们将永远在一起，一块生活，一块做我们应该做的事情。大伙一起干一杯吧!"

大家都一饮而尽。

在喝酒的过程里，彭亮和小坡时常用眼睛瞅着李正的一举一动，像李正的一举一动都在吸引着他俩，因为他们想到老洪第一天称“同志”的谈话，曾经讲到山里要派人来，会使大家的眼睛发亮。同时他们又想到老洪说的话，是党教育了他，是党给他以力量。因此他们看到李正的一切都感到不平凡。彭亮由于兴奋，喝得脸红红的，端起了满满一杯酒，走到李正的面前。

“李先生，我敬你这一杯，我们都是老粗，你要好好开导开导我们，使我们的眼睛能看得远。……”

“好，我们碰一杯，我们互相帮助。”

由彭亮开头，大家都先后接着给李正敬酒，小屋里不断地发出欢腾的笑声。晚饭是在一种非常欢快的气氛中进行。

猜拳行令声起了，他们在三三五五地吆喊着，鲁汉猜拳有不少花招，在行令前都带着一串酒歌，鲁汉赤红着脸和林忠对战。嗓音是一粗一细在叫着：

“高高山上一条牛，两支角，一个头，四个蹄子分八半，尾巴长在腚后头！”

紧接着酒歌的末梢，粗细的嗓子同时有力地喊出：

“五敬魁首腚后头！”

“八仙上寿腚后头！”

“八仙寿！”尖嗓子的林忠把手指伸到鲁汉的鼻子上，“这回可拿住你了，喝一杯！”

“喝一杯，就喝一杯，奶奶个熊，不能装孬！”鲁汉说着就干了一杯。

王强越喝脸越白，赵六越喝脸越红，两人叉着腰，把拳头伸得高高的，像斗鸡似的，在猜着拳令。

“一个蛤蟆会凫水，两个眼睛一张嘴……”

李正笑着看大家行酒令。老洪叫王强对大家说：“酒要少喝。”

王强站起来说：

“兄弟们，酒喝够了，快吃饭吧！吃过饭还有事呀！”他卷了一张煎饼，在空中挥着，大家都吃饭了。

冬夜的寒风，吹过车站上的电线，带着悠悠的呼啸，鬼子哨兵在微弱的电灯光下，缩着脖子在来回踱着，四周是冷清的漆黑的夜。一列火车过后，月台上显得非常寂静，只有远远传来煤矿公司里机器的嗡嗡声，不时有呜呜的汽车从远处的街道向大兵营和宪兵队驰去。

月台西北不远处，就是陈庄。在这夜静的小庄上边，有着较别处更浓的烟雾，蒸气似的在夜空流动，焦池的气孔在四处冒着青色的、红色的光柱，像地面上在生长着熊熊火焰。

就在这沉静的夜里，炭厂的一间宽敞的屋子里挤满了人，豆油灯照着老洪刚毅的脸，他宣布了山里的命令后，人们由兴奋到紧张，压制不住跳动的心，在望着站起来的李政委。

“同志们，从今天起我们将是一支战斗队伍，像钢刀一样插在敌人的心脏和血管上，使疯狂的鬼子坐卧不宁，知道中国人民是不可征服的。上级派我到这里来，和大家一起在铁路线上展开斗争，我感到很兴奋。临来时，山里队伍上已传遍你们杀鬼子、夺武器的英勇故事了，这给部队以很大鼓舞。是的，我们工人的斗争力量是惊人的，今后我们要以更大的胜利，来回答上级对我们的希望。”说到这里，他细长的眼睛有力地扫了一下蹲着的人群，“今后铁道上的斗争，毫无疑问是艰苦的，但是我们是共产党领导下的部队，有党的领导，我们就没有不能克服的困难，最后我们一定能胜利……”

彭亮对“党的领导”这句话听得特别入耳，是的，老洪也常说到党的领导，他从李正和刘洪的嘴里听出，党给人以力量。

在临睡前，他把王强拉到一个黑影里问：

“老王，你是明白人，你知道政委是个什么官衔呀！”

“政委就是政治委员，他是党的代表，你没听咱们是共产党领导的部队么？政委就代表党来领导我们。”

彭亮在黑影里点着头笑了。

拓展阅读

电影《铁道游击队》：1956年长春电影制片厂制作的电影，由小说《铁道游击队》的作者刘知侠编剧，赵明执导，曹会渠、秦怡、冯喆等主演。这部电影以真实的铁道游击队的队员及其事迹为原型，又经过主创人员的艺术加工，营造出惊险刺激、扣人心弦的故事情节，成为中国电影的经典之作。电影主题曲《弹起我心爱的土琵琶》脍炙人口，至今传唱不绝。

第 五 章

政委和他的部下

李正过去是山里游击部队第二营的政治教导员。当老洪在火车上搞了机枪、步枪，交给三营带到山里去的时候，李正正带着一个连在敌占区活动。

他虽是战士们所敬重的政治工作干部，可是指挥小部队活动的经验也很丰富，这是人所共知的。他不但熟读了毛主席有关游击战略战术的著作，而且在指挥作战时能够熟练地运用。他们在敌占区进行分散的隐蔽活动的时候，他把一个连化整为零分成班、排，甚至化成战斗小组。部队虽然四分五散，可是都在他紧紧掌握之中。如同渔人打鱼一样，掌住了网的绳头，散得开，又收得拢。他善于利用敌人的空隙，在林立的敌据点之间，穿来穿去，打击敌人。由于他的机动灵活的指挥，使好多紧急的情况都转危为安。所以战士们到敌占区进行游击活动，一听说有李教导员跟着，都很有信心。而每次出发，也确实都完成任务胜利回来，照例会得到上级的表扬。

李正这次回来，看到三营新添的日本武器，一挺歪把机枪，乌黑发亮，机枪射手扛着它显得多么神气啊！不时用手巾拭着亮得发蓝的枪身，不让一点尘土沾在上边。机枪一支在地上，就有好多战士围着看，脸上露出欢欣的神情。因为在刚成立的山区游击队里，有这样崭新的机枪是很稀罕的；把它从敌人手里夺过来，要经过一场相当激烈的战斗，付出不少伤亡的代价，才能到手的。而有了这样一挺好机枪，当钢枪很少的游击队和敌人作战时，它能发挥多么大的威力呀！它能压住敌人的火力，掩护部队冲锋，减少战士们的伤亡。

团部从三营调了两支新日本马黑盖子，送给二营。营长留一支给自己的通信员，一支给李正的通信员。李正衔着短烟袋，眯缝着细长的眼睛，欣赏着三营送来的礼物。这支日本马步枪确是新的，枪身上的烤蓝①还没有动。他拉着枪栓，机件发出清脆铿锵的音响。他高兴地说："好枪！"心想着有这支枪在身边，战斗时确实很管用的。

就在他称赞这支武器的同时，部队里四下传说着这些枪支的来路，和老洪他们在枣庄扒火车杀鬼子的故事。这一切，当然都是带着几分神奇的意味传诵着。李正是个实际而又肯用脑筋的人，他不相信什么神奇，他觉得在党的领导下，智慧加勇敢，就是一切胜利的来源。因为敌人虽然暂时强大，但由于侵略战争的本质，决定了他们的野蛮和愚蠢，所以必然失败。枣庄和铁道上有我们的游击队扒火车杀鬼子，就是那里存在着他们

① 在钢铁制的器物表面涂上药物加热，使成一层极薄的氧化膜，蓝色、棕色或黑色，可以防锈，多用在机械零件和枪械上。也叫发蓝。

活动的条件。虽然他是这样想，可是他还是被这些生动的事迹所感动。他对着自己的老战友二营长说：

“《游击队之歌》上只说到在密密的树林里，在高高的山冈上打游击。可是我们的游击战争已经打出游击队歌的范围，在广阔的平原上开展了，现在我们又发展到在敌人的火车上打游击了。”

二营长是个在山区打仗很勇敢而指挥有办法的人。听说有人在火车上打游击、夺敌人武器，联想到火车上活动的情况，他不禁摇了摇头，觉得是困难的。可是夺来的武器，却明明送来了，而且他的通信员也有了一支，他对教导员说：

“是的，他们是一批了不起的游击队员！”

在这次谈话后不久，李正被团部召去，团政治处主任对他说，张司令来电话，要他马上到司令部去，估计是调动他的工作。

李正回到营部时，营长听说李正要离开二营，很难过地握住他的手，好久没有放开。二营长是个作战勇敢而性情有些暴躁的人，由于他的这种性格，过去常常和政治工作干部合不来。可是李正一到这营里，过去的情况就全变了。经过一个短时间的相处，营长对这个细长眼睛、常衔着短烟袋的新教导员，却很尊重了。开始营长发火，李正在非原则问题上是一向让步的，但他在让步的同时，却主动地对营长不冷静地处理问题可能引起的恶果，从侧面加以预防补救，使其免受损失或少受损失，直到营长冷静以后，李正才带探讨的语气和营长谈话。那些补漏洞的工作，加重了李正谈话的重量，是那么富有说服力地使营长频频点头，感动地接受。在批评说服的过程中，李正不发火，始终保持着冷静、耐心，同时又很尊重的态度。实际上这种冷静、耐心，又能展开批评、又很尊重的态度，就是一股持久不息的、能熔化一切的烈火。经过几个问题的处理，营长那宁折不弯的性格，在李正面前，就变成了能伸能缩的钢条。李正不但取得了营长的尊重，和营里的干部也都团结得很好，和他一同工作，大家都感到很痛快，优点都能发挥，缺点都能逐渐避免或克服。他批评人时，对方却不感到难堪和灰心。在全营政治工作的开展上，他是有魄力、深入而有预见性的。他紧紧掌握住全营战士的思想情况，像医生按脉一样，能洞悉全营整个脉搏的跳动，他知道什么环节上已发生了或将要发生问题，他就会及时地加以解决，或采取预防的措施。某一连队最近有些疲塌①，他便马上到那个连队，找指导员汇报情况，开支部会听取意见，和干部战士个别谈话。他能很快地从复杂情况中，找出问题的症结所在，妥当处理。当他在军人大会上讲话，战士们听到他清脆的嗓音，情绪就像浪潮一样高涨起来了。

临到和教导员分开了，二营长就越想到教导员过去在营里的作用，很希望他留下来。可是这是命令，是留不住的。他只得紧紧地握着李正的手，表示难舍的情意。营长是个刚强的人，现在也这么温情了。李正最后说：

“我大概不会离开鲁南军区，在一个地区作战，总还可以常见面，再见吧！我希望咱们二营今后在你的领导下始终保持饱满的战斗情绪，多打漂亮仗！”

他到司令部的当天，军区王政委就找他谈话。

① 松懈拖沓。

“李正同志，为了党的工作的需要，组织上决定调动你的工作。”

“是！”李正细长的眼睛服从地望着王政委温和的面孔，严肃地答应着。

“要调你到一个新成立起来的游击队里去做政委，代表党领导这个部队。”

“政委？……”

这新的工作职务的分配，李正是万万也意料不到的。当他重述了一下这个称号以后，便沉默下来了。他接受党所分配的任务时，一向都很愉快坚决，并能克服一切困难去完成，可是现在对这新的职务，他却感到有些不安。这不是在党的任务面前感到畏怯，而是在接受新任务之前，他首先在考虑自己的能力能否胜任，决心下了以后，他又想怎样去完成。他也深切地知道“政委”这职务的分量，这是团的编制上才有的称号，是上级党派到团，领导全团党组织的代表。他想到自己刚提拔到营里工作不久，一切还缺乏锻炼，所以他在反复地考虑，这更重大的新的任务，他能否担当起来。他一向对工作是不讲价钱①的，可是现在却望着王政委说：

“我还很年轻，在营里工作不久，一切还很幼稚，党交给我这么重大的任务，我担心不能很好完成……”

“能完成的。”

王政委打断了李正的话，眼睛充满着信任，微笑地望着李正，接着又说下去。

“这个我们早考虑过了！你能够胜任的。”

听王政委的口气，组织上已经下决心了。他能否完成任务的问题已经不能再提了，因为一旦组织确定，就是再困难，自己也应该尽最大的努力去完成，现在该想到怎样去完成任务这个问题了。到这时，他却急于想了解一下他未来的部下的情况了。

“有多少部队？”

“眼下还很少，才发动起来，不过以后会渐渐扩大的。”

“他们在哪里驻防？”

“在枣庄！”

“啊！那不是敌人的屯兵基地么？”李正细长的眼睛里流露出惊异的神情。

“是呀！王政委笑着说，“这有什么奇怪呢？他们就驻扎在敌人的心脏，在那里和鬼子展开战斗。难道你的部下能驻下，你就不能驻下么？”

“能！”李正肯定地回答，为了表示自己的决心，又点了点头。他看到王政委抽烟，也从皮带上去解自己的短烟袋，王政委递给他一支纸烟，他抽着烟，听王政委说下去。

“你没看到三营的机枪么？那就是他们从火车上搞下来的。他们刚发动，人还少，可是都是工人组织起来的，是一些了不起的人，就是还缺乏政治领导。我们给他们的番号叫‘铁道游击队’，直属司令部领导。你就是派到铁道游击队的政治委员，代表党来领导这支游击队。”

说到这里，王政委严肃地望着李正的眼睛，问：

“有决心么？”

李正站起来，细长的眼睛睁大了，回望着政委的视线，庄严而有力地回答：

---

① 比喻在接受任务或举行谈判时提出要求和条件。

“有决心！一定完成党交给我的光荣任务。”

“好！我完全相信你。”

政委走到李正的身边，像慈祥的长者似的打量着李正，又说道：“我完全相信。”接着扭转身来，在屋里转了一圈，又走到李正的身边说：

“那里是有困难的，但是要想尽办法克服。希望你到那里后，迅速地把他们的组织巩固、扩大，并武装起来，从内部打击敌人。枣庄呆不住，就拉到铁道两侧，截断和打乱敌人的交通线。像一把钢刀插在鬼子的血管上，随时配合山里主力作战，在那里展开战斗。”

最后，政委把李正送到门口，告诉他到敌工部去取介绍信，由他们派人把李正送到枣庄。关于铁道游击队的具体情况，政委写一封信交给李正，叫他到三营找周营长。

“三营长很熟悉他们的情况，你到他那里去了解就是了。铁道游击队的正副队长都是他们三营的干部。他会告诉你一切的！记着到那里以后，不要断了和司令部的联系。”

李正就这样被派往枣庄。

李正化了装，跟着一个侦察员，一天走了九十里山路，在将近黄昏的时候，到了小屯，找到老周。老周过去在连队上做过政治指导员，他们很熟悉。过铁道的时候，李正站在路基旁边，特别留神地看了一阵铁道周围以及远处枣庄的情景，因为今后他将带着游击队员在这里展开战斗了。一见到老周，他就急切地问铁道游击队的详细情况。

当他听到老周对老洪那一伙人的介绍以后，他才知道自己未来的部下刚刚组织起来，人数比他在来的路上所估计的最低数还要少得多，可是他却被老周所讲的他们在枣庄的杀敌故事所吸引住了。王强如何进出洋行杀鬼子，老洪怎样单身飞上火车搞机关枪，他们又如何巧妙地打鬼子的岗哨，勇敢地夺取敌人的物资。听到这些动人的故事，李正才感觉到刚才认为队员人数少是错误的了，这些会扒车、勇敢杀敌的队员是不能单从人数上来估量的。事实上一个营不能完成的，要完成也许要经过整天的战斗才取得的胜利，他们也许会不鸣一枪就轻轻地取得了。他想到这些队员，如果好好加强政治教育，他们会以一当百的。想到这里，他又兴奋起来。

老周最后对李正说：“你去领导他们吧！他们战斗起来简直是一群小老虎呀！”

当老周领着李正，到齐村集上去和老洪会见的时候，要从铁路桥边的碉堡下边经过，再往前走还要通过敌伪的岗楼和哨兵，李正走在老周的后边，心里不由得一阵阵地跳动。他是第一次这样单身空手地到敌区来，过去他从没离开过部队，当他带着部队的时候，这样看到敌人的碉堡，机枪早已掩护着他带领战士冲锋跃进了。这样近的和敌人的哨兵面对着面，在过去也正该拼刺刀进行肉搏战了。现在，他赤手空拳地在敌人枪口下低头走过，心里总觉得不安。逢到心跳的时候，他就暗自给自己下着命令：

“镇静些！慢慢就会习惯下来的！”

他是个很能克制自己的人。一路上他看老周的举动行事，态度还算自然，安全地到达约定的那个小铺里。

在小铺里间，他和老洪紧紧地握了手。在握手的时候，他望着老洪那对发亮的眼睛和挺直的胸脯，他的手像铁钳那样有力。李正深深感到，这个将要同自己一道生活和战斗的队长，的确是个坚实勇敢的人。

李正急于想会见他的队员，当他怀着兴奋的心情和老洪到了陈庄，一进炭屋子，第一眼扫视着站在酒桌边的队员们时，他突然感到一种惊异和不安。这刚离部队的教导员，几乎不相信这就是老周啧啧称赞而使他兴奋的英雄人物。他所想象的绝不是这个样子：他们满身满脸的炭灰，歪戴着帽子、敞着怀，随着各人喜欢的样式叼着烟卷，大声地说笑，甚至粗野地叫骂。

可是这种感觉和情感的波动，只在李正的头脑里存在了一刹那，就被他的理智扫光了。它的速度使最细心的人也察觉不到。他马上感觉到这是过去山里较正规的部队生活所留给他的影响，用山里对部队的眼光来要求眼前的一切，是不对头而且有害的。就是在小屯听老周谈后，自己所假想的一些英雄形象，也都是不现实的。是穷困的生活把他们雕塑成这个样子，正因为这样，他们才富于斗争性，勇敢地向环境、向敌人做不疲倦的战斗。在这枣庄，正是他们这些破衣黑脸的人，创造出了惊人的事迹。

想到这里，李正愉快地举起酒杯，和向他敬酒的队员们共同干杯。在大家的欢笑声中，他的笑声是那么欢乐，这完全是发自心底的真情流露。

第二天，李正就开始坐在炭屋的桌边，整理账目了。老洪和王强到枣庄街里，去买了一套新的衣帽、鞋袜，放到李正的账桌上。李正从账本子上抬起头来，望着老洪。老洪笑着说：

“你穿穿看，行不行？”

“还用换么？”李正看了下自己身上的衣服说，“我看这样凑合着过冬就行！”

“你这身穿戴，说是个放羊的倒很像，说是个管账先生就不像了！这里不是山里了。”

老洪这一提醒，李正才更仔细地看了看自己身上的破棉袍、碎成片片的腰带，和一双只有庄稼老头才能穿的破棉鞋，把这服装再和老洪、王强他们一身黑色的粗细布棉衣一比，也确实太不像话了。这两天，他只忙着了解情况，考虑工作，把衣服问题疏忽了。现在老洪替他买来，并谈到他像个放羊的，他才感到问题的严重性，忙连连地点头：

“是呀！应该走乡随乡才是。”

老洪和王强帮着李正脱下旧棉衣，换上新棉袍，外罩黑色的长衫。裤和鞋子也都合适，可都是黑的。原来枣庄人都喜欢穿黑色，因为他们生活在煤矿上，在煤灰里走来走去，穿别色的衣服，很快也变成黑的了，所以干脆都穿黑的，这样更耐脏。李正穿一身青皂，再戴上青色的瓜皮帽，只有帽疙瘩像樱桃一样，在他头顶上发着红光。这一身穿戴，衬着李正微黄，长长的脸颊，倒很像个枣庄买卖人。老洪和王强看着他，就哈哈笑着说道：

“嘿，这才像咱们义合炭厂的大管账先生哩！”

管账先生的生活开始了。炭厂的生意是兴隆的，炭堆周围每天煤烟滚滚，人声嘈杂，热闹得像个集市。李正坐在账桌边，那么熟练地拨弄着算盘珠，挥动着毫笔在写流水账。他能写会算，又快又准，常被顾客所称赞。识字的顾主看着李正所批的领炭条子，在说：

“这个管账先生，写一笔好字，真是龙飞凤舞①。”

这些称赞，并没有使李正感到丝毫轻松，他对这煤烟滚滚，人声嘈杂的鬼子魔爪下的炭厂环境，从内心感到生疏、不习惯，甚至不安。站在炭屋外边，隔着短墙，就能看到车站上蜂拥的敌伪军，站台上的碉堡孔里，黑黑的机枪都望得清清楚楚，鬼子的兵车

① 形容山势蜿蜒雄壮，也形容书法笔势舒展活泼。

从南边时常开过，街道整日里有敌伪军来往。这炭屋里也不是什么僻静的地方，常有各色各样的人来。有的是本庄的村民，有些是队员们过去的穷工友。可是有时披着汉奸皮的伪人员，也趾高气扬地进来闲坐，李正心里就有些警觉；可是一阵钉子皮鞋声响，巡逻的鬼子，也端着上了刺刀的大盖子枪，来中国商家逛逛了。逢到这时，王强和老洪，这些过去杀鬼子不眨眼的人，竟是那么自然地用半生半熟的日本话和鬼子谈笑着。李正虽然也不得不站起来和鬼子应付，可是他总有点心神不宁。他不断地命令自己镇静，但是要从感情上把这一套真的习惯下来，却还有一段过程啊。

晚上，李正睡在小炭屋子里，他常常被夜半捕人的枪声所惊醒。当他披衣坐起来的时候，急促的马蹄声或呜呜呜叫的汽车，已从墙外街道上驰过。他借着窗外泻进的月光，望着身旁熟睡的队员们，他们依然安静地睡着，发出沉重的鼾声。在这时候，他就披起衣服，轻轻地开了屋门，站在炭屋门外的黑影里，望着车站雪亮的电灯光，耳边听着矿上嗡嗡的机器声和运煤的火车的鸣叫声，静静地坠入沉思。

他在想着党的任务，周围的环境，以及怎样从这艰险的境遇里，打开一条战斗的道路。他觉得首先要熟悉这里的情况，并使自己的一切都善于适应这里的环境，像他的队员一样，能够那么自然而机智地应付一切。他又觉得应该马上深入到队员们的生活中间去，取得他们的信任，成为他们最亲密的朋友。十二个队员，只有一个班的人数，但是怎样在他们身上发挥政治工作的威力，在眼前来说，却比领导一个营还要吃力。可是如果他们都被教导成有政治觉悟的战斗员，一个营发挥的战斗威力所不能得到的胜利，他们却能够得到。

根据几天来和队员们的相处，他了解到他们豪爽、义气、勇敢、重感情。有钱时就大吃大喝，没钱宁肯饿着肚子。由于在他们头脑里还没有树立起明确的方向，生活上还没有走上轨道，所以他们身上也沾染些旧社会的习气：好喝酒、赌钱、打架，有时把勇敢用到极次要而不值得的纠纷上。他们可贵的品质，使他们在穷兄弟中间站住脚，而取得群众的信任；但是那些习气，也往往成了他们坏事的根源。他需要很快地进入他们的生活里边去，堵塞他们那些消极的漏洞，不然，它将会葬送掉这已经组织起来的革命事业。可是怎样进行法呢？他想到他的队员们平时在谈论他们生活圈里的人时，最大的特点，就是先看这人够不够朋友。如果他竖起大拇指头叫着说：“好！够朋友！”那么，你怎么都可以，为朋友可以两肋插刀①，绝不说一句熊话。可是，如果你小气不够朋友，那他见到你，连眼皮也不愿抬起的。现在他们对李正的尊重，是因为他是山里来的，他们认为山里能培养出老洪，就对山里有着不可捉摸的好感。而要获得他们真正的尊重和信任，还要靠自己的实际行动。在你进入他们的生活之前，他们不会理解到政委在一个部队里的作用，而是从他们的友情上来衡量你的重量。记得前天晚上，他结账以后，鲁汉拉着他：

“李先生！走，喝酒去！”

他是不喜欢喝酒的，所以当时就推托说：“不！我不会喝！”

“走吧！慢慢学学！从你来那天以后，咱还没有在一起喝一气呢！”

① 指为朋友敢于冒险，甚至牺牲性命。形容重情义、讲义气。

“不吧！我还有点事！”

鲁汉脸上却有些不高兴了，就说：“李先生不愿意和我一道喝酒，是看不起我呀！”

看样子如果他不去，鲁汉就真的会认为自己看不起他。所以他很慷慨地答应道：“走！喝就喝一气！”鲁汉才又高兴了。

从这个事情上，他深深感觉到，在这新的环境里，不仅需要把放羊人的破棉衣换下来，就是生活习惯也应该彻底变一下。过去在山里艰苦的部队生活里，喝酒是不应该的，可是在这里有时喝喝，却成为必要的了。现在只有暂时迁就他们这消极的一面，而且在这方面，表示自己的豪爽、大方，沿着这样的小道，才能进入他们的生活，和他们打成一片①。然后也才能发掘他们最优良的品质，加以发扬光大。到那时候，才有条件把他们那些消极的东西加以消除。

夜已经很深了，李正站在黑影里，像座石像一样。他停立在那里，脑子在反复思考着问题，总算从纷杂的乱絮里抽出了头绪。他低声自语：

“是的，应该从这方面入手！”

天上的星星在眨着眼，他微微地感到身上有点冷了。便折回炭屋里，他看到小坡睡意正浓，被子翻在地上，就把被子给这一向快乐的青年队员盖好，才躺回自己的床上。经过一度思考，他仿佛从身边的草丛里找到了可走的道路，不久，便呼呼地睡去了。

这几天炭厂的人，都感到这个从山里来的管账先生，不但能写会算、有学问，就是待人也和道亲热，一句话：“够朋友！”

一次，鲁汉喝醉了酒，摇摇晃晃走回炭厂，李正马上走上去，扶他到炭屋里自己的铺上睡下。鲁汉呕吐，吐了李正一身一床，可是李正还是那么耐心地为鲁汉燎茶解酒，一直伺候到半夜。第二天，鲁汉看到李正擦着衣服上的酒污，感到很难过，可是李正却笑嘻嘻地说：

“没有什么！不过以后喝酒要适可而止，喝多了容易误事！”

林忠是个沉默的人，他不喜欢喝酒，但却喜欢赌钱。他赢了倒好，要是输了，他就想再捞一把，可是越捞越深，最后输得额角流着汗珠，腰里空空才算完事。所以每当他沉着脸抹着额上的汗珠回到炭屋的时候，那就是他又输得够受了。

这天晚上，他擦着汗回到炭屋里，李正正结完账，看到他闷闷地坐在那里，大概肚子饿了，在桌边找块煎饼啃。李正知道他输得连买点东西吃的钱都没有了，就拉着他说：

“老林！走！我请你吃水饺去！”

在吃水饺的时候，李正望着林忠的脸说：“怎么？有什么困难的事么？”

“没有！”

“又是赌钱输了吧？”

“可不！”沉默的林忠没好意思抬头，闷闷地回答。他心里说：“这李先生看得真准。你有啥心事，他都能看出。”

李正安慰他说：“输就输了，难过更划不来。说起赌钱，穷兄弟可没有一个从这上边

① 合为一个整体（多指思想感情融洽）。

发家的。不要难过，以后别赌就是了！”

林忠一声不响地在吃着，他心里却想：“你说的倒对，可是家里还等着买粮食吃呀！我把这几天分的钱都输光了。”

“有什么困难需要我帮助么？”

林忠感激地望了李正一眼，可是想到李先生刚来，就张口借钱，太不好意思了，就摇了摇头说：

“没有什么！”

第二天他回到家里，看到家人并没有责难①他的样子，而且缸里的粮食也满满的了。他就问从哪借的钱，他老婆说：

“一早，李先生就送来两袋粮食，还有五块钱！”

林忠没说二话，就折回炭厂，他紧紧拉着李正的手，低沉地说：

“李先生！你太……”

“别说了！一家人不说两家话。你家里没吃的，我分的这一份钱，放在手里没用，我心里能过得去么？按道理昨天晚上我就该给你的，可是我怕你再去捞一把，所以这样做了。”

“再不捞了！”林忠只说了这一句，就折回头走开了。他一边走着一边说：

“一句话，他是个好人！够朋友！”

彭亮正在煤堆旁边装炭，听到林忠嘴里嘟哝着，就问林忠：“你说的谁呀？”

“还有谁！就是咱们的李先生啊！”

“是啊！”彭亮信服地点了点头。

彭亮是个刚强爽直的汉子，从李正一到炭厂，他和小坡就很注意这个从山里来的政委了。李正的一举一动，都引起他的尊重和称赞：“好！能干！有学问！”可是在昨天发生的一点小事情上，彭亮却对李先生有点小意见，他说：“李先生一切都很好，就是有一点，对不好的人，也显得那么和道！”

事情发生在昨天晚上，彭亮吃过晚饭，回到家里，独个儿蹲在门口闲抽烟。突然他看到一个挑着担子的老人向这边走过来，挑子虽然已经空了，可是这白须破衣的小贩，却像肩负着千斤重担似的，摇摆着身子，拖着沉重的脚步，哼哼呀呀地走到彭亮的身边。直到这时，彭亮才看见老人胡子上沾满了泪水，他在伤心地哭泣。

老人站到彭亮的身边，指着旁边一个门，问道：

“这家的人在家么？”

“有啥事么！”彭亮看到老人指的是二秃家的门，就问着老人。

“我真该死了呀！”老人说着从腰里掏出一张撕成两半的一块钱票子，对彭亮说，“我刚才卖粉条，卖到这张假票子，去籴（dí）② 豆子，被人家认出来撕了，又骂了我一顿，好容易才要回来。这票子就是这家一位先生给我的呀！我想来找他换换！”

“你怎么知道这票子是他给你的呢？”

“这没有错啊！我一挑粉条，只卖了两份，一份卖给东庄，人家给的是毛钱；这一份就

① 指摘非难。

② 买（米）的意思，与粜（tiào，卖）相对。

是这家给的，他给的是一块钱整票子，唉！”说到这里老人又哭起来了，他向彭亮诉苦说，“这位先生要不认账，可害了我了。我这小买卖是借人家二斗绿豆来做的呀！满想着卖了粉条，保住本，家里可以赚得些浆渣子顾生活。这一下可砸了锅了！我哪能还得起人家的绿豆呢？呜呜！唉！他不认账，我只有死了！”

彭亮看到一块钱，在这穷人身上的重量。一块钱放在别人身上算不了什么，可是压在这穷老汉身上，也许会压得他去寻死。彭亮家里过去也常挨饿，他知道穷苦人的苦处。他想到这一定是二秃办的事，心里止不住直冒火。见死不救，不是好汉。他就忽地站起来，对老汉说：

“你先在这里等着，我替你找去。”

彭亮就气呼呼地到二秃家去了。这时二秃正在家里吃晚饭，一见面，二秃就亲热地招呼彭亮吃饭，彭亮并不理会他，就问：

“你刚才买粉条了么？”

“买了！”二秃说着，指着桌上的一捆粉条，“你要吃么？拿些去好了。”

“走！外边有人找你！”

彭亮就拉着二秃出来了。彭亮指着二秃对卖粉条的老头说：“就是他买你的粉条吧！”

“是呀！”老头回答着，就走到二秃的身边，把破票子送上去说，“先生，你刚才给我的是假票子啊！”

二秃把眼一瞪：“你这个老头，我给的真票，你怎么说是假票，这不是我给你的！”

老头说：“我只卖你这一块钱的整票呀！”

二秃说：“现钱交易，我给你钱时你怎么不说是假票？现在拿一张假票来赖人。”

老头的眼睛又滚出了泪水说：“先生！咱可得凭良心呀！”

“良心？在这个年月，良心多少钱一斤？”二秃一口咬定这不是他的票子，谅老头也不敢把他怎么着。

彭亮在旁边看不下去了，他脸上的疤都气紫了。他站到二秃的面前，愤愤地说：

“二秃！你昧了这一块钱，你知不知道，会惹出多大的事，这会逼出一条人命！奶奶个熊，快给人家一块钱！”这最后一句话，严厉得像吼着说的。

二秃冷笑说：“我又不会造假票，这不是我的票子，我怎么能换呢？”

彭亮暴跳起来了，瞪着眼珠子对二秃说：“不是你的票子，老头怎么找到你头上呢？快给人家钱！不给就不行！”

二秃撇开了老头，对着彭亮来了，他望着彭亮，生气地说：“这关你什么事呢？你少管闲事！”

“他奶奶的！我偏要管，我看你敢不给钱！”

彭亮的胸脯在起伏着，他正要向二秃扑去，突然又停下来，愤愤地说：“不关我的事?!”他走到老头的身边，对老头说：

“老大爷！把那票子给我！”

老人看看事情要闹起来，浑身打着哆嗦。他望着彭亮伸过来的手，不知该怎么才好，拿着破票子的手在颤抖着。他正在犹豫着是否给彭亮，可是彭亮很快地把破票子抢过去，接着从腰里掏出一张崭新的一块钱的票子，塞到老人的手里。他对老人说：

“你走吧！这不关你的事了！”

老人正处在失望的痛苦里，现在却被彭亮这果断的豪侠①举动所感动了。他眼睛里又冒出泪水，可是这已不是悲痛的，而是感激的泪水了。他含着眼泪望着这黑汉子，呆呆地怔在那里。

“老大爷！你快回家吧！”

他被彭亮婉言劝走了。彭亮一回过身来，看到二秃正要转回家去，他就一个箭步，饿虎扑食一样蹿上去，叫道：

“×你奶奶！你往哪里走！给钱！”

一把揪住二秃的领子，两人便撕扭在一起了。

街上的人看到两人一打起来，都来拉架，大多数都说二秃做得不对。二秃一方面觉得理屈，再则想到炭厂这伙人也不好惹，只得还给彭亮一块钱。彭亮接过钱还愤愤地说：

“我认为你不给我呢！不给就不行！”

“我已给你了！你还啰嗦什么呀！”

说着两人又吵起来了。就在这时，李正走来分开人群，拉过彭亮说：“快回炭厂去，老洪正找你呢！”李正把看热闹的人劝走。正当人群走散后，街道有几个巡逻的鬼子和汉奸走来，李正把二秃一拉说：

“小兄弟！看我的脸面！不要生气！走！我请你喝两杯，消消气！”

二秃正在火头上，不愿去，可是终于被李正硬拖着到酒馆去了。巡逻的鬼子看了他俩一眼，就过去了。

彭亮被李正劝回炭厂了，可是当他要进栅栏门时，看到李正拉着二秃走了，心里就有些不自在，所以他对林忠说：“李先生是个好人，可是他和二秃这种人打交道干什么呢！”

鲁汉在旁边听说和别人打架，劲头就来了，他大声地叫道：“奶奶的！要是我在那里，我一定叫他尝尝我这拳头的滋味！李先生不该和这种人接近！”他很懊恼自己没有在场，如果他在场，这场打架就热闹了。

可是，李正从外边回来后，就拉彭亮到旁边谈话了：“同志，你是好样的！直汉子。我们工人是应该这样来对待事情的……”

彭亮望着李正和蔼的面孔，听着政委对他的称赞心里是高兴的，可是一想到这称赞者曾和二秃在一起，眼里就流露出一些不满的神情。他又听李正谈下去。

“可是我们又不是一般的人，一般人这样做，是完全对的；但是你已经是个带枪的有组织的队员，这样做就有危险了。”说到这里，李正的眼睛里流露出严肃的表情。“我们铁道游击队不是一般地打抱不平。我们要打的是日本鬼子。他们侵占我们的国土，屠杀我们的同胞。这是最大的仇恨！我们应该组织起来，杀鬼子，解救被奴役②的同胞。一切要围绕着这个目的！这是每个中国人所应该做而且希望做的。咱们枣庄的工人就要走到前头，一切有利于这个伟大事业的事，我们就勇敢地去做，否则我们就不去做。

“今天傍晚，你和二秃的事，就没从这方面想问题。要是你想到，你就不会那么莽撞

① 勇敢而有义气。
② 把人当作奴隶使用。

了！你和二秃打架，幸亏冲散得早，要是叫鬼子的巡逻队碰上了，不分青红皂白地把你抓走，你不是还得吃日本鬼子的官司么？你说多危险！同时像二秃这样的人还是有的，如果我们不能团结和改造他们，而把他们当作敌人来对待，那不是硬逼他们和我们作对么？我们当然不怕他这个人的，可是我们如有不慎，被他发觉，他为了泄私愤去向鬼子报告，这不就损害了我们的事业么？……”

彭亮在李正亲切的谈话声里，沉默下来了。他眼睛里已没有不满的神情，而只有追悔了。李正一进炭厂，就发现彭亮是个忠实而耿直的人。他耿直，还能服理，所以李正就这样较严肃地来说服对方了。现在他看到彭亮已经觉察到自己的不对，就又拍着彭亮的肩头，温和地安慰他：

“不要难过！你是个好同志！从这个事情以后，我想你会慢慢地、冷静地对待一切的！现在你已经认识到这事情的严重性，那么，我和二秃的打交道，你也会了解到我那样做的意思，而该原谅我了。”

完全出乎彭亮意料之外的，是这次谈话以后，二秃来找他了。一见面二秃就向彭亮赔不是。

“彭亮哥，那天的事都是我的过错啊！你不要生我的气吧！你知道我那晚听了李先生一番话，心里多难过呀！我真想自己打几个耳光，心里才痛快。我对不起那老头！我也是穷人出身呀！”

彭亮确实从二秃的眼睛里看到忏悔的诚意，于是他恳切地说：“过去的事别提吧！都是穷兄弟！”就这样，他们和好了。

第二天彭亮看到林忠，就说：“你不是说李先生是个好人么？”

林忠笑着说：“那还假了么？”

彭亮很认真地说：“他不只是个好人，而且是个了不起的人！他有眼光，看得远，也想得周到。连二秃那号人，经他一谈，就抹过弯来了。跟着他，没有错，遇事万无一失！”

“没说的，是个有本事的人！”林忠一向沉默，不大爱讲话，更不喜欢谈论别人。可是彭亮一提到李先生，却勾出他不少心里要说的话来。

“到底是从山里来的呀！一点也不含糊！从他一到厂，厂里啥事都铺排得停停当当，晚上搞车他计划得可周到了，干起来心里也踏实。就说家属吧，哪家有困难，他都知道，并给你安排得好好的。我一进家，家里人就说：‘李先生可是个大好人呀！’庄上人也没一个不说他好的。一见面，就说：‘你们请了个好管账先生呀！有本事、有学问、待人和道！’老的少的都能和他说上话、合得来，有啥事都愿意来和他拉拉。”

正像林忠所说的，李正在他的队员中，在陈庄的人群里，已经渐渐地显出他的分量了。但是，还有一点是林忠所没有谈到的，就是村民们都渐渐地感觉到义合炭厂这伙人和过去不大一样了。赌钱、喝酒打架这类事不多见了，这些人显得都比过去规矩了。

在一个鹅毛大雪的夜里，小坡把栅栏门落了锁。大家都蹲在小炭屋的火炉边，呼呼燃烧的炭火照着每张兴奋的脸。他们信服地望着坐在账桌边的李正，在听他讲政治课。

李正有力的、诚恳的语句，在打动着人们的心。听到惊心处，他们瞪大眼睛；听到愤怒时，他们握紧了拳头；听到悲伤处，他们流下了泪水。彭亮时常在黑暗处，用乌黑的衣袖擦着眼睛，他低声说：

“讲的都是我们心里所要说的话啊！”

彭亮平时是个性急、勇敢而爱打抱不平的人，为穷兄弟的事，他宁肯和人打得头破血流，从不说一句熊话。当那天他为卖粉条穷老头的事和二秃闹起来的时候，李正去排解①了纠纷，当时彭亮就认为李正是个好人，可是有点怕事。后来经过李正的谈话，使他认识到这样干法的危险，他才进一步认识到李正是一个有眼光、办事周到的人。可是，一上政治课，他才又说到李正是个认真而坚强的人。他不但深刻地了解工人们的苦处，而且能帮你挖出苦根；他不但同情工人们，而且能拨亮你的眼睛，看到社会上最大的不平，使你怒火填胸，为这不平而去斗争！

彭亮想，他来到枣庄才几天呀！可是枣庄的事情，他一眼就看透了。而且只用简单的几句话就说穿了，说到了咱们心里。他清楚地记得，在李正谈到工人阶级时，说到枣庄，他是这样说的：

“就拿枣庄来说吧，枣庄是个煤矿，这里每天出上千吨的煤炭，煤矿公司的煤炭堆成山一样高。这煤山就是我们工人一滴血一滴汗，从地底下一块块挖出来的。有了这一天天高起来的煤山，枣庄才修了铁路，一列车一列车运出去，给资本家换来了数不完的金银；有了这煤山，枣庄才慢慢地大起来，才有了许多煤厂；有了一天天多起来的靠煤生活的人，街上才有了百货店、饭馆，枣庄才一天天地热闹起来了。

“可是，多少年来，那些在煤上发家的人们，却不肯对咱们说句良心话，就是这煤山是我们这些煤黑工人，受尽不是人受的劳苦，从地下用血汗挖出来的。老实说，没有我们受苦的工人，就没有山样的煤堆；没有煤堆，枣庄也不过是像几十年前，一个只有几棵老枣树的荒村罢了……”

李正细长的眼睛，充满着正义，又很认真地说出最后一句话：

“枣庄是我们工人创造出来的！”

这响亮的结语，沉重地敲着人们的心，黑影里发出一阵阵激动的回音：

“对！对！”

“对！你说的都是实话！”

一连十二个“对”，像一块石头投进水塘，激起的浪花，向四下喷射。

“可是反过来看呢？”

李正又继续他的讲话，大家都压制住沸腾的情感，静静地听他说下去。

“再看看枣庄人们的生活吧！有多少人从煤上赚了钱，吃的鸡鸭鱼肉，穿的绫罗绸缎；有多少做煤生意的商人，住着洋房瓦屋，没事用扇子扇着大肚子，在哼哼呀呀地胖得发愁。我们这创造煤山的工人生活又如何呢？我们是枣庄最劳苦的、最有功劳的人，可是我们却吃糠咽菜，衣服烂成片片，住的地方连猪窝都不如。每天听着妻子儿女挨饿受冻的哇哇乱叫。你看，社会是多么不平啊！……”

说到这里，蹲在炉边的人群，乌黑的头颈渐渐垂下去，有的用粗大的手掌擦着眼睛。李正说到他们的痛心处，那最爱打抱不平的彭亮，现在也为政委指出的人世间最大的不

① 调解（纠纷）。

平而动着心。平时他们受苦受罪，有人认为是命，现在才算找到苦根了。听！李正清脆的嗓音，向着满含悲痛的人群，发出亲热的召唤：

“共产党！毛主席……”

李正这有力而严肃的六个字，使人们突然抬起含泪的眼睛，这眼神也像李正一样地严肃而有力。

“他领导我们无产阶级向穷苦的生活战斗。团结一切受苦的人起来，推翻这人吃人，人剥削①人的社会。……可是现在日本鬼子来了，也只有我们工人阶级最懂得仇恨，我们共产党所领导的部队，就站在抗日的最前线。我们要把日本鬼子赶出中国。在中国建立幸福的社会！我们有了党，有毛主席，我们就一定能够胜利！我们要起来干！……”

“干！干！”

人们刚才的难过，变成了力量，变成了十二个“干”。他们喊出这行动的字眼时，都紧握着拳头，眼睛也仿佛亮了。

从这以后，每当晚上，李正坐到账桌边，火炉正旺的时候，人们都像铁块碰到磁石一样，向他身边聚拢来，听政委向他们讲党的斗争的历史和山里的抗日游击战争。党的每一行动，他们都感到和自己脉息相关。谈到党在某一个时期受挫折的时候，他们心痛；谈到党胜利的时候，他们兴奋。李正的谈话像拨开云雾，使他们看到太阳。他们不但了解到自己受苦的根源，也认识到斗争的力量和前进的方向了。

当他们在和贫困的生活搏斗中，看到了党，认清了党，他们的眼睛里已不再充满哀伤和愤怒。哀伤是在饿着肚子听着老婆哭、孩子叫的时候才有的；愤怒是在受气、握拳搏斗时才有的。现在他们的眼睛是真正地亮了，从黑暗的社会里看透了一切，好像一切都明白了。直到这时候，他们才了解到他们的老洪，为什么和过去不同，才了解到老洪回枣庄对他们说的话“党教育了我，党给我力量”的意义。直到这时，他们的拳头，已不是仅在一时愤怒之下才紧握了。他们身上已灌输进永不会枯竭的力量，拳头不但有力地打击出去，而且知道打在什么地方了。

他们心里有了党以后，再听李正一次次关于斗争的讲话，那清脆有力的话音，像春雨落在已播种的土地上，一点一滴地都被吸收了。当晚上他们听过李正谈敌后的抗日游击战争，在很长的时间里，都不能入睡。他们在黑影里，仿佛看到那起伏的山冈上，密密的树林里，有着自己的穷兄弟，听到游击队同志们所唱的歌声，这些游击队员怎样被穷苦的农民像家人一样接待着，在战斗的空隙里为农民耕作，在战斗中以粗劣的武器，英勇地和敌人作战。他们感到这是多么亲热的兄弟和同志呀！现在自己就是他们中间的一部分，他们为此而感到喜悦和兴奋。

彭亮好久没有睡着，睡在他旁边的小坡，翻了一个身，突然用肘触了他一下，低低地问：

“还没有睡着么？”

“没有，你呢？”

“我对你说，”小坡不但没睡着，语气还那么兴致勃勃的，“我看到过咱们的队伍！”

① 无偿地占有别人的劳动或产品，主要是凭借生产资料的私人所有权来进行的。

“我不信，你是吹牛呀！”

“真的！”小坡说，“上次老洪搞机关枪，我和他一道送到小屯，山里派队伍来取枪，我看到了。他们是多么亲热地握着我的手啊！”

彭亮听着小坡在叙述着他看到自己部队的情景，甚至每个细节都用最大的兴趣说出来，他听了感到很羡慕，能够看到自己的队伍是多么幸福啊！小坡的情绪越谈越快活，他问彭亮：

“你要不要听我唱政委教我的一个歌？”

“好！不过要低声一些！”

彭亮点头说，他知道小坡对歌唱的爱好，在这方面有着惊人的记忆力。他所以要小坡唱得低一点，因为夜深人静，容易叫别人听见。

铁流两万五千里
指向着一个坚定的方向
苦斗十年
锻炼成一支不可战胜的力量
……

虽然有几个像“铁流”、“锻炼”使他难解的字眼唱得含糊，可是整个歌子的曲调是那么激昂地被小坡唱出来了。这年轻人低低的歌声，在这漆黑的小炭屋子里旋转着，透出门缝，在冬夜的寒风里颤动着。

拓展阅读

游击队歌：著名作曲家贺绿汀于1937年创作的一首抗战歌曲。曲调轻快流畅，铿锵有力，生动刻画了游击队战士在敌后艰苦环境中的革命乐观主义精神，深刻反映了抗日战争时期中国人民反击侵略者的坚定决心。“我们都是神枪手，每一颗子弹消灭一个敌人，我们都是飞行军，哪怕那山高水又深。在那密密的树林里，到处都安排同志们的宿营地，在那高高的山岗上，有我们无数的好兄弟……”这是一首脍炙人口经久传唱的经典歌曲，它诞生在日军铁蹄蹂躏、哀鸿遍野的腥风血雨中；它吟唱在敌后的青纱帐、地道里；它响彻在硝烟弥漫的战场上；它在中华民族生死存亡的关头，像阳光一样驱散了人们心中恐惧强敌的阴影，极大地鼓舞了抗日军民夺取胜利的斗志和信心。

第 六 章

小坡被捕

过年以后，李正到小屯去和老周联系，得到山里的指示，司令部要他们尽快武装起来，准备随时配合山里的战斗行动，根据最近的情况，敌人有向鲁南山区扫荡的征候①。

李正回来和老洪、王强做了研究，大家认为队员们一般的都有了政治觉悟，情绪很高。关于武装起来的问题，他们研究了两个方案：一个是继续扒火车搞钱买枪；一个是由王强到车站侦察，遇到机会，以现有的五支枪组织起来，武装夺枪。计划在最短期间，从五支短枪发展到十二支，使每个队员都有一支，以便随时准备应付战斗。

每当晚上，为了缩小目标，他们分批出发搞火车。枣庄到王沟这一段，由于搞的次数太多了，敌人在这里加紧了戒备。他们便向东西发展，到离枣庄较远的地方去搞。这天夜里，月色朦胧，小坡跟着彭亮、林忠到峄县那边去。

他们出了陈庄向正南，绕过枣庄向东南去了。他们在月光下，沿着小道，越过麦田，急行着，因为要在十二点以前赶到峄县以北李庄附近，准备去搞下一点从台儿庄、峄县开过来的一趟货车。

“怎么不见往南开去的火车呢？”小坡望着东边像一条黑堤一样的路基，气喘喘地对彭亮说。

“你又想好事了，鬼子不会认为小坡跑累了，就开一趟车来，叫你扒上，送你到目的地。”

“是呀！”小坡笑着说，“要是现在有一趟车开来多好呀！扒上去吸一支烟工夫就到了。这样两条腿跑，就得两个钟点。”

由于这些天，每天晚上都出来搞车，小坡确实有些疲劳了。因为别人晚上搞车，白天都在炭屋里睡上一觉。可是他晚上搞车捞不着睡觉，白天又高高兴兴地哼着小曲子。有时还偷偷找到李正，唱《游击队之歌》给他听。当李正拍着他的肩笑着夸奖他：“不错呀！你的记性真好呀！”他就更高兴地去干活了。

他在炭厂是那么活跃，讨人喜欢。白天他总不喜欢躺下来睡觉。一到晚上有事要出发了，上半夜他还支持得住，一边走一边肚里哼着八路军进行曲，可是到下半夜，他就嫌头沉，想打瞌睡了。现在他就在幻想着能有个火车给他休息一下。他的脚步越来越沉

① 发生某种情况的迹象。

重，发涩的眼睛不住地瞅着那条黑堤，可是总不见火车到来，只得默默地跟在彭亮、林忠的身后，沿着铁路的西侧，向漆黑的远处走着。

到达李庄附近，已是十二点多了。彭亮到庄里李铁匠那里去联系。他和林忠趴在麦田里，身下的麦苗已长得将要埋住他们了，露水，打湿了小坡的脸，他微微清醒了一下。四下很静，只有远处传来一两声狗叫。他们趴在那里，望着前边黑黑的路基，在等着将要开过来的货车。

在等车的时间，小坡再也支不住沉重的脑袋，把头靠在一簇麦丛上打盹了。他在睡意矇眬里，突然听到旁边彭亮的低沉有力的声音：

“准备呀！开过来了。”

他抬起头来，擦了擦眼睛，看到黑堤的路基上，已蒙上一层白色的探照灯光，耳边听到渐渐增大的轰轰的、远处开过来的火车的音响。随着声音，他身上忽地振奋起来，这声音把他的睡意扫得一干二净。因为他知道和这大怪物搏斗，是开不得玩笑的，全身力气都得使出来，一不注意，抓脱了手，蹬空了脚，都有生命的危险。他想到政委告诉他这就是任务，一定要很好完成。

他跟着彭亮、林忠慢慢地向路基那边爬去，当吭吭的车头带着巨大的声响跑过去的时候，他们三个黑影就都跑上了路基。在一阵轧轧的钢铁的摩擦声中，他们迎着车底卷出的激风，像三只燕子似的，蹿上车去。

接着，货物包像雨点样地抛下来。他们紧张地甩了一阵，眼看将要到枣庄了，只听彭亮一声口哨，小坡和林忠都从车上跳下。他们顺着车来的方向往回走，收拾着从车上抛下的货物。这时李庄的李铁匠已带着几个小车来推货了，他过去在枣庄打铁混饭吃，和彭亮、王强很熟，因此，彭亮他们到这边搞车，把货物托他隐藏起来。由于他很忠实，也由他送到集上去卖。

小坡帮着上小车，刚才在车上紧张劳作，汗水把棉袄都浸湿了，现在静下来整理车子，身上阵阵发冷。彭亮、林忠押着小车走后，小坡在一个洼地里又找到一包货，他舍不得丢下，就把它背起来，去赶小车，但小车已走得很远了。

货从火车上推下了，小车又都运走了，老洪和政委给他们的任务已顺利地完成。这时，小坡松了一口气，紧接着一阵疲劳和睡意压上来了。他现在比来时更显得头重脚轻，头不但沉，而且嗡嗡地响。他背着一个货包，爬上一个土坎，一不小心滑倒了，他没有爬起来，头枕着货包，呼呼地睡去了。

月亮已经下山了，推向李庄的小车已经走得很远了，四下又恢复了寂静。小坡伏在货包上发出沉睡的鼾声。

从峄县方向隐隐地传来轧轧的响声，冷冷的两条铁轨，呼呼地像在跳动。路基上，铁轨上，又蒙上白色的灯光，渐渐地越来越亮，射得铁轨像两条银线，一辆鬼子的巡路摩托卡，飞一样开过来了。

当摩托卡上雪白的探照灯光，射上路边的一个土坎，射上蜷伏着的小坡的身躯，射上他酣睡的年轻的脸，摩托卡嚓的一声刹住了。四个鬼子像恶狼一样，从两边向这里包围过来，当鬼子正要扑向小坡，突然看到远处有一条黑影，以焦急的声调喊着：

“小坡……小坡……”

是彭亮跑回来找小坡的呼喊声。

“咯……”一梭子震耳的机关枪子弹向着喊声的方向射击，远处在闪着一串串的火光。小坡在枪声里忽地坐起来，但是他一睁眼，三支刺刀尖，和一个黑黑的机关枪口正对着他的脑袋。

“八格……”钉子皮靴猛力地向他踢来，使他栽倒了，接着他被鬼子粗暴地用绳索捆起来。他刚站起，两个耳光打得他的脸颊发烧，嘴角流出了血。他被牵到摩托卡上，只听到一阵呼呼轧轧的音响，他被带走了。

小坡被押回枣庄时，天灰苍苍的，还不大亮。街道上冷清清的，只有淡淡的雾气在四处上升。他望着西边埋在一片白烟里的陈庄，想到那乌黑的小炭屋子，那里有老洪和李正，他们是睡着呢，还是围在火炉边，在盼望着他的归来？他鼻子一酸，眼睛里涌上泪水，但是他马上想到政委的坚毅的讲话：“我们是共产党领导的部队，我们能战胜一切。”他咬了咬牙齿，把泪水咽到肚里，心里狠狠地对自己说：“装孬种，还能行么？”他身上仿佛在增长着不可抗拒的力量。

带进宪兵队，他被掷进一个安着铁门的黑屋子里。他跌到一堆碎草上时，嗅到一股股烂肉的刺鼻的气味，听到屋里一片呻吟声。远处不时传来鬼子夜审“犯人”用刑时“犯人”尖厉的叫声，小坡听了头皮一阵阵发麻。

天亮以后，他看清了屋里的人们，有些穿着矿工服装，有些穿着农民服装，他们都是蓬着头发，菜色的脸，眼睛陷在深深的眼眶里。脸上都留下一道道的血痕，破衣服上都染满了干巴巴的血迹。他们有气无力地伏在地上，发出难受的哼哼声。

离小坡最近的一个四十来岁的庄稼人倚在墙上，他脸上的伤痕比别人更多，身上的衣服已被皮鞭抽得碎成片片，从破衣缝里露出的皮肉，都烂得开了花，肋骨突出的干瘦的胸脯，露在破衣外边，上面有一道道、一块块的伤疤，小坡看出那是火条和烙铁烙的。苦痛的折磨，使他的胸脯吃力地一起一落。小坡怜悯地看着这庄稼人紫黑的、丛生着胡子的脸，他有一对明亮的眼睛，在深深的眼眶里炯炯发光。

庄稼人看到小坡，怜惜地问：

“怎么被捕的？小兄弟！”

“在铁路上。”小坡接着问，“你呢？”

“在山里。”

听说山里，小坡就用异常亲热的眼光，望着这个穿农民服装的中年人。他将身子往前移了一下，把身下的碎草挪一些到对方的受伤的身子下边。他想到政委每天晚上讲的山里的故事，在那里的起伏的山冈上，密密的树林里，有好多他的穷兄弟同志在斗争。小坡突然有一阵高兴的情绪，他甚至想起了那支《游击队之歌》。但是他看到这中年人身上的伤，情绪就又低落下来，他抚着对方受伤的浮肿的手，同情而关心地问：

“疼么？”

“没有什么！”中年人笑着说。他锐利的眼睛望了小坡一会儿，看到小坡除了昨晚两个耳光留在嘴角的血迹而外，强壮的身体还是无损的，就对小坡说：

“要咬紧牙呀！”

“是的！”小坡点了点头说。他好像从这中年人身上汲取了不少力量。他认为这是一个不平凡的山里人。

晚上，铁门哗啦响了，小坡被提去受审，他被带到一个大厅里，在迎门的一张桌子前，雪亮的台灯下面，一个鬼子军官，把眼瞪得像鸡蛋一样，盯住他。他旁边是个翻译，两边是四个全副武装的鬼子。

鬼子军官向他叽咕了一下，旁边的翻译官就问：

"你叫什么名字？"

"我叫小四！"小坡没有说实话，顺口而出，把自己化名为小四。

"家住在什么地方？"

"老枣庄！"

在鬼子没问他以前，小坡早打好谱①不说自己是陈庄人，因为他想到陈庄小炭屋里有着老洪、李正和一些队员，还有枪。要说住在那里，可能会连累着他们——这些他所敬爱的同志。所以他一口咬定是老枣庄人。这老枣庄在枣庄的最东部，几十年前它只是个几十户的小村子，西距陈庄五里路，自从这里煤矿开采以来，在这两村之间修起了煤矿、炭厂和街道，把两个村庄完全连在一起了。

"你的土八路的！"鬼子叫着。

"你什么时候参加游击队的？"翻译问他。

"我不是游击队，我也不懂什么是游击队。"

鬼子把仁丹胡子一努，显出一股凶相来，向翻译叽咕了一阵。翻译官问他：

"不是游击队，你为什么偷货？你要说实话，赃物和你一道抓到的。"

"我家里没啥吃，我才偷了点货。"

鬼子叽咕着，翻译问：

"谁叫你偷的？你们几个人？"

"我自己！"

还没等小坡的话音落下，鬼子就听懂了，啪的一声拍着桌子，"八格"像猪一样叫起来了。他向旁边咕噜了一下，两个鬼子，扑通一下将小坡摔倒在地，架在一条长凳上，仰面朝天，用凳子上的两根皮条，套住他的脚脖和喉头。喉头这根皮条勒得他喘不过气来，使他张着大口喘气。就在这时，鬼子提着一壶辣椒水，对准他的嘴和鼻孔浇下来。他要闭嘴，辣椒水从鼻孔浇进去，憋得慌，一张口，口鼻一齐进，鼻孔，喉管，像锯齿拉来拉去的刺疼，疼得他的心剧烈跳动，额上的青筋在突突地胀。鼻孔的刺疼，使他的眼泪哗哗往下流。他要挣脱，可是手被绳捆着，脚被皮条绊着。鬼子一直浇下去，整整地浇了一壶，他的胃也痛得发烧，胸脯慢慢鼓胀起来了。

他被两个鬼子架着，站到桌前。鬼子在呱呱地怪笑着，向他咕噜了一句，翻译官也笑着说：

"太君问你，这酸辣汤的味道不错吧？"

小坡含泪的眼睛，愤怒地瞪着他。鬼子又叫翻译官问他：

① 指订出大概的计划。

“谁指使你的，你们一伙几个人？快说！”

“我自己！”

扑通一声，又被两边架着他的鬼子摔倒了，小坡的头撞在硬地上，鲜血直流。就在这时，两只鬼子的钉子靴，踏在他的肚皮和胸脯上了，他那被灌满了辣椒水的胃像炸成碎片一样疼痛。辣椒水顺着鼻孔、喉管又蹿出来。这样被压缩、逼出，比刚才浇进去时的锯拉更厉害，他疼得满头大汗，头昏得天旋地转……皮靴上的钉子，像要刺进肚皮一样，他昏过去了。鬼子还在用力踏，开始口鼻蹿出的是辣椒水，以后压出的则是血水了。

鬼子问了一个钟头，可是小坡在昏迷中，还是那一句：“我自己！”结果又挨了一顿皮鞭，才被架回黑屋里，被抛到碎草上去了。

这时，山里人用温暖的手，像昨天小坡刚来时对自己那样，抚摩着这年轻人的身体，对他说：

“忍着点呀！小兄弟！”

小坡睁开眼睛，他脑子里亮着老洪的炯炯发光的眼睛，响着政委的钢铁样的话音，他笑着回答：

“没有什么！”

下半夜，小坡清醒些了，山里人的手在不住地抚摩着他，真像对自己的小兄弟一样亲热。

外边汽车响，铁门响，有几个‘犯人”被拉出去了。照例是白天又送进些新人来，晚上拉出去一些，这些拉出去的，一个也没见回来。小坡清楚地知道，他们不会回来了，因为他听王强说过，鬼子在深夜里，把中国“犯人”拉到大兵营里给新鬼子练刺刀，给军医院开肚子。第三天夜里，铁门响，山里人也被拉走了，临走时，他低低地对小坡说：

“小兄弟，记住别出卖自己的人呀！”紧握了下他的手，就被鬼子带走了。小坡听着墙外载犯人的汽车声，眼睛湿了。

这位山里人的面容，长久地留在他的脑子里。他想着，这山里人也许被穿死，或者喂洋狗了。又想到鬼子白天在山里烧杀，夜间又这样偷偷地屠杀，有多少中国人就这样死了呀！他抚摸着自己身上的伤，海样深的仇恨，在他心里生了根。他想，他活着一天，就要斗争一天，为死难的中国人民报仇。想到这里，他心里在低唱着：

……
誓复失地逐强梁。
争民族独立，
争人类解放，
这伟大的重大责任，
都担在我们的肩上。
……

以后，小坡又被提审两次，皮鞭抽着他，但他咬住牙，只说“我自己”一句话。

一个星期过后，在一天夜里，他听到外边汽车响，接着，他被带出牢房。鬼子又从其他牢房里，带出来一些人，站满了一院子，他们被刺刀逼着，上了汽车。小坡心里想，今晚就要被处死了。他在汽车上不住地向西望着，他想看到陈庄，那里有他的妈妈，有老洪、政委、彭亮和一起战斗的穷兄弟们！他眼睛里涌出了泪水，他不是怕死，在鬼子的酷刑下，他并没有屈服，他没有出卖自己的同志，难过的是现在他要向他们告别了。

汽车出了枣庄西门，并没有向南边的鬼子大兵营开去，那里是秘密杀人的地方，却一直向西车站开去了。车站上停着一列军用车，月台上、火车上有不少的鬼子。小坡和“犯人”们都被赶下汽车，这时鬼子从其他地方，也赶来一些“犯人”，集中在月台上准备上车。直到这时，他才向四下的“犯人”仔细地看了看，他发现这一批“犯人”，都是像他这样二十一二岁的年纪。他才知道现在不是把他们处死，而是要把他们装车运走。他记得过去听人家说，鬼子侵占中国人力不够，他们到山里扫荡，抓些年轻人，送到关东，送回日本，去做苦力。现在也许是把他们运到关外①去做苦力了。

他随着人群被赶往铁闷子车上，他四下瞅着，想找个逃跑的机会，可是四下都是端着刺刀的鬼子，跑是跑不脱的。他又想看看是否有熟人，好送个信给炭厂，让老洪和政委知道他的下落，可是一个熟人也找不到，因为在夜里，又是军用车，鬼子根本不让中国人傍边。洋行的中国人脚行吧，从上次鬼子丢枪后，军用兵车也不用他们搬运。这些想法都落空了。

他被赶进铁闷子车里，挤在人群里，想尽可能地挤向车门口。他想着，门要关不紧，车开后，他设法蹬开车门，跳下车去。可是鬼子把铁门哗啦拉上，然后叭地用一支大铁锁锁上了。他算死了心了，在车上逃跑已不可能，因为这大铁锁，就是用钳子，加上老洪那有力的手劲也弄不开的。

火车吼叫了一声，哐哐地开了，小坡心里一阵发乱，在漆黑的铁闷子车里，他挤在人群里，紧紧地锁着眉头。

火车走了一整夜，小坡一夜也没合眼，车缝里透进来一丝阳光，天大亮了。火车停下来，铁锁响，铁门打开，年轻的中国“犯人”被赶下车，到月台上集合。小坡看看这个车站很大，高大的票房②上扬着日本旗，上边有四个黑字，他不认识，听别人讲是：兖州车站。啊，兖州！小坡没有到过，可是他知道这是津浦线上，徐州到济南中间的一个大车站。

他们被带到离车站二三里路的一个地方，这里不靠住家，有几座新盖的红瓦房，四下用铁丝网围着，入口处有用洋灰修的岗楼。他们到这里的第二天，鬼子把绑他们的绳子松开了。

一个也穿着鬼子衣服的黄脸中国人，站在台上，对他们讲话：

“你们犯了罪，皇军看见你们年轻，饶了你们。这就是中日亲善的精神，可是大家要变变脑筋。”

从此以后，他们每天被集合起来，上讲堂。鬼子和穿着鬼子军装的汉奸，在给他们讲课，翻来覆去地讲什么“中日亲善”、“大东亚共荣圈”。

---

① 指山海关以东或嘉峪关以西一带地区。

② 戏院、火车站、轮船码头等处的售票处。

"亲善，亲善，"有时小坡摸着他身上的伤疤，狠狠地说，"这就是亲善呀！奶奶个熊！"

在闲下来的时候，鬼子也叫他们修碉堡，盖房子，说是锻炼身体。看样子鬼子是想把这些年轻的中国人训练一下，挑一部分来补充汉奸队。思想真正改不过来的，再送到关外去做苦力。

小坡不时隔着铁丝网，向西南望着火车道，这里离铁道约有二里路，南来北往的火车，他们都能看到。火车的轧轧声，小坡听来是多么熟悉，他多么想从铁丝网空子里钻出去呀，可是不能，那上边有电，一碰上就会电死的，门岗又那么严，他们一个人也不许出去。

一天鬼子挑了一批人送走，小坡被一个军官模样的鬼子笑着叫到屋里。这小屋周围是个菜园。鬼子军官看看小坡出狱后渐渐恢复健康的年轻的面孔，用生硬的中国话说：

"你的好好的，服侍我的，我提拔你，大大的！"说着他走到屋门口，指着屋周围一片菜畦和花草，摸摸小坡的肩膀说：

"你的挑水的，浇！我提拔你大大的！"

"好好的！"小坡点头笑着说。因为他知道，挑水要跑到大门外去的，在铁丝网西南角有一口井，这里的水管子还没安好，要到那里去挑水。

第二天，小坡就挑着一副水罐子，到西南井边上去挑水了。门岗看了看他袖子上的"工役"袖章①，就放他过去了，以后连看也不看了，他可以自由地挑着罐子出出进进。

这天，太阳已经落山了，他出来挑水，把罐子放在井台上，看了看周围的地形，这里离铁路还有里多路，他看准了一个洼道，这洼道直通向铁路，有一大节地，岗楼上的鬼子是看不见的。他正在寻思着，突然兖州站上，响起了机车的吼声，机车喷着白烟，带着一列货车，轰轰隆隆地从车站开出来，渐渐加快，向南开过来了。

小坡骂了一声："奶奶的！"把罐子提起来，用力向井台的石头上一摔，叭！摔得粉碎。他一转身蹿下井台，箭一样在小洼道上飞奔，当他喘着气跑上路基，已被鬼子发觉，两个鬼子向井台那里叭叭地打着枪，追过来。在这一霎间，一列车已跑过大部分，只剩最后几节了，只见小坡的身影一闪，随着一阵锵锵开去的火车，就不见了。

两个鬼子喘着气赶到路基上，火车已经早跑得看不见了。他们向路基两侧搜索着，因为他们万想不到这个年轻的中国"犯人"能跳上飞快的火车。是不是钻到车底，轧死了呢？看看路基上并没有血和尸体。他们又越过路基，向西边追去了，并且不住地叭叭打着枪。

这时候，小坡已经躺在火车上的麻袋堆里，望着满天的星星，听着耳边呼呼的风声，在快乐地唱着他久已不唱的"铁流两万五千里……"了。

李庄搞车回来，彭亮把小坡被捕的消息带给李正、刘洪。这耿直的黑大汉是那样难过，他搓着手掌，焦灼地说：

"我发现小坡不见了，便回头去找。当我看到铁路上有摩托卡，我急了，便四处低低地喊：'小坡！小坡！'可是一梭子机枪打来了，我趴在地上一看，小坡被探照灯照住，

① 套在袖子上表示身份或职务的标志。

他已被鬼子团团围住，绑上摩托卡了。”说到这里，彭亮在发着呆，用手掌拍着自己的脑门，显然他在深深责备着自己。他又慢慢地说：“我就这样把小坡丢了。他跟我出发，我应该好好照顾他，可是，你看我这是干了些什么？当敌人的机关枪打来的时候，我也想举枪，去抢救，可是我没有这样做，因为我一个人是不能把小坡劫下来的，劫不成相反更害了他，因为我知道小坡没带枪，他身上只有一包货，敌人顶多把他认为是小偷，如果我要打枪，敌人就认为捕的不是小偷了。我没有还枪。可是，我就这样白白把小坡丢了，我对不住小坡呀！我心里像刀刺样难受……”

李正知道彭亮是个非常关心同志的队员，他现在为着小坡的被捕在痛苦着，他看着彭亮发红的眼睛说：

“你当时没有还枪是对的，因为敌人两挺机枪，还有步枪，你一支短枪是抢救不下来的，相反倒会暴露了小坡。不要难过，我们要想办法去救小坡的。”

老洪也来安慰彭亮说：“难过管什么用呢？同志！”老洪的眼睛又突然发怒似的亮了。接着他斩钉截铁地说：“小坡不会装熊的！要是鬼子敢对我们小坡有啥好歹的话，我们要马上给敌人一些厉害的！”

炭厂里，每天的买卖还是照样兴隆，可是在这一片嘈杂声里，很久都听不到小坡的曲子小唱了，大家都在怀念着他。

晚上，老洪、李正、王强三人开了个小会，研究整个情况与对策。炭厂又增加三个人，不过还没有正式发展成为队员。人数是一天天多了，十五六个年轻人挤在炭厂里，时候长了容易出事，应该迅速武装起来，进行分散的活动。为了应付情况，需要另选择几个秘密活动地方，以便炭厂待不住就撤到那个地方。同时由于人数的增多，今后将要转入武装行动，也需要进行军事和纪律教育。为此，他们的分工是，王强继续想办法完成侦察任务；李正把队员分为两组，带一部分人到小屯、南峪一带去进行军事政治训练。一星期后，再换第二部分去，这样可以缩小炭厂的目标。他们把齐村作为第二步隐蔽的地方，由老洪去建立关系。

为了完成侦察武器的任务，王强这两天，小眼眨着去找打旗工人老张。自上次他应付了小林小队长，使他们搞了粮食车开了炭厂，老张也经常到炭厂里来坐坐，和老洪、王强到小酒铺去喝酒。现在王强又想托老张在车站上注意一下，是否有敌人装卸武器的机会。老张是注意了，可是他总没有看到有这种机会，他笑着对王强说：

“鬼子现在也一天天精起来了，运兵运武器都在夜间，根本不叫中国人傍边。”

“车站上现在比过去严了么？”王强离开洋行很久了，他想了解下车站上的情形，必要时，自己可以亲自去侦察一下。

“严多了！”老张瞪着眼说，“上次洋行鬼子掌柜被杀，车站就紧了。听说前些时，鬼子往蚌埠运武器，又丢了枪，蚌埠的鬼子打电话说少两挺机枪和一部分步枪，他们不收，要洋行负责。这里打电话说他们都如数装车，有货单为凭，不由他们负责。两下吵起来，虽然这边鬼子推卸责任，可是心里也在犯嘀咕。从此，车站上装车就紧了，鬼子都端着刺刀，架着机枪，谁也不许靠近。天一黑，看见中国人靠近车站，就用枪打。前天还听说洋行里一个推小车的叫鬼子打死了。”

“叫车站上的鬼子打死的么？”

"不!"老张说,"叫洋行里的大掌柜打死的!"

"小车队不是洋行的么,鬼子掌柜的怎么打死他呢?"

"现在洋行也不是你在的时候那样了。鬼子也多了,听说还来了个大官。因为过去在这里杀过鬼子,所以这些新来的鬼子都带着枪,天一黑就关门。前天晚上那个推小车的到里边去送东西,一进门,被鬼子一枪打死了。鬼子认为晚上去的都是坏人……"

"推小车的叫鬼子掌柜用枪打死了!"王强在眨着眼。枪!枪!这正是他所要侦察的。他心里想,从上次搞洋行以后,鬼子可能都有短枪了。人多了,枪也会不少。他离开了老张,去找推小车的陈四。

"二头!你好呀!"陈四还是称王强二头。

"洋行里现在怎么样?"王强问。

"别提了!"陈四哭丧着脸说,"鬼子的事,真不是人干的呀!年前,洋行鬼子不知叫谁杀了,咱小车队可倒了霉,都抓到宪兵队,你算没摊上,可是每个人都像褪了一层皮才被放出来。现在干活也不像你在的时候那样随便了,动不动就是枪捣,皮鞭抽……你算想得开,不干了,有一点办法谁干这能事……"陈四是三十来岁的黑黑的中年人,他不住地咒骂着。

"听说有个工友被打死了,怎么打死的呀?"

"是呀!"正在叹气的陈四,被王强一提,又愤怒地叫起来,"就是孙元清呀!你在时,他还只领五辆小车,现在当三头了。那天晚上九点钟,他去洋行送东西,一进门就叫鬼子掌柜用枪打死了。家里撇下三个孩子,多惨!"

"鬼子不是没有枪么?"

"你说的是过去的事呀!鬼子遭了那次事以后,都有枪了。现在人多了,从兖州、滕县又来了几个大掌柜,听说一个胖胖的拄着拐杖的鬼子,留着仁丹胡,过去还是个大官,叫什么山口司令。他在滕县大战时叫咱们打伤了,就调到这里当大掌柜。他一来洋行,买卖也大起来了,现在里边有十四个鬼子和一个翻译!这个山口司令一出门就坐汽车,枣庄所有的鬼子见着他,都打敬礼。有这么个大官,鬼子还能没有枪么?洋行不是和站台斜对过么?夜里站台上的鬼子,还时常到这洋行门口溜达。一切都不是过去那个样啦,鬼子一天天紧了。"

"过去那个鬼子三掌柜的呢?他又当不了大掌柜了。他还在么?"

"大掌柜?"陈四说,"他连小掌柜也当不成了。这次来的都是大官,鬼子都是按官级大小当掌柜的,他的官最小,轮不着他,把他降成职员,现在职员也轮不上他,把他撵出洋行了。他现在和一个中国商人,合伙另做了一个小买卖。他每天愁眉苦脸的,有时碰到我们工友,还在问你:'王的,怎么不来?'看样子他还是很想你的样子!谁知鬼子安什么心眼!"

王强听陈四谈到三掌柜,脑子里不禁出现那个满嘴金牙的胖鬼子,那就是他没有打死的对头。这次也许还得会会他了。

王强带着满脸的笑容,跑来见老洪,一见面就用拳头击着桌子,兴奋地说:

"有办法了!有办法了!"

"什么办法?"老洪问。

王强把洋行里的情形，从头到尾谈了一遍，最后说：

“里边十四个鬼子，起码有十多棵短枪，如果能搞到，我们不都武装起来了么？”

老洪在屋里转了一圈，王强眯缝着小眼睛跟着他转，他在盼望着老洪早下决心，只见老洪走到桌子前，用拳头有力地在桌上捶了一下，坚决地说：

“搞！二次搞洋行！”

老洪对王强交代，他今晚到南峪，和政委去商量一下，要王强明天早上亲自再到洋行去侦察一下里边的情况，然后再确定怎样搞法。

“好！”王强笑着回答，“就这样办。”

当晚老洪到南峪去见李正，因为他带着一部分队员在那里，正在讲游击战术。

拓展阅读

八路军进行曲： 创作于 1939 年，歌词作者公木，曲作者郑律成。歌曲以进行曲风格，歌颂和塑造了八路军朝气蓬勃、勇往直前的革命精神和英雄形象。歌曲完成后广为流传。“向前向前向前！我们的队伍向太阳，脚踏着祖国的大地，背负着民族的希望，我们是一支不可战胜的力量。我们是工农的子弟，我们是人民的武装，从无畏惧，绝不屈服，英勇战斗，直到把反动派消灭干净，毛泽东的旗帜高高飘扬。听！风在呼啸军号响！听！革命歌声多么嘹亮！同志们整齐步伐奔向解放的战场，同志们整齐步伐奔赴祖国的边疆，向前，向前！我们的队伍向太阳，向最后的胜利，向全国的解放！”当年，它带着高昂、激越的旋律自由地翱翔在根据地的上空。50 多年来，这首歌曲激励着一代八路军战士，一代中国人民解放军战士战斗，成长，夺取胜利，为人民建功立勋。抗日战争胜利后，歌词作了适当的调整，由中央军委改名为《中国人民解放军进行曲》。1988 年，由中共中央批准，又将《中国人民解放军进行曲》颁定为“中国人民解放军军歌”。

第 七 章

血染洋行

王强提着一个大玻璃瓶子，眨着小眼，摇晃着膀子，装出一种很快乐的神情，到车站上去。见了鬼子的岗哨，他神情是那么自然，站上的买卖人、脚行都是老熟人，一见面就问：

“王头，多久不上站了呀！提着瓶子打酒么？”

“不，”王强笑着说，“我去打点酱油，听说洋行里不是有新来的好酱油么？”

王强一边和站上的买卖人搭讪①着，一边向洋行的那一边走去。

在路上，王强寻思着这次到洋行的任务。当昨天晚上，老洪一捶桌子叫了一声：“搞！”他也兴奋地说：“行！”可是今天要他来洋行侦察敌人内部的情况，他却又有些犹豫了。自从他离开洋行，两个多月，他一次也没有再到洋行去，他甚至避讳着再到那里去。有时到车站上办事，按理要从洋行门口经过，可是他绕个弯，宁肯多走几步也不傍近洋行了。记得自从杀了鬼子以后，他每天到洋行心里都在揣摩着，小眼暗暗地观察着四下的动静，好像洋行里到处都张着捕人的网。特别是那鬼子三掌柜，从医院里养好伤回到洋行里当了大掌柜后，每天高兴地喝着酒，他经常听到金三得意的笑声，金三见了他比过去更加亲近，这就更使他怀疑。三掌柜越对他表示亲近，他心里越感到不自在。最后搞了粮食车，开了炭厂，他才松了一口气，离开了那个魔窟。记得在他临离开时，鬼子三掌柜还在为他的请假惋惜，坐在账桌上，说：“王的，你我朋友大大的，我的大掌柜的，你不帮忙的不好！”

“不，我不是不愿意干，”他说，“因为我家里人口多，生活顾不住，我和别人合伙做了小买卖。”

“好！以后有困难，还到我这里来！”三掌柜打开抽屉，从一大捆金票里，拿出两张，递给他，“你的拿去，你我朋友大大的。”

“我不用。”

“要的！朋友大大的。”鬼子三掌柜把金票塞到他的口袋里。他出了门，狠狠地唾了口，骂了声：“×他奶奶！”仿佛一肚子的闷气都发泄出来了。的确，出了洋行的门，他的胸脯里好像轻松多了。

① 为了想跟人接近或把尴尬的局面敷衍过去而找话说。

现在他又要到这洋行里来了。那天陈四说三掌柜已经不在洋行里了，他想还是不见这鬼子三掌柜为好，因为他是那样匆匆地离去，又一去不回头，可能会引起三掌柜的疑心。可是，现在洋行都换了新鬼子，而且都是较大的鬼子军官，进出都查得很严，他没有熟人，怎么能进去侦察呢？想到这里，他又感到要有三掌柜也许就好办得多了。

他一边寻思着，不觉来到了洋行门口。几个值班的向他打招呼：

“王头！好久不见了！”

“是呀！我来打酱油呀！”王强应付着，可是心里却在盘算如何混过洋行的门岗。就在这时，一个穿和服的日本鬼子过来。推小车的悄悄地对王强说：

“三掌柜，三掌柜！现在他不在洋行做事了。”

穿和服的三掌柜突然回过头来，一看到王强，就跑上来，握住了王强的手。

“王的！你的好么？”

“好好的！太君好好的！”王强笑着回答。三掌柜的突然出现，使他感到一阵高兴，因为他正在愁着怎样进入洋行。

“走的！”鬼子拉着王强，“我家的坐坐！你我朋友大大的！”

王强被拖到洋行旁边小胡同里的一个小院里，在一间日本式装饰的房子里坐下，鬼子递过来烟，倒一杯啤酒。

“你的买卖大大的好？”

“马马虎虎，刚顾住一家生活。”王强抽了一口烟，眨着小眼说。虽然是笑着回答，心里却在戒备着。这是从那次杀洋行以后，每逢和鬼子对坐时，他常存的一种心情。

“太君在洋行的生意，一定大大的发财！”王强故意竖起了大拇指头说，“太君大掌柜的，赚钱大大的！”

鬼子听到王强的恭维，头像拨浪鼓似的摆着，脸上露出难过的神情，摇着手说：

“我的现在洋行的大掌柜的不是，”鬼子为了说明问题，举起他的小手指说：“我的连小小的掌柜也不是。”

王强这时才看出鬼子三掌柜是瘦些了，他已完全不像王强刚离开洋行时那样红润和肥胖了。在谈话时已听不到他哈哈的笑声，他的声音有些低沉了。

“怎么回事呢？太君不是大掌柜么？”王强用惊奇而又惋惜的声调问。

“现在洋行里又来了大掌柜，他们太君大大的，我的小小的吃不开了。”

三掌柜伤心地摇着头。王强看到他发红的眼里除了哀伤以外，还有愤怒在燃烧，他是在深深嫉恨着那些夺去他的地位的人。在这一刻，王强感觉三掌柜对自己心理上的威胁暂时解除了，心里稍微轻松了些。因为他亲眼看到，这些疯狂侵略中国的鬼子，在他们没有负伤以前，像野兽一样屠杀中国人，毁灭中国的城市和农村；负伤以后，又在争权夺利，疯狂地掠夺中国的财富。王强以一种极度厌恶的心情，望着狠狠地喝酒的失意[①]的鬼子。

鬼子三掌柜看到王强脚边放着空酒瓶子，就问：

“你的什么干活的？”

① 不得志；不如意。

“我想到隔壁洋行里去买点酱油，”王强趁机说，“我的离开洋行很久了，和里边太君不熟，你的领我去怎样？”

“好好的！”三掌柜满口答应了。

王强跟着鬼子三掌柜到洋行里去。里边确实和过去不同了，屋子里货物也多了，每个屋子里都有三两个鬼子，在和中国商人洽谈着货物的事情。在一进门的东屋里，他看到柜台后边，坐着一个年纪有四十多岁的鬼子，仁丹胡，穿着镶金边的军服，狼样的眼睛，向王强瞟了一下。鬼子三掌柜向仁丹胡恭敬地弯了腰，忙笑着向柜台旁边另一个鬼子咕咕了几句。王强因为常在洋行里，也懂得几句日本话，三掌柜在说这是朋友，来买酱油的。他估计那狼眼的军官就是山口司令。

王强打好了酱油，借口说看看其他屋子里有什么货物想再买一点，鬼子三掌柜就又领着他到各处走了一遭。每到一屋，王强都特别注意鬼子的住处，他看到鬼子睡的床头上确实挂着短枪。他又上了一趟厕所，才和鬼子三掌柜一起走出洋行。

在小炭屋里的豆油灯下，王强望着老洪和李正的脸，谈着在洋行里看到的情况：鬼子的人数、武器和住的地方。

李正听了以后，分析着情况说：

“平常我们对洋行的看法，只认为是些负伤军官在这里经营商业，来吸取我们的财富，供应它的侵华战争。可是从今天的情况看，它很明显地是个特务机关，利用经商的面目，拉拢奸商，收集我们根据地的物资和军事情报，随着奸商的来往，派特务到我根据地去。因此，我们这次打洋行不但是杀鬼子、夺枪支武装我们自己的军事任务，还有个更重大的政治意义，就是要消灭和摧毁这个特务机关！”

“对的！”老洪点头说。他望着王强问：

“你对里面比较熟悉，你看怎样进去呢？”

“大门是铁的，天一黑就落锁，不好进。墙比过去加高了，又有电网，不能攀登。我看只有一个办法，挖洞进去。今天我进去时，特别到厕所里去了一趟，厕所的后墙不靠屋，从那里挖进去就行。挖到厕所里，也更好隐蔽。”

“对！对！”老洪、李正都点头同意。李正问老洪：

“枪怎样，够不够？”

“现在只有六棵短枪，”老洪沉思了一下说，“至少得八棵。四个屋子，我们得分四个组，一个组起码得有两棵短枪，反正杀鬼子，是得用刀砍的，因为洋行离站台太近，响枪会暴露。不过枪也得准备着，鬼子多，到棘手[①]的时候，再用枪解决。”

“好！”王强听了老洪的布置，兴奋地眨着小眼说，“四个屋，分四个小组，每个组两棵短枪，两把刀，我们正好有十六个人，可是短枪缺两支。”

李正想了一下说：“到小屯老周那里去借两支吧！搞完以后，我们有枪还他的！”

“就这样决定。”老洪的眼睛亮了，他对政委说，“那么咱就动员吧！”

① 形容事情难办，像荆棘刺手。

第二天晚上，彭亮在家里，蹲在屋门口的黑影里，吱啦吱啦地在磨石上磨一把大刀。他一边磨一边在想着政委的话："这是我们的首次战斗，我们要打得好，就全部武装起来了！"这响亮的声音，还在他的耳边响着。今天晚上十一点就要出发，现在各人都分散地在准备着家什。在吱啦的铁与石头的摩擦声里，刀锋利了，彭亮也一阵阵地兴奋起来。

一阵沉重的脚步声传来，彭亮一听脚声就知道是鲁汉来了。这黑个子，一进院子，就蹿到彭亮跟前，看到地上一根树枝，只见白光一闪，叭的一声，鲁汉一刀把指头粗的树枝砍断，他发着狠说：

"你看行不行！他奶奶的！今晚也该我解解恨了。"

彭亮一把把鲁汉拉到身边说："你别冒失呀！同志！现在还不到发狠的时候！"

"你要知道，我真憋不住了。"

当彭亮刚磨好刀，两人正要出门，突然从西边跃过来一条黑影，是个很熟悉的瘦长的黑影，黑影突然向他俩扑来。彭亮定神一看，失声叫道：

"小坡！"

这时小坡紧握住他俩的手，沙哑地叫道："亮哥！鲁汉哥……"显然是激动得说不出话了。

当彭亮和鲁汉把小坡扶到小炭屋里，小坡一眼望到坐在那里的队长和政委，便扑上他俩的肩头，眼泪哗哗地流下来了。老洪和李正望着这受委屈的年轻人的一起一伏的肩头，他们抚摸着他受伤的头和手，深深知道小坡是受苦了。这时小坡的眼泪，是受委屈后看到亲人的眼泪，在敌人面前，他是不会流眼泪的。他们相信小坡是个倔强的年轻人。

"起来！"老洪发亮的眼睛望着小坡说，"坐在那里谈谈吧！"

小坡抬起头，用袖子擦干了眼泪，坐到桌边。听到小坡回来了，准备好家什的人们，都陆续拥进小屋，在油灯下，听着小坡叙述他被捕、受刑和逃跑的经过。当听到他受敌人刑罚的时候，人们眼睛里都燃烧着愤怒的火焰，呼吸也都急促了。鲁汉憋不住，像和别人吵架似的顿着脚，骂了一声："我×他奶奶！"

这一声叫骂，提醒了老洪，他看了看表已十点半了，就对政委说："开始吧！"李正点了点头说："好。"

老洪仰起了头，他的眼睛扫过每个人的面孔，队员的脸上还有着因小坡的叙述而激起的痛苦和愤怒。老洪脸色变得像铁一样严肃，他有力地宣布：

"各组分头出发，绕过敌人的岗哨，到指定的地点集合。现在就开始，行动吧！同志们！"

这斩钉截铁的语句，是向这小炭屋里的黑黑的人群发出的第一道命令。屋门口的人迅速地退出去，人们都分成一组组的，蹿进外边的黑夜去了。有的来握一下小坡的手，有的在门外边来不及进来，喊一声："小坡再见！"就走了。

彭亮因为先送小坡进来，挤在里边，所以他最后出小炭屋。这时李正对小坡说：

"你先在这里，不，到家里去休息休息。我们今天晚上有任务，明天再谈吧！"

"不，我也要去。"小坡站起来，他看到老洪和政委腰里都别着枪，着急地请求着。

"不行！"老洪说，"你身体这样弱，需要休息些时候，政委说得对，要听话呀！"他又把小坡扶到床上。

老洪说罢就匆匆地和李正出去了。小坡忽地从床上跳下来，蹿出小屋，跑到黑黝黝①的街道上，他跑上去，一把抓住正要走出街口的彭亮：

"亮哥！你们到底去干啥呀？"

"我们今天晚上要给你报仇呀，干什么？杀鬼子！"

"我得去！"

"不行！你得歇歇！"

彭亮摆脱小坡的手，就很快向前边的黑影赶去了。

小坡呆了一下，急遽地跑回小炭屋里，用两手在床上床下摸索着，最后从门后抓起一把劈木柴的斧子，吹熄了灯，就蹿出小屋，跑上街道，向彭亮刚才走的方向追上去了。

夜风打着小坡的脸，他在小路上飞奔。由于身体虚弱，豆大的汗珠在额上滚着，口发干，心在跳，他依然咬紧牙，朝前边急走着的黑影追赶上去。他看着前边的人影，在离铁道不远的一个土窑边停下，小坡也钻进人群里蹲下。政委正低声做着简短的战前动员，他只听到最后两句：

"……行动要轻！冲进去时，要快！"

"王强路熟，带第一组先走！"这是老洪的声音。王强提着枪，带着三个人，离开土窑向南边的铁道那里走去。当前边走了半里路，第二组又出动，接着第三组，他们穿过枣庄西二里路的一个小桥洞，向正南去了。

小坡跑得满身汗，一歇下来，身上一阵阵发冷，他的牙齿在嗒嗒地响。当政委带第四组要出去时，才发现了他，李正着急地问：

"你怎么也跟来了呀！"

"政委！"小坡恳切地说，"我要报仇！"

李正沉思了一刻，当他想到小坡的语气很坚决，充满了仇恨，就说："好！"

他嘱咐彭亮好好照顾小坡，便带着第四组，随着渐渐走远的三组，穿进桥洞。

风渐渐大起来，天上的云层像黄河的浪涛一样在飞走，西北风呼呼地拧着铁路边的电线杆，电线吱吱地响。夜的远处，风卷着煤灰，扇着焦池的滚滚白烟，煤矿公司和车站的电灯，星星点点②的好像没有往日亮了。

这时候，一簇簇的人影，从枣庄西穿过铁道南，再向东绕到车站道南的商业和居民区。他们从正面的小胡同里溜进车站南部，穿过背街小巷，在靠近洋行屋后的小夹道里停下。隔着洋行及洋行大门前的几股铁道，对面就是站台，票房正向着这个方向。站台的电灯光只能远远地射到洋行的大门前边，射到洋行的屋脊上。

老洪带着鲁汉、小山守着通往车站的夹道口，因为他知道鲁汉的性情暴躁，不适于做挖墙的工作。这是个细活，不小心弄出声响，会坏了事。他和鲁汉、小山趴在夹道口的墙角黑影里，监视着站上的敌人。

鲁汉把手榴弹盖子打开，这是昨天从小屯借来的，他抓在手里，眼睛睁大着盯住站台上鬼子的岗哨。风呼呼地吹着，把地上的尘土扬起来，不住地迷着鲁汉的眼睛，他揉

① 形容光线昏暗，看不清楚。

② 形容数量很少或很零散。

着，肚子里在骂着："奶奶的！"两眼仍不住地盯着前方。老洪比他有经验，他蹲在墙角上，像石像一样望着站台上的动静。

鬼子的岗哨在灯光下，来回踱着步。皮靴钉子踏着地上的石子，咯咯作响，刺刀在灯光下一闪一闪地发亮。票房后边，碉堡的黑黑的射击孔，向外张着嘴，里边伸出机关枪的枪管。

已是夜半十二点以后。夜很静，只有呼呼的风声，远处传来一两声狗叫。王强在屋后，用步量着，在靠近右边夹道的院墙角上，用指头敲着指点给彭亮、林忠，他用眼睛示意："就在这个地方挖。"彭亮和林忠拿着修铁路的工具——起道钉用的一端像猪蹄形的火龙棍、铁锹、螺丝扳子，靠近墙边。彭亮在王强手指的地方，用螺丝刀在轻轻地划着石灰沟的砖缝。螺丝刀来回地在石灰缝上划着、刻着，要用力，但又不能弄出音响。彭亮把一块砖四面的石灰缝都挖进去时，头上已冒着热汗，挖断了两把螺丝刀。林忠两手擎着沉重的火龙棍，把猪蹄形的尖端插进挖进去的石灰缝里，轻轻地往上一撬，这块砖活动了。彭亮把砖轻轻地拔出来，递给别人，再慢慢地像生怕跌破的瓷器似的放在地上。这时又换林忠上来挖砖，因为挖出第一块以后就好办了。彭亮接过他的火龙棍，等林忠挖动砖，再来撬。

西北风在呼啸，天像在阴下来。在黑影里的人们紧张地劳作着，铁锹划着石灰缝，发出轻微的吱吱的声响。在这呼啸的狂风里，连铁路上的石子都将要被吹起的动静里，这吱吱的声音是显得多么轻微，难以听出呀。

老洪的身影，突然转进夹道深处，抓了李正一把。李正很机警地顺手把彭亮的肩膀按了一下，劳作暂时停下来。李正带着一个队员轻轻地随着老洪到夹道口去。

李正在墙角上，望着站台。电灯光下，有三个鬼子。他们掮着枪，咔咔地走下站台，越过铁轨，径直地朝洋行大门口这边走来，嘴里还在叽咕着什么。越来越近了，皮靴声听来已经刺耳的清晰了。离夹道口只有十几步了。墙转角的夹道黑影里的人群，一阵阵地紧张起来，有六支黑黑的枪口在对着鬼子，手指已压到扳机上，只等一勾了。

只听鲁汉的呼吸声更加急促，他握着手榴弹的手突然扬起，李正上前一把，猛力抓住他的手臂，又把它按下去。这时，他们的眼睛都张大着看鬼子的动静，可是鬼子在洋行门口站了一会儿，又叽咕着向西边走了，咯咯的皮靴声，慢慢地远了。

站上又恢复了寂静，夹道里的墙角边，人影又在蠕动。轻微的吱吱声又起了。洞口开始像盆口样大，现在已经像个煤筐一样大了。吱吱声停下来。

夹道里的人群，又分四组站好。老洪拍了一下王强的肩，王强点了点头，带了第一组，到洞口边，他先钻进去，摸到厕所里，就推开了半掩的、通往院子里的便门，探头望一下院里的动静，只隐隐地听到呼呼的鼾声。他又折回洞口，伸手向外边招了招，第一组就接着钻进来。随后是彭亮的第二组，林忠的第三组，鲁汉的第四组，都陆续地进来，挤在厕所里。

留下一个队员在洞口守望，老洪、李正便轻轻地走出厕所的门，看一下院子里的动静。

老洪一招手，队员们都从厕所里溜出来。一组靠南屋檐下，二组靠东屋檐下，三、四组在厕所门两边，都蹲在那里，屏住呼吸。每组的头两人都是短枪，准备从两边拉门，他们都在静等着老洪和政委发出行动的信号。

当老洪一步跃进院子，像老鹰一样立在那里。一声口哨，四簇人群，哗地向四个屋门冲去，只听四个带滑车①的屋门哗啦一阵响，几乎在同一个时间里，四个门都被持枪人拉开，刀手们一蹿进去，持枪的队员也跟进去了。

各屋里发出嘁里咔嚓的声响，和一片鬼子的号叫声。小坡最后蹿进南屋去，屋里的几支手电筒交叉地照着，队员们在劈着鬼子。有个鬼子正在和彭亮搏斗，鬼子抓住了彭亮的手，使彭亮砍不下去。小坡跑上去，举起斧子，对准鬼子的后脑勺，用尽全力劈去，鬼子扑通倒在炕前了。

当彭亮、小坡和其他三个队员刚摘下墙上的短枪，正要走出屋门的时候，只听到东西两厢房里传出砰砰的枪声。他们知道这是遇到棘手的情况，不得不打枪了。

彭亮带着他的小组走到院子里，他看到鲁汉提着刀，肩上也背上了日本短枪，就在这时候，“砰砰砰……”震耳的机关枪声从对面站台上射过来了，机枪子弹打得南屋檐上的瓦片噗噗地往下乱掉。老洪一声口哨，用手往厕所一指，人群都向那里拥去。

“不行！洞太小。”王强看着人群挤满了一厕所，可是洞口只能一个一个地钻出去，便对老洪和政委说，“这太慢了！”

“劈门！快！”政委冷静而又很果断地说。他知道小坡有一把斧子，就叫：“小坡跟我来！”

人群分一部分跟着政委，又回到院子里了。王强跑到门边说：“砍小门，砍小门！”小坡就提着斧头跑上去，在大铁门的旁边，举起斧头向锁上劈去。

机关枪砰砰地又响了一阵，鲁汉站在院子里，急得直跺脚。

当人群向劈开的小门洞里钻出去时，对面站台上，碉堡上的机枪已经打乱，而且枪口慢慢放低，对准洋行大门射击了。鲁汉刚蹿出去，一梭子机枪子弹就打在大门上，大门发出砰砰的声响。鲁汉折进夹道，看到老洪和政委是那样沉着地在小巷口迎着他，喊他：

“快点！出这胡同口，顺着东西大街向西，再向南走小巷……”

鲁汉一边在夹道里跑着，一边想道：“他们可真有种呀！到底在八路军里待过的，多么沉着！”

人群从小夹道向南，穿出东西大街。再往西跑出几十步就又折进向南的小巷里去了。出了这个小巷，再转过弯，就到了南郊。

当最后一个队员也都进到小巷的黑影里时，东边响起了一阵嘚嘚的马蹄声，鬼子马队沿着大街向西奔来。鬼子在马上向四下扫着机枪。

他们到了野外，又分成一组组的，拉开了档子②，顺着原路回去。走到铁路桥洞边，他们伏在一片洼地上，躲过了几辆满载鬼子的汽车。这汽车是开往齐村去的。汽车过后，他们穿过桥洞，在夜色里，分散地溜进陈庄。当他们各人都进到家里，在整理着沾了血迹的衣服时，鬼子的警戒线又渐渐从枣庄街里扩展到陈庄。陈庄的街道及四周都布满了

① 原指绳子或链条顺次绕过几个滑轮所组成的简单起重牵引装置，现泛指简单的吊挂式起重机械。
② 指群体中物与物间隔处。

敌伪的岗哨，老百姓都知道第二天要戒严了。

天亮以后，王强起得早，因为夜里的胜利，使他兴奋得睡不着。老洪和李正都蒙着头在呼呼地睡着，王强蹲在小屋门口喝茶。

栅栏门一响，一阵钉子皮靴的咯咯声，四五个鬼子，端着刺刀走进来，王强马上站起来，打个招呼，鬼子向他说着不熟练的中国话：

“良门（民）证的你的。”

鬼子看过了王强的良民证，就走进小炭屋里，刺刀指着那两张床在咕噜着，王强喊着：

“起来！皇军查户口！”

老洪和李正忽地坐起来，正揉着眼睛，一看到鬼子就马上跳下床，鬼子用刺刀对准他俩的胸膛，他俩从身上掏出良民证，鬼子对着良民证上的相片，看了他们几眼。

王强看到鬼子检查过了，很机智地掏出顶好的香烟，从桌下边提出一瓶酒，笑着让鬼子：

“皇军辛苦大大的，米西！米西！”

为首的一个鬼子，向王强摆了摆手，搜索的眼光，和气了一下，就带着鬼子们走出去了。

直到鬼子离开栅栏门，李正的心才扑通扑通地跳起来。一个问题马上冲上他的头脑里。当天晚上他和老洪、王强开了一个紧急会议。他说：

“我们现在已经搞到武器了，昨晚上搞了八支，加上原来的六支，已经每个队员都能够分到一棵了，这就是说我们已具备武装战斗的条件，已经达到上级要我们迅速武装起来的要求了。我们今后将要和敌人展开武装斗争，配合山里的行动的时候已经到来。既然是这样，我们今天早上，那种徒手被搜查的情况今后要尽力避免。同志们，这种冒险，现在是不必要了，万一发生意外，这不仅是我们三人牺牲，而且会葬送了我们在铁道上斗争的事业。再这样下去，我们就要犯错误，因为我们现在已经有了武器，已经能够和敌人战斗。因此，我提议从今天开始，我们应该马上进行分散的武装活动。遇有危险，我们就用坚决的战斗来解决它。”

老洪和王强都同意政委的意见，他们研究的结果是：从明天开始分散，李正带一个组到南峪一带活动，并进行军事训练。老洪带一个组到齐村活动，把基本队员都分到上边两个组里。王强只把一两个基本队员和一些不是队员的炭厂伙计留下处理善后。炭厂的炭，可贱价卖出，把钱分给队员各家照顾生活。到后天，这小炭屋里晚上只住伙计，不住队员，以免发生意外。

第二天晚上，老洪和李正告别了王强，分开到活动地区去了。

这几天，枣庄大兵营又开来了大队的鬼子，街上整天来往跑着军运汽车，汽车上满是武装的鬼子。四下的岗哨加多了，每夜都有鬼子巡逻队在陈庄的小街上搜索。伪军来找陈庄的保长要房子，准备在这里驻扎，以警戒西车站侧翼的安全。

王强感到敌人又要进山扫荡了。

天已傍晚了，王强和小山在小炭屋里结着账，计算分给队员家属的钱数，他在晚饭后，挨家去做了访问，安慰着各家的人们：在必要时可以转移出去，到四乡亲戚家住。

他俩刚要出门，一个叫小滑子的伙计，喝得醉醺醺地回来，他一进门，满嘴喷着酒气，在叫骂：

“狗东西！欺侮到咱爷们头上了！”

王强想着他可能又是为着家务在闹事，因为他昨天和自己谈过，是为着房子问题和本族闹家务，看样子今天又是和别人吵架回来了。小滑子一见王强，好像劲又大起来，他一面气呼呼地，一边又像诉苦地说：

“奶奶的！他今天又靠宪兵队的势力来欺侮人了。”

听到宪兵队，王强的头嗡了一下，急问：

“怎么？”

“一个宪兵队的汉奸特务出场了，这不明明是哪一家向宪兵队去告我了，这个特务见了我就说，小滑子，有人告你了！我说：‘×他奶奶！谁告我！我就和谁打官司，老爷们还装熊么？’”

没有听完小滑子的话，王强突然一股血冲上头脑，他压不住自己的愤怒，抓住小滑子的膀子摇了两摇说：

“怎么！你要和他们去打日本官司么？我看你糊涂成一盆糨子了！”

“你是怎么搞的呀！”小山在旁边也听不下去了，他对酒醉的小滑子瞪了一眼说，“你想叫日本鬼子来给你评个公正么？你忘记自己是个中国人了！”

王强的愤怒和小山的不满，并没有惊醒小滑子昏醉的头脑。他并没有理会到他们怕他闹事而可能引起不幸的心情，因为他还不是一个队员。他只把这些简单地理解为他们是为自己愤愤不平，他们所以怪他，也只是为了他要去打日本官司，因此，他又说：

“我那是一句气话！气人的事还在后边呀！你们听下去，肚子也会胀破的！”他又接着谈白天所遇到的气人的事情。“当我说不怕打官司后，你说这特务说什么？他瞪着眼睛吓唬我，说我是游击队！”

“什么？”王强着急地问。

“游击队。”小滑子回答说，“我说你别血口喷人[1]呀！这狗特务突然把脸变了，他对我笑起来，说这个罪可不小，为了咱是朋友，他伸出了两个指头说：‘二百块钱，借给我使使，我包你打赢这个官司。’你说，他原来是敲诈我呀！我×他奶奶……”

“你说什么呢？”王强急着要听下文。

“我说什么！”说到这里，小滑子的脸气得像猪肺似的，“他奶奶个熊，我说，你小子为来敲诈呀，你得看看敲到谁头上来了呀！要命咱们拼，要钱一分也没有，咱们走着瞧！我就气呼呼地回来了。”

王强白着脸色，听完了小滑子的叙述。他气得浑身发抖，他知道小滑子闯祸了，气得真想拔出枪来揍了他，但是他没有这样做。只深深地怪自己在前些时不该不听老洪和政委的话，把小滑子收留在炭厂里。小滑子原来在车站上摆小摊卖零食，被鬼子一脚踢

① 比喻用恶毒的话诬蔑别人。

了摊子，没饭吃来找王强，嬉皮笑脸地央告着要到炭厂里来。老洪说小滑子是个会耍嘴、怕事、胆怯的小买卖人，留下容易坏事。可是王强经不住小滑子的好话，勉强收留下了。虽然他没被吸收作为队员，打洋行的事没叫他参加，但是他是知道炭厂里有枪的，现在老洪的话灵验了，炭厂的事要坏在他手里了。

他和小山秘密商量了一会儿，确定为了防止万一，他俩和基本队员今晚都回家睡，并提高警惕。回家前，他们收拾了炭屋里的东西。

果然，不出王强所料，当天晚上鬼子包围了炭厂，小滑子被捕到宪兵队去了。王强叫小山到齐村找到老洪报告这个情况，老洪和李正要王强带着队员马上离开陈庄到齐村去。

王强通知各家属暂时挪一下家，然后带着队员撤出陈庄。他们走后的第二天，炭厂就被鬼子查封，这说明一切是暴露了。

在阴沉沉的下午，鬼子包围了陈庄，刺刀逼着全庄的人到一个广场上。人群周围是寒光闪闪的刺刀和架着的机关枪。鬼子牵着小滑子，他的脸上流着血，腿跛着，一只鬼子的狼狗跟在他的后边。

“你的认的！哪个是游击队？”

鬼子扳起了小滑子低垂的头，当他胆怯的无光的眼睛望着全庄的人群时，他看到无数含怒的眼睛，他像刚爬出洞口的老鼠碰到了阳光，把头缩了一下又垂下了。

鬼子问他时，他只轻轻地摇了下头。鬼子鞭打他，他始终没敢抬起头来。

“砰”一枪，小滑子倒在血泊里了。

“他的游击队的！”鬼子狂吼着，指着小滑子的尸体向人群训话。

拓展阅读

枣庄：山东省地级市，拥有丰富的历史文化，名人辈出。近代以来是重要产煤区，有着悠久的采煤历史。枣庄有着光荣的革命传统，著名的台儿庄会战在枣庄发生，这是中国抗日正面战场的重大胜利。活跃在枣庄境内的铁道游击队与日寇斗智斗勇，留下了很多可歌可泣的事迹。作为新兴的旅游城市，枣庄拥有微山湖风景区、台儿庄古城等著名景点。

第 八 章

山里来了紧急命令

炭厂被封的那天晚上，王强带着小山离开了陈庄。在夜色里，他回头望着这被烟雾弥漫着的小庄子，心里涌现出一股依恋的情绪。这里有着他的家和那熟悉的炭屋子，沸腾的炭厂生活又浮现在他的眼前，他们的小队伍，就在这煤烟滚滚的炭厂里诞生。炭厂被鬼子查封了，经他的手烧的焦池，也许还在那里冒着烟。现在他要离开这一切，紧握手中的短枪，走上武装斗争的道路了。从离开山里部队到枣庄来，在洋行里和鬼子弯腰打哈哈的那种隐蔽斗争的方式，就要结束了，现在他又要拿起武器公开地去和鬼子战斗了。想到这里，王强兴奋起来，他碰了小山一下，低沉而有力地说：

"把枪从腰里掏出来！眼睛瞪大些呀！遇到了敌人，就开枪干，现在不是在炭厂做买卖啊！"

"对！"小山把枪从腰里掏出来，眼睛直瞅着夜的前方，他们默默地向齐村匆匆走去。他们在西围子[1]里找到了老洪、林忠、鲁汉和一些队员。

这齐村是一千多户的大镇子，南北一道小河将齐村分为两半，因为河两边都修有围子，所以河东叫东围子，河西叫西围子，中间有一条石桥连接着。东围子多是大地主和商家，西围子多是庄稼人和烧窑户。齐村位于枣庄西八里路，鬼子为了保护这矿山的侧翼安全，在这里设立了一个外围据点，一队鬼子驻在东围子大地主的炮楼院里。因为西围子很穷，一部分伪军也驻在东围子为鬼子警戒，西围子只有被鬼子刺刀逼迫组织起来的伪自卫团站岗。老洪从陈庄撤出，就住在西围子的西北角，因为他们和这里的穷窑户很熟，平时他们常到炭厂去买煤，搞火车时也常用这里的小车，老洪他们还用扒下的粮食救济过这里的穷人。最近东围子的鬼子出发了，伪军不常到西围子来，所以他们在群众掩护下，在这里待下来，观察枣庄的动静。

"政委呢？"王强一见老洪就问。

老洪说："政委带彭亮、小坡一个组到小屯去了。我们这次撤出枣庄，应该向山里报告和联系一下的；看这两天的情况，敌人大股向北山里开，大概又去扫荡了。我们在这里还可隐蔽几天，看看动静，不行的话，我们就拉到外边去和政委汇合！"

"对！"王强点头说，"就这样办！"

夜里，他们分散地住在几家低矮的草屋里，王强看见这几家房子周围，有岗哨在黑

---

① 围绕村庄的障碍物，用土石筑成，或用密植的荆棘做成。

影里活动。他低声地说：

“战斗的生活又要开始了！”

王强看到西门洞里有星星的火光，他慢慢走上前，看见一个庄稼老汉正蹲在那里吸烟，他一看老汉旁边竖着一支土枪，就知道这是伪军组织的老百姓在站岗。

“同志！”一种很亲热的口吻，把王强吸引到老汉的身边，老汉抓住他的肩膀低声地说，“你去睡吧！放心就是，有事我会去告诉你，我们信服老洪，他是个好人，咱不会和鬼子一个心眼！”

王强笑着回去睡了，他知道老洪把一切都布置好了。

第二天，老洪正和王强商量着派个人到枣庄去了解情况，一个背着粪箕子，腰里别着枪在放活动哨的队员赵七，带着陈四来见老洪，另外还有在洋行里当脚行的二黑、小顺、拴柱等三个年轻人。

王强上次去洋行侦察时，曾找到过陈四了解洋行里的情况，以后再没见到他了。现在一见陈四，王强就笑着问：

“现在洋行里怎么样？”

王强又故意地问：“买卖很好么？”

“好？好个熊呀！鬼子都叫你们杀了！还来打马虎……”

没等陈四说完，老洪就急着问：“谁对你们说是我们杀的呢？”

“这还用问么？那天王强哥到我那里去问洋行的情况，第二天我们在洋行门口，也看到他提了一个大酒瓶和鬼子三掌柜到洋行里去，当天晚上就出事了，我心里估摸着就是你们搞的！”

“你没有声张吧？”老洪亮着眼睛问。

听到这句问话，陈四和同来的三个青年人都像挨了一棒似的站起来，陈四带着生气的语调说：

“老洪哥！你应该相信这些穷朋友！我们虽然和你不太熟，可是在穷工友中间，我们也都很知道你，信服你。我们有二心，也就不会跑出来找你了。你问王强哥，他知道我们。”

王强对老洪郑重地说：“他们都是好工友！”

老洪信任地点了点头，但他的发亮的眼睛又向四个来人的脸上扫视了一下，这是他在审视未来队员的胆量。在他锐利的眼光下，丝毫的胆怯都能看出来，他在心底对自己说：“都是好样的。”

“那么，洋行鬼子被杀以后的情形怎样呢？”

“这可不用提啦！鬼子像疯狗一样在车站四下捕人。因为山口司令过去在鬼子部队上是大官，在滕县负伤，伤好到枣庄来，连鬼子兵营的司令官都很尊敬他的，可是到来不久，就被杀了。枣庄的鬼子和宪兵怕上级怪罪，就疯狂地来对付身边的中国人。我们脚行里的人也不敢傍洋行的边了，可是这样更惹起鬼子的怀疑，宪兵队就四下逮捕脚行的工友。有的跑了，没跑的被捕去，现在只知道有陈庄王老冒的大儿子被刺刀穿死了，孙大娘家的黑孩被鬼子从家里抓出来，没说二话就打死在街上了，还有个叫王三的，在宪兵队给折腾死了，现在知道死了的就有这三个。”

听到陈四的讲述，王强的小眼红了，老洪的眼里也在冒火。王强把枪向桌上叭地一拍，叫骂道："奶奶个熊！这个账今后还得算的！"接着他冷静地向陈四和三个来人说：

"那么，你们来有什么事么？"

"我们这两天躲到四乡亲戚家，听说你们拉队伍，请收留下我们，发给一支枪干了吧！"

王强望了老洪一眼，在征求他的意见，同时他给工友们介绍说：

"这就是我们的队长，由他决定吧！"

"好！"老洪握了握陈四和其他三个人的手说，"我代表铁道游击队接受你们的请求，成为我们的队员！"接着老洪又很严肃地说：

"记着！我们是八路军，是共产党领导的工人阶级的队伍，因此，我们打鬼子就一定能胜利，有困难也一定能克服！同志们！下了决心了么？"

"绝不装熊！"他们异口同声地回答。

"那么好吧！咱们一道为牺牲的工友们报仇！"

当晚，老洪召集了驻齐村的队员，宣布陈四、二黑、小顺、拴柱成为自己的队伍的成员。

在油灯下，车站上打旗工人老张也找来了。这在铁路上服务了二十多年的老工人，一见面就紧握住老洪的手，他眼睛湿着，低低地说："我可找到你们了！"

"怎么样呀！老张哥！"老洪给了他一支烟，为他划火柴点着。

"我是再干不下去了，真干不下去了！"老张连连摇头说，"车站上洋行里出了事，鬼子看到中国人眼睛都红了，车站上四周围又加了铁丝网，夜里的岗哨也严了。天一黑，鬼子在站台的碉堡上，一见到人影就开枪。在铁丝网外，常有夜间过路的人被打死。你想我这么大年纪，常夜间值班到站上去，说不定几时就被枪子打死。最近，小林小队长常牵着狼狗在我旁边转，上眼下眼地打量着我。你看这日子可怎么过？也许有朝一日我会被他们抓去，或被洋狗咬死，与其这样，倒不如我摔上这副老骨头和他们干一场，就是死了也值得。老洪，我到你这里来，你收留下我吧！我跟你们一块干，虽然我年纪大了些，可是我不会当孬种！"

老洪在灯光下，听着这老工人低沉的话音，望着老人发湿的眼睛和刻满皱纹的黝黑的面孔。从起伏的胸膛上，可以看出这老工人内心的抗战热情和对鬼子的愤怒，老洪深深受到感动。但是他也看到老人窄窄的面颊和枯瘦的身材，他已经是五十多岁的人了。老洪很温和地说：

"老张哥！你这种勇气，给我们很大的力量。但是，让我们年轻力壮的人和鬼子战斗吧！你年纪大了……"没等老洪说完，老张就抢过来说：

"难道我就没有一点用么？"

王强也插进来劝说：

"老张哥，老洪说得对，你确实年纪大了。和鬼子翻筋斗是我们年轻人的事，你放心，在打鬼子的时候，我们想到你，多干几个就是！"

"老张哥！"老洪又说下去，"打鬼子是多方面的，干游击队和鬼子战斗是抗战工作，但也还需要别方面的工作配合。由于我们在这里搞敌人的枪、杀鬼子、打洋行，敌人不让我们安静地蹲在这里了。我们得到上级的指示，最近就作为武装部队拉出去，在铁道线上和鬼子明打明[①]干了。可是这枣庄还有我们的地下工作，你留在那里可以和他们一道进行地下斗争。我们到外边后，也需要经常了解枣庄敌人的情况，可能还常有人来。到时候，你会对我们有很大帮助的！正像开炭厂搞粮食车一样，不是你牵住小林，我们是不会搞成功的。”老洪走到老张的面前，拍着老张的肩，很响亮地说：

“暂时留下来吧！等我们在外边站住脚，在铁道边建立起一小块抗日根据地，到那时候，你要真不能待下去的话，我派人来接你出去！”

老洪平日说话是斩钉截铁，简单明了几句就完的。可是现在他对着这热情的老工人，却语句婉转，耐心地进行着说服，使老张能留下来。王强从外边弄来一瓶酒，一荷叶下酒菜，放在桌子上，说：

“老张！咱再喝一气吧！你不是老早就说要和老洪在一块喝一气，才觉得痛快么？”

“对！”老洪很高兴地说，“咱们真该在一起痛快地喝一气呀！我虽然不太会喝，可是今天晚上我总愿意和老张哥好好对几杯，因为最近我们要拉出去，以后在一起喝酒的机会不多了。”

他们默默地喝了一阵酒，老张站起来要走了。临走，他握紧老洪的手，说：

“就这样吧！老弟的话，我听着就是！”他走出几步，又走回来说：“这次喝酒，我很痛快！可是不知什么时候才能再在一起喝了？”

老洪听出老工人对他的留恋，就很肯定地说：

“一定有机会的！老张哥，我们会来看你。”

老张提着红绿灯，在漆黑的小路上走远了。老洪送了他一段路，回来对王强很感慨地说：

“这真是个好老头！要不是年纪太大跑不动，我真舍不得让他走。”

当他们刚一回到屋里，突然彭亮满头大汗地闯进来了，看样子他是急急地从小屯赶来的，老洪问：

“有什么事么？”

“政委说，山里有急信来，有要紧事情跟你和副大队长商量！”

老洪叫王强去集合队伍，马上出发。当队员们都集合在西围子门洞旁边时，王强点了人数，连新参加的四个正是十三名，再加上政委带的一个组，一共有十八名战斗员了。老洪站在队前，简洁有力地发布命令：

“彭亮带三棵枪在前，林忠带三棵枪在后，马上出发。”

一支小队伍出了西围门，抄着小道向西南蜿蜒走去。在走向小屯的路上，老洪听到北山里隐隐地有轰轰的炮声。

他们到了小屯，看见庄周围有着穿农民服装的岗哨，都雄赳赳地背着步枪。老洪还认为是村自卫队，可是已不像他第一次来时那样散漫[②]。他们远远地就问口令，并拉起枪栓，很有战斗员的气派了。彭亮向前答了口令，他们就进庄了。老洪问彭亮，才知道这

① 光明正大。

② 随随便便，不守纪律。

是老周领导的区中队，老洪心想：

“这里拉起武装来了。”

正往街里走，李正和老周从里边迎出来。他们一阵热烈地握手，便到老周住的屋里去。

小坡听说自己的人来了，连蹦带跳地跑出来，拉住林忠、鲁汉他们的手叫道：“你们可来了！”便领着他们进到院里。这是庄稼人住的院子，南屋事先腾出来，还有东院子里两间西屋，地上都铺上草，打好了地铺。小坡忙着点上油灯，他们都坐在地铺上。

“听说你们要来了，白天政委就安排我们号房子①、打睡铺、到馍铺定馍馍，他布置得真周到！”小坡说后就唱着曲子和王友出去了。林忠看见小坡到房东的厨房里去了，那屋门里正在冒着烟，远远地传出了小坡的声音：

“大娘，水开了么？”

“马上就开了呀！同志！”

林忠听到这亲热的对话，感到很新奇。他沉默地望着屋里的一切。这里已不像炭屋子里那样触目都是炭堆、铁铲、洋镐，而是犁耙锄镰一些农具。这里已没有混浊的煤气和烟雾，从铺底发出的是阵阵甜的和干涩的枯草的气味。耳边已听不到嗡嗡的机器声和震得地动的隆隆的火车行进声，从门外传来的是轻微的牛驴嚼草的咯吱声。这屋里的陈设虽然显得凌乱，但是这里的空气却很清新，四周也比陈庄静得多了。他感觉已到一个新环境了，他是第一次离开矿山铁路来到农村的，现在他要投入新的斗争生活了。

林忠正在沉思的时候，小坡和王友提着两罐热腾腾的开水进来了。林忠看到他俩另一只手里还提着两个大盆子，在坐着的人群前放下。鲁汉口快说：

“不渴呀！小坡！”

想喝水的队员，都围了上来，对小坡说：“小坡，你拿这么大的盆子叫我们喝水么？看那盆底多脏呀！”

“不是呀！”小坡又气又好笑地说，“这是给你们烧的洗脚水呀！”

“洗脚，洗这对臭脚有什么用呀！”鲁汉笑着说。

“有什么用？用处大啦！”小坡瞪着一对大眼睛，很认真地说。他这几天跟着政委在乡下活动，听到不少抗战道理。他心灵，政委所讲的他都能记在心里，现在他在灯光下边，指手画脚地讲起从政委那里听来的道理。

“可不能小看这一对臭脚呀！我们游击队就靠着这两只脚和敌人转圈圈呀！在敌人力量还很强大的时候，我们只有打游击战来发展我们自己。什么是游击战？就是看到敌人不防备，就给他一下子；敌人大部队来了，我们转头就走，和敌人转山头，等瞅着有空子，就再给他一下。这不全得靠两只脚么？要是脚坏了，敌人大队来了走不动就吃亏。听政委说，过去我们红军打游击，一歇下来，洗脚比吃饭都要紧。洗脚的好处是，一可以解除疲劳，再一个是第二天走路脚不出毛病，能够行军、应付战斗。同志们，红军二

① 指军队到某地驻扎前派人安排住房的工作。

万五千里长征，是用两只脚走过来的呀！所以洗脚是我们红军、老八路的好习惯，这次你们来，政委除了要我们准备房子打铺①，还特别要为你们烧洗脚水。”

大家听着小坡滔滔不绝的讲话，都为他的流利动听的言辞所打动。虽然大家都洗脚了，可是小山却提出问题来了：

“我们是铁道游击队，在铁道上活动，可以坐火车呀！”

“在铁道上活动，有任务才能上火车呀，完成任务下来，敌人追来了，你还能再上火车么？这不是要当俘虏么？只有傻子才那样干。敌人来了，人少就打，敌人多，还得用这双脚跑呀！”

王友虽然和小坡一道听政委讲抗日道理，但他光点头称对，自己嘴笨说不出来，说出也是枝枝节节的，说了个头忘了个尾。他对小坡能这样有系统地，把政委所讲的告诉大家，感到很惊奇。王友看到林忠正在洗脚，便靠在林忠旁边。他俩在炭厂里，在队上，都是沉默寡言的人，也很对脾气。王友听了小坡一席讲话，除了惊奇小坡的聪明以外，好像心里也有些话要和人说说才痛快。沉默的人，并不是不爱说话的人，他和别人不同的是，有些人一看到就哇啦啦地说出，而他看了只是心里在揣摩、在思索，当心里的问题积压到一定程度的时候，他也会找个贴近的人拉拉的。他低低地对林忠说：

“小坡说的尽是政委讲过的，都是实话呀！你说政委想得多周到呀！”林忠点头听着。可是王友把话一下又扯到炭厂了：“在炭厂的时节，政委刚来，我几乎把他当成一个山里放羊的。可是以后他坐在账桌上，能写会算，我又觉得他是个读书人。再以后听到他讲话，一句句都讲到我的心里，我又感到他是个真正有肚才②的好人！可是到乡里这几天，我才真正认识到咱们的政委是个很能干的人。”说到这里，他停了一下，看了看林忠。这时洗脚的人也围上来听他讲话了。王友看了大家一眼，接着说：“他一到乡里，简直像到了家里，比咱在铁道上、火车上还熟悉！他看到什么人都能说上话，而且人人都愿和他拉话。听说咱队伍要拉出来，他找村长，搞给养，粮草，指派我们号房子打铺草，跟料理他的家事一样。就拿这里老周成立的区中队来说吧，一来时都是一群背着土枪土炮的庄稼汉，可是经他一训练，一组织，一个个都变成小老虎了。一句话，他是个很了不起的人！”

“是呀！”林忠说，“有了老洪的勇敢，有了政委的肚子，加上王强的智谋，咱们的铁道游击队是能干出一番事业的！”

陈四和新参加的三个队员，都知道老洪的能干，可是还没见过政委。听到对政委的谈论后，他们心里在揣摩着政委的模样，设想着他是个怎样了不起的人。

当队员们在议论政委的时候，李正正和老洪、王强在屋子里开着紧急会议，老周也参加了。大家的脸色都显得异常严肃，他们在听政委的关于山里情况的谈话。

“……现在山里的扫荡已经进行三天了。敌人这次扫荡的规模比过去任何一次都要大，山区周围，临沂、枣庄、峄县、临城、滕县、兖州各据点都增了兵，分路向山区抗日根据地进攻。根据地的党政军民，都投入紧张的反扫荡的斗争。现在敌人已进入我们

① 指搭置临时性的床铺。

② 方言。指人知识丰富。

的中心区。敌人这次的扫荡是残酷的，鬼子在那里推行了三光政策。就是要杀光、烧光、抢光。这充分说明我们山区的军民这次反扫荡斗争的艰苦性。”说到这里，政委停了一下，从口袋里掏出一封信来，看了一眼，又响亮地说下去。

“昨天山里来了紧急命令。命令是由老周同志转给我们三个人的。司令部要我们乘敌人抽兵扫荡根据地，后方空虚之际，在敌人后方马上行动起来，牵制敌人兵力，扯住敌人的腿，配合山区反扫荡的战斗行动。上次我们夜袭洋行，虽然我们的目的是为了夺取枪支，摧毁敌人的特务机关。但是这次战斗正是敌人准备扫荡的时候，已有了配合山里反扫荡的意义，所以司令部来信也表扬了我们，并希望我们现在进行一次意义更大的战斗。”

听完了李正的谈话，老洪忍不住心的跳动，从桌边站起来，在屋里踱着。敌人对山里的扫荡，使他的脑子里马上映出山里反扫荡的情况：稠密的枪炮声，燃烧的村庄的火光，逃难的老百姓在鬼子刺刀下的嚎叫声，自己的队伍以粗劣的武器在抗击着敌人，夜里，部队在起伏的山冈上转移。这些都是他过去在部队上所熟悉的，不过现在比过去更残酷了。愤怒使他的眼又发亮了，他很快地走到桌子面前，捶着桌面说：

“是的！我们应该马上行动起来，进行战斗。”

“对！要干，快干！”王强也以老洪同样的心情，皱着眉头说。

“我们也接到指示。如果你们战斗有需要的话，我们区中队的长枪和已发动的群众可以配合你们。”老周在旁边也发表意见。

三个人的眼睛都不约而同地望着李正，都在等着他的发言，因为他是这次党的会议的主持人——支部书记。李正看了一下他们紧张的面孔以后，以一种确定战斗行动之前应有的冷静，沉着地说：

“是的！我们应该决定很快地进入战斗行动。现在要考虑的，是如何进入战斗行动的问题。根据敌我的情况：枣庄敌人的兵力大部出发，后方空虚。但据了解，车站上铁丝网加多了，守备的敌人都缩在大碉堡里。鬼子兵力少，可是戒备也严了，这是敌人方面；我们的情况，是刚成立的将近二十个人的队伍，十几棵短枪，现在再加上老周同志的区中队，这就是我们的力量。可是我们也有有利条件，就是我们熟悉敌人内部情况，知道敌人活动的规律，同时我们的队员都是有觉悟、有技术、极勇敢的工人队员！”李正把最后一句提得特别响亮，仿佛要把这一句的每个字，都在口气上说出它们的分量。接着他又说下去：

“根据以上分析，从敌人人力上说，没有问题敌人后方再空虚也超过我们二十来个人好多倍的。这就决定我们这支幼小的铁道游击队在战斗上不能采取攻碉堡硬拼的办法。可是从我们的有利条件上看，如果在战斗上很好运用和发挥这些有利条件的话，我们战斗的胜利，就很可能得到超过成百成千队伍所得到的胜利。因此，我们这次战斗应该是：第一要打得巧；第二要打得狠，向敌人痛处打；第三是打得影响大，只有这样，才能牵制敌人的兵力；第四是打得保险，因为我们是刚成立的部队，这次是配合山里行动的第一次战斗，一定要给队员们打出信心，完成这个光荣的战斗任务。在考虑这次战斗前，我只原则上提这些意见，至于怎样打法，如何利用和发挥我们的有利条件，大家发表意见吧！因为大家在这方面比我更熟悉。”

李正关于形势的分析及战斗特点的发言，使老洪、王强和老周都信服地点着头。老洪在政委严肃冷静的言谈中，头脑也渐渐清醒了。他认识到作为一个指挥员，在带领队员投入火热的战斗以前，应该保持高度的冷静和清醒的头脑。他深深地感到政委的作战经验是丰富的，能力是很强的。有了政委的策划，他更增强了这次战斗的胜利信心。在李正谈话后，暂时一阵沉默，大家都在围绕着政委所提出的几个原则，考虑那些有利条件，思索战斗行动的具体步骤。

接着是王强站起来，在屋里踱步了。他一边走着，一边在想点子，因为他在炭厂里是大家都知道的最有办法的人。两次搞洋行都是他出的点子，所以在这政委所谓有更大意义的战斗任务上，他又开动着脑筋在思索。

当他把政委谈的有利条件考虑一阵以后，就胸有成竹地认定："最拿手只有搞火车！"但是搞什么火车呢？他脑子里就在翻腾着各种火车了。搞兵车么？给敌人的震动大，可是只十几棵短枪，是不好对付的，而且也不容易找到它的规律。搞货车么？倒容易搞，可是上边没有鬼子，搞了影响也不大，不行。还有什么车呢？票车，他突然在票车上打圈子了。票车是他最熟悉的，在洋行当脚行二头的时候，每天得接票车，装卸客人的行李、包件，当然他能摸着它的规律。这上边有鬼子，不多，这上边有客人，都是四面八方的。这票车通津浦铁路干线，如果打了票车，这次车不通，风快就传遍了南北上千里。他突然想起小时候，听老人说过民国初年火车大劫案的故事，当时那件事轰动全国，闹得军阀政客惊慌失措。当然，那时是一伙子没头脑的土匪的作为。王强想今天打票车和他们有根本性质的不同，他们是为钱，我们今天是八路军抗日打鬼子，这影响一定更大。打了鬼子的票车，就牵动了整个敌人的交通线。这就符合了政委所提的第三条，要打得影响大，这影响也够瞧了。票车，票车，票车，王强翻来覆去地在思索着票车。他越想越感到对，他甚至兴奋起来了，骂了一声："奶奶个熊！"就几步走到老洪的身边，这时老洪也抬起了头，王强从他的脸色上看出老洪也想出个眉目[①]来了，便兴奋地问：

"老洪！你说怎么搞？"

"搞票车！"老洪简洁而干脆地回答。

这回答使王强的小眼不住地眨着，他高兴地叫起来：

"你和我想到一个道上去了！"

说着他就转向李正，说：

"搞票车，我们的有利条件可以全部发挥，也符合你所说的几个战斗原则！"

听到搞票车，没等政委回答，老周就把话插进来了，他也兴奋地说：

"如果能打了鬼子的票车，这动静可真不少，马上就传遍津浦干线。枣庄的鬼子可吃不了，他不撤兵，上边的鬼子也要他撤回来。"

"是的！"李正把意见归纳一下说，"如果我们在这里搞了鬼子的票车，对进攻山区的敌人腚后，是一个沉重的打击。这一打击，不但打到敌人痛处，而且是公开打在他脸

① 事情的头绪。

上，使枣庄的鬼子没脸面对他的上级。这样做，会调动一部分鬼子回头来对付我们，这就正是我所希望的，完成了上级交给我们的任务。”说到这里，他望了一下老周，就把话转到他那边去，笑着说：

“不过，敌人一抽兵过来，一定会沿铁道两侧来搜索我们的！那么，老周同志这个地区要吃点苦头，准备接受一次反扫荡的考验了。”

老周说：“为了配合山里的反扫荡，牵制敌人的兵力，减轻对我们山区的压力，我愿意挑起这个担子，迎接这个考验。”

接着李正就把话引到打票车的实际问题上，他要研究、了解有关情况，便问老洪和王强：“票车上有多少鬼子？”

“十二三个，一个小队！”王强对票车最熟悉，不加思考地就回答出来，“他们平时都是把枪挂在车板壁上，敞着怀，大意得很，因为他们错认为这铁路是他们的了，沿线都驻着他们的军队，所以他们很麻痹，事实上过去在票车上，确实也没出过事。”

听到王强介绍了票车上敌人的兵力，政委细长的眼睛以询问的眼色望着老洪：

“大队长！你是这次战斗的指挥员，你看怎么样？”

“没有问题！”老洪很有信心地说，“消灭这些鬼子是有把握的，现在我在考虑的是如何打法。协同动作是个大问题，因为这次和打洋行不一样，不允许我们把队伍安稳地运动到院子里，一声口哨一齐动手。票车上的鬼子都是分散在前前后后各节车厢里。我们又不能事先带枪化装分散在上面，因为带枪进站，要经过鬼子搜查，是危险的，只有从半道上扒上去。可是协同一致的问题就来了，队员们扒车的技术有高有低，行动有快有慢，如果技术高，行动快的先扒上去，碰上鬼子先干起来了，枪一响，其他车厢的鬼子都拥过来，这个先上来的是要吃亏的。鬼子要是都据守在一个车厢，守住两个门，后上的人就更难上去，上去也不容易靠拢，就不能完成任务。这是一个问题。再一个就是掌握车头的问题。根据过去搞机关枪的经验，车头一定要掌握在我们的手里，那样要快就快，要慢就慢，要停就停下来，主动权就在我们手里了。如果不掌握住车头，正打的时候，火车忽然到站停下了，车站都驻有鬼子，我们不但完不成任务，到站连跑也跑不及的。我现在正在考虑这两个问题，后一个问题还好办，就是第一个问题，我还没有考虑成熟。”

政委连连点点头，问：“咱们有会开火车的么？”

“有！”王强说，“彭亮就开得很好，林忠也能开一气！”

“我们应该制订一个周密的计划，在执行这个战斗计划时，我们应该充分地估计到可能遇到的问题和困难，并把这些问题和困难加以解决。车头一定要掌握，我们也有这条件！协同动作的问题，是个重大的问题，如果不好好研究解决，取得战斗的胜利是困难的。大家可以费些心思，好好想一想，制订出一个详尽周密的作战计划。从大家交谈里可以看出，火车上的战斗，是不同于陆地作战的。火车是个科学的机器，我们也要有科学的组织分工，不能使这计划有任何漏洞。”

窗纸已经渐渐发白，庄里四处已传出喔喔的鸡啼，小鸟起得特别早，在发芽的树枝上，喳喳地乱叫。村边上的岗哨在春天的黎明里，来回踱着。茅屋里的草铺上，不时传来呼呼的鼾声。就在这时候，李正、老洪、王强和老周，还在灯光下交谈着，在周密地制订着作战计划。他们一会儿皱着眉头沉思，一会儿瞪大了眼睛说话，一会儿又精神焕发，哈哈大笑。

在研究讨论的过程里，王强不时地用黑黑的小眼瞅着李正，在好多问题面前，李正始终保持清静的头脑，精确地分析着问题，像任何困难的问题到他脑子里都能溶化。王强知道政委战前虽然坐过火车，但是他对火车上的一切细节不太熟悉，所以在谈到火车上的详细情况时，政委总是静静地眯着眼睛点着头听着。可是他却能把所谈到的问题，看出它们在不同情况下发展变化的各种可能性，不留一点空隙地加以解决。并能把复杂的问题归纳起来，系统化起来。在围绕着解决协同动作的问题上，经过他们反复研究，总算找到了一个适当的办法。为了防止意外，他们又在研究接应，组织掩护，选定作战地点。最后感到唯一困难的，是战斗号令的问题。他们经过苦思，只感到最好由车头发出。拉汽笛么？在车外听起来很响，震人耳朵，可是在隆隆行进的车厢里，尤其是后边的车厢里，就不大容易听清。一切大问题都解决了，他们为这个小的但却很重要的号令问题难住了。

外边天已大明，这时已听到小坡的歌声，王强认为队员可能都起来了。他对政委说：

“找彭亮来吧，他懂得车头上的窍门[①]。”

老洪说：“对！去叫他来。”

不一会儿王强领着彭亮进来了。彭亮听说要搞车，兴奋得脸上的疤都亮起来了。政委询问他，怎样能使车头发出声响，使各节车都能听见，以便统一行动。

彭亮说：“这还不容易么？扪气就行。你们没有听到火车开车前，或要停车的时候，各节车车轮那里有铁管在呲呲地响么？那是从车头一直通往各节车的一条铁管子，在车头上按一个东西，它们都响起来了。”

这个问题解决了，整个作战计划就搞好了。政委站起来，走到彭亮跟前，拍着他的肩膀说：

“同志，这次要看你露一手了，在这次战斗里，你做我们铁道游击队的司机吧！刚才刘洪大队长说得对，我们如果能掌握住火车头，主动权就在我们手里了。要快就快，要慢就慢，要停就停，你能把车头开好，我们的战斗胜利就不困难了。”

“行！”彭亮笑着回答说，“要开到哪里，我就开到哪里，保准没有错就是！”

最后具体确定了战斗分工。

上午，老洪和李正、王强、彭亮四个人，由老周借了几套农民的服装换上，腰里别着短枪，他们出了小屯向北走去，到达铁道附近。这地方西距王沟车站七八里路，又顺着铁道两侧向西走，在一个弯道的地方停下。

老洪回头向东望望，远远的王沟车站已被弯道附近的几个小村落挡住，前边是一座三孔桥。他对李正说：

“我看这个地方就很好，道两边有沟，可以埋伏，王沟车站的敌人也望不到这里。”

李正点了点头，说：“好！”

① 能解决困难问题的好方法。

老洪就对彭亮说："到时候，你就一直开到这里！"

彭亮想了一下说："这里离王沟车站只十来里路，我们如果从王沟站上车头的话，到上边还得和开车的搞一阵，一转眼就到这里了。这样怕误事。"

"在枣庄东上车头！"老洪说。

他们转头就回小屯了。在路上政委对刘洪、王强说：

"今晚作战斗动员！明天就开始行动。"

刘洪、王强、彭亮三人，都连连点头说：

"就这样办！"

拓展阅读

《论持久战》：在1938年5月召开的延安抗日战争研究会上，毛泽东主席发表了一次著名的演讲，对当时的"中国必亡论"和"中国速胜论"这两种错误论调进行了驳斥，指出抗日战争是一场持久战，而中国必将取得这场战争的胜利。该演讲稿经过整理后印制成册，迅速产生"万人传诵，中外称颂"的影响，成为指导全国抗战的理论纲领。

第 九 章

票车上的战斗

三月的天气，已经渐渐暖和起来了。山东的春天短，几乎没有穿夹衣的习惯，因为脱下棉衣就该换单衣了。晌午头上，有的人已穿上了雪白的小褂子，可是到晚上还得穿上棉袄，夜里还是很冷的。

傍晚的时候，峄县车站卖票房边，挤着熙熙攘攘的旅客们，站台里已经敲了第二遍钟，票车快进站了。大家都在列着队通过栅栏门口，到月台上去。

票房上的膏药旗在晚风里无力地飘着，夕阳照在上边，染上一层血色。进月台的门两边是鬼子，端着刺刀，叉开着步子，瞪大了眼珠子，在审视着刺刀尖前过往的中国人。旅客们都得低着头，从这森严的刺刀尖对峙的夹道里通过。入口处，有一个穿鬼子服装的汉奸，在搜查着每个人的身上。通过这一关，每个旅客心里都战战兢兢[1]的，一不小心，就被抓起来，送进鬼子宪兵队。一个胡子雪白的乡间老头，大概是第一次上火车，不知被搜查出什么犯禁的东西，两个耳光打得帽子都飞了，嘴里的血顺着白胡子向下流。他被鬼子抓住袄领子提到旁边，一皮靴踢倒在地上，就被捆起来了。旅客们的心里都在忐忑着，可是表情上还得掩饰内心的愤懑。

当大家都在为这个庄稼老汉担心的时候，汉奸在搜查一个黄脸的商人模样的人。这个穿着灰大褂子戴着礼帽的商人，手里提着贵重的点心盒子，他是那么自然地向周围的鬼子、汉奸点头哈腰，很顺利地通过了。可是他又回过头来，朝着他身后正被搜查的一个穿黑大褂的黑胖商人叫道：

"鲁掌柜！快点呀！"

鬼子在端详这个黑汉子脸上的一对眼睛，这眼睛里像冒着一股怒火，所以汉奸搜他的身子特别仔细。他平举了双手，让汉奸摸腰，他举起的两只手里，一边提着两只烧鸡，一边提着两瓶兰陵美酒，在空中晃着。搜过身后，黑汉子看着鬼子还在注意他，黑脸上便露出一线笑容，把礼品举到刺刀前让着鬼子：

"太君，米西，米西！"

这才缓和了空气，黑大汉被放过了。火车呜呜地开进站了，他和黄脸商人一齐到二等车上去。

他们是从这二等车的两头进去的，穿黑大褂的人一进门就看到门边坐着一个鬼子，

① 形容因害怕而微微发抖的样子。

这次他和刚才在进口时不同了，好像进站口的鬼子特别使他憎恶，这车里的鬼子值得尊敬一样。他摘下了礼帽，满脸笑容地向这个趾高气扬的鬼子深深地鞠了一个躬，便坐在鬼子的对面。他又瞟了一眼鬼子身后板壁上挂着龟盖匣子，就知道这是个押车的小队长。

黑大汉把烧鸡和酒都放在临窗的小饭桌上。小桌正位于他和鬼子中间，夕阳透过玻璃窗照着兰陵酒瓶，泛着粉红诱人的颜色，一个酒瓶大概被主人打开过，酒味和包在纸里的烧鸡的香味，不住地钻进人们的鼻孔里。开始鬼子感到和中国人坐在一起很讨厌，可是当他的眼睛溜到酒瓶和烧鸡上，脸上就露出和悦的样子了。所以当黑汉子把最好的炮台烟抽出一支递上去的时候，这鬼子小队长也就接过来。黑汉子又是那么殷勤地划了火柴为鬼子点烟，在一阵烟雾下边，鬼子的脸色变得和蔼些了。

“你的什么干活？”小队长吸着烟，问起黑脸汉子的职业。

“开炭厂，”黑衣汉子笑着说，“峄县有我的炭厂，枣庄有我的一个大炭厂，我们每次要向太君的煤矿公司定二百吨的货。”

“买卖发财大大的。”

“太君煤矿的发财大大的，我的小小的。”

“你的哪边的去？”

“我到兖州去，”黑汉子看到鬼子的眼睛又盯到烧鸡和酒瓶上边了，就说，“我去看朋友。”

当他说到朋友，突然站起来，打开了烧鸡的纸包，撕下一条大腿，带着大块的肥肉，他把这鸡身上肉最多最好吃的部分，让到鬼子小队长的面前。

“你，我的朋友大大的，米西！米西！”

“不不！”鬼子虽然推却着，可是嘴里的口水早流出来了。因为“皇军”到中国来，最喜欢吃鸡，一扫荡，他们就抢进农民的家，捉老大娘心爱的鸡，捉不住就用枪打，有时老大娘为护鸡而死在鬼子的刺刀下。现在，他看到这黑衣汉子把香喷喷的鸡腿举到他的面前，略一推却，就接过来，大嚼起来了。

黑衣中国人显得是个极慷慨的人，干脆把酒瓶子打开，倒满一茶杯，和鬼子小队长痛饮起来。小队长一边喝着一边称赞着对方：

“你的好好的！”

黑汉子回头望了一下黄脸商人，这时他也正和另一头车门旁的鬼子对谈着，吃着点心。不时从那边传来一阵很欢乐的笑声。

这笑声引起车厢里旅客们的注意，人们不住地望着他们。一些人含着鄙视的眼神盯着这黑脸和黄脸的中国商人。显然，有些人在暗暗地骂着他们：“你们是中国人呀，你们为什么这样无耻！”

火车已经向枣庄开动了，突然从外边进来一个中年的庄稼人，穿着带补丁的破棉袄，肩上搭一个钱褡，钱褡里装得满满的，有一簇葱芽露出来。他像是刚赶集回来，竟闯到这二等车里了。

鬼子小队长正和黑汉子喝得起劲，一看到这老实的庄稼人，便突然把酒杯放下，对这贸然闯进二等车的庄稼人凶恶地瞪起了眼睛。黑脸汉子忙站起来拦住鬼子抢上一步，叱咤[1]着：

“你没坐过火车呀！这是二等车！你这个穷样子，只能坐三等车，快走！到那边车上去！别惹太君生气！”

背钱褡的庄稼人连忙点头说：“是是……”就退出去了。

黑汉子笑着对小队长说：

“这是没见识的穷乡下人呀，太君不要生气！”

火车锵锵地向枣庄行进着，夕阳已经落山了。黑脸人和黄脸人与鬼子热闹地吃着笑着，他们越亲热旅客们越讨厌他们。火车头上的汽笛呜呜地响了两声，快到枣庄了。

黑衣汉低声说：“去解个手。”便到车另一端的厕所去了，推了一下厕所的门，说了声：“有人！”就到另一节车上去了。

他到另一节三等车上，看看人挤得满满的，门两边的鬼子旁边也有和鬼子嬉笑的中国人，互相让着烟，吃着水果。他走了几节车厢都是这样。今天票车上押车的鬼子们都很高兴，因为他们身边都有讨他们喜欢的中国人。他们把枪挂在板壁上，用各种声音笑着，有的甚至喊着：“花姑娘！”他们仿佛感到“中日亲善”真实现了，他们屠刀下的中国人都驯服了。黑大汉在一节车上看到刚才闯进二等车的庄稼人，他正在鬼子的身边眯着眼笑，从褡裢[2]里掏出一把花生让鬼子吃。

“吃吧！这是我自己种的！”

黑衣人回到二等车，又和鬼子小队长喝着另一瓶酒。这时他看到黄脸人也出去“解手”了。他是走的另一端，因为二等车挂在列车的中间，刚才他到列车的前边去，黄脸人是到车后边去了。

火车渐渐慢了，黑汉子从车窗望到外边煤烟里的几根大烟囱，知道火车已经开到了枣庄车站。

票车进站的时候，天已经暗下来了，站西扬旗上的红灯慢慢地发亮啦。就在这扬旗外边，路基旁边小矮树丛里，有两个人影在动。

老洪听见渐渐变大的隆隆声突然不响了。他望了一下车站上嘶嘶喷气的冒着烟的车头，低声地对彭亮说：“票车进站了。”

彭亮感到快上车了，离上车只有五六分钟的时间了，一阵紧张使他的心跳起来。他不是在担心扒不上去，论扒车的技术，他在队上是不次于老洪的，是个出色的扒车队员。使他心跳的是他感到自己马上要参加一次有重大意义的战斗了，在这次战斗里，他要真正作为司机来开车了。他按不住内心的激动，呼吸也有些急促。他悄悄地对老洪说：

“你在这边，我得到道北去，因为司机的位置在右边，咱们从两边上。”说着他扳开了手里驳壳枪的大机头，就准备从一个路基的小桥洞里钻过去。老洪一把拉住他说：“我上去先开枪，记着别伤了自己人！”

① 发怒吆喝。

② 长方形的口袋，中央开口，两端各成一个袋子，装钱物用，一般分大小两种，大的可以搭在肩上，小的可以挂在腰带上。

“记着了！”离彭亮不远的地方是一个碉堡，他隐蔽地从一个小沟里钻进桥洞，到道北去了。

站台上的绿灯亮了，开车的喇叭声响了。“呜，呜——”一短一长的震耳的汽笛响过以后，车站上的火车头嘶嘶喳喳一阵，接着就轰轰隆隆地开过来了。彭亮爬到一棵小树近边，已经听到铁轨轧轧的音响，他迅速地爬过去，在路基的斜坡上停着。

轰轰隆隆的声音越来越大了，震得天摇地动。车头越来越大了，如果把车头比作跑来的大铁牛，那么，彭亮小得像一个黑甲虫样爬在颤动的路基斜坡上。可是这个铁牛越来越大，大得简直像半壁黑山样向他头前压过来，他毫不畏惧地迎着即将压到眼前的黑山，勇敢地蹿到道边的路基小道上。当车头的前部闪过他的身边，他的手臂像闪电一样向车头上一伸，抓住上车的把手，紧跟两步，身子一跃，右脚就踏上脚踏板了。

彭亮在脚踏板上缩着身子，略微一停，便把头向上伸得和上边司机工作人员所踏的地板一样平，猛一露头，往对面一看，他看到司炉的两只脚，司炉显然正在往锅炉里上煤。他从司炉叉开的两腿中间，一眼望到老洪从对面上车的脚踏板上，探出半截身子，只见老洪把短枪朝他右边的司机座上一举，彭亮马上一低头，耳边听到当当当一连就是三枪，机车忽然震动一下。当他再探出身来，看到鬼子司机像黄色的草捆似的倒在锅炉前边的铁板上，血汩（gǔ）汩[①]地向他这里流。他马上蹿上去，老洪用枪逼住司炉，他就跳向右边的司机座，扶住了已经失去掌握的开车把手。老洪把司炉用绳子捆了，司炉是中国人，老洪对他说：

“工人兄弟，为了我们抗日的战斗任务，你只有先委屈一下了。”

老洪把司炉推向一个角落，就拿起大铁铲，把煤一铲铲地朝锅炉里送，锅炉里熊熊燃烧的火焰，把老洪坚毅的脸映得通红。彭亮把机车的速度加快了。

彭亮屏住气息，静静地坐在司机座上，腰里别着枪，手扶着开车把手，耳边听着呼呼的风声，眼睛直视着正前方，驾驶着火车，在傍晚的原野上奔驰。刚才在路基斜坡上，这像半壁黑山样向他扑来的怪物，现在已在他手下驯服地前进。

这一列为鬼子警戒着的客车，现在从车头到车尾，整个都掌握在彭亮的手中了。就在这里，在这鬼子掠夺中国资财的大血管上，任彭亮做着自由的飞行。他的脸红涨着，心怦怦地跳动着，他感到一个熟练的司机在得意地驾驶时的愉快，他也感到一个英勇的游击队员，在战斗中创造奇迹般胜利时的紧张。愉快和紧张交织在一起，汇成内心按不住的兴奋。他是个多么不平凡的司机呀！

他自小就梦想着将来当一个司机，像现在一样，稳坐在司机座上，眼睛发亮地直视着前边，铁轨像两条抽不尽的银线一样，往自己脚下拉。在铿锵的机器声中，耳边听着呼啸的风声，无数的村落、树林、河流、山脉……像旋盘似的往后滚，这是多么高兴的事呀！可是在旧社会里，父亲的叩头求情，也只能使他空有一身开车的技术，始终没有达到愿望。想不到今天，他成了抗日游击队员后，才真正地来当一个司机，虽然他这次开车，只有很短的距离，可是它的意义，不在距离的长短，他要掌握住它，像跳上性急

① 形容水流动的声音。

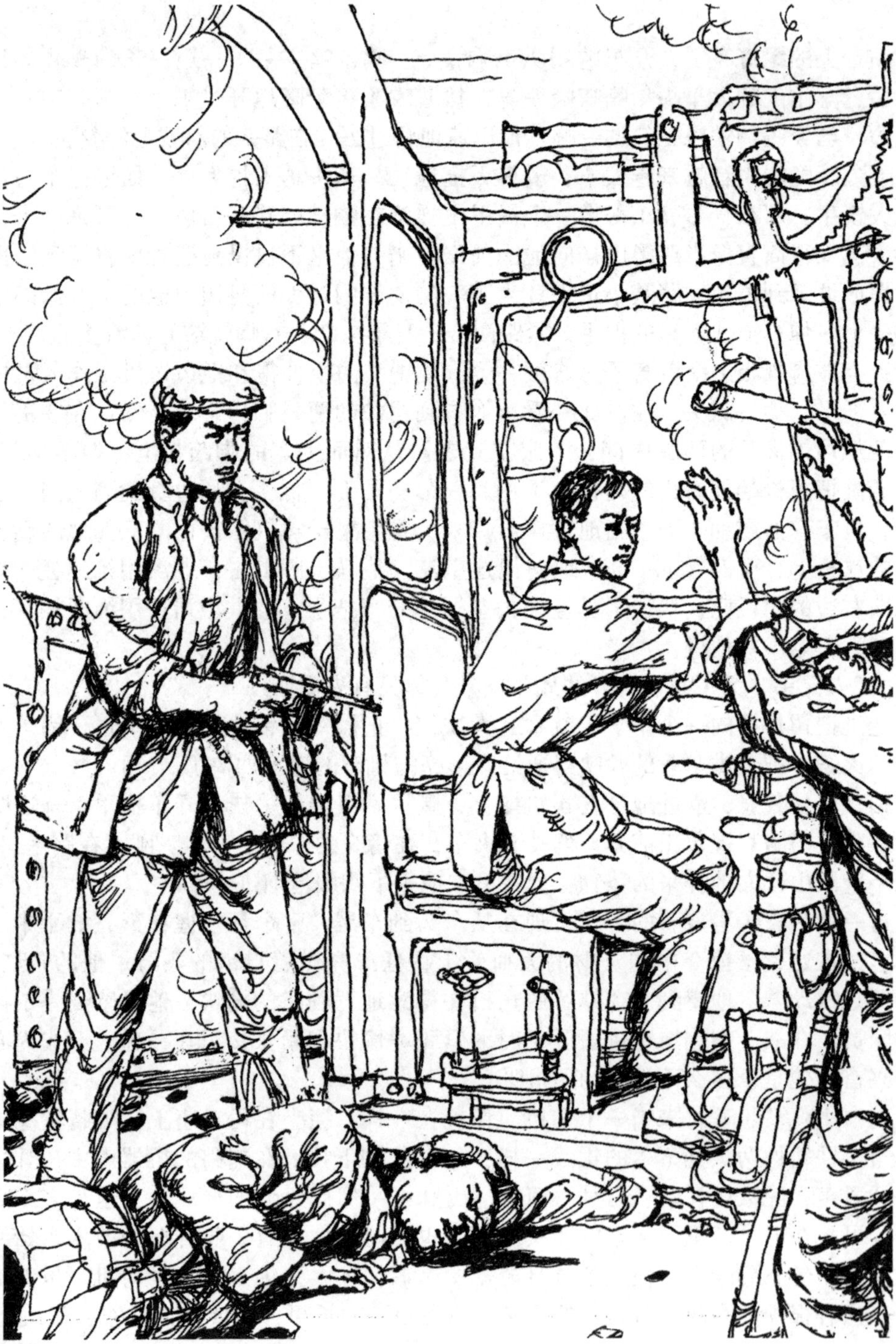

的烈马奔向敌人一样，他要把它开到埋伏的地点，把敌人载到那里给以消灭。他就是这样的战斗的司机工人，虽然开车的时间短，但是对这次配合山区反扫荡的战斗，却具有着重大的意义。几分钟后，就要实现这个理想了。

彭亮驾驶着火车在飞行，老洪提着大铲，把煤炭一铲一铲地送进炉口，添足了煤。彭亮迎着西天的晚霞，从前边的小玻璃窗里，望着远远的“口”字形的东西，他知道这是王沟站东的扬旗，要到王沟车站了。按平时司机的习惯，应该是拉响汽笛报告站上，并把速度放慢，准备进站停下，让车上的客人下来，并让站上候车的人上车。可是他不是一般开票车的司机，他现在是八路军的抗日游击队员。他知道王沟车站驻有鬼子，他不能在那里停下，因为前边等着他的不是王沟车站上候车的旅客，而是王沟站西六七里路的三孔桥下埋伏的战友。他没有把车速放慢，只向老洪打了一个招呼：

“王沟车站要到了！”

老洪抬起了头，他脸上满是煤灰和汗流，他瞪着发光的眼睛，抡起大铁铲往前边一指，像带领突击队冲锋的指挥员一样，怒吼似的命令道：

“冲过去！”

彭亮从老洪的吼声里，吸取到了无限的战斗力量，他像发怒的狮子一样，伸手抓住拉汽笛的绳索，往下一拉。

“呜——”

粗暴的震耳的吼声，在王沟车站周围连续地响着，火车驶进扬旗了，彭亮从小玻璃窗里，望到了前边月台上的黄色的、黑色的人影和红绿灯。他把开车的把手拉到最高速度上，火车像发了疯似的，轰隆轰隆地飞奔过去。

车站上的建筑和月台上的人影只在他的眼前一闪，就过去了，由于飞快的速度，站上传来的一片嘈杂声和喇叭声，也只是一霎就在耳边飞过了。彭亮驾驶着如飞的火车，冲过月台，一直向西扬旗外奔过去。他知道王沟车站上的鬼子和工作人员纵然知道事情不妙，可是也只能摊着双手，干瞪着眼，却不能使他所驾驶的飞奔的怪物停下。任凭敌人多少兵力，也拦它不住，谁敢撞它一下，就会叫他粉身碎骨；就是敌人用密集的炮火，也追它不上，因为它一转眼就驶过去看不见了。

老洪放下手中的铁铲，从司机房前边的小门里，攀着车身上的铁扶手，到车头的最前端的“猪拱嘴”上站着。由于车跑得特快，迎面的风在撕着他的衣服，像谁用力把他往后拉。前边的铁轨，飞快地往后抽。他一手抓着扶手，一手擎着驳壳枪。西方红紫的晚霞映着他的脸，他挺立在那里，浑身都充满力量，发亮的眼睛，向前边望着，他看到火车已驶过弯道了，马上就到三孔桥了，他仔细地向道旁搜索着。当他遥遥望着三孔桥铁道两边的路基上已散布有黑黑的人影时，他用力地向远处喊了一声：

“政委！准备好了没有？”

他把右手向旁一伸，这一伸是叫彭亮注意，接着对空放了一枪。彭亮马上把车刹了一下，像急奔的骑士拉了一下马缰。他接着又把一个机器按了一下，只听到“嘶——”的一个长声，把战斗的命令从铁管里一直通到全列车的各车厢。

当嘶声还未到来的前一分钟，二等车厢里黑衣汉子和鬼子小队长的第二瓶兰陵美酒已经喝干了，他们正在啃着烧鸡骨头。鬼子小队长把一只没有多少肉的鸡翅膀，很感兴趣地在嘴里吮着，吮得吱吱地响。就在这时候，火车吭吭地以异常的速度驶到王沟车站了。旅客们都为这火车进站的速度感到吃惊。有的扒到车窗上，只看到王沟站的票房一闪就过去了，便惊叫着：

“王沟站怎么不停车呀！”

“我还要下车呀！”

车里霎时起了一阵骚动①，这才引起了鬼子小队长的注意，鸡骨头还衔在嘴里，便往车窗外望去，他看到王沟西的扬旗已闪到后边去了。当他两眼满含疑问地回过头来的时候，突然感到车身晃了一下，随着车慢下来，一声长长的嘶声传出。他还没来得及坐下，黑汉子已从腰里掏出一个苹果大小的纸包，鬼子小队长以为又是什么可口的东西，瞪大被酒烧红的眼睛看着。黑衣汉子的纸包，猛地照准鬼子小队长的眼上打去，这纸包在小队长两眼之间迸破，扬起一片白色的烟雾，一阵刺鼻的干石灰味向四下扩散。接着黑汉子猛地抱住鬼子小队长的腰，两人就滚到车厢中间的过道上了。

在这同一个时间里，车的另一端，也扬起一阵白烟，黄脸商人，也和另一个鬼子抱在一起，滚到地板上了。

“怎么回事呀！他们喝醉了么？”

“喝醉酒打皇军了？！”

车厢里一阵骚乱，旅客在议论着，靠近他们坐的都躲闪着，怕事的商人们恐慌起来。

黑衣汉子把鬼子小队长压在身下，可是他的衣角被窗前的小桌角挂住了，空酒瓶都砰砰地落到地板上，由于挂住了衣服，他不能把整个身子弯下来，被石灰迷住眼睛的鬼子小队长挣扎起来，把黑衣汉子摔倒了。他瞎着眼睛伸手去摸板壁上的匣枪。这时黑衣汉子急了，蹿上去，两手卡住鬼子小队长的脖子，又把他摔倒在地上。黑衣汉子把十个指头一齐紧缩，鬼子在嗷嗷地乱叫，鬼子憋急了，就用刚才啃骨头的牙齿，咬住了黑汉子的右腕，血哗哗地往下流，可是黑汉子忍住疼，没有放松手。

直到这时，车上的旅客，才看出这不是喝醉酒闹事。一些胆小怕事的都跨过他们的身子，或从座凳上绕过去，想溜到另一个车厢去，免得鬼子来了受连累。可当旅客们从两头拥到另外的车厢里去的时候，另外车厢的入口处同样有中国人和鬼子搏斗在一起，挡住了去路，旅客们又退回来，各节车厢里，人声嘈杂，极度混乱。

就在这混乱的时候，车渐渐地慢了，旅客们突然发现从二等车的两个入口处进来了两个持短枪的人，只听来人喊道：

“老乡们闪开点！闪开点！”这是王强的声音。

王强走到黑汉子的身边，说道：“鲁汉同志！撒手吧！跑不了他的！”鲁汉一抬身子，砰砰,王强已将两颗子弹打进鬼子小队长的脑袋里了。鲁汉马上从板壁上摘下了鬼子的匣枪。就在这时，车的另一端也响了枪，小坡打死了另一个鬼子，黄脸的林忠，从板壁上取下了刚才和他搏斗的鬼子的武器。

在这同一时间里，前后各节车厢里，都响起了枪声。王强和小坡、林忠、鲁汉到其

① 秩序紊乱；动荡不安。

他各车厢去，他们看到各车厢的短枪队员都顺利地执行了任务。

这时，火车已停到三孔桥上。

三孔桥四周都布满了持步枪的人，这是政委和老周带的区中队来接应。列车快到桥上时，列车上跳下几个伪军，都被他们俘虏了。

老洪和彭亮从车头上下来，到列车上去，他见了王强问道："怎么样，鬼子都消灭了么?"

"看样子是都消灭了，可是数一数，只有十一个鬼子尸体，原来我们调查的是十二个鬼子!"

"一定是跑了一个，事先埋伏的队员一个夹一个，不是都分好了么？你们短枪队也是一个打一个。"

"埋伏的人，到车上每人都傍住一个鬼子，可是二黑走错了车，没找到他的对象，没办法，他和小山共同夹了一个。"王强说。

"我去找一下，他还能飞上天去!"彭亮是个非常认真的人，他提着短枪到守车那边去了。他自己开车把鬼子带到这里，如果叫一个鬼子跑了，是太可惜的事。

在守车上，他看到一大堆麻，在微微地颤动。他再仔细看，麻的下边露出一个钉子靴后跟。彭亮把麻往旁边一拨，一个鬼子呼地蹿出来。这时，小坡和王友也在旁边，小坡大声叫着：

"抓个活的!"

可是鬼子从车门那里跃出来时，天已黑下来，为了怕鬼子逃脱，紧跟着三棵短枪朝鬼子的身影砰、砰、砰地打了几枪，鬼子死在路基上边的碎石头上了。

天完全黑下来了，微风吹着，铁道旁已经发芽的柳枝在飘动，星星在天空眨着眼。黑色巨大的机车头，经过性急的彭亮一阵飞快的驾驶，像显得很疲惫，在那里嘶喳地喘着气。车厢里的旅客非常震惊，不知怎么才好。这时，只听队员们大声喊道：

"老乡们！不要怕！我们是打鬼子的八路军，请大家下车来，让我们的政委和大家说几句话。"

旅客们都从各个车厢里下来，不一会儿，桥下边集合了黑压压的人群。李政委站在桥头的石台上，用他清脆的嗓音对旅客们讲道：

"同胞们！我们是共产党领导的八路军的铁道游击队。我们这次打火车，是消灭火车上的鬼子。现在我们北山里的八路军，已拉到这铁路两侧，准备向枣庄的敌人进攻。刚才我们把票车上的鬼子消灭了，枣庄和临城的鬼子会马上来报复，你们留在火车上，会遭到鬼子的伤害，希望你们赶快离开这个地方，到四乡去躲躲。远道的旅客，可以绕路到其他车站上上车。"他表达了人民部队对旅客的关心以后，接着说："同胞们！日本鬼子是我们民族的敌人，我们要坚决地把侵略我们的日本鬼子消灭在我们的国土上。我们八路军就是人民的部队、是抗日最坚决的武装，希望大家今后多多帮助我们！……"

正讲着，突然从远处传来一阵阵哒哒的机枪声，李政委匆匆地结束了他的讲话。

"机枪响了！敌人马上就要来到，同胞们再见！到四下去躲躲吧！最后让我们高呼几个口号：

"打倒日本帝国主义！

"八路军万岁！

“中华民族解放万岁！”

队员们都高举着手，随着政委高呼着，雄壮的呼声震动着人群和原野，人群里有的也随着高呼了。当旅客们四下散开走去的时候，小坡和小山把带来的宣传品、标语，贴满在各节车厢上。老洪和王强指挥着队员，打开列车前边的铁闷子车，从里面搬出军用物资，电话机，军用药品，日本食品。

哒哒的机枪从东西两端交射过来了。子弹在这列像条巨大的僵死的黑蛇一样的空车上空嗖嗖地乱叫。探照灯雪白的粗大的光柱，也从东西两边射过来了，鬼子的铁甲列车，轰轰隆隆地向这边开来。

政委和老周带着区中队，趴在这列车两头的路基上，向开来的铁甲车阻击。他们在远远的地方拆了两节铁轨，使铁甲车不能逼近。他们掩护着旅客们疏散，给队员们争取时间，多卸些物资，支援山区。

老洪带着队员卸完了物资，分给每个人扛着，然后离开了票车，向南边的山坡上走去。李正和老周把掩护部队撤了下来，敌人的掷弹筒朝他们射过来，小炮弹像雨点样在李正的四周爆炸。他的衣服已被打穿了几个窟窿，可是他还是那样沉着地把队伍安全地向南撤去。

枣庄和临城出动的铁甲车上的鬼子，向这边打了一阵，就从铁甲车上下来，从东西两个方向，向出事的票车冲过来。两路鬼子在这票车附近会合了。可是这列车上一个人影也没有，只有押车的“皇军”一个小队的尸体，和车厢上被他们刚才交射过来的枪弹射穿的洞孔。气喘的车头下部在嘶嘶地乱响，大概是被射过来的炮弹炸坏了汽缸[①]。

鬼子气恼地又向铁路两侧黑黑的山边乱扫着机枪，乱打着炮弹。他们只能用火力追击，而不能派队伍去追击，因为他们是守卫铁道的兵团，他们的任务是来接应这列被劫的票车。至于到铁路两侧去扫荡，那是步兵的事。而且现在他们也不敢离开铁路线，一离开，游击队再乘虚来袭击他们的铁甲列车，他们的责任就更大了。所以这两路鬼子只有守在自己的铁甲列车旁边，向远方盲目射击，一边打电话给枣庄报告情况，一边让铁甲车上下来的工兵，把拆毁的铁轨修好，以便把这列空票车拖回去。

老洪和李正把队伍拉到小屯。王强和老周把夺来的军用物资撤到山边，找个秘密的山洞藏了。李正告诉老周，等山里有队伍来时，就交给他们带到山里，解决一下部队里的困难。

李正派了小坡带一部分标语，连夜赶到枣庄去。接着他们开了个紧急会议，准备应付即将到来的敌人的报复性扫荡，决定所有部队在天亮前都离开这个地点，分散活动。

当夜，老周把区中队分散到各个有组织的村庄，去动员群众空舍清野。老洪、李正和王强研究处理从火车上缴来的枪支，把短枪留下，配齐了各队员的枪支。十八个队员，每人都有一棵短枪。把缴来的几支马黑盖子步枪送给老周，作为区中队配合作战的礼物。

在讨论研究中，李正充分地表现出他在农村打游击的才能。老洪望着他的政委的细长眼睛，静听他那么清楚地分析着情况，确定着对策，提出布置分工的意见。他在农村

① 内燃机或蒸汽机中装有活塞的部分，呈圆筒形。用于内燃机的，现多写作气缸。

的游击战争中，是多么熟悉敌人的活动规律呀，正像老洪和王强过去熟悉枣庄及铁道线上的敌人的规律一样。老洪完全同意政委的决策：在敌人扫荡期间避免和优势敌人正面接触。因为短枪是不适于野外战斗的。他们划为三个组活动，由彭亮、林忠、鲁汉各带一个组，小坡留队部作通信员。白天分散，减少目标；晚上集中，便于执行任务。紧张时由正副大队长、政委三人各掌握一个组。

当他们正在研究第二天怎样对付敌人的时候，小坡已经走在去陈庄的路上。他抄着小路，急促地走着，因为政委给他的任务是天明以前要赶回小屯。天亮以后情况紧张，带着枪不好走，而且部队也要转移了。

他不时回头望望西北方向刚打过票车的地方。敌人的铁甲还停在那里，枪声不像刚才那样激烈了。在雪白的探照灯下，有人影在蠕动，大概鬼子正在赶修被拆毁的铁道。他更加快了脚步，他想在敌人还没回兵前潜回陈庄，危险性会更少些。敌人扫荡山区，枣庄兵力就不多，这次又抽去接应票车，那么，枣庄的敌人兵力就更少了。

小坡瘦瘦的黑影，一闪就钻过了桥洞，走到一个土窑边停下。他们过去搞洋行时就在这里集合，听政委动员。现在他又趴在这里了，因为他发现前边有敌人的巡逻兵在通过。他抹着脸上的汗，端着手里的短枪。当敌人过后，他借着熟悉地形，很快地转到陈庄村边，像只小黑猫一样敏捷地溜进庄里了。

他在黑影里溜到一个屋边，没敢叫门，悄悄地从矮院墙上跃进院子里。他扒在东屋的小窗边，轻轻地叩着窗，低声叫道：

“老张哥！老张哥！”

“谁呀？”屋里的床动了一下，打旗工人老张含着惊恐的声音问。

“我呀，小坡！把声音放低些，老张哥！”

屋门轻轻地开了，老张一把拖着小坡，到黑洞洞的屋里去，他正要划洋火①，被小坡拦住了。

“你从哪里来啊？小坡！”

“从小屯那边。”

“你要注意呀！今天不知道出了什么事故，听说票车没在王沟站停车，上半夜鬼子的铁甲车往那边出动了。刚才还听到炮声，你们可要注意啊！”

“正为这事，老洪和政委派我来找你！有要紧的事托你做！”说着小坡摸黑把一束标语，塞到老张的手里。

“怎么？”听到为票车的事，老张着急地问，“出了什么事么？”

“那就是我们干的，我们把票车打了。车上的一小队鬼子杀得一个也没剩，这是配合山里反扫荡的第一次战斗。我们是想把进攻山区的敌人兵力拖回来。为了把枣庄的鬼子闹翻天，老洪和政委请你想办法把这些宣传品贴到车站上和枣庄街上。”

“行！行！”老张坚决地回答。

“那么，我现在要走了！”

① 火柴的旧称。

“咱们队上没有吃亏么！”

“没有，一个也没有！”

说着小坡就又翻过院墙，在黑影里不见了。老张在门边望了半天，他的多皱的脸上，浮现了笑容。他关好了屋门，低声赞道：

“他们真有种！是好样的！”

第二天清晨，随着打票车的消息的传播，枣庄车站上、街上出现了“八路军万岁”“打倒日本帝国主义”的标语。这事件震动了全枣庄，震动了整个津浦干线。因为这趟票车是固定的一次客车，是沿线各车站上的列车时间表里注明了的车次，几点到站，几点开出，都写得清清楚楚，到时间就要卖票。有人要乘这次车，或者有的要接这趟车的客人，都盼着它的到来。可是时间早过了，怎么还不到站呢？各站的旅客都着急地去问站上的人员。中国人都问日本鬼子，鬼子打电话到另一站问，一站一站地问下去，开始是说可能误点了，可是以后简直是没有下落了。因为这趟车上的鬼子不但都被杀死了，而且整个列车也被炮弹打伤，根本不能开行了。这消息被靠近出事地点的车站传出去，整个沿线车站上的鬼子都在电话机旁瞪大了眼睛，嘘着冷气，甩着电话机子，当再有旅客来问时，鬼子就暴吼着：

“这次车没有了！”

这消息就这样通过沿线的电话，传遍津浦干线几千里路，震动着驻扎各站的鬼子的心。

随着这次车上的旅客偷偷溜回枣庄，这消息也飞快地传遍了全枣庄的市民和矿工，在夜晚的灯下，在馆子里的饭桌上，在朋友之间和家人的交谈中，人们在纷纷地议论着：

“共产党领导的八路军开过来了，听说上万的队伍就埋伏在铁道两边的山坡上，要向枣庄进攻！”

“听说八路军有一班铁道队，他们都挎着匣子枪，身子比燕子还轻，火车跑得再快，也能飞上去。”

“这班人还会飞檐走壁呀！听说洋行里的鬼子也是他们杀的……”

“鬼子一遇到这班人，就该倒运了。他们打了票车，枣庄街上又贴了标语，他们会隐身法呀……”

打票车的事件在枣庄人民的秘密谈话中流传着，事情经过好多人的传颂，往往添枝加叶，后来简直传为神话了。因为在这七八万人口的矿区里，敌人修有大兵营，驻有重兵，却在不知不觉中，接连出现了打洋行、打票车的大事件，也的确够轰动一时了。

大兵营的鬼子司令官，一面敲着枣庄宪兵队长的脑袋叫骂着，要他限期破案；一面颤动着嘴唇，嘱咐着发急电叫扫荡山区的部队撤一个联队回来。

当天晚上，睡梦里的人们，都听到枣庄街上的汽车在呜呜地响，从山里撤出一千多鬼子，连夜赶回枣庄。拂晓，一千多鬼子配合伪军分两路，在铁道两侧，沿着山坡向西进行疯狂的扫荡。

炮声和机枪声整天地响，铁道两侧的村庄，经过老周事先的动员，老百姓都把粮食、衣物藏了，鬼子一来，都跑向山里。鬼子在无人的村庄里烧着草垛、房子，对着山上逃难的中国农民漫无边际地发着炮，打着机枪。铁路两侧的小山村，在稠密的炮声里冒着烟。可是鬼子来回扫荡了三天，也没有找到八路军的影子。

第四天，当扫荡的敌人正准备撤回枣庄休息一下的时候，夜里，老洪和政委把队伍集中在山家林车站附近，展开大破袭，拆毁了一段铁路。小坡和小山爬到电线杆上割电线，林忠和鲁汉各带一个组，干脆用锯子锯倒了二里多地的电线杆。

恼怒的敌人，又出动扫荡了。但铁道游击队地熟人熟，他们和敌人在山头上转过来，转过去，敌人总是扑空。

就这样，他们牵制住了敌人的兵力，配合了山区反扫荡的斗争。

拓展阅读

大破袭： 破袭战，是抗日战争期间平原地区常用的对日作战战法。针对日军“以铁路为柱，公路为链，碉堡为锁”的“囚笼政策”，通过挖沟、破坏公路和铁路等设施来阻挠日军的机械化部队的行进，同时也会有计划地袭击和破坏敌人的指挥通信系统、后方补给系统和重要技术兵器等目标。发生在 1940 年的“百团大战”就是以破坏敌人交通线为主要作战任务的破袭战役。

第 十 章

初会微山湖

敌人沿着临枣支线两侧，进行疯狂的扫荡，一直继续了十天。老洪带着他的游击队，在火光和枪声里，从各路敌人的空隙中穿来穿去，避免和优势的敌人正面作战。当敌人侦察出他们住的庄子，大队鬼子扑来时，他们又早已无影无踪了。

政委感觉到，经过这次反扫荡，这支从矿山拉出来的小武装，已经完全适应了新的环境，熟悉农村的游击战了。照例是天一黑，队员们都准备好行装，到队部指定的道南或道北的秘密村庄里宿营。一进庄，陈四被选为司务长[①]，他很会和庄长打交道，号房子要给养，从彭亮手里去取钱买菜。因为彭亮是全队的经济委员，从票车上搞下的款，一批交给上级，一批留下公用。他们不像一般游击队那样一切都靠老百姓供给，而是要东西都给钱。夜里大家都睡在草铺上，只有岗哨在村边巡逻。天拂晓，这是敌人奔袭的时候，他们便拉出庄子，到山上隐蔽起来，派人在高处瞭望着敌人的动静。如果发现敌人向这里来了，他们就转移到其他地方去。

这夜，他们宿营在道南的山坡上一个小山庄里。队员们都睡下了，只有队部住的小草屋子里还有灯光。政委坐在草铺上，热情地注视着小坡，这年轻人正在灯下擦枪，他使的是从票车上缴获下来的一支日本匣枪。从他熟练的擦枪动作中，政委感到他简直是一个很干练的青年游击队员了。

“小坡，这些日子怎么样？”

小坡知道政委问这话的意思，是问自己过不过得惯游击队生活。因为政委经常这样问队员，向他们解释游击生活是艰苦的，要靠两条腿和敌人捉迷藏似的转圈子，但他们的任务是很光荣的。所以当听到政委“怎么样”的问话时，他就扬着眉毛，睁大眼睛笑着回答：

“很好呀！我们这样生活很有意思，现在再要叫我像在炭厂时那样蹲起来，我倒过不惯了。我们这样很好，鬼子可就不痛快了，他们老挨揍，总找不到我们，鬼子的肚子要气破了！”说到这里，小坡哈哈地笑起来了，笑得是那么天真。接着他又指着脚上两只飞了花的鞋子说：

“政委！论意见么，就是鞋子老不够穿，往日在枣庄，三个月穿不破一双，现今一个月一双还不够。再一个就是咱们好久不搞火车了，有时夜间放哨，听见远处火车呜呜地

① 连队中主管装备、物资、经费、伙食等后勤工作的人员。

叫，我心里就痒痒的。政委，咱们以后得多搞火车呀！”

“当然！”政委肯定地说，“我们是铁道游击队，任务就是在敌人铁道上活动，当然会经常搞火车的。”

政委打了个哈欠，准备到草铺上睡了。他看见王强在那里呼呼地睡得很甜，可是老洪却蹲在墙角，在那里闷闷地抽烟。李正知道老洪这两天的心事，他在为打旗工人老张的死而难过。前两天从枣庄跑出来的人说，贴标语的第二天夜里，老张就被鬼子抓去了。这老人为了帮助铁道游击队的抗日工作，受尽了鬼子的折磨，死在鬼子的刺刀下了。

“休息吧，老洪！”政委安慰着他的大队长说，“我们会为老张报仇的！”

“没有什么！”老洪是个刚强如铁的人，不轻易流露自己悲痛的感情。当胸中的悲愤像火烧的时候，他的薄薄的嘴唇紧闭着，微向上斜的眼睛显得特别亮，说话时是一字一句，斩钉截铁；愤怒到极点的时候，他的上下牙就磨得格格地响。他无论有多大的悲痛，也不喜欢别人安慰，这是他充满苦难的童年，毫无援助地向残酷的命运搏斗所形成的性格。政委对他的性格是充分了解的，可是他还是不愿把他心底的悲痛表现出来，只说了声：“没有什么！”但他对政委是很敬爱的，所以又像解释又像申诉地说：

“他是个很好的老头呀！”

“是呀！”擦好枪的小坡也插进话了。虽然他们都没讲出名字，可是心里都知道讲的是谁，因为工人老张的死，使每个队员心中都引起不小的波动。这热情的年轻人就说：

“打票车的那天晚上，我跳墙到他家里，一见面他就紧握着我的手。当我把标语传单交给他时，他只说：‘行！行！’一点也没考虑到自己的危险，却连连地问我打票车伤了自己人没有，你说他多关心咱们呀！听说他死时一句熊话都没说，他对着鬼子的刺刀没有低头。他说：‘我就是通游击队，因为我是中国人！’可是他没有说出一个人的名字，就这样被刺刀戳死了……”

屋里一片沉静，人们都在默默地悼念这位壮烈牺牲了的可敬的老工人。突然外边一阵脚步声，站门岗的小山在队部屋门口喊了一声：

“报告！”

“进来！”

随着老洪简短的回话，小山引进两个人来，头一个老洪认得是老周区中队的通信员，后边是个穿庄稼人衣服的老头。他没有看清老人的脸，只看到老人颏下的白胡须。他认为这可能是通信员找来带路的向导，可是却奇怪为什么找这样足有六十岁的老人呢？

在老洪端详老人的时候，政委把信接过去了，因为老洪不大识字，在山里部队上曾学了一年多文化，但识的字还不多，尤其是草字，所以有信照常都是政委接过去。李正对老人招呼了声：“请坐吧，老大爷！”然后在灯下看信了。信是两封：一封是老周交换情况的信，另一封是山里司令部来的急信。政委的目光在第二封信上停的时间较久，甚至每个字都在过滤似的仔细看着。他很快就给老周开了收条，打发通信员回去。当小山和通信员敬了个礼走出屋门时，老洪看见白须老人还依然坐在小坡身边，他心想这个向导怎么不和通信员一道回去呢？正诧异间，政委从信纸上抬起眼睛来，严肃地对老洪说：

“大队长！山里司令部来了命令，我们有新任务。”

老洪听说有新任务，忙推了王强一把，王强呼地从草铺上坐起来，揉了下眼睛问：

“什么事?”

坐在灯光远处的老人，有神的眼睛直盯着看信的人，好像急等着把信读完，他才能喘过一口气似的。当李正向他走来，老人很知礼地站起来。政委握了老人的硬硬的手，虽然他看见老人的背微微有点驼，但他从握手中感到这老人是健康的。

“来，我给介绍一下，”政委回头望着老洪和王强说，“这是山里来的冯大爷!”

显然这称呼使老人很不高兴，他纠正着说：“不，同志！不要叫大爷，咱们都是同志呀!”

“对！是同志!”政委笑着说，“因为你的年纪大，我们对上年纪的人叫老大爷叫顺嘴了。这是我们的刘大队长，王副大队长。”

还没等李正介绍自己，老人就说：“那么，你就是李政委吧?”他露出对部队很了解的样子。

“对的!”王强插进来说。

经过介绍后，老人显得活泼起来了，他又走过来，一一地和政委、正副大队长紧紧地握手。他握手时像要把每个人都抱起来似的，并且在每个人脸上都要端详一会儿，嘴里还唠唠叨叨地说：

“好！好！我可认识你们了，你们真是一些了不起的英雄!”

看样子，老人在为结识这些英雄而兴奋着。他又重新坐下去，胸部不住起伏着，他白胡子下边的嘴巴也笑得咧开了。

屋里静下来，大家在听政委李正传达司令部的新任务。

“山里的来信，是张司令亲自写的。他谈到由于整个鲁南形势和任务的需要，司令部命令我们马上把部队往西插到临城附近，以微山湖为依托，开辟那个地区，展开津浦铁路干线的对敌斗争。因为那个地方是敌人的战略要点：临城位于徐州和兖州之间，临枣支线从这里往东伸出，南北敌人进攻鲁南山区，都从这里分兵；兖临干线和临枣支线对我鲁南根据地正成环抱形势。如果我们铁道游击队能像钉子一样钉在那里，对敌人是最大的威胁。这样对配合我们鲁南根据地的斗争，将更富有意义。同时还有一个重要的任务，就是临城附近是我们鲁南根据地与湖西根据地联系的交通线，最近国民党周侗部队不断地配合敌人，进攻我湖西八路军，向湖这边侵袭，企图配合鬼子从这里割断湖西与鲁南的联系，以便各个击破我们。所以我们到那里后，不但要破坏敌人的交通，而且要维护我们的交通。就是要我们掌握住敌人的封锁线，使两个抗日地区联系起来。”

李正看了下老洪和王强，他们在点着头，领会着上级的意图。他是尽力把信上的字句都带讲解地谈出来。他看了一下信的后半段，又接着说下去。

“我们在枣庄活动的任务，现在已告一段落。在这里，我们按照上级的指示，完成了组织武装的任务，并且有力地配合了山里的反扫荡。我们搞洋行、打票车的战斗，震撼了敌伪，对山里反扫荡的斗争，做了很大的贡献。并且在这几次的战斗锻炼中，我们的队伍壮大了。司令部希望我们克服一切困难，来完成党和上级交给我们的新任务。

“当然，这任务是艰巨的，而且到了新地区，一切不如我们在枣庄熟悉，是会遇到困难的，这一点司令部也为我们打算到了。因为我们在枣庄、临枣支线上已闹得天翻地覆，惹怒了敌人。敌人将加强对临枣支线的控制，我们今后的活动会更困难了。现在敌人把注意力都集中到临枣线，我们突然插到临城，乘敌人的空隙，在那里是可以创造出立脚的条件的。再一个，就是司令部已经指令在微山湖一带活动的黄河大队和运河支队今后主动配合我们。到时我们可以和他们联系。再其次，就是最近那边铁道线上也有一部分会扒车的，听到我们搞火车，也要求成立铁道游击队。听说他们已初步组织起来。”

说到这里，政委就指着白须老人笑着说：“这位冯老同志，就是这班人的鼓动[①]者和组织者，他和张司令是老朋友，这次到山里去请求，请司令部能给他们一个番号，作为八路军的铁道游击队，正式活动起来。司令部的意见，要我们到那里去，和他们合编在一起。他们也同意。他们都是临城本地人，对当地情况很熟悉，这也是我们在那里活动的有利条件。这次冯老同志到我们这里来，就是作为我们到那边去的向导的。司令部指示我们到那里去后，主要是先熟悉那里的情况，如有困难，最近就调我们进山去整训一个时期，以便今后再大力开辟那个地区，看样子司令部是下了决心的。”

政委结束了传达，老洪捶了一下大腿，有力地说：

“我们有决心开辟那个地区，临城那地方，队员们也并不生疏，因为过去扒车也常到那里，那边车上车下的工友也熟悉。”

现在刘洪望着这刚才被误认为向导的冯老头，感到分外地亲切。老人紫铜色的脸上那一条条的皱纹，像刻在钢板上深而不乱。虽然他是个庄稼老头，但老洪却从他脸上的表情，看出有点像打旗工人老张，所以笑着问：

“你和张司令是老朋友？”

“是啊！”老人说，“说起来话长啦，想当年大革命搞农民协会的时候，我们都在一起。说句不中听的话，那时您还小啊！十多年前了。”

听说老人是老革命，政委和王强都围着老人坐下，以非常尊敬的眼色望着老人。老人继续说：

“那时节，咱们共产党和国民党第一次合作，北伐大革命，闹得轰轰烈烈，那时毛主席就在湖南搞农民运动呀！我们山东也搞起来，张司令和我就在这一带领导农民打土豪劣绅。可是以后国民党向洋鬼子、封建军阀投降了，回头杀起共产党来了。杀农民、杀工人，我们搞革命的那一伙子，有的被杀了，有的坐牢了，有的就远走高飞了。我跑到外乡，流落了好几年，才偷偷地回到家乡。可是老同志一个也不见了，从此，我失掉了党的关系好多年。抗战了，”说到这里，老人说话更有劲了，他说：

“咱们的党又从地下站出来。鬼子来了以后，张司令又在鲁南拉队伍，我就去找他，他一见面就说：‘老伙计，还没有被杀掉呀！’我说：‘还活着！咱们再怎么干一伙吧！’他说：‘你没看看你的胡子么？’我用手把胸前的胡子向眼前挪一挪，一看的确是白了！可是我说：‘老了就不能干了么？革命又来了，咱光看着别人干么？’以后张司令看我坚决，就说我干部队是不行了，还是回到地方上，去做地方工作，发动群众抗战吧！我就回去了。我在地方上和穷人还有些关系，干革命的人，一刻也不能离开群众呀！鬼子占了铁道线，驻在临城车站，有些平时好扒火车的年轻人在闲着逛荡。前些时听说枣庄有

① 用语言、文字等激发人们的情绪，使他们行动起来。

一伙子游击队杀鬼子、劫火车，票车上的鬼子叫他们杀得一个不剩，这边临城的鬼子听着头皮都发麻。这事件传遍了俺微山湖一带，风传着这一班游击队会飞，跑得比火车都快，一纵身子就飞上火车去。听说里边有能人，他的手往车头上一拍，火车就不出气了，得马上停下。他们的枪法，是百步穿杨，从不落空。总之，这话像神话样地到处传开，想不到就是你们干的呀……”

老人是那么兴奋地在述说临城一带的敌伪，还有老百姓对铁道游击队的传说，不时地引起老洪、政委、王强阵阵的笑声。老人又说：

“我就去鼓动这一班年轻人，说人家都能这样杀鬼子，你们空有一身扒车的本事，为什么不干起来呢？以后和他们商量着，他们要我去山里给他们领公事。组织了七八个人，开始偷鬼子点东西，以后又弄了几支步枪。我就去找张司令，请他下个委任状，算作八路军的一个部分。张司令就提到你们，原来你们这班人就是咱们共产党领导的铁道游击队。是呀！只要有咱共产党领导，什么惊天动地的事情都能干起来呀！听张司令说要调你们到我们那里去，而且我们那班人，要和你们编在一起，这太好了！你们到那边去，得好好领导我们呀！我们那里有山有水，是个好地方，到那里，我们一定请你们吃微山湖的大鲤鱼！”

听完老人的讲话，老洪才感到他们过去这一段斗争，在敌伪以及沿铁路线人民群众的心里，引起多么大的影响啊！他现在又要带领他的队员到老人的家乡去迎接新的斗争任务了。现在他迫切需要了解的，是那里的一部分未来的队员的情况。他问：

“他们人数、装备怎么样？”

“九个人，五棵枪。”

“都是短枪么？”

“不！四棵长枪，一棵短枪；步枪都是土压五[①]。”

“土枪不管用，上火车扛步枪也不得劲呀！”王强从旁边插进话来了。

“是呀！我们也很想弄短枪呀！可是没机会。搞这几支土枪也还是费尽了唇舌，从地方上动员出来的，我们那里的地主很顽固呀！”老人诉苦似的说。

老洪点了点头，他从老人的话里听出来，他未来的队员们还没有经过什么战斗锻炼。到那里后，应该很好地影响一下他们。接着他就和政委、王强商量了行动的时间，然后对老人说：

“我们明天晚上出发！”

“好呀！越快越好！”

“明天白天我们移到洪山口，天一黑我们就过津浦路，”政委对老人说，“那里的路你都熟吧？”

“熟。”

“那么，你就做我们的向导吧！”

“保险没有错。”老头肯定地回答。

① 一种只能装五发子弹的劣质步枪，性能非常落后。

“你能走得动么?”

“别看我年纪大，一天百八十里路，我还可以和你们年轻人赛赛，前些时我到山里去看张司令，九十里路两头见太阳。”

政委叫小坡在屋里打个地铺，照顾冯老头睡下，他和老洪、王强，在仔细研究着出发动员的问题。

第二天，这支小部队顺着道南的一溜山坡，向西移动。这东西一带山坡下的村庄，离鬼子占领的枣庄铁道线有十多里路。除了扫荡，敌伪还没活动到这里。晌午，天很热，他们在一个小山村庄头上停下休息。庄里的老百姓都拥上来看这支从东开过来的小队伍。庄稼人在窃窃地交谈着：

“嘿！看这一班子人多整齐，又年轻，又神气，一色的匣子枪……”

这山村里也常有抗日游击队出现，扛着土压五，可从来没有见过这样整齐的游击队。一排溜十八棵匣子枪，每人都是一身蓝色裤褂，穿在身上是那么合体；走起路来利利索索的分外精神；胸前一排密密的布扣子，这是在枣庄矿上常见到的式样。红色的绸子在匣子枪把手的地方随风飘动。全都是黑色的力士鞋子①。排起队来一般高，又都是二十多岁的小伙子，身强力壮，脸上发着红光。大家都在望着那个眼睛非常有神的在队前讲话的带队人，声音是那么响亮，挥动拳头，满身都是劲。

冯老头在庄稼人的称赞声里，摸着胡子，咧着嘴笑着，对身边的李政委说：

“这简直是一群小老虎啊!”

政委笑了笑，等老洪讲完话，便对他说：

“大队长！队员们这种穿戴，到农村来有点刺眼了。我看到那边去后，我们的服装也要换一换，更适合于农村些才好。”

“这是王强同志的点子，”老洪说，“他听了你的动员以后，认为到那边去，要给新参加我们部队的人一个好的印象，他就把枣庄搞火车得来的家当都搬出来了!”

这时王强走过来，听到大队长和政委的谈话，就眨着小眼插进来说：

“政委！我们这一去，可得像个样呀！我们的名声已经传出去了，使人家看到咱这枣庄搞洋行、打票车的铁道游击队，到底不熊气呀！穿戴好，武器好，这一切都是从鬼子手里夺来的呀!”

“这样对他们，当然是有作用的。不过我们这次是到一个新地区，而且是农村，在服装上和农民很悬殊，就会随时暴露我们的目标。暂时这样搞一下还可以，因为那地方可能是个空隙，以后斗争残酷了，我们就得和农民一样打扮了。”

“对!”老洪点头同意政委的意见，“咱们应该走乡随乡才对!”

“对!”王强眨着眼，摸了一下自己的分发头，笑着说，“这个样子，在枣庄很普遍，可是在农村打游击就吃不开了，到时候我领头剃掉它!”

队伍又向西进发了。傍晚到达洪山口，出山口不远就是津浦干线。他们在一个山庄里吃晚饭，准备天黑后，横越津浦路。

① 一种帆布面的胶底鞋。

在吃饭前，政委和老洪、冯老头三个到山口的高处，眺望着西边的地形。三个人站在高石头上，身上浴着夕阳的红光，静静地屹立在那里，像三座紫色的铜像。

政委向西望去，眼前除了一两个小山头，全是一片碧绿的平原。津浦铁路像条黑线似的，从北向南伸去；在右边铁路尽头的绿树丛里，有个巨大的水塔伸出，那就是临枣线和津浦线的会合点——临城车站。他把眼睛越过铁路向远处望去，看到一望无际的湖水，夕阳照耀着水面，泛着一片琥珀色的光。靠近岸边有一座黑色的小山，像伏在水里的一只骆驼，背峰露在水上，政委便问冯老头：

“那是什么地方？”

“微山岛，方圆有十来里，上边有六七个小庄子，据说那里是汉张良隐居的地方，是真是假不知道，不过那里确有个张良墓。这山岛西北边是上百里的水路，东边靠陆地较近，坐船走八里水路就靠岸，再往东走一里陆路，就是沙沟车站了。从临城往西到湖边，走十多里上船；从杨集上船到微山，得走十八里水路。”

冯老头是那么熟悉地讲解着，政委深深地感到这老人是熟悉当地情况的，他就问老人：“咱那班人现在住在什么地方？”

“就在杨集，正在湖边，因为敌人要保护铁路，铁路两旁的村子，都成立‘爱护村’。不过湖边那一带，敌人除扫荡出发到那地方，平时还顾不到那里。今晚上我们就要赶到杨集，离这里还有二十多里路。”

政委再抬头望了一下前边的地形，津浦路正沿着湖边向南蜿蜒而去。铁路右边是微山湖，左边是脚下的山脉，他在欣赏着这有山有水、未来开展斗争的地方。他回头对老洪说：

“这是个好地方！”

“我们在这里要和敌人展开生死斗争！”

他们走向山坡，到庄子里吃过了晚饭，天已经黑下来。趁着皎洁的月光，队伍出了洪山口，向山下不远的津浦铁路线前进。

彭亮、小坡带着他们的小队，走到队伍的前边作前卫，担任着这行进的小部队的警戒。冯老头在头里带着路，他拄着一根枣木棍子，上身一躬一躬的，白胡子不住地飘动。可是他的脚步却很轻快，如果你从他下半部看他那轻快的脚步，你简直就不相信这是一个六十多岁的老人在行进。

“要把棍子换上龙头拐，真像土地庙里的土地，可是他的腿脚却和年轻人一样有劲。”

彭亮听到小坡的嬉笑，很严肃地说：“别看他像土地啊！听政委讲，他还是个老革命哪！”

冯老头领着队伍，钻过铁路的桥洞。他在路基旁边往北望了一眼临城站的灯光，指着铁路边的村庄，愤愤地对彭亮说：

“这靠铁路边的村子，都被敌人控制着，咱们绕着它走。”

彭亮点了点头，跟着这老头穿小道，走小沟，绕过村子，在这夜的原野上前进，有时他们就直接从田埂上穿过。老人的脚步越走越带劲了，一种兴奋的力量在支持着他。他身后有六棵匣子枪跟着他，再后边又是十二棵。这是一支了不起的人马，他们在枣庄把鬼子闹得天翻地覆，现在这支神兵被他带到自己家乡来了，在这过去他曾闹过革命的土地上，将要展开伟大的斗争。想到这里，老人仿佛又把十多年前的劲头拿出来了。像对着自己的乡亲，他扬眉吐气[1]地说："我给你们带来了一支了不起的人马，好叫日本鬼子知道一下厉害！"

彭亮在月光下，看到老人解开怀，像和人吵架似的走着，就问："老大爷，你累了吧？"

"不累！一点不累！"

又往西绕过两个庄子，在一个小土岭旁的村边，老头和彭亮小队停下。这时已快半夜了，老洪和政委赶上来，冯老头就对他们说：

"这是苗庄，离开铁路已有六里了，鬼子不常到这里来，在这休息会吧！这庄上有咱一两个关系，队伍在外边歇歇，咱到里边去叫烧点水喝。顺便我还可以给你们介绍介绍，大白天到他家很惹人注意！"

王强留在庄子外边照顾队伍，老洪和政委就跟冯老头向庄里走去。政委在夜色里看了这庄子，没有围墙，已是平原的风味，不像山里一样都有石头围子。围墙是游击队最讨厌的东西，因为它容易为敌人据守，我们不好攻打；我们驻了，优势敌人包围上来又不好突围，所以过去在山里活动，一进庄子就动员老百姓拆围墙，以便于游击队活动。这里不但没有围子，而且房屋分散，有的简直就是独立的家屋，孤立在庄边或庄头上。这样对他们的活动很有利，因为他们在夜间可以秘密潜伏到庄子里，遇情况一出门就是野外，他们就钻进禾苗里，和敌人迂回[2]作战了。

这时，冯老头走到庄后南北胡同口槐树下一家住院前停下。他并没有去敲门，却走到堂屋后边，从地上拾了块砖头，在后墙上轻轻地敲了三下，便和大队长、政委蹲在院门旁的黑影里，不一会儿院门开了，他们便走进去了。

老洪进门时，看到门边站着一个高个子女人。他们向黑黑的堂屋里走去，女人又轻轻地把门关，回到堂屋，关上屋门后，把灯点上。在灯光下，老洪和政委才看清女房东是一个黑眉大眼二十五六岁的青年妇人。明亮的大眼睛是美丽的，里边却含着哀伤，但从端正的鼻子和微向下弯的口形上，很可以看出她是个有志气的女人。衣服虽是粗布，可是剪裁得很合体。当她在灯光下，望着冯老头身后提着短枪的人，大眼睛里闪出一丝惊异，但她却机警地堆下笑脸问：

"冯大伯，从哪来呀？"她敏捷地搬了三个小凳子，让客人坐下。

"从枣庄那边，"冯老头说。他望着刘洪、李正介绍说：

"这是芳林嫂，她丈夫过去是我的徒弟。"接着他对芳林嫂介绍说："这都是自己人哪，不要怕！"

芳林嫂大方地笑着点点头："啊！啊！"这种大方的点头，不是农村妇女所有的，老洪感到只有在铁道职工家属中间才常看到。芳林嫂虽然在微微笑着，但眼睛里的哀伤并没有消失，她的心被很重的沉痛所压着。冯老头看了芳林嫂一眼，像又来了精神似的问：

"你知道他们是谁吧？"

"不知道。"

① 形容被压抑的心情得到舒展而快活如意。
② 绕到敌人侧面或后面（进攻敌人）。

“他们就是枣庄杀鬼子的那一班子呀！打票车、杀洋行，都是他们搞的。这就是枣庄铁道游击队刘大队长，这是李政委！”

冯老头这一介绍，像风一样吹去芳林嫂眼睛里哀伤的乌云。她感到一阵振奋。她不知道政委是什么官衔，可是她知道大队长是领头的。她的眼睛充满着羡慕、敬佩，盯在刚才冯老头指给她的刘洪大队长的脸上，好像要把他认准似的，嘴里低低地说：

“你们可真行啊！”

老洪这个什么也不怕的铁汉子，在芳林嫂的注视下，却腼腆地低下了头，因为他过去生长在苦难与斗争的环境里，从来没有这样和女人谈过话。他低下头时，无意中却看到了芳林嫂脚上穿的白鞋子。

“芳林嫂，你去给我们烧点开水喝吧！外边还有队伍等着，我们还得赶路！”

“麻烦你了，大嫂！”

“这算得了什么呢！都是自己人！”芳林嫂说着开了屋门，到锅屋去烧水了。

当芳林嫂出去后，冯老头叹息着对大队长和政委说：

“这是个苦命的妇女啊！她丈夫在临城车站当铁路工人，她也在那里住了好几年，小日子过得不错。可是鬼子来了，她丈夫没有跑得及，被鬼子杀了，只撇下一个五岁的小女孩，老婆婆吓病了，又加上想儿子，整年躺在病床上。因为临城驻了鬼子，她就经常带着小孩来娘家住，娘家也只有一个老娘，也常有病。所以她除了伤心她丈夫的死，还得在临城、苗庄两头来回地跑，照顾两位老妈妈。”

听到这里，老洪和政委叹着气。老洪这才明白刚进来时芳林嫂的哀伤所在和为什么穿白鞋了。他俩又听着冯老头说下去：

“她是个精明能干的女人哪！因为过去我和芳林的关系，所以也常来问问她有啥困难，帮她解决。可是她一口咬定没困难，一切她都能担当起来，我才知道她是一个很有志气的女人。以后和山里张司令联系上，我就在当地秘密地帮助做些工作，山里常有工作人员到湖西去，从这里过铁路，张司令就叫我帮助掩护，有时夜里我也送两个干部到她这里来，她都能很好地照顾。过往的人员没有不说她能干的，她也确实帮我做了不少革命工作。以后我们在这里活动，掌握临城敌人的情况，她一定能对我们有很大好处的。她婆家在临城站，她和那里的工友很熟，她家住在那里是人所共知的，并且还有户口，托她到临城办点事准行。她这人的心地也很好呀！”

政委听着冯老头对芳林嫂的介绍，引起很大注意，他连连点头，认为这的确是个好关系。他和老洪商量着，像这种关系，要注意保守秘密，不要在群众面前暴露，以便应付突然情况，使她为铁道游击队能做更多、更重要的工作。同时认为冯老头把他们领到目的地后，也可回到家里，要假装并不认识他们，只派专人秘密地联系。

芳林嫂烧好了水，小坡用罐子提出去，大家喝了。他们告别了芳林嫂向西出发，临走出大门，芳林嫂像送老熟人一样低低地说：

“以后常来呀！”

“对，我们不会少打扰你的！”

当晚，他们赶到湖边的杨集，和这里将成立的小游击队汇合。第二天一早，这里的队员们从湖里打来鲜鲤鱼，接待了他们。

拓展阅读

湖南农民运动：是大革命时期，中国共产党领导湖南农民开展的反帝国主义反封建主义的革命斗争。1923 年，中国共产党湘区委员会就开始发动农民运动。到 1926 年 7 月初，农会会员很快增加到 20 万人。1926 年 7 月—8 月间，北伐军在湖南境内同北洋直系军阀作战时，得到农民协会的大力支持。随着北伐战争的胜利进军，工农运动以空前的规模迅速高涨起来。在湖南、湖北、江西等省广大农村，到处燃起革命的烈火。农民建立政权和武装，其势如暴风骤雨，迅猛异常，真正做到了“一切权力归农会”，造成一个空前的农村大革命的局面。12 月 1 日，在湖南长沙召开全省第一次农民代表大会。大会制定了铲除贪官污吏、打倒土豪劣绅、建立农民政权和农民武装等四十个决议案，发表了宣言，选举了湖南省农民协会委员会。到 1927 年 1 月，湖南全省有七十多个县组织了农民协会，会员增至二百多万人，直接领导的群众达一千万人，约占全省农民总数的一半。到 5 月，会员激增到六百万，超过全国农民协会会员总数的一半。湖南农村出现的这场迅猛异常的大革命，打击的主要目标是土豪劣绅、不法地主，旁及各种封建宗法思想和制度，促进全国农民运动的迅猛发展，农民协会成为乡村的权力机关。

微山湖：微山湖位于山东微山南部，由微山、昭阳、独山、南阳四湖组成，湖中有微山岛、独山岛等岛屿。微山湖一带有着悠久的历史文化，这里是商周时代宋国国君微子启的封地，微子死后就葬在微山岛，微山湖和微山岛都因此得名。到了西汉，“汉初三杰”之一的张良也葬在这里。抗日战争期间，著名的铁道游击队活跃在微山湖内，更使得这里家喻户晓。

第十一章

夜袭临城

冯老头在这里发动的小武装，都穿着农民的服装，背着土造步枪，带队人是个名叫申茂的中年人，只有他有一棵匣子枪。在短短的接触中间，老洪看出他是有着慷慨性格的在外边跑过腿的人，喝了几盅酒，嘴就不住地叨叨起来。一见面，申茂就捶了一下大腿狠狠地说：

"你们可来了！把我们盼坏了呀！"

"怎么？"老洪亮着眼睛问，"你们在这里还有什么难处么？"

"难处可有的是！咱刚成立，这几条破枪，人家都看不起呀！到一个庄子里，别人问我们是哪一部分，我们就没敢打出八路军的旗号。这里的地主，都和中央军通气①，所以这一带到处传着谣言，说共产党共产共妻，杀人放火，青脸红发，吃小孩！我们要说是八路，那就很难活动！"

听到这话，老洪生气地说："我们到这里后，当然要打出八路军的旗号。我们怕什么？我们是人民的队伍，只有我们才是最坚决抗日的，他们反共就是反人民。"

政委也说："我们到这里后，要用实际行动来回答敌人和顽固派对我们的造谣诬蔑。这些谣言是见不得太阳的，当我们和人民见面的时候，它就会一钱不值了。"

老洪看到这些农民打扮的队员们，都羡慕地望着枣庄这一班子的穿戴。一色的匣子枪，多么威武呀！小坡和小山几个队员，又在起劲地对他们谈枣庄杀鬼子、夺枪的故事，听的人们都咋着舌头，连声称赞。刘洪便问申茂为什么不搞几支好短枪。

"我们也老想着，可是往哪搞呢？"申茂为难地回答。

"去和鬼子夺呀！"老洪直截了当地说。他用发亮的眼睛直视着申茂，好像在审视着对方的胆量。在老洪的眼光下，申茂有几分胆怯，他躲开了老洪的视线，微微地摇了下头，低低地说：

"能空着手夺么？"

"当然能！"老洪斩钉截铁地说，"只要有决心，什么事都可以办到！"

申茂和老洪简短的谈话以后，他深深地感觉到刘洪队长的确很厉害，一听语气，就知道是个说到就能办到的人，难怪他能领导那一班子把枣庄鬼子闹得天翻地覆。

李正和老洪在一个小屋门口停下，门口有申茂的一个队员端了一棵步枪在守卫着。

① 互通声气。

李正看见里边绑了两个人，便转过头来问申茂：

“犯人么？”

“是……”申茂有点口吃，但又接着说，“不，不是。”

“什么人？”

本来申茂想支吾一下就过去了，可是李正一定要问到底。一提到这犯人，申茂就压不住心头火了，他一面怒视着被绑的两个犯人，一面愤愤地说：

“政委！他们是什么人？都是些肉头[①]顽固蛋呀！他两人都是东庄的有钱户，家里都有枪，这一点我们调查得清清楚楚！我们去问他们借来打鬼子用，他们不肯。三番五次去劝说，一口咬定说没有。我们抗日没枪使，他们却把枪埋起来锈坏。”说到这里，申茂更火了，用手指着两个犯人的脑袋叫着：“你们还是中国人么？要有一点中国人味，就把枪缴出来！限你们今天晚上缴出来，不然，就把你们吊起来，看你们硬，还是我姓申的硬……”

申茂回头望望政委，见李正和老洪微微地在皱着眉头。他以为政委也在为这些顽固蛋生气，所以临走开时还愤愤地对李正讲：

“政委放心，我总会把枪搞出来的，不给他们点厉害，他们是不会把枪拿出来的。上次有个家伙就是这样，开始怎样动员都不行，可是一吊上梁头，就说实话了。他说了藏的地方，第二天我们就把枪挖出来了。”

回到屋里后，李正对申茂说：

“你们就这样搞枪么？”

“是呀，政委！”

“你们搞错了！”

“啊，搞错了！”申茂望着政委严肃的脸，又望望老洪。老洪也简截地说：“搞错了！”

“刚发动队伍，动员一些民间的枪支是应该的。但是方式一定要注意。当然有枪的户，多是有钱的人家，都是过去防土匪买的枪，说服不太容易，但是我们还是要耐心动员说服……”

“嘴都磨破了呀！这些顽固蛋，不听咱那一套呀！”申茂以诉苦的声调对政委说。

“当时说不服，宁肯不搞，也不能扣押他们。”政委静静地说下去。“申茂同志，你知道这样做有多大害处么？当我们在一个地区还没有站住脚，鬼子、汉奸、中央军、地主都在到处散布谣言，污蔑共产党、八路军，而广大人民对我们还不了解的时候，你这样做，就是帮了造谣的人。同时这些有钱人都是些抗日不坚定的人，如果我们把他们逼急了，他们会跑到鬼子那方面去，调过头来反对我们，多树立了敌人，这些都会增加我们活动的困难……”

“放了吧！同志！”老洪干脆地对申茂说。

当晚申茂就把那两个人放了。临放时，李正对那两个家伙说：“抗日是大家的事，每

① 方言。指又犟又难对付的人。

个中国人都应该贡献出自己的力量，把鬼子打出去。如果有枪不拿出来，那就是你的不对了！回去想一下吧！”

被解绑的人，对李正连连点头称是，回家了。他们又回到屋子里，李正又对申茂讲了些八路军的政策，特别重要的是群众纪律。李正把八路军的三大纪律、八项注意解释给申茂听，最后李正说：

“只有严明的纪律才能说明我们是人民的军队，环境越艰苦，我们就越应该注意纪律，我们一定要爱护和尊重群众利益，来取得人民对我们的支持和拥护。现在湖边环境暂时还平静，在铁道线上的敌人，还来不及向这边发展。可是以后敌人伸展过来，环境恶化，我们如果没有人民的支持，就休想在这里站得住脚。”

“是，是，我现在明白了！”申茂不住地点头。“从昨天你们来，我们看到枣庄队员的一色匣子枪，真是又羡慕又着急呀！这边发动的人，都是些土枪，还不齐全，以后编到一起打仗，我们怕搭不上手①呀！丢人是小事，影响战斗是大事呀！”

“枪马上要换的，这没问题。”

“真的么？”听到老洪的话，申茂高兴了。他接着问：“和谁换呀！”

“和鬼子换！这还用问么？”老洪向李正笑了笑，发亮的眼睛直视着申茂。申茂从老洪的话里听出坚定不移的决心和信心，他的信心也树立起来了。

“对！就这样做！”

“那么，你谈谈临城的情况吧！”

谈到临城的情况，申茂是太熟悉了。战前他就在临城站做事，鬼子来了，搬到农村家里种地。虽然不在临城住了，可是临城的熟人很多，所以他也常到那里走走。自从拉起了队伍，他就不大敢去了。有些队员，由于家就在临城附近，还可以偷偷地进去，所以临城站的消息，他经常听到。现在他望着李正和老洪，不假思索地告诉：临城驻有一中队鬼子，站台上驻一个鬼子小队，另外还有一个从东北调来的汉奸警备队。前些时从南北开来的兵车很多，大都是运的鬼子，从这里下车。临城驻满了鬼子，以后又转临枣支线向东开。听说是到山里进行扫荡。扫荡以后，鬼子兵车又从东开过来，从临城转道，南来的南回徐州，北来的北去兖州。鬼子扫荡是各地抽来的，就又各归原防。现在鬼子正在临城站北修水塔，每天四下抓人派人去给鬼子抬砖运土。说到这里，申茂叹口气：

“修水塔每天要伤不少人，不是做工累伤，就是做慢了被鬼子、汉奸打伤。”

“修水塔那个地方离站台多远？”老洪问。

“约半里路！”

“那里住有鬼子么？”

“为了监修和看守材料，听说那里临时住有几个鬼子和汉奸。”

“咱们能派人到临城里边去么？”

“能！一个姓陈的家就住在临城，他常偷偷溜回去！”

“好！我们能把那里的情况侦察清楚，就有枪了！”

① 帮不上忙。

为了更有把握地完成这一任务，李正和老洪、王强商量一下。晚上，把彭亮找来，要他和姓陈的队员到临城站去侦察，因为彭亮过去跟司机跑车常到临城下车，在这里车上车下，都有些熟人，比较方便些。

第二天，彭亮打扮了一下，就和另一个本地的队员出发去侦察了。

这天，天气晴朗。李正和老洪叫王强照顾队伍，他们带着小坡，由申茂带路，到湖边去看一下地形。出庄向南走出半里路，就到湖边，前边有一个土丘，上边有几户渔家。登上土丘，朝南一望，是一眼望不到边的湖光景色，只见满湖都是乍出水面被刈(yì)[1] 过的黄色枯草根和残荷梗，在枯草荷梗之间，有着许多交叉的小河道，像荒芜的陆地上的道路一样四通八达，靠近岸边有几只渔船停泊在那里。

申茂指着湖中遥遥在望的一个黑黑的山影，对李正和老洪说：

“那就是微山岛，距离咱们立脚的地方，整整一十八里!”他又向东南一个高地指去，“那是赤山镇，在沙沟车站的后边，现在是个鬼子据点，离微山岛只有十二里水路。”

“坐船到微山岛得多长时间?”

“风顺一个钟头就够了。”

为了要了解微山岛，他们走下土丘。申茂和船家很熟，他们雇了一只小船，顺着正南的一股小河道，向微山划去。湖面已结着薄冰，小船破冰前进，被击碎的冰块敲着船沿，铿锵作响。湖水冲激着镶着河道的冰岸，有的冲向平滑的冰面，有的冲向冰底，湖水顺着枯草梗蹿出，叽叽乱鸣。直到这时，李正才看清，枯草下边并不是陆地，依然是水，只是人们循着水浮皮将水草的上身刈去罢了。草梗还是泡在水里，是枯草梗把水隐蔽住了。所谓河道，原来是渔民为了划船方便把这里的草梗连根拔去，水面就露不出什么植物了。

划了几里水路，李正向四面瞭望，像到了一望无际的黄色草原。成群的水鸟在水面上旋转，突然远处草原里冒出两股白烟，接着通通两声炮响。

“什么事?”

“那是渔家趴在小溜子[2]里，钻进草梗子里在打水鸭子哩。”接着申茂指着两边的草梗说，“到来年春天，这苫姜长起来有一人多深，我们可以隐蔽在里边打鬼子，敌人找不到我们；我们水路熟，可以消灭敌人！政委，这真是好地方呀！一到夏天，满湖都是荷花，这湖里尽出宝物：藕、莲子、鸭蛋、鱼……”

“对！这确是个好地方!”李正、老洪都连连点头。

小坡向西南遥望着，在水面上看到几个灰色的村影，他叱呼着：

“那边不是还有庄子么?”

“不!”申茂说，“那正是湖中心，哪里来的庄子？这是停在卫河两岸的船帮，他们都是三五十只，百多只的聚在一起，一年四季停在一个地方，以打鱼为生。”

他们从微山西头一个小庄子附近上岸。这里停泊了不少渔船，小庄子坐落在斜山坡上。村后都是一畦畦、步步向上的梯田。他们顺着山道走一里路到了山顶。山顶有块古

① 割（草或谷类）。

② 方言。小船。

老的微子碑。在这里可以看到山脚下周围湖边的五六个村落，他们站在碑楼旁边，眺望着全湖的景色。

李正环视四面的湖水，无数白帆点缀着绿色的水面。往北望去，他们来的一带湖外的村落已经模糊得只是灰色的一条线；东北湖岸稍近些村落隐约可辨。申茂指着正东灰色村落的一个红建筑物说：

“那就是沙沟车站！”他又向东北指着一簇簇深灰带黑色的地方，“那是临城站，两个车站离八里路，可是在这一看，就很近了。”

这时临城站正冒出滚滚的白烟，一列火车呼呼开出，沿着湖边向南蠕动着，过了沙沟站，还是傍着湖边向南开去。

回头向西望去，但见水天相连，白茫茫一片，望不到彼岸。李正从地图上知道，这微山湖是东南迤（yǐ）[1] 西北长约一百多里的大湖，再往上边，接着独山湖、东平湖，三大湖连在一起。记得去年他随部队从山西到山东来，正从东平湖涉水而过，那附近就是梁山。一一五师曾在梁山和鬼子展开一场血战，歼灭鬼子约一个联队。那梁山就是《水浒传》上的梁山泊。当李正想到一千年前梁山泊英雄好汉聚会反抗统治阶级的故事时，很自然地联系到眼前的斗争，党交给他们任务，要控制这一段鬼子的铁道线。为了完成这光荣任务，他们将要在这铁道两侧建立起自己的根据地，在这里生根。这里依山靠水，确是对敌斗争的好地方。将来，道西陆地上环境紧张，他们就以微山为依托，可以到水上来，在芦苇水道里和鬼子战斗。

“老洪，我们要在这里坚持，就一定要把这个微山岛控制在手里，必要时可以在水上和敌人打游击。”

“对！我们要能在湖上站得住脚，就得做好渔民的工作。”

听到队长和政委研究要在这里建立根据地，申茂也兴奋起来了：“我们这是海陆空对敌作战呀。从火车到陆地，从陆地到水上，看吧！够鬼子瞧的！”

这时西北方向隐隐传来了炮声。李正和老洪知道这是鲁西的国民党顽固派部队，在向我湖西抗日根据地进攻。昨天接到驻夏镇的运河支队送来的情报，湖这边的顽军周侗部队最近集结数千兵力，准备搞摩擦。

李正皱下眉头说：“我们到道西来，临城敌人还没有发现，不过很快就会知道的。我们利用这个空隙，要很快地在铁路线上建立起关系，和湖边当地的人民打成一片，熟悉这里的村庄道路，给今后的对敌斗争创造条件……”

说到这里，他略微停了一下，显然在为今后的情况作进一步估计。接着他又说下去：“我们在这里还没站稳脚，鬼子出动搜索我们，倒还容易对付。不过，国民党反共部队从西边压过来，倒会给我们增加不少麻烦。”

“这些龟孙！不抗日，专给抗日的捣蛋！”老洪在叫骂着。

“是呀！上次我们队上，有个队员被国民党的中央军逮住，吊起来硬说是八路，要活埋。那时我们还没有番号，以后托了些人去说说情，才放了。他们过来，各庄的地主见

① 往；向（表示在某一方向上的延伸）。

人也都翻白眼了呀！说这个是八路，说那个是共产党，到处捕人！眼前有八路军的运河支队在这一带活动，地主还不大敢动。中央军一过来，他们马上都变脸，这些龟孙抗日没本事，可是糟踏老百姓却是好手呀！”

“反共？他们不是和鬼子一个鼻孔出气么？奶奶！”

他们咒骂了一阵，已经从山顶到了岸边，坐上小船，寒风鼓起了白帆，向北驶去了。

晚上，彭亮从临城侦察回来，向刘洪、李正和王强汇报敌人的情况：监修水塔的只有两个鬼子和三个伪军，住在临近的一个院子里，夜间有岗，住的地方靠近北临城，明天北临城正逢大集。最后彭亮说：

“到临城站西南的古汀，正碰上搬闸工友赵三，我到他家里坐坐，问了问那边的情况，他谈的和到里边去的那个队员谈的一样。为了更有把握起见，我又亲自进去了一趟，遇到一列火车进站，我就从扬旗外扒上车头，开车的司机和烧火工人谈起来都是熟人，我就进去了。鬼子、伪军住的是个三合头院①，我围绕着看了看，就又扒上北行出站的火车出来了。”

老洪听了情况，把桌子一拍：“搞！”

“你看怎么搞法？”李正冷静地问。

“照彭亮那个办法扒车进去怎样？”

“车次的时间摸不准，没有把握。同时这次搞，还要带几个本地队员进去，一方面带他们打出个信心，同时他们也熟悉内部的情况。他们有的不一定会扒车，上车的人多也不方便，我看明天逢大集，四乡赶集的人一定很多，我们借着赶集混进去。”

“好！就这样吧！”

李正认为这是到临城的第一仗，对新参加的本地队员影响很大，所以他找老洪和王强谈，一定要打得有把握。

“我带着进去吧！”老洪说。

“就这几个人还用得着你亲自出马么？”王强抢着说，“你和政委在家，还是我带着去吧！”

李正同意王强的意见，劝老洪留下，另挑彭亮、林忠、鲁汉去。申茂听说要进临城为他们搞枪，也争取带两个队员一道进去。刘洪和李正同意了。他们又加上申茂等三个，共是七个人，由王强、申茂二人负责指挥。

李正叫申茂去借些服装和赶集用的东西。申茂走后，李正对王强说：“要打得有把握呀！”

“保险！”王强眨着眼笑着说，“不会在临城站丢脸！”

李正又和彭亮、林忠、鲁汉安排了一阵，同时准备和老洪到临城站外去接应。

天渐渐暗下来，北临城集早散了，外乡来卖东西的都在收拾着摊子准备走了，本地的买卖人也都把货摊子移到店铺货架上了，修水塔的四乡的民夫也都纷纷地回家了，只有高大的塔架子在黑影里矗立着。

① 即三合院，一种旧式房子，三面是屋子，前面是墙，中间是院子。也叫三合房。

靠近水塔的集场边上，有家张家客店，赶晚集的人都到这里吃饭。投宿的商家，已把牲口拴在槽上。这时从外边进来三个人，店家看见为首的一个背着钱褡，后跟一个扛着布袋，最后的一个黑汉推着小车。

"吃饭么?"店家走上来问。

"烙二斤饼，下三碗面，外加一斤猪头肉!"王强吩咐着。

"再来半斤白干!"鲁汉叱呼着。

"少喝呀，兄弟！咱还得赶路呀!"

"那就四两吧!"

酒肉上来，三个人正在吃着，店家好心地上来问："哪里的客呀!"

"东乡。"王强机警地回答。

"不常来赶集吧?"

"是呀！有好几个月没来了!"

"我看也是呀！你们不住店，吃过饭就赶紧走吧！最近这临城很紧呀！现在已上灯了，再不走，围子门就不好出去了，晚上岗很严。我是店家，巴不得留你们住下，可是你们是远乡人，又没有良民证，夜里鬼——不，皇军查店，不但你们吃不消，就是我也犯罪了。我这是一片好心呀!"

"谢谢你，店家，我们马上就走。我们是在等两个伙计一道走，所以耽误了。"王强对店家说，"临城站住了不少皇军呀！怎么又这么紧啦!"

"客人有所不知，"店家小心翼翼地四下望望，见旁边没有人，才低低地说，"枣庄过来一批飞虎队呀!"

"什么?"

"鬼子叫飞虎队!"店家认真地说，"是八路军的一支游击队!"

"他们看样子还很厉害么?"林忠也插进话来了。

"哼！太厉害了。听说他们能在火车上飞，飞快的火车一招手就上去，枣庄的鬼子叫他们杀得可不轻，光洋行的鬼子就叫他们一气杀了十三个，一趟票车上的鬼子叫杀得一个不剩。"

"啊呀！这班子可真行!"王强笑着对店家说。他望着店家又送来一托盘烙饼和面条，就问道："这事你听谁说的?"

"是听警备队的老总①说的，"店家说，"他们从站上下来监修水楼子，暂时在我这里包饭，他们吃饭时闲谈，我听到的。嗯！我该去给他们送饭了，送晚了会挨骂的。"

店家在收拾着盘子，王强也随着站起来，对店家说："到那里送饭你不怕鬼子么?"

"不，警备队三个老总住西屋，鬼子住东屋和堂屋，鬼子不吃咱的饭，我送到西屋就出来了。我可不敢见鬼子，虽然我在这里住久了，可是见了鬼子就心跳。他们杀个中国人不算啥呀!"

"好！我们也该走了。我们那两个伙计，大概到旁边的店里吃饭了，东西先放在这

① 旧时对一般军人和警察的称呼。

里，回头算账。”接着他对林忠、鲁汉说，“你们先在这里等等，我去找他们一下！”

王强出了店门，天已完全黑下来，北风顺着街道呼呼地吹，他摸了下腰里的短枪，向对过一个客店走去，看到申茂带着两个队员，他们都是商人打扮，也出来了。他和申茂蹲在黑影里低低地说：“里边正在吃饭。分两路包过去！”

不一会儿，对面胡同里闪出一个黑影，王强知道是彭亮，轻咳了一声，彭亮围上来，他们简单地低声喳咕了一会儿。彭亮折回头，又闪进胡同里不见了。接着王强回到店里招了一下手，林忠、鲁汉出来，王强带着他俩也蹿进胡同。申茂带那两个队员从北边一个夹道绕过去，都朝着西北水塔那个方向。

靠近水塔的旁边有座院门，门前的灯吐着黄黄的光亮。王强和申茂都隐蔽在成堆的枕木[①]和砂石后边。当店家提着空托盘出来转进胡同后，彭亮提着短枪轻步跃进门里。王强紧跟进去，后边是林忠、鲁汉和申茂，分两批也跟上来。

院里静静的，各屋都有灯光，东屋不时传出鬼子的笑声，西屋只听着杯盘乱响。王强靠近迎壁墙站下。彭亮正倚着堂屋的门旁。这时，林忠、鲁汉敏捷地蹿向东屋的窗下，回头望时，申茂他们已把守在西屋的屋门两边了。王强握着手中的短枪，只等着彭亮在堂屋的动静，因为他们是以堂屋的枪声为号令的。

彭亮从门旁侧头望望屋里，屋里空空的并没有发现鬼子，床头墙上挂着一支龟盖形的日本匣子枪。他一步跳进去，把枪摘下来，转身出了堂屋门，望着王强摆了摆手。王强正望着彭亮打手势，有些犹豫。突然，他感到肩头被一只手猛地抓住，王强把肩头一摇，猛力往旁边一闪，回头看见一个鬼子，叽里咕噜叫了几句，抡起洋刀向他劈来，王强举枪，当的一声,鬼子倒在地上。

枪声一响，东屋里坐在饭桌旁吃饭的两个鬼子正要站起，林忠从窗口、鲁汉从门口，两支短枪砰砰砰向鬼子射去。这时西屋的申茂也在打着枪，并叱呼着：“不要动！动，打死你！”

几分钟后，他们背着两棵日本大盖和三棵短枪，顺着胡同向北围门冲去。

车站上的鬼子的机枪嘟嘟地响了。街道上的人乱了，大队的鬼子向水塔的方向冲去，枪声叫声混成一片。王强带着队员，穿出胡同转入大街。北围门的伪军岗哨一听枪响，把围门落了锁，叱呼着：“干什么的?”

随着带颤抖的问话，砰地打来了一枪。王强、彭亮朝着对方砰砰几枪，一个岗哨被打倒了，另一个伪军把枪丢了，掉头就跑，被鲁汉一把抓住，用枪点着头：

“往哪跑?把门开开！”

“饶命呀！我开，我开！”

围门开了，王强叫把两个门岗的枪也捡起，就领着人出去，最后鲁汉把伪军一推，伪军一跤摔在地上，鲁汉叫道：

“你也认识认识枣庄的飞虎队！再干汉奸，我要你的脑袋！”

这时老洪和李正，正带着人在北围门西北一个高地上接应。听到水塔附近响了几枪，

① 木质的轨枕，有时也泛指其他材料制成的轨枕。

老洪对李正说：

“干上了！”

李正点点头。不一会儿临城枪声响成一片。李正担心地向北围门方向瞭望着。不久，前边出现了一簇黑影，李正击了一下手掌，黑影远远地还了三下，李正才松了一口气，对老洪说：“他们回来了！”

还没等王强走上土岗，老洪就急急地问：“怎么样了？”

“枪全搞到了！”

把缴来的枪分给本地的队员背上，老洪带着队伍，由申茂领着路顺着夜里的小道，向湖边的宿营村庄前进。他们已走出四五里路，临城的枪声还在断续地响着。

在路上，彭亮批评鲁汉，说他不该向伪军谈出自己的身份，鲁汉笑着说：

“客店里的老百姓都知道我们过来了，说了怕啥！”

监修水塔的鬼子被打以后，临城的敌人顿时紧张起来。天一黑就戒严，鬼子在清查户口，逮捕着中国居民。这两天车站上的冈村特务队长特别不高兴，看见中国人就眼红，连警备队的伪军都怕见他。他短粗、黑脸白眼，经常撅着小胡子在叫嚣。除了见了他的上司中队长时两腿合拢、毕恭毕敬地立正站着以外，平时看着下级或中国人，他都是两腿叉开，抱着膀子站着，显得非常傲慢。他有一只心爱的狼狗，常跟在主人后边，逢到主人的两腿叉开站在站台上的时候，狼狗就蹲在主人旁边，尖竖着耳朵，前腿蹬着，后腿弯着，作预备进攻的姿势。当冈村看到不顺眼的中国人，把手里的皮鞭一指，狼狗就猛扑上去，将人咬倒，直到被咬的人遍体鳞伤，冈村一声口哨，狼狗才舐着嘴上的血，跑回主人身边。

就在水塔那里出事的当天晚上，鬼子中队长把冈村叫去，在他的上级暴跳如雷的叫骂声里，他整整地立正站了半个钟头。

“你看！这急电是一个星期前从枣庄总部来的，说飞虎队已经过来了，要你警备，你警备的什么！”中队长不住地拍着桌子，“我不看着你过去对天皇有功，马上就逮捕你！枪毙！限你三天把飞虎队活动的地方侦察清楚！不然，小心你的脑袋！”

冈村皱着眉头回到队上，他把伪警备队长叫来，也照例叫骂了一顿。车站上的岗哨加严了，围门上的哨兵也增加上鬼子了。夜里戒严清查户口，逮捕着无辜的居民。抓来的“犯人”，都由冈村亲自来审。他动刑很毒辣，不用刑具，把人吊到梁上，离地半尺高，叫狼狗咬，直到把人咬得只剩一副骨头架挂在梁上为止。

每逢到夜里，车站附近居民就听到冈村特务队长审问中国人的狞叫声，天一黑，人们都紧闭着门户，吹灯睡觉。因为特务队的便衣①不论白天或夜晚都在四下巡视着，看到谁不顺眼就抓去，夜间看到哪家有灯火就冲进去。冈村不但在临城车站内加紧特务活动，他还秘密地派出便衣，到四乡侦察。

在第二天，冈村特务队长带着一份已经证实的情报去见中队长。他递上书面情报后，又口头报告：

① 平常人的服装（区别于军警制服）；身着便衣执行任务的军人、警察等。

“飞虎队确实是在湖边×庄一带活动!”

“好!”中队长满意地点了点头，“继续侦察!”

当天晚上，枣庄就开来了兵车，从山里扫荡撤回的鬼子纷纷从临城站下车，驻满临城、沙沟两站。天拂晓，鬼子分五路向铁道两侧，向湖边进行疯狂的扫荡。

鬼子每到一个村庄，都是烧杀抢掠，庄里的老百姓都四下跑散了。鬼子用机枪扫射着，有些没来得及跑的被打倒了，有的牛驴被打伤了。村里的草垛在冒着黑烟，红色的火光冲天。鬼子到达湖边铁道游击队住的村庄，村里已没有一个人影。这个庄子的火整整烧了大半天，各家的门窗砸坏了，锅碗盆罐打碎了。粮食被倒在火里烧成灰。鸡、猪被剥了皮烤着吃了。

这一天扫荡，鬼子只抓了几个不像农民的老百姓和两个失掉联络的运河支队的战士。铁道游击队连影儿也没见。天黑后，有的鬼子回了临城，有几路鬼子把兵力收缩在湖边的几个大庄子里。住鬼子的庄子，整夜火光通亮，中国老百姓的门窗、桌椅、箱柜，都被鬼子烤火烧了。他们在火堆上边烧着抢来的鸡、羊做饭吃。这时候，房屋和家具的主人，正在田野刺骨的寒风里哆嗦，望着火光冲天的家园流泪。

第二天拂晓，鬼子接着又分兵扫荡，又是一次烧杀抢掠，到处是火光和枪声。鬼子要用暴力来征服湖边的人民。这次冈村特务队长带着临城的汉奸，在扫荡的鬼子大队里出现了。鬼子每到一个村庄，他们就拿着日本小旗在逃难的人群后叫喊：“不要跑，回来皇军不杀!”

有些地主富农受不住了，都慢慢地被喊回去了。他们低头哈腰地也糊上日本旗子在欢迎鬼子的大队。冈村把日本糖果，撒向被打伤的小孩。

鬼子在召集着能够召集到的村民，把抓来的几个老百姓和八路军绑在人群面前。冈村狂吠般对被迫集合起来的中国人讲话：

“皇军出来是打八路、共产党，为你们的除害！我们当着你们的面前，要把他们杀掉!”

几声枪响，被绑的中国人倒在血泊里，村民们面对利刀，无比悲愤。冈村还叫嚣：

“以后谁通八路，皇军也要这样这样的把他杀掉!”

这两天芳林嫂每天拉着老娘，携着孩子，跟着村里的人四下逃难。他们在寒冷的田野里奔跑，有时隐蔽在洼地或坟堆旁喘息着。人们望着村里烟火滚滚，在为自己的家舍财物担心害怕。可是芳林嫂除担心那些以外，还担心着铁道游击队那一伙，她脑子里时时出现那个坚如钢铁的带队人老洪。

“他们不会有什么差错吧!”望着远处的火光，芳林嫂伏在小树旁边低语着。

自从冯老头把他们带过来和她见面的那一晚上，芳林嫂皱着的眉头舒展了，她觉得他们是豪爽、勇敢而又热情的人。从那次见面以后，老洪在夜里也曾来过两次。当别人看到老洪发亮的眼睛，胆怯人就会发慌；可是芳林嫂却从那发亮的眼睛里发现了无限的热情。当他坐在屋里的时候，她去烧开水，她会偷偷地在碗里放上两个鸡蛋。她想到最后那天晚上，老洪和小坡从临城那边回来，队伍到湖边杨庄去了。他俩暂时在她家里休息一下。芳林嫂看到他俩有些疲乏了，硬把他们让到床上去歇一会儿。她说：

“不要紧，外边门关好了，没有事，你们歇一会儿吧！我到东屋和小孩、老娘做伴!”说着她把自己的被子给他们盖上，带上门就出去了。老洪迷糊了一阵，偷偷地拉开门，出去看看动静。这时北风呼呼地紧吹，漆黑的夜里，已在飘着雪花。他看到大门边一个黑影在那里蹲着，便提着枪轻轻地走过去，看看正是芳林嫂冒着雪在为他们放哨。当芳林嫂突然回过头，发现老洪站在自己的身后，她着急地推着他，低低地说：

“你回屋歇吧！外边没有事!”

老洪在黑影里，紧握着芳林嫂的手，低低地又是那么有力地说：“你！好样的!”

芳林嫂从这简短的话里，听出恳切的谢意，直到现在她逃鬼子趴在这田野的荒墓堆里，想到这句话，心里还感到分外的温暖。

天渐渐黑了，扫荡的鬼子的大队，都向临城撤去了。逃难的居民慢慢都溜回庄去，他们都带着沉重的心情奔向自己的家门，想马上知道自己家里出了什么事。芳林嫂回到自己家里看看门敞着，除少了两只鸡而外，倒没缺着什么。她在田野看到庄里冒烟，只是庄西头叫鬼子烧了一个麦穗垛。因为鬼子只从这里路过，庄小没有停下，所以庄里糟蹋得比较轻。

一天在外奔跑，饿了除咬口干煎饼，一滴热汤都没进口，芳林嫂摸黑去草垛上抱烧柴，想做点热饭给老娘和孩子吃。她远远地望到昨夜鬼子住过的几个大庄子都没有火光了。莫非是鬼子全撤了？但是她听到夏镇隐隐还响着枪声。

拓展阅读

三大纪律、八项注意：是人民军队的行动准则，在土地革命时期就已经提出并实行多年，到解放战争时期正式定型。其中，三大纪律为：一切行动听指挥；不拿群众一针一线；一切缴获要归公。八项注意为：说话和气；买卖公平；借东西要还；损坏东西要赔；不打人骂人；不损坏庄稼；不调戏妇女；不虐待俘虏。

微子：子姓，宋氏，名启，是商朝国君帝乙的长子，商纣王的哥哥，被封为微子国诸侯，故称他为微子或微子启。商纣王贪图享受、横征暴敛、频繁用兵，微子屡屡进谏却不被听从，于是逃出了朝廷。周武王灭商之后，微子被封到商丘，建立宋国。据称，微子死后葬在了微山岛，这也是微山岛、微山湖以及今天的微山县的得名由来。

第十二章

敌伪顽夹击

芳林嫂烧好了热汤，吃过后，安置下老娘和凤儿休息，她往床上一倒便呼呼地睡着了。

在梦境里，芳林嫂还是像白天一样，抱着包袱、拉着老娘、携着凤儿跑鬼子，满山遍野都是鬼子在打枪、放火、杀人，她跑得喘不过气。鬼子把他们包围起来，四下明晃晃的刺刀对着她和村民，向自己的庄里赶去。她抱着凤儿进到庄子里，在一个广场上停下。她看见广场四周的树上都挂着人头，血往地上直滴。鬼子都拿着雪亮的东洋刀，刀口上都沾满鲜红的血迹。凤儿吓得直哭，她用脸颊偎住孩子的头，心里怦怦地乱跳。鬼子嗷嗷直叫，她猛一抬头，看见一队鬼子押着五六个铁道游击队员过来，他们都被绳捆索绑，在村民的前面站着。拿着带血的东洋刀的鬼子，都围到他们身边，准备要杀他们的头。芳林嫂挤到前边，眼里滚着热泪，在望着被绑的人们，里面并没有老洪。这些铁道游击队员们，脸上丝毫没有悲愁，还望着她微笑。芳林嫂哭着说："他们是多么好的人呀！"

当鬼子的东洋刀刚要举起，芳林嫂惊得目瞪口呆的时候，突然一阵狂风扫过广场，老洪提着枪越过人群跳进来，只见他的短枪一举，当当当当，拿东洋刀的鬼子都纷纷倒下，那些被绑的队员的绳索都解开了。老洪叫着："打出去！"就带着队员冲出重围。这时轰然一声巨响，鬼子的马队过来了。

"快跑呀！"

"快跑，快跑呀！"

芳林嫂着急得力竭声嘶地喊着。一个鬼子舞着东洋刀骑着大洋马，从她身边追过去。这时为了要救老洪和他的铁道游击队，一种力量在促使着她，她不顾危险地向大洋马扑去，想扭住马尾巴，使它停住或放慢些，好使老洪他们跑掉。当她一把抓住马的尾巴梢，狂奔的马并没被她拦住，她的身子却被马拖住，离开了地面。她的手一滑，身子被抛出去，芳林嫂啊哟一声从梦里醒来，出了一身冷汗，心还在扑扑地跳。

这时她抬起头来，望望纸窗，窗上洒满月光，冷风吹得窗纸簌簌地响。远处还不时传来惊人的冷枪声。她突然听到东屋墙通通两声，便猛地从床上坐起，披上衣服，没顾点灯就开了屋门，匆匆地走到大门边，隔着门缝向外边一望，有黑黑的人影。她慢慢将门打开，老洪和小坡出现在她的面前。芳林嫂忙让他们进来，再把大门关上就进了屋。她点上灯，由于兴奋、紧张，加上刚从被窝里起来，就披衣服出去，她身上一阵阵发冷，下巴骨直打哆嗦。她看着老洪和小坡都斜披着大袄，腰里别着枪。他们整夜在外边跑，一定更冷。芳林嫂忙出去抱了一些劈柴，用麦穗点着把火燃起来，让他们取暖。

缓下手来，芳林嫂就盯着老洪的脸，急急地问：

"这两天可把人担心死了，你们怎么样了啊？"

"没有什么！"老洪说，"不过紧张些罢了，好在有些新参加的本地队员，他们对这里的村庄道路都很熟，只分散着和鬼子转圈就是了。"

"我问的是你们队上没出什么差错吧？"

"鬼子才出差错了呢！"小坡插进来说，"临城修水塔的鬼子叫我们搞了，鬼子大兵扫荡，我们只是多溜溜腿罢了。你放心，一个队员也没少！"

"谢天谢地，这可好！我刚才做了一个噩梦，醒后还出了一身冷汗！"她把梦告诉了老洪和小坡，他俩听后笑了。

"这个梦倒是好梦！"小坡说。

"不要相信什么梦，"老洪说，"不过从这个梦，也能看出你是个好心而勇敢的人！"

这后一句话给芳林嫂很大的鼓励。她又想了想梦里的情景，脸上不由得映出了一阵红晕。她转过头对小坡说：

"你要好好地照顾你们的队长呀！"

"这还用你说么？"小坡把张着机头的匣子枪从腰里掏出来亮了亮，"我现在对这个玩意儿玩得熟练得多了，迎面碰上几个敌人，它叫起来，敌人就休想沾我们队长的身边！"

芳林嫂不住地向火堆上添着劈柴，火熊熊地烧着。她望着老洪被火光烧红的脸，更显得英俊。西方远处又传来一阵阵的枪声。老洪的眉毛微微地皱起来，嘴绷成一条线，他发亮的眼睛凝视着火堆，显然在考虑着问题。

芳林嫂说："今晚鬼子撤回临城了，看样又松些了，可是怎么西边又响起了枪？"

"不！情况没有松！"老洪说，"倒是更紧了。今晚顽军从西边压过来，占领了运河支队住的夏镇，现在枪响的方向，就在那里，听说微山岛上也有了顽军。我来时政委已派人去侦察，并和向这边撤的运河支队联系……"

"这些死中央军不也是打鬼子的么？为啥……"

"打鬼子？"小坡抢着说，"你指望他们打鬼子，中国早灭亡了。"

"是的，"老洪接着说下去，"正因为我们抗日坚决，八路军、新四军领导敌后人民坚持抗战，建立敌后抗日根据地，所以才引起了顽军的嫉恨。他们恐怕我们在人民里生根，就来闹摩擦、捣蛋。现在他们看到鬼子正在疯狂地扫荡我们，这正是他们反共的好机会，就从西边压过来，把我们赶到敌占区，好让扫荡的鬼子把我们消灭。"

"那今晚鬼子为啥撤了呢？"芳林嫂问。

"鬼子看到他的反共帮手上来了，就撤回据点休息一下。同时鬼子也知道这些中央军有恐日病，为了减少对方的顾虑，好使顽军大胆前来杀八路，鬼子撤一下，不是很自然的事么？"

"这些龟孙，心眼是多么毒辣呀！"芳林嫂咬牙切齿地说。

一抱劈柴烤完了，火苗下边已露出白色的灰烬，芳林嫂正要出去再抱，被老洪拦住了。他说是走的时候了，他告诉芳林嫂，这次来找她的目的，是由于要应付紧张的情况，准备在她这里设一个秘密联络点，从她这里向西北，冯楼村有冯老头，向东南×庄有王大娘家，湖边也将设几个，一旦队伍分散了，常到这里取联系。

“可以么？”老洪随着问话声，发亮的眼睛直盯着芳林嫂。

芳林嫂的大大的眼睛也看着他，两对严肃的眼睛对射在一起。没等芳林嫂点头，老洪就伸出手，他们紧握了一下。老洪很有信心地说：

“你好样的，我完全相信你。”

说罢，老洪和小坡告别了芳林嫂，提着枪，开了后门就出去了。芳林嫂站在街门的黑影里，望着他俩是那么敏捷地蹿出庄去。

老洪和小坡出了庄，往西走出半节地①，忽然看到前面有几个黑影向这边走来，黑影后边远处还有沙沙的脚步声，显然是大的部队在行进。正狐疑间，对方的叱呼声传过来了：

“干什么的？口令？”

老洪和小坡在路边的小丛林里蹲下，几条黑影向这边急急地跑过来，一边喊着：

“站起来，把手举起来，不举就开枪了！”

小坡站起急问：“哪一部分？”

“×你娘！你问个景！”接着，叭叭两枪打过来。一听骂声，老洪就知道不是自己的队伍。低叫着小坡“走”，折过头向庄里跑去，因为靠庄好隐蔽。

“不要跑，跑打死你！”

后边，枪连续地响开了，又听到有人喊着：“不要开枪，抓活的，不要叫八路跑了！”

老洪知道是碰上了顽军，刚跑到庄边，后边的叫骂声更近了，只听到身后在骂着，“妈那个×！你往哪跑！”老洪一回头，两个黑大个子向他扑来。老洪一举枪，当当两枪两个黑大个子栽倒地上了。这时他俩已跑进庄头，后边子弹像雨点一样打过来。小坡刚要转进一个短墙，突然老洪在短墙边倒下了。

“队长！队长！”小坡伏到老洪的身上低叫着。他用手抚摸队长的身上，血从右臂上汩汩地往下流。

“不要紧！”老洪被小坡扶起来，向短墙里挪了两步，又扑地坐下去了。当小坡又要俯下身去的时候，老洪低声说：“注意敌人！”

这时枪已响成一片。小坡倚着短墙向外一望，果然是几个顽军又向这里扑过来了。他胸中燃烧着压不住的愤怒，手里的匣子枪砰砰砰地在向着敌人叫着。敌人有的被打倒，后边的也都伏下了。村外的大队顽军也散开了，在乱叫乱嚎。小坡知道这里不能久停，忙俯下身去，把老洪驮到背上，背着往庄里跑了。

后边有人影在追着，后边的枪向他射击着。小坡一边跑，一边回身打着枪，他穿过一个胡同，气喘喘地跑到芳林嫂的大门边，用脚踢了两下墙，芳林嫂在里边低声问：

① 指一段距离，不是确指。

“谁呀？”

“我！快！”

门马上开了，芳林嫂一见小坡背着老洪，哎呀低叫了一声，一把把小坡拉进门来，把门闩（shuān）[1] 上，和小坡急急地到屋里去。小坡把老洪放到床上，这时芳林嫂看到老洪脸色变白，昏沉沉地躺在那里，胸前的棉衣沾满了血，衣袖被子弹撕得露出了棉花，血把棉衣浸成一块块血饼。芳林嫂用紫色的扎腿带子扎着老洪的伤口。

这时街上的狗汪汪地直叫，人马声已吵成一片，各家的门被砸得砰砰乱响。芳林嫂的街门被砸得像要马上迸裂似的，凤儿被吓得哭叫起来。

“怎么办！藏起来吧！”小坡望望屋的四周。

“屋里不行！要搜的！跟我来！”芳林嫂吹了屋里的灯，小坡背着老洪到院子里，芳林嫂到了院西北角，猪圈的后边一个土堆边，把一大堆黑色的地瓜秧抱起。小坡一看下边是个地瓜窖，他抱着老洪跳进黑洞里了。芳林嫂把地瓜秧又原封盖在洞口上，就跑回屋了。刚才老洪躺的褥子，上边还有点点的血迹，她把它翻过来平铺上。

大门被打得更响，砰砰砰，外边不住地叫喊着：

“快开门，妈那个×！不快开，进去杀了你们！”被砸的大门在吱吱地响，显然外边不是用手而是用脚踢了。

“谁呀！黑更半夜地乱叫门！”

芳林嫂使自己镇静下来，特别放大了嗓音，把屋门拉得吱呀响了一阵。她披着衣服，抱着凤儿，把凤儿狠狠地拧了一把，凤儿更大声地哭起来，便向大门边走去。

大门一开，顽军像狼群一样拥进来，一个当官的提着短枪，点着芳林嫂的头，骂着：

“熊娘们，你为什么不开门？”

“俺得穿上衣服呀！俺当又是鬼子来了呢！孩子吓得直哭！”

“有人进来么？”

“什么人呀！俺娘们刚起来呀！”

“别装模作样！搜出人来再说！”

端着枪的顽军挤了一屋子，刺刀在灯下闪着寒光。顽军军官们瞪着眼珠子，坐在桌边。芳林嫂倚在老娘的床边，搂着凤儿。她老娘从被窝里抬起头，哀告着：

“老总，行行好吧！可怜我这么大年纪！俺一听门响就害怕，凤儿他爹就是被鬼子刺刀穿死的呀！唉！我一看到刺刀心就打哆嗦。”

“老总们是来搜鬼子的么？”芳林嫂问，“你们给我们报报仇吧！”

军官把枪往桌上啪地一甩：“少废话！我们是来打八路！什么鬼子鬼子的！”

“什么？”芳林嫂有点听不懂的样子。

“八路！刚才有两个八路跑过来，快交出来！”

“哎呀，老总！”芳林嫂回答，“俺娘们正睡着觉，知道什么七路八路的！”

“好！你这娘们别刁！我搜出来剥了你的皮！”接着军官用枪一抡，对着他的饿狼似

① 门关上后，插在门内使门推不开的木棍或铁棍；用闩插上。

的士兵吆呼，“搜！”

顽军在屋里四下翻腾起来，刺刀往床下乱戳，手电打着屋角，每个角落都翻遍了还是没有。刺刀戳穿了粮屯，今秋收的高粱流了一地。一个班长掀开了盛衣的木柜，老娘从床上爬起，一把拉住，哀告说：

“老总，往柜里翻啥呀？”

“翻八路！”班长一把将老娘推倒在地上。他从柜里抱出一大抱衣物，在里边挑拣着，包了一个小包，放在官长①的脚下。他手里还拿着老大娘放在柜底的几块洋钱，迎面放在连长坐的桌上。另外一个士兵兜了一手巾鸡蛋，也讨好地放在官长的面前。

东锅屋也翻了，顽军在那里翻得盆碗丁当响，叭的一声，不知是什么打碎了，那边的士兵到这边来：

“报告连长，两个屋都搜遍了，没有！”

“到院子里搜搜！”连长把洋钱塞到口袋里，看了一下鸡蛋兜，旁边一个勤务兵②殷勤地走上去为官长提着。他们向屋门外走去。

老大娘上前一把抓住了一个顽军班长的手，因为他提着从柜里翻出来的衣包。她央告着：

“官长！把这个给留下吧！你行行好吧！”

正要出去的连长回过头，眼珠子气得直转。芳林嫂眼快，上前一把把哭着的老娘拉过来：“娘！送给他们吧！那里也没有什么值钱的东西呀！”她一边抬起头来说：

“官长别怪！她老糊涂了！”

顽军在院子里乱找，手电筒向四下照着。巷道里，茅房里都找过了。几个顽军跑到猪圈旁边，尺把长的小猪被一阵电光照得趴在石槽旁呆着，突然几把刺刀向它一戳，小猪嗷嗷地在圈里惊蹿着。

芳林嫂看着猪圈那里顽军手里的手电光柱，已照到地瓜秧上了，她机警地走到顽军连长的面前说：

“官长，别的都可以，这只小猪给留下吧！它还太小呀！”说到这里，芳林嫂笑着说：“等来年官长带着弟兄们来，猪大了，俺杀了给老总们吃！叫他们回来吧！”

连长脸上微微有些笑容，说：“这还算句入耳的话。”他马上向围着猪圈的顽军下命令：

“回来！”

外边一声哨响，一个勤务兵跑进门来，向连长打个敬礼，“报告，营长命令集合！”接着连长带着士兵们匆匆地出去了。

街上又乱了一阵，不一会儿，村子又平静下来。芳林嫂偷偷地溜到门外，看着顽军走了，忙把大门闩上，跑到地瓜窖边，把地瓜秧抱到旁边，低低地说：“龟孙们走了。”

小坡抱着老洪从里边出来，又回到屋子里。这时老洪已苏醒过来，倚在床上。芳林

① 旧时指军官。

② 旧时军队中给军官办理杂务的士兵。

嫂见他脸色苍白，显得瘦了，可是眼睛还是那么有神，里边满含着仇恨。当她和他的眼睛相遇时，这发亮的眼睛使芳林嫂第一次感到是那样温柔，这温柔里边有着说不尽的感激和深情。芳林嫂的眼睛里突然滚出了热泪，她看着老洪棉衣上凝结的血块，就想到她的丈夫叫鬼子穿死时的惨景。当时被刺的伤口不住地出血，像小河一样地流，衣服上也凝结着血饼。她抱着凤儿伏在丈夫的尸体上哭了一整天，心都哭裂了，最后在一个夜晚伤心地把丈夫埋掉。从此一年多，她脸色惨白，失却了笑容，过着孤独哀伤的生活。自从见了老洪他们这一班子以后，她仿佛从他们中间看到自己丈夫的影子，特别是老洪，他那沉默果敢的性格，他那坚毅的神情，都很像她的丈夫。这些日子她生活得好像有劲了。随着渐渐地熟悉，她知道了他们所干的事业，她更敬佩他们了。他们是多么勇敢、多么可爱的人哪！可是现在她眼前的老洪——这最能给她生命力的人的棉衣上，又染上了她一见就伤心的血迹，他的伤不是鬼子打的，而是叫中国人打的。这些狠心的中央军呀！她的心像被一只利爪紧抓着。

芳林嫂出去抱了一抱柴草，重新又在刚才烧过的灰烬上，点起了火。母亲知道女儿的心情，到锅屋里去烧开水了。芳林嫂默默地把老洪的血衣解开，烘着火，像一年前给丈夫洗伤口一样，用温开水在老洪的伤口上轻轻地洗着，子弹是从胸前斜戳了一条沟，又从右上臂穿过去了。芳林嫂从柜里翻出一条生白布[1]，撕成条条，含着眼泪给老洪包扎着。

小坡要到队上去找政委，临行他望着自己的队长又犹豫了一阵，不愿离开。因为保护队长，保卫队长的安全，是他的职责。要是他留在这里，叫芳林嫂去吧，她是能够去的，可是她不知道地方。告诉她地方，部队要是转移了呢？最后他和芳林嫂商量，还是自己去。可是他担心走后再出什么危险。

“你放心吧！只要我还活着，就保他不会出差错。”芳林嫂对小坡坚决地说。

小坡往腰里掏出一个手榴弹交给芳林嫂，并教给她使用的办法：“打开盖，把丝弦套在小拇指上握着，遇到紧急情况，掷出去就是！”

芳林嫂点头说：“明白了。”小坡才走了。

芳林嫂从粮屯里摸出了几个鸡蛋，给老洪做了碗有滋味的热汤，把他用被子围起来，靠墙坐着，一口一口地喂着老洪。她动作是那么勤快，照顾受伤的人是那么周到，老洪在痛苦的折磨下，处处感到芳林嫂的体贴和温暖。

李正和王强带着彭亮、林忠、鲁汉连夜赶来，并带来一些药品。他们围着老洪的床铺，一边在为他们的队长难过，一边在咬牙切齿地痛恨。王强的小眼气得通红，鲁汉愤怒得直跺脚。

“碰上这些舅子们，我都得宰了他……”

“记着！同志们！”李正严肃地对队员们说，“我们的队长领导我们打鬼子，他是杀敌的英雄，可是我们的敌人日本鬼子没有打伤他，他却伤在这些丧心病狂的反共顽军手

① 指未经印染加工的本色棉布，也叫坯布。

里了。我们要记住这个仇恨，为我们的队长报仇。”

他们听到芳林嫂掩护老洪和小坡的情形，李正代表铁道游击队郑重地向芳林嫂致以谢意。王强、彭亮、林忠、鲁汉这些勇敢的英雄们，都用感激和敬爱的眼光望着芳林嫂。

“这还不是应该做的么？”她看了老洪一眼，不好意思地抚摸着衣角。

当老洪向政委问情况时，李正安慰他说：“没有什么，我们已和运河支队取上联系了，你好好休养就是。”但是实际情况却是更严重了，运河支队和黄河大队在敌伪夹击下，已有些伤亡，为了减少损失，山里命令暂时撤出这个地区。李正已派冯老头去山里联系，不过怕老洪担心部队，并没有告诉他。

李正和王强研究老洪养伤的地方，最后还是确定留在芳林嫂这里更可靠些。移到冯老头处也好，可是他又不在家；跟着部队活动，在敌伪频繁扫荡下，更容易出危险。最后李正说：“留在这里也好，不过要更隐蔽一下，我们不要常到这里来，以免传出风声，可是又需要加强掩护工作。”

听到要加强掩护，彭亮、林忠，尤其是鲁汉，都争着要留在这里，和小坡一道保护他们的队长。

李正摇了摇头说：“用不着这么多人留下，人多了目标更大，容易出危险……”

大家的眼睛都集中到政委的脸上，李正扬着细长的眉毛，在屋里转了一个圈，低低地和王强谈了几句，王强笑了笑说：“行，就这么办！”乘着天还没亮，他们要走了。

临走时，李正紧紧地握着老洪的手说：“你好好休养，外边的事情你尽管放心。”

老洪抬起身来，李正又把他扶着躺下去。他用左手摸着身边的短枪，对李正说：“你也放心吧！他们发现了我，我用左手也能揍倒他几个！”

“有我们在外边活动，保证不会出这种情况！”李正严肃地对老洪说。接着他又转脸对芳林嫂嘱咐：

“我们把一切都拜托给你了，从你掩护我们队长这种英勇的行为来看，我们要把你作为自己的队员看待了！咱们已不是外人了！”

“你放心吧！政委，有我在，刘洪队长就不会出差错！”芳林嫂又说，“就是我死了，也要把他保护着！”说到这里，她眼里已激动得流出泪水，来表示自己的决心。

李正又嘱咐了小坡几句，就和王强带着人走了。

果然不出李正预料，天一亮，临城、沙沟两站的鬼子又出动扫荡了，所到的村庄都卷起了黑烟，湖边田野里四下响着枪声，村民们扶老携幼，在田野外到处逃难。

天一黑，鬼子就收兵回据点，西边的顽军趁黑夜又扫过来了。村民们刚返回被掠后的村庄，还没有平静下来，顽军就又闹得鸡飞狗跳墙。就这样，鬼子白天来、晚上回；顽军是晚上来、天明走，交叉着在微山湖边反复搜捕八路军，要绞杀这支刚成立起来的人民抗日武装。

可是，当敌人一进苗庄，从此路过倒安然无事，若要在这里停下，就听到庄外向庄里射击的枪声，有时是当当当一连二十发的匣子枪响，敌人就匆匆地撤出庄外，向枪响的地方追扑去了。在夜里，顽军进庄抢掠，突然村口上有手榴弹爆炸，顽军遭到意外的袭击，村边警戒的哨兵被打倒了几个，顽军认为是鬼子来了，狼狈撤出庄去。当他们整理好队伍，看看没有鬼子，正要回来，可是远处又响着枪声，他们就向枪响的地方追过去，追了半夜，到处都是黑影，什么也没有扑到。

这几天来，湖边到处响着枪，到处冒着火光。

在这紧张的夜里，冯老头从山里回来，他已成为铁道游击队和山里司令部联系的秘密交通员。因为他是花白的胡子，那么大年纪的庄稼老头，各地熟人多，村庄道路又熟悉，所以他能蒙混过敌伪的盘查，可以自由地通过据点，完成联系任务。司令部有侦察员来联系，也都是先到冯老头家里，才能找到铁道游击队的下落和去向。这次他从山里来，带来了司令部的命令，调铁道游击队马上撤回山里整训一个时期，再待机出山，开辟这个地区。

李正和王强到苗庄芳林嫂家里，这时老洪正抱着凤儿坐在屋当门，他左手提着匣子枪，不住向前边甩着，利用左手练习着射击瞄准。显然他的伤势轻些了。

“老洪！伤怎么样了呀？”李正一见面就问。

“没有什么了！”老洪把凤儿递给芳林嫂，摇了摇左手，虽然胸部还有点痛，但是他依然说，“打仗行了，我已练习好用左手打枪了，右手还举不起来，不过这不要紧！”

李正和王强看着老洪用布带子吊到脖上的右臂，芳林嫂插进来说：“看样没伤着骨头！”

小坡谈到芳林嫂曾冒险到临城去买来药品，所以伤口才好得这样快。李正和王强都不约而同地笑望着芳林嫂。

“这算什么呢？只要他好了，就一切都好了！谢天谢地，这两天鬼子和顽军没有到这里来……”

“敌人进庄，我一听庄外的枪响，就知道这是我们政委的调虎离山①之计。”小坡说得屋里人都笑了。

笑声过后，李正告诉了老洪，山里有命令，要他们立即撤回山里整训，以后待机出山坚持湖边的斗争。接着他俩和王强就在计议着行动问题，确定今晚就插向铁道东。王强出去，找申茂准备些拆轨道的工具，并命令队伍在下半夜到东庄的小庙那里集合。

老洪站起身来，走到芳林嫂的身边，告诉她：

“我今晚要走了！”

“伤还没好了呀！多养养吧！”

“可以行动了！”

“嗯！”芳林嫂美丽的大眼睛满含着依恋，微微低下头，说了句，“常来呀！”

“不！我们要暂时撤到山里了！短时间……”

“啊，你们要走了么？”芳林嫂猛抬头，瞪大了眼睛，眼圈有点红，“你们再不回来了么？”

“我们不久就会回来的！”李正上来劝着芳林嫂说，“因为这边敌伪顽三方面夹击我们，司令部怕我们遭受损失，暂时撤往山里休整一个时期。等这边情况缓和一下，我们

① 比喻为了便于乘机行事，想法子引诱有关的人离开原来的地方。

就打回来了。……我们到山里也不会和你失掉联系的，山里经常会有侦察员到你和冯大爷处来，我们不会少来麻烦你的。同志！不要难过，等着吧！我们一定会回来的！”

芳林嫂把他们送到门口，临别时，老洪发亮的眼睛热情地望着她，也重复着政委的话：

“我们会回来的！”他找不到更合适的话来感谢和安慰芳林嫂，只简单地说：“在艰苦的环境里，要坚强些呀！等着吧！”

芳林嫂默默地点点头，在夜影里看着他俩的背影，豆大的泪珠滚滚流了一衣襟。

李正和老洪到了东庄小庙上，分散的小队伍又集中在一起。这两天他们白天黑夜被敌伪顽追捕，大家都缺少睡眠，有的队员往地上一坐，就打起呼噜来了。李正把整个情况谈了谈，传达了司令部的命令，队员们听说要到山里，都很兴奋。最后李正坚决有力地说：

“我们还要回来的。虽然要走了，咱们也得给他们个动静看看！”

接着队伍分三节出发，王强带着彭亮那个分队，走在前边，后边老洪带着申茂那个队，他们除带武器以外，都借到了火龙柱，下螺丝的大铁扳子。中间是李正带着林忠、鲁汉那个分队。

湖边的村庄不时传来零星的枪声、狗叫，大概是各路的顽军又在搜捕八路了。这时这支小队伍动作迅速，脚步轻快，顺着田野的小道，摸着黑向铁道边进发。

已接近铁道边了，临城和沙沟站的探照灯在对射着，使黑色的铁轨映出两道耀眼的白光。一辆摩托卡嘟嘟地驶过去了，鬼子在上边架着机枪向道旁巡视着。一等摩托卡过去后，王强就从地上爬起来，带着彭亮那个分队，绕过道旁那个村庄，向路基边走去。前边有块高地，一点微弱的灯光从地下射出，他们分散地蹿过去，“爱护村”派到这里替鬼子护路的岗哨，从避风的地屋子里一露头，还来不及喊叫，就被彭亮的枪口指住了：

“不要响！响打死你！”

两个看路人被绑起来了。王强吩咐彭亮：“把他俩的嘴给塞住，不要叫走漏了消息！”

彭亮把两个人的嘴堵住。这时李正带着林忠、鲁汉也赶上来了，王强往北，李正往南分散跑去，在相距半里路的地方伏下。

老洪带着申茂上来，往南北一望，看看已警戒好了，用左手挥着短枪，命令着申茂：

“开始动作！快！”

申茂带着他的分队，跑上去，顺着铁轨，一条线散开了，拿大铁扳子的在卸着铁夹板①，拿着火龙柱的在撅着道钉，猪蹄形的尖端往道钉下边一插，把铁柱再向下一压，把着铁轨的道钉就从枕木里拔出来了。只见火龙柱一撬一撬地在队员们手里转动着，虽然队员们紧张地动作着，可是老洪在旁边还是低吼着：

“快！快！”

因为沙沟站的火车已发出开车的吼声了。铁轨上已发出车行的轧轧的声响。卸下两节铁轨了，队员们正要往道边搬，被老洪阻止了。

① 两节铁轨衔接处用螺丝连接的两块铁板。

“稍错一些就可以!”

一声口哨，他们向道边蹿去，在一里外的一个洼地的黑影里，三个分队集合起来。

这时一列火车轰轰隆隆地从沙沟站开出，向北开。机车上的探照灯照得前边的铁轨雪亮。当驶到那个村边的护路岗哨边，轰隆一声，整个列车摇晃了一下，火车出轨了，机车喘着粗气停下不动了。

李正和老洪站在一个高地上，望着突然停下的火车，知道出轨了，他笑着对老洪说：“要是有机关枪，再嘟嘟他一阵，临城、沙沟的鬼子就更热闹了。”

“这也够他受的!”老洪说，“刚才申茂要往下搬铁轨，我没叫他那样做，因为前边留一段黑空，机车上容易发现，他会事先把车停下的!”

说着，他们便向黑沉沉的远方走去了。

这时临城急驶出一辆摩托卡，后边跟着一列铁甲车，机枪在响着，向出事的火车开去。冈村特务队长，急得满头大汗，从摩托卡上跳下来，在拷打着两个被绑的护路岗哨。

冈村叫鬼子兵把摩托卡抬下铁轨，绕到铁甲列车的后边，把摩托卡又抬上车轨，嘟嘟地又往临城站急驶去了。

当夜临城、沙沟两站的鬼子向湖边的方向，分路出动了。老洪带着他的铁道游击队横越过临枣支线，去和老周取得联系，在路上，听到道西湖边一带村庄响起激烈的机枪声和沉重的炮声。

鬼子和顽军发生了误会，他们都把对方当作飞虎队，而在拼命厮杀着。

下半夜，他们和老周取上联系，临枣支线道北一带山边，情况还缓和。他们汇合了老周的区中队，劫了一趟鬼子的买卖车，大批的货物纸烟运下来，向北山窝里走去。

第二天晚上，老洪和李正带着铁道游击队，别了老周，走上弯曲的山道，到司令部去。他们后边有一队老百姓，挑着沉重的物资，这是铁道游击队送给司令部的礼物。这批物资里边还有两挑子电话机和方块形的干电池，这种电池只有在鬼子占领的车站扬旗下边才有。老洪在走前，命令他的队员把临城南北临枣沿线各站站外的闸房的电话机，和供扬旗红绿灯用的电池，在一个时间内摘下，送给山里司令部。因为李正告诉他山里缺电话机，司令部电台缺干电池用，要他们回山时带点给司令部。

当津浦、临枣两线的鬼子，因为在同一个时间突然电话不通、扬旗上的红绿灯不明怒吼着的时候，小坡正在山里的小道上给队员们唱着：

> 嗨!
> 游击战，敌后方，铲除伪政权，
> 游击战，敌后方，坚持反扫荡，
> 钢刀插在敌胸膛，
> 钢刀插在敌胸膛!

他马上就要看到主力部队了，他是多么高兴呀！他过去在枣庄炭厂学的歌子，好久没唱了，现在唱起来仍是一个字不差，一点不走韵。他越唱越有劲。

拓展阅读

新四军：抗日战争全面爆发后，国民政府迫于日军进攻上海、威胁南京，与中国共产党达成协议，将南方8省13个地区的中国工农红军和游击队改编为国民革命军陆军新编第四军，简称新四军。新四军是中国人民解放军的前身之一，由叶挺任军长，项英任副军长，袁国平任政治部主任。在抗日战争中，新四军英勇作战，屡建奇功，创建了辉煌的功绩。

游击战：一种非正规的作战形式，以袭击为主要手段，比正规战有更大的流动性、主动性、灵活性、攻击性和速决性。抗日战争时期，八路军和新四军深入敌后，大规模、长时间地开展游击战，给日军以沉重打击。

第十三章

进山整训

天亮以后，他们穿过最后一道山谷，赶到了鲁南军区司令部。

司令部住在一个山庄上，山头和村边都有岗哨，一进庄就看到好多战士在活动。远远的大房子上扯着无线电台的天线，村子里到处扯着电话线。老洪、李正和王强把队伍停在靠天线不远的一个广场上。他们跟一个干部模样的同志，走到附近一个有着岗哨的院子里去了。这个院子的电话线最多，向各处放射出去。

不一会儿，队长和政委随着两个人出来，头一个是浑实的身个，后边一个是微黑瘦瘦的，但却很有精神。他们都是穿着粗布的旧军衣，身后跟着警卫员，正向铁道游击队员们休息的地方走来。

“同志们！辛苦了呀！”

随着洪钟一样响亮的问好声，队员都不约而同地站立起来。李正向大家介绍说：

“这就是我们的张司令，王政委！”

大家的眼睛都充满了敬意。张司令和王政委满脸笑容地走到他们身前，和他们一一握手。

“走吧！”瘦瘦的王政委向大家挥着手臂，“到里边坐，外边很冷！”语气是那么亲切。

接着，他们随着张司令、王政委进去，坐满张司令住的外间屋里。这是三间大堂屋，墙壁正面挂着毛主席、朱总司令的画像，其他全是军用地图，上边标着红线。小坡一看桌边那部电话机，就知道这是老洪在枣庄搞的日本电话机，这部电话机原是安在站东闸房的，那夜老洪反披着皮袄，爬过鬼子的岗哨把它搞到手。

警卫员提了一罐子绿豆茶水，抱着一摞碗让大家喝水。因为在农村小庄子里找不到茶壶茶杯，部队生活简单，能有一个带把的瓷缸子吃饭喝水就很不错了，一般都是借老百姓的大黑碗吃饭喝水，用过后再还给老乡。司令员和政委对这班奇装异服的同志很客气，要警卫员好好招待，他跑了半天，好不容易才弄了些绿豆，煮成茶提进来了。

张司令从里间屋里拿出一把干烟叶，放到桌上，招待辛苦的铁道游击队员们：“抽烟吧！”

王强对小坡使了个眼色，向外边努了努嘴。小坡就溜出去了。他跑到一个挑子上，从里面抽出五六条大前门香烟——这是从鬼子的买卖车上搞下来的。他抱着香烟进来，很恭敬地放在司令员和政委面前，马上又跑回原处坐下。

“啊呀，你们吃这么好的香烟啊！”张司令员惊奇地望着政委笑着说，“这是铁道上鬼子供给他们的呀！我们在山里打游击，有两年没有抽过烟卷了。”

直到司令员和政委都抽上一支，队员们才从腰里摸出自己的烟盒，抽起烟来了。屋里飘起了一阵烟雾。张司令员抽着烟，想到一件事，忙问：

“冯老头带给你们的信收到了没有？”

“收到了，电池和电话机都带来了，六部电话机，一挑电池。”老洪报告说。

“好！”张司令忙叫警卫员，“叫电台上来领干电池，由于缺乏电池，电台快发不出电报了。再去告诉参谋①处叫三团来领电话机。”接着他用洪亮的嗓音对大家鼓励道：

“有了你们在外边斗争，山里的部队也方便多了。”

“听说你们要进山，”王政委说，“司令部政治部的同志们都很高兴。参谋处常收到你们的可贵情报，供给处经常收到你们送来的物资。去年反扫荡正遇到部队困难，你们打票车送来了钱，给部队补发了三个月的津贴。电台是机要部门，更不用说了，你们常补充他们电池，还有电话机、药品。只要山里缺的东西，你们从铁道线上都搞来了。”说到这里，政委又高兴起来了。“就是文工团也欢迎你们呀！你们的英勇事迹，部队都传开了，他们准备编一个《血染洋行》的剧本，把你们杀鬼子的故事搬到舞台上，听说你们来了，他们演员们还要来访问你们，向你们问问当时的动作和情况呢！说不定他们还要向你们借些鬼子的服装……”

政委一阵话，说得大家都活泼起来，每个队员都喜颜悦色。这时警卫员在院子里收拾着碗筷，政委又说下去：

“同志们到山里来，生活可要准备受点苦呀！这里不像你们在外边那样富裕，今秋庄稼歉收，又加上鬼子残酷扫荡，山里老百姓没有多少粮食给部队，部队的生活比较苦，一天每个战士只能吃到一斤粗粮，其他配些野菜吃。这次你们来，是第一次回到家里来了。张司令要特别给你们会一顿餐，平时尽可能帮你们搞好生活。可是供给处没有一点细粮，张司令下命令给他们，起码会餐要吃细粮，听说昨天夜里，供给处同志跑了六十里到外边去买了点烧排②，猪肉倒可以办到，供给处自己生产，养得有猪……”

“不是司令部吝啬，只能请你们这一次呀！”张司令笑着说。“不！再困难，等你们出山时，也还要再请你们会一次餐。可是要知道，你们到山里来主要是休整，要好好学习，以便以后出山更好地坚持斗争。至于供给问题，那是我们的事，我们尽可能照顾你们就是！刚才政委已经给你们谈过了，你们要准备吃点苦呀！艰苦朴素是我军的优良作风！”

开始吃饭了。没有桌子，大家都蹲在地上，分成四个组围起来，每组四个盆子，盆里都是大块肥肉炖白菜。烧排发着干黄的颜色，已不是新鲜的了。可是大家知道这是供给处的同志，从六十里路外买来的。每一堆人有一茶缸子白酒。王强从外边挑子里拿来几瓶从买卖车上搞来的红葡萄酒，交给警卫留着给张司令和王政委喝，可是张司令叫警卫员：“马上拿来，大家一起喝！”小坡在吃饭的过程中，特别注意司令和政委的言语行

① 军队中参与指挥部队行动、制定作战计划的干部。

② 一种长条形的烧饼。

动，他们是那么和蔼地和队员们谈笑着。

饭后张司令要他们去休息，说供给处已给准备好房子，由警卫员带着去了。走到街上，他们从一个连队旁边经过，战士们正在吃饭，小坡看着他们都吃着乌黑的干煎饼，菜盆里没有什么菜，尽是咸汤，可是战士们是在那么起劲地吃着。他才知道刚才政委说的艰苦了。

房子都是老百姓腾出的空屋子，地上早搭好了草铺，他们分在几家住下。虽然经过一夜行军，可是小坡躺在毛茸茸的草铺上，翻来覆去地总是睡不着。

他闭着眼睛，脑子不由得浮起了军区司令和政委的面影。政委他知道这就是全鲁南部队的党代表，张司令他倒熟悉，因为冯老头曾经给他谈过，他们过去搞农民运动，抗战后在山里拉队伍领导人民抗日。他想到他们的队长老洪、王强所以那么坚强，都是由于在这里受了教育。李政委那样有经验、有办法，也是从这里出来的呀！张司令和王政委是多么了不起的大人物啊！可是他们见了人，又是那么亲热呀！简直像自己的爸爸妈妈一样！他翻了一个身，又想到：刚才张司令和王政委亲自送他们到这里休息，看看床铺准备得怎么样，他临睡下时，张司令还抚摸着他的头："同志！要好好休息呀！"他是指挥好多部队的司令，他待人竟这么亲热！想到这里，小坡后悔没有及时答应："张司令！我一点也不想睡，我这样高兴，能睡得着么？"他当时不知怎的，嘴那样笨，应该说的话啥都没有说出来。他在责怪自己了。

晚上，司令部特别为他们组织了一个欢迎晚会，军区文工团给他们演戏。在没有演戏以前，正像政委告诉他们的，文工团的同志来借服装了。

小坡看到两个来借服装的女同志，她们都穿着黄色的棉军衣，两条发辫拖在肩上。她们问队部在什么地方，小坡说："就在这里！"

一见面，她们就满脸微笑地打量着小坡，表现出无上的惊奇和敬慕，很大方地问着小坡：

"你就是铁道游击队员么？"

小坡点点头。

"你们真勇敢啊！你们打鬼子的故事，我们早在报上看到了，看到你们，我们真高兴。"

在她们的称赞声里，小坡感到同志的温暖和亲热，同时他也感到无比的光荣和兴奋。他第一次看到穿着军衣的女兵，她们是那么年轻、活泼、热情，他好奇地望着她们，可是当她们微笑着望着他的时候，小坡忽然脸红了。

他把她们领到李政委那里，李正要他从带进山的东西里去找，按她们要求的全数借给她们。小坡把几套鬼子服装和两把东洋刀交给了女同志。

临走，小坡告诉她们："原来你们要这些东西，早知道我们多带些来好了。一搞鬼子的火车，这些东西都有了，下次进山，我们一定多给你们搞些东洋玩意儿。"

"谢谢你！同志！"剧团的女同志向小坡敬了个礼就走了。小坡一点没准备到对方敬礼，他慌忙地向上举了举手，他才发现自己戴了一顶礼帽，上边并没有帽舌。

晚上，村边广场上搭的土台子上，扎上了红色的幕布，雪亮的汽油灯照着红色的幕布是那么鲜明。锣鼓家什打得震天响。村民们和部队都成群结队地到这土台前边集中。

铁道游击队被安排在台的最前边，他们的身后，台正面是村民们，这是部队特别留给他们的好地方，部队的同志们都坐在最后或两边。

一阵锣鼓声过后，全场上的歌声起了，先是部队里唱，以后是村里的青年唱。小坡很奇怪地看到这些唱歌的年轻庄稼人，还都背着枪。他问身边的政委，李正告诉他："咱们抗日根据地的老百姓都组织起来了呀！那老的一伙是农救会，女的是妇救会，年轻的是青抗先、游击小组，那些小孩子们都是儿童团。别看儿童年纪小，他们平日在庄边扛着大刀，也会站岗、放哨、查路条。妇女们帮助军队洗衣、做军鞋、缝军衣。鬼子扫荡了，青抗先和游击小组，配合军队打游击，给自己队伍带路送情报，全根据地的军民都一致行动起来，和鬼子展开反扫荡。"

小坡不住地点头，这时部队的同志已唱完一个歌，又在拉拉[①]儿童团唱歌。儿童团的一个小孩子从自己的伙伴中站起，两手挥动着，指挥着唱了一个。接着他们又拉拉别人了：

"欢迎青抗先唱一个！"

歌声此起彼伏，一个接一个。一个歌唱过后，照例是一片掌声、呼声、笑声，再要求别人唱。这一切可把爱唱歌的小坡乐坏了。这样的军民联欢的场面，他还是第一次看到。在这歌声和欢笑声里，他感到抗日根据地八路军和老百姓铁样的团结，和军民团结所表现出的不可战胜的力量。他看到队员们都在回头望着会场，大家都在为这军民联欢而兴奋。可是队员们都不会唱歌，因为在敌占区，在敌据点里、铁道线上斗争，紧张的情况不允许他们纵情地歌唱。只有小坡在炭屋里跟政委偷偷地学了几个，逢到大家唱到他学过的《八路军军歌》和《游击队之歌》时，他也跟着巨大的声浪，在低低地唱。

王强对小坡笑着说："以后你得好好跟文工团的同志学着唱歌呀！回来教给大家唱。不然，开大会人家拉拉我们唱，我们一个歌也不会，多丢脸呀！"

"对！我一定好好学。"

台上一阵哨声，鲜红的幕布徐徐地拉开，节目开始了，会场上的歌声马上停住，大家的眼睛都向台上集中了。

小坡简直叫舞台上的唱歌跳舞和戏剧迷住了，那些化妆的男女演员们，打扮得是多么好看呀！他们的嗓音是那么的清脆动听，他们舞蹈的轻快动作使小坡有些坐不住了。尤其是"对唱"那个节目，一对女同志化装成两个俊俏的小姑娘，随着她们敏捷的舞蹈动作唱着《火车上打游击》，用婉转的嗓子在歌颂着铁道游击队在临枣线上杀鬼子的英雄事迹。

稀奇，稀奇，真稀奇，
铁道的斗争故事提一提，
勇敢的铁道队哪！
他们在火车上打游击，

① 此处指互相邀请唱歌，即拉歌。

火车上打游击……

小坡认得这对唱的小姑娘，就是下午向他借服装的那两个女同志。她们唱得多好呀！舞得多美呀！她们唱铁道游击队怎样埋伏，唱老洪和彭亮怎样掌握火车头，唱闷气的号令一响，全车队员如何动作。全会场为她们的歌喉鼓掌，更为她们唱出的英雄斗争的胜利而鼓掌。小坡也高兴地在雷动的掌声中，尽力地拍着自己的巴掌，拍得手都发疼了。

下一个节目是一个小歌舞剧，叫作《亲家母顶嘴》。剧里表现一个老妈妈听说他女婿参加八路军当兵去了，为了替女儿犯愁，带着儿子骑着毛驴去找亲家吵架，亲家跟她讲抗日道理，说参加八路军如何好，她不听，把她女儿叫出来。女儿也批评母亲不对，说自己愿意叫丈夫参加八路军打鬼子。老妈妈的思想还是不通，这时参加八路军的女婿正好回来了，把八路军里的情形谈了谈，不但老妈妈的思想通了，连老妈妈的儿子听了，也要去参加八路军抗日了。

“那两个老妈妈可演得真好呀！是真老妈妈么？”林忠拉了一下小坡在低低地说。

“哪里，那都是十七八岁的女同志打扮的！”

“当傻小子的那个演的也不孬！”鲁汉看中了跟他娘赶驴的那个傻小子。小坡接着唱起来：

别看我人傻，力气大啊！
鬼子来了我不怕，
我一定要参加啊！
哎哟！哎哟！哎哎哟！
我一定要参加啊……

这一段歌词是傻小子听了他姐夫说八路军怎么好以后，他要跟他姐夫一道去参加队伍，老妈妈不愿意，他下决心后唱的。小坡唱的和台上傻小子唱的一模一样，惹得队员和附近的人群都哄哄地笑起来。

“小坡！你真行，明天选你当个娱乐委员吧！好好把咱们铁道游击队活跃一下！”林忠说。

台上接着又演出一幕《抗属真光荣》，是表现老百姓过年慰问抗日军人家属的。最后一幕是他们的《血染洋行》话剧，队员们都聚精会神地盯着台上。

话剧没有音乐歌唱，可是有舞台布景和逼真的“效果”。小坡过去在乡下虽然也曾看过野台子小剧，在枣庄的小戏院子里看过梆子戏，可是那都是古装的旧戏，戏衣又那么破烂。他从未看到舞台上的布景：说是夜间，舞台灯光马上暗下来，天上真的出满了星星。那小炭屋布置的好像呀！鬼子的残暴，他们的反抗，王强去侦察，老洪的第一道命令，政委在土窑边的动员。他怎样从小炭屋里弄到斧头跟上去，他们怎样冲进洋行杀得鬼子一阵阵嚎叫。车站的机枪响了，响得多么真切呀！这一幕一幕都勾起了小坡的回忆，他好像又处身在往日的紧张斗争场面里了。

随着剧情的紧张，台下忽而沉静，忽而响起掌声。小坡望着王强，他是那么兴奋地眨着小眼，鲁汉咧着大嘴直笑，林忠和王友这些一向沉默寡言的人，也为舞台上的剧情所吸引，嘴里不住叫着："好呀！好呀！"

看完戏天已很晚了，他们回去后在谈论着今天的晚会，大家都兴奋得睡不着，在听着小坡新学来的调子。

第二天司令部的警卫部队派代表来，请铁道游击队的同志给战士们做报告，谈谈在铁道线上打鬼子的斗争事迹，这是每一个战士的要求。老洪到医院休养去了。李正和王强商量，确定彭亮、林忠、鲁汉、小坡加上王强五个人，分头到各营连去做报告。临走时，大家都要求政委谈谈怎样做报告。因为他们从来没有在大会上讲过话，不知怎样讲法。李正把这次出去做报告的意义，要讲的内容，以及应注意的事项大体讲述了一下，最后希望大家一定要把报告做好，要作为一个严肃的任务去完成。

大家都在政委的鼓励下答应了，可是林忠却皱着眉头，为难地叫着政委：

"我不行呀，政委！"

"怎么不行呀！林忠同志！你平时完成战斗任务很好呀！"

"这不是战斗任务呀！要是打仗，我就不说不行了，这是讲话呀！政委又不是不知道，我哪会讲话！嘴里跟塞上棉花套子[1]似的，我真不行啊！"

"我们在铁道线上战斗那么久了，事情已经干过了，难道你就不能说出来么？同志！"

"干倒能干，不干还能充孬种么？可是说话倒难坏我了，这是我的老毛病。"

"克服这个毛病么！"政委耐心地说，"要锻炼一下呀！要知道我们是共产党领导的部队！党教育我们每个战士，都要成为能说能干的人。现在敌伪顽到处在进攻我们，他们不但用炮火，还到处散布谣言，诬蔑共产党八路军，欺骗老百姓。所以我们为了人民的利益，不但要坚决地向敌人作军事斗争，而且还要用我们的嘴向群众做宣传，把真理告诉给人民，使人民更了解和帮助自己的部队，去消灭敌人。这就是毛主席为什么把见群众不宣传，不鼓动，不演说作为自由主义[2]的表现而加以批评的道理。"说到这里，李正的表情略微有点严肃，他细长的眼睛看了林忠一下，又望望大家的脸，显然这话也是说给出去做报告的同志们听的。他接着说下去：

"我们过去在铁道线上的斗争，是有成绩的，取得了很大的胜利，但是司令部也给我们指出，我们的群众工作做得不够好，这是我们到湖边站不住脚的主要原因。所以今后为了争取战斗的更大胜利，我们要决心克服这个缺点，加强群众工作。要做群众工作，除了实际行动以外，就得动嘴，给群众讲道理，讲我们的政策。……"说到这里，李正温和地笑着说：

"可是话又说回来，今天你们出去做报告，是讲给自己同志听的，可是竟把咱们的林忠同志难住了。那么，今后我们还怎么能给群众做宣传呢？我说的群众，不是昨晚上在会场上的群众，这些都是老根据地的群众，他们都是有觉悟有组织的人民群众。我说的是敌占区那些被敌人谣言欺骗，对我们还不了解的群众，要向他们做宣传，倒不是容易的事。说到这里，我给你们讲个故事吧！记得前年我们八路军刚从山西过来的时候，那

① 方言。棉衣、棉被里的棉絮称套子。
② 一种错误的思想作风，主要表现是缺乏原则性，无组织，无纪律，过分强调个人利益等。

时我在部队上，我们突过无数敌伪顽的封锁线，插到鲁南的沂蒙山区，和这里的地方武装汇合，建立沂蒙山根据地。那时沂蒙山抗日根据地还没有形成，到处还都是敌伪顽盘踞着。顽军听说我们老八路过来了，在人民群众里到处散布着谣言，说共产党、八路军到处杀人放火，吃活小孩，年轻人抓去当兵，六十岁以上的人活埋。用这些恶毒的谣言来欺骗群众，破坏我们的军民关系，使老百姓都怕我们，不敢和我们的队伍接近。我们行军，每到一个庄子，老百姓都跑了，我们找不到一个人，可是敌伪又追击着我们，使我们经常吃不上，住不下……”

“老百姓难道都信这些谣言么？”鲁汉气愤地打断了政委的话，问道。

“我们根据地的老百姓当然不会相信，”政委笑着说下去，“可是那时沂蒙山的老百姓只听说有共产党八路军，却没有见过面，光听反宣传，又没有人做解释；就是有些人做正面宣传，老百姓又没看到八路军的实际行动怎样，因此看到我们当然要跑了。在这种困难的情况下，就说明我们的实际行动和进行宣传的重要了。我们住在老百姓家里，没干完活的主人跑了，我们替他干完活，喂好猪羊；用过的锅碗，都刷洗干净，放在原来地方。铺完的草还放回草垛上，地上扫得干干净净；临走时屋内不但没少任何东西，反而整理得更整齐、更清洁。顶多我们在他们墙上贴几条标语，告诉老百姓说是自己的队伍过来了，不要害怕，我们就走了。当时我们就是用这样的实际行动来影响群众的，使房屋的主人回来，虽然没有见过面，可是知道这里住过爱人民的队伍。那天，我们突然到了一个小庄，老百姓有的跑了，年老的没跑得及留下了。见了老百姓，我们当然要进行宣传工作的。我和另一个张同志，看到一位白发苍苍的老大娘，正在那里推碾，很大的石碾，她老人家一个人躬着腰推，是很吃力的。我们便走上去帮忙。老大娘看到我们向她走来，满脸的恐慌和不高兴，当我们问了个好：‘老大娘在推碾么？’她连睬都没睬，还在低头推着。我俩说：‘大娘，你歇歇吧！我们年轻人替你推吧！’我们是真心真意想去帮她推的，可是她不但不谢谢，反而狠狠地瞪了我们一下，从眼睛里可以看出她是很讨厌我们走近她。同志们！这个没趣①可算不小吧！可是能怪老大娘不近人情么？我们知道这是她受了反宣传的影响，我们和这位老大娘的距离，是反动派、鬼子、汉奸的谣言所造成的。使她认不出眼前就是自己的队伍。我们两个商量了一下，下决心要把老大娘的疑虑打消，便分两路向老大娘包围过去。要是我们一直走过去，老大娘会用推碾棍迎面打来的，因为反动派宣传说她已经够八路活埋的岁数了，她会误会我们去执行反动派对她说的谣言，而拼上老命反抗。所以我满脸笑容地一口一个老大娘地走上去，当我接近她的身边，老大娘真的警惕地抱着手里的棍子，可是冷不防却被从她身后抄过去的张同志抱住了！‘大娘，你歇歇吧！年岁这么大了，还不该我们替你推推么？我们是人民的八路军呀！不要怕！’他把老大娘硬拉到一块石头上坐下，不住嘴地解释着，说着老人家爱听的话。我这边趁机就推起来了。我推得碾碌吱吱地响，把碾好的谷子弄到簸箕里，簸去糠，又倒上新谷子推起来。我累了，张同志就来换下我，他推，我到老大娘那里，用两臂围住她，像孩子对老人那样和她老人家谈着。开始她还在挣扎，可是以后看

① 没有面子；难堪。

看我们两个小伙子愉快地把谷子都碾成米了，她也没大气了，但是她还是以怀疑的眼神望着我们，因为她怕我们把米背走。我们把米装好，家什收拾好，笑着说：‘大娘，你家在哪住，我们给你送去吧！’真的，我们把东西都送到她家了。我们看看她缸里没水了，又到井上去给打了几挑水，一直把水缸灌满才停下；又把从碾台上弄下的谷糠，给圈里的小猪喂上食。这时才坐下来给老大娘拉起呱来。我们给她说明八路军是人民的队伍，不要听信顽军的谣言……同志们！以后我们常到她那里帮她做活，讲道理给她听。当我们队伍要开走的时候，你说她怎样呢？她拉住我们的手，眼睛里滚下了热泪说：‘世上还有这样好的队伍么？’你们看，我们过去就是这样做宣传工作的。”

队员们都被政委生动的故事吸引住了，不住地点头，他们更进一步地认识到八路军和人民的亲密关系。过去在炭厂里，他们虽然也曾听过政委谈这些，但是没有像现在理解得这样深刻。因为他们看到了昨天会场上军民合作的实际情景。可是这铁样的团结，是从共同对敌斗争上建立起来的，是八路军的实际行动和党的教育所造成的结果。

林忠沉默地坐在那里，呆呆地望着政委的眼睛，他像在沉思，又像要说什么，显然他为政委的话所感动了。

政委又说：

“一定要学会对群众讲话，我们有了为人民利益战斗的实际行动，对群众讲话就更有力量。当然讲话并不是一下就会讲的，要慢慢学习才成。特别像林忠同志平时不大爱讲话，更要慢慢锻炼，可是一定要作为缺点来克服，常常讲就会讲好的。就拿今天出去做报告来说吧！听你们讲话的都是自己同志们呀！大胆地讲吧！即使讲得不好，他们也会原谅的。”

各营连的代表都来接他们去做报告了。他们走后，李正在沉思，考虑着他的队员们入山后的思想情况，上级和主力部队给了他们极为深刻的影响和教育，新的力量在增长着。根据张司令、王政委的指示，他在草拟[①]队员们的军事政治学习计划。

下午出去做报告的同志们都回来了，各部队都招待他们吃了午饭。他们的脸上都有压不住的兴奋和满意的神情。小坡显得更活泼了，他一看到林忠回来了，就跑上前去抱住了他，一连声地问：

“怎么样呀？同志！”

“可别提啦！”林忠黄黄的面孔有点变红了，像办了一件不体面的事，怕被别人提起一样。他一边摇着头，一边嘴里在咕哝着：“可了不起呀！”

“你报告得了不起么！”小坡高兴地叫着。

“不，不！”林忠忙纠正小坡的话，“我是说部队的同志们了不起呀！待人真强呀！”

“你是怎样做报告的呀！”

“咱这个嘴能说个什么呢？可是人家同志坐了一大片，掌声响得呱呱的。这一欢迎，我的心就通通地跳起来了。已经到了，装孬也不行呀！我走上了台子，站在桌边，桌上还为我准备有茶水。我往台下一看，啊呀！不看不要紧，这一看我的心更慌了。有多少

① 起草；初步设计。

眼睛在盯着我呀！我的两手也不知道怎样放好啦！我的眼睛也不知往哪里看才合适，我的头也在嗡嗡地响起来。最可恨的是我的腿也有点哆嗦了。小坡！咱们打洋行、搞票车，你知道我可没有这样哆嗦过呀！可是现在跟同志们讲话，这脚却哆嗦起来了。我站在那里不住地咳嗽。可是喉咙里又没有痰，你咳什么呢？我就喝了一口水，实际上我哪是想喝水呀，我是在没事找事做啊！我一边喝水，一边心里在盘算，反正你头嗡嗡也好，心跳也好，腿战战也好，我是不管这些了，我是得讲了。小坡，你说能老站在台上一声不响么？你不响，又上来干什么呢？同时我又想到政委的话，这是个任务，我回去怎样交代呢？一个铁道游击队员就这样熊么？眼前都是自己同志呀！我就大胆地说出了头一句：'同志们，我可不会说话呀！说不好大家不要笑噢！'可是大家都笑了。这笑没有恶意，这一点我感觉出来的。你想人家等你半天，有的同志拿好钢笔打开本子，在准备写，可是半天我说了句啥！不过笑声过后，大家又鼓了一次掌，我知道这意思是要我不要客气。旁边一个指挥员，也笑着对我说：“慢慢地讲吧！'我好像得到了力量，就讲开了。”

听到林忠谈报告前的心情，小坡乐得哈哈笑起来了。林忠对小坡说下去：

“开始嘴还有点打嘟噜①，不听使，可是一讲下去就顺溜了。我从咱老洪怎样搞机枪讲起，以后讲打洋行、搞票车、摸临城……我也听不清他们鼓了多少次掌，一直讲到头也不嗡了，腿也不战了，心也不跳了，我才从大家最后的掌声里走下台来。大家都来握我的手，当我一静下来真正端详着同志的脸，我的脸又有些红了！小坡！你说咱能讲出个什么呢？中午，同志们又硬要留我在营部吃饭，营长、教导员陪着。饭后，我一出营部的门，心里才算轻松了。这艰巨的任务总算完成了。”

从此以后，林忠沉默的性格，有些变化了。过去有话他都闷在肚子里，别人在谈笑的时候，他在旁边捏着草棒；有话在心里，自己对自己说。可是进山以后，一切使人兴奋的新事物，使他也想对人说说了。从这次做报告后，他的喉咙像被通开的水道一样，肚里有什么，总想哗哗地流出才痛快。这天晚上，政委叫队员们分头开座谈会，要大家谈谈各人进山后的感想。在会上，大家都争着发言，兴奋地谈着进山后所看到的一切，特别是彭亮和小坡，是那么有条有理的，在讲着各方面给予自己的教育，说得大家都感动得不住点头。

林忠再也忍不住了，他迎着昏黄的豆油灯光站起来，面对着大家，经过了那次做报告以后，他的胆量锻炼得大了。所以现在他对着他的战友讲话，一点也不感到什么了，何况还有许多话积压在他的心头，只有说出来才痛快呢！

“同志们！我平日不大说话，可是我并不是一个没有话说的人，我今天当着大家的面得说说，也松快松快……”大家都惊喜地注视着他有点严肃的面孔，安静地听他说下去。

“进山后，一切事情都使我心动，使我的眼睛更亮堂了，可是越感动，越亮堂，我就越常想到过去。大家想想，我们过去是什么样的人？过的什么日子？在矿山煤堆里滚来滚去，吃不饱、穿不暖，还挨打受气！人家都叫咱'煤黑子'，走过人家的身边，人家都嫌脏。忍不住饥饿，去到火车上抓两把，人家骂咱是'小偷'，看见咱就眼疼。可是

① （舌或小舌）发出颤动的声音；嘴发颤，发音含混不清。

共产党领导咱，组织起来打鬼子，打鬼子还不是应该的么？进山来，军区张司令、王政委跟我们握手，陪我们吃饭；文工团把咱们的事编成歌，大家唱，戏台上演咱的戏，咱在台上讲，上百上千的人在为咱鼓掌！……”

说到这里，林忠的胸脯在起伏着，眼睛湿润了，他握紧拳头，大声地说：

“我今天，才感到我是个人，真正的人，感到做人的光荣……”

大家在林忠的严肃的话音里沉默了，他的话就是大家要说的话，每句话都打动着人们的心。小坡响亮地说：

“这是共产党、毛主席给我们的光荣！”

“我们应当好好干，”鲁汉感动得把拳头捶着大腿，“谁不好好干，就是熊种，奶奶的。”

“叫林忠同志说下去。”有人说。

“是啊，”林忠接着说，“我们今后应该加劲干，我们不好好干，对不起党和毛主席，对不起张司令和王政委，对不起人民群众……”

其他的队员也争先恐后地发言。

最后政委在大家的期望下，站起来讲话：

“这个会开得很好，大家都表示了决心，特别是林忠同志的发言，给了大家不少的启发。但是同志们，光有了决心还不够，我们还得好好地学习政治，学习战术，学习群众工作，加强纪律性。过去在敌占区，斗争紧张残酷，我们捞不着时间学习，司令部特地调咱们回来整训。经过学习，我们将成为更勇敢的人，出山去和敌人战斗，完成上级交给我们的光荣任务，争取更大的胜利。

“过去我们在湖边，在铁道线上的斗争，领导上和大家对我们都比较重视，这一点我们除了兴奋，要牢牢记住不要骄傲。在外边打游击，我们散漫惯了，这里的一切都很正规，我们开始还不大过得惯，但学习和生活上，不要给大家不好的印象。刚才有的同志说得对，不好好地干，对不起领导，但是要知道也对不起我们自己，对不起党和毛主席对我们的教育。所以在这一个整训时期，我们要成为一个有教养的部队，使每个队员都成为有阶级觉悟的战士，只有有高度阶级觉悟的战士，才是最勇敢的战士。”

在大家的掌声里，李正宣布了铁道游击队进山后的整训学习计划。

第二天，铁道游击队就进入正规的紧张的学习生活了。每天天不亮，他们就和司令部的其他部队一样，起床后上操跑步，王强在队前喊着“一二一”，开始大家的脚步跑得很乱，可是以后就齐整了。下操回来，小坡擦着汗来找政委提意见：

“这样不行呀！”

“怎么？不愿跑步么？”

“不！”小坡摇摇头，“我才愿意呢！我说的是咱穿的衣服太杂乱了，太难看了，上操跑得再齐整，也不像个军队样。你看，有穿蓝的，有穿黑的，有戴破礼帽的，有戴毡帽、长舌帽的，短枪也按各人的脾气挂着，有的挂在屁股上，有的佩在腰里，包枪的红绿绸子，各色的枪穗子，你说多不齐整呀！同时，叫老百姓看着也怪刺眼，敢说这算什么样的八路军呀！一句话，我提意见，要求政委跟张司令说说，还是每人发一套军装吧！”

听罢小坡的话，李正望着生气勃勃的小坡，笑起来了，他温和地拍着小坡的肩头说：

“小伙子，咱们到山里来学习，可不是学着穿军装呀！我们要学的是政治，提高思想认识，学习军事，将来出去好好打仗；还要学习八路军的艰苦奋斗的优良传统和作风。关于军衣的问题，我们一提，张司令会发给我们的，可是你看今冬部队指战员都是穿的什么，原来是草绿色，现在都洗成黄的发白的了，大多数都补了补丁，这说明今冬还是穿的去年的旧棉衣。山里部队是比较苦的，有时到十月天还挑着单打仗呀！司令部号召部队一身棉衣一律穿两年。这主要是照顾老百姓的负担啊。我们现在又有棉衣穿，虽然不好看，可是还是可以过冬的，同时要知道我们今后出山，到敌占区铁道线上活动是不能穿军装的，现在一个短时期整训换上军装，将来出去还得再换便衣，这不是给人民增加困难和负担么？”

小坡听了政委的一番道理，站在那里沉默了，他感到不该在这时候提出军衣问题，心里有点难过。可是政委又说下去了：

“当然，你提意见的本意还是好的，是为了咱铁道游击队整齐，不愿别人把我们看成乱七八糟。这一点，部队是会了解我们的！我们到山里来，是要学好的，我们要在思想作风上，战斗作风上，组织纪律性以及军民关系上，向我们的主力部队学习，看齐。小坡同志，你有信心么？”

“有！”小坡肯定地回答。

“那么，你在今后的军事政治学习上，要好好注意听报告，在讨论会上多发言。我知道你是聪明的，在队员们的学习行动中，你多起些积极带头作用。在司令部的教育培养下，我们可以学到更多的东西，将来出山，坚持对敌斗争，就更有办法。”

拓展阅读

农救会：农民抗日救国会的简称。是抗日战争期间解放区农村中的群众性组织，以贫雇农为骨干、吸收中农参加。

妇救会：妇女救国会的简称。抗日战争时期全国各地都出现了妇女抗日救国会，积极参加拥军、生产、宣传等工作，涌现出无数可歌可泣的巾帼英雄。

青抗先：青年抗日先锋队的简称。是在敌后抗日根据地成立的武装抗日队伍。成员是半军事性的、不脱产的抗日青年，负责配合部队作战、维持后方治安，不断有队员正式参军。

第十四章

出 山

整训正式开始以后，张司令和王政委都亲自来给他们讲课，做些有关军事和政治的报告：在军事方面，除了讲游击战争的战略和战术外，特别强调群众工作和纪律性；在政治方面，除了讲中国革命的一般问题外，王政委特别给他们上了几次党课，讲到党及党的领导。另外还给他们做了时事报告，在讲抗战形势时又讲了抗日根据地的建设。

每次上课的时候，彭亮都是静静地听着，连有人咳嗽他都急得慌，生怕漏走了一句。他感到首长讲的每一句话都是真理，都打动他的心。在每次讨论会上，他都争先发言，仿佛不把要说的话说出来，心里就觉得难受。甚至有时候，别人把问题谈错了，他也会感到着急愤怒，和别人争执起来，一直到把问题谈清楚了，他脸上才浮上笑容。在每次的讲课里，彭亮不但了解了抗战的道理，更重要的是他认识到斗争的真理。他明白了过去为什么受苦，现在应该怎样斗争。他不但了解到参加革命斗争的意义，而且明白了抗战胜利以后，将来要建立起什么样的幸福社会。同时他进一步了解到他所参加的斗争，不是孤立的，在华北、华中敌人的后方，都有着大块的抗日根据地。就拿山东来说吧，从山区到平原，都有着大大小小的抗日根据地。那里有着党所领导的抗日军民，展开着火热的对敌斗争。在他们胜利的斗争中，抗日根据地在一天天扩大。现在他才深刻地认识到，哪里有党的领导，哪里就有火热的斗争，哪里的斗争也就能够取得胜利。在一天夜里，彭亮兴奋得睡不着觉，他想到这伟大斗争的领导人，胜利的鼓舞者——毛主席，他曾在张司令屋里看到了毛主席的画像，牢牢地记在心里，现在毛主席的形象，清晰地出现在他脑子里，他想到毛主席在陕甘宁边区的延安，指挥着中国人民向敌人斗争，他深情地说："毛主席多辛苦呀！他老人家多好呀！有了他的领导，我们就一定能胜利！"

彭亮在队上是个正直而勇敢的人，队员们都很敬重他。过去在枣庄，和穷兄弟在一起，大家都知道他是个直性子人，遇到不平事，拳头就发痒。虽然为穷兄弟而被打得头破血流，但他从不说一句熊话，用手抹去脸上的血，又冲上去。经过整训，他才感到过去那样个人干法的莽撞，现在他受了党的教育，眼睛亮了，看得远了，胸怀也开朗了。在党的领导下，他才感到自己真正有了力量。听课时，他虽然不能用笔记，可是都记在心里。每次上课后，他都静静地思索里边的要领。在政治上，他牢牢地记住：一切从群众的利益出发，就没有错。在军事上，他牢记着：一切为着保存自己，消灭敌人。当然，为人民的利益，在一定时候他也准备牺牲自己，换取更大的代价。他在队上，处处都起着模范作用。由于他的正直，大家都推他做经济委员，管理伙食。

山里的伙食是困难的，供给处经常批不下来给养。批下来后，还得铁道游击队自己派人去驮。开始吃小米，以后更困难了，小米加上些高粱，两分钱的菜钱，每顿饭只能吃到盐水煮萝卜。生活又紧张，伙食又不好，有的队员在低低地议论着。

“赶快出山吧，到外边再不济，也能吃上个馒头加咸鱼呀！”

有次吃饭时，陈四用筷子往碗里搅一下，半发牢骚地说：“这山里的小米也比别处硬，尽是沙子，咽下去拉得喉咙生疼！”

这话被彭亮听到了，他涨红着脸站起来说：

“嫌小米粗么？张司令的保健饭①也是小米和粗煎饼呀！我们要自觉点呀！同志，你去看看部队上的战士吃的是什么？都是糠窝窝和野菜呀……”

彭亮说得陈四闭口无言。为了这事，晚上专门开了个分队会，座谈生活问题。大家都一致认为彭亮说得对，陈四做了检讨。

为了加强对铁道游击队军民关系的教育，李政委特地请政治部的民运②科长来做了一次群众工作的报告，使队员们都深刻地认识到军民关系应该像鱼和水一样密切。我们是人民的部队，处处要尊重和爱护人民的利益，才能得到人民的拥护，只要人民拥护我们，我们的部队就会成为不可战胜的力量。他在报告中举出许多八路军爱护老百姓，老百姓帮助八路军的生动故事。听了这个报告，队员们都联系到抗日根据地所见到的实际情况，展开热烈的讨论，都在思想上认识到群众工作的重要性，都纷纷表示决心，用实际行动加强群众观念。

驻村的民运工作就在这种情况下开始了，彭亮又被选为全队的民运委员，经常和民运科联系，领导全队的驻村群众工作。每天晚饭后，是做民运工作的时间，在饭前，当小坡指挥着队员唱歌以后，彭亮照例到队前布置晚饭后各分队给房东和抗属做事情，譬如冬天农活闲，可以给老百姓劈柴，挑水，抬土垫栏。

“同志们！干活的中间，要注意不能要老百姓的任何东西，要好好地向群众做宣传！……”

每当给老百姓干活，彭亮都非常认真，汗水顺着脸流，不肯歇一会儿，被帮助的老大娘或老大爷，都被他的劳动热情所感动，偷偷地给他煮鸡蛋，炒花生，他都拒绝了。

“不！大娘！咱是一家人呀！用不着这么客气。”接着他就讲解军民合作的道理了。临走时，照例老大娘、老大爷把他送到门边，不住地称赞着：

“看，多么好的同志呀！”

虽然是在根据地，可是司令部还是要经常转移的。因为县城的据点和铁道线上的鬼子，常派特务来侦察。一侦察出鲁南军区的驻地，就会马上奔袭扫荡。所以部队驻在一个地方，多则三天，少则一两天，就转移地方，使敌人摸不清司令部固定的驻地。转移大都是在晚上。晚饭后队伍集合了，民运科组织各部队的民运委员，在检查群众纪律。彭亮到每个分队住的房东家里，去检查一遍，看看地扫了没有，缺什么东西没有，借的东西都还了没有？如有打碎或损坏的东西，他照例一边出钱赔偿损失，一边把住在这里

① 部队里给伤员或体弱多病者准备的饭菜，比普通士兵的要好。

② 指民众运动。

的分队记下来，回到队上，在队前对破坏群众纪律的现象进行批评。

可是破坏纪律的事情是极少极少的，整个部队和村民的相处亲密团结得像一家人一样。队伍一离庄，男女村民都拥到庄头上，依恋地望着自己的队伍离去。

“多么好的同志呀！你们不能多住几天么?”

“你们什么时候再过来呀!”

好多老大娘都拉着曾住在她家的战士的手，热情挽留着，挽留不住，就期望他们早日再来。庄里的年轻人都自动地到供给处给队伍上送东西，一边挑着挑子，一边说说笑笑。这一切都使彭亮感动。

每到一个庄子都是这样，管理员把房子号好，各分队一进屋子，铺草都搭好了，这是村里儿童团拥军的表现。军队以实际行动感动了人民，人民以实际的行动来回答自己的部队，真是军民一条心。军民的关系越密切，彭亮检查纪律就越严格，可是以后队伍出发，他已检查不出什么违反群众纪律的现象了。显然，铁道游击队员们都被村民拥军的热情所感动，自觉地遵守群众纪律，而且主动地在做民运工作了。

过年的时候，村民们敲着锣鼓，扭着秧歌[①]，抬着杀好的肥猪，大挑的白菜，来慰问部队。部队的文工团给村民们演戏，司令部请村干部和抗日军人家属吃饭。经过减租减息的村民们，过年都包饺子吃，每家都拉战士们到家里过年。

正在过年的时候，鬼子来了一次扫荡。军民一齐动员起来投入反扫荡，军队四下打敌人，民兵游击小组和敌人转山头，在庄里埋地雷，迷惑和疲劳敌人，使自己军队更有利地歼灭敌人。村民们按青年、妇女、儿童各个组织，进行空室清野，到山里隐蔽；青年带路送信，妇女慰劳照顾伤兵。不久就把敌人的扫荡粉碎了。军队回到庄里，帮助修补被鬼子烧毁的房屋，收拾农具，帮助春耕。

山上的树丛有点发青了，街边的粪堆，在散发着烂草的气息。铁道游击队员们，每天上课以后，都在帮着房东、抗属捣粪，把粪推到田野里去，撒到雪化后的松松的土地上。

小鸟在天空叫着，春耕的时候到了。他们特别停了两天课，帮助农民们耕地。彭亮扶着犁，小坡和小山在前边拉着，因为房东的牛、驴被鬼子扫荡捉去了，现在只得用人拉。彭亮从来没犁过地，两手扶着犁，感到很吃力。一会儿犁头扎到地下去，犁不动了，一会儿犁头又飘到上边，犁了一层薄土皮，向前滑过去了。犁沟弯弯曲曲，犁不成直线，可是已经累得汗水哗哗地向下流了。

房东老大爷看到彭亮犁得很吃力，就走上来说：“同志，你歇歇，让我来犁吧！”

“不！还是我来犁！”彭亮是个倔脾气的人，他越不会，就越想学好。他问老大爷说：“你说扶犁最要紧的是什么?”老大爷告诉他一阵，最后说：

“上身要直，眼向前看，手要稳，力要使匀。”

彭亮按着老大爷的说法，继续犁下去，渐渐地顺手了，犁得也深了，沟也直了。可是他的腰已累得酸疼。当他们坐下来休息的时候，房东老大爷望着彭亮涨红的脸，笑

① 主要流行于北方广大农村的一种民间舞蹈，用锣鼓伴奏，有的地区也表演故事，跟小歌舞剧相似。跳这种舞叫扭秧歌或闹秧歌。

着说：

“同志，累坏了呀！”说着，老大爷把长烟管指着放在地头的犁耙，“别看这两根木棍加块铁滑，你使惯了，叫它怎样它就怎样，使不惯可也很不顺手呀！”

“是呀，大爷！我头一次用这个玩意儿。”

小坡笑着对彭亮说：“亮哥，在铁道上你能开得火车呜呜跑，现在却被这个简单的农具难住了。”

“火车？”老头听到小坡说到火车，马上问一句。

“是呀！老大爷见过火车么？”

“见过。鬼子还没来的时节，我到枣庄去拉过一次煤，见过火车。”一提到火车，老头的劲头来了。他瞪着眼睛，捻着胡子，像讲故事讲到神怪那样，用一种惊奇的神情说：

“提起这火车，那东西可厉害呀！咱庄稼人都说牛劲大，那十条百条千条牛也没它的来头大啊，一个车盒子有四五间屋那么大，火车能带几十个车盒子，有一二百间屋那样长，半壁山样的煤，都叫它一下装完了。只听呜的一声，呼呼隆隆，一眨眼就不见了，多快呀！一天能跑一千多里。你看大地方的人多能呀！听人说，那么大的家伙只用一个人开。”

小坡看着老头在抖着胡子，形容火车的神情，笑起来了。显然，他老人家住在山里，却见过火车，和人谈起来特别高兴，并且谈起来，还在为火车的威力所震惊。小坡就指着彭亮对老头说：

“咱这位同志，他不会犁地，可是他就会开火车呀！”

“啊呀！”老大爷惊望着彭亮，走到他的跟前说：“同志，你可真是个有本事的人呀！”

小坡说：“他不但会开火车，还会打鬼子。我们在枣庄的时候，看到鬼子的火车，他一纵身子，就跳到上边去了。把开车的鬼子打死，他就把鬼子的火车呼呼地开跑了。”

小坡的一席话，说得老头不住地摇头，嘴里在叫着：

“咱们八路军真是些了不起的人呀！”

彭亮坐在旁边听着小坡和老大爷谈火车，也忍不住笑了。可是他看着眼前的不齐整的犁沟，心里感到很对不住老头，怪自己群众工作做得不好。他也对着老头说：

“大爷！我犁得不好呀！我能使好机器，却使不好这张土犁。好吧，老大爷，将来打走鬼子，毛主席领导咱们建立新社会的时候，我开拖拉机来替你耕地。大爷，知道拖拉机么？”

“听咱工作同志讲过，现在苏联都是用的拖拉机！”

“提起拖拉机，那太好啦！”彭亮说，“也是一个人开着，不用人和牲口，自己嘟嘟的在田里直跑，耕、耙、耩（jiǎng）①，都在一个机器上，一天能耕种好几顷地。收割的时候，也用机器，一边割一边麦粒子都装在口袋里了，汽车开到地头上装麦子往家拉就是。……”

① 用耧来播种。

“是呀！到那时候就好了，我的年纪还能熬到那个光景么？”

“能！一定能熬到，咱们共产党打仗、搞革命，就是为的那个好日子呀！”

彭亮永远不能忘记的是，那一天晚上，行军到一个山庄，雷在隆隆地响着，雨点打着刚耕过的地面，麦苗在潮湿的土壤里蓬勃地生长。在一个山坡上的茅屋子里，豆油灯下，他和林忠、鲁汉、小坡四个人，静静地站在红旗前面，心激动地跳着，望着红旗上边的镰刀斧头，望着旗上边挂着的毛主席的画像。屋里静得只听到外边的丝丝的雨声。李正和王强站在红旗的两边，彭亮随着政委举起了右手，在低声而严肃地宣誓：

“我愿为党的利益而牺牲自己的一切！”

从那时起，彭亮和林忠、鲁汉、小坡，就成为共产党员了。

老洪从休养所回来，伤完全好了。本来他老早就想回到队上，可是医生认为他的伤口没有长好，不允许他出院。休养所设在山窝里的一个小山庄里，除了医生和药品是部队上的，护士大部分都是村里的妇女识字班自告奋勇来照顾伤员的。呆在这小山沟，老洪很受不了，他愿意马上回到队上来。李正也常来看他，向他谈队员们在整训期间的情况，听说队员们的政治思想水平都提高了，他更急着要出院。队员们也常到这里来看他，从外边带到山里的纸烟早吸完了，可是队员们都想到他们的队长，偷偷地留几盒给他送来。

老洪在医院里，除了想到他的队员们，有时也想到过去铁道线上的斗争，想到微山湖边。每逢医生给他上药的时候，他不由得就想到芳林嫂。她是怎样冒着生命的危险掩护着他，在那枪声凌乱的夜里，她是那么亲切地把手臂搂着他的脖颈，为他洗伤口，包扎；当洗着伤口，老洪痛得浑身抖动的时候，这年轻的女人，像疼在自己身上一样，眼里泛着泪水。她又是那样耐心地把鸡蛋汤一口口地喂到他的嘴里。

他自幼是孤独的，从没享受过家庭的温暖。在矿坑里、铁道旁，向痛苦的生活战斗，苦难使他养成无坚不摧的倔强的性格。在旧社会里，他不为任何事情轻易感动。参加革命后，他为首长的亲切照顾和同志中间的友爱所感动了，他感到军队就是自己的家，应把一切交给党，为革命而战斗。可是他没有爱过一个女人或接受过女人的爱情。在他负伤后被芳林嫂掩护的那些日子里，他感到自己的心发生不寻常的跳动。他浑身像被火燃烧着。他才第一次感受到女人的爱情。可是他知道自己是个革命战士，不该在残酷的斗争里想到这些，但是在战斗间隙或休息下来的时候，那对大大的黑眼睛就常常浮上他的脑子里。在这静静的休养所里，他躺在病床上，脑子里总是不停地转着，想到队员们，想到今后的战斗，也想到湖边的芳林嫂。有时他压抑着自己，不要常常往这里想，可是这是不可能的，他怎么也不能把她的形象从自己的脑子里抹去。

现在老洪回到队上了。队员们热烈欢迎他，他又感到回到家里的温暖了。当他对着队员们做别后的第一次谈话时，他从大家对他注视的眼睛里看出他的队员们是和过去不同了，当他喊出第一句“同志们”时，队员们都叭地立正，他马上叫大家“稍息”，才把话讲下去。他知道在他休养期间，这些过去和他在煤矿上、铁道线上奔波的穷兄弟们，在党的教育下，都已经成为有觉悟的战士了。

当他讲过话后，小坡兴致勃勃地把老洪拉到一个僻静地方，激动地说：

“你知道了么，队长？”

“什么？”老洪的眼睛盯着小坡兴奋的脸孔。

“我参加党了！”

“好！我祝贺你！同志！”老洪紧紧地握着小坡的手，然后严肃地对小坡说，“成为党员了！那么，今后在一切场合，都要注意自己的行动，战斗要比过去更勇敢，在一切困难情况下起模范作用。”

“对！”小坡有力地回答。

李正为了欢迎老洪，特意到供给处搞了点白面，亲自动手和小坡包了一顿水饺给老洪吃，晚上住在一个屋里，一直谈到深夜。自从枣庄拉起铁道游击队，队长和政委一起在铁道线上展开对敌斗争，两人很对脾气。老洪到休养所去，这是他们第一次分开，乍一见面，像有好多话要说，又说不完。李正告诉老洪队伍整训的情况，教学计划已大部完成，队员们的政治觉悟都大大提高，无论在军事训练上，政治教育上，都收到良好的效果。特别是司令部和根据地的人民给他们的影响，加强了游击队的群众观念。他还告诉他已经发展了党员，这给今后出山，坚持铁道线上的斗争，打下了基础。在谈到外边的情况时，李正告诉老洪说，冯老头又到山里来联系过一次，说微山湖边敌伪兵力已撤走了，顽军一个营驻在夏镇，据说敌伪最近一个时期在加强湖边的伪化①工作，到处扬言“飞虎队”已被消灭了。说到这里，李正忙往枕边去摸，笑着对老洪说：

“啊呀！我把要紧事都忘了，这里还有捎给你的东西呢。”

“什么？”老洪望着李正手里的一个小布包，“还有什么人捎东西给我么？”

李正从小布包里拿出一双鞋子和一包点心，笑着对老洪说：

“这是芳林嫂给你捎的慰劳品呀！听冯老头说，她常挂念着咱们，特别担心着你的伤是否好了，要冯老头一定把这个口信捎到。本来冯老头要到休养所去看你呢，因为司令部有紧急任务，又派他回去了。我替你给芳林嫂捎了个信去，说你的伤马上就好了，要她放心。”

说到这里，李正哈哈地笑起来，又说：“我没有征求你的意见，竟独自做主，你说应该吧！”

“应该！应该！”老洪不住地点头说。他是一向不和旁人说笑话的，这时很正经地向李正说：

“说实话，她是个很好的女同志呀！”只说了这一句话，脸就马上红起来了。为了掩饰自己的难为情，他忙打开点心的纸包对李正说：“吃吧！吃吧！”

刘洪也向嘴里塞了一块，就去试鞋子了。一双黑面白底的布鞋，穿在脚上正合适。

“看！比着脚做的，也没这么合适呀！”李正笑着说。

这时小坡突然从铺上抬起身来说：“早量过了，队长在她家养伤的时候，她有心做鞋，还不看看脚多大么？”这一说可把李正又说笑了。

“你的耳朵可尖啊！快吃点心吧！”老洪不好意思地对小坡说，把两块点心掷向小坡

① 指为敌伪势力所控制。

睡的床头上了。

小坡一边吃着，一边嚷着："真甜呀！"

第二天，李正、老洪和王强被张司令找去，要他们接受任务，准备最近随老六团出山，重新打开微山湖的局面，控制那一段交通线。

"那边已经伪化了。正好六团有任务到西边去，从那里路过，顺便助你们一臂之力，把反共的顽军教训一下，你们在湖边就可以站住脚了。"张司令说到这里，笑着对他们望了望，"这是个好机会呀！过去你们刚到湖边，没有站住脚，被敌伪顽夹击，吃了点苦头。这次老六团要给你们撑撑腰。这老六团是一一五师的部队，老红军的底子。里边有一个连队，是从井冈山上下来的。你们想想，那些敌伪军碰到他们，还吃得消么？湖边的群众看到你们带着这样一个团过来，也会另眼看待你们了。"

一听说老六团随他们出山，老洪的眼睛发亮了。王强的小眼喜得直眨，李正也压不住心里的高兴。王强拉着老洪的衣角，兴奋地说："这回可行了！"

张司令看出了他们欢欣的情绪，又把话说下去：

"不过，湖边铁道线上的斗争，主要还是靠你们呀！老六团只不过把你们带出去，到那里帮你们打一下就要走的。因为咱们鲁南只有这个老六团呀，这是山东军区的机动部队，各处也都需要他们。因此，你们不要把一切希望都寄托在六团身上，那里还有很多困难在等着你们，需要你们自己去克服。"

张司令谈过任务后，王政委又给他们谈了谈目前抗战的形势，从整个形势上说明了铁道游击队这次出山完成津浦铁路干线斗争的重要意义。李正从王政委的谈话里听出一件惊人的事件：就是太平洋战争已经爆发。他仔细地听着王政委对这一情况的分析，并掏出笔记本，记下要点。太平洋战争的爆发对整个抗战形势是有利的，因为日寇应付另一个战争，必然要从中国抽出兵力，使敌占区兵力空虚，更造成我们对敌斗争的有利条件。但是另一方面，正因为他要适应南洋[①]的战争，为了免除后顾之忧，现在正向国民党诱降，并加强对敌占区的控制。特别是交通线，听说鬼子最近拼全力打通粤汉路，把平汉、粤汉连起来，从这两条纵贯中国的大血管吸取人力物力，来供应他在南洋的进攻。为了加强对敌后抗日军民的镇压和掠夺，华北敌派遣军总司令冈村宁次在华北实行强化治安运动，对我们的抗日根据地采用分割封锁、分区扫荡的办法，来巩固他的后方。这就说明我们今后的斗争任务将是乘敌之虚，扩大抗日根据地，拔除内地的敌人据点，发展扩大我们的抗日力量；可是由于敌人减轻对国民党的压力，把主要力量用来对付我们，斗争也将是更残酷的。为了强调说明这一点，王政委说：

"什么是分割封锁、分区扫荡呢？就是敌人把主要的兵力收缩在交通线上，一方面来巩固交通线，保持他支援南洋战争的运输上的安全，同时他加强对这交通线的控制，使它成为对我根据地的封锁线，利用铁路、公路把我们根据地切成豆腐块，譬如我们大鲁南地区，就在胶济、津浦、陇海的方框框里，使我们根据地之间失掉联系，然后敌人在交通线上集中一部分精锐的机动部队，利用交通上的便利，分区进行疯狂的扫荡。现在

① 指南洋群岛，现称马来群岛。

太行山区已经开始了。听说敌人的扫荡很毒辣，用铁壁合围，拉网战术。”

说到这里，王政委的眼睛有力地望着李正、刘洪、王强三个人，好像在测量着他们的勇气似的。他们三个人的眼睛都以很坚定的神气，回答了政委。接着王政委笑着说：

“鬼子这些毒计是厉害的，可是却吓不倒我们。毛主席告诉我们，相持阶段早已到了。这是敌人的临死挣扎。你们铁道游击队的任务，就是这样：敌人要控制交通线，你们就破坏它！敌人要封锁，你们就打碎他的封锁！配合整个敌后的抗日战争，配合山里的斗争。这是党交给你们的光荣任务。你们一定要掌握那一段铁道线，因为那个地区，不但是鲁南山区和湖西根据地联系的地方，也是华中、山东来往延安之间的一条交通线。你们不仅要在铁道上打击敌人，而且要保持这条交通线安全。最近敌人治安强化运动已经开始，对铁道线两侧的控制更加厉害了。你们到那里，困难一定会有的，但要用一切办法克服它，一定要在那里站住脚。”

“政委，我们一定完成党交给我们的任务！”李正说。

“一定能！”老洪、王强也和李正一样表示了态度。

王政委向张司令望了一下，说：“怎么样？”张司令知道这是问司令部能否请他们吃顿饭。他点了点头：“好！”

他们临走出去时，王政委还笑着拍着老洪的臂膀说：

“我们也相信你们是能够完成任务的！因为队员们到山里来整训了一个时间，觉悟都提高了，这是你们今后斗争的胜利保证。”

晚上王政委又特地把李正找来，谈了些敌占区的斗争问题，要他们特别注意群众工作和敌伪军工作，在行动中多掌握党的政策，加强纪律性。

出发的前一天，司令部又特地给他们会了一顿餐。正是严重的春荒时期，供给处还是准备了白面。大家大块肉，大碗酒地吃着。张司令又给队员们讲了一次话。

一听说要出发，队员们情绪很高，小坡兴奋地对彭亮说：

“啊！提到出山，我就想到火车。说实话，过去一听不到火车叫唤，心里就难受，这会可出山了！”

“可别太高兴呀！”彭亮严肃地说，“我看多在山里呆些时候倒更好些。我们到这里学到多少东西呀！乍一离开，我倒有些舍不得，不过上级既交下来任务，那我们当然应该马上出山。”

“你的话说得也对，可是我愿意出山，并不是说这里不好呀！在听课时，我可从没想到火车，因为说到出山，才想到火车，心就痒痒了，我恨不得马上飞出去。”

彭亮也明白小坡欢乐的心情，这年轻人并不是讨厌山里的生活，而是他比小坡年纪大些，对待一切事情，态度比较稳重些。他想到政委在党的会议上谈到出山的任务，根据各方面的情况，任务是光荣而重大的，在开辟湖边地区，坚持那一段铁路线的斗争中，还是有不少困难的。想到这里，他对小坡说：

“这次出山任务还是艰巨的，我们在接受党的任务的时候，要首先想到困难，做好思想准备，去迎接和克服所遇到的困难。”

“亮哥，有老六团跟着咱们呀！”小坡睁大了天真的眼睛说，显然彭亮的话，并没打去他的兴头，“这次回微山湖，也该叫那些龟孙尝尝老八路的厉害了。奶奶的！过去咱们是短枪，每天叫他们赶来赶去……这次可行了。”

“同志，政委没有说过么？不能把一切都放在老六团身上，因为坚持铁道上的斗争，不是老六团的任务，而正是党交给咱铁道游击队的任务。我们如果把一切希望都寄托在老六团身上，那么，老六团一走，怎么办呢？我们就情绪低落，就不坚持斗争了么？我们在接受任务时，要想到困难，但是并不为困难吓倒，而是想到它，就准备去克服它！我们这次出山，上级交给我们那么重大的任务，我们应该表示决心，遇到任何困难都去克服，铁道游击队在哪里，哪里就应该展开坚决的斗争。剩下一个人，我们也要完成党交给我们的光荣任务。出发时，除了高兴，要做这样的思想准备才是。”

“对，亮哥，你说得对！”小坡听了彭亮严肃的谈话，马上转过弯来了。

一天夜里，铁道游击队离开司令部，向西北出发，在十几里以外的一个庄子里，会到老六团。李正和老洪到团部把介绍信交给团长政委，他俩参加了一个会议。部队准备从西北九十里外的邹县附近出山过铁路。因为向南，从临枣线过路，目标太大。从邹县到道西，然后从那里往南打，可以直捣微山湖。由于铁道游击队对铁路沿线熟悉，确定随一营在前边走。

这次出山，由于估计到任务的艰巨，使部队行动轻便，李正和老洪、王强研究了一下，确定把带长枪的队员暂留山里，只挑了十八个精悍的队员，一律都带短枪，并由司令部补充了一部分子弹。这些队员们都兴高采烈地在老六团的队伍里行进着。

在行军过程里，队员看着前后部队的战士的武器都很好，脚步是那么迅速。队伍像一条灰黑色的带子一样，在山地蜿蜒着，只听到低微的沙沙的脚步声，连一声咳嗽都听不到。在根据地经过村庄，休息时村民还给部队烧水；可是到敌占区了，部队为了保守秘密，不走村庄，遇有村落就从小道悄悄地绕过去。

“真是老八路呀！你看走得多快！一点动静都没有。”小坡对政委低低地说。

“一夜一百三十里，到地方还得打仗。”李政委说。

“真了不起呀！咱们的部队路可真熟呀！穿山沟，过小河，走大路，穿小道，连路也不问么？”

“有向导呀！”

“队伍不进庄，哪里来的向导？”

“队伍前边有尖兵①。队伍小休息的时候，尖兵在前边的庄子早不声不响地换过了。等队伍进庄乱叫门找向导，那就不用走路，也守不住军事秘密了。”

“噢！”小坡点着头。

一夜行军九十里，天微明的时候，部队在离铁路十多里路的山边驻下。部队白天休息，庄周围都用便衣放了岗哨，封锁消息。只要是从铁路那边来的人，一律留在庄里，庄里的人不到天黑以前，不许出庄，从铁道那边望到这一带山庄，一点动静都没有。实际上这里埋伏着老八路的主力。白天部队睡觉，侦察队却出去侦察敌情了。

为了应付晚上的行军和战斗任务，部队的战士们除了岗哨，大多睡觉了。由于封锁了

① 行军时派出的担任警戒任务的分队。

消息，村民也都留在家里，做些日常的活计，所以村子里还像平时一样宁静。这时候，团长和政委没有睡，他们伏在桌子上，在看军用地图，团长手中的红铅笔在地图上标着符号。根据侦察员的报告，顽军在铁道西十多里路的张家集，驻有一个团部，另有两个营。这是顽军周侗的部队，他们在湖西反共，打八路军，摧残抗日根据地，杀我们的地方干部和抗日军人家属。现在他们从湖西打过来了，逼使我们的运河支队撤走，他们在这湖边一带驻扎，和鬼子勾勾搭搭，骚扰居民。这个团的一个营，已经投了鬼子，这就使他们和鬼子有了更密切的关系。团长的红铅笔在张家集上画了一个红圈，这就标明，今天晚上我们要对这丧心病狂的反共部队展开反击，消灭这些抗战的绊脚石。共产党八路军领导敌后人民起来抗日，他们却在后面扯腿、捣乱，只有消灭他们，抗战才能坚持，并争取胜利。

天抹黑，部队吃饭完毕。黄昏以后，六团三个营分三路下了山，向西前进，秘密地穿过敌人的铁路封锁线，在夜十二点的时候，就将张家集包围。没一点动静。顽军还在梦里，忽然剧烈的枪声响起来，手榴弹轰轰地爆炸，这集镇闪着红色的火光。不到一小时，这批不抗日、专反共、反人民的顽军全部被消灭了。

铁道游击队员们虽然没有直接参加战斗，但是也押解着俘虏，当铁路上的鬼子听到这里枪响，出兵来援救他反共的兄弟时，部队已解着成群的俘虏，趁着黑夜向南前进了。

鲁汉带着他的分队，押着几十个俘虏，他看到里边的顽军军官，头上就冒火星。想到自己的队长就是被他们用枪打伤的时候，他用枪点着顽军官的脑袋叫骂道：

“奶奶的！你们是不是中国人哪！你们不抗日，也不叫别人抗日，日本鬼子是你的干爹么？反共！反共！到地方我都枪毙你们这些龟孙！”

部队走出三十多里路，天亮时在湖边一带村庄住下。可是出乎鲁汉的意料，团部并没有对俘虏作严厉的处理，反而利用战斗里的缴获，不但使部队改善生活，还优待俘虏给肉吃，发纸烟。政治工作人员们，召集俘虏讲话，耐心地说明了八路军的宽大政策，解释八路军是人民的抗日部队，希望他们不要听长官的反宣传。讲话以后，只留下武器，每人还发路费，要他们回家。

这事情，可把鲁汉气坏了，他气愤愤地跑到政委那里叫着：

“这怎么能行呢？不太便宜这些龟孙子么？”

李正向他解释八路军优待俘虏的政策，并说明顽军里大多数士兵，都是征来、抓来的老百姓。他们是被迫执行反共的命令，对我们不了解。接着李正就指给鲁汉看，有些俘虏在我们的感动下，愿意留下来。他笑着说：

“他们改造一下，不又是很好的抗日战士么？”

“可是那些放走了的呢？”鲁汉指着那些背着包袱走的人说，“你能保险他们是真的回家么？他们还是想回到他们的队伍呀！那不是放虎归山①，又给咱多添麻烦么？”

“他们愿意回去干，就随他们的便！那有什么坏处呢？他见了我们的面，知道了我们优待俘虏的政策，就行了。通过他们的嘴回去对顽军士兵谈，比我们宣传还有力。”

为了使队员清楚地了解优待俘虏的政策，李正对队员做了一次讲话。在今后的斗争

① 比喻放走敌人，留下祸根。也说纵虎归山。

中，掌握俘虏政策，将是常遇到的问题。

第二天晚上，他们沿着湖边向南打过去，又消灭了顽军一个营。这里离微山湖，只有七十里路了。战斗以后，天下着小雨，到一个村庄住下不久，李正和老洪被团部请去。团政委对他们说：

“刚才我们接到山里来的急电，调我们马上回师部去，要我们急行军，三天赶到，接受新的战斗任务。我们今天晚上就要动身。”

这情况的突然变化，使李正和老洪一怔。他们互相对望了一下，因为刚才来团部时，队员们还在为战斗的胜利而鼓舞，嘴里在叨念着“只有七十里就到微山湖了”。他们在想着到了那里后，怎样地看着主力把顽军痛快地揍一顿，打开那里的局面。可是现在这已成不可能的了。他俩沉默了一下，又听着团政委说下去：

“本来我们想把你们送到微山湖，帮你们打开一个局面，可是现在不可能了。你们的意见怎么样？你们是一直前进呢，还是和我们一道回山，另找机会再出来？”

“不能回去！前进！”老洪说。

“电报没有注明要我们回去，那我们还是到微山湖去完成任务。”李正也说。

“好！咱们今晚就分手吧！你们还有什么困难需要我们帮助么？”

“要枪，可以给你们一部分，这两天缴获的不少！”团长也插进来慷慨地说，“要机枪，我们送你们两挺！”

李正和老洪都深深地为主力部队对他们的照顾所感动。他们商量了一下，然后说：

“我们到微山湖，在铁道线上斗争，都是轻便的便衣活动，长枪和重武器都不好携带。过去有一部分长枪队，这次也留在山里了。你们有短枪，给我们调换几支好的吧，有短枪子弹给我们一部分。”

团长马上答应了，给他们一部分子弹，每个队员都装得足足的。有些队员的短枪不好使，都换成好的了。当晚李正跟队员们做了动员，和六团分手。他们冒着雨，连夜沿着湖边，向南挺进了。

拓展阅读

陕甘宁边区：1935 年，红军主力经过长征到达陕北，建立陕甘苏区，1937 年更名为陕甘宁边区，是中共中央和中央军委所在地，也是敌后抗日根据地的总后方。1947 年，国民党将领胡宗南攻占延安，党中央迁至西柏坡。中华人民共和国成立后，陕甘宁边区的建制撤销。

老六团：八路军一一五师教导二旅六团，其前身是一一五师三四三旅六八六团，1938 年底进入山东省，创建了鲁西、鲁南抗日根据地。老六团一直战斗在滨海地区，为抗日根据地的建立、巩固和发展做出了卓越贡献，深受当地人民爱戴。抗日战争胜利后，老六团整编为山东军区第一师，参加了辽沈战役、平津战役、渡江战役等。

第十五章

渔船上

他们一夜赶了七十里，天拂晓的时候，到达东洼村，在一个本地队员王虎家里秘密停下，也学老六团那样四下封锁了消息。天亮时搞了顿饭吃，都躺下休息了。

这庄东离临城只有六七里路，不宜久待。老洪和李正商量，俟（sì）① 队员休息后，再把队伍向南拉到湖边。

虽然已是入春的时候，突然又转了东北风，天空布满了乌云。身上的衣服又都感到单薄了，队员们行军时嫌热，本来是把棉大袄搭起来、背在身上的，现在都又披在身上了。他们在村边集合，村民们看到这突然出现的便衣队伍，都用惊异的眼光望着他们，有的甚至偷偷地躲开了。

老洪带着他的队伍，急遽地向湖边赶去。当他路过苗庄，遥望着村东边一棵发青的榆树时，他发亮的眼睛，不由得又看了看脚上的鞋子，他想到了芳林嫂。榆树下边就是芳林嫂的家，她救过他的生命，在养伤期间，她又是那么温情地抚着他的伤口为他上药。但是现在他却不能去看她，因为队伍刚拉过来，还不了解这敌占区情况，大白天拉着队伍到她家里，会惹起人们的注意，传到敌人那里，倒给她带来了灾害。他只能利用战斗的空隙去找冯老头和她取联系。

到了杨集。这是老洪带着队伍从枣庄过来和申茂队员们会合的庄子。他们对这里比较熟，这庄的村民和在东洼一样，对他们的到来，都露出惊慌的神情，有的正在街上，也匆匆地回家了。李正认为这是敌伪顽在这里反复扫荡搜捕他们，破坏铁道游击队和人民之间的联系所造成的结果。因为凡是他们住的村庄，糟蹋得都很厉害。尤其他们撤进山里这个时期，敌人为了防止他们再来，在这里加强统治，那么，人民暂时远离他们，也是必然的了。可是这一点却不能马上为队员们理解，小坡就叫着说："老百姓变了！"尤其是他们刚从抗日根据地来，拿那里的人民来和这里相比，就显得很火了。所以队员们都很紧张地提着枪张着机头，如临大敌的样子。

他们一进保长办公处的门，正遇上保长。保长开始一愣，可是马上又笑容满面地点头哈腰地说：

"啊，你们来了呀！快进来歇！"

---

① 等待。

一进屋门，李正看到一个胖地主正坐在那里喝茶，桌上摊着账本，他一见到老洪和李正走进来，就急忙合起账本。李正眼快，一眼就看到那是给鬼子摊派①捐税的账目。地主笑着迎上来：

“久违呀！大队长，你们这些日子到什么地方去了呀？我可怪想你们的呀！哈哈哈哈……”这个肥胖的地主一边打着哈哈，一边支使着保长：

“快买烟，倒茶呀！他们很辛苦！”

显然，他支使保长像使唤自己的家人似的。老洪和李正坐下来。老洪看到屋门里边竖着一面日本旗子，他的眼里冒火了，气呼呼地站起来走上去，用张着机头的驳壳枪挑起那膏药旗角，冷冷地说：

“你们现在也挑起这个玩意了！”

老洪的枪虽是挑着日本旗子，可是胖地主感到像挑着他的疮疤。他慌了，脸色灰白，大汗直往下流。虽然是他打着这面旗子去欢迎鬼子，又叫保长也做一面挂在村公所②的门口，可是现在他却怪起保长来了。

“你弄这个干什么呀！”他用眼珠子瞪着瘦黄的保长，“还不赶快把它拿掉！”

保长忙把那面日本旗子扯掉。胖地主满脸赔笑地对李正说：

“这是没办法的事呀，不得不这样应付！”

李正严肃地说：“要是真心向着鬼子，那就很危险了。”

“哪能！哪能！”胖地主像被烧着似的连忙否认着，他怕的不是李正所说的真正危险的含意，而是老洪手里那棵黑黑的驳壳枪。

这地主姓高，叫敬斋。过去铁道游击队在这里住的时候，李正曾跟他和另外几个地主谈过话，要他们积极帮助抗日。现在这高胖子，为了缓和由日本旗而引起的紧张空气，斜视了一下老洪的枪口，对李正说：

“政委，咱是老朋友了！你过去在我家里，给我谈的我都记在心里呀！政委真是个有学问的人，请到舍下吃个便饭，休息休息，还有大队长！”高敬斋的肿眼皮，胆怯地瞟了老洪一眼。

“不啦！我们今后在这湖边抗战，麻烦你的事还在后边呢！”李正说，“如果你真正帮助打鬼子，那我们才是朋友，如果有什么三心二意的话，那我们就用不着什么客气了！”

“是是！”高胖子连连点头，慢慢地退出去。

彭亮是经济委员，走到保长面前，要他马上搞饭吃。保长连声说：“行！行！”他急忙叫一个办公处听差的村民：

“到东庄去称馍馍！”

彭亮说：“搞点煎饼吃吃就行了，不要馍馍！今年春荒，老百姓都吃糠咽菜……”

“不！你们太辛苦了，吃顿馍馍还不应该么？快去弄一挑子来，我去办菜。”

“还是简单些，我们吃罢还有事。”

① 叫众人或各地区、各单位分担（捐款、任务等）。

② 旧时区、乡、村行政机构办公的地方。

保长和听差的都出去办饭菜了。

小坡对彭亮说："我看这个保长，尖头尖脑，滑得流油。他表面上嬉皮笑脸，可不知他心里揣着什么鬼把戏呀！还有那个肥头大耳的地主，我看了真不顺眼。"

申茂接过来说："这个保长是那胖地主的狗腿子①，他过去在姓高的家里当听差，现在又当起保长来了。庄上的一切都听胖地主喝。这胖地主很坏，过去我和冯老头拉队伍时，他还骂着'这些穷小子能干个啥呀'，他经常叫庄里不给我们给养，逼得我们吃不上饭。你们从枣庄过来，这边也风传着你们杀鬼子的厉害，他知道这班人不好惹，所以政委给他谈话，他就光拣好的说了。实际上他过去常骂八路军，散布反共产党的谣言！他的大儿子在国民党中央军当官。咱进山时，听说还是他强迫着庄里的人去欢迎鬼子的！"

"奶奶个熊！我一看他就不是个好人。"

队员们正在议论着，听差的挑了一挑子馒头进来了。每人都拿了一个在啃着，因为大家都饿了。这时瘦黄的保长端着满盘的酒菜，一跨进门来就说：

"先慢着吃，来喝酒呀！"

当大家都围拢到桌边吃饭时，李正严正地对保长说：

"谁叫你搞这么些酒菜呢？这还不是都摊在老百姓身上了么？下次不准这样！"

"是！是！我是说大家远道来了，辛苦了，高爷叫好好犒劳犒劳大家！"

"少说废话，什么高爷高爷的！"老洪发亮的眼睛狠狠地瞪着保长，保长像小老鼠一样溜出去了。

就在这时，村外的哨兵小山气喘喘地跑进来报告：

"大队长，鬼子来了！"

"什么？"

"鬼子马上就进庄了！"

队员们刷地离开了桌边，随着老洪出了村公所的大门，到街上集合。这时庄北边已听到砰砰的枪声，子弹带着呼啸在街道的上空飞着。

老洪把枪往西一指，队伍向西出庄，往湖边退去。李正叫申茂带一个分队马上到湖边的土丘上去搞船。他自己和老洪带着彭亮这个分队，走出庄外。这时保长在办公处的门边，像送客似的摊着双手叫着：

"吃过饭再走呀！"

这时王强正从庄北撤下来，担任掩护的那个分队，看到保长那个鬼样子，把枪一举：

"去你奶奶的！"

砰的一声，子弹从保长头皮上飞过，把他身后的门上钻了一个窟窿。保长白着脸，抱头跑进门里去了。

王强出庄，鬼子进庄，这时庄里的枪声，已响成一片了。他带着鲁汉、林忠这一分队，下了庄西的岭坡，直向湖边的土丘那里急奔。当他们和老洪、李正在土丘上集合后，

① 指给有势力的坏人奔走帮凶的人（骂人的话）。

敌人已经上了庄西的岭坡。

湖边河道口，只停了一只较大的渔船，其他几只小船，听到枪声，都划进湖里去躲难了。这只大船的主人正在土丘那边草房里吃饭，他听到枪声急忙往岸边跑，被申茂赶上了。申茂认识这个渔民，就说：

“老孙哥，借船使使!”

老洪、王强带着队员们奔上了渔船，这时敌人从岭坡上下来，向土丘这里追过来，一阵乱枪向船上射击着，子弹嗖嗖叭叭地直往船周围的水里钻。

渔民老孙等他们都上了船，把帆拉起，便用篙撑船，船却撑不动。因为岸边水浅，船底贴着地面，又上了那么多人，船陷进深泥里。

敌人快奔上土丘了，如果机枪架上土丘，敌人居高临下向这里扫射就很危险了，因为这四周一点隐蔽的地方都没有，鬼子汉奸在嗷嗷地叫。

鲁汉和几个队员在船上向敌人还击了，可是短枪对远距离的敌人不能发挥威力。敌人的步枪却能射到他们，子弹像雨点样，打击着船周围的水面。

“别打枪，没有用!”老洪命令着，他发亮的眼睛望着渔民老孙。“北风刮得正紧，正是顺风，怎么撑不动呀!”开始他有点怀疑这渔民，可是当他看到老渔民拄着篙，累得满头是汗，才知道船确是撑不动。情况是很紧张了。

“下水推吧！推到深处就好了。”

北风呼呼地刮着，湖边的水，已经结着薄薄的冰屑。彭亮听到下去推，便一跃跳下水去。

“再下来几个!”

小坡、鲁汉、林忠都跳下去了。他们不顾湖水刺骨的寒冷和雨点样落下的子弹，用力推着船身，船慢慢地在水底的泥上滑动，待滑到深水的河道了，北风鼓起白帆，船忽地向前进了。

“快上，快上!”

小坡、鲁汉、林忠都跳上去了。彭亮最后要上船时，白帆带着渔船已经走得很快了。他一把没有抓住船帮，船又已划出很远，他急泅[①]了几步水，才扒上船帮。当彭亮被小坡、李正拖到船上时，已是满身水淋淋的了。寒冷的湖水，从他的上身往下流，顺着他的裤管流到船帮上，又流向湖里去。

当鬼子把机关枪架到土丘上，向渔船射击时，渔船已鼓着白帆，在河道里飞快地向远处驶去。

鬼子拥在湖边，遥望着湖里驶远的渔船，恼怒地往湖里打了一阵乱枪，便折回杨集来。这时保长办公的地方已经高悬着一面日本旗，鬼子停在刚才铁道游击队休息的院子里。黄瘦的保长，恭恭敬敬地鞠着躬，殷勤地把手往屋里一引，满脸笑容地说：

“请到里边坐呀！听说皇军要来，我们把酒菜早就准备下了，好酒大大的喝！米西，米西……”

① 浮水。

“你的大大的好！”鬼子冈村特务队长拍着保长的肩头称赞着。保长黄脸皮上露出受宠若惊的神情，说道：

“皇军大大的好！打八路的。”

鬼子在摆好的酒桌前坐下，大吃大喝起来。这时，高敬斋进来了，他见了冈村特务队长，深深地鞠了一躬，摇晃着肥胖的身子，拦着冈村说道：

“太君，得赏脸哪，到舍下去喝酒呀！我已准备停当啦，有红葡萄酒、鸡、鱼，都是太君爱吃的！上次到我那里吃饭，这一回也得赏脸呀，请呀！”

“好好的！”

他陪着冈村特务队长和另一个鬼子到他家的客厅里坐下。桌上摆了许多好酒菜。高胖子给鬼子斟满杯。

“喝呀！太君为我们打八路，辛苦大大的！”

自从鬼子扫荡铁道游击队，到了湖边，高敬斋挑着日本旗表示欢迎以后，他结识了冈村特务队长。每次冈村出发到这里，都到他家里喝酒，他的大门上有着鬼子岗哨，显着他家的威风。所以他每逢到集上或街上，都昂着头。有时到临城去，也去找冈村坐坐。庄上的人都躲着他走，因为谁要不顺他的眼，他向鬼子努努嘴，就得大祸临头。这高胖子拉拢鬼子，正像过去拉拢中央军一样。有队伍来，他准请上当官的到他家来，借着这股歪气吓唬穷老百姓。铁道游击队还没从枣庄拉过来的时候，正是中央军西去，鬼子的势力还没有伸展到湖边。湖边抗日游击队发展起来了，高敬斋看到这些破衣土枪的穷八路，就觉得眼疼，也感到在这个兵荒马乱的时候，没个靠头①，守着这么大财产，是危险的。他就把自己的大儿子送到中央军去，指望将来回来，也拉起个队伍，保住这家宅田园。就在这个时候，铁道游击队来到这里，他一看就不顺眼：“穿便衣，腰里别着枪，这像个啥队伍呀！简直是土匪，成不了多大气候。”可是，他也听说这班人在枣庄杀鬼子的厉害，因此，他们腰里的短枪也确实使他的心乱跳。他心里恨着共产党，可是表面还得应付下铁道游击队，免得吃亏。所以当李政委来和他谈抗战道理的时候，他也直点头。以后敌伪顽在湖边反复扫荡，使铁道游击队撤进山里去的时候，高敬斋听到“皇军”宣扬飞虎队被消灭，就高兴地对地主们说：“我说的怎么样？他们成不了气候呀！”他就投进鬼子的怀抱了。冈村特务队长很看得起他，要委他当湖边一带的乡长，他正兴高采烈地筹备几支枪，成立乡公所，可是现在铁道游击队又突然出现在他的庄上了。刚才他正在村公所喝着茶，查看给“皇军”摊派捐款的账目，当他抬头一看到老洪和李正时，他确实感到一阵心惊肉跳，可是他马上计上心来，使眼色给保长，就满面春风地来奉承一番了。保长一边办着饭，一边秘密地派人到临城报告。虽然鬼子大队开来，赶走了铁道游击队，可是总没有消灭他们，这使高敬斋心上多了一块病。

现在他虽然笑着给冈村斟着酒，可是心里却一直忐忑不安。冈村不知道他的心情，却在不住地称赞着他：

“你的报告的好，你马上乡长干活的，上任上任的。”

① 靠山。

“乡长干活，不行！”高敬斋微微摇了摇头。

“怎的不行?”冈村不高兴地问。

高敬斋往湖的方向一指：“八路的。”

“不要怕！皇军大大的，你的乡公所皇军保护的，八路来，你的报告，皇军马上的来。你的乡公所有枪，我给你子弹，八路来，枪一响，我带人就出来扫荡，不要怕！”冈村很有信心地安慰着敬斋，并很有兴趣地喝着葡萄酒。冈村狠狠地喝了一杯，又说：

“你明天的就干，我回去召集各庄保长，开会开会，都得听你的，谁不听话杀了杀了的。大家合起来，一齐打八路！”

听说“皇军”给武器，又帮他开会，听枪响就来增援，高敬斋就有信心了。他摸着肥胖的下巴，心想：当了乡长，不但这一带老百姓都得听他的话，连各庄保长也都由我指使，就是皇军，不也听我调遣么！他高兴起来了。

夜里，天稍晴些了，冷清清的明月挂在天空，湖面泛着一片青烟似的薄雾，远望微山，只隐约辨出灰色的山影。寒风任意地扫着满湖的枯草梗，发出一阵窸窸窣窣的声响。湖水在枯草丛里微微低语，远处不时传来一两只水鸭的扑翅声，使月夜的湖面更显得寂静和冷清。一只渔船像梭一样地驶进较深一些的枯草丛里，惊得一群水鸭飞起。渔船停下了。

李正和老洪蹲在船头，望着湖面和远处岸边的点点灯光。由于这两三天来不分昼夜地奔波，队员们都拥在小小船舱里，盖着大衣，互相偎着熟睡了。李正和老洪又回头望望西北湖的远处，那里也有着星星一样的火光，他们知道那就是申茂所谈的卫河里的船帮。可是顽军盘踞夏镇，靠那里很近，听说伪军又控制了微山岛，特务可能散布在那些船帮中间。为了免出危险，老洪低低地和李正商量：

“就在这里过夜吧！”

他们是不惯于在水上作战的，在陆地上，地形复杂，便于隐蔽，有利就打，打了就跑。可是在水上就不行了，湖水像镜子一样平，一点遮掩都没有，蹲在船上，挤在一起动弹不得，他们又都是短枪，打不远。可是敌人的机枪，手炮①，隔二里路就可以打到他们。李正对老洪说：

“我们要马上在岸上扎下根，那样就好了！”

老洪点了点头。船头只留一个哨兵，警戒着湖面，船舱里传出一阵阵沉重的鼾声。

第二天一早，渔船划向岸边，他们上岸去到皇甫庄找保长搞饭吃。李正叫两个队员留在船上，他要把这只船控制在手里，以防意外。果然不出李正所料，铁道游击队进庄刚吃上饭，鬼子就包围上来了。他们打了几枪，冒着敌人的炮火，跑得满头大汗，蹿上渔船，划进湖里。

待在湖里有三天了，每天蹲在枯草丛里的渔船上，队员们都急躁起来了。

“这样四下不着地，不把人活活憋死了么！要裂就痛快地裂了吧！再别这样活受罪。”

“这样蹲着，连吃都弄不上呀！”

① 指前文所说的掷弹筒，即超轻型迫击炮。

“这里的老百姓看着咱们就躲，咱们一进庄，鬼子就马上到了，鬼子怎么来得这么快呀!”

“我看要在这湖边待下去，就得把这一带的坏蛋杀几个，庄里一定有特务、汉奸!”

老洪对这后一种说法，很表同意：“应该杀几个镇压一下!”因为他们每次出湖，都被鬼子、汉奸赶得气喘喘的。跑到船上时，刘洪气得眼睛都在冒火星，提着短枪的手直打哆嗦，牙咬得格格响。可是干着急，却没有办法，因为他们手里的短枪，不便于和敌人在野外战斗。刘洪像跌到井筒里的牛犊一样，有力没处使。他后悔和老六团分离时，团长问他们要枪不，他没有要一部分长枪，或者要一挺机枪。如果有了机枪，他就可以架在岸上，和敌人干一场了，起码不会像现在这样狼狈地被敌人赶着跑。

他们白天不能上岸了，为了要吃饭，夜里派出一个分队，秘密地摸到庄子里，找保长要一点干煎饼，不敢久待，就匆匆回来了。刚出山时，司令部给他们一百元的菜金①，现在也花得差不多了。夜里住在湖上，寒风毫无阻拦地刮着，队员们披着大袄，都挤在一起，挤在里边的还暖和些，蹲在外边的冻得直打哆嗦。

在一天夜里，政委叫人到湖外去打了点酒，让大家喝点取暖。队员们一喝酒，精神来了，大家都望着李正，听着他讲话。

“同志们!我们艰苦的斗争生活现在算开始了……”

他的声音是低哑而严肃的，在这枯草丛的湖面，听起来是那么清晰。

“我们进山的三个月，敌人就把这里伪化了。在敌伪残酷的统治下，村民暂时不敢接近我们。坏蛋抬头了，汉奸特务多起来了，使我们在庄上站不住脚，使我们捞不着饭吃，不得不待在船上，在湖里打转游。这里到处是敌伪顽、汉奸特务、顽固地主，四周又没有自己的部队来援助我们，我们只孤零零地靠这一二十支短枪，来打开这里的局面，是的，这是有困难的。”

“但是，”李正的声音渐渐激昂起来，“我们能够战胜这些困难，而且一定要战胜这些困难!艰苦不算什么，胜利是我们的，因为我们是共产党领导的部队，是人民的队伍。我们只要取得湖边人民的支持，我们就能够战胜一切。要知道，那些坏蛋特务只是极少数，广大人民还是拥护我们的，这一点大家一定要认识清楚，坏人只是极少数，不要以为湖边的人民都变坏了。”说到这里，李正把细长的眼睛，扫了一下远远的蒙在夜色里的湖面，略微沉思了一下，又说下去：

“这两天，大家蹲在渔船上都发躁，我和大队长也在商量着，这也确实不是个长远办法。但是大家只感到蹲在湖上憋得慌，不舒服，却没有认识到这样下去的危险性——就是说，这渔船确是使我们暂时摆脱了敌人，取得了安全；可是最大的危害，是它使我们远离了人民。要知道这周围的湖水，只能养鱼，并不能帮助我们战胜敌人，只有回到岸上钻进人民里边去，在那里生根，我们才有办法，才能胜利地对敌人进行斗争。这一带的坏蛋，我们是要镇压一下的，但是这只能在我们和群众联系以后才能办到。我们进庄，坏蛋可以看到我们，我们却看不到坏蛋，所以我们一定要回到人民里边去，再困难也要

① 用作买副食的钱（多指机关、团体的）。

到岸上去。”

“怎样回去法呢？”李正抓了一下自己头上的长发，这是他在枣庄炭厂时留下的，又望了望队员们的分发头，由于好久没梳，都蓬散着，在夜风里抖动。

“这个玩意儿是用不着了，它只能使我们和老百姓有区别，没有任何好处。我的意见，从今晚开始，轮流着到岸上偷偷地把它剃了，再把现在身上的衣服换成老百姓的服装，这是我们和老百姓打成一片的开始，也是到岸上去的准备工作。同志们，为了艰苦斗争，把头发剃掉吧！这是今后的斗争所需要的。”

夜风在湖面呼呼地吹着，李正的谈话，使沉静的人群慢慢活跃起来。当大家沉闷的时候，都想听他讲讲话，他的话使人们的胸怀渐渐疏朗开了。

当夜，由彭亮带领他的分队到岸上，偷偷地到老百姓家里借了一把剃刀，回到了渔船上，由一个会剃头的队员把大家的长头发剃去了。

第二天夜里，李正、老洪和王强商量了到岸上活动的办法，一致认为只有分散活动，分头掌握。由李、刘、王各掌握一个分队，白天分散，晚上集中。分散前指定晚上集中地点，集中后研究情况，应付战斗，并研究了联系办法，然后再分散开。分散前，李正在岸边对全体队员讲了一次话。说明这次分散的目的，是要缩小目标，便于活动，寻找有利时机，打击敌人。分散活动时，每个队员都要和当地人民建立联系，熟悉当地情况，才能在这里站住脚，造成打击敌人的条件。并要求各分队自己想办法，把身上的衣服都换成农民服装，把枪别得使外人看不出来，白天可以背着粪箕子在村边游动，或者到田地里跟农民一块干活，既可以宣传抗日，又使敌人认不出我们是铁道游击队员。越群众化越好。

老洪最后说：“明天晚上到苗庄集合，我要检查一下，看谁不像老百姓就不行。为了斗争的需要，应该这样。”

天色漆黑，虽然已是将近三月了，却飘起了桃花雪①。

苗庄东头的大榆树下，有两个人影从庄外闪进来，小坡往一座屋墙上轻轻地叩了两下，便回来和他的队长蹲在门边的黑影里了。

门微微地拉开，老洪和小坡站起来，芳林嫂向着这两个“庄稼人”怔了一下，马上把他们往门里一拉，把门扣上，急忙领他们到屋里去。

由于兴奋，划火柴的手都有点发抖，嚓的一声，灯亮了。芳林嫂黑黑的大眼睛，牢牢地盯住了老洪，虽然从暗处乍到灯亮处，眼睛有点花，可是老洪却看到芳林嫂黑黑的眼圈里有着泪水在转动，她有些瘦了。

“你们几时来的呀，可把人急死了！”

“我们过来已经一星期啦！被困在湖里，没有工夫来看你。”

“啊呀！我说这几天，鬼子常到湖边扫荡，说来了游击队，那里不断有枪炮响，就是打的你们呀！我心里也在寻思，是你们过来了么？可是也该来打个招呼呀！我想你不会

① 桃花开时下的雪；春雪。

把我忘掉的。”说到这里，芳林嫂的喉头有点沙哑，显然是为了小坡在旁边，她是硬压住将要迸出眼眶的泪水的。

“我们插到湖边，没吃上饭，就叫鬼子赶进湖里去了！几天来，我们都蹲在小船上，四下不着地，我们也很着急呀！一傍岸边，我们就会来跟你和冯老头联系的，可是鬼子、汉奸不叫我们上岸，我们刚进庄，鬼子就包围上了。我们哪能忘记你呢！”

老洪一向是不对别人说这么长的解释话的，但是现在他面对着这被别离和担心所激动着的芳林嫂，就不能不多说几句了。老洪的性格是倔强的，过去他经常是以自己的豪爽和英勇去援助穷兄弟和战友的，当别人要感谢他，他就像感到委屈似的加以谢绝；可是如果别人对他有一点好处，他都牢牢记着，找机会十倍百倍地报答对方。芳林嫂救了他的命，又那么深情地护理他，他怎能忘掉呢！他望着芳林嫂湿润的黑眼睛，不由得解释起来了。

小坡为了警卫大队长的安全，出了屋门，冒着雪，到街门口的门楼底下放哨去了。芳林嫂走到老洪的身边，望着他的右胸，低声地问：

“伤都好利落了么?”

“完全好了，你放心吧!”

芳林嫂感到屋里很冷，忙去外边抱了些草烘上，就到锅屋里给老洪做饭去了。

鸡早被鬼子抢光了，又没有鸡蛋，今年春荒，家家吃糠咽菜，做些什么吃呢？正好前天芳林嫂到临城去，从那里弄来两斤白面，她给老洪做两碗热汤端了进来。

“喝碗热汤暖暖吧，没有鸡蛋了!”

说罢她就到外边去，在门楼底下，把小坡拉进屋里，递给他一碗：“快喝吧，外边挺冷的!”她就到门楼下边为他们放哨了。

雪片鹅毛一样下着，老洪和小坡在喝着热汤，这是他们出山后插到湖边，第一次喝到这样有滋味的酸辣汤，喝了一碗，浑身上下都暖和过来了。老洪一面喝着，一面想到就在这春寒的雪夜里，他的队员们都散居湖边的露天野外，在坟堆和洼地里冒着风雪，衣服都淋透了吧，也许是在迎着刺骨的寒冷在打战发抖呢。

想到这里，他把小坡又给他盛好的一碗放下，皱起了眉头，在那里沉思。是的，他不安于自己在这里享受温暖，他抬起了头，对小坡说：

“留一点给政委喝，他一会儿就来的。你去把芳林嫂叫进屋来，我有话和她说。”

小坡把芳林嫂叫进屋来，芳林嫂看到锅里还有那么多汤，老洪正对着一碗热汤皱着眉头，她便说：

“你怎么还不快喝呀？是等着像让客一样让呀，还是嫌汤做的不好喝?”

“不!”老洪摇了摇头。为了怕芳林嫂难过，他把眉头舒展开了，笑着说：

“四下还有好多同志在雪地里呀!”

“以后他们来，我都做这样的汤给他们喝好了，你现在喝吧!”

“你不要急，汤我是要喝的，一会儿政委就来，给他留一点。现在我有事和你谈谈，你坐下吧!”

芳林嫂知道老洪的心，在惦念着队员和盘算着战斗，她就服从地坐下，望着老洪英俊的脸。

“现在这一带简直不叫我们傍庄边了，我们一进庄，敌人马上就来到。最近我们准备对这些坏蛋镇压一下，不然，这里的局面就很难开展。”

“是呀！你们走后，鬼子和顽军在这里又拉了半个月的锯，说八路军飞虎队都被消灭，要各庄派款，开庆祝会。一些地主坏蛋都露头了，挑着小旗欢迎‘皇军’。鬼子常召集各庄保长开会，拉拢一些地主。庄上一些地痞流氓和财主的狗腿子，都给鬼子当了特务，八路军过来，就向临城报告。你们一进庄，消息早一庄传一庄，传到临城鬼子那里了，当然来得快。”

芳林嫂叹惜着说：“这些龟孙也得镇压一下呀！去年秋粮没收，今年春天闹灾荒，老百姓如今就到地里去找野菜吃了。可是汉奸保长还每天替鬼子催粮要款，你说这日子可怎么过！西边杨集，高大胖子听说最近当了鬼子的乡长了，这个龟孙才真不是个人！你们今后要在这一带存身，这些病根不除了，也真不行呀！”

小坡也气呼呼地插进来说：“不镇压一下真不行呀！这两天我们换了衣服，分散着到各庄活动，我们得进庄找吃的呀，可是一进庄，不久鬼子汉奸就包围上来了。昨天王强副队长带着一帮人，趁着天黑，秘密地进了杨集东头一个王老大娘家里，想住下搞顿饭吃，刚吃完饭，鬼子就来了。他们打着枪冲出庄，这一来，可苦了那王老大娘了，听说鬼子汉奸把她老人家吊起来，打得皮开肉烂，临走还把她儿子抓去，说是通八路。政委带的那个分队，听说也是这样，住在谁家，谁家就受害。你说鬼子心多毒辣！我们进庄一听到哨兵说鬼子来了，我们就冲出庄去，鬼子进庄怎么知道我们住在哪家呢？这不是明明有坏人指点么！奶奶个熊，非杀几个不行！”

说到这里，小坡的眼睛有点红了，他握着短枪的手在发抖，他着急的是枪没处打。接着他又低低地说下去：

“政委一再交代我们照顾群众的利益，为了不使老百姓受害，我们整天在野外乱转游，尽可能不进庄，有时饿着肚子，瞭望着，看到鬼子来了，我们就老远转移了。真饿得急了，等天黑，我们派一个人偷偷地挨到庄边，跳进人家，向老百姓买一点干煎饼回来，大家分着吃吃。你想，只啃点干煎饼，整夜蹲在野地里，冻得能睡得着么？政委说，青苗起来就好活动了，看看地上的草都发芽了，我们在盼着它快长起来，可是盼着盼着，又来了这场大雪，你说队员同志蹲在田野里怎么个受！”

小坡的低沉的谈话过后，屋里静下来。芳林嫂这时才了解到老洪刚才为什么皱眉头，想着他的队员们现在是怎样冒着风雪在田野里过夜。这是些多么好、多么勇敢的人呀！他们为了抗战，在受尽艰苦，她心里一阵难过。她想用一切办法来帮助他们，就是自己死了也甘心。她想明天就到临城去，把那里的家底[1]都变卖了，也得给他们买双鞋穿，或者换点干粮带回来。她皱起眉头，美丽的眼睛布满了忧愁。显然，铁道游击队员们的痛苦，已成为她的痛苦了。

老洪经过一阵沉思以后，抬起了发亮的眼睛，望着小坡：

“去找冯老头来，你知道路么？”

① 家里长期积累起来的财产。

“我去过一次，”小坡坚决地说，“摸总摸得到的。”小坡拔出了枪就要出门，被芳林嫂拦住了。

“还是我去吧！天黑，雪把道路都埋住了，你摸不着路，我路熟。”

芳林嫂披了个白被单，就匆匆地出去了。临出门，她回过头来对老洪说：

“你们把大门关上吧，我马上就会回来！”

雪纷纷地下着，芳林嫂身上的白被单，在夜色里抖动，她是那么敏捷地穿过一个小树林，向庄北走去。

下半夜，芳林嫂领着冯老头回来，这时李正带着小山也早在这里了。在昏黄的油灯下边，他们在研究情况，确定对策。

最后冯老头和芳林嫂都表示决心说：“我们在这几天内，一定把各庄的坏蛋查清楚！干的时候，我们领着就是！”

拓展阅读

革命圣地——延安： 延安在近代历史上占有重要地位的主要原因是因为它曾是红色革命中心，是中国人民解放斗争的总后方。1935 年 10 月，中共中央和中央红军胜利到达吴起镇，延安成为中国革命的落脚点和出发点。13 年间，这里经历了抗日战争、解放战争和整风运动、大生产运动、中共七大等一系列影响和改变中国历史进程的重大事件。延安是延安精神的发祥地：从 1936—1948 年，延安是中共中央所在地，是中国革命的指导中心和总后方，是全国人民向往的革命圣地。抗日战争和解放战争时期，中共中央和毛泽东同志在延安生活、战斗了 13 个春秋，留下了大批的宝贵文物和纪念地，更为重要的是还留下了的珍贵的精神财富——延安精神。著名的枣园、杨家岭、南泥湾、凤凰山等都是记录着先辈们为革命而忘我奋斗的红色圣地。

第十六章

小坡和王虎

这场春雪下了一天多，将要发芽的草根都埋在半尺深的雪里了。低洼的地沟被填平了，小树丛青色的枝条，从雪堆里露出尖梢，在寒风中抖动。

冷月高挂树梢，寒风把光秃的树枝，吹得呼呼直叫。彭亮弄些枯树枝，把小沟底的雪扫出，他和两个队员，裹着棉衣，挤到沟里睡下，小树丛的枝条正覆盖着他们的身上。开始王虎还在打着寒战，低声骂着，可是不一会儿，小沟里就发出呼呼的鼾声了。彭亮睡不着，披着大袄提着枪坐在沟头上，在警戒着小树林外的动静。他们是刚奔到这里来过夜的。

“下雪不冷，化雪冷。”寒风从厚厚的雪地上扫过，上边骤然结成了一层冰屑。王虎和陈四身下的残雪，被身上的热气融化成水，顺着衣角流出来，可是经寒风一吹，又马上结成了冰。

拂晓的时候，彭亮把王虎、陈四推醒，要他们起来，另转移个地方。王虎睡过后，特别感到冷，冻得浑身打哆嗦，上下牙齿在咯咯响。他要爬起，可是爬不起来了，原来身下暖出的水早又结成了冰，把棉衣紧紧地粘在石板上了。彭亮帮着，才把棉衣从石板上撕开。

“奶奶个熊，真受罪!”王虎一边打着寒战，一边叫骂，显然他是火了。

“艰苦点吧，同志!”彭亮说。

“怎么！又批评了么?”王虎不服气地叫着，“艰苦！艰苦！不艰苦谁愿睡到这冰石头上!”

“那你骂什么呢?”

“我骂这石头，它粘住了我的棉袄。”王虎把一肚子的气向彭亮身上发泄了。

彭亮也有点火了。可是一想到自己是个分队长，政委经常提醒他，要耐心教育队员，就把肚里的火压下去了。在转移的路上，他不住地对王虎讲着道理：

“这艰苦是谁给我们的呀？是敌人啊！我们要仇恨敌人才对，只有战胜敌人，才能摆脱艰苦……”

但是他并没有说服王虎，一路上王虎还是嘴里不干不净地叽咕着。的确，最近一个时期的艰苦生活，好多队员都能咬紧牙，可是王虎却有点受不住了。

王虎和小坡、小山、拴柱，都是一般年纪的青年，他过去在临城铁道边长大，申茂拉队伍，他就参加了。由于他的年纪小，扒车时弄下好吃的先尽他吃，好用的先尽他用，养成了他娇生惯养的坏习惯。在山里整训，他接受了教育，但是他没有想到实地干起革命，竟是这么艰苦。所以在这被敌伪搜捕，吃不上、住不下的环境里，他的野孩子脾气就又要出来了。他平时参加战斗，在别人的鼓动下，还勇敢，没装熊，可是在艰苦时，还要什么纪律批评，他就觉得冤枉了。

他平时最信服小坡，小坡机灵、能干。过去他常和小坡在一起，虽然他们一样的年纪，可是他总叫小坡哥。小坡以后跟大队长当通信员了，他们就不在一起啦。特别是分散活动，几天不见面是常有的事。最近他又和拴柱搅得很热乎了。情况紧张时，一个分队活动就困难，有时化成两三个人一个小组。他和拴柱在一起活动，经常叽咕，不断地发牢骚。

每逢晚上，分散的小组在约定的地点集中，彭亮总感觉到王虎和拴柱的行动有些两样。有时在约定的地点常常找不到他俩，或者在约定的时间，他俩到得最迟。彭亮从他俩身上常嗅到浓烈的酒气。大家连干煎饼都吃不到，他俩的小嘴上却是油渍渍的。队员们都认为他俩一定在外边违反群众纪律了，所以在分队会上，大家对王虎展开批评。

“批评我在外边胡吃乱喝么？”王虎瞪着小眼说，“百年不遇地碰上个好保长，给酒还不喝么？有好的吃到肚里合算！”

这天，天气晴朗，王虎和拴柱腰里别着枪，闷闷地坐在一个土岗上，这样可以看到四下敌人的动静，不致被敌人突然包围。天已经晌午了，可是还没有用早饭，肚里饿得咕咕地直响。

王虎突然看到土岗北边大道上，有几个人赶了五六条黄牛，在向临城方向走去。他浑身来了劲，把手向拴柱一摆：

“走！有吃的了。”

他俩跑上去，拦住了牛群，用枪指着赶牛的人，问：

“干什么的？”

庄稼人被枪吓住了，怔了一阵，低低地说：“我们去卖牛啊，老总！”

“到哪里去？”

“到临城集上！”

“汉奸！”王虎叱呼着，用枪点着为首的一个老头，“临城住鬼子，你往临城卖，就是汉奸！走！”

王虎牵着走在头里的那条牛，引向南边，把牛群向南边的小道上赶。三个庄稼人慌了，急忙跑到王虎的跟前，点头作揖地解释：

“老总，你饶命吧！这是俺庄上十几家合养的牛，托我到临城集上去卖的，今年灾荒，眼前都没粮吃了，熬不过这春天，就计算着把牛卖了，救活人命。你要把牛拉走，俺这十几家不都得饿死么？行行好事吧！”

“别嚼舌头①吧，你们是牲口贩子，是替鬼子买牛的汉奸，这些牛都得没收，少说废话。快走！”

① 无谓地争辩。

王虎用枪指着庄稼人，拴柱赶着牛群向南走去。庄稼人哭喊了一阵，看到没有办法，那个老的低声地和其他两个嘀咕了一阵，就满脸笑容地拉住王虎，从腰里掏出一把钞票，送到王虎的面前：

“老总，放过我们吧！这点小意思，送老总喝点茶水。”

王虎肚子里饿得直叫，看到送到面前的钞票，便犹豫了一下，因为接到手就马上可以买到可口的东西吃了。可是他又感到有点不对劲。这时被拴柱看到了，在远处叫着：

“不行呀！那几个钱算个啥，还是赶牛走，够全队吃一些时的，快步吧！”

王虎把老头的手一推，就随着拴柱走了。庄稼老汉还要哭叫，他狠狠地回过头来，举起了枪：

“少啰嗦！不然，对你们不客气。”

王虎叫拴柱在后边赶着牛，他急急地到南庄村后的坟地里去找彭亮，因为这是他们约定的地点。他跑得满头大汗，到了坟地，看到了彭亮，正好李正也在那里和彭亮谈话，王虎赶上前说：

“政委，可好了，有办法了！”

李正和彭亮望着王虎气喘喘又极喜悦的神情，便问道：“什么事使你这么高兴呀！”

“我们搞到五六条大牛，够咱队上吃一些时的，生活没问题了。”

“搞谁的？”

“汉奸的。”

“你摸进临城了么？”李正高兴地问，因为他知道王虎是本地队员，对临城熟悉。

“不！汉奸往临城赶的，叫我和拴柱拦下来了。”

不一会儿，拴柱赶着牛群过来了。接着后边的庄稼人也赶上来了。虽然一路拴柱威胁着他们，要他们回去，可是他们怎么舍得丢下他们的牛呢？拴柱在前边走着，他们在后边远远地跟着。他们一见到王虎站在李正和彭亮的身旁，就知道这是遇上当官的了。老头走到李正和彭亮的跟前，便弯腰扑下去：

“老总呀！你可行行好，把牛还给俺吧……”

李正忙把老头扶起，满脸笑容地问道：“老大爷，什么事？”

“俺是到临城集卖牛的呀！刚才两位老总硬说俺是汉奸，把牛劫下来。你说说，这六条牛都是俺庄上穷人家凑在一块卖了，度这春荒的呀！要是没有了牛，俺还有啥脸回去见乡亲，这十几家的命都拴在这几条牛身上啊……”

说着，老头唔唔地哭起来，李正一听，愤怒地望了王虎一眼，便又问老头：

“大爷，你是哪庄的呀！”

“夏镇西边刘庄的。”

“把牛赶走吧！”李正温和地说，“刚才这两位同志对你误会了，因为这些时鬼子四下派牲口贩子，向咱老百姓收买牛作军用品。你们不要往临城去卖吧，我们中国老百姓不应该卖东西给鬼子。同时，那里鬼子说不定会不给你钱，还是到另外一个集上去卖吧！对不起！老大爷，我们八路军是不要老百姓的东西的，你们快走吧！”

李正把庄稼人送出去好远，庄稼老头感动得说不出话来，从腰里又掏那一沓作路费的钞票，送到李正的面前：

“你们真是讲理的队伍呀，拿这去买碗茶水吧！”

“不！老大爷，我们八路军是不拿群众的一针一线的，你还是留着作盘费[1]吧！”

回到坟地以后，李正严厉地对着王虎和拴柱问：

“你们就这样搞牛么？”

李正那细长的眼睛里，放射出严肃而逼人的光芒，使王虎和拴柱低下头来。他激动而响亮地说：

“你们搞错了！这样做，就是抢劫。与我们人民部队的称号完全相悖，人民会像对汉奸和‘中央军’，一样痛恨我们。要知道，在这艰苦斗争的环境里，我们失掉了人民的支持，敌人就会把我们消灭。”

接着他又看着彭亮，这时彭亮的脸也气得发紫了。李正对彭亮说：“你们分队出了这样的事情，是很严重的！你一定要王虎、拴柱两位同志在分队会议上检讨，进行严格的批评，我也将召开全队会议，来进行教育，这种无纪律的现象一定不能再发生。”

王虎在队上受到严厉的批评以后，憋了一肚子气，在分散活动的时候，他和拴柱常低低地骂街：“奶奶个熊！我搞牛也是为的全队呀，想不到竟惹了这场闷气。”近些时，他俩更不愿见彭亮了。因为彭亮在分队会上是那么脸红脖子粗[2]地批评他们，王虎确实有些受不了。在分散时，他才松快些，可是一集中他就皱起眉头了。

小坡突然调到他们分队了，王虎一阵高兴。在山城整训时，他就和小坡很要好，小坡是队上几个青年的核心，大家都佩服他。所以小坡一到分队时，王虎和拴柱就要求彭亮答应要小坡和他俩在一起，彭亮答应了。

“我也很愿和你在一块呀！”一见面，小坡就握着王虎的手，说出自己的心愿。

不过当他和王虎、拴柱在一起生活了几天以后，小坡也在发愁了。每当敌人追捕他们，王虎气喘喘地坐下来以后，总是在咒骂着，可是他咒骂的是这种生活，而不是仇恨敌人。每当肚里饿得咕咕噜噜的时候，王虎和拴柱就一唱一和地发着牢骚，有时他俩背着小坡，到庄里去乱搞东西吃。小坡在这种场合常给他俩谈些道理。

“同志！要咬紧牙呀！”他指着脚边发青的麦苗说，“将来麦子长起来就好了，到时我们既有东西吃，又可以隐蔽起来搞火车，打击敌人了。政委和大队长最近正在计划开展这里的群众工作，计划要镇压一批坏蛋，给群众解决些问题，我们就有办法了。咬着牙勒紧裤带等着吧，这个时间不长了呀！”

“小坡哥！”王虎从庄里弄来了几个烧饼，递给小坡两个。小坡闻到酒味，知道他俩又偷偷地到庄里喝酒了，便听王虎说下去：

“你快吃吧！这些道理我听了不知多少遍了，道理是这么讲，可是肚里没东西还是饿呀！你是俺的小组长，我俩服你，你坐着，我们跑腿，保险有你吃、有你喝就是了，再别啰嗦这些了！”

每次的谈话，王虎和拴柱都听不进去，随着这些谈话，小坡也以实际行动来影响他俩。敌人追赶他们，在最紧急的时候，小坡走在后边作掩护。在寒冷的夜里，小坡把自

① 路费。

② 形容发急、发怒或激动时面部颈部红涨。

己的大袄偷偷地给王虎、拴柱盖上，自己在放哨。这些王虎和拴柱也深深受到感动，可是并没有使他俩的野性有所收敛，从政治上觉醒过来。相反地，他俩却把小坡的爱护当作私人的友情来接受，只笼统地认为："小坡够朋友！"

小坡经常在深夜放哨的时候，听着王虎的鼾声，不住地皱眉沉思。他想到自己这次调到这个分队来，政委交给他的政治任务，是特地要他来帮助教育王虎、拴柱，使他们进步起来。可是现在看看，效果是不大的。他想到政委临调他来时对自己讲的话：

"一个共产党员，耐心教育帮助群众进步，是自己应担负的光荣任务。我想你这一去，是会促使他俩转变的，因为他俩很信服你，一定会听你的话的！"

这响亮的嗓音，现在又在他耳朵里打转。他感到没有完成党交给自己的任务，心情渐渐沉重起来。在他临来前开了一次党的会议，研究了队员们的思想情况。在这湖边还未站住脚的艰苦情况下，一部分队员是有些消极和蛮干的情绪，尤其是本地农民出身的队员，王虎就是最突出的一个。如果他转变了，能影响一部分落后的队员。要是他更坏了，也可能影响一些落后的队员。这是他来这个分队工作的意义。在这寒冷的夜里，他不住地抱头沉思，两手摸着脸颊，他感到比在山里瘦多了。

这两天，王虎和拴柱的性情更乖僻①了，经常背着小坡在嘀嘀咕咕，不知谈的什么。在一个晴和的下午，王虎和拴柱拉着小坡，来到一个僻静的土岗上，这就是王虎劫牛的地方。一看到这个岗，王虎就生气。可是他们三个还是在这岗坡上坐下了。

小坡看到王虎、拴柱两人的脸色有点不对，平时他们都是紧锁着眉头，今天却舒展开了。可是从冷板着的面孔上看，显然不是心情愉快，像有什么事情下了决心似的，绷着嘴巴，斜竖着眼睛。平时三个人坐在一起时，每人的枪都是别在腰里的，可是今天王虎和拴柱却是提在手里，机头大张着。

"小坡哥！"王虎板板②地说，"这两天我俩总想给你好好谈谈，今天就拉拉吧，抽烟吧！"

"谈吧！"小坡本来不喜欢抽烟，还是接过来一支。

他们脚边的麦苗，绿油油的，已经快埋住乌鸦了。王虎狠狠地抽了一口烟，指着麦苗说：

"奶奶！你看这麦苗还都是青斯斯的，什么时候能吃到嘴呀！"

"还得个时候，"小坡无味地说，"反正总有吃到嘴的那一天！"

"我说小坡哥，你看咱这一伙怎么样？"

王虎突然把话头转过来了，小坡知道他说的"这一伙"是指的铁道游击队，他警惕地睁大眼睛，回答：

"怎么样？就是苦点么！还有什么？"

"我看咱这一伙也快了，整天四零五散，吃不上、住不下，政委还抓得那么紧，各人都揣个心眼，我看迟早要散伙。奶奶个熊，要散伙就趁早，各人也该有个打算！"

"你有个什么打算？"小坡想听他说下去。

---

① 怪僻；乖戾。

② 形容表情冷淡、严肃。

“奶奶！这个罪什么时候才是个头呀！”王虎突然叫骂起来，“想起过去搞火车的时候，有吃有喝多痛快，想不到现在受这个穷罪，奶奶……”

“我也真受不下去了……”拴柱在旁附和着。

“革命嘛……”小坡正要准备说下去，可是看到这两个家伙的眼睛里突然发出凶恶的光芒，在盯着他。他狐疑了一下，听着王虎嘶哑地叫骂着：

“革命？他奶奶！老爷们革够了，不干革命，提着匣子枪，吃遍天下！”

小坡听见话头来得不对，想去掏枪，但是对方的两支枪口都无意地对着他。他狠狠地抽了一口烟。

“是呀！那样痛痛快快地干一伙，死了也不冤！”拴柱也在说。

小坡知道这时说正面道理已经不行了，他把头埋进架在膝盖上的双臂中间。他的心在激烈地跳动着，面对着这个紧张的场面，面前摆着个大问题，要他来解决。他激动得眼睛里已有着泪水了，想不到平时他所关心爱护的王虎和拴柱，现在竟受不住艰苦的煎熬，想要扯伙[1]，走上异途。这一切激起小坡一阵压制不住的愤怒，他过去对他们的照顾和爱抚是由于革命友爱，因为他们是同志。可是现在，他们竟翻脸了，甚至要把枪口对着革命开火了。那么，他就应该捍卫革命利益，把他们枪毙。他的手已经摸到枪把了，可是马上又松开了。如果掏枪，干了王虎和拴柱，回去见了政委，怎样交代呢？又没有凭证。如果他被这两个家伙干倒呢，这又多么不值得！……

王虎这时靠近了小坡，碰了一下他的肘，放低了声音，很和蔼地说：

“小坡哥！咱们兄弟们一向很投脾胃，所以我俩今天来找你拉个知心呱！你够朋友，我们才和你商量的。”

小坡抬起了头，这年轻人被难题折磨得额上已露出一丝丝皱纹，为了要了解下文，他的眼睛亮了一下，心绪仿佛平静些了，他笑着说：

“啥事呀！你说吧！咱弟兄没有不好办的事。”

“咱不受这个熊罪了，我看咱们裂了吧！”王虎眼睛里发出一阵亮光，捶了一下膝盖，坚决地说。

“怎么个裂法呢？”

“我们拉出去干了吧！”

“投鬼子么？”

“投鬼子还落个汉奸名，凭咱这三棵枪，到哪里谁敢不给个吃喝呀！你愿意的话，你当咱的头，我俩下手干，保你有吃有喝的！小坡哥，因为咱弟兄好，我俩才约你，不然我们早走了，我真不想在这里受这个穷罪了，可是，现在话已经讲明了，我俩光听你说一句话了！”

拴柱看王虎已经把话说开，就把枪口对着小坡，他在旁边也说话了：

“我们看你够朋友，才把心交给你，还是一块干了吧！不然的话，你也别嫌我们不够朋友。”拴柱说到这里，眼睛里冒出一股要杀人的凶光。他最后说：

① 方言。逃跑之意。

“反正这事透露出去，老洪也会要我们的脑袋。”

小坡望了一下那两个对着他的黑黑的枪口，把头又埋进手臂里了。问题已经揭开，枪口已经指到头上，要他抉择了。要是说个不字的话，他知道拴柱的“不够朋友”的话里就是：把他打死，摘了他的枪拉走。

“怎么样呀！”王虎催促着。

小坡抬了抬头，说：“我得考虑一下呀！”

“用不着大考虑，一下决心就行了，干了吧！保证我俩都服你的。”

小坡仿佛平静下来了，他眼睛里充满着智慧，一动也不动地瞅着王虎和拴柱的脸，叹了口气，说：

“其实这个苦滋味，我何尝没有受到呢！不过我想到老洪和政委领导咱干了一场，就这样走了，怪对不起他们似的。我刚才就在这个问题上打转转①，你俩对我的好心我怎会不知道呢？”

看看小坡有些动心了，王虎和拴柱更有劲了，就笑着解释说：

“他干他的，咱干咱的，河水不犯井水。我们又不当汉奸和他作对，以后咱们干好了，还可以帮助他们一下。干了吧！别再三心二意②了。”

“行！”小坡点头说，“就这样干吧！不过我可不能当头，还是你当头吧！”他对王虎说。

“不！你当头，我俩都听你的，就这样定了。”王虎和拴柱高兴起来了，看看天色不早，太阳快落山了，他俩把小坡拉起来。

“走！到后庄找保长喝杯齐心酒，我和那个胡保长搞得很对脾胃，要什么有什么。”

他们在暮色里溜进了后庄，坐在胡保长的家里，他们打来了一斤好酒，王虎把枪往桌上一拍，叫保长搞些好菜，他们三个人喝起来了。

王虎酒量不大，可喜欢喝两杯，一有痛快事，他喝得更起劲。他和拴柱不住对杯痛饮。小坡不大能喝，可是他却那么亲热地向王虎敬酒：

“再干一杯！咱弟兄们好久没在一起痛快地喝一气啦！”

“小坡哥！”王虎的嘴有点打嘟噜了，可是他还是支支吾吾地说，“你只要说叫我喝，我还能不喝么？不喝对不起你！”

拴柱喝得也有些醉意了。可是小坡叫保长再去打半斤来。王虎一听小坡又要酒，哈哈地直笑，他拍着小坡的肩头叫着：

“小坡哥，你真行！你知道兄弟好喝两杯，就又要酒了，你过去不是批评我，叫我少喝么？那是苦时候，人一痛快了，他也想多喝。”

半斤又喝进了，拴柱已斜倒在旁边，王虎也有八分醉了，小坡看看外边的天已完全黑下来，就对王虎说：

“我们也该走了，这里不能久待，鬼子不来，彭亮也可能来找我们。他不是约定今晚到王庄集合开会么？你们先在这里等着！”

① 绕圈子；旋转。

② 形容犹豫不决，意志不坚定或用心不专一。

“你还要到那去么?”王虎瞪大了眼睛问。

“我到东庄徐大娘那里去取点东西，我前些时在她那里存了十块洋钱，咱们要走，我可得带着呀！我去了马上就回来。”

王虎犹豫了一下，虽有醉意，却嚷着：“还是咱一道走吧，一会儿彭亮找来就麻烦了。”

小坡指着旁边醉倒的拴柱说：“你看他已经睡倒了，你也该歇一会儿，我去了马上回来，咱就走！”这时正好保长也进来了，小坡提起短枪，对着保长说：

“我出去有事，一会儿就回来，咱这两个弟兄在这里先休息一下，如果有些好歹，我回来打烂你的脑袋！”

“哪里话！哪里话！”胡保长鸡啄米样地点着头说，“我和王虎很对脾气呀！不是外人，你放心。”

王虎看到小坡那样认真地照顾着他和拴柱，心里一阵高兴，也插进来说：

“放心就是，都是朋友，你办完事赶快回来就是了！”

小坡出了庄，像离开弓弦的飞箭一样，向西直往苗庄急奔，虽然他慌得把帽子忘在酒桌上了，可是迎着寒风奔到苗庄的时候，已满头大汗了。

一个多钟头以后，王虎的酒有点醒了，他和拴柱向保长要了一壶浓茶在喝着。突然听到院子里有低低的脚步声，他以为是小坡回来了，就埋怨道：

“你怎这么晚才来呀！”

门口的灯影一闪，他猛一抬头，王虎和拴柱被酒烧红的眼睛，突然恐怖地瞪大起来。老洪铁样的面孔，出现在门框里，两道发亮的视线，电光一样射到他们的身上。王虎正要往怀里摸枪……

“不要动！动，打死你！把手举起来！”

彭亮、林忠、鲁汉，早已举起了枪，三个黑色的枪口对着他俩的头。他俩服从地把手慢慢向上举起来。老洪叫骂着：

“奶奶个熊！你们想的好事。”老洪转过来，叫彭亮：“把他们的枪摘下来！”

彭亮上去，把他们怀里的枪取走，王强叫小山拿进来绳子，把他俩绑住，这时，王虎从王强身后看到小坡。他眼睛的怒火在爆发了。

“噢！好！奶奶的！小坡，我算认错了人！”他在叫骂着。

当老洪带着人从西边出庄时，鬼子已经从东边进庄了，王强在后边掩护着，打了几枪，他们就消失在黑夜的小道尽头。

胡保长在向冈村特务队长鞠着躬，惋惜地说：

“你们迟了一步，再早一点就好了。两个人在这屋待了两三个钟头！”

在月光下的湖边一片洼地上，他们开了半夜会，向叛变行为进行了激烈的斗争。王虎和拴柱低头了，大伙都要求枪毙他们，但被李正制止了。最后大家拭着激动的泪水，听完了李政委的讲话，队伍就分头出发了。因为今天晚上他们要开始反击，每个队员又把愤怒转移到敌人身上了。

虽然开过会了，老洪还有着一肚子火。他分配了各分队的任务：李正领着一个分队向南，王强带一个分队到东，他自己带一个分队向西；今夜冯老头和芳林嫂把情况都弄清楚，而且都在预定的地方等着了。

已是下半夜了，残月已落在湖的那边，天渐渐地暗起来，他们到杨集的运河边上，队伍趴在斜坡上。老洪带着林忠、鲁汉，隐蔽在黑影里，敏捷地摸到庄头一个小草屋的后边。他轻轻地击了一下手掌，不一会儿，芳林嫂从一个夹道的暗处溜出来。

"快到里边去，那边有乡公所的岗！"

他们闪进草屋里，一个瘦瘦的老大娘，虽然哭肿的眼睛还流着泪水，嘴角却挂着笑纹在迎着他们。墙脚边有病人在呻吟。

"大娘！你还认识我么？"小坡上去一把抱住了老大娘，他像小孩似的撞在她的怀里。老人两手吃力地托住小坡的头，撇着嘴说：

"还能不认识么！"说着泪水又顺着嘴角流下。

"别难过，你就是我的妈妈，我就算你的儿子，我们是来为你报仇的呀！"

这就是上次小坡在芳林嫂家谈的王大娘。有一次，王强带着人到她家住，被鬼子包围上，他们冲出去了。高胖子带人到她家里，大骂她通八路，鬼子把她吊在树上打。儿子也被鬼子抓去了，最近花了好多钱，典①给高家几亩地，才算把儿子赎回来，可是身子已被冈村特务队长的狼狗咬得稀烂。墙角的呻吟声，就是她儿子忍不住身上的伤痛而发出的。他已经出来半个月了，还不能下地活动。

"高胖子真是活吃人的豺狼呀！"

"我们今夜就叫它闭住嘴了！"老洪坐在那里笑着说。

"上半夜我悄悄地摸到那里去看了一下，高敬斋不在办公处，他回家睡了，办公处有三支枪。"芳林嫂说。

"墙高么？"

"高呀！两道门，不好进！"

"那么，叫他多睡会吧！"老洪叫小坡，"到外边把他们领进来，先休息会儿，天快亮了，拂晓搞！"

天蒙蒙亮，庄头的乡丁②背着枪正在打着呵欠，突然在他背后蹿出一个人影，小坡叱呼一声：

"不要动！动，打死你！"

乡丁一回头，匣枪正顶着他的脑袋，他老老实实地把枪交给小坡。老洪借着黎明前的黑影带着队员，分散地蹿进了街道。

他们包围了乡公所的办公处，门上没有岗，林忠和鲁汉带着两个队员，持枪闯进。堂屋有着熊熊的火光，原来站岗的乡丁怕冷，到里边去取暖。这屋正是他们从山里拉过来的第一天，黄脸保长给他们摆酒菜的房子，鲁汉一见就火了。林忠要他脚步轻些，可是鲁汉上去一脚把门踢开了。

乡丁抓着枪正要从火边站起来，鲁汉跳上去，一把揪住他胸前的衣领，把枪点着对

① 一方把土地、房屋等押给另一方使用，换取一笔钱，不付利息，议定期限，到期还款，收回原物。
② 旧时在乡政府里当差的人。

方的头："你敢响一下，我打碎你的脑袋。"

屋东头还睡着两个乡丁，步枪挂在墙上，被鲁汉的动静惊醒，正要抬头，鲁汉叫两个队员用枪指住，把墙上的枪摘下了。林忠蹿到里间，把黄脸保长从热被窝里提出来，低骂着：

"奶奶！还认识么？"

"饶命呀，同志！……"

"跟他啰嗦什么，去你娘的吧！"鲁汉看见保长眼就红了，一举枪，砰的一声，子弹从保长头皮上飞过去打到墙上。黄脸保长啊呀一声，跌坐在地上。

"别急！"林忠拦住了鲁汉，"留着他还有用，你怎么这样冒失呀，同志！"

两个队员看住被下了枪的乡丁，林忠、鲁汉叫保长穿了衣服，提着袄领把保长拖出来。这时老洪和小坡正在一个屋角，在晨光里，端详着庄南的大瓦屋院，黑漆门紧闭着，墙高不能攀越，等天亮吧，又等得发急。他一看林忠、鲁汉带来了伪保长，就叫道：

"叫他去叫门，快！"

"砰砰砰！"黑漆大门敲响了，里边一阵狗叫。

"谁呀？"里边有人问话了。

"我！"保长声音有点发颤，浑身在发抖。

林忠用枪指着他，低低地说："大声点，就说'皇军'来了！"鲁汉在旁边也用枪威胁着他。

"保长么？"里边听出声音了。

"是！'皇军'有要紧的事，找乡长说话，快开门！"

"好！"

大门哗的一声开了。他们拥着伪保长，就闯进去了。开门的家人见势不对，抱头回窜，正要叱呼，被鲁汉一脚蹬在地上。老洪带着人就从他身上跳过去进院了。

高敬斋已经醒了。当他一听说"皇军"来了，急忙穿上衣服，去开了屋门。可是当他一眼看到老洪发亮的眼睛，脸色马上变白，还没等张嘴，砰砰两枪射过来，他那肥胖的身躯扑通一声，倒在门里了。砖地上留下一摊黑污的血。

天已大亮了，东山上已映着一片紫红色的朝霞。不一会儿，太阳爬出东山，办公处的屋脊上，已镶出淡黄的金边。麻雀在屋前树丛上喳喳叫，树枝已经发着幼芽了。

老洪坐在办公处的桌边，小坡、鲁汉提着枪，站在他的两边。老洪绷着薄薄的嘴，脸上的怒气未消，在狠狠地吸烟。他不时把发亮的眼睛盯着低首站在桌前的黄脸保长，这伪保长浑身打着哆嗦。

他正在考虑怎样处理这个伪保长。枪毙他呢，还是把他留下？鲁汉在旁边早等得不耐烦了，他的枪张着大机头，只盼着队长的命令，只要听到老洪说一句"拉出去"，他就提着保长到门外执刑了。

"队长！别和这小子啰嗦吧，留着他干啥，枪毙算了。"

伪保长一听鲁汉要枪毙他，扑通一声趴在地上不住地央告着："饶我这条命吧！我再不敢了。"

老洪突然想到政委说过在镇压坏蛋的时候，一定要发动群众，便把眉毛一扬，说：

“你想死，还是想活？”

“大队长，我想活呀，我以后再不敢当汉奸了，饶我这一次吧！”

“我限你半个钟头，把全庄的老百姓都召集起来，人如到不齐，我马上要你的脑袋！”

太阳已照满了庄西的土岭，土岭上有着铁道游击队的哨兵。庄里一阵锣声过后，在土岭下边，挤着黑压压的村民，听说高胖子被杀了，连老大娘、小孩子都高兴地跑了来。

老洪站在一条凳子上，迎着阳光，他的坚毅的脸上有一种愤激的神情。他对着村民说：

“乡亲们，昨天夜里我们把伪乡长高敬斋杀了，我们杀他是因为他是人人痛恨的汉奸。我们要不把这些帮助鬼子屠杀咱老百姓的汉奸除掉，就不能坚持湖边的抗战。”说到这里，他略微停了一下。

“我们铁道游击队，过去在枣庄杀鬼子，现在又拉到这里坚持湖边斗争。过去我们杀了不少鬼子，都没皱过眉头，可是遇到这些汉奸特务，却给我们捣蛋，他们忠实地投靠敌人，里应外合地来搞我们，使我们不能进庄，不能和乡亲们见面，当我们和乡亲们见面的时候，第二天这家乡亲就遭了灾。王大娘就是这样被吊打，她的儿子被抓去打得皮开肉烂。我们实在再不能忍耐了，从昨天起，我们开始对这些坏蛋实行坚决的镇压。不但昨夜咱这里杀汉奸，其他庄子也一齐动手杀了。只有把这些坏蛋打掉了，鬼子就失掉了耳目，对咱就没了办法，我们的抗战的胜利才有保证。希望乡亲们今后提高警惕，遇到坏蛋，就向我们报告，抓着他就枪毙，坚决为人民除害。”

说到这里，老洪指着旁边的黄脸保长，又对大家说：

“这个保长，过去和高敬斋一鼻孔出气，我们这次本来也想干掉他……”

“啊呀！”伪保长向大家哭叫说，“乡亲们，行行好，留我这条命，我以后再不敢做坏事了。”

人群里引起一阵骚动，有好多人在叽咕着，多数是要求杀了他，可是大家还有顾虑，没有人敢出头说出来。

“好！”老洪又转脸对大家说，“当着全庄乡亲的面，我们留下他这条命，要是他真心悔过，就算了。如果我们听到他还和鬼子勾勾搭搭，帮着鬼子破坏抗战、糟蹋老百姓，我们马上就抓住他，到那时，就没二话说了。”

拓展阅读

平型关大捷：1937 年 9 月 25 日，八路军在平型关为了配合第二战区的友军作战，阻挡日军攻势，根据中共中央军委的指示，115 师临危出征，充分发挥近战和山地战的优点，与日本号称“钢军”的板垣征四郎第 5 师团第 21 旅团一部及辎重车队浴血死拼取得的首战胜利。此次战役歼灭日军千余人，有力配合了第二战区正面战场的防御作战，迟滞了日军的战略进攻，打乱了敌人沿平绥铁路右翼迂回华北的计划。平型关大捷是八路军出师以来的第一个大胜仗，提高了中国共产党和八路军的威望，为八路军创建敌后抗日根据地创造了有利条件。

第十七章

地　主

在老洪杀高胖子的那天晚上，王强和李正各带了一个分队，在湖边一带的其他村庄，由冯老头指点着，也杀了一批通敌有据，罪大恶极的坏蛋。有的是地主，有的是伪保长。

队员们在镇压坏蛋时，都拍手称快。听说出发打特务，一个个都摩拳擦掌。的确，由于这些汉奸特务的抬头，他们不能傍庄边，夜里睡在雪窝，白天被鬼子赶得吐血，现在总算该出出这口闷气了。经过这一镇压，一些坏蛋地主，都畏惧地缩头了。铁道游击队每到一个庄子也可以待一些时，有时也可以过过夜了。

当队员们正兴致勃勃地向铁道沿线的“爱护村”杀去的时候，李正宣布了一个命令，不准就地杀掉，要捕捉活的回来。

两三天后，他们逮捕了十多个坏地主和伪保长，趁着敌人失去耳目，湖边暂时平静的时候，各个分队押着这批俘虏在四处活动。

“枪毙算了，留着这些龟孙干啥呀！每天还得看着他们，真啰嗦。”鲁汉押着俘虏对小坡发牢骚了。

“你不看政委每天和他们谈话么？”小坡说，“这是政策啊！政委这样做总不会有错，啥事不能光凭痛快呀！”

最近李正确实够忙了，一行军住下后，他就和捕来的人谈话，讲抗日道理，讲八路军的政策。有时敌人出动了，他把他们转移到渔船上，也在和他们谈着。刚捕来的时候，这些伪保长都白着脸，浑身打寒战，因为他们听说铁道游击队最近在湖边杀人了，他们感到没命了。因此，当把他们逮捕的时候，家人都哭叫着。可是这两天，他们脸上渐渐恢复平静，甚至有时有点笑容了。

一个黄眼珠的人，他是铁道边鲁庄的伪保长。被捕的那天，他认识申茂，一见面就挥着额上的汗水，对申茂说：

“哥们，咱们过去不错呀，你得救我一命哪！家里还有你嫂子和一窠（kē）[①] 孩子……”

“现在可称不得哥们了！”申茂说，“你现在是鲁庄“爱护村”的伪保长，你和鬼子来往很亲密，听说和伪军也有把兄弟，有人报告你，现在我们把你当汉奸抓到了。”

① 鸟兽昆虫的窝。

“你说俺庄正在铁道沿上，离临城又那么近，每天鬼子来来往往，不和鬼子打交道能行么？再说，我也没有破坏过八路的事呀！你们又没到俺庄住过，是好是坏，从交往中可以了解。过去你在铁道边上，咱们都是朋友，你可知道兄弟的心吧！如果你们到过我那里，我有地方不够朋友了，那你们拿我大卸八块，我都不说一句冤话，可是我们现在没有什么冤仇呀！”

鲁汉在旁边听不下去了，他用枪点着黄眼珠的伪保长叫吼着：

“你和鬼子、汉奸是好朋友，对我们就有冤仇，就是对头。别嘴硬，硬，我打碎你的脑袋！”

“是！是！我和鬼子有来往。”伪保长在枪口下边频频点头。可是当鲁汉走开的时候，他又哭丧着脸对申茂哀求说：

“哥们，千不对万不对，是兄弟的不对。看过去的交情，你也该给我美言几句呀！和鬼子来往，婊子儿愿和他们来往，可是谁叫俺庄就在铁道线上呢？鬼子汉奸每天上门。又谁叫我干了保长呢？你知道，我不是鬼子来了以后才干保长的。”

说到这里，伪保长眨了一下眼睛，有点点的泪珠滴下来了。

当李正和这个伪保长谈话，了解到他认识申茂，便把申茂找来问：“这人怎么样？”

申茂说：“这人名叫朱三，是鲁庄的保长。过去我们在铁道边混饭吃的时候，和他常有来往。这人也是个白手起家的人，比起其他伪保长，还算平和，为人也还够朋友……”

“够朋友？”李正摇了摇头说，“我们不能这样笼统地判断一个人，要弄清他好交哪些朋友，他是谁的朋友？他是穷兄弟的朋友，就是地主恶霸的对头；是鬼子汉奸的朋友，就是中国人民的对头。这一点一定要弄清楚。他对穷苦老百姓怎么样呢？”

申茂说：“他也是穷人出身，过去他祖辈在这东西大道上开设一家小店，结识江湖上的朋友很多，当然这些人多半都是些穷苦的人。”

“可是他怎么也能交上富人呢？而且现在竟当上了伪保长呢？”

“是这样，原来富人也是不把他看在眼里的，可是由于他和跑江湖的各式人等都有来往，庄上的富户，在荒乱年月也不敢得罪他，怕从朱三身上惹起祸灾。所以就来拉拢他，见面也打哈哈，有时也喊着‘老朱’长‘老朱’短，朱三觉得富户很看得起他，也很高兴。就这样，穷人有啥事托他，他也办，富人有啥事托他，他也应承①。”

李正说：“从他被富户拉拢上以后，他就不再是穷兄弟们的真正朋友了。因为对地主坏蛋的容忍，就是对穷苦人的残酷。他既然也为地主办事，他就有意无意地成了地主压迫穷人的帮凶。我们决不轻易承认他够朋友，他也绝不是一个真正的好人。”

申茂点头说：“是的！有一件事情可以说明他的为人。多年前，他还在开店的时候，一天，遇到一个外乡人从此路过，病倒街上，没吃没喝，沿街讨饭；他觉得很可怜就把这病叫化子抬到店里，帮他治病，换了衣服，病好又给了路费打发走了。这事一二十年过去了，连他也早忘记了。可是那年这一带灾荒，闹土匪，北山里住满了土匪，官兵都不敢傍边。这天有一大批人马下出，一下子把鲁庄包围了，将全庄的富户都卷走了。朱

① 答应（做）。

三因为开店，也被卷在里面。就在这时候，突然从山上下来一个骑马的，后边跟了十几支匣子枪，呼呼地跑过来了。在被卷的人群里乱叱呼：

“‘谁叫朱三？’

“‘有叫朱三的请出来！’

“看样子很急，朱三正在寻思不敢答应，可是旁边有人把他指给骑马人了。只见那个为首的骑马人，忽地从马上跳下，朝朱三走来，到了跟前，没说二话，趴在地上叩了个响头。原来这一干①人马的当家的，就是过去他救活的叫花子。这领队人拉了一匹马，叫他骑上，要把他带到山里享福。他不去，骑马人又从马上掏出很多洋钱给他，他也不要。以后他告诉人家说，这钱咱可不能花呀，花了犯罪呀！听说他和土匪的当头的是朋友，一些被逮的地主、富户，都来托他求情。最后，这个报恩人摊着两手，很为难地对他说：

“‘你要什么吧，什么我都答应！’

“‘我什么都不要，咱是朋友。看我的脸面，你把俺庄的乡亲们放了吧！’

“开始这报恩人很为难，因为这事怕引起大小头目的不满。可是他终于答应了，把手一摆，就叫鲁庄的富户都回去了。你看！他就是这样的人，他从前救穷叫花子，可是他又可怜那些坏地主。以后庄里的人穷富都推他当保长，因为他在外边的朋友多，遇啥事都能逢凶化吉。如庄上遇到兵差、官役，他都能应付过去，一方面照顾了庄里利益，同时也使兵差官役高兴。所以庄里的人都信服他。这是朱三过去的情形……”

李正就接着问：“鬼子来了以后，他表现怎么样？”

“鬼子来了以后，”申茂说，“我不久就到乡下来了，拉起队伍后，就不能常到铁道边去了。不过听人说，鬼子对他很重视，经常到他那里去，对朱三很客气，大概鬼子也听说他在地方上的人缘好，朋友多，就来拉拢他，仍叫他当保长，想利用他维持这铁道沿线的地面。至于他是不是真心投了鬼子当了汉奸，这就不太清楚了。不过根据他过去的情况，他不会真心投鬼子当汉奸来屠杀中国人民的。可是在那敌伪统治区要他领导人民抗日，他也不会那么勇敢的。朱三就是这样不三不四的人物，可是眼下他和敌伪来往甚密，当然我们也应该把他当汉奸抓起来。”

李正沉思了一阵，他在考虑问题，显然申茂的介绍在他思想上引起了一系列问题。他低低地对申茂说：

“是的，乡间像朱三这样的人是有的。他们平日借口行侠好义，实际上为穷人做不了多少好事，却为地主坏蛋利用。他一方面同情穷人，另一方面又讨好地主，他想在穷富斗争的中间，辟出一条好人的路，这是妄想和骗人的。虽然这样，可是他还是和死心塌地的地主狗腿子及特务汉奸不同，我们不能一律对待。由于他还是穷人出身，是被地主欺骗拉拢过去的，同时还不甘为虎作伥，不敢和人民公开为敌，这就使我们有了争取、教育他的条件。我们能够把他争取到人民方面来，他对我们的斗争是会有帮助的。可是如果我们错把他当了敌人，他和我们作对，那他也会兴风作浪，给我们不少困难的。但是我们为什么不争取他呢？一定要这样做！”

① 属性词。所有跟某件事（多指案件）有关的。

"政委，"申茂叫着说，"你说的完全对呀！"

和申茂谈话以后，李正就叫小坡把朱三叫来。李正很和气地让他到床边的凳子上坐下。他的黄眼珠望了一下这个彬彬有礼、可亲的政委，心里感到松快一些；可是一看到李正身后站着小坡和彭亮，他就又有些寒战了。因为小坡和彭亮都提着匣枪，张着机头，威风凛凛地站在那里，眼光冷冷地盯着朱三，他胆怯地低下了头。李正说话了：

"你是鲁庄鬼子'爱护村'的保长么？"

"是，是！"

"你帮助鬼子守卫铁路，你和鬼子的来往很密切，汉奸队里有你的朋友，铁道两沿为鬼子办事的伪保长都是你的叩头弟兄，为了这些我们逮捕了你，这些都是真的吧？"

"这些都不假，可是我不是汉奸哪！"

"鬼子占领中国的铁路，运兵打咱们，把咱们的财富都劫走，你替鬼子守卫铁道。汉奸帮助鬼子屠杀中国老百姓，伪保长搜刮老百姓资敌，这些人都是你的好朋友，难道你不是汉奸，还是抗日的英雄么？"

李正说话时态度已严肃起来了，朱三惊恐地望着李正叫着："官长……"他正要说下去，被小坡拦住了：

"什么官长？我们八路军不兴叫这个，这是我们的政委。"

朱三连连点头说："对！我不明白。"就又说下去。"政委，鬼子叫我们看路，我们不看行么？俺庄离鬼子又近，冈村队长三天两头坐着摩托卡到我庄上来，用枪顶着，我们不应付不行呀！再说那些汉奸保长，并不是他们当了汉奸，我才给他们交朋友，而是过去我们就是朋友啊！满想着交朋友为了沾光，想不到现在被害了。"

"要知道和鬼子汉奸是朋友，就是人民的敌人和对头。因为鬼子占领我们城市乡村，到处杀人放火，任何一个有血性的中国人都应该起来反抗和斗争。可是你对鬼子汉奸的残暴，不但不引起痛恨，相反地倒成了他们的朋友！"

说到这里，李正的细长眼睛里，像在冒着愤怒的火焰。他严正地对朱三说：

"你别推托，忠实地为敌人服务，我们就可以把你逮捕起来，作为汉奸来枪毙，你要清楚地认识这一点！"

听到李正"枪毙"两个字，朱三身子突地抖了一下，脸色马上焦黄了，他向李正伸出了双手，哀求着：

"我和这些人来往是不对呀，千不对万不对，就饶过我这一次吧！我不是真心向鬼子呀，生活在鬼子窠里，不应付一下有啥办法呢？我不是真心呀！政委！"

"有什么事实说明你不是真心当汉奸呢？"李正声音有些缓和了，"可是我调查的材料，都是你和鬼子汉奸勾勾搭搭的，你用什么来说明呢？"

"用啥来表白我这颗心呢？"朱三为难地说，"咱们过去又没见过面，空口说白话①，你们也不相信，要是以后有机会交往，你们就会明白我的心是热的还是凉的了。可是现在我有罪，你们也不会放我。"

① 指光说不做，或只是嘴说而没有事实证明。

“这一点你可没有想到，”李正笑着说，“不然的话，我也不给你谈这许多了。所以要谈这么多的是，要你认识到这样为敌伪干下去的严重性。你再这样下去，就会把脑袋闹搬了家的。说到我们不相信你，并不是我们不愿相信你，是因为你还没有拿好的事实来使我们相信。我们对你还是有了解的，就是你往日对老百姓还不错，这是好的。在过去还不失为一个好人，可是你走错了路，你讨好坏蛋，为敌人服务，实际上已经成为人民的罪人了。这一点你要认识清楚！”

朱三连连点头，眼睛一点不眨地望着李正，听李正说下去。

“至于说我们不会放你，这倒不见得！我们所杀的是那些死心塌地的汉奸特务，对做错了事能够回心转意，愿意帮助抗日的人，我们是宽大的。你不是要表白一下自己的心么？好，我们给你这种机会。你平日是好交朋友的，我们铁道游击队的队员也都很珍视友情，而且也很够朋友的。那么，从这一次咱们认识，也算个见面的朋友吧！我们是坚持铁道线斗争，杀鬼子最坚决，最爱护人民利益的八路军。如果今后在这一带抗日斗争中，我们从事实上感到你在抗战上够朋友，那我们就把你作为朋友相待，如果你破坏了我们的对敌斗争，那我们将是对头，到时候，就不要说我们不够朋友了。同时，也希望你劝导你身边那些走错路的人，让他们不要往绝路上走才对……”

朱三听了李正一席话，站起来，拍着自己的胸脯说：“政委，今后要把我当朋友待，我还能不好好做人么？一切都凭着这颗心呀！过去我做错了，只恨咱见面太晚了。今后走着瞧吧！如果我在抗日上不够朋友，一枪崩了我就是。政委，你相信我朱三吧！”

李正点头笑着说：“我们会相信你的！”

第二天李正把朱三和其他被捕来的伪保长、地主都放回去了。当然，其他的人，他也和他们做了同一内容、不同形式的谈话。虽然生活是困难的，但是，李正还是派队员到湖里买几尾鲜鱼，弄了点酒，请他们吃了顿饭。在酒饭中间，朱三看到李正完全不像昨天晚上和他谈话时那样严肃，却是那样喜笑颜开、和蔼可亲的人了。不过他总不敢正视老洪的眼睛，在那发亮的眼睛里，有一股逼人的寒光，使受了良心责备的人会感到战栗。

释放这一批人，队员们中间有些人思想不通。鲁汉就说：“这太便宜这些龟孙，想到我们叫鬼子追得那个苦劲，真是都杀了他们也不解恨，可是临走还给酒他们吃，像送客似的。宽大吧，也得少杀几个呀！”

李正在一次队员会上，对大家说：

“同志们！为了在这里站住脚，我们镇压一下是完全必要的，不然，我们就不能开辟这个地区，坚持这里的斗争，不但鬼子汉奸，就是顽固坏蛋也要欺侮咱们了。

“可是我们镇压，要杀到适可而止。如果我们毫无选择，不分轻重，长此杀下去，就会造成这一带上层分子的恐怖，他们就会投向敌人。听说前些日子我们动手时，已经有几个地主跑向临城了。这样就会扩大了敌人的力量，增加我们在这里坚持斗争的困难。我们的政策是，对死心塌地的特务汉奸，我们要坚决镇压杀掉，可是对那些被迫应付敌人的，就要宽大，决不能和顽固的特务汉奸一样处理。”

由于铁道游击队对一些特务汉奸的镇压，临城、沙沟车站的敌人又分路出动扫荡了。

冈村特务队长也随着大队出来，牵着洋狗，到处咬人。因为他在湖边建立的一套特务系统被铁道游击队打掉了不少，他气得瞪着白眼珠子，看到中国人就叫洋狗咬。

王强带着林忠、鲁汉这个分队，到东庄一带活动。这次反扫荡，他们以分队为单位分散活动。为了接受过去的教训，这一次分开，各分队分工，选择一个村庄，围绕着这村庄周围活动，抓住斗争空隙，插进村里进行群众工作。李正特别指明，过去那样四下不傍村边，在四野[①]里流动，是脱离群众的。这次镇压一批特务坏蛋，应该利用敌人在村里失去耳目的空隙，抢先在群众中打下基础。王强分工带一个分队到东庄，一边进行反扫荡，一边来开辟这东庄的群众工作。

田野里，又在响着枪声，远处不时有滚滚的黑烟卷起。王强带着队员们，在随着敌人的行动转移。可是他却不离开这东庄周围，现在他停在这庄南的一片坟地上，这里正是那天李正批评王虎劫牛的地方。

坟边发青的草芽上，有些已经长出绿叶，田里的麦苗已经有脚脖深。天已经渐渐暖和起来了。王强敞开怀，坐在一座坟堆上，和林忠、鲁汉在研究着如何开辟东庄的工作。

他们望着远处庄里一座高房子，王强想到，这房子是一家姓胡的地主的，这姓胡的是庄里唯一的富户。他儿子在临城，平时对他们表面应付，现在还摸不透他是否和鬼子有联系，这可把王强难住了。临分散时李正特别告诉他，要注意上层工作，讨厌他们，撂着他们不管，是不行的，要善于和他们接触，了解并争取他们。

“我们今天夜里进庄，要设法对付一下这个地主才好！不然，我们进庄，住在谁家，鬼子来了，他秘密地报告敌人，这家房东又吃不消了。”

“是呀！”林忠说，“能判定他的身份就好办了！”

鲁汉叫着：“杀了倒痛快，政委又不叫杀。一看见这些家伙，我就气得牙疼，地主真不是好东西！”

王强说：“做上层工人，可是个细致活，气不得！”

“气不得？”鲁汉气呼呼地说，“还不把人憋死呀！你说说，弄得他不高兴了，他就跑到鬼子那里了。你对他松点吧，他表面打哈哈，抗日不积极。还要团结教育他，磨破嘴，他也不会跟你一个心眼！”

王强笑着说：“这就需要做工作呀！他不积极抗日，咱拖着他干，不要嫌麻烦呀，同志！这样总比他跑到鬼子那一边好些。”

夜来了，他们蹲在这坟地的小树林里，在议论着。白天还晴和，可是在夜晚的田野里，却冻得队员们都紧裹着大衣，互相偎着，依着坟堆避风。天又下起霏霏的春雨来了，雨点打着枝头的枯叶，喳喳地响着，队员们的衣服都淋湿了，依着土堆的那一面，都沾满了泥土。

王强皱了下眉头说：“到庄里去避避雨！”

“奶奶个熊！”鲁汉叫骂着，“偏到地主家去住，鬼子要来，先毙了他就是。”

“可不能这样冒失呀！要住，还是找个落实的人家，封锁下消息倒靠得住。”

① 广阔的原野（就四周展望而言）。

“奶奶的！割掉脑袋碗大的疤。地主坏，俺偏碰碰他，你越胆小，他越欺侮你。”

在林忠和鲁汉的争论里，王强眨着小眼，正在沉思着。他忽然为鲁汉的后一句话所提醒，这虽然是鲁汉无心的冒失话，可是他却有心地听了。是的，地主就是这号人，你越软了，他越欺侮你，这一点也不假。如果你先给他个厉害，压他一下，他也就软了，啥事叫他服了，一切就都好办了。王强小眼一眨想出门道，他在夜影里，把枪一挥，兴奋地说：

“走！到地主家坐会儿。”

这东庄的地主叫胡仰，按他家的财富，他应该像高敬斋那样吃得肥肥胖胖的。可是他为人吝啬，心量狭小，再吃好东西也吃不胖，他和高敬斋很熟，可是脾气却不一样。高敬斋是以挥金如土，来拉拢官府驻军，而换得有财有势。胡仰却穿着粗布衣，在人面前常啃着粗煎饼哭穷，他认为树大招风，不如把洋钱埋在地下。由于他视财如命，对外少拉拢，所以常常遭到不幸，官府、驻军都敲他的竹杠①，实际上他被敲去的钱，比高敬斋请客送礼，花得还要多。可是高敬斋落得很排场，他却揪着心自认倒霉。近年来兵荒马乱，高敬斋经常教训他把眼皮放活些，他的儿子也劝他不要把钱看得太死，所以他现在也灵活些了。中央军撤退，看看就是鬼子的天下了。他认为一朝天子一朝臣，为了保住自己的财产，他就把自己的儿子送到临城，在那里一边做个小买卖，遇机会，在鬼子那里混个差使，也算有个拉拢。这办法却也灵验，上次鬼子扫荡，冈村特务队长确实到他这里来了，夸他儿子有本事，将来学会日文，可以给“皇军”当翻译，以后有八路来，要他报告，为这事胡仰高兴了几天。可是前些时高敬斋被杀，他就又恐慌起来了。好在他儿子的事，外人还不知道，不然，铁道游击队就干到他的头上了。

这天夜里，天下着小雨，他躺在床上睡不着觉，披着衣服起来，到外院里去查看门户，只听远处还不住地响着枪，他低声祈祷道：

“啥时能度过这荒乱年月呀！”

他正站在屋檐下沉思，只听墙边轻轻地扑通几声，看到几条黑影一闪。他正要往里院走时，可是膀子突然被一只有力的手抓住了。当他一回头时，有五个看不清面孔的人，扇形地散在他的身边。在夜影里，他惊恐的眼睛望着五个黑黑的短枪口，浑身战抖起来了。他吓得不禁失声说：

“完了！”

在这一刹那间，胡仰的脑子里翻腾着怕人的情景——生命完了，财产完了。过去地面不安静，常闹土匪，他就很警觉，有时跑到城里躲，现在可完了。他以哭泣的声调说：

“我没有多大财产呀，你们要多少钱呀！”

“谁要你的臭钱！”鲁汉叫骂着。

王强笑着走到胡仰的面前，温和地说：“我们不是土匪，我们是铁道游击队。”

听到是铁道游击队，胡仰仿佛松快了一些，可是一想到在临城的儿子和高敬斋的被

① 利用别人的弱点或借某种口实抬高价格或索取财物。

杀，他的心又怦怦跳了。

“胡先生，不要怕，咱们到屋里谈谈吧！”

胡仰一步一抖地到了客屋里，手颤抖着，费好大力气才把灯点上。他过去虽见过王强，但对这夜半越墙而来的他们，总怀着恐怖的心情，木鸡样站在那里，半天才想到一句客套话：

“请坐呀，同志！”

“不用客气！”王强坐下来说，“我们没叫门就进来，有点不礼貌；可是鬼子正在扫荡搜捕我们，我们也只有这样，请你原谅了！”说到这里，王强把笑容收起来，严肃地对胡仰说：

“我们来不为别事，外边下雨，准备到你这里避避雨，休息一下。我们也知道你的儿子在临城，冈村曾来过一次，可是我们不怕，你要报告就去好了！”

“哪能！哪能！”

“哪能？”鲁汉叫道，“话可得给你讲明白：我们今夜住在这里，明天白天还在你这里打扰一天，你放心，我们光借住，不吃你的饭。可是有一条，你要听真，就是我们在你这里的期间，如果鬼子来了，我们就从里向外打。这从里往外打，你听明白了么？”

“是！噢，是……”

鲁汉瞪着眼珠子解释说：“从里往外打就是，我们先把你家收拾了，再冲出去打鬼子，说不定我们也把你的房子烧了，反正已经证明你是通敌的汉奸，说到就做到！”

“听清楚了吧！”林忠也慢悠悠地说，“俺这位鲁同志从来不说假话，说到哪儿，就办到哪儿。你想叫你儿子把鬼子搬来也可以，顶多不过在你这个院子里打得热闹些就是了！”

“我是好人呀，我哪能当汉奸呢！”

“是好人坏人，明天一天就知道了，空口说白话，有谁肯听！过去你们也和我们说得不错，可是我们一进庄，鬼子汉奸就围上来了，住哪家，哪家老百姓就受害。现在我们要住在你这里了，鬼子来了，你也沾沾光吧。”

听到只是住下，胡仰才放了心，镇静下来。直到现在，胡仰才想到王强是副大队长了，他点头哈腰地对王强打着笑脸说：

“王大队长，到我家住，还不应该么？我巴不得你们来呀！我决不能像高敬斋那样，通鬼子当汉奸哪！”

“是呀！我们也很希望你能积极帮助抗日，”王强也笑着说，“那么，今晚我们就在这里麻烦胡先生了。”

“哪里话！哪里话！”

“好吧！那你就抱两把草，在这里打个地铺就行了，你也该休息了。”

胡仰怔了一会儿，着急地说：“不行呀！白天这是客屋，人来人往的不方便，还是到里院去住吧！那边西屋还空着，又有床铺。请进去吧！”

在到里院去的时候，林忠偷偷地笑着对鲁汉说：

“你看他倒担心起咱们的安全来了！”

鲁汉一摆头，骂了声奶奶的，也低低地说：“他是担心咱么？他是担心他的全家性命呀！我才不认这份人情，这些家伙就得用这办法来治。”

留一个队员用扶梯架在墙头上站岗，瞭望着外边的动静；大部分都躺在这暖和的地主屋子里睡了。这是出山来第一次最舒服的过夜，风吹不着，雨打不着，盖着地主送来的被子，一觉睡到大天亮。

胡仰躺在床上，却睡不着了，翻来覆去，一直到天亮没有合眼。到吃早饭的时候，他也没差人，就亲自跑到馍馍铺去定了十斤馍馍。他说：

“我家上午有客，马上给我送到！”可是一出门又转回来问：“馍馍现成么？”

“起五更[①]蒸的，现在吃正热乎呢！”蒸馍铺的掌柜说。

“那我就自己提走吧！你有篮子么？借一个使使。”

“有！”掌柜的称了十斤馍馍，放到提篮里，殷勤地说，“这么沉，我替你送去吧！”

“不用！不用！”

胡仰就挎着馍馍篮子回家了。在他走后，卖馍馍掌柜的就转脸对他的老伴说：“今天胡老仰怎么这样好说话呀！过去，他支使个人来，送得慢了就挨骂，这回他自己来买馍馍了。”

王强看见胡仰挎馍馍进来了，便笑着说：“你看！还劳你驾去买，这太……”

“这算什么呢！我也算帮助抗日呀！”胡仰苦笑着说。

王强忙从腰里掏出钱，叫鲁汉去买菜。胡仰像被火烧着似的，忙摆手说：

“菜我早买来了，现在快做熟了。你们太辛苦了，还是坐在这里休息吧！一切都准备好了。”

“这可不行呀！”王强说，“饭菜我们都得给钱，八路军不拿群众一针一线，这是我们的规矩！”

“吃顿饭算什么呀，小意思，难道我还请不起你们一顿饭么！算我候了。”胡仰慷慨地说。

“不能这样，那么，吃过后，我们算账开钱就是。”

吃过早饭，除了留下两个岗，队员们又都睡觉了。里院的门被胡仰倒关着，每逢他们有事要到外边去，都被胡仰婉言拉到里院来。

“我照办，你还是到里边休息吧！外边有什么动静，我马上回来报告……”

胡仰这天腿脚特别勤快，说话也和颜悦色，可是他的心却在忐忑着，他生怕鬼子冷不防开过来，这祸就惹大了。他不住地往保长办公处那里跑，连声对保长说：

“鬼子来了，可给我说一声呀！这几天鬼子扫荡，咱庄可得小心呀，你得派两个人到庄头上瞭着点才好。”

伪保长连连点头说：“行，马上派人！”心里在说：“今天胡老仰怎么也怕起鬼子来了，他儿子不是在临城站么？这真有点怪呀！”

虽然保长派了人，胡仰还不放心，他又派了家里的亲信伙计到庄头上瞭望，有时他亲自蹲在庄头的小庙台上，叭嗒叭嗒抽着烟，眼睛不眨一眨地向临城方面瞅着。

① 旧时从黄昏到拂晓一夜间分为五更，即一更、二更、三更、四更、五更。五更约为凌晨三点至五点。

已经是下午了，一队鬼子打着枪，从西边过来了，大概是敌人从湖边扫荡回来。胡仰气喘喘地跑进来，见了王强挥着汗水，惊慌得连话都说不出来了。

“快！鬼子从西边过来了，王大队长！你可相信我，这可不是我勾来的呀！”

王强看看天色已经不早了，鬼子的扫荡已到一天的末梢，大概是绕道回临城的，就叫林忠出去看看。胡仰忙拦住：“可不能出去呀！叫外边人看到了，报告了鬼子，我也吃不消呀！只要全庄人都没见你们的面，这就不要紧。鬼子来了我应付，别人我可不放心。”

“不要这么怕呀！”林忠就到高房子上，向庄西瞭望着，一队鬼子从庄后过去，向临城去了。

是傍晚的时候了，夜马上就要来到。吃过晚饭，他们休息了一整天，又精神百倍了。白天抽空，大家又都把枪擦好，现在都别在身上，准备出去，这时就是碰上鬼子也能干上一气，不行打几枪，就在夜色里不见了。鬼子在夜里，游击队是好对付的。可是胡仰拦住了：

“你们再坐会儿吧，等天黑了以后再走吧！”显然这是怕街上人看到从他家里出来了路，会给带来灾害。王强眨了眨小眼说：

“在你家憋一天了，出去到街头上凉凉风，谢谢你一天的招待。”他说着就走出大门了，队员们也都一个个跟着出来，急得胡仰哭丧着脸，摊着两手叫道：

“这样不行呀，鬼子来了怎么办呢？”

“怎么办？”鲁汉叫着，“来了我们就跟他裂，你怕鬼子，我们还怕么！”

胡仰拦他们没效，看看街上没人看见，就心里盼着：“老爷，你们赶紧走吧！”可是王强、林忠、鲁汉，却在他大门口蹲下来了，嘴里叼着烟卷，又说又笑，丝毫没有马上走的意思。胡仰急得头上的汗直往下淌。

王强早看出了胡仰的心情，胡仰越急，他就越冷静，他知道这一刻就是争取这动摇的地主的关键。他怕给他戴上抗日的帽子，得罪了鬼子，等以后情况变了，他又拿这抗日帽子去吓唬人。这一张纸，王强非把它戳破不可。

王强看看街上吃晚饭的人还没有出来，就索性把胡仰拉到自己的身边，很亲热地拉起呱来了。

“胡先生，从咱们一天的相处，我们对你了解了。你很够朋友！”王强说到这里，拍了拍胡仰的肩膀，又加上一句，“你好样的！”

对于王强的赞扬，胡仰虽然有一阵高兴，可是这高兴并没有压下去他的担心，他担心别人看到他们。他还在内心里叫着：“你们赶紧走吧！我不要你们领情。”

王强说：“过去我们听外边有好多人说你想投靠鬼子当汉奸，不是好人。可是今天在一起，我们了解你了。你对抗日还有认识。你今天对我们有帮助，我们不会忘记。”

“我原是愿意抗战的呀，外人都是胡说呀！”

“外人这样诬赖好人可不行！我们得纠正一下他们的说法，说胡先生是积极帮助抗日的。我们有责任给你传传名！”

听到要给他传名，胡仰浑身一扎撒①，像被针刺了一下，忙摆着手，对王强说：

① 方言，指因受惊而毛发竖起。

“好大队长呀！我心里帮助抗日就对了。你们千万不要声张！”

王强很认真地说：“你是抗日的，别人硬说你是汉奸，这不冤枉好人么？这哪能行呢！我们一定要打消这种说法，要大家都学习胡先生这种抗日的精神！”

“不！不！”胡仰着急地摇着头说，“我愿意背这个黑锅，我不在乎这个，咱们心里明白就算了。”

这时街上已经有人了，吃过晚饭的村民，不少的都蹲在馍馍铺的门前。王强就站起来，胡仰一把没拉住，他就走到馍馍铺门前的人堆中间了，几个队员也跟上去。

“大伙都吃过饭了呀！”王强和大家打着招呼。

“吃过了。”有的认识王强，都站起来了。过去铁道游击队来过这个村庄，也曾在这馍馍铺吃过馍馍，这掌柜的就见过王强两次。王强就首先对掌柜的说：

“你的馍馍蒸得不错呀！”

“你们好久不过来了，啥时吃我的馍馍了呀？”

“今天就吃了两顿。”王强笑着往西边大门楼一指说，“就在胡先生家里。”

“噢！”卖馍馍的掌柜点头明白了，他今天给胡先生称了两篮子馍馍。

“胡先生对抗日还算有认识呀！”王强说，“今天我们住在他家里，他招待得很客气；他还说愿意多方面帮助我们。”

说到这里，胡仰不得不走过来，他脸上很不自然地在说：“哪里！哪里……”可是谁也听不懂他这“哪里”是什么意思，是谦虚呢，还是否认。可是他明明不敢对着这些持枪的人公开说不抗日。

王强和村民们谈笑了一阵，便带着队员走了。村民们看到他们从南边出庄不见了。他们在羊肠小道上急走着，走出两里路，突然又折头向西北插去了，到一个东庄村民完全想不到的庄子住下。

在转移的路上，鲁汉纳闷地对王强说：“刚才在东庄，当着老百姓，你那么恭维胡仰干啥呀！胡仰是真心抗日么？”王强说：“正因为他不真心抗日，我们才这样办。这样做，对开辟东庄的工作是一种非常必要的方式。今后我们再到这里住，困难就少了。他如果要去报告，就得好好寻思寻思。”

第三天晚上，王强带着人又到东庄来住了。虽然他们是秘密地住下，可是伪保长很快就知道了，马上来找胡仰报告：“他们住在东头孙家了！”

“住就住下吧！”胡仰松了口气说，“你好好照顾下，总比住在我这里好得多。这些人不好惹，算了吧！”

就这样铁道游击队能够在东庄、苗庄、杨集插下脚了。他们不但夜里能住下，而且白天隐蔽在庄里也没事了；甚至他们已经能够正式做些群众工作了。队员们和房东打成一片，在春天的田地上，帮助群众干活。他们已经完全隐蔽在人民的海洋里了。

拓展阅读

台儿庄会战：是在抗战初期日军大举进攻和中国人民抗日怒潮的推动下发生的。当时，日军攻陷了南京，急欲打通津浦线，夺取徐州，然后循陇海线西进，取道郑州南下，占领中国抗战的中心城市——武汉。为了阻止日军的进攻，1937年10月12日，第五战区司令长官李宗仁驻节徐州，指挥津浦线的防御战。此役，中国军队摧毁了日军第5、第10两个团之精锐部队，歼灭日军1万余人，缴获了大批武器和装备，这是中国抗战以来正面战场取得的最重大胜利。它打击了日本侵略者的嚣张气焰，坚定了全国军民坚持抗战的信心。这次战役鼓舞了全民族的士气，改变了国际视听，消灭了日本侵略者的威风，歼灭了日军大量有生力量。此次大捷是中华民族全面抗战以来，继长城战役、平型关大捷等战役后，中国人民取得的又一次胜利。

第十八章

在湖边站住脚了

夜的远处响着枪声。

在芳林嫂的堂屋里，老洪和李正围着一堆火坐着，火光映红了他俩的脸。老洪发亮的眼睛凝视着卷腾的火苗；李正皱着细长的眉毛，用小棍在拨弄着发红的火炭。屋内是沉静的，他俩正在为一个突如其来的情况所思索着：顽军又过来了。

这时，外边的门轻轻响动了一下，芳林嫂领着王强进来。王强的胸脯在激烈的起伏着，他手里提着短枪，一进门就眨着发红的小眼叫骂道：

“奶奶个熊，又碰上了这些龟孙！”

李正问：“怎么样？”

王强坐在火堆旁边，抹着额上的汗珠，气愤地说：“我们一出东庄，就碰上顽军，幸亏我们机警，不然就糟了。奶奶！他们冒充八路，小坡在前边当尖兵，误认为是自己人，就跑上去，被顽军一把抓住，亏了小坡的手脚伶俐，一枪把顽军的尖兵打倒就跑了。敌人散开，我们和他们打了一阵，就撤走了。”

说到这里，王强苦恼地望着老洪和李正的脸又说：“你说说，我们在这里刚安下了脚，可以开展工作了，这些反共的龟孙又来捣蛋了。”

“是的！”李正说，“我们在这里除了要对付敌伪，还要对付这些顽军。他们反共反人民，对我们危害很大。他们过来后，这一带的地主和伪保长，就会动摇，投进他们的怀抱。我们可以割断地主、伪保长和鬼子的联系，但是要割断他们和顽军的联系就比较困难。因为他们都有浓厚的正统观念，认为顽军是正牌‘国军’，过去他们之间就有着千丝万缕的关系。如果顽军和这里的地主、伪保长结合起来，那么，我们这一时期打开的局面，就要遭到破坏，我们就又回到进山前那种困难局面了。所以我们要好好研究如何来对付这种情况。”

老洪抬起头来说：“派些队员到西边去侦察一下，我们集中所有的短枪，乘他们不防的时候，去袭击他们一下。只有狠狠地揍他们一顿，才解恨！”

李正说：“没有长枪和重武器，这样做是危险的。要是有长枪的话，我们随时都可以打他们的埋伏。不过短枪是不适于野外战斗的。”

王强搓着手后悔地说：“当时老六团送我们出山的时节，他们问我们要枪不，那时候要一部分步枪和两挺机枪，现在也不受这些熊气了。”

“说那些干什么呢！”老洪是不好吃后悔药[1]的，他知道这是不能解决当前的困难问题的。

芳林嫂从门外放哨进来，关切地对火堆旁边的人说：“外边枪声响得很紧呢！”

老洪、李正和王强都提着枪匆匆出去了，因为他们很担心队员们遭到不幸。他们站在漆黑的院子里，听着外边的动静。枪声在西北方向响得很紧，不过听起来很远，像在十几里路以外，他们才放了心，因为在西北方向，没有他们的队员活动。这一夜各个分队，大多在正南湖边和东南方向。

“可是那边谁在战斗呢？”李正沉思着。

突然后墙响了两声，芳林嫂去开了门，冯老头来了。他身边还跟着一个人。一见面，冯老头就一把拉住李正和老洪：“走！到屋里谈谈吧。”李正听出冯老头语气里充满了兴奋。

他们都进到屋里，李正看到冯老头身后有一个持短枪的陌生人跟着，还没来得及问，冯老头就兴致勃勃地说话了：

“三营过来了！”

“啊？！”老洪、李正和王强都不约而同地叫了一声。

“三营过来了！”冯老头又重复了一遍。他指着身边的持短枪的人说，“这是周营长派来的侦察员，来和咱们取联系。我把他带来了。”

“这太好了，来得正好！”老洪和侦察员紧紧地握手。冯老头为他们介绍了一阵，就都坐下来。

“你们现在什么地方？”李正问。

“今晚部队在离这二十里路的毕庄，把顽军一个营包围，战斗正在进行。营长派我到这里来和你们联系，要你们今夜就赶到西北十多里的兰集去。部队结束战斗以后，就拉到那里，因为这里离铁路和敌据点太近，不便于大部队活动，因此，周营长请你们去，主要是想了解这边的情况，准备下一步战斗。”

“好！”老洪叫王强马上去通知各分队到庄外集合，“准备出发。”

在下半夜，各分队都已到齐，队员们听说山里过来主力部队了，都摩拳擦掌，说不出的高兴。西北方向已听不到枪声，大概毕庄的顽军已被消灭。铁道游击队由侦察员领着，向西北的兰集行进。

到兰集时，天已大亮，三营早已住在那里，士兵都睡下休息了。三营营长是老周的哥哥，他过去和老洪、王强都很熟，他虽然指挥部队作战忙了一夜，照例战斗结束，指挥员就松一口气，马上感到疲劳，该躺下休息了，可是他没有睡，在等着铁道游击队。一见面，这高大的营长就紧握了老洪、李正的手：

“你们辛苦了！”

“你们打了一夜，才辛苦呢！”王强笑着说。

“不！”营长说，“你们才真辛苦，上次你们出山时，老六团一回去，司令部就很担心你们；你们几条短枪，要应付这一带敌伪顽和封建武装，是够艰难的。我们本来是在

① 指事后懊悔。

其他地方活动的，司令部马上调我们到这里来帮你们打一下。”说到这里，营长哈哈笑起来：“司令所以调三营来，不是没原因的，因为三营是枣庄拉出来的老底子，听说来帮助过去在枣庄一块挖煤的老伙计，情绪都很高，所以昨天我们一进入这个地区，就消灭了顽军一个营。”

周营长马上叫通信员去取了几瓶好酒，这是打顽军缴获来的，并叫伙房搞了些肉、菜，来款待铁道游击队员们。

队员们都是好久没有吃到酒了。鲁汉在席间大吃大喝，还不住地叫骂着：“也该叫这些龟孙尝尝老八路的味道了！”周营长说：“我们这次来，就是为你们出气的，不把这些绊脚石搬掉，就不能在这里坚持抗战。”

老洪对周营长谈了这里顽军的活动情况。听说他们勾结敌伪，盘踞在夏镇一带，周营长就肯定地说：

“那么，今晚我们就打夏镇，你们白天辛苦一点吧，把那里的情况侦察一下！”

老洪派王强带申茂那个分队，就出发侦察去了。

天黑以后，队伍向西出发。铁道游击队员们，束着袖子，提着短枪，走在前边，作为三营的向导，夜袭夏镇。

春夜的田野很静，微风吹拂着，朦胧的月光下是一片起伏的麦浪，天已经暖和了。

铁道游击队摸到夏镇街里，却不见一点动静。白天申茂派人来侦察，说这里住着一个营。彭亮找到一个老百姓问了，才知道顽军听说北边他们吃了败仗，在傍晚的时候很恐慌地向西撤退了。

三营穿过夏镇，撤到村外休息，一出庄，彭亮带着一个分队走在前边当尖兵。突然听到前边有沙沙的脚步声，彭亮派一个队员到后边报告，一边把小坡一拉，悄悄地溜到路边的麦田里，只见远远地顽军的尖兵过来了。当顽军的两个尖兵刚走近身边，彭亮和小坡一跃身子，跳上去抓住了两个顽军的领子。

“不要动，动打死你！”

尖兵后边的顽军大队听到了，一排枪打过来。大个子周营长早把队伍布置开，从两边包围过来，机枪四下嗒嗒地响起来了。顽军像被山洪冲下的乱石一样，败退到夏镇西的一个小庄子里。三营团团地把小庄包围，没等顽军喘息，攻击的号声就响了。队伍分股冲进庄里，铁道游击队也从东南角冲进去，枪声响成一片。

机枪把所有的路口都堵住了。子弹带着亮光在街道里打着呼啸，没跑及的顽军都倒下了。墙角，粪坑边，都横陈着顽军的尸体。随着枪声，四下传来了“缴枪不杀”的喊声。顽军都据守在屋院里，企图顽抗。

林忠和鲁汉带着他们的分队，把一群顽军堵进一所院子里。当他们冲进院子以后，顽军又退守在屋子里，敌人凭着门窗向外射击。

“缴枪吧，缴枪不杀！八路军优待俘虏。”林忠在喊着。

屋里的顽军没有回话，还是射击。鲁汉暴躁地叫骂着“奶奶的”，倚着一个墙角，用短枪对着门窗砰砰地打着。他向林忠说：

“你别和这些龟孙啰嗦了！”

“你这样打，不净浪费子弹么？”林忠递给鲁汉两个手榴弹，“这个玩意儿给他们尝尝才过瘾呀!”

鲁汉抓过来，顺着墙爬过去。这时林忠在咋呼：“快缴枪吧！不缴就难看了。”

可是屋里还在往外打枪。鲁汉爬到窗下把手榴弹弦拉断。“去你奶奶的!”一连塞进去两个。只听轰轰两声巨响，屋里冒出一阵火光和烟雾，接着就传出了一阵哭叫声。

林忠在墙角边喊：“吃够了没有？不够再塞进两个。”他的话还没落地，里边就叫喊起来了：

“缴枪！不要打了！我们缴枪!”

“早这样说，不啥事没有了！把枪都掷出来。”

枪从窗口都掷出来了。

林忠、鲁汉和队员们押着一批俘虏从院子里出来，走到街上，看到小坡从另一个院子里赶出一个军官。军官在前边跑，小坡在后边追。“你往哪里跑!”砰的一枪，子弹在军官的头上爆炸。军官正跑到井边，把匣枪往地上一掷，一头插进井里了。

小坡到井台上拾起了一支二把匣子，笑着对井口说：“你既把枪缴了，还跳井干啥!”小坡吐了一口唾沫叫骂了一句：“这样熊种还打八路咧!”

一条绳子顺着井筒缒（zhuì）[1]下去了，小坡说：“上来吧!”一个水鸡一样的顽军官，扒着绳子被小坡拔上来了。小坡笑着说：

“我叫你缴枪，你跳井干啥!”把他赶到俘虏群里。

奇怪的事，又叫老实的队员王友碰上了。他拉着小坡很神秘地说：“你来看个光景!”

小坡被王友拉到一个拐角，指着一个水洼说：“你看那是什么？”小坡向王友指的地方一看，原来是一个顽军军官钻进一尺多深的污泥里，两腿丫字形叉在上空。

“你看，这反共将军玩的什么把戏!”

小坡忍不住哈哈笑了。王友上前，抓住两条腿，把顽军官从泥里拔出来，顽军官却像被杀的猪样嚎叫起来。王友是个沉默而好说理的人，他慢声慢语地对着满头泥污不住叫饶的顽军官说：

“奶奶，谁怎么你了呀！我动过你一指头么？是你自己钻到泥里去的，你还咋呼什么！你们捉住八路就活埋，可是我从泥汪里把你拔出来，你还有良心吧？我要打死你，不拔你出来，你就憋死了。奶奶！蒋介石尽培养出你们这些好样的。你说以后还反共吧？”

“再不敢了!”

“那么，到俘虏群去吧！我们是优待俘虏的。”

战斗结束，顽军全部被歼。铁道游击队帮助部队打扫战场，收拾缴获的武器弹药。还缴获了好多车粮食，除了部队装满了干粮袋，大部都救济了村民。队伍整理好拉进夏镇，连夜处理了俘虏，每人发了路费回家，有愿意干的就留下，补充部队。

大个子周营长，望着成捆的长枪，笑着对老洪说：“你们需要武器么？趁这机会补充一下吧!”

老洪和李正商量一下，准备要一部分步枪。王强说：

[1] 用绳子拴住人或东西从上往下送。

“我们都是短枪，在野外一碰到敌人，就得跑。敌人隔两里路能打到我们，可是我们不到跟前就不能开枪，因为打也没用处呀！遇到这种情形，我们尽死挨打，我们想长枪想得头痛呀！”

“那你们挑吧！拣好的。”

他们挑了十六七支好步枪，每支枪一百发子弹。周营长叫通信员把一支黑马大盖子送给老洪。

“把这支枪还给你吧！它短小灵便，很好使，替我出了不少力，留下作个枣庄纪念吧！你还认得它么？”

老洪提起这支日本马枪，看了一会儿，摇了摇头：“你知道我到枣庄后一向没使过步枪，不认得！”

周营长笑着说：“这是你从火车上搞下的那一批枪里的一支呀！那批枪到山里可成了宝贝了。都争着要，我摊了这一支。使了一年多，打倒不少敌人，现在该归还原主了。我想它也很愿为你出力的！”

“是的！”老洪很高兴地把这支枪背在肩上了。每个队员都多了一支步枪。每人一长一短，更显得威风。小坡喜得合不上嘴。

侦察员从西边回来，说顽军都撤回湖西了。湖这边安静无事。周营长和他们商量着今夜的去向，因为这里刚战斗过，明天鬼子一定扫荡，他们得连夜离开这个地方。

下半夜，三营由铁道游击队领路，向道东插去了。他们在洪山口附近住下。

果然不出所料。第二天一早，临城、沙沟、枣庄、峄县各路鬼子出动了，在铁路两侧进行疯狂的扫荡，到处是枪声和火光，可是却摸不着八路的踪影。因为昨夜冈村特务队长接到了报告，说飞虎队从山里调来一个团，都是老八路，连夜消灭了中央军两个营。可是各路的鬼子却连影子也捉不到。

第二天傍晚，敌人发现了三营在洪山口一带，各路鬼子都往这里猛扑，洪山口落满了炮弹，山坡上弥漫着黑烟。可是当鬼子到达洪山口时，三营已无影无踪。

就在这天夜里，三营别了铁道游击队拉进山里。临走时，李正把犯错误的王虎和拴柱交给他们，带进山里去学习，并嘱咐有机会把长枪队带出来。因为经过这一次战斗，微山湖的局面将更有条件打开了。

在敌人疯狂扫荡的那几天，芳林嫂带着老洪、林忠插进临城附近的古汀。这古汀位于临城站西南半里路，站上的铁路员工多住在这里。临城站是个热闹的集镇，可是古汀却静得像个农村。因为这里离车站很近，工人们向农民租了房屋，房屋比镇上便宜，吃菜也方便。有时，他们也会在草屋周围种上一片菜园，一年四季尽够吃了。

过去，芳林没有死的时候，芳林嫂就在这里住过，所以和这里的工友家属都很熟。今春灾荒，她家里米面都没有了，只有靠着往地里挖些野菜度日。她眼巴巴①望着麦苗长大，打下麦就好了，可是麦苗还是青斯斯的。没办法，有时她也跑到古汀来，向工友们借点米面，除了给老娘吃点，大部分都给老洪和他的队员做热汤喝了。

① 状态词。形容急切地盼望。

这天晚上，四下枪声响得很急，芳林嫂突然到了站上打旗工人谢顺家里。谢顺和芳林过去在一起干工，是很好的朋友，芳林嫂和谢顺嫂也是一对干姐妹，所以她常来讨借些东西。今晚外边枪响得紧，谢顺下班就关了门。当听到叫门声，谢顺嫂便去开门，一看是芳林嫂，就惊讶地说：

“弟妹这么晚从哪来呀！”

“从乡间来，谢顺哥在家么？”

“刚下班，快进来吧！”

芳林嫂一进门，身后又闪进两三个黑影，谢顺嫂吃惊地问：“这都是谁呀！”

“不要响！我娘家几个表兄弟，来找谢顺哥的。”

谢顺是个四十多岁的中年人，紫红的脸孔，结实的身个。他正坐在椅上抽烟。听见门口芳林嫂的说话声，他便站起来，向门边走去。林忠首先打招呼：

“老谢哥，好呀！”

“好，好，你好呀，老弟！”

虽然谢顺嘴里在说着好，可是他在灯影里，还是不住地向林忠和老洪打量。他从林忠脸上打个转，看着倒面熟，可是就是记不起名字了。

“你忘了么！咱还在一起跑过车，那时我在车上打旗，你在挂钩。”

“噢！老林弟，快坐！你一改装束，我认不出来了。这位是？”

林忠指着老洪说：“他姓刘，过去都是铁道线上的穷兄弟。枣庄站打旗老张你不是很熟么？他就是他的最好的朋友。”

“好！都是自己人。”谢顺忙支使小孩娘，“快烧水泡茶喝，等会儿办饭吃！”

老洪发亮的眼睛不时地打量着这个打旗工人，听谢顺说着“都是自己人”，他肯定地认为这是个正直爽朗的人。在到这里来的路上，林忠就介绍说：“他是个好人呀！临枣沿线上工人都知道他。”说起干铁路的人，都有着互相照顾的靠得住的义气。每逢有人今天出去跑车值班，总是问着站上的工友：“捎什么么？”就是经常住在站上的工友，也常收到外站工人打来的电话，托他在这里代买点东西，跟几次车捎去。因为在铁路工作，大家都利用这交通的方便。临城站靠湖近，鱼便宜，枣庄的工友在过年过节的时候，就会打电话或捎个条子给那边的工友，买几斤。枣庄的面便宜，临城就托枣庄的捎两袋。过去谢顺在临城站服务，他经常受到很多外站工友的委托，每天他上站值班，总提着几包东西，这都是为外站工友代买的。他不认识字，可是他却裁好几张纸条，叫识字的工人为他写收东西的工人的站址、姓名和捎的东西的斤数价钱。照例他口里说着，别人在为他写着：“烦交××站王连友收，鲜鱼五斤，价洋一元两角。临城站谢顺拜托。”“烦交××站张三收，猪肉六斤。合洋一元三角。”最后还是“临城站谢顺拜托。”他成年累月都是这样，为朋友从来不说二话，总是满脸笑容地提到守车上，托车上的工人捎到地方去。在铁路上能够在一起工作一个时期的，以后就成老朋友了，火车一到站，见面就问：“哥们捎什么东西么？”这句话，已成为铁路工人的口头禅了。

从鬼子来了以后，林忠和谢顺已经两年多不见了。现在他看起谢顺来，还是那个老样子，破礼帽几乎盖到眉上，桌上放着红绿灯，下班后好像还不忍离开这红绿灯，守在旁边叭嗒叭嗒抽烟。

谢顺从里屋里拿出一盒纸烟，给老洪和林忠抽，自己还是吸着旱烟袋①。泡上茶了，当他们喝着茶，谢顺就磕着烟袋锅望着林忠说：

“哥们这两年在啥地方呀！”

林忠说：“过去在枣庄，现在在湖边。”

“在湖边干啥呀！看样你是不在铁路上了。”他想到自己就长叹了一口气。

林忠把手一伸，食指和大拇指撇了个八字形：“实不相瞒，就干这个。”

“啊！”谢顺一看林忠的手势，就明白了。因为顽军和鬼子常打着这样的手势追问老百姓。所以一看到两个指头一撇，就知道是说八路了。可是他还是不相信地摇了摇头，有点紧张地望望林忠，又问：

“听说枣庄有班子飞虎队，老弟知道么？”

林忠指着老洪笑着说：“这就是咱的飞虎队长！他听芳林嫂说你很够朋友！所以特地来看你了。”

谢顺眼里充满着惊异，目不转睛地望着老洪，站起来紧紧地握住老洪的手说：“你们真行！在枣庄把鬼子搞得真不轻。光听说你们过来了，想不到就在眼前。”

谢顺忙到门口，又检查下门户。外边还响着枪声，他有点惊慌，但也有些兴奋地回到屋里来。老洪说：

“朋友！咱们过去都是吃铁路的，可是只有闻名，没有见面，现在总算认识了。我们既然到你这里来，就是相信你的。至于你愿意不愿意做朋友，就看你的了！”

谢顺拍了一下胸脯说：“人得凭这个地方呀！我虽然受了家室之累，没有和你们走到一条道上。可是出卖朋友，我还不是那种人！林忠弟知道我的为人。我虽然现在为生活逼着不得不在鬼子铁道上做事，可是我总不能忘了咱是中国人哪！”

“是的，”林忠说，“我们是相信你的！”

老洪说：“我们都是带枪的人！”说着他掀开了衣襟，乌黑的短枪露出来，他拍了一下，发亮的眼睛在试探着谢顺的胆量似的。他简短地问：“害怕么？”

谢顺沉思了一阵，仿佛平静些了，沉痛地说：“鬼子杀害咱中国人，我是见过的，芳林弟就是一个。你相信吧！我内心里是痛恨鬼子的，我虽然不能跟着你们干，可是见到真正抗日的弟兄们，我除了敬佩，还怕个什么呢？”

老洪点了点头说：“好！我们到这里来，并不会牵累你的，眼下我们还不在这里战斗。只是趁着敌人扫荡，我们在这里隐蔽几天，顺便也看看咱们铁道线上的朋友。我们队上有不少人过去都在铁道上干活，这古汀说不定还有不少熟人，有了你们的帮助，我们是能够对付住敌人的。”

就这样，在敌人分路扫荡，疯狂地在铁道两侧搜捕他们的时候，他们就潜伏在这古汀。这儿和枣庄西南角的陈庄一样，紧靠敌人的据点，敌人的碉堡离这里只有几步远。敌人万万想不到铁道游击队就住在他们的身边。在四下响着枪炮声的紧张的夜里，这古汀却显得很平静。工友们摸着黑，在听着李正低声而严肃的政治讲话。

① 一种吸烟用具，一般在细竹管的一端安着烟袋锅儿，可以装烟，另一端安着玉石、翡翠等制成的嘴儿，可以衔在嘴里吸。通称烟袋。

敌人扫荡了几天，就各归原防回据点了。铁道游击队也和临城站的工友混熟了。彭亮、林忠、鲁汉这些过去常跑车的队员和他们谈起来，都是老熟人。工人听到李正的讲话，认识了共产党、八路军和整个抗战形势，知道铁道以外广大地区的抗日军民都起来了。太平洋战争爆发，日本鬼子被打出去的日子已经不远了。

在几天的相处中间，老洪了解到工友们的生活是艰苦的，一个月鬼子配给几袋掺橡子①面的面粉，家家都顾不上生活。春荒又很严重，物价天天上涨，日子越来越苦了。可是鬼子运粮食的火车，却日夜不停地来往拉。往北运的是大米，往南运的是小麦，用掠夺来的粮食作为军粮，来支援它的侵略战争。

这天夜里，刘洪和李正来找谢顺说："你看最近的粮食车不住点地往南运。可是咱们工友和这一带老百姓都吃不上饭，闹饥荒。"

谢顺说："是呀！"

李正说："我们最近想搞他们一下，弄下点粮食来接济一下工友和老百姓怎么样？你能帮个忙么？"

"我怎么个帮法呀！"

老洪简捷地说："不用你下手，你只要告诉我们粮食车来的钟点就行了。"

谢顺摇了摇头说："我告诉钟点倒可以办到，不过弄下粮食可不容易，沿路都有爱护村站岗，火车过后，冈村的巡路摩托卡就出发。这能行么？"

李正说："这些由我们对付！你放心就是！"

谢顺沉思了一下，好心地对李正说："这临城南铁道边上有个鲁村，是个大爱护村，伪保长叫朱三，他和鬼子很有来往，沿路的爱护村保长都是他的朋友，如果能够和他搞好关系，这事还好办些。"

这一说把李正提醒了，他和老洪商量了一下，连夜派王强带几支枪到鲁村去。

自从打夏镇，消灭了顽军两个营以后，这消息风快地传遍了湖边和铁路沿线各村的地主和伪保长耳朵里。因为这些人过去和顽军都有联系。他们听到的不是两个营，而是两个团。说铁道游击队从山里调来了老八路主力部队，两夜就把湖边的顽军消灭干净。有些本地被抓去当兵的，这次都做了俘虏，又被放回来，更谈到八路军的厉害。前些时鬼子大扫荡，又有顽军配合，还是不行；现在顽军没有了，他们对铁道游击队就更加没有办法了。这些伪保长们每天心里忐忑着，生怕铁道游击队又抓了他们去。

就在这种心情下，王强带了六个队员，每人都是一长一短，来到鲁村的伪保长朱三家里。朱三在灯光下望着周围六支短枪都张着大机头对着他，他浑身打着寒战。

"副大队长坐下呀！"

队员们都是小老虎似的站在那里，可是王强却是满脸微笑，眯缝着小眼，很高兴地拍着朱三的肩膀说：

"不要怕！咱们已经是老朋友了。"接着他叫鲁汉带几支枪到外边去，只留林忠和两个队员在屋里，屋里少了鲁汉，气氛稍缓和了一些。

① 栎树的果实，长圆形，含淀粉和少量鞣酸。外壳可以制栲胶。

“前些时西边的情况，你听说了吧？”王强笑着问。

“听说了！”朱三说，“那些‘中央军’叫咱们队伍打垮了两个团。”

“打垮？”王强严肃地眨着小眼说，“是消灭！我们也叫他知道下抗日军队的厉害。他们不但不抗日，还和鬼子一鼻孔出气。反共，反人民，这次叫他们尝尝反共反人民的滋味。平时凶起来对老百姓怪威风，可是打起仗来比屁还松。现在我们的主力还住在这附近的山边，谁敢再反共，我们就打碎他的脑袋。不抗日，就别跟抗日的捣蛋。我们一忍，再忍，真忍不住，还一下手怎么样，倒霉的还是他们。”

“是是！过去这里老百姓还盼着他们回来，可是一见面就心冷了，村里传说着：‘盼中央，盼中央，中央来了更遭殃！’老百姓都叫他们‘遭殃军’。”

“人民养活了他们，他们不抗日，却来祸害老百姓。共产党是人民的救星，反共就是反人民！消灭了他们，抗日不但不是损失，相反的更有信心，胜利更有把握。只不过这一带少一批人糟蹋给养就是了。”说到这里，王强把话转入本题了。他严正地对朱三说：

“我这次来，我们政委要我转告你，希望你转变脑筋。并劝告这一带爱护村的伪保长，也叫他们认清自己的前途，不要死心塌地地依靠鬼子，要多帮助些抗日工作，给自己留条后路。如果我们调查出来，谁今后破坏我们铁道游击队的抗日工作，我们就对他不客气。顽军就是一个例子。”

“是！是！”朱三不住地点头，“政委说得很对，都是为了我们！”

“那么，明天你就约他们到这里来开个会，劝他们都把眼睛睁亮点，不要对鬼子死心眼。眼下在铁道线上应付鬼子，这一点我们是允许的。但是应付只是应付，应该是‘身在曹营心在汉’才对。你约他们，要是有人敢不到你这里来开会，告诉我们，我们就给他点厉害。你曾答应过政委，说今后凭良心办事，这一次就看你的了，能办到么？”

“一定能办到！你告诉政委，我姓朱的如办不到，要我的脑袋就是。光开会呢，还是要办别的什么事，请说吧！”

“你先开会。明天晚上，政委有事要托付你！”

第二天，果然朱三派人到各爱护村，把伪保长都找来开了个会，按王强所谈的意思讲了：

“咱们现今办事可得睁一个眼，闭一个眼，不能太死心眼呀！你对鬼子忠实，鬼子也不会对咱有多大好处；可是落个死心塌地的汉奸罪名，脑袋说不定啥时就搬家。爱护村，爱护？爱护？只叫咱们爱护他，而鬼子可不爱护咱们呀！咱们都是相好朋友，不说外话，谁如果不把眼皮睁开，那铁道游击队可不是好惹的呀！你看！鬼子、‘中央军’三番五次扫荡他们，扫着他们一根毫毛了么？惹恼了他们，从山里调来两个团，把湖边的‘中央军’一扫精光。他们现在倒成了一长一短的双披挂[①]了。你们看，到底是谁厉害？千万别死心眼呀！”

这些爱护村的伪保长，平时都是看朱三的眼色行事的，尤其因为临城鬼子和他有来往，冈村曾经到过他家，显然他是这一带有身份的人物，现在他竟谈到上边这些话，大

① 原指穿戴盔甲，后也泛指穿戴衣装。

家当然都点头称是了。当西边“中央军”被歼以后，一些伪保长确实感到头皮发麻，生怕铁道游击队到了他们的村庄，抓住他们当汉奸办，或者在他们村子附近破路、割电线。上次铁道游击队进山时，在这一带破坏了铁路，使火车掉了道。鬼子火了，一方面向“中央军”讨伐，同时也把附近爱护村的伪保长，抓到临城吃了一顿苦刑才放出来。自从前些时铁道游击队实行镇压以来，有的忠实于鬼子的乡保长被杀，他们也被抓去，意外的又放回来，从那时起，他们就感到这样死心眼已经不是事了。可是大家都在看着朱三怎么样。现在朱三和大家说了跟八路不要作对的话，当然也就是大家所想说的话了。

“朱三哥，你看怎样办，咱就随着，这个年月眼不灵活些是要吃亏的！”

当他们正在开会的时候，李正带着一个分队到来了。每个队员都雄赳赳地背着崭新的马步枪，腰里还别着匣枪，出现在伪保长们的面前，大家都不约而同地站起来。李政委把手一伸，都叫他们坐下。他用响亮的声音，对他们又做了一次意味深长的谈话。他谈了抗战的形势，指出伪保长们的出路，最后严肃地说：

“要给自己留后路呀！日本鬼子垮台的那天，他们不会把那些汉奸带回日本本国去抚养啊！作为一个中国人，应该真心帮助抗日，消灭日本鬼子，这是自己的责任。当然我说的真心，你们要听清楚，并不是要你们马上拿起枪杆来跟鬼子拼命。在这驻有敌人重兵的交通线上，我们允许你们暂时应付敌人，可是心却要向着抗日，帮助抗日的部队打击敌人。如果你们是真心帮助抗日，秘密地给我们联系，那么，你们今后好好地干爱护村保长就是；可是，要是我们发现哪个村破坏我们的工作，我们就叫他的爱护村保长干不成。他要爱护，我偏不叫他爱护，我们就在他们村边割电线、翻火车；甚至我们从临城逮住特务，就到他那村边去枪毙，使他尝尝不抗日的苦头。不但鬼子对付他，就是我们逮住了，也作为汉奸把他枪毙！一句话，两条路摆在你们面前，由你们自己去选择。”

伪保长临走前，李正又和他们谈了一些条件。只要真心抗日，给铁道游击队联系，送情报；鬼子出动，特务进村，都报告。那么，为了使他们应付鬼子，骗取鬼子的信任，就暂不到他们村庄附近破路、翻火车。

李正送走了伪保长，把朱三拉到僻静处，低低地对他说：“你今天召他们开会很好，今晚我们就要交朋友了。现在我拜托你，从庄上拨三十辆小车出发运东西，到庄南一个洼地集合，别人问就说是替皇军出差①。可是我们铁道游击队的报酬是每辆小车给三十斤粮食，完成后马上拨给，决不食言。你能办到么？”

“行！行！一定办到，保险没错！”

“好！”李正拍着朱三的肩膀说，“是真朋友，或是假朋友，就看你今天晚上怎样了！”

夜里十一点的时候，天黑得伸手不见五指，一列货车从临城站向南开出，机车刚出扬旗，只见路基上有两个黑黑的人影一闪，就不见了。

彭亮和小坡从机车两边的脚踏板上，蹿到司机房的铁板上。司机和司炉，都在黑色的枪口前边怔住。彭亮说：

① 旧时指出去担负运输、修建等临时任务。

“工人弟兄们，我们是八路军，不要怕！我替你开一会儿。”司机惊恐地离开了司机座，彭亮坐上去，一手提着枪，一手扶着开车把手。小坡一边叫司炉向锅炉里添煤，一边对着司机说：

“没有什么，我们想弄几包粮食吃吃。你们为鬼子运这么多粮食，这一带老百姓却饿着肚子呀！”

彭亮开着这列粮食车，还没驶到预定地点——鲁村南桥头，火车上就有一簇簇的黑影在蠕动，装粮食的麻包，纷纷向道旁落下了。显然是性急的队员们在鲁村北就上车了。

彭亮是那么兴奋地坐在司机座上，扶着开车把手，驾驶着火车前进。这是他出山以后第一次耳边又听到呼呼的风声，和熟悉的轧轧的车轮与铁轨的摩擦音响了。他向玻璃窗外，望到鲁村闪过去，就把车速放慢了。到了预定的洼地，火车慢得简直像人步行一样，车上的人下来解一个小手，再扒上去也不会误事。就在这时，队员们在粮食车上紧张的动作着，麻袋像雨点样向下抛。

道两旁的洼地里，有低低的嘈杂声和紊乱的脚步声，数不清的小车队都在向这里集中。李正带着几个队员在指挥着饿瘦的老百姓，把粮食包装到小车上，装满一车又装另一车。虽然人们都在紧张地忙着，可是李正还是不住地催促着：

“快！快快，静一些！”

火车慢慢地向前爬行，这主要是给火车上的人们以时间，能更多地往下抛。随着火车的行进，沿铁道的路基上，落满了粮食袋。可是彭亮不能把火车停下，因为这样既耽误时间，又容易为敌人所发现。他只是把车的速度放慢，沿路抛下去，这样远处还可以听到火车轰轰隆隆的行进声。临城离沙沟只有八里路，再慢也是向前移动，渐渐地离沙沟站近了，快到沙沟站外的扬旗了。彭亮站起来，握了下司机工人的手说：

“打扰你了，你拉的粮食，救济了这一带春荒里的老百姓。谢谢你，再见！”

彭亮和小坡跳下火车，火车轰轰隆隆地向前驶去了，他俩急忙往回跑，去帮助装小车。沿路他们把从车上抛下的粮食包，都集拢在一起，便于小车队过来装车。他们一边忙着，一边往回赶，到洼地时，只听到人声嗡嗡响，人群在冲撞着，热闹得像个集市。小坡看见芳林嫂也带着一批苗庄的妇女来背粮食，她不住地在低声说：

“快！多背呀，年轻的背大包，年老的两人抬一包呀，多弄一点，就多吃几天呀！”

装满的小车队，一批批地向夜的远处，湖边一带运走。没装好的人群接着向南沿路搜索着，摸着黑装车。

突然北边射来探照灯的光柱，接着铁轨上响着轧轧的音响，临城巡路的摩托卡驶过来了。老洪带领了两个分队布置在路基两侧，大家都伏下来，倚着粮食包作为掩体，架着步枪准备阻击摩托卡，掩护群众抢运粮食。李正带一个分队在组织群众，指挥着装车。

冈村在摩托卡上架着机枪，向南边驶来，到鲁村边，探照灯照到道边的粮包，摩托卡嘎的一声停下。冈村带着三个鬼子走到粮食包那里，这是性急的队员迎着车在鲁村北掀下来的，群众争着往南边去抢运密集的大堆粮食包，把这零星的几包丢在后边了。冈村指着身边的粮食包，叫着：

“土八路的，小偷的！”

他怒视着鲁村爱护村，便去查护路的岗哨。正在这时，远远的有一支红绿灯光在闪动，一个黑影跑过来，鬼子朝着上空砰砰打了几枪。

“别打枪！太君，我是巡路的朱三。”

朱三过来，一看到冈村脸上不高兴，就气喘喘地摘下礼帽报告说：

“刚才有小偷的扒粮食，我听到站岗的报告，就来验路了。一看见粮食包，我就跑来报告，太君正好来了。”

朱三正说话间，南边砰砰地响起了枪，子弹在摩托卡的上空嗖嗖飞过。冈村和鬼子都伏在麻包后边，嘴里在叫骂着：“土八路的！”机枪向南边射击了。

朱三马上蹲下来，惊慌地对冈村说：“大概是八路过来了，听说前天他们还住在东山边。”

“你去看看的，快！”

冈村看着摩托卡只有五六个鬼子，摸不清情况，叫朱三到南边去侦察，弄清楚情况后，好回临城报告。

枪声在铁道上空响成一片，朱三提着红绿灯，跑下路基没进黑影里，为了怕正面的子弹打着自己，朱三跑出去半里路，绕道到了洼地桥洞的那边，他看到火星在那里乱闪，枪就从那里发出。

朱三满头流着汗，跑过来。老洪低低地问：“怎么样？多少敌人！”

朱三说：“只有六个鬼子呀！不要紧，你们把枪打得紧些，快搬就是。我去应付他们，他们不敢过来。”

说罢，他就又绕道跑回去了。他跑到冈村那里，冈村问：“有多少土八路？”

“可不得了呀！村南都是八路，一眼望不到边。光机枪就有一长溜，架在道两边。太君可不能过去呀，皇军人少呀！”

冈村听到后，趴在粮食包后，眨着眼睛。前些时八路军打夏镇，他是听说了的。从他收集到的情报里，知道八路军过来了一个团，消灭顽军两个营。这次出兵分路扫荡，虽然向老百姓宣传赫赫战果，说消灭了八路，实际他知道并没有和八路军正面接触。可能现在八路军的主力又过来了，他感到自己力量的单薄。他想派人坐摩托卡回临城报告，可是留下这四五个人更感到孤单，有被消灭的危险。要是全撤退回临城报告吧，在对面的枪声中逃跑，又怕灭了“皇军”的威风。冈村心焦得拿不定主意，只是愤怒地叫机枪手“快放”，用激烈的机枪扫射，防止八路冲过来。他准备在这里死守，等待临城的援军。他又抬起头来对朱三说：“你的再去看看！”

“好，太君，我一定去查看那边的动静，为皇军效劳。”

南边的枪声渐渐地响得松些了，朱三跑过来，对冈村说：“八路军叫太君的机枪打慌了，他们往东跑了！”

“好好的！”

当南边枪声完全静下来时，冈村开着摩托卡向南追击了。可是沿路连个人影也没有，他在鲁村南一个桥洞的洼地仔细查看，看到好大一片麦苗，被踏成了平地，这里刚才确实有上千的人踩过，他认为朱三的报告是正确的。

当冈村回到鲁村村边，看到朱三提着守路的红绿灯，恭敬地站在那里，他忙下车紧握着朱三的手：

“你的好好的，辛苦大大的，你报告的确实的。”

冈村指着路边的两个粮食包，说：“你的扛去的！”作为对朱三的酬谢。他把另外几包驮到摩托卡上，准备回临城交差。正在这时，临城站的“皇军”铁甲车开来支援了。可是冈村特务队长指着车上的粮食包，向中队长做了口头报告：

“没有什么，几个小偷的被打跑了。”

拓展阅读

《弹起我心爱的土琵琶》：这是电影《铁道游击队》的主题曲，由吕其明作曲，芦芒、何彬作词，在电影中由喜爱唱歌的游击队员小坡演唱。歌中唱道：“西边的太阳快要落山了，微山湖上静悄悄。弹起我心爱的土琵琶，唱起那动人的歌谣。爬上飞快的火车，像骑上奔驰的骏马，车站和铁道线上，是我们杀敌的好战场。我们爬飞车那个搞机枪，闯火车那个炸桥梁，就像把钢刀插入敌胸膛，打得鬼子魂飞胆丧。西边的太阳就要落山了，鬼子的末日就要来到。弹起我心爱的土琵琶，唱起那动人的歌谣。哎嗨……”这首优美动听的歌曲，与紧张刺激的电影情节对比鲜明，表现出革命先辈的坚强意志和乐观精神，以及对抗日战争胜利的强大信心，有着极强的感染力，成为爱国主义歌曲的典范。

第十九章

打冈村

地里的麦子已经发黄了。微风吹拂着，像金黄色的海浪。天渐渐热起来，路边的树阴下，已有行人在乘凉了。再有两天毒太阳，麦子就要收割了。

芳林嫂挑着一担子煎饼，在向临城走去。她累得脸红涨着，前后两箩煎饼，是用两斗粮食推的，她挑着重担走了五六里路，确实累得有点腰酸腿痛。她不时回过头来，擦着脸上的汗，喊着掉在后边的凤儿：

“快点走呀！前边就到了，你奶奶在家想你了呀！”

“噢！”凤儿沿路掐了些野花，摇着小辫赶上来。

前边快到鬼子的门岗了。平时都是伪军站岗，最近青纱帐起，铁道游击队又打了微山岛，鬼子在临城四外进口处都加岗了。除了伪军，还有鬼子，岗哨都气呼呼地端着枪，刺刀被太阳耀得闪闪发光，过路的人都心惊胆寒。

芳林嫂到了门岗前，把煎饼挑子放下来，她避开鬼子刺刀，回头拉住了凤儿：“到家了。”凤儿畏缩地躲在她的身后。

“你是哪里的？从什么地方来？”

随着伪军的问话，刺刀从两边顶住她的胸口，鬼子的眼睛像饿狼样打量着她的身上和挑子。芳林嫂满脸微笑地掏出良民证向旁边的伪军说：

“我就是这车站下沿的，小孩她爹也在铁路上干事。这几天没吃的了，我就到南乡小孩姥姥家去借了些粮食。”说到这里她指着挑子说：“你看就推了这么多煎饼！”

说着她就弯下身去，从挑子上拿两张干煎饼，递上去：“老总们饥困么？请尝尝我烙的煎饼！”

伪军向鬼子叽咕了一会儿，芳林嫂就被放过去了。

当她走过站台边，这里已经离她婆婆家不远了，可是迎面碰上一个鬼子军官拉着一只狼狗，另外还有两个鬼子绑着一个中国人，中国人满头满身都是血，衣服被撕成片片。旁边的人有认识芳林嫂的，忙偷偷地对她说：“快躲躲呀，这是冈村特务队长，看样又在抓人的。”芳林嫂没有躲及，鬼子就来到跟前了。冈村转动着眼珠，发怒地瞪着芳林嫂。狼狗忽地蹿过来，芳林嫂吓得想丢煎饼担子，可是她没有丢，还是平稳的把扁担从肩上放下。狼狗嘴角还有血，显然这血是刚才那个中国人身上的。凤儿吓得嗷嗷直叫，抱住芳林嫂的腿哭着，把小头都插到妈妈的裤裆里了。狼狗围着半尺高的一摞煎饼，在嗅着鼻子。芳林嫂安慰着凤儿：“不要怕！”一边望着冈村的脸在说：“太君不会叫狗咬咱！”接着她就殷勤地从煎饼箩上拿了两张煎饼，送到狼狗嘴边，昂望着冈村笑着说：

"太君，它要吃煎饼么？给它两张吃吃吧！"

冈村把脸一斜，打了一个口哨，狼狗就蹿回去，跟着冈村走了。直到这时，芳林嫂才感到一阵怦怦的心跳。当她把扁担又放上肩头向家门走去的时候，刚才劝她躲开的那个邻居说：

"它不吃你的煎饼，它吃活人肉呀！"

芳林嫂微微地笑着说："我说它光围着煎饼挑闻，不张嘴呢！"

邻居说："芳林嫂，你可真是个傻大胆。一般妇道人家碰上这一下，早吓昏了。"

到了家里，小凤一下就扑到奶奶的怀里。芳林的娘已经六十多岁，看到媳妇从娘家担了这么多煎饼，心里很高兴。自从芳林死后，她总病，媳妇经常从娘家弄东西来侍候她。她经常在街坊邻居家夸说芳林嫂孝顺，能干。这些时她病轻些了，已经能走动了。可是就是家里缺吃，现在媳妇又送煎饼来了。老人家把小凤儿搂在怀里，不住地问长问短。因为她这么大年纪，下辈只有这个孙女了。

"听人说，你姥姥那个地方有飞虎队，小凤你不害怕么？"

"不怕！他们都很亲我呢。"

"你见过么？"

"我常坐在他们腿上玩呢！"

芳林嫂暗暗地瞪了小凤一眼，就说："那是飞虎队么？那都是你姥姥家的本家舅舅呀！"就把她俩的话打断了，接着就谈起别的了。

晚饭芳林嫂做了一锅有滋味的热汤，就着新煎饼，一家吃得很欢乐。饭后，芳林嫂就在炉子上打了半盆稀糨糊，小凤奶奶问："小凤娘，你打那些糨糊做啥呀？"

"我想糊两张布褙（bèi）① 子，给小凤做两双鞋！"

"那不太稠么！"

"可以用！"

天很晚了，奶奶亲孙女，祖孙搂着睡下了。芳林嫂却在里间屋角上整理着煎饼，她向厚厚的煎饼里翻腾着，手的动作很快，她折叠了一部分夹在怀里，就出去了。

外边天很黑，虽然才十点多钟，可是街上已很静了。因为近来飞虎队在外边闹得挺凶，临城站入夜后就紧张起来。特务队常四下出去抓人，一般的老百姓一天黑，就关门睡觉了。

芳林嫂夹着一大摞煎饼，向站台上去了。站台下沿，等车的旅客在昏黄的灯光下蜷伏着，除了街两边几家小买卖人的叫卖声以外，整个车站上显得很静。鬼子和伪军的岗哨，在月台上不住地来往巡逻。

在入口处，伪军用枪指着走来的芳林嫂问："干什么的？"

"我是到站上来找打旗的谢顺哥呀！他今晚值夜班，谢大嫂叫我给他捎来点干粮。"

正在这时，谢顺提着红绿灯，从票房里出来，准备接车。他听到芳林嫂在喊："老谢哥！老谢哥！'谢顺就走过来了。他一看芳林嫂被岗哨盘问，就说：

"弟妹，到站有啥事么？"

① 把布或纸一层一层地粘在一起。

芳林嫂说："刚才我在你家坐，临来谢大嫂叫给你捎点干粮。"说着就把一摞煎饼隔着岗哨递过去："那么，我就不进去了。"

"好吧，"谢顺接过煎饼说，"你回去吧！"

谢顺夹着煎饼，到了近处，在黑影里，偷偷地打开煎饼，看到那里边夹着红绿的传单标语，忙又合住，就掖着出来了。

芳林嫂回头走过几家有着灯光的小铺。前边一段路，没有路灯，黑漆漆的，在一个转角处，她望了一下，四下没人，就急忙从腋下取出一摞煎饼，手向包着浆糊的那张煎饼上一戳，顺手往墙上一抹，又向煎饼层里一抽，只听刷的一声纸响，随着她的手一扬，一张标语已经贴在墙头上了。当她翘着脚后跟，向上探身贴的那一瞬间，她感到心跳，腿发战，这也许是因为她第一次完成这样的任务。可是她脑子里马上映出老洪交给她任务时的那双发亮的眼睛。她感到这是铁道游击队给自己的任务，她的行动是他们整个对敌斗争的一个组成部分，她要把这些标语贴满临城，使这里受苦难的同胞，看了高兴，使那吃人的冈村看了胆战心惊。虽然当时表示了决心，可是在这四下都是敌人的岗哨的据点里，真正执行起来，总未免有些心跳。可是她一想到自己所从事的光荣使命，全身就增强了不可战胜的力量，她的手还是急快地动作着，一张，两张，三张……

她沿着夜的街道走着，不时地在墙角停下，贴了又走，又停下。当她依然夹着那摞煎饼推开家门时，她的心不但不跳，而且变成愉快的了。

第二天，车站月台上及站台下沿附近的街道上，出现了八路军的标语和告伪军书。这事情引起了驻守临城鬼子的震动。太阳还没露头，伪军在四下撕刷着标语。鬼子出动了，临城站大白天宣布戒严，街道上岗哨林立。冈村特务队长亲自带着人在清查户口。

吃早饭的时候，芳林嫂听到门外一阵钉子皮鞋响，她刚从饭桌边站起，鬼子就拥进门里来。冈村的眼睛圆瞪着，由于激怒，白眼珠上冒着血丝，像他身边龇牙的狼狗的眼睛一样望着使人害怕。他的鼻嘴之间的小胡子撅着，像插上一撮粗硬的猪鬃（zōng）①。他右手拄着抽出鞘的洋刀，气呼呼地站在屋当门。小凤吓得缩到饭桌下，病刚好的小凤奶奶，木鸡一样呆在那里。搜查和盘问开始了。

"太君来了，别嫌屋脏，快坐下吧！"

"良民证的！"

冈村的眼光并没有从芳林嫂脸上离开。旁边一个鬼子冷冷地要良民证，芳林嫂微笑着把良民证和户口证都递过去。鬼子看了看她的良民证，对了一下照片，又接着看户口证。鬼子生硬地念着：

"户主张芳林，二十五岁铁路工人［殁（mò）②］，
妻子张王氏，二十五岁，
母亲张宋氏，六十一岁，
女儿小凤，五岁。"

鬼子查点了人口，接着就开始搜查，一切都翻腾遍了，没有发现什么禁物。冈村突

① 猪的脖子上部的较长的毛，质硬而韧，可用来制刷子。
② 死。也作没。

然看到桌旁的两箩煎饼，像想起什么事似的，转过头对芳林嫂问：

“你的昨天的哪里去了？”

芳林嫂知道她昨天路过站台下沿，被冈村看见了，现在认出她来，要盘问她。她很爽快地回答：

“家里没吃的了，我到南乡小孩姥姥家借两斗粮食，推了这些煎饼，挑回来。”

“什么庄？”

“苗庄。”

“娘家的有哪些人？”

“也就一个六十多岁的老妈妈呀！可怜我的命苦……”说到这里，芳林嫂黑色的大眼里突然滚出了泪水，“两头两个老妈妈，都要我来照应呀！没有一个人手。男人死得早，撇下这老老少少，就靠我这女人跑跑弄弄，这日子怎么过呀！”

凤儿奶奶听到芳林嫂提到儿子，也眼泪汪汪地说：“这是个苦命的媳妇啊！”

冈村看看已搜查完了，显然不愿听这中国老妈妈的哭诉，就哼了一声鼻子。一阵皮靴声，鬼子就出去到另一家去了。

鬼子走后，芳林嫂马上跑到里间，翻着那两摞煎饼，翻着翻着，从厚厚的煎饼里，又找出两张昨晚遗漏下来的标语。她擦了一下额角的冷汗，忙揉成一团，投到火炉里了。

“小凤娘，你烧的啥呀？”芳林娘抬起花了的老眼，望着芳林嫂问。

芳林嫂望着炉里突然腾高的火焰，随便地说：“没有什么，你快跟凤儿吃饭吧！饭凉了。”

最近冈村特务队长的性情更显得暴躁了。由于临城站出现了八路军的标语，他又被中队长找去挨了一顿痛骂，立正站在那里整整的有半个钟头。一出中队长的屋门，他脸色由红变紫，最后竟成了铁青色。他曾两三夜不睡觉，在拷问着新抓来的嫌疑犯，他在中国人的哭叫声里，狂笑着，疲倦了就整瓶地喝着酒，提了精神再继续审问。他的狼狗嘴角上的血在往下滴，牙上带着布片和人肉片。冈村审问得眼睛都红了，狼狗吃人吃得眼睛也红了。开始是吊在梁头上的中国人嘶哑的叫声，狼狗顺着主人的手指，一次一次地向挂在梁上的中国人身上猛扑，每次都撕下布片和肉块。叫声越大，狼狗扑得越欢，冈村就笑得更响亮。以后叫声没有了，用冷水喷过来再咬。冷水喷也不醒了，冈村认为是装死的，还是指挥着狼狗猛扑，一直到狼狗舔着嘴角和血，用血红的眼睛望望梁上那个已变成一副骨头架的中国人，这一个案子才算结束。当冈村夜里在特务队审问案子的时候，周围路过的老百姓或铁路工人们，都在哭叫声里流着眼泪。有的人不忍听这惨叫声，竟掩着耳朵。人们在站台上，看到冈村头发梢就打奓（zhà）撒[1]。可是有血性的中国人听到这惨叫声，并没流泪，而是在紧紧地咬着牙齿，谢顺就是一个。

自从铁道游击队又在湖边出现，冈村接到高敬斋的情报，带着鬼子出发，把铁道游击队打进湖里以后，冈村从来没有愉快过。他知道这一班子大闹枣庄的飞虎队过来以后，就成了他特务队的死对头。所以当铁道游击队在湖边站脚未稳的时候，他运用了在湖边一带布置的特务组织，加上临城“皇军”和西边“中央军”的配合，想把飞虎队一举歼

① 同“扎撒”，张开。

灭。可是反复扫荡的收获却不大，随着高敬斋的被杀，他一手培植的特务系统伪组织都被铁道游击队打垮了。紧跟着，铁道游击队又从山里调来了八路军主力，夏镇一战，砍去了“皇军”反共的一条臂膀。这湖边一带，和铁道两侧所谓“王道乐土”的“爱护村”里的居民，再也不相信他们的谣言了。“皇军”就不得不纠合附近据点的兵力分路出动，可是总扑不到铁道游击队的踪影。冈村画了一幅湖边地图，想在湖边一带安上据点，控制微山岛，这样就可以限制铁道游击队的活动。不过“皇军”兵力不足，从兖州调来了一批伪军，一部分驻在微山，一部分在湖边安了两个据点。不久，微山岛响起了枪声，据点被铁道游击队攻陷，一个中队的伪军全部被俘。湖边的据点也被逼退回临城。虽然，对付铁道游击队的办法都失败了，但是冈村从失败经验中也摸到些铁道游击队的活动规律。在一天夜里，他得到可靠的情报，亲自带着特务队，摸到湖边的东庄，那夜正碰上王强带了一个分队住在那里，打了一阵，王强带人冲出来，好在外边麦子已经长深，很快他们就消失在麦浪里了。这次战斗仅仅伤了一个队员。

经过这一次夜间战斗以后，冈村决定来重新调整他的特务队。他的特务队原有十二个鬼子，十二个中国特务，配备有两挺机枪和十八棵步枪。现在他都换上有战斗经验的鬼子，中国特务也都选拔从关外调来的老手，又从上海领来二十四支崭新的德国二十响驳壳枪，装备起特务队。原有的长枪和机枪并不上缴，仍由他掌握，准备大队出发时使用，平时一律化装带短枪。他想以短枪对短枪，以便衣对便衣，以夜间活动对夜间活动，来对付铁道游击队。

中队长很欣赏冈村这一计划，刚帮他把特务队配备齐全，就在这时，车站上发现了八路军的标语。冈村怎能不生气呢？他已经计划好对付湖边的铁道游击队，想不到临城内部也有了八路的活动。他下决心要先肃清内部，因此，就连夜地逮捕、审问，毒刑拷打和屠杀中国人了。

由于这几天审问“犯人”，冈村确实累了。这天入夜后，他就和另一个鬼子特务伍长回到特务队里，一傍桌边，就伏在桌上睡着了。

屋里的电灯亮着，桌上架着两挺压上了子弹梭子的机枪，枪口对着屋门，只要冈村一伸手扳一下扳机，子弹就嘟嘟地向门口扫射了。屋很小，四下枪架上架着三八式步枪。乍一看，这里简直像个小弹药库了。这是冈村特务队未发短枪前的长武器，现在特务队一部分带着短枪到外边去进行夜间活动，另一部分都在这屋的另一间休息，长枪都集中在这里。一俟有紧急情况需要到远处突击，特务队就又都换上长武器，应付野外战斗了。

冈村伏在桌子上睡着，这几天的审问使他一接触到桌边就沉睡过去了。在问案时，他厉害得像匹凶暴的野兽。他认为在他的威力下边，中国人是会屈服的，所以当他站在中国老百姓面前的时候，他是那么趾高气扬、气势汹汹。可是一到夜阑人静，一个人留在屋里的时候，他感到分外的孤单，这孤单使得他心惊肉跳。尤其是临城出现了标语传单以后，他的眼睛虽然更凶狠了，可是却也流露出隐藏不住的惊恐。现在他伏在桌上睡去了，可是他还不放心，叫特务伍长来陪着他值班。按着大梭子的二十响匣枪依然握在自己的手里，保险绳①套在脖子里，做好一切战斗准备。特务伍长看着冈村呼呼地睡去，

① 又名枪纲、枪绳，是连接手枪和腰带的绳子，主要用来防止枪支丢失或被抢走。

他的脖颈也支不住头的重量，和冈村一样，手里握着枪伏在桌上入了梦境。长枪队从山里拉出来了，进山受训的王虎和拴柱也随着他们回到队上来。小坡乍见王虎，还有点不好意思，因为两月前在东庄北边高岭上，王虎和拴柱威胁他蛮干时，是他报告了刘洪队长。当把他俩绑起来的时候，王虎还在指着小坡叫骂着。可是现在王虎和拴柱一见小坡，便红着脸，主动地跑上来，拉住了小坡的手，小坡从紧紧的握手和眼色里，深深感到王虎和拴柱和过去不同了。王虎眼里冒着感激的泪水对小坡说：

"小坡哥，亏你救了我俩啊！要不是你，我们会走到死路上去。到山里后，我们接受了党的教育，才认识到自己所犯错误的严重性。那是经不起艰苦锻炼，政治上的动摇呀！现在回想起来，还觉得危险！你不怪我么？"

"不！"小坡也感动地说，"能够认识和改正自己的错误，就是一大进步呀，还怪什么呢！咱们还是好同志，只要你们不生我的气就是了。"

"哪里！都是我俩的错呀。"拴柱也对小坡说，"回来的路上，我还和王虎商量，我们还愿和你在一个分队上，希望你今后多帮助我们。"

"那太好了！"小坡愉快地说。

长枪队仍由申茂担任队长，拉到湖里微山岛上活动。现在那里已是铁道游击队的后方了。李正把各分队上的青年都集中起来，成立一个青年分队，由小坡担任分队长，并且答应了王虎和拴柱的要求，把他俩调到小坡的分队。

三个短枪分队，都在湖边活动。麦子已经收割了，一场雨后，高粱眼看着突突地往上长，已经齐人高了。谷子苗也已长得有半人深，收割后的麦地里，也都种上晚秋了，湖边到处是高高低低的禾苗。小坡带着他的分队，在指定的东庄和苗庄一带活动。

白天，他们蹲在庄头的树下乘凉，警戒着临城站和沙沟站的方向。从临城到湖边的这一带村庄，李正都已建立起情报网，鬼子一出动，一庄传一庄，马上传到湖边。所以当东北方向送来鬼子出动的情报，小坡便领着他的队员，躲进青纱帐里。遇有少数特务，他们便埋伏在路旁的禾苗里，猛扑出来活逮住送到队部。平时没有敌情，他们还是机动地蹲在庄头，免得冈村的特务队突然从禾苗里出现，包围了村庄。村里的居民，都和他们很熟了。到吃饭时，保长就把饭提到庄头的树下。他们不吃老百姓的给养，上次搞火车弄的粮食，一部分救济了各村的饥民，一部分存在保长处，作为他们平时的给养。有时，他们也派几个队员到庄里给村民开会，庄里的青年都特别欢迎小坡这个分队。

天黑后，小坡带着他的分队，离开了这个村庄，扬言到湖边某庄宿营。他们在夜色的田野里走着，忽东忽西，一会儿走上大路，一会儿又折进小路，后来在长着深深的高粱的田野上走着。当小坡向着前边一指，队员马上四下散开，包抄过去。他们的行动是那么敏捷，在高粱棵之间穿来穿去。小坡停在一片又深又高的高粱棵里，低声地说：

"就在这里宿营！"

小坡把队员分在两处住下，一部分住在高粱地，一部分住在谷地。他们分开了苗垄，打下些枯高粱叶，拔些身边的野草，往地上一铺，裹着大衣，抱着枪就睡下了。小坡的脚后是王虎，王虎的脚后是拴柱，他们头脚相连着。一遇有情况，小坡的脚一蹬，王虎就醒了，再往后一蹬，后边的拴柱也醒了。他们就这样无声地相互联系着。队员们马上集合一起，又顺着田垄悄悄地转移了。没有情况，他们睡下，开始还闻着湿泥土的气息，仰望天上的星星，耳边听着夏虫唧唧；可是不久，在这稠密的禾苗里，就发出低低的鼾声了。

小坡是很警觉的，天不亮，他就醒来了。他用手抹去脸上的露水，低低地喊声："起床啦！"把脚一蹬，王虎醒了；王虎往后一蹬，一个接一个都醒了。小坡对王虎说："我先走了，告诉他们到苗庄集合！"把身子一跃，忽地站立在田垄间，顺着田边的地沟，走上田边小道，又折进大路去了。当他回头时，王虎和拴柱从田间慢慢地爬起来。小坡着急地说："快呀！往那边走。"可是王虎和拴柱朝他这边走来了。

小坡把王虎、拴柱拉到身边说："起身时，要快呀！"

"为啥那样呢？"

小坡说："要是你慢慢地起来，大路上若有敌人，就会发现了，知道我们在这里宿营。要是你一跃忽地站在田间，就是敌人看见你，也不认为你是从地上起来的，以为你是起早做活的庄稼人。你看他们……"

小坡指着田间还未起身的队员给王虎看，王虎果然看到一个队员忽地从地上跳起，站了一会儿，向四周瞟了一下，就往东去了。不一会儿从另一个地方又跃起一个，向四下瞅了一下，就往南去了。

王虎问："他们怎么往不同方向走了呢！"

"集合地点确定了，要四下绕过去呀！不然都朝着一个道走出去，咱们这六七个人，会在田间走出一条小路来，也会被人发现。分散着走目标又小，脚迹也不容易被认出。"

"噢，明白了！"王虎点着头说。他深深感到自从进山后，离开了这一段艰苦的斗争，铁道游击队员们在对敌斗争方式上已很有经验了。而他和拴柱在这方面，已经比其他队员们落后一步了。

就这样，他们白天蹲在村头，夜间宿在田野里，和敌人捉迷藏似的转圈。有一天的黎明，小坡和他的分队睡在另一块谷地里，他正要起身，可是听到远处大路上有哗哗的脚步声响，他马上命令队员们依然躺在原处不动。一阵皮靴声过后，他从禾苗里慢慢抬起头来，望着大队的鬼子的背影，向东庄分开包抄过去。小坡叫骂着：

"奶奶的！冈村这个舅子！又扑空了。"

接着他们便慢慢地向西移动，穿过一块高粱地，到湖边那个方向去了。有时夜里，碰上天下雨，睡在禾苗里，会弄得满身是泥，队员们容易得病。到这时，小坡便带着他的分队队员，秘密地潜伏到庄里去。当小坡到达一个他所熟悉的房东的院墙外边时，王虎冒失地要去撞门，被小坡一把拉住。他蹲在墙脚下，让一个队员踏着他的两肩，慢慢站起，使队员轻轻地越过墙去，不发一点声响地把大门悄悄打开，让队员进去，又把大门关上。小坡把房东做饭的锅屋门弄开，在地上铺上草睡下。有时靠院墙，竖着一个耕地的铁耙，放一个瞭望哨，望着街上的动静。有时甚至不放哨，把锅屋门一关，就呼呼地睡去了。当深夜或黎明，墙上的哨兵发现墙外有钉子靴声音，到锅屋里给小坡报告，小坡说：

"不管他，睡就是！我们昨晚是在东庄走的，大概冈村接到情报往那里扑去了。他们是往东走的么？"

哨兵说："正是！"

“好！他去他的，咱睡咱的。只要你不要弄出声响就行了！”

天亮时，当房东老大娘到锅屋里去做饭，一推开屋门，看满地躺的是人，吓了一跳。小坡睡得机灵，随着门响，就忽地爬起，望着受惊的大娘笑着说：

“别怕！王大娘，我们到你这里来避避雨呀！”

王大娘才认出小坡来：“啊呀！你们啥时候来的呀，一点也没听着门响啊！”

“半夜里，我们没打算惊动你老人家，好在是自己人，我们就弄了草铺铺睡下了。”

“快起来吧！孩子们，我给你们做饭吃。”

王大娘是铁道游击队的熟关系，她最喜欢小坡，小坡认她做了干娘，所以一见到小坡就亲热地叫着孩子。现在小坡当了分队长，她连分队的队员们也都称呼作“孩子们”了。前些时闹春荒，亏了铁道游击队救济了她些粮食，才活到麦下来。她始终不忘记，小坡流着汗，在深夜里偷偷地给她家扛粮食，那时她全家人都正饿得眼睛发花啊！

就在这天，小坡接到信，到苗庄去开会，天晚回来后，他把分队拉到一块高粱地里，兴奋地告诉大家：

“我们最近就要打临城，这两天队长和政委在古汀活动，芳林嫂几次到临城站去侦察。老洪队长坚决地表示：这次战斗一定要把冈村特务队消灭！大家连夜都把枪擦好，随时准备出发。”

小坡又说：“冈村特务队作孽也作到头了，我们应该把它搞掉，听说他们都换上二十响匣子，这次也该咱使使这快慢机了。打起来嘟嘟嘟就是二十发，简直像小机关枪似的！”

队员们听到要打冈村，都高兴地擦着枪，尤其是王虎和拴柱想起刚出山艰苦的年月，被冈村赶得昼夜不安生[①]，气得咬着牙说：

“冈村真是咱们的死对头呀！打掉他，就像在临城平地响了一声雷，也叫鬼子知道一下飞虎队的厉害。的确，咱也该在这里放一炮了！”

他们擦好枪，都躺在苗垄里睡下了。星星在夜空眨着眼，天空不时有悠悠的扑翅声，是水鸟向湖边飞去。微风掠过禾苗，高粱叶在哗哗地响。夜已很深，周围已发出轻微的鼾声。王虎躺在小坡的身边，他在草丛里翻来覆去睡不着，显然他在为即将到来的战斗而兴奋。自从他回队后，一切都表现积极，想到自己所犯的错误，他就觉得痛苦，他要以实际行动来回答上级对他的教育。现在要开始战斗了，他愿意在战斗中来完成最艰巨的任务。他诚恳地对小坡说：

“小坡哥，在这次战斗中，你分配我任何艰巨任务，我都要坚决去完成！”

“好的，”小坡说，“我知道你的心情，快睡吧！休息好，才能更好地完成任务。”

小坡刚朦胧入睡，忽听远处野虫的唧唧声里有着清脆的口哨声传来，他忙爬起，队员们也都从草丛里坐起。小坡叫队员暂且不动，嘶嘶回了两声口哨，便向口哨声那边爬去，越过了一块高粱地，他看到在地边蹲着一个黑影，小坡击了一下掌，对方还了一声。小坡端着枪弯腰走过去，一看是个女人的身影。

“小坡！”

① 生活安定。

小坡听出是芳林嫂，便蹿过去问："有什么事么？"

"快到苗庄北边小树林里去集合，长枪队已从湖里拉出，大家都到齐了。队长要你们马上去，有紧急任务。快！"

"好！"

小坡紧张得像蚱蜢似的蹿回去，集合了他的分队，由芳林嫂领着，在黑夜的小道上飞奔着。

到了苗庄村后，前边就是黑黢黢的小树林了。小坡在夜影里看着那里有人影在蠕动，他紧跟着芳林嫂蹿过去。但是当他走近树林一看，吓了一跳，看到周围到处是戴钢盔的鬼子和伪军。他叫声不好，猛地把脚步煞住，用手往后一摆，队员们也都停住脚步，小坡急转身向旁边的谷地蹿去，只听到后边树林里发出低低的呼声：

"小坡！小坡！"

小坡听出是刘洪队长和李正的呼声，才又慢慢地转回身，满腹狐疑地走上前去。穿着鬼子服装的老洪和李正走到他的身边，小坡擦着额上的冷汗，半天才认出大队长和政委。小坡问：

"你们怎么穿这些玩意儿呀，可把我吓了一跳！"

老洪说："有战斗任务，马上就出发，大家都化装好了，只等你们来。快，到那边换衣服去！"

直到这时，小坡才知道是干什么的了。他忙带着他的分队到一个坟堆旁，这里已给他们准备好了衣服。小坡知道这些敌伪服装，都是他们过去打微山岛，消灭伪军中队缴获来的，鬼子的服装是从火车上搞下来的。队员都换上伪军军服，他穿了一套鬼子军装，戴着钢盔，穿着钉子皮靴。这时彭亮穿着皮靴咯咯地走来，手扶着洋刀，从钢盔下边望着小坡问：

"你看我像不像？"

"亮哥，是你啊！太像了，你记得在山里受训时，看文工团演戏么？现在咱也化装扮起鬼子来了。"

小坡和他的分队换好衣服，芳林嫂把他们的衣服打成了包，抱到庄里。这时老洪站在一个小坟头上，在严肃地发着命令：

"队伍分四路出发，到临城站西的小高地集合。马上开始行动！"

申茂带着长枪队往正北绕过去。三个短枪分队平分三股，像三支射出的箭样的，没在深深的禾苗里，扇面形的从西南向临城车站包抄过去。

当老洪带着彭亮那个分队正要走出小树林时，芳林嫂从庄里赶出来了，老洪发亮的眼睛望着她，问道：

"累么？"

"不！"芳林嫂说，"我一点不累。"

"这两天你到临城来回侦察，已累得够受了。上半夜你刚从古汀联络回来，也该歇歇了。天亮前我们就会回来。"

"我在等着你们！"

芳林嫂站在村边的黑影里，望着他们匆匆地向临城方向奔去。

半点钟以后，老洪和李正、王强趴在临城站西的一个小土包上。老洪隔着草丛，向东望着站内的情景。土包前边不远，就是壕沟①，壕沟那边是一排木栏杆。从木栏杆望过去，就看到站内停在铁轨上的车辆、货堆以及站台上鬼子的碉堡。在电灯光下，月台上有人影在走动。

老洪目不转睛地瞪视着月台上的动静，他屏着气息，在盼着那里红灯的出现。因为这是芳林嫂和谢顺约定的信号。今晚谢顺值夜班，他在站上侦察，等到冈村特务队睡下后，他便向这边摇三下红灯，老洪他们就准备爬进临城站，袭击特务队。在确定打冈村特务队的战斗讨论时，老洪咬牙切齿，要亲自动手打掉冈村。李正曾劝他派别人，王强、彭亮都争着要去，用不着队长亲自出马，只要他指挥就行了。可是老洪不肯，因为他听到芳林嫂谈到冈村在临城的兽行，同时想到这几个月铁道游击队在湖边受到冈村特务队追捕的苦处，愤愤地说：

"鬼子特务队专门对付咱们铁道游击队，是咱们的死对头。在战斗中两个队长是要见见面的，我不打掉冈村，决不回来见你们！"

李正知道老洪决心已下，是很难转过来的。为了安全起见，特派彭亮紧跟老洪，以免发生意外。王强带短枪队进站做第二步行动。他带着长枪队在栏杆边掩护。

现在老洪把匣枪压满了子弹，顶上膛，趴在土包上，队员们都伏在他身后的禾苗里。他不转眼地望着站台上的动静，可是时间一刻一刻地过去了，还不见月台上的红灯出现。

"怎么搞的？"老洪有些急了。

"我进去看看怎么样，和谢顺联系一下，不要有什么意外。"王强说。

"对！快去快回。"

申茂把长枪队准备好的过沟长板，偷偷架到壕沟上，王强就匍匐着爬过去。他攀上木栅栏，就轻轻地跳进站里去了。

王强绕过了停在二股道的两节空车皮，从北边到站台上去，那边站台边有伪军的岗哨。他挺起了胸脯，踏得钉子皮靴咔咔地响，扶着挎在腰上的龟盖形日本匣子，气势汹汹地走过去。伪军看到鬼子太君过来，慌忙行礼，可是王强连理也不理，哼了一声鼻子，就上了站台。

站台上有车站上的工作人员提着红绿灯在走动。谢顺正走出票房，王强的皮靴踏得像小锤敲着地面一样走过来，谢顺忙向走来的太君鞠躬，只听王强咕噜几句，谢顺一抬头，才认出是王强，他忙堆下笑脸说：

"太君，一列兵车马上就要进站啦！"

谢顺往南边一望，看到冈村走过来，他很机警地走过去，把冈村拦住，在叨叨些什么，使王强走开。就在这时，一列军用车呼呼地开进站了。

整列车都是鬼子，车一停下来，车厢里的鬼子都叽里哇啦地跳下来，大概是坐车坐得太疲倦了，下来在站台上活动活动。王强在鬼子群里穿来穿去，突然从火车上跳下一个鬼子，一把抓住王强的肩膀，王强不由得吃了一惊，当他听到鬼子一阵叽咕之后，他才放了心。原来王强在枣庄鬼子洋行做事时，也听懂一些日本话，这个鬼子是问他厕所

① 为作战时起掩护作用而挖掘的沟。

在什么地方，他把手往南边一指，膀子一摇，摇脱了鬼子的手，不耐烦地哼了一声，便从鬼子群里走出去了。

在站台下沿，王强又碰到谢顺，谢顺向他深深地鞠了个躬，笑着说：

"太君，这趟车过去以后，下半夜就没有车了呀！太君可以好好地睡觉。"

王强点了点头，就又通过伪军的岗位走出去，在那两节车皮后边不见了。

王强回到土岗上以后，这列兵车已经轰轰隆隆地向南开走了。王强告诉了老洪和李正，说这列车过去，下半夜就没有车了。他们就又静静地伏在那里。

火车开走后，车站上又恢复了寂静。开始站台还有些人声嘈杂，人影走动，慢慢地都静下来了。四下是沉沉的黑夜，接过车的工人们都回到下处睡觉了，鬼子伪军也都回到碉堡休息，只有一两个哨兵，在昏黄的灯光下，来往踱着步子。

已经是夜里下两点了。站内的车皮、房屋、电线杆、货堆都显得分外沉重，在明处或暗处矗立着，在地上投着黑黑的暗影。一切都像埋进昏昏的沉睡里边。月台上的电灯光像经不起四下无边的黑夜的压迫似的，在吃力吐着昏黄光芒。哨兵也受不住凉夜的风寒，缩着脖颈、抱着枪，边踱步边打着盹。

就在这时候，老洪发亮的眼睛，从土包的草丛中间，望到月台上发出红色的灯光，对这里晃了三晃。老洪被这红色的灯光鼓舞起百倍的力量，只见他把右臂一举，往前一挥，申茂就和另一个队员抬着长木板，架到壕沟上了。当长板一搭上，老洪就跃下土坡，第一个蹿上木板，过了壕沟，攀上木栅栏，将身子轻轻一跃，就翻到站里了。

老洪过去后，接着是彭亮紧跟着，再后边就是王强带的短枪队，他们都是那么轻巧无声地从木板上跳过去了。最后李正留两个队员守在木板桥头，他和申茂带着长枪队也过去了。

李正指挥着长枪队的队员把枪架上木栏杆上时，老洪已带着短枪队跃进站内。爬到两节空车皮下边，借着车厢的黑影，倚着车辆铁轨，队员们都卧倒在那里。

老洪在车底下的黑影里，吩咐王强，等他出动后，马上叫短枪队偷偷爬过前面的铁轨，埋伏在月台跟前的黑影里，把这里的位置让给后边的长枪队。王强点头领会后，老洪看看月台上的哨兵已经往北边去了，他和彭亮便忽然站起来，从车南边绕过去，越过铁轨，从月台的南端上站了。

他俩笔挺地走着，钢盔在灯光下闪闪发光，皮靴橐（tuó）橐①作响。月台南端的鬼子哨兵看到他们，以为是冈村出来查岗了，忙挺起了脖颈，整理了武器。就在这一刹那间，王强和短枪队已爬到月台跟前的黑影里。当哨兵往回走时，听到皮靴声响已到特务队的房子那里，他以为冈村看到他在这里很尽职守，没来找他，又回办公室了。

刘洪把特务队的门慢慢推开，里边明亮的灯光射出来，老洪一看桌上两个鬼子趴着，手里还握着二十响。桌上的机枪正对着他张着口，他不觉一愣，因为据谢顺的情报，说里边只有冈村。彭亮低声地说："两个！"话还没有落地，忽然冈村抬起头来，老洪眼快，只看到冈村眼里有一忽惊恐，他正要举二十响，可是老洪的手早扬起，只听当当当三枪打过去，冈村应声仰倒在桌后。特务伍长肩上只中了一枪，正要挣扎，彭亮又当当

① 形容很重的脚步声等。

两枪把他打死。老洪像愤怒的狮子一样跃到桌子上，抓住鬼子的机枪，把机枪口往房间里调过来，彭亮也抓过了另一挺机枪。这时里间睡着的特务，听到枪响正要起身，只听到老洪吼道：

"不要动！"

紧接"当当……"一梭子机枪子弹往骚动的里间打去。这时王强已经带着林忠、鲁汉和队员进来了，几根手电的光柱交叉地射进里间。王强看着倒在地上的被机枪射伤的特务队，喊道：

"缴枪不杀！八路军优待俘虏，快！"

"缴枪！缴枪！"

短枪都从里间掷出来，队中在收拾着屋里的枪支弹药。这时，外边的枪声已经响乱了。

老洪和彭亮摘了冈村和伍长身上的二十响，扛着机枪出来。票房碉堡上的鬼子，已经在朝这里打枪了。隐蔽在月台黑影里的小坡带着王虎几个人打倒了鬼子的岗哨，堵着鬼子的兵营和碉堡的出口。王虎是那么勇敢地投着手榴弹，手榴弹轰轰的在正要出来的鬼子群里爆炸。老洪跳下月台，把机枪架起来，向小坡、王虎喊着：

"快！到屋里去扛枪，我掩护！"

小坡和王虎跑进特务队去扛枪，老洪和彭亮的两挺机枪对着兵房和碉堡出口在扫射，掩护着队员们把特务队的武器弹药全部运出。

队员们扛着胜利品往空车皮后边撤去。老洪和彭亮又把机枪撤退到车底下，掩护着队员们出木栅栏。等大家全部撤出去了，他们扛着机枪爬上栅栏杆。当他从木栏上往下跳时，木杆尖挂住了他的裤角，他一头栽下去。正好被李正接住。

老洪最后一个过了架在壕沟上的木板，立刻便把木板抽了。铁道游击队员们，扛着两挺机枪、十八棵马大盖子、五棵二十响，走上深苗掩盖的小道，连夜赶到湖边，坐上小船，划进湖里，到微山岛休息去了。

拓展阅读

青纱帐：指长得高而密的大面积高粱、玉米等，看起来像是青纱做成的帐幕一样。抗日战争时期，活跃在敌后的抗日武装总是利用青纱帐来突袭或躲避敌人。

王道乐土：原本是中国古代儒家的理念，指施行仁政，把国家治理得很好，百姓安居乐业。日军侵华时提出了有一定迷惑性的"大东亚共荣圈""共存共荣""建设王道乐土"等观念。但是，他们的残酷屠杀还是让这些虚伪的口号变得毫无意义。

第二十章

六孔桥上

天亮以后，临城站的枪声才渐渐停下来，东南北三方邻站的鬼子都来增援。站内停的空车皮，被夜里的乱枪打得像蜂窝一样，都是窟窿，有些房屋的瓦也被机枪扫碎了。被打断的电线从电线杆上挂下来，子弹从电线杆上擦过，留下一道道深沟。除这些迹象显示了昨夜战斗的紧张之外，其他一切还都平静如常。

各路鬼子虽然没有扑到铁道游击队，却重重地包围了车站，进行搜索。警备临城站的中队长，带着人到特务队里，把冈村和特务伍长的尸体搬出，还有特务队受伤的鬼子和汉奸特务，都用担架抬到医院里。这鬼子中队长怀着沉重的心情，查看周围的一切。这冈村特务队是他指挥的，又是在他警备下被消灭的。这个特务队归他指挥，也直属枣庄司令部调遣。冈村在侵华战争中为天皇立过战功，上级很器重他；他领导的特务队是华北派遣军中很出色的。可是现在竟在自己的警备下被消灭了，上级肯定会怪罪下来，斥他警备失职，怎么办呢？中队长皱着眉头，一边愁思着，一边瞅着特务队住房里外狼藉的惨景。突然他在门边看到一顶黄色的军帽，显然这是夜袭者留下的，他很有兴趣地把它捡起来。一查看，帽子里边的被服编号，是皇协军大队的。这部分皇协军是前些时从兖州调来讨伐飞虎队的，一共三个中队，一中队占领微山，在那里安了据点，二中队驻在白山，临城站还留有一个中队。后来微山岛的那个中队被飞虎队消灭了，白山据点也被迫撤退，和三中队汇合，驻守临城站。中队长拿着这军帽，狐疑着。后来在月台上他又捡了一顶，他寻思着，他们的军帽怎么会丢到这里呢？最后中队长的眼睛发亮了，他气得脸像猪肝一样，愤愤地回到中队部。

“一切都明白了，一定是他们勾来的飞虎队！”

他打电话到枣庄司令部做了报告。当天下午，全临城的鬼子在中队长指挥下，把协助警备临城站的伪军包围，伪中队长被扣到宪兵队，所有从兖州调来讨伐飞虎队的伪军全部缴了械。第三天，这批伪军就被装上铁闷子车，像囚犯一样，被拉往东北替鬼子做苦工去了。

冈村特务队被消灭的消息，风快地传遍了全临城，这对驻守临城站的敌伪军的打击是沉重的。“飞虎队”这个称号常在他们嘴里谈起，提起飞虎队马上就联想到枣庄洋行的事件和票车上整队鬼子的被歼。入夜后车站是冷清的，四下像有着无边的恐怖，向这边压来。四外的工事加修了，岗哨也加多了。

不久，枣庄鬼子司令部又派来一个特务队，特务队长叫松尾，乌黑的脸膛，矮小的个子，是个很狡猾的老特务。他和冈村不同处，是冈村平时常板着脸，看到中国人就瞪着眼珠子，充满杀气。松尾却装和气，脸上不离笑容，见了中国人，爱讲中日亲善、大东亚共荣圈，并握着对方的手笑着说："我喜欢和中国人交朋友！"在审问案子的时候，也比较平和。虽然他眼前的中国人马上就要被杀掉，可是他的态度却很"和蔼"，甚至会微微地摇摇头，表示叹息。可是他杀人却是厉害的，而且都在夜间秘密地处决。为了怕出动静，他喜欢用刀砍头，或者把人活埋。实际上他是恨透中国人的，笑，是他的工作方式，杀，却是他的目的。松尾就是这样一个老奸巨猾①，极度阴险的老特务。

鬼子司令部为了照顾临城的情况，又从北边调来一个中国特务队，归松尾指挥，作为他对付飞虎队的助手。可是这中国特务队到站不出三天，就出了事，三个特务接受松尾的任务出发侦察，一出临城站就没回来。第二天在临城站南三四里路的田野里，找到了尸体，枪都被摘去了。这当头一棒，把这中国特务队吓破了胆。他们原和松尾的部队不是一个系统，就嚷着临城没法住，到处都是飞虎队，要求调走了。松尾急得直搓手，他把特务队撤到碉堡里，确定在没弄清情况前，暂不出发。他下决心要亲手在临城培养一支中国特务队。他每日蹲在碉堡里，翻着冈村留下的残缺的材料，整理被飞虎队打得稀烂的特务系统，研究当地铁道游击队活动的情况。

就在这时，站内又不断地发生着"匪情"。这天夜里，一趟票车到站，检车段工人用小锤敲着挂在最后一节铁闷子车的车轮机件，报告站长，说这节车烧轴了，需要甩下修理，不修，一出站就发生危险。鬼子站长和车长看了下发货单，这车上装的是从天津发向南京的军用西药。既然车轮有了毛病，就命令甩到临城站修理，跟下一趟票车挂走。天亮时，这辆西药车果然修理好，正赶上下一趟南开的票车挂走了。可是第二天，从南京站打来了电报，说西药车丢失了药品，那边收到的只是一个空车皮。这事惹起军需机关的暴怒，要一站站地追查责任。检查的结果，药车曾在临城站停了六小时，药品一定在这里丢失。当中队长拿着上级的电报，来找松尾时，松尾却推托说："不是在这里丢失的！药车挂走时，我和车长一道检查了车门，车门的铅弹是好好的，这可以由车长佐滕证明。"

中队长听松尾说有证明人，同时他也希望这事件不在临城站发生，就打电报申明理由，西药丢失不由他们负责，事情就这样过去了。

可是近几天，松尾收到确实情报：微山岛上整船的西药运到岸上，山里的八路来了一个营，用牲口驮着，偷偷地穿过铁路，向山里运走了。松尾知道西药是皇军封锁抗日根据地的违禁品，一瓶西药都不许运往抗日根据地，可是现在一整车厢军用药品被偷运进山了。他把这份迟到的情报偷偷焚掉，没敢向中队长报告。因为西药已运走了，追不回来，报告上去，上级会追查他的责任。这事情是隐瞒过去了，可是他心里却是雪亮的，不能不犯寻思，因为这事件说明飞虎队在打冈村以后，曾二次进过临城。

松尾随着鬼子大队到湖边一带扫荡。可是一出临城，消息像风一样快地传遍湖边所有的村庄。沿路是望不透的高深的青纱帐，鬼子照例在所到的村庄骚扰一阵，连飞虎队

① 形容十分奸诈狡猾。

的影子也扑不着。松尾站在湖边，望着一望无际的湖水，湖边长满着一人多深的苦姜、水草，狭狭的水道蜿蜒其间，不时有几条渔舟在水草之间出没，远远不时传来一两声冷枪。松尾摇了摇头，不敢进湖。驻临城的皇军没有水上交通工具，纵然有几只小胶皮船，也不敢贸然往里边去。飞虎队藏身在苦姜、芦苇丛里，他们会把皇军葬身湖底。松尾皱着眉头，和鬼子大队回临城了。

微山湖的夏天是美丽的。

靠近岸边的浅水地带，是一片碧绿的苦姜、蒲草，湖边的深远处水面上浮着野萍和菱角，荷花开得一片粉红，一眼望不到边。满载鲜鱼的渔船从荷花丛中穿过，渔人在飞行的小舟上，可以随手摘莲蓬，剥鲜嫩的莲子吃。

李正和老洪，经常坐着小船穿过荷花丛，往来于微山湖上。他们有时高兴了，就在渔舟上买几条鲜鱼，要船家烹一下，沽点酒，畅饮一番。经过近半年艰苦的斗争，直到打冈村为止，微山湖的局面总算打开了。李正的细长眼睛，愉快地向上挑着，队员们经常听到他清脆的笑声。老洪脸上也常挂着笑容，这半年来，他的脸都铁样的严肃，现在又像在陈庄开炭厂时那样轻松地对待一切了。过去在陈庄，他们人熟地熟，一切都在他们的掌握之中，现在这微山湖边，铁道东西两侧他们也都了若指掌，全在掌握之中。

老洪坐在渔船上，望着李正，李正这时正从水里摘了一个莲蓬，在剥着吃。他望着满湖的荷花就对李正说：

“记得刚来的时候，申茂带我们到微山湖看地形，你望着湖水说这是个好地方，我们要在这里坚持斗争。现在看起来这个地方确是不坏哩！想不到过去在枣庄煤灰里滚来滚去，现在竟到这样清秀的地方。”

“是的！”李正说，“这里山清水秀，在这山水之间，我们要坚持这一带的铁路斗争。现在我们出湖可以搞敌人的火车，敌人扫荡，我们就进湖吃鲤鱼、休息。不过在这胜利的局面下，要抓紧时间开展群众工作，以防将来情况变化。我想最近在这湖里开办一个训练班，吸收湖边一带村庄的积极分子参加。如果我们在这里打下政治基础，那么，我们就什么都不怕了。”

“对！现在开训练班，比你在南峪时要好得多了。”

李正点了点头，很亲切地望着远方湖里的景色。由于这半年的艰苦斗争，使他们不但能够在这里插下脚，而且能够胜利地向鬼子进行战斗，不辜负上级和人民对他们的希望。因此，眼前的景色也就分外显得美丽。是的，现在和过去不同了。微山岛有他们的长枪队，已扩大到三十人，都是日本武器装备，两挺歪把机枪、一门手炮、三十支日本大盖子。队员们都是身强力壮，他们经常驻在铁道游击队后方——微山岛。短枪队在湖外铁道两侧活动，除了原有的短枪，又添了打冈村缴获来的二十响匣枪，打起来嘟嘟的像小机关枪。他们活动于湖边所有的村庄，每到一个村庄，都像到了家里一样，那里有关心和爱护他们的老大爷、老大娘、青年、妇女和儿童，村民们为他们放哨、送信，遇到危急的情况，就掩护他们。他们白天在村里，夜晚睡在禾田里。当瞅着敌人的空隙便于袭击的时候，短枪队员就蹿到湖边，一声口哨，小船像箭一样划向微山岛。不一会儿申茂也带着长枪队，把机枪架在船头上，出湖登岸。这时候，铁路上或据点附近，突然响起了激烈的枪声，那是铁道游击队在痛歼敌人了。当敌人大兵出来，短枪队早隐没在禾田里，长枪队搬运着胜利品，登上小船，悠然地穿过荷花丛到微山岛去了。

想到这里，李正笑望着老洪，他们对了一杯。李正说："是的！现在和过去不同了，我们已经和这里人民建立了联系，如鱼得水了。"

老洪说："回想刚过来的时节，我们简直不能傍村边，一进庄，鬼子就包围上来。现在我们走到哪里，就可以在哪里休息、战斗。一个通知下去，所有的伪保长都来开会。"说到这里，老洪对李正说："我看这些伪保长也得训训，我们队员到了庄里，他们为了讨好，常以酒肉招待；这么大方，钱却都摊在老百姓身上了呀！"

"这个问题很重要！"李正说，"我们应该随地注意和关心群众的利益，才能发动群众，得到人民对我们的支持。山里抗日根据地，现在已进行了减租减息，使广大的农民生活得到改善，鼓舞了抗日热情；并在这次伟大的群众运动里提高了觉悟，组织起来。这是巩固和扩大根据地，发动群众，争取抗战胜利的一件大事。可是我们这里是敌占区，敌人在这里有着优势的兵力，经常出发扫荡。按中央指示，敌占区还不能进行这样的群众运动，可是维护群众利益，却是不变的原则。我们要根据当地的具体情况，尽可能使敌占区的人民少受损失，照顾群众利益。只有这样，我们才能在这里立于不败之地。我们在这里靠搞火车自给，不向群众要给养，并搞粮食车救济了这一带的春荒。打退了顽军，减轻了群众的负担。并且打特务，打击和制服伪政权，不让敌伪对群众进行敲诈，这都是照顾了群众利益，这也就是我们能够打开这里的局面的一个基本原因。你刚才提到的伪保长的招待问题，我们应该立即纠正。不但这样，我还要召他们开会，要他们想尽办法应付鬼子，减少群众负担。因为在敌人的统治下，不能像抗日根据地那样拒绝给敌人纳税和缴粮，可是欺骗敌人，缓缴、少缴或不缴，却是能做到的。你觉得应该这样么？"

"完全应该！"老洪说，"所以我才主张你把他们训训！"

"对的！我们先把站上、村里的积极分子训练一番，再转过来训练他们！必要时我们可以要求山里再调些政治工作人员来。"

接着他俩就谈起如何开办训练班。他们物色①着各庄的人选，谈到老的、年轻的，又谈到妇女。当谈到妇女时，李正笑着对老洪说：

"我看芳林嫂也该来学习一下呀！她很能干，将来送到山里培养一下，是个很好的妇女干部！"

"我没有意见，学习当然是好事。"老洪红着脸说。

船到了岸，他们下了船向村里走去。他们这次来，是要召集各分队长，传达任务。由于最近津浦干线的局面已经打开，山里和湖西根据地的交通已经恢复，常有干部从这里过往，军区指令他们要妥为掩护。同时，他们到冯老头处，把各村的"关系"都找来，开了个会，画了路线和沿途安插的地点。当这一切布置就绪，天已黑下来了。他们确定，苗庄是一个休息点，由芳林嫂负责掩护任务，所以最后他俩就到芳林嫂家来了。

天黑以后，王强带着彭亮、林忠两个分队插到道东去。顺着山道，登上洪山口，他

① 按照一定的标准寻找和挑选（需要的人或东西）。

们在秋夜的山巅听到东北山里有隐隐的炮声。敌人第五次强化治安，又在向鲁南根据地进行疯狂的扫荡了。王强这次东去，是接受着到临枣线破坏敌人交通的任务，配合山里反扫荡，因为最近湖边铁路线东西过往的干部很多，为了保证过往干部的安全，李正决定不在自己的活动地区破坏敌人的交通，所以派王强带两个分队东去临枣线破坏敌人的火车。另外又派鲁汉那个分队，由申茂的长枪队掩护，到沙沟以南韩庄一带破路，颠覆敌人的火车。这样干法，既配合了山区反扫荡，又保住我们的交通线，同时也可以转移敌人报复扫荡的目标。王强接受任务时在眨着小眼，虽然他自己很会出点子，却更佩服政委的办法真多。

队员们听说搞火车，配合山里反扫荡，都兴奋起来。本来小坡是留在湖边的，可是他向政委要求，也要到临枣线去，政委答应，所以他也跟来了。队里大部分都是枣庄的队员。他们听到北山里的炮声，不由得想到了慈祥的张司令和王政委，想到在山里受训时，他们所受到的亲热的接待，他们在山里生活了两个月，那是多么不平常的两个月呀！他们在那里受到党的教育，看到抗日根据地的建设，学习了政策和战术。他们的眼睛亮了，干起来更有劲了。正因为有了这两个月的学习，他们出山后，才能够迅速打开微山湖的艰苦局面，胜利地坚持了这里的抗日斗争。尤其使彭亮、林忠、小坡永远不能忘记的，是山里的那天下雨的晚上，在一个山庄的小屋里，迎着豆油灯，他们怀着严肃的心情，眼睛望着党的红旗和毛主席的画像，举手宣誓。从那时起，他们就成了共产党员，带着党的任务出山了。可是现在，山里又响起炮声，那永远不能忘记的地方，正遭受着鬼子的洗劫①，他们一定要行动起来，在敌人的身后展开战斗，配合山里的军民，粉碎敌人的扫荡。队员们都怀着这种紧张而严肃的心情，随着王强，沿着南山的小道，向枣庄方向前进。

他们连夜赶到小屯，见到老周，在那里休息下来，王强马上了解了临枣线上的情况。自从去年他们搞票车以后，敌人在铁道沿途加修了碉堡，戒备甚严，不好接近。王强和彭亮、林忠、小坡研究了一下，他们到下半夜，就分散地潜伏进陈庄。因为到那里，人熟地熟，好掩蔽，靠铁路又近，容易找到机会。哪怕鬼子在陈庄的戒备再严，纵然周围都设上岗，他们也会爬进去的。因为那里是他们的家，庄四周的每块石块、每棵草，他们都很熟悉。

当天快亮的时候，王强翻越着院墙，爬进了家，他偷偷地拨开了大门，把队员让到院里以后，又把大门关上，接着他就轻轻地叩着东屋的窗子，他听着父亲咳嗽了一阵，哼哼唉唉地起来了。王老头一开门，看到半夜三更院子里坐满了人，吃了一惊。王强、彭亮、林忠、小坡摸黑进了屋，老人还认不出是谁，低低地问：

“谁呀？”

当老人点上豆油灯，才认出是他的儿子王强回来了，泪水从老眼里流出来。他又望着彭亮、小坡、林忠，都是本庄的一伙，就生气地说：

“你们吃了虎心豹胆了呀！啥厉害你们干啥？你们就没有怕的事么？可好！你们走

① 把一个地方或一家人家的财物抢光。

了，家里可受罪了。”

没等他们坐下，老人就叨叨起来了。他谈到他们走后，鬼子捕去了的铁道游击队的家属，打得皮开肉烂。说到这里，老人把上衣揭开，叫他们看肋骨上的伤痕。

“你们看看！我这么大年纪，被折腾的。鬼子把我放回来，限我半个月把儿子找回来。你们说，我往哪去找你们呀！话又说回来，就是知道你们在哪里，也不敢叫你们回来呀！回来还有命么？你们杀了那么多鬼子。第二次又把我抓去了……”

队员们都怀着沉重的心情，听王老头诉说他们的家属被折磨的情形。这时王大娘在床上听说王强回来了，忙披衣下床，看到老头正在埋怨儿子，就劈头给了老头一个没趣：

“我看你老糊涂了！儿子没信，你每天流泪盼儿；儿子现在回家了，你的嘴却叨叨不清了。受罪受罪！只要儿子在外边好好的，就该谢天谢地！”

老妈妈一步一颠地来到王强的身边，当她扶着儿子的肩头，也不由得眼泪汪汪了。

天亮前，已没有火车开出了。天一亮，一切事情就不好办了，只有在这里待一天了。他们计划到晚上有机会再搞。王大爷和老妈妈收拾着堂屋，把里边铺上草，让他们在里边休息。为了安全起见，王强宣布队员一律不许回家，白天把堂屋门锁起来，到时给送饭吃。白天由父亲送信给队员的家属，可以偷偷来看望。

王强和彭亮、林忠、小坡把队员安置休息后，趁着天还没亮，慢慢地开了大门，到外边去看看动静。他们站在炭厂短墙的黑影里，王强隔墙望着小炭厂里的一切，这里已没有炭堆，四下生满苦蒿，他当年烧焦挖的焦池，现在是空空的，已不见往日熊熊的火苗。小炭屋因日久失修，已破烂不堪，乍一看，这里显得很凄凉，可是它却是他们聚会拉队伍的发祥地①，永远值得留恋。王强堕入深思，仿佛又回到过去在这里搞车卖炭的战斗生活了。

他们四个人持着短枪，静静地站在那里，仿佛大家都沉在一种思想里。远远的夜色里，隐隐可辨的大烟囱，咕嘟咕嘟地冒着烟，耳边听到矿上机器的嗡嗡声，身后的车站上，一片雪亮的电灯光。枣庄矿区的电灯像夜空的星群一样闪烁，四周地上的焦池，在喷着火苗，在这灯光和火苗之间，是浓厚的烟雾。这一切都是多么熟悉啊！他们离开这里已经两年了，但这一切都仿佛是昨天才发生的一样。在这两年的斗争过程中，他们嗅到的不是煤烟味，而是微山湖水咸腥的气味和湖边的禾苗、青草和湿泥土味，现在又嗅到这自小嗅惯的煤烟气，感到多么亲切啊！

东方已经发白，已经可以望到远处敌人的岗哨了。他们慢慢地回到王强的家里，在堂屋里睡下。外边不用放哨，王老头已经把屋门锁上了。家人为他们担心，想尽办法来掩护他们，这已使他们很放心了，可是王强他们还是很久睡不着。

白天，王老头和老妈妈分头出去，到各个队员家里去秘密传递了消息。不久，小坡娘、彭亮娘和梅妮一块来王强家串门了，林忠家和小山家住在车站上，也来了。王大爷蹲在大门外瞭望着外边的动静，王大娘就打开了堂屋门上的锁，他们都见面了，不过谈话声都是那么低。

① 原指帝王祖先兴起的地方，现用来指民族、革命、文化等起源的地方。

小坡和母亲亲热地拉着呱，看到梅妮从彭亮身边移过来，两年不见，梅妮长高了，红红的脸蛋，一双俊秀的眼睛，黑黑的头发梳成一条扎红绒绳的大辫子。虽然她是移过来看小坡了，可是脸上却红红的露出少女的羞涩。自从开炭厂，彭亮家遇鬼子，梅妮搬到小坡家住了些时日，他俩就很好了。以后小坡被捕，梅妮听说，偷偷哭了半天。两年不见了，两个人都长大起来。乍见面，有好多话都憋在肚子里说不出。小坡先开口了：

"梅妮！你还好么？"

"有啥好的！"梅妮捏弄着衣角说。

"我们在外边打游击太好了……"小坡就谈起微山湖、山里抗日根据地的情景，他俩蹲在屋角谈得挺亲热。最后他对梅妮说：

"山里根据地太好了。那里也有很多女同志，会工作又会唱歌，听说还有妇女当乡长、当县长的呢？我觉得你这么大了，不该蹲在这个鬼地方，还是到山里去学习学习参加工作吧，一个女青年在这里蹲着有个啥意思呢！你要愿意的话，我和亮哥商量一下，将来把你介绍到山里去受训。"

梅妮听着小坡谈到山里根据地的情形，不住地望着小坡的眼睛，点着头。

天黑以后，他们侦察出有趟货加车向西开，他们准备出发。梅妮突然跑来了，找到彭亮就说：

"哥哥，你带我走吧！"

彭亮望着妹妹说：

"这哪能行呢！你是个女孩子家。"

"不！我今天一定跟你走。"

"我们今天有战斗任务呀！你能扒火车？这不是女孩家干的活。"

梅妮说："小坡哥说山里妇女也能工作。"

彭亮转望着小坡，小坡接上去说："亮哥，我的意见，别让梅妮再蹲在这儿了，年纪也不小了，生活在这敌伪据点里有什么好处呢？我觉得将来还是把她介绍到山里学习学习，她还可以参加工作进步。"

"那是以后的事呀！今天怎么能一道走呢？"

小坡便对梅妮说："你暂在家等着，现在山里正在反扫荡，我们也有战斗任务。以后你到小屯去找老周就行了，我和亮哥到那里嘱托一下。"

"那等到什么时候呢？"梅妮迫不及待地问。

"半个月的时间，顶多一个月。我这次路过小屯，一定找老周把这事谈妥了！你放心就是。"

梅妮呆呆地站在村边，望着小坡的背影消失在夜色里。

王强带着队员，伏在煤矿西南门外的一个小洼地里。车站有股铁道通到矿里，运煤的火车常从这里进出。他向矿里望望，那里有机车上的探照灯光，不久，就有一列载重煤车开出来了。

他对着队员们说："同志们，现在我们全体人员，马上就要做这列车上的工作人员了！现在听我的命令：彭亮带一个队员，做前边车头的司机；林忠带一个队员，做后边车头的司机；小坡、小山做挂钩工人。我上守车，代行车长职务，大家要看我的红绿灯行事，列车开往张庄后的六孔桥上停住。大家听清了没有？”

“听清楚了！”

“那么，火车到了，马上开始动作。”

黑影里，队员们沿着路基南北一条线散开。扒火车，队员们不能挤在一起，第一个人扒上去，这节车已经跑过去好远了，第二个、第三个就上不去. 因此队员们分散开，第一个人扒上去时，车正好走到第二个人等的地方，第二个人就可以扒上已空出的脚蹬。

运煤车轰轰地开过来了，由于挂的煤车过多，纵然列车另挂一个机车推行着，前边的机车还是嘶嘶喳喳的像累得喘不过气来似的。彭亮趴在道旁洼地的黑影里，闪过了机车探照灯光，蹿上路基，当机车喘着粗气跑到他的身边，他一纵身就上去了。另一队员是从对面上来的。他们端着短枪到了锅炉前边，看到司机和司炉都是中国人，彭亮对司机说：

“弟兄们，又来麻烦你们了！这是为了打鬼子，不得不如此。不要害怕，我们是不伤害你们的。来！我替你开一会儿。”

司机工人服从地离开司机座位，彭亮就坐到那里，扶住开车把手，把速度加快了。他回过头望着司机工人，见工人脸上有点愁眉不展，就笑着说：

“你怕离开职守，后边车长会怪罪你么？不要怕！车长和你一样也当了俘虏了。后边的车头以及车上的人员都换上我们的人了。”

另一个队友王友，用枪点着司炉，要他加速向锅炉里送煤，火车轰轰隆隆地在前进。

前边到站了，运煤车在一般车站是不停的，可是行车的速度要放慢。彭亮习惯地扒窗往后边守车上望望，那里的绿灯并没有动摇，他知道这绿灯提在王强的手中。他没有放慢速度。王友在机车口接过从站上送上来的路签，火车急驶过站而去。

车站上，接车的值班站长望着急驶而过的列车，对身旁的工作人员和鬼子警备队交谈说：

“这列车的司机准是个冒失鬼①，怎么进站了，还开这么快呀！”

虽然，他略带不满地发了一阵议论，可是这列车总算已经安全地通过了，他也已尽到自己的职守。随着列车远去的轰轰声，鬼子站长在打着哈欠，想到两点钟以后还有一列客车，他应该抓紧这个空隙去睡一会儿，就随着站上的工作人员和警备队到下处去休息了。

这鬼子站长万万想不到，刚才通过他这一站的冒失的列车司机，就正是飞虎队的队员，而这飞虎队员驾驶的列车，正是由于他亲手发给了路签，才得以顺利过站的。那些布满站台、戒备森严的鬼子警备队，杀气腾腾的警卫着车站和列车的安全，每当列车过站的时候，他们都持着上了刺刀的步枪，以立正姿势，一排溜齐地站在月台上，肃然地凝视着驶过的列车，像要让车上的人看到，他们是那么忠于职守。可是今晚这列急驶而过的列车上，领会他们忠于职守和肃然起敬姿态的，不是别人，正是令他们心惊胆战的飞虎队。飞虎队副大队长王强带着队员所控制的列车从这里经过，他站在守车的黑影里，

① 做事莽撞的人。

提着红绿灯，对着站上的鬼子眨着小眼，嘴角露出讥讽的微笑。列车咣咣的巨大的声响，仿佛是对站上戒备的鬼子发出的一阵阵讥刺的笑声。

彭亮驾驶着火车，在黑夜里前进。现在他又坐在这行进着的机车的司机座上了。自从上次搞粮车以后，好久没有开车了。在那湖边的残酷斗争里，他又是多么渴望着跳上火车，像现在这样开着火车飞驶啊！每当他为了完成战斗任务而坐在这司机座上，眼望着前方，耳边听着呼呼的风声，心就随着列车的轧轧声而歌唱起来了。打票车他开车，是为的消灭客车上的鬼子；搞粮食车他开车，是为的救济春荒中的湖边的人民；现在开这列车却是为了配合山里反扫荡的任务，把列车开到六孔桥，破坏列车和桥梁，截断这条运兵线。按政委的计划，他们今晚将使津浦干线和这临枣支线的交通完全断绝。这是多么使他兴奋的事啊！他虽然酷爱着机车，可是为了战斗，他将带着愤怒的心情，把火车开到预定地点，粉碎它。

由于战斗任务的紧迫，他每次开车的时间都是那么短暂。虽然时间那么短促，他都充满信心，感到说不出的振奋与愉快。在火车的轧轧声里，他抚摸着机车上的零件在想：现在我开车是为了战斗，不得不对敌人进行破坏；将来抗战胜利了，火车都成为自己的了，到那时我一定要要求做一个司机，为和平建设而驾驶着列车前进。

“我一定要做一个司机，领导上会答应的！”

听着列车的轧轧声，彭亮浸沉在自己的理想里，脸上现出胜利的微笑，不禁自语着。

彭亮驾驶着火车，在黑夜里前进，当过了张庄，到了六孔桥，他突然把火车放慢，火车在桥上发着当当的声响行进。机车刚过了桥，列车车身还停在桥上，守车上发出红灯，彭亮把车嗤的一声煞住。

彭亮对王友说：“把这两个工人兄弟带下去吧！”

司机和司炉望着车外漆黑的夜，认为有什么不幸的事情要发生，战战兢兢地对彭亮说：

“赶我们到哪里去呀！我们为鬼子开车，是被逼的啊，你们要把我们拉下去枪毙么？”

“不！”彭亮说，“你想到哪里去了，我们要你们下去，是因为留在车上没有好处，一会儿你就知道要发生什么事了。现在你先下去吧！我们不会碰你一指头的。”

王友带他俩下去了，彭亮依然坐在司机座上，扒着车窗望着外边。王友把工人带到桥下的河滩上，河里没有水，只是一片被山水冲下的石头。王强带着队员，赶着四五个被下了枪的伪军和两三个铁路工人，也从守车上到这边来了。后边机车上的林忠和另一个队员也带着司机和司炉过来，整个列车上的人员都到河滩里集合了。

王强和队员把铁路工人带向北边远处一个高地上停下。他迎着夜风屹立在高地上，从这里可以俯视到铁路上的一切。想到即将开始的战斗行动，他感到一阵紧张，小眼闪着火花，怒视着停在桥上的一整列火车，好像这一列车就是一整队疯狂的鬼子似的，激起了他一阵阵的愤怒。他现在已不是刚才提着红绿灯站在守车上的车长，而是要指挥队员粉碎这列车和桥梁的战斗指挥员了。他从腰里拔出了二十响，有力地发着战斗的命令：

“开始行动！”

随着他的语音，一支绿灯从高地慢慢举起，他向机车上的彭亮和林忠发出了行动的信号。

就在这时候，列车前后的两个机车呜地吼了一声，充当摘钩手的小坡和小山提着红绿灯，已经跑到列车两端的机车边。小坡把机车后面那节车皮的铁钩的钩心提起来以后，从两车之间退到路基上。按一般挂钩工人的习惯，这时应该吹一声哨子，通知机车。可是他临下守车时，只从挂钩工人手里接过红绿灯，忘记了要哨子，这时只有吹口哨和司机联系了。一声口哨过后，小坡摇着绿灯，机车喘了一阵粗气，鸣地叫了一声，彭亮开着机车离开整个列车，向西驶去了。

小坡回头望见后边的机车也离开列车向东开走，就知道小山也把后边的钩摘了。他便飞跑下河滩，这时小山也跑过来，两人一起向闪着绿灯的高地急奔。他们一口气跑到小高地上坐下，小坡目不转睛地望着远处桥上的动静。两台机车离开了列车，向东西两个方向轰轰地驶去。

"等着看热闹吧！"小坡欢乐地说。大家都紧张地屏住气息，等着两个机车的回转。

彭亮把机车开出二里路外，回头望着北边沙河岸上的高地。那里发出了红灯，他急忙把机车停住。他把开车把手扳了一下，机车又轰轰地向回开了。在这一刹那，彭亮的眼睛扫过机车里的机件，这是一台多么好的机车呀！从他学习开车那天起，他就热爱着机车，对每一个零件都感兴趣，平时总愿意把它们擦亮上油。可是现在，他要和这台机车分别了，为了配合山里反扫荡的紧急军事任务，他要把它粉碎。只见他把开车把手向最高的速度拉开，机车像发疯似的摇晃着身子向回飞奔了。他离开司机座，出了车口，跳上脚踏板，就蹿下去，一个筋斗滚到路基下。本来彭亮的跳车技术是很好的，可是由于机车开得太快，他也不能不翻筋斗了。

当他从地上爬起来时，已失却掌握的空机车飞驶着向六孔桥上的整列载煤车冲去，只见桥上火光一闪，震耳欲聋的轰隆声，像沉雷一样震得地面乱颤。接着，桥那边也闪着火光，又是一声沉雷。原来林忠驾驶的那台机车，从相反的方向也撞过来了。

王强带人赶到桥边，看到整列车的中间一段已掉到桥下了。两台机车爬上了倾倒的车皮，歪倒在桥上，把桥砸塌了，受伤的机车像两匹将要断气的野兽，不住地喘息着。列车上的煤倾倒在桥上和河滩里，六孔桥塌了三个孔。王强看看任务已完成，就笑着说：

"够鬼子修一个时期的！"便命令队员们准备动身往回走。接着他对铁路工人们说：

"你们怎么办呢？你看火车是不能开了。你们愿意抗日的，就跟我们走，不愿走的就留下。你们拿主意吧！"

一个工人说："我们走了，家里的人呢？还在鬼子那里，不叫杀了，也得饿死！"

王强说："那么你们留下吧，我们要走了。可是应该警告你们，鬼子马上就会来的，来了对你们不会有好处的，还是跑了吧！"

"跑到哪里去呢？还能不回家么！回家还不是一样被逮住么？"一个工人哭丧着脸说。

王强沉思了一下，就眨着小眼说："这样吧！为了你们的安全起见，还是委屈你们一下吧。"接着他就命令小坡和小山：

"快用绳子把他们都捆起来，嘴也用手巾堵上！"

小坡和小山照着王强的吩咐办了。王强再把随身带的标语贴到桥梁和撞坏的车皮上，就准备走了。临走时，他对铁路工人们说：

"这样做，鬼子就不会疑心是你们干的了。他们问你们时，你们就说八路军撞的就是了！那边有标语为证。”

为了使鬼子相信这行动是飞虎队搞的，王强抡起手中的二十响向撞坏的机车身上“当当……”又找了许多窟窿眼，才走了。

他们连夜赶到小屯。彭亮、小坡和老周谈了梅妮到山里受训的事，老周答应可以办，他们就回微山湖了。

王强见了老洪和李正，汇报了完成任务的情况，老洪说：“昨天晚上，鲁汉和申茂在韩庄一带，巧妙地扒了一段铁轨，使鬼子的一列兵车翻了车。”

在这一个短时间里，津浦干线和临枣支线交通断绝了。

拓展阅读

狼牙山五壮士：八路军晋察冀军区第一军分区一团七连六班五位战士马宝玉、葛振林、宋学义、胡德林、胡福才，在河北省保定市易县狼牙山战斗中英勇抗击日军和敌伪军，他们临危不惧，英勇阻击，子弹打光后，用石块还击，面对步步逼近的敌人，宁死不屈，毁掉枪支，义无反顾地纵身跳下数十丈深的悬崖。马宝玉、胡德林、胡福才壮烈殉国，葛振林、宋学义被山腰的树枝挂住，幸免于难。他们用生命和鲜血谱写出一首气吞山河的壮丽诗篇。五位战士的壮举，表现了崇高的爱国主义、革命英雄主义精神和坚贞不屈的民族气节，被誉为“狼牙山五壮士”。

第二十一章

松尾进苗庄

松尾最近煞费心机地翻阅冈村遗留下的材料，参照新近搜集的情报，研究飞虎队活动的规律，以确定他的特务队的围剿战术。

当他对飞虎队的活动略微有些了解以后，他认为过去他们出发扫荡，只不过是给受损伤的脸上擦擦粉，实际上连飞虎队的皮毛都没摸着。同时他也认为冈村采取夜间突击，仅仅做对了一半，夜间突然包围了庄子以后，不该乱打枪，因为枪一响，飞虎队就溜走了。

松尾的办法是，特务队行动要保持高度机动，而且要严守秘密。他的特务队接受任务出发，连中国特务都不让知道。他们根本不走围门，即使在夜间，他也会叫特务队在木栅暗处秘密跳出去。接近庄子的时候，一律不许打枪，偷偷地爬进庄去；在没有发现飞虎队之前，尽力隐蔽自己。就这样，他曾和铁道游击队一两个分队会过几次面，在深夜的院落里展开过几次战斗。虽然没能把飞虎队消灭，但是总算是扑着人影了。可是以后铁道游击队的活动方式又变了，松尾的特务队又常常扑空。他侦察出飞虎队一夜转移两三个地方休息，下了决心要跟踪追击。有时他采取了极笨拙，但又很牢靠的办法，他让特务队整夜地趴在禾苗边，趴在空洼地或小道两旁，四下瞭望着，如发现有黑影活动，他们就秘密地随着脚迹跟上去，脚迹在村边不见了，他们就包围了这个村庄，偷偷地爬进庄去。在松尾的指挥下，特务队整夜地在田野里奔波，有时在潮湿的地面一趴就是几个钟头。秋天的雨水连绵，他们经常淋着雨趴在泥泞里。在黑夜里察看脚迹，是不容易的，有时得用手来摸。好容易找到一行脚迹，顺着它向南走吧。可是不到半里路，这脚迹又转向西北了，再走过去，突然又转往正东了。有好多时候，走了半夜，又转回了原来的地方。这飞虎队是怎样走法的呢？鬼子特务队常常转迷了方向。

虽然这样，松尾却是高兴的，因为他终于摸着飞虎队一点规律了。过去那些特务队连他们的脚迹都摸不到，现在他总算摸到了，而且和飞虎队打过几次照面。他知道飞虎队的活动方式是常变化的，所以他的追捕方式也随之变化。

夜间和铁道游击队打交道，最重要的是可靠的情报。松尾想尽一切办法来整理和培植他的情报网。他觉得过去冈村调遣部队扫荡，在乡间秘密安插和培养特务是不高明的。松尾特别注意临城站内的户口清查。在清查户口的时候，他又很注意外乡到临城居住的商贩和市民，尤其是湖边铁道两侧的。对这些人，松尾不像冈村那样，粗暴地抓来审问，而是笑着脸前去访问，甚至秘密地带到住处，以宾礼相待，声言愿意和对方“交朋友”。松尾也曾访问过芳林娘的家，因为他知道她的媳妇娘家住在湖边。他也曾看到过由娘家来看婆婆的芳林嫂，他觉得这是个女人，又有小孩累手，不会对他有多大用处。所以就不大感兴趣地走了。出了门，他甚至连这个女人的面目都忘了，因为他访问的人家太多了，要叫他连不被注意的人也都记清楚，是困难的。

可是，松尾最近收到一份情报，说铁道游击队里面，有一位女的，两手能使匣子枪，打临城冈村特务队长时，就有她参加。她和刘洪大队长交情很好，家住苗庄，身边还有个小孩。松尾有铁道游击队所有短枪队的名单，而且还有相片，可是却不曾听到有女的。松尾命令马上侦查出她的姓名、住址，可是好久没有查出。

这天松尾从户口册里查出一家住苗庄的小贩，连夜把他带到特务队，一见面，松尾就说：

“你通八路的！”

小贩说：“我在临城做小生意好多年了。自从皇军到临城，我都没离开过，哪里通八路呢？”

松尾问：“你苗庄家还有什么人？”

“还有个老父亲！”

“好！你马上到街上找个保人[①]，叫你父亲来看你一下，如果你父亲说你是好人，我们马上放你。”

第二天，小贩托人捎信给他父亲，父亲从苗庄赶到临城，被带到特务队看他儿子。他一看儿子被绑着，两个鬼子提着洋刀站在那里，像要马上动刑一样。老头哭了。松尾把他叫到另一个屋子里对他说：

“你儿子通八路！我要杀了杀了的！”

老头说：“俺儿他在临城多年，做小生意，一向安分守己，这街坊邻居全都知道的。不信，可以调查！”

“你庇护你的儿子，你也是八路，也要杀了杀了的！你们苗庄都通八路，这我是知道的。”

老头一看连自己也牵连进去了，就急着说：“我是庄稼人哪，在苗庄种地，我从没干过别的呀！”

“苗庄有很多人通飞虎队，你的知道？”

“我不知道呀！……”松尾哗地把洋刀从鞘里抽出，往老头的脖上砍去，老头叫了一声，跌坐在地上。可是刀并没砍下去，只是架在他的肩头上。老头望着冷冷的刀口，吓得浑身打哆嗦。

松尾板着脸说：“苗庄通八路的，我完全知道，已调查得清清楚楚。现在我来试你一下，如果你说一句假话，我马上砍掉你的脑袋。我问你，苗庄有个寡妇，有一个女孩子，你知道么？”

“知道！”

“她叫什么名字？”

“叫芳林嫂！”

“她通八路么？”

“不知道！”

① 保证别人的行为符合要求的人。

松尾霍地跳起来，刀口又向老头的脖上推了一下，老头感到刀口的冰冷，打了一个寒战。松尾叫着：

“我的调查得清清楚楚，你的不知道？说！”

老头以为鬼子已经真知道了，故意在试验他，就低低地说：“我真不知道呀！她是个妇道人家，能通八路么？”

“她家住在哪里？”

“在庄东头，进庄第二个门。”

“门口有什么？”

“有棵榆树。”

松尾点了点头，笑着说：“这还不错，起来！”他收回了洋刀，顺手把老头拉起来：“你说的都对！你的好人，你的供给我们一份很好的情报。可以走了。”

老头说：“我的儿子呢？”

“马上和你一道走，看你的面上，我把他放了。”

松尾叫人把小贩松了绑，来到老头的身旁。松尾说：“只要你们好好的效忠皇军，好处大大的！咱们就是好朋友，今后我将派人来看你。”

临走时，松尾还对老头说：“这事你别对别人说，说了飞虎队会杀掉你的脑袋，因为你已给皇军送情报了。”

松尾狡猾地骗得了这个情报，心里说不出的高兴。小贩和他父子走后，他在脑子里转着“芳林嫂”这个名字。突然他停下脚步，这名字他仿佛熟悉，在哪里见到过，他忙去翻户口册，在张芳林的户口下，他看到了，他记起了那个带小孩的青年女人。但是由于当时没太注意她，记不起来她的形象了。这个女人和飞虎队大队长相好，如果把她搞到手，该有多大用处啊！可惜两次碰到她，竟轻易地放过了。

当天，松尾带了几个便衣，自己带着短枪，来到芳林嫂家。一进门，屋里冷清清的，只有一个老妈妈坐在那里。松尾就问：

“你的媳妇呢？”

“住娘家去了。”

“几时回来呀！留你一个老妈妈不冷清么？”

“说不定，她娘家也有个病老妈妈要人侍候啊！”

松尾怕打草惊蛇，就像没事一样，笑着走了。他第二次去，还是没见芳林嫂来。可是他再不能等了，怕失掉了机会，走漏了消息，事情就更不好办了。他决定不再坐等芳林嫂的到来，而要亲自出马去找她了。

松尾知道飞虎队多半是夜间活动，白天休息。为了不经战斗而活捉芳林嫂，白天去还是个空隙，同时对方也不容易戒备。这天，他带了一个贴身翻译，和一个汉奸特务，三个日本特务。一共六个人，都带二十响匣枪，化装成叫花子，分散出了临城，约定了会合地点，便往苗庄奔去。

这天晌午，芳林嫂正坐在庄头的树下做针线。她是在为老洪缝一双袜底，针脚[1]密密

① 缝纫时前后两针之间的距离。

层层，在脚掌心那个地方，绣了一支奓翅飞的花蝴蝶。她虽然是细心而精巧地做着针线活，可是却不时地把黑眼睛抬起，向田野的远处瞭望。田野的秋庄稼大多收割了，青纱帐倒了，田野显得格外广阔。只有晚秋的豆子、花生、地瓜还东一块、西一块地长在地里。除了豆秧长得有膝盖深，地瓜、花生都是贴着地面的农作物，已遮不住眼了。从这些禾苗上边望过去，能望到远处的铁道和临城站的水塔。

芳林嫂又抬起头来，这次她没有很快地低下去，她望见通往临城的庄东大道，有几个人影向这边走来。这几个人，在半里路外的一块豆地边站了一会儿，接着两个折向朝北的小道走了，这条小道正通向苗庄的庄后；一个向南去了；两个笔直地向苗庄走来。芳林嫂就有些怀疑了。她机警地把针线筐拉了一下，将身子隐藏在树后。虽然她还是在低头做活，可是她那双美丽的眼睛却机警地向东瞟着，注意着来人的动静。随着来人渐渐地走近，芳林嫂看清他们的服装了，原来是两个要饭的叫花子。

“又不是吃饭的时候，哪来的要饭的呢?”

芳林嫂又怀疑了，她索性把头抬起，借着树身的掩蔽，向远处的来人仔细地端详一番。从走相看，都是身强力壮的人，为首的长得很结实。芳林嫂想：要饭的多是老弱残疾，身强力壮的人可以卖力顾生活，还来要饭吃么？她更怀疑了。

远处来人渐渐地走近了，已经听到脚步声了。芳林嫂再一次抬起眼睛，向二十多步以外的那个叫花子望去。不望则可，一望使芳林嫂大吃一惊，那浓黑的眉毛和方方的脸形，走路的姿态，是多么熟悉啊！她马上想到在临城婆家时，两次遇到鬼子清查户口，看到过这个相貌，这会儿走得近了，她才认得出。她的心一阵乱跳，把针线筐一夹，借着树身的遮掩，站起来，转身向庄里急走几步，就折进一个短墙后边了。过了短墙，她急得头上冒汗，飞奔进自己的家门。

一进屋门，就看到老洪、李正、王强他们在开会。他们见芳林嫂慌慌张张地跑进来，都抬起头来。芳林嫂喘着气说：

“快！松尾带着人进庄了，都穿着便衣，扮成叫花子。快！快!”

老洪、李正和王强忽地站起来，从腰里拔出了枪，他们出了屋门到了院子里，向大门边走去，准备迎接战斗。芳林嫂忙拦住：

“不能出大门了，现在就到大门口了。你们还是跳墙到西院吧!”

老洪发亮的眼睛盯着芳林嫂，顺手给了她一个手榴弹，像发命令似的说：“你马上到南院，在庄南头望着。各分队长要来开会，迎着他们，告诉他们这里有情况。”

芳林嫂点头跳过南墙头，他们三个从西墙上跳到另一院子里去了。

当他们刚跳过墙去，松尾也在榆树下集合起了人。他在大门口留下两个特务，带着另两个特务走进院子。他到堂屋一看没有人，便向东屋走来。小凤姥姥正拉着小凤坐在床边，她花了的老眼，望着有两个穿破烂衣服的叫花子走进来，就说：

“你看看！你们要饭竟要到人家屋里来了，你们在大门口等等不好么？我给你们拿块煎饼!”

松尾把破帽摘下来，把二十响的新匣枪朝着小凤姥姥的脸上晃了一晃。小凤以为这三个持枪人要打她姥姥了，吓得抱着姥姥的腿哭起来，老人家一见到枪也打了一个寒战。旁边一个翻译说话了：

“老太太！这是临城皇军的太君，他不要你的煎饼，想来看看你的闺女，你闺女哪里去了？”

老妈妈镇静了一下，说：“刚才还在家，我不知道她到哪去了呀，去邻家串门了吧！”

“快说到哪一家去了！不说，打死你的！”二十响的匣枪又在老人脸前晃了一下。

“我怎么知道呢？你们不会去找么，我的眼睛又不大好使！”

松尾听了老妈妈的话，并没有发火，他这次化装出发，是准备动文不动武的，他想牢牢稳稳地“有礼貌地”把芳林嫂掳进临城。他叫翻译向老太太转告他的来意：

“好老太太，不要怕！皇军要把你的女儿请到临城，过好日子去！到时也把你接去享福。你老了，不能去找，我们会找到她的！”

他们在两个屋里搜查了一阵，就又到院子里站下了。

芳林嫂翻过了南墙，穿了几个院子，绕到庄南头瞭望着，远处并没见有铁道游击队的人来。她就从庄南绕到庄东去看看动静，因为她的家就在庄东头。

就在这时，彭亮和小坡正在庄里的街道上走着，街边有个卖零吃的小贩，他俩买了两串糖球①，一边吃，一边很悠闲地走着。后边走的是林忠、鲁汉和申茂，他们在剥着花生吃。原来芳林嫂翻了几进院子绕到庄南时，他们早已经进庄了，没有碰上。他们一边谈笑，一边向芳林嫂的家门走去。老洪和政委正在那里等着他们开会。

彭亮嘴里咬着又酸又甜的糖球，和小坡又说又笑地向前走着，后边小贩的叫卖声还可以听到。这小庄显得很安静，哪家的小猪跑到街上了，摇着小尾巴在粪堆边转悠着；一只大花公鸡尾随着两只黑白母鸡横过街道，缓缓地迈着步子。一簇杏枝探到墙外，麻雀在绿叶间唧喳地乱叫。

他们的枪都是夹在肋下的。彭亮走在前边，快要走到榆树下了。他望到芳林嫂门楼下，有两个穿破烂衣服的叫花子。正诧异间，小坡眼快，看到叫花子手里拿着短枪，他把彭亮的衣襟一拉，嘟嘟……一梭子弹从他们头上飞过。彭亮和小坡忽地趴向街边的粪堆后边，掏出枪向芳林嫂的大门口哗哗地打去。刚才还很安静的小庄子，到处响起了枪声。

林忠、鲁汉和申茂看到前边彭亮打起了枪，知道芳林嫂家出了事。他们三个忙从一个胡同绕过去，打东边靠过来，就这样配合着彭亮、小坡，从两边往芳林嫂的大门进攻。

松尾正站在院子里，要出门去寻找芳林嫂，忽然听到门上响了一梭二十响，知道是门上出了事。正要过去时，街上也响乱了枪声。子弹雨点样从大门向院里打进来，门上的两个特务支持不住，退到院里了。

两个特务一闪进大门里，彭亮和小坡就从两边蹿上去，贴着门边堵住了门，不住地往里边打着枪。这时鲁汉跑上来，从腰里解下来一个手榴弹。

“去他奶奶的！”

轰隆一声，手榴弹在院里掀起了一阵烟雾，鬼子嗷嗷乱叫，松尾带着人爬上了西墙，没头没脑地蹿出去。一个鬼子的腿被炸伤，他爬上墙去，两手扒住墙头，可是腿跷不上去。鲁汉蹿进来，抓住鬼子的两条腿，一把拉了下来。

① 指山楂等水果蘸糖之后用竹签穿起来制成的零食，在山东等地称为糖球，其他地区又称冰糖葫芦、糖葫芦、糖墩儿等。

“奶奶个熊！你往哪里跑？”

他摘下二十响匣枪，砰的一声，朝鬼子打了一枪。院子里烟雾消散后，已不见鬼子了。彭亮、小坡急忙跑到堂屋里，去看队长和政委，屋里不见人，又到了东屋，看到小凤和她姥姥都吓得缩到屋角。一问才知道鬼子未进来前，他们已安全地走了。

这时，墙西边又响起了稠密的枪声。他们知道队长和政委正在那边和鬼子展开战斗，便都翻过墙去，正遇上李正绑着一个特务，他见彭亮他们来了，忙向院外的街上一指：

“快！往那边跑了。老洪和王强追去了！”

他们向李正指的方向，从两边包过去。原来松尾跳墙过来后，正碰上老洪、王强、李正在这里埋伏。鬼子刚翻下来，立脚未稳，一个鬼子就被老洪抱住，一枪打死了。李正活逮了一个汉奸特务。松尾带着两个特务，逃到街上，老洪和王强又追过去了。

街上响着第一梭子二十响时，芳林嫂正在庄东的街头上。枪一响，她就躲在刚才做针线活的树后，她皱着眉头，听着自己家院里的枪声。她想到老娘、凤儿，她更想到老洪和他的队员们，他们怎样了呢？她的心在激烈的枪声中跳动着。她握紧手中的手榴弹，想：“我怎样去帮助他们呢？”枪声渐渐地离开了她的院子，往西响去了，一会儿又向南响了，突然又响得近了。芳林嫂的心在跟着枪声的转移而跳动着。

枪声突然又在她身边的这条街上响起，随着枪声，还有人在叱呼着：

“不要叫他跑了啊，抓活的！”

她听出这是铁道游击队员的喊声，她知道这次战斗胜利是属于老洪这一边了。她从这喊声中，听出了老洪的声音，她按不住自己的兴奋。枪声愈响愈近了，子弹带着哨音从她头上飞过，树叶都哗哗地被打落下来，显然子弹是往这边射击的，她听见街上响起的脚步声，就在这时，她突然听见老洪喊道：

“奶奶的，你往哪里跑！”

她知道老洪要过来了。芳林嫂从树后跑出来，倚着短墙一望街里，这时光着头的松尾正向她这里跑来，后边是老洪追着。老洪一看街头有芳林嫂，就叫道：

“快拦住，别叫跑了！”

他砰砰地打了两枪，不过他怕打着芳林嫂，把枪打高了。松尾已经逃到街口，他满脸流着汗，虽然提着枪，但狼狈得已失去还枪的气力，喘着粗气跑过来。他带的五个特务死的伤的都留在苗庄了，他总算逃出庄。但是当他转出这个短墙，出其不意的，迎面一个女人把他拦住，他正和芳林嫂碰了个满怀。

松尾一眼看到这个面熟的女人，忙举枪，可是枪里早没子弹了。他顺手把枪身向芳林嫂的头砸去，芳林嫂把头往旁边一闪，砰的一声用手榴弹向松尾的头上砸去，松尾叫了一声，芳林嫂伸手去抓他时，松尾从她胁下钻出去，溜走了。

这时老洪已跑到街口，看见松尾从芳林嫂手里逃脱了。忙喊道：

“快掷手榴弹！”

芳林嫂本来愣在那里，老洪的喊声提醒了她，她把手里的手榴弹向逃出十多步远的松尾抛过去，可是手榴弹只砸住松尾的腿，使松尾踉（liàng）跄（qiàng）[①] 了一下，又

① 走路不稳。

向前跑了，手榴弹并没有爆炸。老洪越过芳林嫂又追下去了。

芳林嫂也随着赶了一阵，可是她跑得不快，留在老洪后边。她远远地望着老洪在追松尾。老洪不住地打枪，由于急跑，他的枪老打不准，子弹总在松尾四周的地上扬着团团的尘土。

两个人影在田野里移动，渐渐地离临城近了。临城的鬼子听到苗庄有枪声，大队鬼子就出发来接应了。老洪看看追不上，就回来了。

芳林嫂迎上去。老洪说："可惜你掷出的手榴弹没有响，要响了，松尾就跑不脱了。"

他们走到村边，老洪从地上拾起那颗手榴弹，一看手榴弹帽还没打开，就对芳林嫂说：

"你看！你没有拉弦就掷出了，难怪它不响。"

芳林嫂一看，懊悔地说："可不是，你喊我掷手榴弹，我一急就掷出去了；没想到心一慌，忘记拉弦了。"

老洪笑着说："外边老百姓传说你双手能打匣子枪，想不到你竟掷手榴弹都不拉弦哩！"

芳林嫂说："都是怪我心慌，把松尾放走了。"

"不过你砸了他一手榴弹呀！"

芳林嫂笑着说："够他受的！正打在头上，现在松尾头上准起了一个大疙瘩。"

他俩说笑着就往庄里去了。这时庄里已恢复了安静，李正、王强已把来开会的分队长都集合起来。检查结果，无一伤亡。打死了三个鬼子，活逮了两个特务，只有松尾逃走了。还缴获了五棵二十响匣枪。

他们商量了一下，决定马上离开苗庄，估计临城鬼子会来扫荡报复的。他们嘱咐芳林嫂要把凤儿和老娘转移到别处，因为战斗就发生在她家，鬼子是不会善罢甘休的。同时动员庄里老百姓要空室清野，随时警惕敌人的到来。当晚他们就回微山岛去了。

松尾被老洪苦追到临城附近，因一队鬼子出来接应，才脱了险。但是他一进围子门，也许是松了一口气，立刻浑身发软，一头栽倒地上，口吐白沫，昏了过去。

这时一只狗过来，看到一个衣服破烂的叫花子躺在地上，就嗅着鼻子走上来，撕着松尾的破衣服。正好有两个鬼子走过来，认出是松尾，把他抬走了，到了站台上，松尾才苏醒过来。

站上的特务们给松尾队长换了军服，煮了一杯很浓的红茶，叫松尾喝下，才好些了。松尾清醒过来后，想到刚才所发生的事，额上的汗又流下来。

他这次化装出发，是为了一个中国女人，他想把她掳到临城，来勾引老洪，可是这幻想破碎了。在出发时，他还在脑子里搜索着这个女人的面影，但是总想不起来。现在他是认出她了，他不但看到她的面貌，而且知道她的厉害。他抚摸着头上鸡蛋大的一个疙瘩，那疙瘩还在火辣辣地发疼。亏了手榴弹没有爆炸，不然，他就很难生还了。想到这里，松尾恨得咬牙切齿。

当晚，他下令逮捕了芳林嫂的老婆婆。他把情况和损失报告了临城驻军司令。第二天一早，沙沟、临城、峄县，三路敌人出发到湖边扫荡，松尾也随队出发，来向苗庄进行报复。

湖边一带村庄黑烟卷着火光，到处响着枪声。

松尾随着鬼子大队到了苗庄，苗庄的村民早已逃得空空了。因为他们知道鬼子会来报复，都扶老携幼跑到外庄，或到野外的豆棵里趴着。松尾一进庄，直扑芳林嫂的家，一看大门敞开，家里没有一个人。松尾气得眼里冒火星，他看到这里每一样东西，都感到无比憎恶，命令特务把它们都砸碎了。锅碗盆罐被捣成片片，箱柜木器被劈成木板，向门框和屋檐上泼了汽油，一把火，整个院子里卷起黑烟，滚滚的黑烟里蹿出了红色的火舌。松尾烧了芳林嫂的家，还不解恨，他对着冷清的街道，洋刀一挥，特务队又把汽油泼向街两边的屋檐上，点上火，整个街道燃烧着熊熊的大火，秋风下的火苗直往天空蹿着。房屋烧了，禾场上的谷草堆、粮食垛烧了，秋收的粮食也烧了。松尾看看庄里的大火已经烧起来了，就随着大队向另一个村庄"讨伐"。

鬼子离开苗庄以后，村民们从田野里回来，经过一番抢救，火渐渐熄了。可是大半个庄子的房屋，已被烧成焦黑的屋框了。农民牵着牛，妇女抱着孩子，回到自己的家门。可是门前的小树都烧焦了，迎着他们的是乌黑的屋框滚滚的烟雾。到处是被烧的粮食和布片的焦煳气息，到处是失掉家的老人和妇女的哭叫声。庄稼人的愁肠更抽不完，他们已哭不出眼泪，抱着头蹲在屋框旁边呆怔着叹气。有的老大娘拭着泪水，用小棍在灰烬里拨弄着，想找出点可用的东西，刚打到家的秋粮，没有吃一口，就被烧成焦炭样的黑团团了；拨着拨着，她把小棍一丢，就又坐在火边痛哭起来了。今冬吃什么呢？天渐渐冷了，住在什么地方呢？

在这哭声里，老洪和王强带着几个短枪队员进了庄。他在湖边和鬼子转圈，看到苗庄的大火，就向这里来了。

老洪看到这幅惨景，不由得皱起了眉头。他紧绷着嘴，为这些无家可归的村民们痛苦着。他走到蹲在屋框旁边的人群那里，喊了声：

"乡亲们！……"

他没有说下去。他能说什么，什么话能够安慰住乡亲呢！他想到要想办法救济一下。不过，他不愿把没有兑现的话，先说在头里。他想在搞了火车以后，把粮食突然送到人们手里。

王强在旁也气愤地说："鬼子可真毒辣呀！"

"乡亲们，这困难是鬼子给我们的！可是再难，我们也要想法活下去呀！"

"活下去？"一个老大娘抬起了头，她并没有看老洪的脸，就说下去，"指望啥生活，粮食都叫烧净了，一冬喝西北风[①]么？全部财产，只落得身上这套单衣裳！你说今年这个冬天怎么过法？"

一个庄稼老头像疯了一样站起来，他把两臂摊开，望着他身后的屋框，嘶哑着的叫道：

"烧就烧了吧！谁说句熊话不是人养的。反正拼上了，大队长你们要顶着头打呀！"

乡亲的哭诉，像刀子割裂着老洪的心。他的脸色由白变青，薄薄的嘴唇紧绷着，握

① 指没有东西吃；挨饿。

着枪的手在颤抖着，牙磨得格格响，发亮的眼睛，像要从眼眶里迸出一样。鬼子对苗庄的烧杀的惨景，使他浑身发抖，他胸中为一种激动的情感所燃烧。

他发亮的眼睛向四下扫了一下。扫荡的敌人，还在远处的田野蠕动，四下不断地响着枪声。老洪向村民挥了一下手，吼叫着：

“乡亲们！我们马上就给你们报仇。”

他马上向着身后的小山叫着：

“你马上进湖，传达我的命令，要长枪队立刻拉出湖来，准备战斗。”

小山回答一声“是”，就如飞地跑向湖边，坐上小船向湖里急驶而去。老洪对王强一摆手：“走，到那边看地形去！”

他们到了庄南，过了一条小河，河南岸有块高地，上边有丛丛的野草，老洪就在这块高地上停下。高地后边不远，就是湖，站在高地上，隔着小河可以俯瞰苗庄到杨集的一片平原。王强知道老洪要在这里等长枪队，准备借着这个高地，阻击北边过来的敌人。

老洪坐在那里，不住地回望着湖里，显然他在急盼着长枪队的到来。王强看到大队长决心已下，是很难回头的，不过他感到老洪这样感情用事有些不对头，就说：

“咱们这样打正规仗行么？还是和政委商量一下再说呀！”

老洪把眼一瞪，说：“怎么不行？再不打，我们还有什么脸见湖边的人民呀！你再派一个队员去集合各个短枪分队，湖边还有长枪，都换长枪来参加战斗。”

王强派了一个队员到联络点去集合短枪队，同时又把他叫到旁边，偷偷地嘱咐到东庄后，马上派人找政委。因为今天李正不在湖里，山里有信来，他到道东去和山里司令部取联系了。王强要这个队员想尽一切办法，要把政委找回来。他知道要把这个危急的局势扭转过来，只有靠政委了。

长枪队拉出湖了，老洪把队伍布置在高地上，他发怒的眼睛，隔河望着北边一片小平原。疯狂的敌人，交错着在湖边扫来扫去。有一队鬼子和汉奸队，一边打着枪，向这边过来了。当鬼子刚走到河边的小柳树行里，老洪把手一挥，机枪、手炮、步枪一齐向鬼子射击。河边响乱了枪声，子弹掠过河面，响得特别清脆。鬼子受了这突然的袭击，乱了一阵，可是很快又整理好了队形，鬼子汉奸都伏在柳树行里向高地射击。战斗就这样开始了。

老洪使着那棵马黑盖子觉得不过瘾。“把机枪给我！”他从机枪射手那里端来了机枪，把帽子移到后脑勺上，红涨着脸，咬着牙，愤怒地向敌群扫射。鬼子的机枪叫他打哑了，拿着小白旗的鬼子指挥官也叫他的机枪扫倒了。机枪不住地在老洪手里叫吼，枪筒都打热了。老洪要把满腹的愤怒都在这激烈的战斗中消散出去。他望着河对岸陈列着鬼子的尸体，胸中的闷气才稍微松了些。可是敌人的手炮弹也在高地上爆炸，有的队员负伤了。

就在这时候，李正带着两个短枪队员，从湖边赶来。他看看战斗打得正火热，就爬向老洪的身边，一边打着枪，一边问老洪道：

“老洪，怎么回事？”

老洪正在挥着汗水打机枪，一回头看到政委来了，就愤愤地说：

“打吧！奶奶个熊，我要把这一路鬼子消灭个干净，为苗庄的村民报仇！”

李正知道老洪是在赌着气进行战斗，这样失掉理智的冲动，会给铁道游击队造成不可弥补的损失。他望了一下河对岸，对岸的鬼子确实叫他消灭了不少，可是敌人的增援部队又上来了，敌人的火力更强了，机枪子弹嗖嗖的，像雨点一样从高地上飞过，掷弹筒的小炮弹成群地向高地上落。东西两面也在响着稠密的枪声，另两路的敌人也向这边集中了。李正感到事情已到紧急关头，再不能这样战斗下去了，他便对老洪说：

“老洪，这样打下去不行，快撤！东西两边已有敌人了，不然我们马上会被包围！”

一颗手炮弹落到老洪的身边，迸了老洪一脸土，他用手把脸上的土一抹，愤愤地说：

“打下去！我坚决要把对面这股敌人消灭！”

老洪依然在打着他的机枪，东西两面的枪声愈响愈近了，又有一两个队员负伤了。李正看到铁道游击队已将堕入覆灭[①]的命运，时间已很宝贵了。他以极严肃的声调向老洪说：

“老洪，一定要撤！快撤！”

老洪忙一回头，李正看到他的眼睛由于激烈的战斗和暴怒，已经红了，他处在一种极度激动的精神状态，像疯了样端着机枪，在向敌人扫射。他并没理会政委严正的劝告，在他发热的脑子里，只有战斗，战斗！

炮弹纷纷落下来，在四处爆炸。其他两路敌人也已经在向高地合拢，情况万分严重了。铁道游击队的命运就在这几分钟内决定了。为了挽救这恶劣的局势，李正突然抬起身来，焦急、愤怒地向老洪叫着：

“老洪，快撤！这是党的命令！”

就在这一瞬间，一颗子弹打向李正的左臂，接着身边有颗炮弹爆炸，李正倒在了烟雾里。王强急忙上前扶起政委，一边向老洪说：

“政委负伤了！”

老洪听到“党的命令”，不觉一震，接着又听说政委负伤，马上爬过来。虽然他处在一种极度紧张、失去理智的战斗情绪里，可是党的命令和政委的负伤却是对他沉重的一击，使他的头脑清醒了一些。因为他是个党员，知道党领导的部队的任务，他又深切敬爱着政委。他撇下机枪，扶着李正。李正一抬头，望到老洪，没说二话，就命令着：

“快撤下去！快，快！”

老洪一挥手，队员们哗的一声，撤下高地。王强和老洪扶着李正，在机枪掩护下，向湖边走去。老洪回头看高地，就在他们刚撤下的这个短短的时间里，高地上已落满炮弹，被三面的炮火打得像蜂窝一样。三方面交射过来的机枪子弹，几乎把高地的地面掀去了一层皮，草丛都像连根铲去一样，到处飞扬着碎草和土块。要是再晚撤两分钟，全队将都葬身在这块高地上了。

他们撤到湖边时，三路敌人已占领了高地，又向这边追来了。这时天色已晚，他们在暮色里上了船，向湖里驶去，回望着被敌占领的杨集，那里又卷起了黑烟。

在微山岛一个草屋的油灯光下，老洪望着卫生员给李正的伤口上药。他发亮的眼睛不住地盯着政委的脸，由于流血过多，政委的脸色有些发黄，不过脸上并没有责难和哀伤，他是那么平静地望着老洪，因为队伍终于按着他的愿望及时脱险了。可是，已经完全冷静下来的老洪，心情却是沉重的。李正点了一支烟，和平时一样，递给老洪一支。

① 全部被消灭。

老洪狠狠地抽着烟，低下头，在烟雾里，这倔强的队长，眼睛里涌出了泪水。他想到自己莽撞的战斗行动，使部队几乎濒于灭亡，使政委负了伤，他认识到自己错误的严重性，感到非常痛苦。他想着听到政委对他严厉指责和批评，可是政委却是那样冷静沉着，毫无责难他的神情，还是和平时一样地和他谈笑着。李正一边抽着烟，一边关心地问着负伤的队员怎么样。政委愈坦然，老洪愈感到痛苦。他抬起了头，望着政委的脸低低地说：

“政委，我犯错误了，我请求党和领导上给我处分！”

李正拍了一下老洪的肩头，他是了解老洪的。两三年来在铁道线上的战斗生活里，他对老洪的性格十分理解。老洪是个坚毅如铁的人，他按着自己的意志干下去，从不回头。在正确的指导和冷静的思考下，加上他的勇敢，战斗不断取得胜利。但如果失掉了掌握，当他头脑发热，感情淹没了理智的时候，也会铸成大错。而一旦他认识到自己的错误并决心改正，就会产生巨大的战斗力量。现在就是最后的这种情况，那为什么还要批评他呢？李正微笑地对老洪说：

“错了，接受经验教训就行了，还需要什么处分呢？以后对待问题要冷静些就是了。”接着他又很温和地说下去：

“游击队对付鬼子，是不能赌气的。相反，我们要用巧妙的战术，刺激敌人，使鬼子失掉理智，造成我们打击他的条件。如果我们要赌气可就糟了，因为鬼子正需要我们这样。他每天出兵扫荡，为的就是找我们和他拼命决战。我们要这样做，就上他的当了。因为敌人有着优势的兵力，又守着交通线，可以不断地来增援。我们光凭这几十条枪，怎么能干过他呢？如果头脑冷静，就绝不会这样做了。当然苗庄的老百姓被烧了房子、粮食，遭受了苦难，这一切都会激起我们的愤怒，要为群众报仇。报仇是应该的，但是我们不能和鬼子硬拼。和数倍于我们的敌人打硬仗，是违反毛主席的游击战术原则的。我们不能这样干，因为这样会造成铁道游击队的覆灭。那是和坚持湖边的抗日斗争、持久地维护群众的利益相违背的，也正是鬼子所希望的。从敌人发现我们那天起，就希望和我们决战，我们没有那样做，所以取得了一系列的胜利。今后我们还会坚持铁道线上的斗争，取得更大的胜利。至于群众遭受的损失，这是另一个问题，我们可以想办法解决，搞火车，或者从其他地区搞粮食救济。我想现在你已冷静了，这一切你都已经明白了。好！老洪，咱们去看看负伤的同志吧！”

他们就到长枪队去了。

拓展阅读

游击战略战术：在中国共产党领导的革命战争中，游击战具有十分重要的地位。无论是国内革命战争还是抗日战争，共产党领导的队伍始终依托根据地，进行规模不一的长期的游击战争。毛主席总结的“敌进我退，敌驻我扰，敌疲我打，敌退我追”是对游击战的高度概括，更是重要的作战方针。

第二十二章

站长与布车

天气渐渐冷了，晚秋的豆棵已经收割了，光秃的地上残留下的焦枯的豆叶，在秋风里飘零。经过一场严霜，焦黄的豆叶又变黑了，埋进了土沟里。不久，就下了初冬的小雪。站在微山岛，从冷清的湖水上边向岸边望去，灰色的村影之间，火车又吐着白烟，像豆虫一样在湖边的铁道上爬行了。

今年湖边的冬季，和往年不同。铁道游击队打冈村，消灭了临城特务队，在苗庄打特务，松尾几乎被活捉。敌人扫荡，老洪在河边指挥了一场激烈的阻击战，把一路鬼子打得稀里哗啦，鬼子指挥官也送了命。这一系列的战斗胜利，震撼了敌伪，鼓舞着湖边人民的抗日情绪。有的伪职人员，偷偷地投靠了铁道游击队，连过去对敌人最忠实、一贯反对铁道游击队的沙沟乡的一些伪职人员，也悄悄地给铁道游击队送情报了。

铁道游击队虽然没有青纱帐作掩护，可是他们却活跃在人民的海洋里，不论白天或夜间，他们都可以在湖边铁道两侧的村庄走来走去。每逢湖边响起了枪声，村民们都在期望着铁道游击队胜利。有些老大娘还烧香，求神明保佑铁道游击队。经过几次搞火车，被鬼子摧残的苗庄村民，都得到了救济。李政委又去给他们开了几次会，他们的抗日热情又高涨起来，和铁道游击队的关系更密切了。

这天夜里，冯老头冒着小雪，坐船进湖。他是铁道游击队和山里司令部联络的秘密交通员，有什么紧急任务，这白须老人总是风雨无阻地来回奔波着。队员们都称他是微山湖的“飞行太保”。只要一见他来，就知道山里有公文[①]来了。

冯老头见了老洪和李正，递给他们一封急信，李正看了，便对老洪说：

“张司令已到临枣支线的北山边。要我们马上赶去，有紧急任务要商量。”

李正和老洪叫王强在岛上照顾部队，就连夜和冯老头坐船出湖，插向道东，过临枣支线，到北山边约定的山村里去了。冯老头还是那样矫健地走在前头。

在一个小山庄里，他们回到了自己的部队，使老洪和李正惊奇的是，已经下雪了，部队还没穿上棉衣，都穿着洗得变白了的夏季服装。有些战士的衣肩和裤膝盖，都磨出了窟窿，缀上了补丁。

张司令还没有睡觉，他围着一堆火在沉思着。显然，他在为部队面临的困难而焦虑。看到老洪和李正进来，他抬起了头，脸上露出微笑，站起来和他们握手。

① 机关相互往来联系事务的文件。

老洪在和自己的首长握手的一刻，感到了无限的温暖。他们离开领导，单独在铁道沿线的敌区跟鬼子翻筋斗，历经千辛万苦，在这亲热的握手中，他感到无限欣慰。他们在艰苦的斗争中，是多么希望能见到想念着的首长啊！老洪看到张司令也还穿着单衣，他魁梧的身躯，仿佛瘦小了些。而他和李正身上都穿着棉衣，觉得很不是味。他想到最近搞火车，弄下了几身鬼子的皮大衣，可惜没带来。他和李正交谈了几句，准备回去后，托冯老头把皮衣带给张司令和王政委。他俩正在商量的时候，张司令洪亮的嗓音说话了，他和他们谈的也正是棉衣问题，张司令说：

"今年秋季鬼子对山区扫荡很残酷。他们不甘心灭亡，想在临死前挣扎一下，所以把山区搞得苦一些。我们的后勤被服厂又遭到破坏，将要制成的棉衣，都被鬼子烧了。这就是你们进庄看到战士们都还穿着单衣的原因。山区人民在这次扫荡中受的损失也很大，再次供给部队棉衣是困难的。在这种情况下，司令部想到你们，所以把你俩找来。希望你们克服一切困难，来完成今冬上万部队的棉衣任务。"

老洪和李正在张司令交代任务的洪亮的语音里，交换了一下眼色。他俩感到这任务是重要而光荣的，因为它关系着鲁南山区抗日部队的过冬问题。但是这任务也是艰巨的，因为他们以往搞火车，完成战斗任务，都是事先有计划、有步骤进行的。而搞物资则多是碰机会，遇到什么搞什么。上次搞药车，是根据检车段一个工人的报告："有药车，你们搞不搞？"因此才搞了一车西药，现在指定了所要的物资，而且要在一定时间内完成，却不一定有把握。

张司令看到他俩有一霎沉默，就笑着问："怎么，有困难么？"

虽然老洪对领导上所交下来的任务，心里还没有个数。可是由于任务的重要，困难又算得什么？难道能够瞪眼看着自己的部队穿着单衣过冬么？决不能！他就和李正齐声说：

"没有！有困难我们也能设法克服。一定完成任务！"

"好！祝你们成功。"

由于有紧急事情，张司令要在天亮前赶回山里，就和老洪、李正握手告别了。

最近，李正带着林忠的一个短枪分队，秘密地活动于沙沟站附近。

这沙沟的伪乡公所，就在沙沟街。他们依仗着靠近敌人交通线，又在鬼子的据点里，以为铁道游击队奈何他们不得，所以乡长李老七常带着乡丁，随鬼子出发。铁道两侧的村庄都打开了局面，秘密地和铁道游击队有着联系。唯独沙沟乡还和铁道游击队作对。只要铁道游击队到沙沟附近活动，他们就报告鬼子，或鸣枪抵抗。李正曾写了几封信，去争取李老七，但总没效果，李正就对这沙沟乡公所展开攻势了。最后一封信上说：

"如果你不和铁道游击队联系，你的乡长就干不成。"

不久，铁道游击队各分队在沙沟乡铁道两侧活动起来。今天扒铁道，鬼子的火车出了轨；明天沙沟附近的电线杆被破了一里多长；后天更大的事件发生了，沙沟站的两个鬼子特务，突然被打死，尸首丢在乡公所不远的地方……这一系列的"匪情"，激怒了鬼子，常常出发到沙沟乡，但是总是扑空。沙沟站鬼子特务队长黑木，嚎叫着，怎么"匪情"总在沙沟乡出现呢？据他估计和侦察报告，沙沟乡公所一定通飞虎队。不久就把李老七抓去了，鬼子给他一顿苦刑拷打，灌了一阵辣椒水才放出来。可是“匪情”还是不断发生。没几天，李老七又被黑木抓去。到第三次被捕放出后，李老七被鬼子折磨得已经不像人样了。黑木对他说：

“下次再在你乡发生情况，就枪毙了你！”

李老七过去死心塌地当汉奸，现在，已完全失掉鬼子的信任。再这样下去，不但乡长干不成，脑袋也要搬家了。他托了好多人，秘密地到铁道游击队找李正替他说情。一天夜里，李正把他找来，一见面李正就严肃地对他说：

“怎么样？你也尝到鬼子对待中国人的滋味了！”李正细长的眼睛严肃地正视着李老七，提高了嗓音，用激愤的语调说下去：

“本来，我们要把你作为汉奸杀掉的；哪怕你在鬼子据点里藏得再严密，我们也能把你掏出来打死。临城站的冈村特务队长比你厉害得多，可是也没逃出我们的手掌。我们所以对你这样客气，主要是想拯救你！”

李老七哭丧着脸说：“我过去是瞎了眼了呀！你们要我好，我不识抬举①。留下我这条命吧，我现在从迷糊里醒过来了。你们以后叫我怎样，我就怎样啊！”

“好！”李正说，“我们记下你这笔账，过去的事情暂且不提，就看以后的行动吧。如果我们再发现你破坏抗日，我们就对你不客气。”

“我一定要改过啊！我还能往死路上走么？我再不敢了呀！”

“那么，你回去还是当你的伪乡长！可是要按时给我们送情报，鬼子出发要报告，特务到你乡活动也要报告，我们的队员到你处去，要妥为保护。这些如果都能做到，以后我们就暂不在你乡战斗，有战斗任务，到别处打。可是如果我们发现你破坏了我们的工作，我们不但在你乡展开激烈的战斗，而且首先要打碎你的脑袋。听清楚了么？”

“听清楚了！一切都能办到。”

经过这样一搞，铁道游击队两三个月来，不断从伪沙沟乡公所得到鬼子的情报，队员们不但可以在沙沟乡活动，而且还能直接到乡公所去找李老七。同时在这一个时期，沙沟乡也确实没有发生什么情况，到处都很平静。黑木对李老七的态度也变了，拍着他的肩膀说：

“你的乡长大大的好！”

就这样，鬼子称沙沟为模范乡。现在李正带着一个分队，为了解决山里部队的寒衣②问题，就插进了这沙沟乡，并秘密地派林忠到站上进行侦察。因为经过几次战斗，临城站的松尾已很警觉，不好下手。这边还是个空隙，李正就秘密地潜伏到沙沟站附近了。

林忠化装到乡公所了解站上工人的情况，有几个工人他过去是熟识的，他找到他们，经过几天的侦察，了解到列车上也常挂有布车，不过都挂在票车上。由于枣庄打票车，鬼子在票车上的警戒是加严了，每个车门都有岗，端着枪监视着旅客。用临城搞药车的方式也不行了。因为临城出事以后，一般货车都不往站上甩，就是甩下了，也都换上鬼子警戒。同时，沙沟站四下的戒备也很严，不容易搞。从半道扒车吧，一扒上去，准和

① 不接受或不珍视别人对自己的好意（用于指责人）。

② 御寒的衣服，如棉衣、棉裤等。

鬼子展开战斗，一旦战斗起来，布匹就不好搞。还有个最大的困难是不能事先侦察出什么时候挂布车，要弄清这个情况，只有找站长。

沙沟站正站长是鬼子，另有一个副站长是中国人，姓张，名兰，在铁路工作多年。林忠和他自小就认识，他就溜到张站长家里了。

张兰是个矮小瘦弱的人，枯黄的脸，像有痨病①一样咳嗽着。这使林忠有点奇怪，在他的记忆中，张站长过去是个很活泼的人。他娶了个漂亮的妻子，过着中等职员的还算舒服的生活。平日在站上做事，嘴里衔着烟卷，还会哼两句京戏。可是现在一见面，对方竟瘦成这个样子，简直有些不认识了。

林忠坐在张站长的家里，望着对方枯瘦的脸颊，破旧的制服，已挡不住寒冷的侵袭，使张站长总像夹着肩膀。张太太的脸过去是圆圆的，现在也成了尖下颏了。她的眼睛红肿着，显然是夜里曾痛哭过。小孩子四五岁了，也皱着眉头，活像个小老头。林忠感到这家庭里是那么冰冷，没有一丝温暖的气息。想不到几年不见面，张站长竟这么寒碜了。

"走，还是到外边去走走吧！家里真闷人。"

他们到了一个小酒馆里，林忠叫了几个菜，两人就喝起来。张站长望着街上来往的伪军和鬼子，担心地问林忠："你有良民证么？现在什么地方做事？"

林忠说："有！我现在兖州和朋友开炭厂，铁路上的事我早不干了！你现在怎么样？过得很好吧？"

张兰闷闷地喝了一杯，叹口气说："别提了！总算还活着，不过活得没大意思罢了。"接着他的哀叹声就被干涩的咳嗽声淹没了。

林忠知道他过去是个很乐观的人，现在竟这样厌世，一定有沉重的苦痛压在心头，他便问：

"怎么样，生活过得不太好么？"

"不！生活苦些算不得什么。可是，"说到这里，张站长的眼睛红了，他颤抖着嘴唇，激动得端在手里的酒杯里的酒都洒了，说，"这气可受不了啊！"

"是的！在鬼子底下做事，还有不受气的么？"林忠像颇为谅解似的说，"可是，你为什么不干点别的，还在这里受这个熊气干啥！"

"我能干什么呢？你知道我自小在铁路上，不干铁路干啥？现在你不干也不行呀！请长假鬼子是不准的。话又说回来，不干了，家里几口人又吃什么呢？唉！为了几口人吃饭，我在这里忍气吞声地干，要是没有家我早也远走高飞了。唉！家！家！"

张站长说到家，像什么东西刺了他的心似的，他两手抱着头，像犯了热病。林忠看到这个鬼子铁路上的职员，显得那么脆弱和可怜；他过去曾经靠着每月几十元的薪俸，过着较优裕的生活，养成细皮嫩肉，穿着呢质制服，是安于个人生活的乐天派。正由于他疏忽了甚至不敢正视生活斗争，所以一旦大的事变到来，他在暴风雨里，就经不起风吹雨打，一站不住脚，就跌倒泥坑里，爬不起来，过去的神气现在完全变成了愁眉苦脸的可怜相。林忠看到张兰这副神情，心想，一个神气活现的人，现在竟被折磨成这个样

① 中医指结核病。

子！他这次访问，本来是带着任务的，想从这张站长身上得到些帮助的，想不到在未得到对方的帮助以前，需要好好先来安慰他一番了。

“我看你心里很痛苦，怎么回事呀！咱们是老朋友了，有啥困难告诉兄弟一声，我一定帮助。钱上有难处？”

林忠看到张站长薄薄的破旧制服，就去掏腰包，把一沓票子放在桌上。张站长抬起了头，眼里充满着感激的神情，却说：

“钱上是有困难，可是这却不是主要的。我的痛苦在心里……”说到这里，张站长的眼圈红了。

“怎么？有人欺侮咱弟兄们么！是谁？告诉我，咱就跟他干。我虽不在沙沟，可是这里也有些朋友能够帮忙！”

林忠的语气里充满着正直和义气。他用激动的眼睛望着张站长，可是张兰却摇了摇头，低低地说：

“谢谢你的好意！可是我的苦处还让它闷在肚里受吧，这个忙没人能帮的。唉……还是不提这个吧！我要上班了，你要马上回兖州么？”

林忠说：“不！我还要在这里待两天，因为有点事还没办好，说不定我还得麻烦你，到站上运货。”

“好！这忙我是能帮的。”

林忠付了酒账，最后把那沓票子塞在张站长的手里：“留着你零花吧！老朋友了，不客气！”

张站长把票子留下，紧紧地握着林忠的手说：“我今天碰到你真高兴，这是我到沙沟站以来，第一次这么高兴。虽然，我还有好多话没给你谈，你不是一两天不走么？改日再谈！”说到这，他又一阵伤心，眼圈红了，摇摇头说：“唉，有啥说呢？叫我怎么说呢？”就在暮色中叹着气走了。林忠看着他那瘦瘦的身影在车站的灯光下摆动。

林忠和张兰自小就认识，因为他俩的父亲都是铁路工人，曾经有几年在一起做工，是朋友，所以两家的孩子常在一起。以后分开了，林忠就在铁路上干活。张兰因为上了几年学，托人介绍到车站上给站长当学徒，一边学习站上的事务，一边给站长做助手帮忙。由于业务熟悉，遇机会站长向上边说几句好话，就到站上当了个小职员。他就这样由司事慢慢地熬到副站长，而林忠却当了工人。虽然职员和工人之间差距很悬殊，可是由于自小在一起，所以两人见面，还像一般的朋友一样，兄弟相称。

鬼子沿着铁道线来了以后，张兰暂时躲在车站附近。以后鬼子勒令过去的铁路员工复工，他被鬼子用刺刀赶到车站。从此以后，他就被迫着为鬼子做事。他以往的安逸生活从此结束了。每天在鬼子正站长的斥责之下工作，四下是惊恐和扰乱，他经常怀着紧张的心情上班下班。鬼子的残暴终于波及他的身上。一天晚上，他回家取大衣，听到屋里自己的女人在嘶哑地哭叫。在哭叫声里，夹着鬼子的狂笑声。屋里闹得桌倒凳翻，显然自己的女人在和鬼子挣扎。孩子哭得不像人声。他的心紧跳着，血往头上直冲，他握着拳头推门进去，看见一个喝醉酒的鬼子正抱着自己的女人，女人在拼命地挣脱着。鬼子听到门响，一回头，张兰看到这鬼子正是正站长。他猛扑上去，抓住正站长的肩膀，正站长这时才对他的女人松了手，可是转过身来拍拍两个耳光打在他的脸上，鬼子还要去掏枪，被女人一把拦住。这时，鬼子摸了一下女人的脸蛋，一阵狂笑，摇摆着出去了。

从这以后，这家庭就失去了欢乐。鬼子正站长经常到他家里坐，他又不敢驱逐，只有忍气吞声。在气不过的时候，他就偷偷地打自己的女人。可是能怪女人么？女人哭叫着，要去寻死又舍不得孩子，大人孩子哭成一团。他几次拿起菜刀要向鬼子劈去，可是都没有下手，他知道这样下手，一家就都完了。带着家眷[①]逃出这火坑吧，可是往哪里走呢？就这样他气得得了一场重病，还得带病上站值班。从此，他便偷偷地吐血，身体更瘦弱了。

像这样沉重的隐痛，他怎能向林忠说呢！他只有积压在心底。虽然他隐藏了这些难言的苦衷，可是没有不透风的墙，这事情风快地都传到站上人们的耳朵里了。

当第二天晚上，林忠见到张兰时，他的脸色也变了。他从工人那里知道张兰的隐痛。一见面，林忠就严正地对他说：

“你是个人，就应该像人样的去干！”

这声调里有着说不尽的关怀、埋怨、鼓舞和愤怒。林忠的眼睛正视着他童年的朋友，张兰没敢看林忠的眼睛，只哭丧着脸低低地说：

“我这个样子已经成了个快入土[②]的人了！还能干个什么啊！”

林忠愤愤地说：“入土？忍气吞声地入土，对一个满怀仇恨的人来说，是天大的耻辱和罪恶，要消去仇恨只有斗争。我们不但不入土，而且要看着鬼子葬身在中国的土地上。”说到这里，林忠就关切地问：“说实话，你愿意摆脱这苦痛么？”

“我是个人，怎么不愿摆脱呢？可是又怎么能跳出这火坑啊！你看我这个病样子。”

林忠说：“是的，你病得很严重，可是有办法。走！我给你介绍一个医生，他会治你的病，并且可以消你的灾难。”

张兰不由自主地随着林忠出了沙沟站，在夜色里向附近的一个小庄走去。

“到哪里去啊？”张兰担心地问，“别碰到飞虎队！”

林忠听到飞虎队这句话，突然站住了脚，笑着对张兰说：“怎么你也怕起飞虎队了？”

“听说他们很厉害呢！”

“厉害？他们打鬼子是厉害。你觉得不该打鬼子么？”

“不！我是怕他们逮住伪人员，当汉奸办。其实我何尝不恨鬼子呢！”

“正因为飞虎队恨鬼子，所以才打鬼子。有血性的中国人都应该恨鬼子、打鬼子。我们的敌人就是鬼子。鬼子的敌人，就是我们的朋友。你既然痛恨鬼子，那么，还怕飞虎队干什么呢？鬼子所怕的，你应该喜欢才对。我觉得，你碰到飞虎队，不是灾害，倒是你的幸运。”

张兰跟着林忠在黑夜的小路上走着，他问林忠说：“听说飞虎队大多是枣庄人，你家在枣庄，又常在枣庄站做事，你认识他们么？”

“认得几个！”

听说林忠认识飞虎队，张兰感到一种说不出的惊讶。像胆小的儿童，怕鬼又爱听别

① 指妻子儿女等（有时专指妻子）。

② 埋到坟墓里。

人讲鬼的故事一样，感到害怕，同时又愿意听下去。他突然站住了脚步，在夜影里，望着林忠的眼睛，林忠在笑着，眼睛却是发亮的。张兰就胆怯而又神秘地问：

“啊呀，那都是些什么样的人哪！他们的领头人，刘洪和李正，你都见过么？”

“见过两面，你怎么知道他们的名字呢？”

“怎么知道？”张兰瞪大眼睛说，“飞虎队的事都传遍了铁道线上呀！他们在枣庄打票车、搞洋行，到临城又打冈村、捉松尾，临枣支线撞车头、津浦干线翻兵车，在这一带闹得天翻地覆，谁不晓得呢！鬼子经常提到他们的名字，老百姓也在纷纷议论。”

“他们怎么个议论法呢？”

“伪人员一提到飞虎队，都打哆嗦呀！他们吵架赌咒[①]都提到飞虎队，连咒骂对方也常说：叫你一出门就碰到飞虎队！”

听到这里，林忠忍不住哈哈笑起来，他又接着问：“他们对刘洪和李正怎么样说法呢？”

“说法可多了，有的说刘洪两只眼睛比电灯还亮，人一看到它就打哆嗦。他一咬牙，二里路外就能听到。火车跑得再快，他咳嗽一声，就像燕子一样飞上车去。他的枪法百发百中，要打你的左眼，子弹不会落到右眼。说到李正么？听人说他是个白面书生，很有学问，能写会算，他一开会啥事都在他的手掌里了。他会使隐身法，迷住鬼子，使鬼子四下找不到他的队员。他手下还有王、彭、林、鲁四员虎将……听说那个姓林的也是枣庄人，这你大概会知道的！”

林忠笑着说：“那是我一个本家兄弟！”

林忠听着张兰谈论敌伪和人民对铁道游击队的传说，知道他们过去的斗争已经震动了敌伪，给敌区被蹂躏（lìn）[②] 的人民以极深刻的印象。他们的名字已经被人们偷偷地传诵，他们的事迹被人们夸张地描绘着。他们的面影和杀敌故事，都被人们渲染上一层神奇的色彩。现在这些从这个受尽苦难的站长口中传出，更富有意味。虽然这个蒙受着苦痛的传颂者，由于敌伪的欺骗宣传，对铁道游击队还没有正确的认识，并怀着惧怕的心理，但是从他的语气里却隐隐地听出，他对这神奇的故事的创造者是怀着敬仰的情感的。

他们进了小庄，林忠向一家门口走去，门边有个黑色的人影，林忠咳嗽了两声，走上去问：

“李先生在家么？”

“在！”

他和张兰就进去了。他们往有油灯光的堂屋走去，灯光下坐着一个将近三十岁的人，披着一件带皮领的狐皮大衣。他身后站着一个青年人，另外一个青年人正在屋当门架劈柴，看样子是准备要烤火。由于弯腰，他身上有件东西突出来。

张兰随着林忠进门，看看屋的四周，并没有药橱，这披狐皮大衣的人也不像医生的样子，他就回首望下林忠，林忠并没理会他。就在这时，披皮大衣的人向林忠打招呼了：

① 对某事做出承诺，并发誓如果不能做到甘愿遭受报应。

② 践踏，比喻用暴力欺压、侮辱、侵害。

"回来了么?"

"回来了!"

披皮大衣的人把眼睛移过来看着张兰，张兰这时才看到对方一双细长的有神的眼睛。这眼睛里有着一种严肃的神情，满脸含笑地向张兰点点头，对林忠说：

"这就是张站长么?"

张兰正在狐疑着，他怎么知道自己的名字和身份呢？就在这时，林忠答话了。

"是呀!"林忠笑着说。他又对张兰说："我现在该给你介绍一下了!"就指着披皮大衣的人说："这就是飞虎队的政委李正同志!"

本来这瘦弱的张站长平静地望着李正的脸，一听到林忠的介绍，他的头轰地一下，打了个寒噤（jìn）①。他的眼睛还是盯在李正的脸上，可是突然瞪大了，那里边发射着恐怖的光，他木鸡样怔在那里。他完全没有想到，在来看病的路上谈的神奇的人物，现在就在他的面前。过去一连串轰动整个铁路的事件，都是他们搞的。他们杀鬼子、翻火车，打得敌伪胆寒，而现在面对面的这个细长眼睛披皮大衣的人物，就正是人们传诵着的飞虎队的领导人李正。他们要把自己怎么样呢？他环视着四周，旁边站着两个年轻人，还有他身后的林忠，显然都是飞虎队了。当他意识到他们是飞虎队以后，他们在他眼里仿佛都虎视眈眈的了。他现在才看到他们腋下都夹着张着机头的短枪，他整个呆在那里了。

当林忠拍了一下他的肩膀，才使他醒悟过来，看出周围人的脸上都含着微笑，才听出李正已经是第三次向他说着"请坐"，很礼貌而又客气地向他打着招呼。

"请坐呀!"

张兰被林忠扶在一个板凳上坐下。李正望了一下张兰的脸色，很温和地说：

"不要怕！我们不会怎么你的。我们打鬼子，只杀那些死心塌地的汉奸特务，对你这样为生活所迫，而且也遭受着鬼子践踏的一般伪职人员，我们不但不杀害，而且会挽救你走上正路，跳出火坑。你的处境，我们完全了解，对你的痛苦我们寄予同情，你是林忠同志儿时的好友，也将是我们的朋友!"

小山煮开了一壶热茶，端着茶杯，给李正一碗，也同样给张兰一碗，显然把张兰作为客人对待。张兰紧张的心情慢慢缓和下来了。

李正把张兰拉到里间，做了一次长时间的谈话。为了不打扰政委和张兰的密谈，林忠和两个队员在外间喝茶。

林忠在外间也能模糊地听到里间的谈话声。在谈话声里，有时听到低低的抽泣声，显然是政委的话刺到张兰的痛处。李正的谈话又继续下去，抽泣声停下了。不一会儿又听到张兰在擤（xǐng）② 鼻涕，大概这是感动得流泪了。最后政委把张兰送出来，他的眼睛还湿着。政委还不住和张兰谈着，这后一段话完全听清楚了：

"直起腰杆来呀！以后到那边去，一切问题都会解决，那是你所想不到的好地方，当然家属生活也会得到照顾的。下决心跳出这个火坑吧！至于刚才我托付你的事情，我完全相信你，你是会帮我们的忙的。事情成功了，我们当然要重重感谢你的!"

① 寒战。
② 按住鼻孔用力出气，使鼻涕排出。

林忠听出政委所说的“好地方”是指抗日根据地，一条光明大道已经指明了。他上前握了张兰的手，从这握手中间，林忠感到张兰身上有新的力量在生长了。

张兰临走时，李正把他送到门口，看看外边北风刮得紧，天已在飞着雪花，他见瘦小的张兰在寒风里缩着脖颈，便把披在身上的狐皮大衣脱下来，这是搞火车弄下来的胜利品，递给张站长说：

“给你，穿着走吧！”

“这怎么行呢！”张兰犹豫地说，他被这豪爽的举动感动得眼里又涌出泪水。

“我穿不惯这个，你穿着倒合适，送给你吧！现在已成自己人了，用不着客气。”

张兰不好意思接受，李正就笑着替他披到身上去。林忠看着张兰穿着皮大衣走远了，他觉得这个瘦弱的人脚步比来时轻快得多了。

后来，张兰又秘密地和李正会了一次面。这天，小山奉了政委的命令，带着紧急任务到苗庄去找老洪去了。也就在这天黄昏，林忠上了站。

他一进站台边，就被巡逻的鬼子抓住，三个鬼子的刺刀对着他的胸脯，一个中国翻译问：

“你是干什么的？”

鬼子一把抓住林忠的领子，看样子马上要逮捕他了。林忠腰里有枪，可是这不是动手的时候。他忙回答：

“我是做买卖的，上站要车皮装货。张站长是我的朋友！”

这时张站长正好从票房里出来，一看鬼子围住了林忠，马上走上去，对鬼子说了几句日本话，就和翻译官说：

“这是我的朋友，到站上起货票运货的。”

鬼子才把林忠放了，张站长领着他到票房里去了。

夜半十二点南行票车到站，站台上上车和下车的旅客都很少，只有鬼子的岗哨直挺挺地立在昏黄的灯光下，灯光昏暗得像一个红点，红点四周有着不大的黄色的光圈，显然是夜半的湖边起雾了。

张站长提着红绿灯，夹着公文袋，在刚停下的列车旁，沿着月台边走着，他要到守车上和车上人员办理事务。他看到，票车车厢的每个进出口，都有端着枪的鬼子守卫着。因为临城至沙沟这短距离的一站，火车上常出事，飞虎队常在这一带活动，所以车上的鬼子特别加强了戒备。就是车上的伪人员和旅客，走到这里也都提心吊胆。

他在守车上办完事务，下车后，就向南端走去，一边把红灯扭成绿灯。站台上打旗工人看到站长发出开车信号，也向机车上发出绿灯，接着火车便“呜——”地长鸣一声，徐徐地开动了。

当南开的列车的车厢大部分开过月台，站台的岗哨和站务人员都松了一口气，他们不愿再忍受这夜半的风寒，纷纷回票房里休息去了。车上的警戒也认为沙沟的危险地区已过，都缩到车内了。就在这列车的最后两节铁闷子车刚要离开月台的时候，只见月台南端的两个黑影往铁闷子车边一闪，就随着开出站的火车隆隆声不见了。

火车出了站南的扬旗，轰轰隆隆地以正常的速度行进，它像条火龙，带着巨大的声浪，迎着这充满雾气的黑夜沿着湖边的铁道向南急驶。

在尾部两节货车和客车的衔接处，有两个黑影在蠕动。林忠提着短枪，张站长提着红绿灯，他们扶着颤动的车厢的角棱，站在钩头上。四下是旋转着的黑夜，疾风从两边扑着他们的脸，脚下传出车轮和铁轨磨擦的刺耳的轧轧声。一不小心，他们就会掉在铁轨上，轧成肉酱。可是他们都是摸透了火车脾气的人，他们在钩头上边，随着车身的颠动，身子忽上忽下，像两块机件贴在车上一样牢稳。

林忠望着对面的客车，那是个头等卧车，为了怕寒风吹进车厢，正对着这边的车的出口，已被带褶（zhě）[①] 的厚帆布掩上。他知道这帆布门后边，就是车厢的正门，在这两门之间，是通往车两边供旅客上下的走道。这走道上有鬼子的卫兵，隔着毛玻璃可以看到里边的人影走动。他握紧手中的枪，正对着这帆布门，只要那帆布门一开动，他就扳动枪的扳机，子弹就会扫过去。可是他又是怎样不愿听到自己的枪响呀！这并不是他惧怕鬼子，枪一响，这迎面的鬼子准会被打倒，可是任务就随着这枪响而完不成了。他身后有两节布车，这些布就是山里上万部队的棉衣。为了想在这无声的战斗中完成任务，他望着客车后门，紧张的心在激剧地跳动。

火车隆隆地向前跑着，随着车身的颤动，林忠的心也不住地抖动。三五分钟过去了，他估摸着时间，火车将要驶到黄庄附近的弯道了，该动手了。他就轻轻拍了一下张兰的肩膀，张兰就顺着钩身向客车爬过去，扶着铁栏杆，把红绿灯扭成红光，挂在客车右角上。车角的红灯是列车尾部的号志[②]，这号志说明这列车的车厢到这里就是最后一节车了，后边这两节车，现在已不属于这列车，而要和这整列车分开了。挂上这个号志，可以使下边车站看到，不会疑心是丢了车厢。

张站长又把空气管的开关器关好，就爬了过来，林忠和他都把身子移过来，紧靠住铁闷子布车车身。林忠就弯下腰去摘钩了，他过去是最熟练的挂钩工人。他一搬弄，连接两个钩身的钩心就跳出来了，随着钩心的跳出，本来紧紧咬在一起的客车和布车的钩头，忽地张开了，整个列车离开了布车，轰轰地远走了。

这两节车虽然失去了整个列车的牵引，但是它刚才被拖的冲力，还使它缓缓地向前滑行。这时只是两节布车呼呼地向弯道滑行，却听不到整个列车刺耳的轧轧声了。林忠向前望着弯道边已有黑黑的人影，又听到车下啪嗒啪达的声响，原来是拦车用的石块放到铁轨上，被车轮轧碎的声音。他和张兰扳了布车上的手闸，车停下了，两人从两边跳下来。

一跳下来，他才看到路基上已站满了预先埋伏好的队员。路基下边的田野传来一阵嗡嗡声，这是动员来运布的老百姓，他们都扛着扁担，拿着绳索，蜂拥着向停下的车边靠拢。

老洪、李正和王强过来，林忠上前握了手说："完成任务了!."

老洪说："好！"两只发亮的眼睛就望着林忠身边的张站长。李正过来拉着张兰的手说：

① （衣服、布匹、纸张等上面）经折叠而留下的痕迹。
② 铁路通信上用的手提信号灯。

“你辛苦了！来，我给你介绍一下，这就是飞虎队长刘洪同志！”接着又对老洪说：“这是帮助我们搞布的张站长！”

老洪忙过来，简洁地说：“谢谢你！”

和张站长握了手，这手握得是那么有力，使张兰瘦瘦的手感到有点痛。张兰在这握手的一瞬间，神秘地望着这个被传颂成传奇式的英雄人物。他看到老洪的眼，虽然不如传说中所讲的像电光，可是是那么亮而有神，使人望到确会胆怯，不过当自己和他站在一起的时候，好像身上也增强了力量。“我得回去了，不然，鬼子会怀疑的。”

“好，那改日再谢你吧！”

张站长走了以后，老洪用手往车上一指，队员们都像一群小老虎一样扒上车，砸开了铁门，用手电一照，满车都是白布捆。只有后一节车厢里有半车鬼子的黄呢子军服和大衣，还有一些冬季军用品。布捆和军用品都纷纷地推下来了。

申茂等人带两挺机枪到南北两端掩护。李正和王强组织群众运布，这些老百姓都是从他们活动最有基础的村庄动员来的，这些农民们在春荒时候，搞粮车运过粮，得了救济。现在听说铁道游击队又搞布了，就都争着前来。芳林嫂领着苗庄一班子妇女也赶来了。

王强过去在枣庄当过脚行头，他是善于组织人力的。在临来时，他就编好了队，每队由两个队员带着。每节车有两个门，都打开往下推布，他就组织每班分两队向路基上搬运，没有轮到的在下边等着。搬运开始了，王强站在高处，在夜色里眨着小眼对大家说：

“乡亲们，要尽力多运呀，这布都是咱们自己的，运不完丢下来很可惜呀！运布的脚费是每匹布给一丈，两个抬一捆给一匹，运多就多给，加油运呀！运到湖边，装船时给签。将来凭竹签取布。”

虽然李正宣布要静一些，可是车身周围，搬运的人群还是嗡嗡地吵成一片。扁担互相碰撞，有的绳索搅在一起了，拥在后边的争着要布：

“我背一小捆！”

“俺俩抬一捆！”

“我挑这半捆吧！”

“我年纪大了，给我五匹扛着！”

彭亮和小坡用钳子拧开布捆上的铁箍（gū）①，把整捆化为零匹，分给人群，一队分完了，就由队员领着走下路基，向湖边走去。又上来一批，扛呀！抬呀！挑呀！车周围热闹得像集场一样。路两旁的麦田，都被踏成平地。

李正带着几个队员，随着第一批运布的人群向湖边走去，夜很黑，又加上有雾，周围是茫茫的一片，几步外就看不到人影。他叫运布的人一个接一个不要失掉联系。他把人带到湖边，又沿湖边向南走出半里路停下。这里岸边靠着一片船只，队员们搭上跳板，布匹都送上船去，这批人刚下船，第二批运布人又上来了。装满布的船只，划到湖里边

① 紧紧套在东西外面的圈儿。

去；空船又靠到岸边，再装上布匹。

把布送上船的人领到记有布匹数目的竹签，就又跑着回去了，想在天亮前，能争取再运一趟。这停船的岸边和停车的铁道之间，人群来往冲撞着，布匹源源不断地随着黑色的人流向湖边运去。

张站长回到沙沟站，已是下一点多了。他没上站就偷偷地溜到家里去睡觉了。因为接过票车后，就是他下班的时间，下半夜该鬼子正站长在站上值班了。

他到家后，紧张的心才放下来，他没有点灯，摸着黑和老婆低低地商量，为了免出意外，需早做准备。他对她说，孩子和她可先走，对外就说走亲戚。第一步先到苗庄，去找芳林嫂，由芳林嫂带到湖里去。他暂留在站上看风声行事。

商量好，正要睡觉，突然听到外边有急促的叫门声，张站长披着皮大衣起来，一开门见是车站的公役①，公役说：

"太君叫你马上到站上去。"

张站长看看表已三点，就整理好衣服，提着红绿灯到站上去。在票房里，他看到鬼子正站长正在和特务队长黑木谈话。一看到他进来，脸气得像猪肺似的，瞪着眼说：

"韩庄南边站上打来电话，说丢了两节车，挨站查下来，说是我们站上丢了。你是值班站长，应该负责！"

张站长说："我值班时，检查车辆都很齐全，票车上并没有少车辆，它完整地从我们站开出，当然不能由我站负责。"他说话的声调很平静。

鬼子正站长也知道列车完整地出了站，路上的事是不能由值班站长负责的，不过事故要是发生在车站附近，还是要他们来负责的。他一边和黑木商量着派人沿路侦察，一边顿着脚喊着"糟！糟"，虽然他口里不住地喊着"糟"，但还是盼望着糟糕的事故不要在他所辖的这一段发生，特务队派出去，向南搜索了，鬼子站长和黑木，还有张站长，都急切地走上站台。天快亮了，他们焦急地向南望着，那边只是一片黑暗和看不透的雾。四周昏昏沉沉，他们站在灯光下，雾气像蒸笼里的蒸气一样到处弥漫。

突然从南边夜的远处，传来嘟嘟嘟的机关枪声，鬼子站长急得直跺脚，看样子这糟糕的事是发生在他所辖的领域里了。果然，前往搜索的特务队，狼狈地跑回来报告，在黄庄弯道地方发现了敌情，丢下的两节车正在那里，可是数不清的游击队已把铁道封锁住。他们被一阵机枪打回来了，特务队有两个人负伤。

鬼子站长马上跑回票房，满含苦痛地抓住电话机，向上级报告情况，并请求援兵。黑木和驻站的鬼子队长下命令马上出发。可是沙沟是小站，只驻有三十来个鬼子和一个汉奸警备队，站上还得留人驻守。他就一边向枣庄总部和临城拍电报，一边抽了二十多个鬼子和百十个伪军，沿着铁道往南出发。

听着去打飞虎队，伪军和鬼子都有些畏缩，尤其感到力量的单薄。可是发现了情况，按兵不动，上级怪罪下来又吃不消的，他们就往南出发沿路前进了。但是行进的是那么

① 指承担义务劳动的人员。

缓慢，因为每个出发的人都知道飞虎队的厉害，枣庄票车上的“皇军”被打得一个不剩，冈村特务队的被消灭，还有夏镇“中央军”两个营被歼，一连串的惊恐事件，都在他们脑子里乱转。因为“皇军”人数太少，叫伪军走在前面，可是伪军都缩着头，踌(chóu)躇(chú)[1]不前。天已蒙蒙亮了，可是四下雾气腾腾，几步外都看不到人，这更增加了恐怖，生怕飞虎队忽然从雾里蹿出来。“皇军”为了督促伪军前进，同时也为自己壮胆，一出站就打着枪，伪军也在乱放枪。他们一边打着枪，一边缩头缩脑地在雾里摸索前进。

将要到弯道了，天已大亮，可是四下还是白茫茫的大雾，几步外只能看到人的黑影。道边的大树，只能看到一个淡灰色的轮廓。就在这时，对面嘟嘟的机枪响了，子弹在敌伪的头上飞舞。

鬼子和汉奸马上趴到路基两旁，激烈的向南边打着枪。就在这时，透过重雾，远处有黑色的烟柱上升，黑烟里卷着火苗。鬼子急了，这一定是飞虎队把车烧了。要是火车被烧毁，责任就更大了。黑木和警备队长，下决心要把它抢救下来。就叫骂着用枪逼着“皇军”前进，“皇军”又用刺刀逼着前边的伪军，机枪掩护着向火烧的地方冲去。

可是对方的枪声稀疏了，前进中的敌伪军头上已听不到子弹的叫嚣。他们没有遇到任何阻拦，就冲到弯道上的车边。鬼子和伪军团团包围住这两节正燃烧的货车。

黑木上前检查，发现一节车已经空了，另一节车只剩下一小部分布匹和军服，且已将化成灰烬了。车轴被破坏，因为飞虎队是用车辆里的油絮点火的。布匹也只能抢出几捆烧残的布头。看看铁道两侧的麦田，不看则可，一看连黑木也咋舌吃惊了。好几亩的麦田，都被踏成平地，这飞虎队该有多少人马，才能踏成这个样子啊！杂乱的脚迹向西蜿蜒而去。黑木向西望去，迎面只是灰沉沉的厚雾，什么也望不到。本来晴和天，站在这里可以望到湖边的帆船，现在就连一里多路外的一个小山也看不清楚了。

他仔细听着，西边的远处，仿佛有杂乱的脚步声，他估计飞虎队一定此去不远。为顾全面子，他命令队伍马上向西追击。他又想到前边的那座小山很重要，如果让飞虎队占去，战斗就对他们不利。他想马上要抢占小山，在那里等候援军，好把飞虎队挤到湖边消灭，就是飞虎队坐船走了，布匹也运不走，夺下布匹，可以减少罪过。

太阳已经出来了，可是看去却像浑圆的气球，敌伪军在大雾里摸索着向西挺进，听着前边的脚步声，向雾里乱放着枪。到小山边了，鬼子警备队长和黑木命令伪军马上抢占山头，在山顶的关帝庙据守。伪军胆怯地向小山上进发了，几个走到前头的伪军，爬到山顶庙门那里，心一惊眼也花了，缩头缩脑地向庙里一望，模糊地看到几个黑影，就疑心是碰到飞虎队了，打了一阵乱枪就跑下来了，山上的伪军一跑，惊得后边的伪军也都刷地退下来。

鬼子正在山脚下，看到上边的警备队惊慌得直叫，像潮水一样退下来，认为是遭遇到飞虎队，就架起机枪向山上扫射。

鬼子费了很大的气力才把紊乱的伪军重新组织起来。这时铁道上已传来呜呜的机车

[1] 停留；徘徊不前。

叫声，从沉重的轧轧声中，黑木知道是增援的铁甲列车开来了。敌伪的士气才渐渐振作起来，又向着湖边追去。

彭亮、鲁汉扛着两挺机枪，申茂带着两个长枪分队，在最后一批运布的人群后边掩护。他们除了武器，每个人身上还背上半捆布，彭亮和鲁汉背的布捆最大。他们一边走，一边对着尾追的敌人射击。有的队员实在背不动了，就想丢掉，因为这样可以轻快地进行战斗。彭亮说：

"不行！这是政委的命令，谁都不准丢。多背一点山里就多几个同志穿上棉衣，咬着牙也要背到湖边。"

在临撤走时，车上还有一批布匹没运完。李正就号召每个队员都要背半捆布，一边战斗一边运布。

彭亮和鲁汉走在最后，他听到后边雾里传来杂乱的钉子靴声，就把肩上的布捆放到地上，倚着布捆作掩体趴下来，把机枪架在布捆上，嘟嘟地向追击的敌人射击。钉子靴声停下了，他们在敌人的射击声中，又背着布前进。敌人近了，就再趴下来倚着布捆射击。

敌人的铁甲车上的炮轰轰地打过来时，他们已经到达湖边。当彭亮、鲁汉最后跳上船的时候，老洪和李正指挥着许多只满载布匹的渔船，向湖里划去。

当黑木和增援的鬼子汇合，拥到湖边，湖边潮湿的地面只有凌乱的脚迹。人们望着湖里，湖面浮着望不透的白茫茫的雾气，气得鬼子向湖里打了一阵乱枪。

搞布以后很长时间，湖边一带村庄里的老百姓，都在传着一种神话：

"铁道游击队的福分真大啊，搞布那天正好起雾！要不是雾，鬼子在后追着，平地上打机枪，运布的人不知要伤多少呢！"

"不！他们有能人，算好这一天有大雾啊！'三国'上诸葛亮草船借箭，不就是事先算好了么！"

"听汉奸说，关老爷也下山帮铁道游击队打鬼子，泥马都跑得出汗了呀！"

其实，这是浓雾在泥马身上凝聚的水珠流下来了。

拓展阅读

草船借箭：出自我国古典名著《三国演义》的著名故事。曹操率八十万大军南下，意图消灭刘备和孙权。刘备派诸葛亮联络东吴，孙刘组成联军，共同抗曹。联军统帅周瑜忌妒诸葛亮的才能，让诸葛亮三日之内造出十万支箭，并立了军令状，否则就要受军法处置。诸葛亮让人准备二十艘船，船上扎满草把，在一个大雾弥漫的凌晨带着几百名士兵驾船来到曹军水寨之下，让人擂鼓呐喊。多疑的曹操下令放箭，二十艘船上插满了箭，数量远超十万支。

第二十三章

拆炮楼

沙沟鬼子丢了两车布匹，惹起了上级鬼子的愤怒，责令临城、沙沟的鬼子一定要把布匹追回。就这样，临城、沙沟的鬼子，加上枣庄、峄县据点的支援，向湖边进行搜布的扫荡了。

各路鬼子到湖边的村庄，就找伪保长，四下抓老百姓，把他们吊起来，追问飞虎队把布埋在什么地方，到处是一片拷问的哭叫声，可是还是摸不着布的下落。扫荡的鬼子不甘心，竟驻在湖边较大的村庄上，利用地主的炮楼，修起临时据点，不分昼夜地四下搜索。

可是铁道游击队的布，并没有埋藏在湖边的村庄里。李正事先已估计到敌人会来搜索，他和老洪商量着，不但没有把布藏在湖边，甚至也没有在微山岛着陆。他知道这三十多船布，就是山里上万部队的棉衣，布已到手，要是丢失了，再搞就不容易了，部队就没法过冬了。所以他和老洪秘密地叫长枪队警戒着，押着布船，划向微山岛西南湖的深远处去了。那里是方圆数百里的水面，临城、沙沟敌人没有水上设备，是不容易到那里去的。就是搞来汽艇也很难找到。因为这布船，不固定在一个地方，今晚在这里水面过夜，天亮又划向另一个地方了，有时候他们还分散着。

就在敌人扫荡湖边搜索布的时候，冯老头飘着雪白的胡子，拄着枣木棍，迈着矫健的脚步到山里去报信了。到司令部，一见张司令，像家乡发生了大喜事一样，笑着说：

“好了！搞到了！”

“什么？”

“布！一搞就是两火车，快去驮吧！”

张司令一听说铁道游击队搞到布匹，马上去找王政委报告好消息，这些时一直在担心的部队的棉衣问题解决了。他命令参谋处把司令部所有能够集中的牲口，都集中起来，又向团里调来一批，派了两个连，带了七十匹骡马，连夜赶到微山湖边去。

山里派来的人马，乘着黑夜，秘密地越过铁道，穿过湖边，载布船靠近岸，卸下布打上驮子，可是七十匹牲口只驮了一小半。李正站在船头，对山里来的带队人说：

“连队的战士也每人背一点吧！山里等着棉衣穿，早运走一些，就早有一批战士穿上棉衣，在这里还是不保险的！”

两个连的战士又背了一批，只运了一半。老洪望着已经离去的人马，向带队人喊着：

“还得来一趟呀！”

敌人搜布的扫荡还在进行，为了免受损失，第二天晚上李正从地方上动员一批老百姓，由长枪队护送着，送往山里。第三夜，司令部就派了一个营来背，才把布最后运回山里了。

这次搞布车是胜利的，整个解决了山里部队的棉衣问题。司令部来信，奖励铁道游击队，山里部队的指战员也都写信给他们，表示感谢和祝贺。老洪和他的队员们，像孩子给自己家里做了一件好事，受到家人的夸奖那样，感到兴奋和喜悦。通过这次搞布，他们发动组织了群众，在搞布和战斗的过程中，使湖边人民认识到自己队伍的力量。这一批布里边有一小部分带色的花布，铁道游击队都分给运布的群众。每个男人都能分到两三丈蓝布，女人们都能分到足够做两身衣服的花布。当他们接到这些报酬时，都以极欢乐的感激的心情望着铁道游击队员。

芳林嫂也分到两丈花布，她很高兴地找到老洪，坐在他的身边，用手抚摸着布上的花朵，不时抬起喜盈盈[①]的眼睛，望着老洪坚毅的面孔，她是想和老洪商量，怎样来使用这些花布。

“给凤儿裁一身衣服吧！”老洪说。

芳林嫂本来想给自己做一身衣服，可是老洪先说给凤儿做了。老洪的打算，温暖了她做母亲的心，老洪比她先想到自己的孩子，这点特别使芳林嫂感动。她计算了凤儿一身衣服的尺寸，觉着用不了这些布，就说：

“剩下的布我还可以做一个褂子！行么？”

想到自己要穿花褂子，芳林嫂望着老洪的眼睛，就马上不好意思地低下头来了。不知怎的，自从认识老洪，她也很想打扮一下自己了。

“可以么！”老洪笑着点头说，“不过再做一条裤子就不够了。”

芳林嫂看出，老洪在为自己着想了。她看老洪一转身到里屋里，不一会儿拿一叠蓝布，放在她的膝头上。

“这是队上发给我的三丈布，每个队员都经上级批准奖励一套新棉衣。我穿着这身旧的就能过冬，你拿去剪条裤子，剩下的给凤儿姥姥做身衣服吧！”

“这哪行呢！……”

芳林嫂的眼睛里充满着感情，望着老洪，很久没有离开他的脸。他不但想到凤儿，想到自己，甚至连凤儿姥姥也想到了。他是个打仗勇敢的人，可是处理家事上，竟也这样周到。自家的一切，他都想到了。自己也应该为他着想啊。想到这里，芳林嫂就说：

“我还是给你做件棉袍穿吧！”

“不！”老洪指着身上那件深灰棉袍说，“这不还好好的么！可以过冬的，打仗用不着穿好的。我这样安排，你就这样做就是了。”

“这怎么……”

“怎么？你还要来一套客气话！”

“谁给你说客气话呀！难道我还不知道你的脾气么！”

① 状态词。形容脸上带笑、充满喜悦的样子。

说着芳林嫂给他放下一双已缝好的袜子，就笑着走了。

他们把带色的布匹，除了分给运布的群众，还存了半船黑布。这是司令部指示他们留下，要分给活动在附近的几支小游击队的。司令部已经指定那些游击队，到微山湖来领布做棉衣。同时命令他们，配合铁道游击队，打掉逼近湖边搜索的敌伪据点，暂时坚守这一带地区。

整批白布已经运走了，只留这半船黑布，就用不着再划向湖的远处去隐蔽，只悄悄地划到湖边，由一个分队警戒着。其他的部队都到岸边活动了。三支小游击队过来，领了布，和长枪队一道，打退了进逼湖边的据点，他们就撤进湖里，准备在这里过年。

可是，就在这半船黑布上，出了一件事情：一个队员偷了布，携枪逃亡。李正听说有个队员携枪逃跑，认为这是件大事，马上找到林忠、鲁汉来谈话，因为这事情就发生在他们那个分队。

林忠这个沉默的分队长，看到政委，眼睛露出难过的神情，他在这次搞洋布的工作上，深入沙沟，立了一功，可是，在自己分队上，竟发生了逃亡，给这次胜利造成不应有的损失。他详细地对政委汇报了情况，并恳切地检讨：

“我太疏忽了，逃跑的叫黄二，只怪我对他的认识不够，平时又缺乏掌握和教育。……”

鲁汉却在旁边怒吼道：“像这种偷布人，少了他不是铁道游击队的损失。奶奶个熊，政委！你让我带两个队员到湖边去，我一定要把他抓回来枪毙！”

李正了解了一下情况，才知道这事的具体过程。原来他们这个分队负责警戒那半船黑布，这一天检查，发现丢了两捆黑布。林忠和鲁汉商量，这样传出去，一定要被其他分队耻笑，就没有声张，下决心要在分队上搞出。可是开了几个会，都没有结果，谁都说不知道。

大多数队员都在猜疑着，有些人发现黄二的脸色有点不对，他们就查丢布的那一夜是谁值班站岗，查出正是黄二，可是黄二一口咬定：

“我没有偷！我站岗时布还是好好的！”

由于接班人没有点布，所以谁也没有敢肯定布就是黄二偷的，可是大家都怀疑他，他是铁道游击队拉到微山湖以后参加的，后来才知道他过去干过顽军，平时好吃喝，生活腐化。鲁汉却压不住心头的怒火了：

“不是你是谁？有错误就承认，把布交出来，没事。不然！查出来枪毙！铁道游击队不要这种人丢脸！”

“不相信有什么办法呢！查出来，枪毙就是！”

事情还在进行侦察，有些队员看到黄二有些神魂不定，就对他说：

“小黄二，你别作孽呀！是你就承认，不然，可小心你的脑袋瓜呀！”

第三天，在湖边搜索的鬼子，从一个村庄上搜出两捆黑布。鲁汉听到这个消息，带着两个队员，连夜到那庄去了。他到存布的那家，查问布的来源，才知道这布果然是黄二存的，他就气呼呼地进湖，可是找黄二却不见了，四下找，找不到，到第二天，还不见面，就知道是逃跑了。到这时候，林忠和鲁汉也不得不向队部报告了。

李正听过黄二逃跑的情况以后，心情一阵阵的激动。队上竟发生这样严重的事件，不能不说是他政治工作上的漏洞。他一方面批评了林忠、鲁汉，不该事先不报告情况，缺乏纪律性；同时，他也感觉到今后要加强各队的政治工作。这些日子，他只忙着往山里运布，而没有注意到这警戒半船布的分队，想不到竟出了这样大的事。

这事情使刘洪的脸色发白了，心像被什么揪着似的痛苦着，但是他却没有暴跳起来。自从苗庄阻击敌人以后，他深切地记取教训，以后他对待问题是冷静得多了。他随时都记着政委在那个事件上最后对他的谈话，使他认识到作为一个指挥员，一旦失去了理智，会给部队和战斗造成多么大的损失。如果在过去，他听到这气人的逃亡事件，一定会暴跳如雷，抢着匣枪，带着队员冲出湖去，拼死也要把黄二抓回来枪毙，因为这丢脸的事，发生在他的英雄部队里，他是受不了的。可是现在他却能够压制住自己的沸腾的情感，望着政委的脸，他发亮的眼睛仿佛在对李正说：

"你看咱们怎样来处理吧?!"

这时，李正正堕入长久的沉思里，他要从这个事件上来吸取经验教训，并通盘①地考虑今后的政委工作。当天晚上他们召开了党的会议，对这事件做了分析和检讨以后，他便坐下来给司令部写报告。在报告的最后，他请求组织上给他派几个政治工作干部来，他们准备把长枪队和短枪分队都配备上指导员，作为他政治工作的助手，训练和教育部队。在分析这里的情况时，他谈到现在的铁道游击队已经和枣庄时期不同了。在枣庄活动时，队员都是工人成分，可是到了微山湖边已经有农民队员，随着局面的开展，部队数次扩大，其他成分也参加了。新参加的成员，虽然大多数都是经过教育有了一定觉悟的队员，但也有少数是看到打开局面后的铁道游击队，扒火车生活比其他游击队好，带着个人愿望而积极要求参加的。同时由于部队长期分散活动，缺乏应有的训练和教育，这就是黄二事件产生的基本起因。事实上，他的逃跑是从物资上引起，而又遇到不适当的教育方式所造成的。

李正写罢报告，交冯老头送往山里。不久，侦察员报告，黄二已经进临城了。

问题更严重了。当晚老洪和李正，带了几个队员出湖，连夜插进古汀，想了解些黄二进去后的情况。

他们秘密地潜入古汀，找到谢顺的门，门关着，可是却听到屋里有搬弄东西的动静。李正轻轻地敲了两下，门就开了，谢顺一看是他们，忙让进屋里，又把门关上，回来就说：

"我正想去找你们呢！你们就来了。刚才我还在揣摸着，要是今晚见不到你们，就只有留给你们个信了。"

老洪生起气来是不大爱讲话的，闷闷地坐在那里，李正听谢顺的口气，就问：

"怎么！有什么事发生么?"

谢顺摇着头说："临城站不能待了，我要马上离开这里。"说到这里，他指着屋里已

① 属性词。兼顾到各个部分的；全盘；全面。

经打好的铺盖卷。“你看！我正收拾东西！”

直到这时，李正和老洪才发觉屋里一切重要东西都在打包了。里间屋里也有收拾东西的声音，两个小孩不时探头来望望，已半夜了，孩子还没睡觉，想是谢顺家也在里间拾掇家当了。屋里的一切，确实像马上要搬家的样子。李正想问谢顺为什么要搬家，可是一想到黄二的事，就马上问：

“黄二的事，你知道么？”

“黄二？”谢顺愤愤地反问了一声，他仿佛被这提起的名字激怒了。想到问话者就是黄二的领导人时，他眼睛里就流露出不满的神情。接着他冷冷地说：

“不是他，我还搬不了家哩！奶奶的！这小子投鬼子了！”

“啊?!”李正的头脑为之一震。

直到现在李正才理解刚才为什么一提到黄二，谢顺就流露出不满。是的，他作为领导者，是应该受到这曾经多次帮助过他们的工人的责备的。他控制住自己的情感，慢慢地问谢顺：

“你谈谈黄二的情况吧！我们来找你正为了这件事。”

“好吧！”谢顺说，“过去他到我这里来，我都把他当同志看待，可是现在我一提到他就感到牙疼了。他第一天跑到松尾那里，松尾还不相信他，反把他绑起来。他向松尾报告了铁道游击队几个秘密线索，松尾马上就把他放了。请他吃酒，还把这次扫荡湖边搜去的两捆布当场赏给了他。松尾说：‘这布是你的，还是送给你。’他认为有了黄二，今后对付飞虎队就有办法了。把他编进松尾直接掌握的特务队，并送他一条洋狗。就这样，黄二就做了临城很红的日本特务。松尾所布置的岗哨、行动都和他秘密商量，他在松尾面前说一句算一句，所以人人都怕他！他就是这样投了鬼子……”

说到这里，谢顺望了老洪和李正一眼，埋怨地说：

“咱队上怎么收留这样的人呢？看看！不小心，这不坏了大事！”

李正点了点头说：“你的事他告发了么？你就为这事搬家么？”

“还没有！要告发，还不早抓走了。可是他已跟我打了个招呼，我就得马上偷偷地搬。”

“怎么个招呼？”

“今天上午，我在站上值班，他见了我，我打了一个寒战。打冈村的事，他是知道的，要是他报告了，我不就完了么？他把我拉到一个僻静处，对我说：‘老谢！咱可是老熟人呀！’你看！第一句话就点到这上头了。我心里虽在嘀咕，可是脸上却装得没事，我说：‘是呀！老弟！你到站上来了么？’他说：‘可不是！到站上你可得关照点呀！’我说：‘有啥困难我当然得帮忙！’他就说了：‘我刚到站上，想安个家，虽然有那两捆洋布，可是还没换成钱，我就想到你了。’说到这里，他把手指一伸：‘借这些！一百块！’竹杠敲上来了。为了说明这钱非借不可，他还说：‘老谢！这个忙你得帮！话不用多说，啥事心里都有个数，反正你明白、我明白，能借钱才算好朋友！’我一听这话里有话，要说不借，当天我就会被捕。所以我连个噎嗝[1]都没打，很爽快地说：‘好兄弟！要用钱

[1] 打噎嗝即打嗝，引申为犹豫、停顿。

么！这个忙为哥的还帮得起，一百块！行！可是有一点，兄弟，你得缓两天，我的钱多数借在别人手里，我得讨还过来，后天给你怎样？'他说：'可以等你两天。你要账时，遇到谁不想给钱，告诉我一声，抓他到宪兵队就是！'就这样才算分手了。下班后，我就和家里商量，这一百块钱，得我四五个月的薪水还不够，我上哪弄？话又说回来，我就是有钱，也不能给这个龟孙！"说到这里，谢顺气愤地叫骂了一声，又低低地说下去：

"有什么法呢！想想只有偷偷溜走利索。我和他说两天时间，就有这个意思，想抽这个空在夜里偷偷把家眷送上车，到别处去混。我在铁道上的熟人很多，到别处可以托人找个事做，可是，携家带眷到一个新地方也并不简单呀，既然摊上这个事，那又有什么办法呢！……"说到这里，谢顺难过起来了。

"到微山湖去吧！"老洪豪爽地说，"你为我们的事受累，我们应该照顾你的！"

谢顺说："这条路，我也想了，我是个单身汉倒可以，跟着你们干就是了，可是携家带眷，老婆孩子一大堆，去干队伍也不是个事。想了想，还是到别处去吧！今晚我就想去和你们告别，要是来不及就给你们留个信，想不到你们正好来了。"

说到这里，谢顺沉默了一阵，心里很难过。按道理他是应该留下和老洪一道抗日的，可是家属连累着他，又不得不分手了，这一点特别使他难过。正因为这一点，他仿佛感到很对不起老洪和李正，所以他没大抬眼皮，又说：

"咱们在一起好一场，我虽然不和你们在一起了，可是到别处去，遇到能帮助抗日的工作，我还要干。因为我是个工人。你们以后在这里活动可要小心啊！这黄二不除，将来可要吃他的亏的！现在你们来了，我给你们现介绍几个好工友，我虽不在这里了，将来你们找到他们，他们也会像我一样帮助你们的，这几个关系黄二是不知道的！……"

听到谢顺一番谈话，刘洪完全被这工人的忠实和正义所感动了。他过去是那么勇敢地送情报、打信号，帮助铁道游击队消灭了冈村特务队，并帮助搞药车及其他物资。现在受了连累，不但毫无所怨，还为这里今后抗日的斗争担心，出主意。直到这时，他才感觉到谢顺刚才的责备，并不是出于个人的得失，而是从爱护铁道游击队而发出的。不过李正听到谢顺不能进微山湖，曾沉默了一下，他一方面觉得他舍不得家，还不能坚决参加革命。另一方面，他也怪自己预见性不高，如果事先能估计到眼前的情况，一切都做好准备工作，谢顺也许现在能留下，不过现在仿佛一切都晚了。

李正握住了谢顺的手说：

"你对我们的帮助，我们永远不会忘记的！你的话我们也牢牢记着，黄二这个家伙，我们会对付他……"

老洪和李正想的一样，他没等政委说完，就走到谢顺的身边，低声而很果断地说：

"你放心！我们一定把黄二杀掉！"

老洪和李正商量了一阵就到外边去了。

老洪在外边找到彭亮，彭亮正带着几个队员在附近警戒。老洪见到他就低低地问："带款了么？"彭亮是全队的经济委员，钱款都存在他那里。彭亮说：

"有！"

老洪从彭亮手里，要了一笔款子，又走回来，坐在李正的身边。这时，李正问谢顺："准备几时走？"

谢顺说："我想乘下半夜北去的车。夜里不容易被人看见，我请假说是到上海去的，可是我坐的却是上天津去的车。就算黄二告发，也找不到我的。"

老洪再一次走到谢顺的身边，他发亮的眼睛有点湿润，他虽是个刚强的人，但对同志和朋友，却是多情的。他对谢顺说：

"你要走了，我们也不能留你了。"说着就递过去一沓票子。"这是三百块钱，你留着作路费和安家的费用吧！"

"这哪行呢！"谢顺对这慷慨的帮助，感激得好久说不出话。

"这是应该的！"李正说，"你帮助铁道游击队做了不少工作，因此，无论你出发或回家，是应该像一个队员一样得到路费的！收下吧！"

李正详细记下了谢顺所介绍的几个关系，看看表已下两点，就和老洪起身告别了。临分手时，谢顺很久地紧握着李正和老洪的手不放。

"再见吧！我们今后要用战斗的胜利，来回答过去你对我们的帮助！"

他们走后，谢顺在门口的暗处站了很久。

从谢顺家出来，李正和老洪一直在深沉的思考问题。他们想到一年多来，在湖边和敌、伪、顽以及顽固地主的斗争，由不熟悉而渐渐能摸到了规律，掌握主动，打开了这里的局面，可是现在又遇到新的情况，就是又要和叛徒做斗争了。这后一种敌人是最奸险毒辣的，和这种敌人进行斗争，是尖锐而复杂的事，需要动脑子。因为他了解我们在敌区的线索，知道我们活动的方式。要对付他，首先一点是应该把这叛徒所了解的我们在敌伪据点里的内线，来个隐蔽和暂时撤退。对敌斗争的方式也不能老一套了。一路上，他们考虑了应该撤退的名单。他想到临城站，又想沙沟站。越想越觉得问题严重，立即决定派人把黄二叛变的情况通知有关人员。李正对老洪说："可能已经晚了，但是必须尽力通知到，并设法把黄二马上除掉。"

李正和老洪带着队员，到了湖边，湖边的夜是静的，冷月映着湖水，深处枯草梗里，不时传出水鸭的鸣叫。彭亮打了一个口哨，一艘小船，从枯草丛里驶进水道，冲着近岸的薄冰过来。他们上了船，小船就静静地向湖里驶去，水上发出有规律的橹桨拨水的声响。

老洪和李正静静地坐在船帮上。继续思考着问题。

果然不出李正所料，当他们一到微山，天傍亮，张站长就慌慌张张地进湖了。

一见面，张站长就说："事情暴露了，昨天夜里，鬼子突然包围了我的房子，幸亏我早有准备，鬼子一打门，我就从后窗口跑了，鬼子打了一阵枪，也没打着我，我就蹿到湖边坐船到这里来了。"

"大嫂子早出来了吧？"

"前些时带着小孩到芳林嫂那里去了。不然我虽跑得出，她们也会被抓去的！"

李正听着这消息，知道黄二叛变的情况，没有及时通知到每个有关人员。他紧紧地握着张兰的手，以慰问和欢迎的口气说：

"好吧！我代表铁道游击队，欢迎你参加到革命队伍里来，咱们一道和鬼子展开殊死[1]的

① 属性词。拼着性命、竭尽死力的；决死。

斗争。”

“我只有这一条路了。干吧！”

李正和老洪为了特别欢迎这新参加者，全队会了顿餐。李正很高兴，因为铁道游击队里，不但有司机、挂钩、打旗、搬道等工人，现在也有站长了。铁道上各种业务他们都能精通，并且可以掌握了。同时张兰又懂得日本文，又会说日本话，这点对今后的斗争是很有用的。

天黑以后，林忠和鲁汉带着他们的分队，到东洼去，要到这个庄子拆炮楼。因为敌人这次扫荡，到湖边搜布，曾利用湖边村庄里的炮楼，修起临时据点，鬼子据守在地主的炮楼里，使游击队很难攻打。铁道游击队配合来取布的各游击部队，把这一带临时据点逼退以后，李正曾召集了各庄的士绅开了个会，动员他们把炮楼拆除，以免被敌人利用。现在林忠和鲁汉就是奉命到东洼村督促拆炮楼的。其他各分队也分头到别庄去了。

这庄有两座炮楼，一座土炮楼是一家富农的，另一座大砖炮楼是一家地主的。这些炮楼是抗战前修起来防土匪的，现在鬼子却利用它来对付游击队了。炮楼有两三层楼高，几里外，就望到炮楼高高的在庄子上边矗立着。

他们先找那家富农，动员了一会儿。富农开始不乐意，以后看看不拆不行，就答应了。鲁汉到村公所去动员了庄上的老百姓就到富农家拆炮楼了。林忠再去动员地主，这个地主总哼哼呀呀地不愿意。

“你不是说愿意帮助抗日么？……”林忠在耐心说服对方，讲抗战的大道理。

“这炮楼还关连着抗日呀！费好大事修起来，现在拆了多可惜！”

“太关系抗战的事了！”林忠慢悠悠地说，“鬼子守在上边，我们不好攻打，增加伤亡，这就是它帮助鬼子，破坏抗日的地方。这些我们政委已给讲得很详细了，你应该明白，还是拆掉吧！对鬼子有利的事，我们就反对。要不关抗日的事，俺黑更半夜还来麻烦你么！”

“这荒乱的年月，有个炮楼总可以躲躲，壮壮胆啊！”地主还是舍不得拆。

“鬼子你能挡住了么！上次鬼子扫荡，你躲在炮楼没下来么？你不敢吧！可是鬼子占住炮楼，增加了游击队攻打的困难，鬼子却可以壮胆了……”

“……”地主没有话说，可是看样子，他还是不大愿意。

这时，鲁汉提着枪匆匆地进来了，看到林忠还在那里不紧不慢地说服动员，就瞪着眼珠子愤愤地对地主说：

“你怎么还不拆炮楼呀？你还有什么心思呀？”

地主看这新进来的黑大个子，气势汹汹，手里的匣枪在摆弄着，像随时都要打人的样子，就有几分胆怯了。他慢慢地回答：

“我不是不愿拆呀！……”

“那就马上拆！”

“我……”

“你什么？”鲁汉火了，“你想帮助鬼子跟中国人作对么？你不拆炮楼，鬼子才高兴！是中国人都应该同意拆炮楼！好话给你说得太多了。你乐意听熊话还不现成么？”说到这里，鲁汉对地主像下着严厉的命令：

“马上拆，今天不拆炮楼就不行！”

他又回头对林忠说：“这些人脑子顽固得像石头一样，你还跟他啰嗦个啥！我去找人来！”说罢就气呼呼地出去了。

林忠望着鲁汉的背影，不由得摇了摇头。有些怪鲁汉太粗鲁，可是又感到他这么一阵暴风雨，也真解决问题。地主再不敢说不拆了。林忠知道鲁汉性情粗暴，不善于说服动员，对顽固地主特别恼。同时由于最近黄二的事，他也很容易上火。林忠想过鲁汉的问题，又对着面前的地主说：

“刚才这个同志说话急躁了些，可是你为什么在这个抗日道理面前，这么不带劲呢！还是拆了吧！不要心痛那个！为了打鬼子，我们不知牺牲了多少好同志哩！快回去收拾炮楼里的东西，一会儿拆炮楼的人就要来了。”

地主到家去收拾炮楼里的东西了。不一会儿，那高高的炮楼上已站满了人，吧喳吧喳的镢头咬着石灰缝，人们在拆上边的砖石了。

将到下半夜了，炮楼已拆了大半截，林忠集合了队员，准备转移地方休息。因为临来时政委曾交代他到下半夜转移湖边某庄宿营。因为他们在这个庄上呼呼隆隆地拆了半夜炮楼，敌人如发觉，会遭到袭击。这时王虎从家里出来，他家就在这庄，搞了些饭菜，想邀分队长到家去喝一气再走，但是林忠坚决不肯，他们就趁着月色离开东洼向西去了。

听到王虎约去喝酒，鲁汉是乐意的，一方面是感到疲劳，想喝两盅提提精神；另一方面为黄二的事，确实感到心闷，想痛快地喝一气。可是林忠坚决要走，而且李正又曾派人来通知他们转移，所以也只得作罢。

走出两三里路，他们经过一个小庄子，这时，队员们拆了半夜炮楼，已很疲劳，肚子也饿了。鲁汉想到这个庄子里有个老梁，是他们的熟关系，就对林忠说：

“老林哥！到老梁家去弄点吃的吧！夜又这么冷，已经离开东洼，大概不会有什么事了。去吧！”

“不行呀！”林忠说，“政委不是说过么！我们过去的关系，现在都得少去，重新建立新的关系才行。我们原有的关系，说不定敌人都知道了。”

“你又提起黄二的事么？提起来我可憋死了，说实话，我真闷得慌！走！去吃点东西，就马上离开还不行么？”

“可是要快吃快走呀！”

林忠就和鲁汉他们进这小庄了，为了慎重起见，林忠特地在庄边放了岗，鲁汉跳进了墙，从里边开了门。林忠和王虎几个队员都进去了。

老梁起来，点了灯，生起了火，队员们也都有些饿了，帮着烧火做菜。老梁拿一瓶酒，鲁汉一见酒就想喝一气，可是被林忠阻止了。

“老林哥，少喝一点不行么?!”鲁汉央求[1]着。

“不行！喝酒会误事呀！我看你近来时常发火，再喝两盅就更不冷静了！”

① 恳求。

“我哪发火来？”

“刚才动员拆炮楼，看你那一阵冲撞……”

“冲撞！对地主就应该这样对待。像你那样慢悠悠地说服动员，他一辈子也不愿叫拆炮楼啊……”

“我是说你以后对待事情要多用些脑子，总是有好处的，遇事就火，是容易坏事的！”

“不火！不火！可是你知道，自从发生了黄二那个事，我心里真像塞了块砖头似的！我一想起这事来，心里的火就往上冒……”

“事情已经发生了，还火干啥？正像政委在党的会议上说的，接受教训就是了，今后要冷静地对待问题才对。”

“冷静！这事别人可以冷静，我能冷静下来么！你说说，事情发生在咱分队上，处理这个事情我的方式又不好，竟造成这么大的恶果。奶奶个熊，他当了叛徒！对咱们的革命工作破坏多大呀！好心的谢顺被逼走了！张站长几乎被捕，说不定临城还有被捕的人！为这事，政委批评了我们，这是应该的。可是这样就算完了么？我心里就松快了么？这哪能呢？老林哥！你知道我的为人，我过去怎么样？”

林忠看到鲁汉由于激愤，黑黑的脸上已变成紫色了。他是了解对方的心情的，鲁汉是在为着黄二的事而有着沉重的思想负担。林忠想安慰他一下，所以当鲁汉问他过去怎么样时，就说：

“不错呀！咱们自从枣庄炭厂拉起来，搞洋行，打票车，摸临城，揍松尾，打遍临枣线，威震微山湖，历次战斗，你都参加，而且表现很好，这还有说的么？”

“可是我竟在黄二这件事上做错了，给部队造成这么大的损失！”

“这也不能完全怪你，黄二本人品质不好，走到投敌的道路上是他自己造成的！”

“话虽这样说，可是事情真弄得窝囊人啊！要是早发觉，把他活逮住，逮不住的话，打死这龟孙也好呀！奶奶！竟叫他跑了！你说说，这怎么能叫我甘心！……”

一谈到黄二的事，鲁汉就喋喋不休了。就在这时，黄二领着松尾的特务队扑到刚才拆炮楼的东洼。敌人扑空后，又向西搜索，到了这个小村边，黄二悄悄地对松尾说：

“这村有个姓梁的，是飞虎队的关系，咱们去看看，可能在那里。”

松尾指挥特务队去包围小村，被黄二拦住说：

“如在那里，他们一定在村边设有岗哨，最好化装，偷偷地摸进村里。”

松尾就叫特务队都披上在雪地做掩护的白色斗篷，分散向小村爬去。

林忠他们吃过饭，时间已经不早，离天亮不远了。他站起来，想在拂晓前离开这里，外边突然有一阵急促的脚步声，王虎进来了。林忠知道他在村边站岗，就站起来问：

“有情况么？”

“在岗哨上我看见有些白东西，慢慢向庄边靠近，就是狗吧！没那么多，又都是白的，这里边一定有事，快做准备！”

“别吓唬人了！那一定是早起放羊的！”鲁汉说。

“快回去！”林忠对王虎说，接着他就推醒身边已经睡着了的队员。等王虎出去后，林忠走出了屋门，鲁汉在后边说：

“不会有啥事的！”

就在鲁汉的话刚落地的一瞬间，林忠听到外边砰砰两枪，他掏出枪，回头叫：

“快出来！有情况！”

当他往大门奔去的时候，王虎匆匆地跑进来报告：

“鬼子进庄了，快！”

王虎说罢，就回头出大门，可是刚一跨上门槛，就被一阵乱枪打倒了。鬼子蜂拥地从大门里拥进来，一个特务看到林忠就喊：“捉活的！捉活的！”

林忠一举枪，二十响当当当地向拥进门的鬼子扫去，鬼子像撂倒的谷个子似的仰跌在门槛里外。他把枪往后划了一个半圆圈，向前一挥，就对队员们咋呼着：

“突围！冲出去！”

他就跃过门槛，踏着门边鬼子的尸体冲出去了。冲到胡同口上，又有一群敌人拥过来。他隐蔽在墙角，掷出个手榴弹，鬼子群里轰隆了一声，他就乘着一阵烟雾，蹿出嚎叫着的敌群到街上去了。这时，全庄上枪声已经响乱，间杂着敌伪的嚎叫声。他看看街上敌人太多，就折进另一个黑黑的夹道里，越过一道短墙，从南边出庄了。

在夹道时，他听到老梁门前的枪声像炒料豆[①]似的，在敌人喊着“捉活的”的叫声里，有着“奶奶的”的骂声，这是鲁汉冲杀着敌群的叫骂，当当！当当！二十响不住地在清脆地叫吼。

东方已经显出鱼肚色，天已灰苍苍地亮了，林忠冲到庄边，看到庄四周也被敌人封锁了，他打倒了两个敌人，冲开了一个缺口，就向西南湖边奔去了。

林忠在向前跑着，后边敌人用火力追击，子弹像雨点样向他身边撒来，可是子弹都嗖嗖地落在他四周的脚边爆炸，并没有打着他。他跑得心焦舌干，脸上的汗水滚滚地往下流。

他已跑出半里路了。听着后边的枪声，已不集中向他射击了，有的在东边，有的在西边响，他知道这是他的队员在突围。他略微一停，往回一看，在朝雾里看到一个人影也向这里跑来，开始他认为是敌人，可是仔细看，原来是鲁汉，他摇摆着身子在跑着，子弹像刮风样向他扫射着。

他看到鲁汉就叫：“快！快跑！”可是鲁汉并没有来得及答应，他不时回头打着枪。显然是后边敌人还在紧紧地追着他。

他又跑了一阵，再回过头来，喊鲁汉“快”，可是一阵激烈的机枪子弹扫过，他看到鲁汉突然倒下了，林忠像被一盆凉水从头上浇下来，哀叫道：“完了！”可是当他这慨叹声还没有落地，他就听到鲁汉低低而嘶哑的呼声：

“老林哥！快来！我不行了！你把我的枪摘去！……”

林忠的眼睛里滚出了泪水，他感到失掉最亲密的战友的沉痛，他顾不得四下射向鲁汉身边的弹雨和源源扑向那里的敌群，他只想到要抢救自己的战友，以及完成战友牺牲前对他的嘱托，把枪带走，所以他折回头来，飞箭一样向鲁汉跑来。

他在鲁汉的身边俯下，想把他背着走，可是好几颗机枪子弹从鲁汉后胸穿过，血从

① 喂牲口的黑豆、黄豆等，一般煮熟或炒熟。也说料豆子。

他的身上流出，染红了身边的麦苗。鲁汉已经不能说话了，但是他却感到林忠在他旁边了，他想微微地抬抬头，可是没抬起来，就又垂下来了，只握着林忠的手，就静静地死去了。

林忠摘下了鲁汉的二十响匣枪，这是打冈村缴获的。他站起来想走，可是已经迟了，天已大亮了，鬼子像狼群样向这里集中，团团地把他包围住。他看看四周已经走不出去了，就把鲁汉拖到旁边的一个小洼坑，就蹲在这里，守着战友的尸体，用两支二十响打着冲上来的敌人。

敌人一次冲过去，被他打退，二次又打退，敌人的尸体在小洼周围摆成一个圆圈。可是敌人还是拼命向这里冲，因为他们已经看到这里只有他一个人。子弹要打完了，林忠枪里只有一发子弹了，他已不预备把它打出去了。当鬼子嚎嚎乱叫地冲过来，明晃晃的刺刀向他刺来的时候，他脑子里闪出李正细长的眼睛和老洪严峻的脸，他又想到在山里灯光下的那面红旗……他举起枪，向自己的额上打去，接着栽倒在战友鲁汉的身边。

这天夜里，李正在湖边的一个村庄里，计划着深入临城站的工作线索，他安排着谢顺临别介绍的关系，已经有些头绪了。当他正在考虑问题的时候，东洼方面响起了枪声，他知道林忠和鲁汉那边发生敌情了。各分队都分散出去拆炮楼了，他一边派人去调回两个分队，一边送信到湖边，要老洪把长枪队马上拉出来，前去支援。

当队伍集中起来，天已蒙亮。西北边的枪声已渐稀疏起来，就在这时，从那边突出来的王友和小山来到了。听了他俩汇报的情况，才知道他们被包围了。

他们赶到那个小庄，在庄西南角半里路的麦田里，发现了林忠和鲁汉的遗体。

天阴沉沉的，落着纷纷的小雪，雪花飘在遗体上。队员们都静肃得像铁铸似的伫（zhù）立[①]在那里，一点也感不到打在脸上的雪片。老洪的脸铁青，李正细长的眼睛凝望着牺牲的战友，大家的眼睛里都含着泪水，四下静得像雪片落地的声音都可以听到。

他们进了庄，在老梁的门边有着王虎的遗体，又在街头上发现了另两个队员的遗体。敌人这次偷袭，使铁道游击队牺牲了五个人，正副分队长和三个队员。

李正到庄里，和村民谈话，调查了这次战斗的前后情况。他了解到敌人这次出发是过了他们的情报网，根本没有走村庄，是绕着田野小道，化着装爬进庄边的。

附近的群众听说铁道游击队牺牲了人，有的老大爷、老大娘都流着眼泪，从庄上捐献出现成的棺材，把尸首盛殓起来。老洪、李正和队员们，亲自用铁镢刨开湖边冰冻的土地，含着泪把自己的战友埋葬了。

第二天夜里，彭亮按着李正所布置的新的线索，潜伏进临城站，去搞掉黄二。临行时，李正对他说：

“要细心，但一定要想办法完成任务！”

老洪却气愤地说：“一定要把这叛徒打掉，不然，就别回来见我！”

彭亮是深深地理解到政委和大队长的心情的，他也下决心要完成任务。一想到和自己一道从枣庄炭厂出来的老战友的牺牲，他的眼睛里噙着泪水，又想到鬼子那次出动就

① 长时间地站着。

是黄二领路，他的牙就咬得咯咯响了。

“奶奶的！不打死这个叛徒！我就不算人。”

可是他这夜没找到黄二的下落，他又在一个关系家潜伏了一整天。天黑了，街上还不见黄二的影子。他纳闷地坐在这家的门楼底下发怔，不一会儿，一个替他在门外瞭望的小孩带着恐慌的神情跑进来了：

“伯伯！快进去！黄二来了！”

“是么？”彭亮忽地站起来，向门边走去。好心的小孩拉住彭亮说：“他很凶呀！还牵着洋狗呢！是人都得躲着他啊！快躲躲吧！”

“不要紧，我看看他是个什么样。”

彭亮一出大门，就看到黄二瘦瘦的身子，穿着一身鬼子服装，牵着一只狼狗，正向南走着。彭亮眼睛里冒火了，叫了一声：

“黄二！”

黄二一回头，见是彭亮，他黄黄的脸上突然布满了惊恐，只见他把狼狗一撒，转头就跑。彭亮把二十响匣枪一举，说了一声：“你往哪跑！”

“当……当当当……”

一梭子子弹打过去，黄二就应声倒在二十步开外的地上。彭亮飞跑上去，他看看黄二趴在地上，所有射出的子弹都从他脊梁上成排地穿过去了，污浊的血从他蜡黄的脑壳下向低处流去。

彭亮趁着渐渐暗下来的夜色，溜出了临城。

拓展阅读

雁门关伏击战：抗日战争时期，八路军第120师第358旅第716团在山西省代县雁门关地区对日军汽车运输队进行的伏击战斗。1937年10月，日军侵占大同后，继续向南进犯太原。为配合国民党军在忻口的防御作战，第358旅第716团奉命深入日军侧后，在代县的广武、雁门关、太和岭阃，破击大同经代县、忻口到太原的公路，打击日军运输队，截断日军补给线。该团两次伏击战斗，共毙伤日军500余人，击毁汽车30余辆，一度切断繁峙至忻口间交通，袭扰并一度切断了交通运输线，迟滞了日军对忻口前线的增援，给忻口正面防御作战的国民党守军以有力的配合。

黄土岭战斗：八路军与日军在雁宿崖与黄土岭的一次战斗。从1939年11月3日开始，7日结束。战斗分为两个阶段，第一阶段在雁宿崖地区展开，八路军共歼灭日军600余人；第二阶段在黄土岭地区展开，共歼灭日军900余人，击毙了日军精锐独立混成旅中将阿部规秀。黄土岭战斗是八路军继平型关大捷后的又一次重大胜利。阿部规秀是八路军在抗日战场上击毙的日军最高将领，在日本朝野引起巨大震动，极大地振奋和鼓舞了中国军民的抗日信心。日军华北方面军司令官多田骏哀叹：“名将之花凋谢在太行山上。”

第二十四章

微山岛沦陷

这年闰五月，过旧历年时，天已渐渐暖和了。

微山湖的老百姓对新年叫阳历年，并不把它当成个什么节日，甚至这一天过去了还不知道。他们还是很隆重地过旧历年。今年铁道游击队守住了微山岛，使这里的老百姓没有遭到敌伪的蹂躏。所以岛上人民的生活渐渐地从战争的创伤里喘息过来了。过年时，各庄的老百姓，都抬着杀好的肥猪和成担的白菜、粉条，来慰劳铁道游击队和最近也到这边来的另几个小游击队。他们认为有铁道游击队在岛上，就会过个太平年，他们对铁道游击队打鬼子是很有信心的。刘洪他们在铁道线上杀鬼子的故事，像神话样在人群里流传着。

按道理，铁道游击队是应该过个痛快年的，群众送来了丰富的慰劳品，他们又从火车上搞下来不少的物资。这一年来一连串战斗的胜利，使人听起来都够兴奋的。可是由于最近林忠、鲁汉等人的牺牲，这事件给铁道游击队的打击是沉重的，使每个队员在过年的时候，失去应有的欢笑，脸上显露出沉痛。

李正对于他的队员们的心情是了解的。他知道这种精神上的压力，并不是在敌人的威力下低头，而是对战友难舍的友情和哀伤。他们是好朋友，是好同志，从在煤矿上、铁道边，和工头炭警打架时，就团结在一起，拉出队伍后，又在党的领导下，并肩作战打鬼子。可是现在其中的几个竟牺牲了。如果是在过去的煤矿上，谁打死了他们的朋友，他们会去拼命，为朋友不怕两肋插刀的。就是现在，如果他和老洪，叫来任何一个队员说："你去为林忠、鲁汉报仇！"任何人都不会含糊，就是为此而牺牲自己，也在所不惜的。可是经过了党的教育，他们对这事件有了正确的认识，一切不该光凭意气[①]，而要有理智地对敌作战。这就是前天李正派彭亮出发临城打黄二时，嘱咐他要细心，而且要想办法完成任务的缘故。虽然他们被革命的理智约束了自己的行动，但是为这事，李正还是专门开了党的会议，说明不应该为报仇而蛮干。可是在他们心灵深处，丧失战友的悲痛，又是如何沉重地绞痛着他们啊！

为了转变大家的情绪，李正计划好好过个年。他把彭亮找来，问他酒菜准备得怎样。因为彭亮是管理伙食的。彭亮说：

"菜可准备得不少，可是谁还能吃下肚呀！"

① 由于主观和偏激而产生的情绪。

"同志！我们失去了亲爱的战友，是悲痛的，可是我们要把悲痛化为力量。队员们老是这样是不好的……"

李正看着彭亮润湿的眼睛，好好安慰他一下，并和他做了一些必要的谈话，要他在队里多起作用。最后彭亮抬起头来对政委说：

"过年，我们也得悼念他们一下呀！"

"这完全必要！我们不能把他们忘记！咱们研究一下怎么个纪念法。"

正说话间，老洪进来了。他听到政委和彭亮研究纪念林忠、鲁汉和牺牲的同志，就插进来说：

"会餐时，也给他们准备一桌好菜。"

李正拉着老洪的手说："走！咱和彭亮一道到伙房去叫好好地搞一下！"他们就到伙房去了。谁知王强眨着小眼，正在这里安排一切，他一见老洪和政委来，就说：

"这事由我负责搞吧！保证弄得好好的就是！"

他们相信王强是能办好的，因为他心细办法多，所以就回去了。李正回到屋里，不一会儿，王强就进来了，他手里拿了一些黄表纸①，在桌上静静地折叠着，都叠成墓碑形，这是老百姓用来代替神像的。所以家家老太婆都会叠这玩意儿，想不到王强竟也能这样熟练地叠着。他一叠完，就把它摊在李正的面前：

"你在这上面写上名字吧！先写林忠，再写鲁汉……"

"这样好么？"

李正认为这是一种迷信搞法，王强是共产党员，不应该用这种旧形式来纪念同志。可是他是知道他们的心情的，不愿意再用指责的口气来批评对方，因为在他们这一群里，也只能想到用这种形式来纪念，所以他只略带诧异地问了这一句。

"应该这样！"王强认真地眨着眼说，"不然，摆上一桌酒菜是给谁享用的呢？我们并不迷信，不相信什么天地鬼神，可是，我们是悼念自己的同志啊！当然要写上名字的，不然，别人也许认为我们是敬神的呢！其实，我们并不信神。"

李正点了点头，了解了王强和队员们的意思。他们用这样形式来表达自己的心意，正是他们的习惯，这样来纪念，在他们说来，也许是最隆重的，所以他就马上提起毛笔，很工整②地在上边写着：

林忠同志之位

接着他就按着王强所说的次序写下去了。王强的小眼看到"同志"两个字，很满意，这是和老百姓牌位上所不同的称呼："写得对！我们不叫什么神，叫同志就正好。"

会餐开始了，短枪队在一个五间宽敞的堂屋里，一并排五桌酒菜，酒菜是丰盛的，可是迎门正中的那一桌更丰富，整整摆满了一桌，还有从火车上搞来的上等葡萄酒。这桌的后边的正墙上，贴上一张白纸，纸上贴有五个石碑形的纸牌位，显然这桌酒菜是给

① 民间祭祀用的黄色的纸。

② 细致整齐；不潦草。

牺牲的同志预备的。它和一般老百姓不同的是，老百姓供奉的有惯用的香炉和香火缭绕，而这里只是最好的酒菜。只有按牌位前面排放着斟满酒的酒杯。队员们一进门，都很恭敬地脱下帽子，对着牌位深深地鞠躬，然后再到两边自己的座位上坐下。

在吃饭前，老洪站在供桌前边讲话了。他的眼睛发亮，亮得有些逼人，显然它是被一股仇恨的火燃烧着，他紧握着拳头，静静地站在那里，大家都望着他那紧绷的薄嘴唇，等着听他说话。他是他们中间的一个，一开头，大家都跟着他干起来的。他们信服他，他也爱护大家，可是现在他们中间有的弟兄倒下去了。谁不知道老洪的心情呢？大家都以悲痛的眼神望着刘洪，希望听他说几句。他斩钉截铁的声音响了：

“同志们！我们在党的领导下，和鬼子战斗，是胜利的！可是我们也有些好弟兄、好同志倒下了！这使我们的心疼！我们一定要记住这个仇恨！我们要更好地战斗，谁也不能熊！为他们报仇！我没什么说的！还是让政委谈谈吧！”

老洪的讲话是不长的，可是每句话都打动着人，大家都在低低地回答：“是要报仇的！决不能装熊！”现在他们要听政委讲话了。从他一进炭厂起，大家都信任他，心里有话都愿找他谈谈，才感到痛快。现在大家满肚的悲愤，好像都想让政委给疏散疏散，都不约而同地望着李正瘦长的脸，听他用清脆的嗓音讲话。

李正对林忠、鲁汉等人的牺牲，也和大家一样，是感到非常悲痛的。从人数上说只有五个，在战争环境算不了重大的牺牲，可是铁道游击队的队员是不能以人数来估计战斗的胜利，也不能以人数来衡量损失的轻重的。实际上他们都是以一当百，派出去两个队员，就能完成撞火车的重大任务的。牺牲五个这损失是太沉重了。可是他又不能像老洪那样赤裸裸地表达出来，他怕这样会引起队员们的冲动和蛮干，再造成难以弥补的损失。他只有把悲痛压在心底，引导大家的情绪渐渐走入正常。所以在讲话中间，他没有提这件事，却和大家谈起这一年多的胜利，甚至列举出了详细的数目字，来和大家算胜利账了。

他谈到一年多来，怎样打开了微山湖的局面。他列举了消灭鬼子、活捉汉奸特务，歼灭和打垮鬼子特务队的惊人数字。还有撞坏火车头，颠覆敌人火车，搞敌人的大批物资，如布匹、西药车，以及其他军用品和日用品，破铁路、割电线、搞敌人的电池、电话机，那数目就无法算计了。一年来上级所交给他们的军事政治任务，甚至物资供应的任务，都完成了。他算过账以后，又读司令部历次来的奖励信及其他部队的贺信，这一切都说明了他们斗争胜利的意义，使每个队员都了解到他们一年所做的，对山里有了怎样大的贡献。

李正的讲话是富有鼓动性的。他细长的眼睛扫过酒桌边的人群，看到他们脸上已经有了胜利的喜悦了。现在他才把话题转到他预先要讲的题目上去。

“同志们！我们一年多在湖边的斗争，胜利是巨大的，可是在胜利的战斗中，我们的不少同志都流了血，甚至倒下去了。我们不但失掉了像林忠、鲁汉这样好的同志，而且像枣庄老张，我们敬爱的工友，也为我们的抗战事业而牺牲了，还有帮助和支持我们战斗的湖边人民，遭到敌人的屠杀而流下了鲜血……”

李正的话打动了队员们的心，大家的眼睛都望着他，这眼色里有着悲哀，也有着对他的感激，他讲得多深，想得多远啊！他不但想到林忠、鲁汉，而且也提到了老张和湖边遭难的人民。这一点是不能不使队员们感动的，李正把大家集中在一个焦点的悲哀，向外摊平了。大家又信服地听政委讲下去。

“我们向疯狂的日寇进行战斗，曾赢得了胜利，但是也付出了代价，因为这是战争啊！”李正说到这里略微停一停，望着大家肃穆的脸，又说下去。

“对这些同志的牺牲，我们是痛苦的，也要为他们报仇的，但是我们不能光停在悲哀和气愤上。主要的问题，就是我们要接受沉痛的经验教训，更理智、机警地去和敌人进行战斗。任何消极或莽撞，都对不起死难的同志，因为这样容易意气用事，影响战斗胜利，就不能完成牺牲了的同志所未完成的事业。我想牺牲的同志是很希望我们更谨慎地战斗，胜利地完成他们所理想的事业的……”

李正谈话后，大家都开始吃饭了。他的话是起了作用的，虽然在各个酒桌上，都不像过去那样热烈地唱酒歌喝酒了，因为守着牺牲了的同志的牌位，是不应该这样欢乐的。可是大家已经都很正常地在喝酒吃饭了。酒后天已黑了，只有少数的几个老枣庄的队员喝醉了酒，在草铺上喊着林忠、鲁汉的名字哭泣。

李正在这天晚上，特别警惕地带着几个队员，亲自查哨，并掌握湖外的情况。冯老头和芳林嫂都来参加了会餐。

自从苗庄打松尾以后，芳林嫂就没大敢在苗庄住，常到湖边的其他村庄住，有时也到湖里来。她的形象已经在松尾的头脑里留下深刻的印象，所以松尾的特务队经常注意搜捕她，她常常被赶得翻几道墙才能逃脱。这次来参加春节会餐，想不到铁道游击队近日竟遇到了这种悲痛的事件。在酒桌边她也和其他的队员一样，吃不下饭，含着眼泪听老洪和李正讲话。她的命运完全和铁道游击队员结在一起，虽然她没有正式宣布是个队员，但是她是像一个队员那样来完成任务的，所以铁道游击队打胜仗，她高兴，铁道游击队遭到不幸，她当然也悲哀了。

李正叫小坡来谈话，以他为主，在春节里边搞些抗日宣传，把部队活跃一下。微山岛有些庄子的民兵，也搞了节目来给铁道游击队拜年。小坡是娱乐委员，把大家组织起来，火车上搞下来的鬼子军装和其他衣服，可以用来化装。他们化装成鬼子、抗日军民，办起高跷[1]要来了，锣鼓声响，鬼子在前边跑着，抗日军民在后边追着，他们后边跟着成群的老百姓，从这村到那村。

在这春节娱乐活动中，队员们的情绪渐渐转过来了。

松尾得到黄二，真像饿狗猛扑到一根大骨头上，一边有味地啃着，一边还用两爪玩弄着。黄二的到来，使他了解到湖边铁道游击队的秘密线索和活动。他按着这些线索和活动规律，确实破获了飞虎队的一些关系，而且取得了偷袭小庄子的胜利，几乎消灭了飞虎队一个分队。像林忠、鲁汉这样的队员，他不但熟悉，而且在名单中都点上红点的，他也知道他们都是飞虎队的战将。他讨伐飞虎队空前的“大胜利”，司令部曾传令嘉奖。松尾高兴得整整喝了三天酒。可是这欢乐快得像电一闪就过去了，黄二被打死，简直给

① 民间舞蹈，表演者踩着有踏脚装置的木棍，边走边表演。俗称踩高跷。也指表演高跷用的木棍。

了松尾当头一棒，打得他两眼冒金星。

黄二给他提供的材料，也都过时了。用哪些办法来对付铁道游击队呢，他又陷入过去“盲人骑瞎马”的境地。阳光曾经在松尾眼前晃了一下，可是现在眼前又是茫茫一片迷雾了。湖边的村庄又像竖起无数看不透的高墙，他出发到湖边，望着湖水只是一片渺茫的烟雾，又扑不着铁道游击队的踪影了。

特别使松尾头痛的，是湖边的枯草已日益发青了，麦苗迎着春风，骨突突地往上长。青纱帐一起来，直到秋后，这漫长的岁月里，是飞虎队最活跃的时期，他们可以在青纱帐里出没，他的倒霉的日子又快来到了。

为了应付这些情况，松尾给司令部写报告，他把黄二供给他的情报扩大了几倍，说微山岛聚集了好几个番号的游击队，请求上级来增援围剿。他觉得能攻陷微山岛，飞虎队就要失去存身之地。

不久，松尾被召到司令部。鬼子司令亲自审查了他的报告，深感到飞虎队对铁道干线的严重威胁。这条干线是南北重要的运兵线。南去可以支援南洋战争，最近北满吃紧①，利用这条交通线又可以调兵北去。现在保住这条铁道线的安全，比任何时期都有重要性。特别是他听到松尾所列举的聚集微山岛的几个八路军游击队的番号：运河支队、湖边大队、黄河大队。更使他吃惊。虽然最近他感到兵员的缺乏，但是这情况无论如何是要应付的。鬼子司令考虑了一下，就对松尾说：

“你先回去，把那边的情报搞好，我马上要调大军到那边去围剿。”

松尾回临城的第三天，鬼子兵力就源源不断地从北边开过来。原来这是鬼子扫荡鲁中抗日民主根据地的部队，回兵南去，正从这边路过，鬼子司令命令他们顺便在微山湖一带进行一次大规模的围剿。鬼子大军在临城至韩庄一线下车。铁道两侧驻满了鬼子，从铁道边一直延伸到湖边，各村都驻满了鬼子。由于是水上作战，火车上又卸下了胶皮汽艇。济南至徐州这一线的铁甲列车，都往这边集中，临城至韩庄的铁线上，停满了铁甲车，封锁住了湖面。

敌人大规模扫荡的情报，纷纷送进微山岛。李正和刘洪、王强一同去约其他游击部队的指挥员，共同研究怎样应付这突然紧张的局势。敌人要围攻微山岛的意图已经很清楚了。

岛上和铁道游击队一同驻防的几支游击队，也正是松尾所侦察到的那几部分，不过，这些游击队只是松尾报向司令官的支队、大队所属的极小的单位，甚至黄河大队只有一个十多人的扩军组在这里，运河支队也只有一个分队，湖边大队人最多，也才是一个不到一百人的中队编制，铁道游击队长短枪两个队有七十多人，无论在装备上，战斗力方面，都堪称微山岛的主力。可是松尾误认为这岛上有一个支队、两个大队，还外加他们所一向畏惧的飞虎队。因此，鬼子司令官就调集将近七千鬼子来围剿微山湖，对付这实际上还不足二百人的游击队。因为鬼子司令官不仅从这些番号上看到问题的严重，更主要的是从一年多铁道上所受的损失感到压力，因此，他要大力地对这个地区进行一次

①（情势）紧张。

围剿。

在各游击队指挥员的联席会议①上，李正分析了周围的情况，他提出各部队分散转移，马上离开这个孤岛。可是当晚有个小部队试图突围，一出湖就被打回来了，因为湖边所有村庄都驻满了鬼子，已被鬼子严密地封锁，铁道上停有铁甲车，远远望去，它们像流动的碉堡，一列接一列，在来回巡逻。在铁道和湖边之间，还有一条封锁线。看样子从东北两面出湖的可能性是没有了。现在只有从西南面深远的湖面突围了。可是那里是一眼望不到岸的湖水，划上百里水路，才能到达湖西，但又不知那边的情况如何。如果那边也有敌人封锁，上不得岸，就被迫在水里作战了。可是熟悉扒火车的队员，大多是不会泅水的。如果坐船在水里和敌人遭遇，那就很难应付。李正正在犹豫间，情报来了，西南湖面也发现了敌人的汽艇，穿梭样来回在水面巡逻。这唯一的一条出路，也被敌人封锁了。

微山岛被敌人重重包围了。从各方面看突围的可能性也很小。但是各个指挥员都下了决心。他们要坚守微山岛，提出和微山岛共存亡的口号。李正对这个口号是不同意的，他知道这样和兵力优于我们几十倍的敌人硬拼，是违反毛主席游击战术的原则的。他的意见，为了杀伤敌人，打一下是可以的，可是在打的过程里，瞅到敌人的空隙，还要分散地突出去，只有打出去，才是生路，如果我们拼完了，正合敌人的心意，因为我们再不能在这里和他们斗争了。要想一切办法冲出去，保存有生力量，以便继续顽强地在这里和敌人战斗。敌人抽调重兵对付微山湖只是暂时的。

在这种情况下，他们成立了联合指挥部，划分了防守的地区。老洪自告奋勇，由铁道游击队守东北角，这一面正对着沙沟和临城方向，靠岸最近，是敌人进攻的主要道路。事实上，他们也是这里的主力，有三挺机枪、两门手炮，武器好，战斗力也强，是应该首当其冲②的。

下午，迎着和暖的阳光，队员们都在岛的东北角，靠湖水的地带，依着李正所指的地形，在挖工事。柳树枝已经发青了，他们挥着镢头、铁铲，不一会儿就出了满身大汗，有的累得把棉衣都脱下了。王友一边刨着掩体，一边擦着汗，低低地说：

“打仗就打吧！还费这大劲来跟地生气！”

他们对于打仗挖工事，确实是生疏的；过去他们用镐挖炭，用铲出煤，现在竟来刨地了。就是打仗吧，过去他们车上车下，突然出现在敌人面前，拔枪就打，打了就跑，也从没有像这样，枪未响先挖地。李正看透了这一点，就笑着说：

“我们现在多流汗，打起仗来，就少流血，挖吧！同志们，它可以掩蔽身体，帮助你去打击敌人。当然我们不会老守住它，到有利的时候，我们还得靠两条腿走路。”

李正顺着阵地走去，他看到在一块伸进湖水里的小山脚上，王强已眨着小眼在指挥彭亮和小坡在挖机枪阵地。他知道王强这时的心情还是激动的，因为自从林忠、鲁汉牺牲后，他的小眼一直在红着，喷射着复仇的火焰。当天晚上，在部队转移的行动中，他把打苗庄活捉的两个汉奸特务，两枪就撂倒了。李正批评他不该杀俘虏，把这两个特务

① 不同的单位、团体为了解决彼此有关的问题而联合举行的会议。

② 指最先受到攻击或遭遇灾难（冲：要冲）。

留着，将来放回去，也许还有用的。王强生气地说：

“有屁用！放回去?！林忠、鲁汉死了，这两个家伙却要活着放回去，这哪行呢?”

李正知道他完全处在一种难言的仇恨中间，他憋得没办法，就拿这两个特务来泄气了。这次防守微山岛，王强又自告奋勇，要掌握机枪。他是想和鬼子干一番了。彭亮、小坡都要求打机枪，因为这样打起来更痛快，同时短枪队都要求换步枪战斗。李正和老洪都答应了。激烈的战斗马上就要开始，机枪是应该掌握在坚强的队员手中的。

李正走到王强的身边，王强这时正把一挺机枪支在阵地上，自己趴在上边，端着枪把在四下转动瞄准，看是否合适。

在他的枪口外边，湖的远处已没有渔船来往，因为在发生情况的那天晚上，铁道游击队已经要他们划到西南湖面去了，一则怕战斗起来，船家遭受损失；再者怕被敌人利用来进攻微山岛。现在湖面只有敌人的汽艇在对岸边巡绕。远远的岸上，有无数的烟柱上升，这是敌人住在村里烧火做饭的征象。在灰色村落之间，常有铁甲列车往还，像蚰蜒一样爬来爬去。

小坡指着机枪工事，对政委说：“你看行不行?”

“可以!”李正量了工事的尺寸点头说，“你怎么样?准备好了么?”

“早准备好了!”小坡满有信心地指着眼前的湖水说，“我把鬼子都撂到这水里，让他们血染湖水……”

李正知道小坡的战斗情绪，用不着动员，也是很饱满的。因为在他年轻的心里，怀着对林忠、鲁汉的死的仇恨。李正看到瘦弱的张兰也在不远处，扛着一支步枪，就走过去了。

“老张！你的身体能支持得住么?”

“行啊!”张兰把步枪转换成预备刺的姿势，来给李正表明他是很勇敢的人。他说：“扛着这七斤半跑着打仗，可能支持不住，可是要支在这战壕里打，我打两天都可以！我也有满肚的仇恨，现在有机会来发泄一下了。”

晚上，老洪带人进入阵地，李正在指挥着陈四和几个队员在埋藏物资。这些日子他们搞了不少次火车，积下来不少家当，不能白白地再送给敌人，一切贵重的东西都疏散在野外，在山洞里埋藏了。最后，陈四指着几大捆鬼子的军装，为难地对政委说：

“这些东西还值得抬去藏么?除了过去玩高跷，山里演戏用得着它，其他再没大用处了。”

李正望着这几大捆鬼子呢子军服，在沉思着，这是上次搞布车弄下来的，一部分交山里了，还余这么许多，本来想匀给队员作内衣穿，大家都嫌别扭，所以还堆在这儿。他寻思着，作为贵重东西存下来，却也太不值得，可是要是丢给敌人，也不情愿。最后他说：

“先放到这儿。去埋藏比较贵重的东西吧!”

在夜间，他和老洪轮番到阵地里检查，免得在阵地上留下给敌人偷袭的空隙。李正在一次查哨回来，站在阵地后面的村边，望着浸在夜色里的湖水，听着远近的动静。

对岸通夜映出红色的火光，敌人的信号弹不时腾空而起，远处的水面上常常响着汽艇的嘟嘟声，零落的枪声此起彼落。微山岛虽然浸在夜的寂静里，可是李正判断说：

“到拂晓敌人的进攻就要开始了！”

果然不出李正所料，黎明时，湖面上微微泛起白光的时候，对岸发着红色的闪光，接着还闪着星星的天空里，响着嗖嗖的声音，沉雷般的爆炸声起了：“通！通！通通！”炮弹纷纷落到微山上，在上边开花，掀起黑色的烟柱。湖边的地面，被震得乱抖。

炮弹纷纷地在微山上落着，有的落到南边的村庄里了，村里马上起了火，熊熊的火光映得湖水通红。当队员正在回头望着敌人射来的炮弹的时候，王强急叫着：

“注意前边，敌人上来了。”

小坡借着火光，在微红的水面，看到敌人的五六只汽艇嘟嘟地向这边驶来。他端着机枪在瞄准，敌人靠近只有几十步远了，他耳边听到王强命令着：“打！”

他手里的机枪在叫吼了。机枪身在他手中抖着，他瞪大眼睛，绷着嘴，向驶近的汽艇群扫射着。附近的两挺机枪也响了，步枪也响了。在突如其来的一阵急骤的弹雨里，鬼子纷纷落水，有几只汽艇泄气了，斜斜歪歪地插进水里去。敌人的第一次进攻被打退了。

在第一次击退敌人以后，射击的枪声就一直没有断，而且四下湖边的枪声也都响起来了，显然敌人也在别处的岸边进攻，遭到同样的射击。敌人架在远处船上的重机枪也扫过来了，湖水被打得到处起泡，像开了锅一样，湖水沸腾，微山在炮声中摇撼着。微山岛整个被炮火的烟雾包围了，浓烟在湖面上扫过，到处都是刺鼻的火药味。

天，在炮火中渐渐地亮了。

敌人又组织十几只汽艇，向这边进攻。彭亮和小坡的机枪在交叉着扫射敌人的汽艇群，虽然一只、两只、三只地被打翻，鬼子纷纷地倒向水里，正像小坡对政委所说的，打得敌人的血染红了湖水，可是没有被击中的汽艇还是箭样的向岸边驶来，有两只驶到浅滩上停下，鬼子嗷嗷地从上边跳下，王强指挥着用手榴弹，才把他们消灭。敌人第二次进攻又被打退了。

刘洪指挥北边的队员也打退了敌人两次进攻。敌人对这东北角的顽强抵抗气极了，集中炮火疯狂地向这一带射击。重机枪像刮风一样，在工事的上空扫着，手榴弹也纷纷地落在工事周围爆炸，掀起湖边的泥土。甚至敌人把轰微山的重炮也调转过来，炮弹在工事后边的柳林里落下。重机枪把发青的柳枝打得纷纷乱往下掉，炮弹落下来把柳树的树身削去了一半。

小坡被身边掀起来的泥土埋了半个身子，他吃力地从土里爬出来，抹了一下脸上的泥土，马上又去整理机枪，趴在那里对着进攻的敌人射击了。他耳边听着老洪在叫：

“要沉着地打！要打得准！现在就是给林忠、鲁汉报仇的好时候！”

在他这样的号召下，队员们战斗的情绪更高涨了。他们一直和进攻的敌人打到太阳出来，打退了敌人无数次的冲锋，始终没有使敌人靠到岸边。

又打退了一次敌人的进攻，老洪热得满头大汗，他把帽子摘下，甩在一边，用手抹着泥污的汗脸，发亮的眼睛盯着湖水里漂浮的鬼子尸体。小山从身后过来，对他说：

“大队长！政委请你到那边去！”

李正这时正坐在被炮弹削断的柳树根前，也是满脸泥土和汗污。他在狠狠地抽烟。老洪来了，李正说：

“咱们得准备突围了！”

“怎么？”

“侧面的枪声已经不响了，敌人从其他地方冲上微山了！咱们光顾往外打，你看山上是什么？”

刘洪发亮的眼睛朝着李正手指的方向望去，透过烟雾看到一面太阳旗在山头上飘动。他也闷闷地抽起一支烟。他看到南北的山坡上，已经有黄色的鬼子群在追逐着人群，逃难的老百姓在敌人的炮火下东跑西奔。

“要马上突围！”李正果断地说，“不然西边山上的敌人压过来，我们会受到夹击、被消灭在这湖边的！”

“怎么个突法呢？要冲不出去，倒不如利用工事来和敌人拼个痛快！”

“现在就得很快决定个办法啊！……”

李正是坚持不同意拼的办法的，可是他又不能马上做出最好的决定。他又抽了一口烟，望着远处山坡上渐渐多起的黄色鬼子群，在追赶着老百姓。那么，他们冲出去，一定也会遭到追逐的。他看到一队鬼子追一群老百姓，老百姓跑到水里去了，鬼子沿着岸边想对从水里逃出来的中国人射击。他又看到另一队鬼子过来，两队鬼子在远处摇了摇红白旗，就又各走各的去搜山了。

“黄色的鬼子群追逐着杂色的人群……”李正想着想着，突然想到陈四不愿埋藏的那几捆鬼子军装，他的细长的眼睛马上亮了。他对老洪说：

“换衣服！冲出去！庄里还有鬼子服装！”

他们便匆匆地到庄里去了。老洪命令小山叫北边的阵地上的队员马上撤进庄里，由南边阵地上掩护；最后再由机枪掩护南边阵地上的队员进庄。小山就匆匆地出庄，冒着炮火到北边阵地去了。

北边阵地的队员顺着壕沟进庄了，接着是南边阵地的也进庄了，只有王强指挥着彭亮、小坡和申茂三挺机枪在阵地上扫射着进攻的敌人。可是这次敌人的汽艇很多，平遮了水面，向这边压来，三挺机枪使劲地在扫射着，枪身都打红了，可是敌人丝毫没有退的意思。王强红着小眼有点责备政委为什么把队伍撤进庄里，敌人马上就要扑到岸边了。突然后边山上也扫过机枪子弹，已经是万分紧急，阵地要保不住了。小山流着汗，顺着小交通沟①跑过来叫着：

“大队长命令，机枪马上撤进庄里！快！”

三挺机枪向敌人扫了一阵，王强就带着彭亮、小坡、申茂急急向庄里撤去了。可是一进庄，看到庄里满是穿黄军衣的鬼子，他一愣，正要回头，突然被一个熟悉的声音叫住：

“王强同志！快来换衣服！”

① 阵地内连接堑壕和其他工事以供交通联络的壕沟。在重要地段上有射击设施。也叫交通壕。

这是政委的声音，他再仔细一看，才看清站在街边的老洪和李正都穿上鬼子服装。其他成群的黄色人群都是队员，有的已经趴在庄边，在准备对冲向岸边的鬼子进行抵抗了。他们跑过去，也换上了黄呢子军服。

就在这时，村里又落了一阵炮弹，有几处房子起火了。满庄都是烟火。最后留着守家的老百姓也都纷纷地逃出庄去。就在这群哭叫的逃难人群后边，从庄里出来一队黄色的鬼子群，他们朝前边逃难的人群的上空打着枪追过去。

整个微山岛上，还是炮火连天，到处弥漫着烟雾。大队的鬼子从山坡上向东边的湖边压来，南边也是黄泱泱的一片鬼子。只有西北湖山之间，还是个空隙。出庄的老百姓就往那里跑，后边黄色的敌群也往那边追。

突然从西边山坡走下一队鬼子，向这边打着枪，李正眼看着已经离得很近，就命令王强用机枪向那里扫射了一阵，他无论如何是不能叫真鬼子走近身边的。对面的鬼子停下了，站在一块石头上向这边摇着红白旗，并用日本话向这边叽咕着，显然对方怕伤了自己人，是来取得联络的。

李正叫过穿着鬼子服装的张兰，对他说：

"你照样摇一下红白旗，喊几句日本话，就说游击队往南去了，我们是追这群老百姓的，因为里边有几个游击队。至于番号，你随便说一个就是了。"

张兰站在一个高处，照样也摇了一下红白旗，遥遥地向鬼子咋呼了一阵日本话，鬼子果然向南去了，他们向西北的湖边走去。就这样，他们一路穿过搜山鬼子的空隙，用红白旗和鬼子打哑谜①，当到达山北湖边的时候，迎面来了大队鬼子，对着老百姓乱打着枪，村民们折进湖里去了，老洪也指挥着他的队员们尾追着到湖水里边去。

对面的鬼子，看到后边已有日军从水里追去了，也只向这边摇了摇联络旗，就折向别的方向去了。

他们在水里向北岸走着，开始水有膝盖深，慢慢地有肚脐那么深。前边的老百姓是知道水的深浅的，这微山湖夏秋水深，冬春水浅，没船的老百姓可以蹚水过去的。他们一边向前边逃难的人群上空打着枪，一边在水里走着。

湖里到处是逃难的老百姓，东一群，西一群，都是被搜山的鬼子赶下水的，他们想从水里冲到对岸去。鬼子的小汽艇穿梭似的，在上边架着机枪，扫射着逃难的老百姓。可是看到这一群老百姓后边有日军追着，就不过来了。

和鬼子战斗到现在，又在齐腰的水中前进，到北岸边还有几里水路，扛着武器是够疲劳的，黄呢子衣服浸了水，像石头堕着一样沉，汗水都从队员们的脸上流下，都大声地喘着气。可是大家都被突围出去的希望所鼓舞着，吃力地在水中迈着步子。

张兰的身体是瘦弱的，平时他只是趴在票房里看账本，出外都是坐火车，从来没大跑过这么长的路，而且又在水里走。肩上的步枪，像千斤担样压得他弯着腰，腿疼得像两条木棍一样不好挪动。他口干、气喘，心又跳得厉害。眼看着还有四五里水路就到岸边了，大家脸上都显出喜悦，可是他却连一步也走不动了。

① 没有明确地把意思说出来或表示出来，让对方猜。

彭亮看着张兰的样子，就过来说："老张，你身体弱，来，我替你背枪！"就把张兰的枪拿过，斜挂在肩上，两手还是端着他的机枪。

小坡也过来把张兰身上的子弹盒拿下来。张兰感激地望着他们，身上轻了许多，也可以走得动了。小坡把机枪扛在肩头上，从腰里掏出他的短枪，交给张兰。

"你拿这个轻些！手里没武器是不行的，到岸边还有一场战斗。"

快到岸边了，这群被后边日军追击着的老百姓，蜂拥着向岸边跑去，像被淹的人，在水里突然抓住了船帮。可是就在这时，岸边封锁的敌人向这边射击了。

"准备好！同志们！冲过去！"

前边遭到迎面射击的人群向两边一闪，老洪挥着他的二十响，领着队员在浅水滩里，飞奔着向岸上冲过去了。三挺机枪端在手里向岸边的敌群扫射着，掩护部队前进。没有一个队员落后。

岸上封锁的正是一队伪军，当他们看到老百姓后边突然出现一队日军，就有点吃惊，是不是把日军打恼了。在一阵激烈的弹雨里边，伪军溃乱了，闪开个缺口，铁道游击队就冲过去了。

一上了岸，四下的道路就都是熟悉的了，走哪条小道到铁路近些，他们都知道。他们要冲过铁道东去，只有冲过被铁甲列车封锁的铁道，才算最后突出敌人的重围。岸上所有的村庄都驻有敌人，他们在村庄之间，绕着小道，排成二路纵队向东挺进，遇到远处的敌人，他们摆着旗子，遭遇到少数的敌人，就把他们消灭，然后冲过去。这支前头有着太阳旗的黄呢子服装的队伍，一步不停的，在敌群里向东走去。

将近中午，他们总算冲到铁道边。他们从两列铁甲车之间的空隙里，匆匆地穿过，可是当他们刚过去，一列铁甲车轧轧地开过来停下，车上向他们摇旗，要他们停下，可是老洪指挥队伍却走得更快，因为已经出了包围圈了，他哪还有心来对红白旗感什么兴趣呢！他觉得最要紧的是马上走掉，不要被敌人发觉。

张兰走不动，所以走在最后，彭亮在后边督促着他。当车上摇旗的时候，张兰也站在那里，照样地摇了几下。可是，就在这时，列车上一阵机枪打过来了，张兰就应声倒下去。

彭亮急忙伏在一个土包边，用机枪向铁甲车的射击口扫去，敌人的机枪哑巴了。他爬过去，看到瘦弱的张兰已经躺在血泊里，他摘下他的枪，挂在自己身上，他不忍把张兰的遗体抛在这里，就俯下身去，把这瘦小的身躯打上肩，端着机枪向列车上扫了一阵就转身去追赶队伍。正好小坡来接他，掩护着彭亮安全地向东去了。

直到他们在洪山口停下来，已是下午了，微山湖里还响着沉重的炮声，湖面依然被炮火的烟雾笼罩着。

李正低声地说："打吧！鬼子找不到我们，可能自己发生误会了。"

他们以沉痛的心情，把张兰埋在山脚下。

拓展阅读

七七事变：1931年，日军占领东北后，开始阴谋侵略华北。1936年，日本陆续增兵华北，不断制造事端，频繁进行军事演习。1937年7月7日，日本侵略军以军事演习为名，突然向我国北平（今北京）西南卢沟桥驻军发动炮击。这次事变就是七七事变，也叫卢沟桥事变。日军挑起七七事变后，当地驻军在全国人民抗日高潮的影响下，奋起抗击，中国共产党立即通电全国，号召全民族抗战，全面抗日战争从此开始。

第二十五章

她的遭遇

芳林嫂在微山湖里过了春节，就匆匆地出湖回苗庄了，因为她的老娘生了病，捎信要她马上回去。

她一进门，就感到母亲病势的沉重，望着母亲枯瘦的脸颊，无神的眼睛，不由得一阵心酸，老人的喉头像被什么梗塞住似的，不时发出困难的呻吟。当老人看到自己唯一的女儿到来时，就紧紧握住女儿的手不放，像深恐她再离开似的，眼里滚出了热泪，显然老人在病中盼女儿已盼得很久了。

自从在这庄打特务，芳林嫂砸了松尾特务队长一手榴弹，她的名字已经在鬼子那里很响亮了。虽然铁道游击队在这一带已经打下基础，到处设有情报网，队员们也常在这里活动，搜捕特务。可是临城的特务队总想尽办法，要擒获这个女飞虎队员。所以芳林嫂常常被夜半的枪声惊醒，披衣跳墙逃走，在白天她也时常蹲在庄头，瞅着临城方向的动静，一看不妙，就挟着一摞煎饼到青纱帐里去了。有时为了逃避鬼子的搜捕，她在外庄住一个时期，或者她坐上小船划向湖里，待在铁道游击队的后方。总之，也是不大常在苗庄住了，和铁道游击队一样，她也习惯这种到处流动的游击生活了。在这种情况下，病弱的老人缺少女儿的护理，又不断受到敌人的威吓。有时鬼子用枪托打她，有时用刺刀顶着她的胸膛。发疯的鬼子把她家的家具、粮食全毁了，老人气得发抖，但她最担心的还是女儿的安全。就这样，老人经过几番惊吓和痛苦的折磨，就卧床不起了。

几天来，芳林嫂不分昼夜，做饭煮药，守在母亲床边。她知道母亲的病是为自己的事而加重的，她感到悲痛，可是生在这和鬼子展开激烈斗争的湖边，又能怪谁呢！唯一的只有痛恨敌人，和敌人更顽强地战斗。每当静静的夜里，她听着母亲的呻吟，望着屋角的黑影，在做着经久的沉思的时候，她一边为母亲的病焦虑，一边却又得警惕着敌人的袭击。就是白天，她也总把大门关上，叫凤儿守在门旁，听着外边的动静。靠邻院的短墙边，已放好一条木凳，遇到情况，她就踏上木凳，翻过墙去。现在她的行动完全像一个铁道游击队员一样，每到一个地方，看这里的地形，哪里容易为敌人接近，如果敌人包围了以后，哪里可以冲出去。

这天，临城、沙沟沿站鬼子增兵，一村传一村的情报也传到了苗庄。芳林嫂因为母亲的病重，不能分身①，就由庄上的人，把消息送到湖里。可是到了下午，鬼子像黄色的

① 抽出时间去照顾其他方面（多用于否定式）。

水浪一样，向湖边冲来，湖边各庄都驻满了鬼子。老百姓在鬼子未进庄前都逃到田野里去，芳林嫂扶着病弱的母亲夹在人群里四下逃难。

老人本来是病得下不去床的，可是听说鬼子来了，她还是要女儿扶她走出大门，她哼哼呀呀地说：

“我死也不能死在鬼子手里！”

芳林嫂扶着母亲一步一拐地走，汗珠从老人枯瘦的脸颊上流下，她很艰难地走着，咳得浑身发抖，一到野外的一块洼地，老人就跌倒了，再也爬不起来。

湖边的风是厉害的，虽然已经打了春，可是残冬还在统治着大地，使病人感到刺骨的寒冷，老人趴在泥地上喘息着说：“死就死在这里吧！人老了，也该死了！拖着你们娘俩也活受罪！”

芳林嫂的脸上却没有任何哀怨①，她一手拉着凤儿，一手扶着老娘，不时地撩着额上被风吹乱的黑发，用美丽的大眼睛，瞅着四外的动静。如有敌人追来，她就照顾着一老一少赶快转移。

敌人和以往扫荡不一样。以往一进庄就派出部队到田野里搜捕逃难的人群，这次对逃难的老百姓，并不理会。敌人只在大路上行进，一股股地窜进村庄，一意要马上驻满这一带的村庄。

芳林嫂坐在洼地里，望着远处的湖水和突出湖面的微山的山影，她盼天快些黑下来，想到黄昏以后，摸到湖边，找一只小船划进湖里去。老娘害病，这样在田野里跑动又不方便，而且会加重老人家的病。她想把母亲送往岛上，靠近铁道游击队，老洪会替她找个人家住下，她就带着凤儿怎样跑动也不怕了。

她终于盼到天黑了，但庄里的敌人，丝毫没有撤走的动静，沿湖一带村庄，都烧起熊熊的火光。这是敌人准备在村里过夜的征候。四下看一遭，没有哪个村庄不起火的，敌人把所有的村庄都驻满了。看样子，逃难的老百姓只有在田野里过宿。

她正要扶着老娘，拉着凤儿往湖边走去，迎面来了从那边折回来的难民，说湖边都驻满了鬼子，湖已被严密地封锁了，渔船都逃往湖里去了，没跑及的也被鬼子扣住了。湖面上有汽艇在巡逻，进湖已经是不可能了。

芳林嫂只得又坐回洼地里，把带出的一床被子铺一半在潮湿的地上，叫老娘躺下，把另一半盖在老娘身上，只有在这里过夜了。老娘在被底下哼着，呼吸已很困难了。在这田野里又不能给病人烧碗热水喝，眼巴巴地望着病重下去。凤儿又哭着叫饿，芳林嫂把挟出的干煎饼，撕了一块给凤儿，自己满怀愁闷地坐在那里。

她望着四下的火光，再低头看看蜷伏在地上的老娘，不由得感到心酸。明天敌人就可能到田野里来捉人了。老娘病得这个要死的样子，怎么能跑得脱呢？就是不被枪子打死，东跑西奔，累也累死的。她又透过湖边的火光，遥望着夜色里的湖面，想到刚才逃难人的叙述，敌人一定要进攻微山了。因为湖边从来没有来过这么多鬼子，湖面上从来也没有汽艇出现过。想到这里，她又在担心着湖里的铁道游击队刘洪他们了。

① 悲伤而含怨恨。

“那里可再待不得了呀！你们连夜出湖啊！”

她在焦急地低语着，一半心放在重病的老娘身上，另一半心被山里的人撕去了。她搂着凤儿，凤儿吃了干煎饼，借着妈妈怀里的温暖，静静地睡去了。夜风带着凉气，吹动着芳林嫂的凌乱的头发，她倚在一棵小树根上，怎么也睡不着，眼泪偷偷地从她的眼角流下，滴答滴答地打在她的肩上。她是个倔强的女人，自从芳林死后，她没有为困难而流过泪。自从和老洪认识后，她眼睛里更有神了，浑身又有了力气。可是现在重病的老娘躺在这夜的田野里不能走动，老洪他们又处在那样危险的境地。这一切都在撕着她的心，她不是感到自身的孤独，而是在为他们着急和担心啊！

“情报已经送进湖里了，他们也许会离开那里的！”

在万般无奈的时候，她又回头来想，用她热诚的希望，来安慰自己。

可是，在黎明时，她刚蒙眬着睡去，就被震耳的轰隆声惊醒。她猛地从地上抬起身来，向湖边望去，只见万条火箭向湖里喷射，沉重的爆炸声，从远处传来，微山岛在炮弹爆炸的火光里闪动。接着湖面上也响起稠密的机枪声，湖水映着一片红光，整个微山湖像滚锅似的沸腾了。

鬼子对微山的围剿开始了，每条火箭都像穿着芳林嫂的心，带着哨音的炮弹像不是落在微山，而是落在她的胸膛上爆炸。芳林嫂像疯了样，把凤儿推在一边，忽地从地上爬起来，可是没有站住脚，就又跌坐在地上。她低低地叫道：

“完了！他们完了！”

整个早晨，微山湖里枪炮声都在不住地响。炮火的烟雾像浮云一样在水面上飘动，微山岛都被遮住了。逃到田野里的湖边的人民，都在望着炮火里颤抖的微山，默默地为铁道游击队的安全而祈祷着：

“保佑他们吧！他们都是多么好的人哪！”

自从铁道游击队到了湖边以后，使这里饱受苦难的人民的生活发生了变化。由于他们出色的战斗，打得敌伪顽胆寒。顽军再不敢到这里抢掠骚扰了，汉奸特务也不敢随便到处敲诈了。原来为鬼子办事的伪政权人员，再不敢站在人民头上作威作福①、乱要捐税和给养了。铁道游击队不但能维护他们的利益，而且还搞鬼子的火车，救济和帮助人民。同时他们认为铁道游击队不但是杀鬼子的英雄，而且都是很懂道理的人，常给人民开会讲抗战形势，讲八路军共产党的革命道理，使这里的人民的眼睛亮堂，知道小鬼子不会久长，打败鬼子以后，人民要过什么日子。所以铁道游击队员到每个村庄，都有热情的老大爷和老大娘迎接。他们都愿意帮助铁道游击队，并且把自己的儿子也交给铁道游击队去打鬼子。每逢铁道游击队进行战斗的时候，各庄的年轻人着急，老人们都默默祈祷。当一听到胜利的消息，人民都到处喜洋洋传颂着；遇到铁道游击队失利的时候，人民也在悲伤。上次林忠、鲁汉牺牲，好多认识他俩的老百姓，都落下了眼泪。铁道游击队已经和湖边的人民建立起血肉的联系了。现在他们遭了大难，逃难的人民望着微山湖，忘记了自己的家被鬼子盘踞，自己在寒冷的野外露宿，而为铁道游击队的安全担心。

① 原指统治者擅行赏罚，独揽威权，后来指妄自尊大，滥用权势。

到吃晌午饭时，湖里的枪炮声虽然没有早晨响得剧烈了，可是总还在响着。芳林嫂低头看着老娘躺在地上，已经喘得上气不接下气了。微山岛的那副心事还没放下，身边将要断气的母亲又触起她的悲痛来。凤儿也饿得直哭叫。她的心被撕裂着，如果有老洪在身边，一切就会好些，只要他发亮的眼睛望她一下，或者简短地叫一声："别熊气呀！"她也就满身是劲了。可是现在老洪也死活不明，她满腹的哀痛向谁诉说呢？她只有趴在母亲身边哭泣，因为只有母亲还了解她的心，可是母亲已是半死不活了。

同村一块逃难的老大娘们，看到芳林嫂这个苦样子，也都同情地陪着唉声叹气。一个年轻寡妇，一手拉着还不懂事的孤儿，一手扶着寸步难行的老娘，在这四下尽是鬼子的野外逃难，就够难的了。可是这老娘又突然病倒在地，不能动弹，背又背不动，舍又舍不得，这副担子叫谁能担得起呢！慢说是个女人，就是个男人，能有啥好法呢！老大娘们围上来，给凤儿点吃食，使她止住哭，就来劝芳林嫂。

"凤儿娘！你心得放宽些呀！遇到了这种事，光哭也没用呀！别哭坏了身子，还是顾着身子要紧。走时大家都帮着你！唉！你这个老妈妈也病得不是个时候！你要'回去'么？也不该在这个时辰呀！可难坏了闺女了……"

人们只从病人身上来安慰芳林嫂，可是哪知道她望着湖里，还有另一条愁肠呢！

过午以后，微山岛的居民，有的从水里逃出来了。当他们和芳林嫂这群逃难的人们汇合到一起时，才喘了一口气，因为他们冲过敌人对湖的重重封锁，到达这里，总算安全些了。芳林嫂一见他们，就拭去了眼角的泪水问：

"那边铁道游击队怎么样了？"

一个老大爷，一边拧着衣服上的水，一边回答着芳林嫂："怎么样？可了不起呀！在微山东北角上，叫他们打死多少鬼子呀！满湖都是鬼子的尸体，鬼子始终没有从那里冲上来……可是鬼子从西南两边冲上去了。抄了他们的后路……"

"怎么样了？"听的人都同声地问。不仅芳林嫂自己，大家也都关心着铁道游击队的安全。

"怎么样？"老大爷的眼睛闪着神秘的光辉说，"那谁能知道呢？光听人说，鬼子一抄后路，花了眼，到处找，找不到他们。"

说到这里，老大爷指着微山的方向，那里的炮还正响。他又说下去：

"你听！还在打着呢！打了一夜。可是他们就找不到铁道游击队。光听说鬼子东一路打西一路，西一路打东一路，南来北打，北来南打，都认为对方是飞虎队。这一来，鬼子死的可不少……"

"他们现在到底在什么地方呢？还在微山上么？"芳林嫂想问个仔细，心里才落实，就急切地问。

"那谁知道他们在什么地方呢？铁道游击队神出鬼没，连鬼子的指挥官都气得直打转，我叫鬼子乱枪打得头昏眼花，光顾逃命，哪能知道那么清楚呢？"

周围的人们听到湖里渔民老大爷的话，都在纷纷议论了，有的说：

"我看不碍事，铁道游击队一定有神人指点，不然鬼子怎么会花了眼，会自己打自己呢？是神迷住了鬼子的眼睛，使他们分不出哪是自己人，哪是铁道游击队了。"

"是呀！上次搞洋布，关老爷的马不是下山助阵了么！有神保佑！他们洪福大，不要紧。”

芳林嫂并没有为这些议论而宽心。因为她对铁道游击队的了解比他们更清楚些。她知道老洪他们和鬼子战斗，多次打败鬼子，全靠他们的勇敢和智谋，并不是什么神的保佑。她听着远处的炮声，心还是沉甸甸地像坠了一块石块。

下午，湖里的枪炮声渐渐稀疏下来，可是铁道东又响起稠密的枪声，到傍晚，各处的枪声才静下来。只有湖里微山上烟火还在缭绕。

鬼子的大队不断地从湖里撤出，这是进攻的部队又回到岸边了。他们押解了成群的老百姓，和一些被俘的游击队，可是也运回来更多鬼子的死尸，一批批用汽车往临城拉去。这是他们围攻微山的代价。

芳林嫂在远处望着被押解的俘虏，想从那里边辨认出熟悉的面影，但从身形上看都不像。天已经渐渐黑下来。

逃难的人群还得在田野过夜，因为各个村落又都燃烧起熊熊的火光，鬼子还驻在村子里。

到半夜，芳林嫂的娘已经不省人事了，四肢发凉，只有口鼻还能呼出微弱的气息，看样子到不了天明，就要离开人间了。芳林嫂抚着老娘的身体，心像刀绞一样。老娘守寡就拉巴[①]大她这个闺女，没过上好日子就要在这逃难的田野里去世了。她连大声哭一下都不能够呀！鬼子还住在庄里，什么东西都没带出来，怎么把老娘安葬。

四外的村庄都有着火光照耀，逃难的人群里发出鼾声，只有几个好心的老大娘守在芳林嫂的身边，陪同她叹息，其他一切仿佛都很寂静，只有夜的远处偶尔传来几阵冷枪。由于人们经过白天敌人围攻微山的炮火，对这些已感觉不到什么了。

突然远处传来一阵低低的呼声：“芳林嫂！芳林嫂！”这声音显然是怕惊动敌人，而故意压低的，可是这呼声里却充满着焦急。呼声渐渐近了：

“芳林嫂！芳林嫂！”

芳林嫂的头忽地从母亲的身体上抬起，向呼喊的方向望去，那里是一片漆黑。这是个多么熟悉的声音啊！她把母亲和凤儿交给大娘们代为照顾着，就向呼喊的方向奔去。

她看到前边一个小树丛里，有个黑影，呼声就从那里发出，她走上前去低低地问：“谁呀？”

“我。”

到跟前一看，原来是本庄刘大娘的儿子小川，他好久就要求参加铁道游击队，是自己庄里的可靠关系。小川一把抓住芳林嫂说：

“我们找你找了半晚上！快！”

芳林嫂一听到“我们”两个字，就知道是指的谁了。她浑身突然生长出不可抗拒的力量，随着小川匆匆地向西边的一个坟地走去。

坟堆后边忽然出现了两个头戴钢盔的鬼子身影，芳林嫂吓了一跳，把小川拉她的手猛力一甩，正要折头往回走，对方说话了：

① 方言。辛勤抚养。

“芳林嫂！是我们！”

芳林嫂才听出这是小坡的声音，她心里的一块石头才算落下来了。她忙走过去，看看刘洪也正站在那里。芳林嫂黑亮的眼睛和老洪的视线一接触，不知怎的她忽然感到一阵心酸，两行泪水哗哗地落下来。

“我们终于找到你了！”刘洪欣喜地说。

“你们怎样了？”

“没有什么，冲出来了！”

“你们咋穿这些衣服呀？！怪吓人的。”

“就是这鬼子衣服救了我们的，也正因为穿这样的衣服，我和小坡才能从敌人群里摸到这里来找你。”说到这里，刘洪关切地问：

“凤儿呢？”

“在她姥姥那边！”

“快去把她抱来，咱们一道走，我来的目的是接你到山里去的，政委也是这样希望，你到山里受训以后，就可以参加工作了。现在鬼子大军驻满铁道两侧，明天就可能开始搜索，你留在这里是危险的！”

“你们进山么？”

“我们暂时先撤到北山根据地的边缘，等到这边情况好转后，再插过来，敌人在这里的时间是不会长的。快去抱凤儿赶快走吧！天亮前我们一定得赶到道东。”

芳林嫂对老洪关切的督促，不由得引起内心一阵感激和喜悦。他们是脱离危险了，可是现在他又为着自己而冒险穿过敌群，来援救她，带她到山里受训，这又是她多么愿意去的地方呀！她在和铁道游击队在一起的时候，在掩护过路同志的谈话中，受到革命的教育，认识了革命，政委曾经和她谈过，准备送她到山里去受训，将来好参加革命工作，她也听队员们说，老洪所以那么坚强，是因为曾到山里受过教育的。现在真的要她到山里去受训了，这该使她多么高兴啊！可是当她想到病危的老娘，这一阵的高兴又变为难言的哀痛了。母亲快要断气了，难道她忍心离开么？！她的满腹哀愁，现在可有人听她来诉说了，她就把母亲的病一五一十[①]地说给老洪听。最后她说：

“你说，我能忍心离开她么？”

话还没讲完，芳林嫂就去擦泪水了。老洪听了这个情况，虽然他一向处理问题很果断，可是现在也陷入一种沉闷的情绪里边，拿不定主意了。但是他还是说：

“你自己决定吧！不过事不宜迟，再晚就过不去铁路了，他们还在那里等着我。”

芳林嫂说：“她不病还好，要是眼看她老人家快死了，我还离开，这能对得起她么？她另外又没一个亲人！”

“看这样你得留下了。”

“不留下又有什么办法呢！可是你知道我又是多么愿意和你走啊！”芳林嫂又在擦眼泪了。

① 数数目时往往以五为单位，一五，一十，十五，二十……数下去，因此用“一五一十”形容叙述时清楚有序而无遗漏。

“好吧！就这样决定吧！”老洪像害牙痛似的说了这一句。他是不愿意她留下的，可是竟遇到这个难题，一块把老人带走是困难的。他想到明天就要变坏的情况，不由得皱起了眉头，望着芳林嫂：

“怎么样？情况恶化后，能坚持住么？”

“这个你放心好了。”

老洪听了芳林嫂坚毅的回答，他点了点头。这一点他是相信的，不过这也并没减轻他的担心。他便掀起了衣服：掏出一支手枪，交给芳林嫂。

“把这个留着应付情况吧！遇到敌人，它会帮你的忙的！”

“好！”芳林嫂接过了手枪，老洪曾经教过她打枪，她拉了一下，顶上了膛①。

“那么，再见吧！要咬紧牙关啊！”

“决不装熊就是！”

两人的手握在一起了，芳林嫂抓住老洪的手，总不想放开。她知道这一离开，自己就又陷入孤独无依的境地。可是时间很紧迫，老洪毅然地把手抽出，说了一句：

“等着啊！我们很快就会回来的！”

他就和小坡、小川折身没在黑影里了。直到这时，芳林嫂才感到别离的重量，才感到孤独的苦味。她全身像突然散失了力气，扑通跌坐在一座坟堆上，眼里又流下了泪水。好一会儿，她才恢复神志，慢慢地爬起来，握着手枪，艰难地向老娘躺卧的洼地走去。

天没亮，芳林嫂的娘就死了，芳林嫂趴在老娘尸体上哭泣。同村的逃难人，在这洼地旁边，帮着挖了个墓坑，乡邻们弄来了一个破席片，卷巴着把老人埋葬了。

太阳已从东山爬起，照耀着这新垒起的坟堆，当芳林嫂伏在坟前鼻涕一把、泪一把痛哭的时候，各庄的鬼子已经出发到田野追捕老百姓了。

芳林嫂拉着凤儿，随着人群东跑西奔，后边鬼子追着，跑到东，东边鬼子堵住去路，又折向南边。可是湖边的鬼子又迎面拦住了，他们就再向北跑。到处是鬼子汉奸在打着枪，到处是老百姓在奔跑着，人群里夹着哭叫声。汉奸特务在向逃难的人摇着白旗喊叫着：

“不要跑！都回庄去！皇军爱护老百姓！在野外的一律乱枪打死！”

到下午，老百姓都跑得精疲力竭了。有些地主富农，都回庄了。有些人被鬼子赶着回去了。可是芳林嫂一直跑到天黑，都没有进庄，夜里还是宿在田野里。

第二天，田野里又是鬼子追赶着人群，可是逃难的人越来越少了。因为鬼子丝毫没有撤走的意思，跑到何年何月呢！有的看到回庄的还没发生什么事，也就慢慢地回家了。现在野外逃难的只剩铁道游击队的家属和有关系的人了。芳林嫂把凤儿交给一个亲戚家带到别庄去，自己就夹着一卷干煎饼到处流动，蹲在坟堆旁，趴在洼地里躲着鬼子，她是下决心不和鬼子见面的。在万不得已碰上时，她只有掏出手枪，像铁道游击队员一样和鬼子战斗了。

① 把枪弹推进枪膛里或把炮弹推进炮膛里准备发射。

野外逃难的人很少了。这样可以缩小目标，便于隐蔽，可是也有个最大的危险，就是离开了人群，更容易暴露了。芳林嫂趴在一个坟堆旁，看着发青的麦苗，低低地说：

"你快长呀！"

她盼着麦苗快长高就可以像铁道游击队员一样，出没在青纱帐里，敌人就不容易找到她了。因为铁道游击队的活动方式，她是很熟悉的。可是眼前的麦苗还只有脚脖深，只能埋住老鸦，她看着麦苗在发愁。

夜里下了一场春雨，芳林嫂淋得衣服都湿透了，趴在荒坟堆中，浑身沾满了污泥，几天没梳洗，蓬头乱发，在泥地上坐着。她在最困难的时候，想起老洪发亮的眼睛，记着他临走时对她说的话：

"咬紧牙关呀！"

现在她是咬紧牙的，没有对眼前的困难低头，她只盼着铁道游击队早日回来，这一天总会到来的。可是雨夜的风是凉的，尤其湿透的衣服，紧贴在身上，使她不住地颤抖。她对自己说：

"这样会冻病的！不行！病了就不好办了！"

她毅然地站起来，向附近的一个小庄子走去。天又黑，路又滑，她一步一跌跤地走到村边。村的东头有着熊熊的火光，她知道鬼子住在东头。当她又向西走去时，突然滑了一跤，只听砰砰两声，带哨的子弹从她头上飞过，这是鬼子的哨兵打来的。她急忙趴在一个土堆后边停下不动。鬼子向这里照了一会儿电筒，一切又沉静下去。

她不敢再站起来，就匍匐着从西头爬进庄去。跳过一堵短墙，跌落在一家老百姓的院子里。当她爬到锅屋里，这家主人进来，一看是个逃难女人，好心的房东老大娘就把她收容①了。

她在这家熟睡了一夜，可是在天亮前，她就又偷偷地溜出庄到野外去了。因为白天鬼子查户口，她留庄里是危险的。就这样，她只有在万不得已的时候，才偷偷进庄过夜。

一天，她在野外流荡，意外地碰到冯老头。这老人也瘦多了，显然这些日子逃难受了折磨。一见面，老人就着急地问芳林嫂：

"他们怎么样？"

"没啥！都冲出来了！"

老人说："可是鬼子汉奸乱咋呼说飞虎队完了。全部消灭在微山上。有的老百姓也信以为真。"说到这里，老人从怀里掏出一张鬼子办的报纸。他知道芳林嫂不认字，就指着报上的字说：

"你看鬼子在这报上登多大字，鼓吹围剿微山的大胜利哩！上边说消灭了共军两个支队，三个大队，飞虎队全部就歼。连鬼子自己也承认攻微山伤亡了七百多呢！鬼子这次损失可不小！"芳林嫂把他们化装突围的情况和见到老洪的事情，跟冯老头谈了一遍，喜得冯老头合不住嘴，他这几天的奔波疲劳和苦闷，被赶得烟消云散了。老人兴奋地抖动着雪白的胡子对芳林嫂说：

① （有关的组织、机构等）收留。

“好啊！只要他们没受损失，那咱这一带就没大问题了，谢天谢地！”说到这里，老人的脸又沉下来说：

“眼下各庄的地主坏蛋，都又在翻白眼了，他们以为铁道游击队没有了，又是鬼子的天下了。松尾又在召他们开会，伪政权又要成立，我看搜捕咱们这号人的时候又要到来了。你跑出来是对的，可要警惕点啊！我最近就想到山里去看看他们，要他们快快出来。”

“你几时走？”芳林嫂听到冯老头要进山，很高兴地问，“你把我带去吧！临走老洪还要我去受训的。现在母亲也死了，凤儿寄放在亲戚家，我可以脱身了。”

“行啊！不过我得先打听下铁道边的情况，咱们约个地点吧！”

他俩约定后天傍晚还在这里见面，连夜过铁路进山。说完就分手了。

当晚，芳林嫂就偷偷去看凤儿，到亲戚家还是跳墙进去的，姨母在灯影里几乎认不出她了。因为她多日在野外奔波逃难，挨冻受饿，弄得蓬头乱发，有些消瘦了。连她自己照着镜子也感到吃惊。只有那对显得特别大的水漉漉的眼睛还像她原来的样子。

她把凤儿偎在怀里，用干涩的嘴唇，亲着孩子的脸。自从老娘死后，只有这孩子挂着她的心了。现在她将要离开孩子到山里去受训，参加革命工作，再见面还不知什么时候。进山是她乐意的事，可是要离开孩子，不禁勾起她的一阵心酸。

凤儿也像懂得妈妈的苦楚似的，沉闷地盯着妈妈。芳林嫂没有告诉凤儿她要远走，只叮咛说：

“妈妈不能在家守着你呀！要是鬼子汉奸来了，就会把你妈妈逮走了。我在外边躲躲，等鬼子走了，妈妈再来领你，你在这里要好好听姨姥姥的话呀！”

凤儿懂事地点点头，芳林嫂更紧地把孩子搂在怀里。

在这里，芳林嫂总算吃了一顿热饭。想到就要走了，她静静地对着镜子，梳了一下头，洗洗脸，把泥污的衣服整理了一下。

在约定的时刻，芳林嫂到了前天她和冯老头谈话的地点，她倚着一棵树在盼着老人的到来。她四下望着浸在暮色里的村庄，都又燃起熊熊的火光，远近处常传来捕人的枪声，心里想着自己马上就要离开这到处追捕她的环境，到山里去学习，很快就要见到刘洪了，她心里感到无比喜悦。

天已经完全黑下来了，还不见冯老头到来，她站得腿有点酸了，就靠着树坐下来，可是她的眼睛还是在向四下瞅着。夜已静下来了，四处每一个黑影和动静，都能引起她最大的注意，可是冯老头还没有来。

“老头把这事忘了么？不会啊！在这种情况下约定一道到山里去的事，总不会忘记的。出了什么岔子①么？也不会呀！老头和铁道游击队相处很久了，是很机警的。可是他怎么还不来呢……”

芳林嫂坐在湿地上，两手搓着脚边的麦苗在寻思着，麦苗经过一场春雨又长得高些了，长得高的地方，爬进去就可以埋住人了。不过现在芳林嫂已经不从这方面想事了，

① 事故；错误。

唯一系在她心头的事，是赶快离开这里，到山里去。冯老头迟迟不来，使她有些焦急了。她抓一把麦叶在撕着，麦叶都被撕断了。她实在等得不耐烦了。

三星已经正南，芳林嫂整整等了半夜，再晚些就过不了铁路了。她心急得像火烧似的。为了能够早一些见到冯老头，她站起来，向着远处冯老头住的小庄迎上去了。她想着也许在路上会迎着他的，她是多么急切地想见到他啊！她一边走着，一边四下瞅着，生怕冯老头从两边过去，碰不上头。可是一路上她的眼睛在夜色里都瞅痛了，还是没看到冯老头。

已经快到庄边了，庄里的火在熊熊地烧着，敌人一定盘踞在庄里，她趴在庄边的一块麦苗里，向庄里望着。村里除了火光和庄东头敌人的哨兵，什么动静都没有。

再不能等了。她下决心要爬到庄里去，去找冯老头，他的家她是知道的，是在东头，可是那里有哨兵，不好接近，她只有到庄西边的住家去打听一下，通过老乡去喊冯老头，比冒冒失失到他家更妥当些。拿定了主意，她就偷偷避着火光，在黑影里向庄里爬去。

现在她已经很会扒墙头了。为了要见冯老头，她摸到一家短墙根，就很熟悉地翻到院里了。她悄悄地摸到住屋的门边，轻轻推着门，门里边有个老大娘低低地问：

“谁呀？”

“我！好大娘开开门吧！”

听到是个女人的声音，老大娘很快就把屋门拉开，一见芳林嫂就问：“你干啥啊？深更半夜的……”

“逃难的呀！我想在这躲一会儿就走！”

老大娘把她让进屋里，把屋门关好，点上了油灯，在灯光下老人望着芳林嫂的脸，同情地说：

“俺也是刚逃难回来不久呀！你是哪庄的？”

“东庄的。”芳林嫂随口说了个庄名，因为她在苗庄很红，怕别人知道她是芳林嫂，所以她没敢说出自己的庄名。接着她对老大娘说：“俺家住了鬼子，青年妇女谁还敢在家住呀！就跑出来！”

“你和这庄有亲戚么？”

“有！我和冯老头，文山大爷是亲戚，一进庄我看他住的那边有鬼子的岗，就没敢过去。”说到这里，芳林嫂就转到本题上了，就问：

“冯大爷在家么？”

“别提了！”老大娘叹了一长气说，“他被逮去了！”

“啊？！”芳林嫂像被泼了一头冷水，她不相信自己的耳朵，又紧跟着问，“怎么？”

“被逮去了！”老人重说了一遍，眼睛也有点红了，“昨天夜里的事！从鬼子来这些天，他都没沾家呀！就这天偷偷回了趟家，就遭了事。听说他到临城那边去了一遭，要想到山里去，才回家收拾一下，可是特务早跟上他了。在他没来家前，鬼子就到他家逮他好几次了。鬼子没捕着，就没有再上他的门，谁知鬼子暗地在他门边设了岗，不论白天或夜里，都守着他的门，一见他进门，就包围了院子。”

老人望了一下芳林嫂，这时她已把脸埋在手掌里，泪水从手指缝里流出，老大娘又长叹了一声，说下去：

“是个多好的老头呀！他临被鬼子押着带走的时候，鬼子用枪托打他，说他是老八路，可是老人并没有含糊，鬼子一边打，他一边叫骂：‘你们能把我这个老头逮住，可是你们可逮不住铁道游击队！奶奶的！我人老了，死了没啥！可是铁道游击队会来对付你们！’唉！提起他被逮去，庄里没有人不流泪的！”

和老大娘谈过不久，芳林嫂就又溜出庄去了。她像失了魂魄似的，在夜的田野里晃荡着身子走着，她浑身上下都没有了力气，但是她还是挣扎着走着。冯老头的被捕，对她是个多么沉重的打击啊！完全打碎了她刚才一切的想法。进山受训是不可能了，因为没有冯老头引路，她不知道往山里去的路线的。她无力地向前走着，最后跌坐在一块坟地里。现在她只有想尽办法逃避敌人对她的追捕，继续在田野里流浪了。

各庄已拆掉的炮楼，在鬼子的监督下又都修起来了。铁道游击队的家属和有关系的人都被逮捕了。过去和铁道游击队有关系的保长，或被捕，或被撤换，流氓坏蛋当起伪保长，伪政权又成立了。松尾召集这些伪保长开会，为防止八路卷土重来，要各庄组织“反共自卫团”。并出动宣抚班到各村宣传，他们指着照片上的一片尸体说，飞虎队全部被消灭了，妄图欺骗老百姓相信这湖边再没有什么飞虎队了。事实上知道铁道游击队化装突围出来的，只有小川、芳林嫂和冯老头了。可是小川当晚就跟着老洪进山，冯老头又遭到逮捕，现在知道的只有芳林嫂她自己了。可是她每天被追捕，一个人四下逃难，没有机会来和群众讲这事情。所以湖边的人民都以为真的没有铁道游击队了。

听说铁道游击队被消灭，一些地主认为湖边已成了鬼子的天下了，都纷纷投进鬼子的怀抱。东庄的地主胡仰，仗着他的儿子在临城的势力，竟当起乡长来了。松尾又特别为他组织起乡自卫队，又配备了枪支，统辖各庄的“反共自卫团”。沙沟后边有个大镇，镇里有个大地主的儿子叫秦雄，上过中学，是国民党三青团员，铁道游击队到湖边后，他为了保住自己的产业[①]，就跑去找李正，想要求参加点工作，李正把他留下，进行教育。可是他胆小，经过几次战斗吓破胆，后来就又跑回家不干了。现在他又被松尾拉出来，成立队伍，委为湖边“剿共司令”。松尾的意图是想借这秦家大地主的势力，来统治湖边一带村庄。因为鬼子围剿微山后，暂时屯兵湖边，伪化这个地区，以后准备撤兵南下，调往南洋作战。现在鬼子兵员缺乏，是不能在这里久待的。所以松尾趁着大军在境，就加紧着湖边的伪化活动。

湖边伪化起来了。松尾就回临城审问案子，因为这次扫荡抓的人太多了。他查了一下“犯人”。独独不见芳林嫂，这就使他很生气。因为芳林嫂给他的印象太深了。她使他在苗庄几乎被飞虎队活捉，虽然脱险了，却挨了这个女人一手榴弹，打得他头上起了一个鸡蛋大的疙瘩。这仇恨他忘不了，所以他一定要在这次活捉芳林嫂。

他气冲冲地去找到秦雄，限他三天把芳林嫂抓来，不然，不但反共司令当不成，还要秦雄的脑袋。

“一定帮我拿住她，不信你这个司令就拿不到一个女人！三天交活的来！”

秦雄为这任务，搔着头。他在铁道游击队时，是认识芳林嫂的，也知道她和刘洪的

① 土地、房屋、工厂等财产（多指私有的）。

关系，在刘洪教育下，她是个了不起的女人。她会使枪，又熟悉铁道游击队的一套活动方式。这些天，秦雄曾带着队伍配合鬼子清剿[①]各村，也注意到拿她，可是却捉不到。现在松尾限期要芳林嫂，他就召各乡长开会，也下了死命令，尤其指着胡仰说：

“她在你乡！两天交来，交不到小心你的脑袋。”

胡仰带着他的反共自卫队和各乡的反共自卫队，加上鬼子配合着，不分昼夜地在湖边清乡了，一夜包围好几个庄子，挨家搜查，可是总不见芳林嫂。又分数股在田野的麦苗里拉网似的清剿，还是没有。一天夜里，反共自卫团在田野里清剿，有个伪军看到一个黑影从身边闪过，他追上去，突然砰砰两枪，他的左臂中弹。别处听到这里的枪声，大队鬼子汉奸包抄过来，找了一夜，还是不见踪影。

三天没有捉到，秦雄请求松尾再宽三天，一定可以捉到，因为在清剿中有人看到过她了。松尾听说有了踪影，就答应下来。

芳林嫂在这几天清剿里边，没有合一下眼，随时都在紧张地奔波着，白天还可以望远，看看鬼子来了，就在麦丛里爬到别处，可是夜间就只有靠两只耳朵听四下的动静了。有几次她是从鬼子包围的空隙里，顺着麦垄爬出来的，有几次她是打着枪才冲出来的。

好几天没有吃饭和睡觉了，她疲劳得头像千斤重，一低下头就打盹，可是四下敌人清剿着，她怎敢睡下呢！想到这里，她就强打精神，有时把自己的大腿用力地拧几下，用疼痛来驱逐疲倦，支持下去。这夜已经是第六夜了，当她从另一块麦田爬到这块麦田，在一个小土堆边一趴，头就再也抬不起来，浑身软得没一丝力气，身子一着地就呼呼地睡去了。

她突然被一阵杂乱的声音惊醒，一睁眼四下都是人，有几个已向她扑来，她一抬身，正要举枪，可是已经晚了，几个伪军把她抱住，她再也动弹不得。

胡仰用电筒照着芳林嫂的脸，哈哈笑着说：

“可把你找到了！”

芳林嫂大骂道：“胡仰！你这狗汉奸！”

胡仰想到这几天为捉不到芳林嫂自己所受的气，一见芳林嫂就想去痛揍她一顿才痛快，可是现在他望着这女人，不由得心里有点胆怯，也许是过去铁道游击队那种英勇威武的气概所留给他的印象吧！因为过去他看到刘洪那对发亮的眼睛，心里就打寒战，所以现在他看到刘洪的爱人也有些骇怕。他不但没敢揍芳林嫂，相反却赔着笑脸：

“你不要生气！这是松尾要你，我们也没办法，秦司令为这事也为难不小。你和秦司令是老熟人，他还有话给你说呢！”

“哼！难道我还怕去见他么！”

芳林嫂就被押着走了。

① 全部消灭；肃清。

拓展阅读

北山根据地： 指1939年一一五师在临沂市兰陵县抱犊崮建立的抱犊崮革命根据地，这也是八路军主力在山东建立的第一块根据地。在这里他们打退了日军的多次扫荡，逐渐发展壮大。

三青团： 中国国民党下属的青年组织，全称为三民主义青年团，1938年在武昌正式设立，蒋介石任团长。三青团以抗日救国为口号，安置流亡青年、举行夏令营等活动、建立战地服务队等，后来逐渐成为蒋介石反共的工具，有些地方的三青团沦落为迫害进步青年的特务组织。1947年，三青团并入中国国民党。

第二十六章

三路出击

麦子已经秀[1]穗了。队员们都疲劳地蹲坐在深深的麦苗里，只有王强蹲在一个小坟头上，望着铁道上的一列碉堡，小眼都气得通红了。

湖边围剿微山的敌人撤走了。铁道游击队受命出山，这次出山的任务是紧急而艰巨的，司令部要他们迅速打开湖边伪化的局面，恢复这鲁南通湖西的交通线，控制交通线，掩护一批干部过路。为了慎重起见，司令部又特派一位王团长带一部分武装协助他们工作。于是，他们兵分三路出山了。刘洪带一路从北，李正和王团长带一路从南，王强带这一路从中插过道西。约定第四天的傍晚，在道西苗庄村北的小树林里汇合。

王强这一路出了洪山口，向道西插，可是突到铁道边，遇到了困难，因为敌人在这里挖了一丈多宽、一两人深的护路沟，不能攀越。只有从大路口过，大路口却修有碉堡，他们一接近就被打回来。道东一带村庄也伪化了。各庄都有反共自卫团，不能接近，一靠庄边就开枪，这里一响枪，铁道上的鬼子就出动。三天来，他们遭到了六次战斗，还是过不得铁路，只得暂退在这洪山口的山坡上，蹲在麦田里闷着。

王强想到明晚就要到达道西树林里汇合，急得满身出汗，无论如何，今晚得赶过路去，不然就耽误大事了。他蹲在坟堆上眨着小眼，想了一阵，就把小山叫到跟前说：

“我和小坡今晚先过路，人多了不好过，留下的队员暂由你负责，吃饭时派人到后庄去搞给养，白天晚上不要离这一带山坡。我们过去后就派人来接你们。”

说完后他和小坡就到后庄去了。这个庄子是老周活动的地区，群众基础较好。王强到庄里，和一个庄稼老大爷换了一套衣服，叫小坡也和青年农民换了一身。正好庄里有两副卖梨的挑子，王强就连梨带筐都买了。

天快黑的时候，王强和小坡打扮成卖梨小贩，就出庄了。小坡望着王强的大破棉袄，不住发笑。王强眨着小眼说：“你别笑！咱这是化装演戏啊！这场戏可一定要演好，才能混过路去！”说着他弄把锅灰，往脸上抹，从腰里又掏出一撮羊毛，撕了撕往嘴巴上边一贴，笑着说：

“你看像个老头吧！”

“太像了！副大队长！你在哪学这么个本事呀！真像个老头！”小坡拍着手叫好。

“在哪学！还不是向山里文工团学的！亏你还是娱乐委员哩！”说着又指着小坡的脸说，“你也得抹两把土才行呀！”

[1] 植物抽穗开花（多指庄稼）。

小坡就从地上弄点土，在手掌心一搓，向脸上抹上去。他俩把二十响的匣枪，装满梭子，扳开机头。快慢机头都扭到快的位置，别在腰里。王强说：

“过路时，他们要吃梨，不要钱让他尽管吃去，可是要是搜身，就掏枪打，打倒了就跑，无论如何得冲过去。”

“好！”

小坡点头照办，他们就上路了。他们一路都是绕庄而过，为了怕人买梨，惹出麻烦。虽然在路上也碰到些伪军和村民，可是并没有惹起注意，就过去了。

他们是从鲁村过路的，因为这条东西大路没有被护路沟截断，留着通过行人的。可是就在铁道路基下边的路口上，修起了一个圆碉堡，上边驻有一班伪军。当王强和小坡走到这里时，天已黄昏了。他们一迈上路基，碉堡上下来两个伪军，对他俩拉着枪栓，厉声地喊道：

“站住！干什么的？”

“卖梨的呀！”王强放下挑子，装出老人的嗓音回答着，“俺去发货起身晚了，赶到这就天黑了，咱是道西庄子里的人呀！借光①吧，老总！”

两个伪军走到担子跟前，用刺刀尖挑着筐上的蒙梨的布，梨香就从那里溢出来。小坡嬉笑地说：

“尝尝吧，老总！这梨很可口哩！”

当头的那个伪军就蹲在梨筐边上。一手抓过一个大黄梨，像拿着自己的东西一样，放到嘴上就是一口。一边有味地嚼着，一边回头对另一个伪军说：

“不错！很好吃呀！”

另一个伪军也蹲下来吃起来了。他们觉得吃老百姓的东西就是应该的。小坡也很慷慨地弯下身，两手抓着四个大梨，塞进伪军的怀里，一边说：

“吃吧！老总，做这趟买卖怎么也能赚出这几个梨钱！拿去吃吧！”

王强也让另一个伪军塞了满口袋梨，手里还拿着，觉得这一老一少的卖梨人还很通人情，所以当王强赔着笑脸说：

“老总，天黑了！我们得赶路呀！”

伪军就说：“走吧！走吧！”

他俩就挑着担子向道西走了，走了半夜，两人在苗庄村南的麦田里停下。根据道东伪化的情况，是不能冒失地进庄去的。王强叫小坡把挑子放下，偷偷地到庄里去找芳林嫂，了解一下这边的情况。

小坡躲着伪自卫团的岗哨，从庄东头爬进庄去，可是当他到了榆树底下，往芳林嫂的大门一望，不觉吃了一惊，门上已经落了锁，门缝上贴着交叉的十字封条。小坡知道事情不妙，他不能在这里久停，就敏捷地蹿向一个夹道，翻了一道短墙，到刘大娘的家里去了。

一阵低低的叩窗声过后，屋里刘大爷的咳嗽声传出，接着他在问：“谁呀？”

“我！刘大爷！快开门！”

① 客套话。用于请别人给自己方便或向人询问。

刘大爷一开门，看见月光下的小坡，吓得倒退了两步，在喃喃地说：

“你是人是鬼呀！你们不是都死了么？”

小坡知道他被谣言迷惑了，就走上前一把握住刘大爷的手，走进屋里去，自己划着火柴点着油灯。老大爷在灯影里还不住地上下打量着小坡。

小坡笑着说：“鬼子希望我们死！可是我们却都活着，不要听鬼子的反宣传！我们又都过来了。”

“真的么？”

“这还假得了么？”

小坡把微山突围的情况，简要地告诉了刘大爷，老人才像从噩梦中醒悟过来。他是铁道游击队开始到湖边就建立的关系，为了进行工作，小坡曾认刘大娘作干娘，以后老大爷觉悟了，不但帮助他们送情报，还把自己的大儿子送到铁道游击队当队员，二儿子小川在微山打仗那天不见了，听小坡说那天随老洪一道进山了。正因为他和铁道游击队有这么密切的关系，所以在鬼子围攻微山的时候，他和老伴也为着铁道游击队的安全洒着眼泪。以后鬼子侵略军占了微山和湖边，大批捕人，他老两口也被捕到临城，受尽苦刑，最近花了钱，才放出来。由于鬼子的反宣传，湖边的人民都以为铁道游击队真的都葬身在微山了。每逢老人想到铁道游击队和被捕所受的苦情，就不由得落下泪来。现在见了小坡，突然听到铁道游击队还安然存在，而且又过来了，一阵欢欣和兴奋，使老人完全忘掉了过去的痛苦。他重新紧紧地握着小坡的手不放，像握着久别重逢的亲人一样。小坡望着老人眼睛里又冒出兴奋的泪水，便对刘大爷说：

“走！副大队长还在外边等着哩！”

他们就偷偷地溜出庄去，刘大爷是那么急切地想见见王强，当一进麦田，看到前边远远的月光下有个人影，老人就越过小坡闯到前边，直向挑子跟前走去。

当老人低头一看坐在挑子旁边那个人的白胡子，就失望地抬起头，向四下找寻。四下一片寂静，老人便俯下身去，对白胡长者低低地问：

“老乡，王强在哪儿？”

王强用手把白胡子一抹，嘴上的羊毛掉了，就站起来说：“我不是老乡，我就是王强。”说着就笑嘻嘻地握着刘老汉的手。

“好！你们都过来了啊！”

“过来了！”王强笑着说，“我们走后，这边的情况怎么样？”

听到王强问铁道游击队走后的情况，老人兴奋的心情又沉重起来。他低低地和王强、小坡谈着，谈到微山失守以后的流言[①]，敌伪逮捕家属和与他们有关系的人，芳林嫂和冯老头也被捕了。各庄的伪政权都成立了，胡仰当了伪乡长，秦雄当了湖边剿共司令，各庄都成立了“反共自卫团”，日夜站岗放哨，遇有情况即打锣吹号，鬼子就来增援……

王强听了刘老汉的叙述，气得小眼直冒火星。尤其使他难以平静的，是冯老头和芳林嫂竟也被捕了。他们对铁道游击队的帮助和贡献是很大的，他不能不为这不幸的消息伤心。胡仰做起鬼子的乡长，而且成了逮捕芳林嫂的凶手；秦雄当起了湖边剿共司令。

① 没有根据的话（多指背后议论、诬蔑或挑拨的话）。

他们绝没有好下场！他不觉冷笑了一下，就问苗庄是谁干保长和反共自卫团长，当刘老汉告诉了他们的名字后，王强气呼呼地说：

“你回去转告他们，就说铁道游击队过来了。我们不但没被消灭，相反更壮大了。要他们马上转变脑子，不然要小心自己的脑袋！铁道游击队对于坏蛋是一向有办法惩治的。”

刘老汉说：“苗庄人过去对咱们都还有认识！这两个人也是在鬼子逼迫下不得不出面的啊！如果听说你们过来了，他们会马上就变过来了。现在进庄就可以，他们不敢怎么样！他们干还不是为了应付鬼子?!”

“不吧！”王强说，“我在天亮前还想多去几个庄了解些情况。这些梨挑子你弄到庄里自己吃吧！我们现在用不着它了。”

临分手，王强又强调一遍说：

“你告诉苗庄保长，要他转告附近的保长们，就说铁道游击队这次过来，不但比过去多，而且在道东山边还埋伏一个整团，要他们小心点，一两天内我们就要到你们庄上来。”他说后，就和小坡走了，身影很快消失在夜色里。

王强和小坡第二天一整天，就蹲在麦地里，找各庄的人来谈话，了解了他们走后的全部情况。天黑后，他俩就到苗庄北的小树林里，南北两路人马已经到齐，四五十支短枪，整整坐满了一树林。王强向王团长和大队长、政委汇报了情况，他们便进了苗庄。

他们过去在苗庄是有群众基础的，昨天刘老汉回庄和保长一谈，他们早变过来了。所以铁道游击队一进庄，保长和自卫队长赶忙前来招待，诉说自己的苦衷。李正明确地对他们说：

“应付鬼子是可以的，心不变就行了。”

虽然天已很晚，可是村民们听说铁道游击队来了，都从家里走出来，围上来问好。当时李正和王团长商量，为了不使敌伪警觉，需要今晚出其不意地袭击伪乡公所，一举摧毁伪政权，给这一带附敌的伪保长一个震撼。第二步好做争取工作。王团长同意了。老洪和彭亮、小坡带了三十支短枪，连夜包围了东庄。

当彭亮带着十个队员进庄的时候，突然从庄边发来严厉的吼声：“干什么的?”接着是一阵拉枪栓的声音。

显然是伪乡公所警备队的岗哨，彭亮知道这都是从村民里抽出来的兵，就满不在乎地向前走着，一边冷冷地回答：“咋呼什么！还听不出声音么！”

这一回答，却把乡队岗哨迷惑了。难道是从临城来的特务队么！别人谁敢这样回话呀！而且声音听起来也有点熟。岗哨把伸出的枪缩回来向走近人的较缓和地问：

“你是谁呀?”

“谁?彭亮，还不认识么!”

“啊?!”

岗哨被彭亮的二十响指着，张嘴瞪眼地怔在那里。铁道游击队的“彭亮”这名字，在这一带谁个不知道呢！他惊恐地瞅着彭亮的脸，可不是么！他就是彭亮。他们不是被鬼子消灭了么！他们又从哪里来了呢！他用眼睛瞅着围上来的队员，都是一色的二十响指着他。他也看到了小坡和其他几个熟悉的面孔。可不是来了铁道游击队么！这岗哨是东庄的村民，过去知道铁道游击队杀鬼子的厉害。他吓得两手发抖，呆得像只木鸡。手已握不住枪，枪落到地上了。

彭亮对这吓呆的岗哨，并没有开枪，他看到岗哨把武器丢到地上了，就说：

“这就对了。胡仰在庄上么？”

“在乡公所喝酒。”

“好！没有你的事，前头领路！不要声张！”

岗哨连枪也没去拾，就顺从地带领着他们进庄了。乡公所门口的岗看到庄东的岗带一批人过来了，就认为是临城的伪军来找乡长的，也很不在意。当他们要进门了，岗哨伸头向领路人身后的人群仔细一看，觉得有点不妙，正要张口，已被小坡一把抓了领子。

“不要响！声张揍死你！”

就这样，老洪就带着人拥进乡公所的大门。他们一到院子里就听到堂屋一阵猜拳行令声，酒味从屋门向外流散。彭亮在院里布置了一些队员，就带着六七个精悍的队员，随着刘洪大队长拥进了堂屋。

胡仰正陪着临城的两个特务在喝酒，喝得正在兴头上，忽然听到院里传来一阵脚步声，他猛一抬头，老洪已经出现在门里了。他身后有六棵二十响匣枪，一排溜向酒桌的人张着口。两个特务正要离座，只听老洪吼一声：“不要动！”

随着大队长的吼声，彭亮手中的二十响，向酒桌上边一挥，“达达达……”六发子弹打在后墙上，在白石灰墙上钉上一排溜六个泥孔。

“举起手来！”

屋里震起了一阵尘土，喝酒的人也都吓得面带土色，都站在原位置上举起了双手。胡仰抖得像筛糠[①]一样，彭亮叫队员把两个特务绑了，就上去一把揪住胡仰的耳朵，愤愤地说：

“我们就找你！快出来吧！”他就把胡仰揪到门外了。

老洪看到酒桌旁还有个姓李的，他不记得这人的姓名了，就用枪指着对方的头：“你是副乡长么？”

“是！”姓李的扑通一声跪下来了。

老洪瞪着发亮的眼睛，严厉地说：“起来！我们今天主要是找胡仰的，饶你这一次！你还干你的乡长就是！可是有一条，如果你胆敢和八路军作对，我就让你和胡仰一样下场！”

老洪的话音刚一落地，门外响了两枪。胡仰的尸体就横陈在伪乡公所的门口。

伪乡长胡仰被打死的消息，风快地传遍了湖边所有的村庄。人们都在低低地议论着：“铁道游击队过来了！”这消息像平地响了一声雷。他们不是在微山上被消灭掉了么！怎么又冒出来了！七千敌人围攻了一天一夜，光鬼子就伤亡了七百多，不但没有抓到铁道游击队一根毫毛，听说他们这次回来，又多了三十多支二十响，还外带一个团，埋伏在道东，这怎能不使人们惊奇呢！由于铁道游击队两年来在湖边的胜利战斗，给这里人们留下极深刻的影响，就是敌伪也真正感到他们的厉害，仿佛这次七千敌人没有把他们怎

① 比喻因惊吓或受冻而身体发抖。

么了。这事实更增加了湖边人民对铁道游击队的敬仰，使敌伪更丧胆。曾经为铁道游击队烧香祈祷过的老人们，在信服地说：

“神保佑铁道游击队不会被消灭的！”

人们都像刘大爷一样，说不出的兴奋，微山失守后的哀愁已烟消云散，他们悄悄地指着那些一度抬头的坏蛋、地主、伪保长，狠狠地说：

“看你们作孽吧！铁道游击队又来治你们了！”

第二天晚上，李正就发出通知，召集湖边各村伪保长到苗庄秘密开会。大家都知道铁道游击队的厉害，谁敢不来呢！都偷偷地来开会了。李正在会上谈了抗战形势，八路军在敌后的力量，日寇快要完蛋，要他们把眼睛睁亮些，多立功赎罪，给自己留条后路，各村的保长回去还照常办公，可是今后要秘密帮助抗日，谁死心塌地帮鬼子，和铁道游击队作对，胡仰就是个样子。

朱三也来参加了会。他是黄二投敌后，唯一保存下来的关系。因为他巧妙地应付黄二和鬼子，所以没有暴露。这次开会后，李正特别和他个别谈了话，现在他急匆匆地赶回鲁村去。

朱三回家后，第二天晚上就到守路碉堡上，把伪军小队长请下来，他欢快地说：“走，兄弟！到我家喝酒去！”

伪军小队长犹豫地说：“不能离开啊！这两天情况很紧！说不定皇军来查路……”

“没有事！皇军来了，由我和他说就是！走吧！”

他就拉着伪军小队长到家里去了。这碉堡上警戒东西大路的伪军，一到这里，就先来拜访保长朱三，因为他和临城以及各村保长都有联系，得罪他不得，同时也不大敢在庄里乱搞。可是朱三也很知道这些伪军的脾胃，就常送些礼给他们，他们也认为朱三很够朋友，像这个小队长就常到朱三家里来喝酒。

在喝酒的时候，朱三对小队长很热乎而又认真地说：“兄弟！我是为你的事，才找你来的呀！要是别人，我就不和他谈了！咱们不是朋友么！”

“什么事？”小队长惊疑地问。

“什么事！”朱三把声音压低着说，“老弟，飞虎队过来了呀！你没听说么！”

“听说了！”

听朱三一提到飞虎队，伪军小队长脸上蒙上了一层乌云，眉头锁在一起，浑身像失掉了力气，有点坐立不安。朱三像没有理会到这一点似的，就瞪大眼睛说：

“听说他们不但一个没少，这次来还多了三十多支二十响，道东山边还埋伏一个团，你说还了得么！”

“……”

朱三这一说，小队长就喝不下酒了，直在酒杯前发呆。朱三看着对方的脸，严肃地说：

“老弟！我就为这事，找你来拉拉！干咱这份熊差使，还不是生活逼的么！遇事可得把眼皮放活点呀！”

小队长默默地点了点头，朱三就把话提到本题上了：

“就拿你老弟这份差使说吧！带一个班在这里守这条东西大道，要是飞虎队走这条路，咱能挡得住么？不错，临城鬼子会来增援！可是枪一响，鬼子倒霉倒在后头，老弟你吃亏却在眼前呀！”

小队长在朱三的话音里，脸色变白了，他一对眼睛不住地向屋里瞅着，好像飞虎队已经扑到他的身边，他感到一阵阵的恐怖。朱三又说下去：

“我替你反复想了一下，很为老弟担心。你想，你那一个班难道比七千鬼子还厉害么！七千鬼子围攻飞虎队又怎么样了呢！鬼子死伤七百多，连飞虎队一根毫毛也没捞着。再说你们那个碉堡，又怎么样呢！它比火车头还结实么？飞虎队会把两个火车头撞得粉碎，比起来那碉堡，还不跟鸡蛋壳一样么！别说这离临城站近，只有二里路，鬼子会来援助。你不记得冈村特务队么！他们住在站台上又怎么样呢？结果冈村特务队长被打死，全特务队被消灭！我说老弟，难道咱的头比冈村的脑袋还硬么！……”

朱三这一番话把伪军小队长说得简直坐不住了，小队长马上站起来对朱三央求着说：

“朱三哥，这可怎么办呢！你得帮我想个法，救我一命啊！”

“办法倒有！”朱三轻快地说，“也很简单。”

“啥法呀？”小队长着急地问。

“他们要过路，你就装着看不见，让他们过去算了！”

“那鬼子知道还得了么！”

“你们全班为顾自己的命才这样做，难道谁还想去给鬼子报告么！余下就我知道，咱俩是朋友，你放心，我不会去报告的。鬼子眼看就完了。我们也得留一条后路！”

“……”

正说话间，院里一阵脚步声，突然一个结实的身影闪进屋里来，紧接着这个人的后边，又拥进来一批人。伪军小队长乍一看到来者一对发亮的眼睛，心就扑扑地跳起来。当他一细看，进来的人都提着张机头的二十响，便浑身打着哆嗦。他站起来，向后墙退去，可是后墙已经挡住了他，他恨不得挤出一道缝，钻进去。

朱三一看刘洪大队长到了，也忙站起来。原来刘洪从道东拉回来王强留在洪山口的那批队员，并把山边的长枪队也调出来到道西去，从这里路过，正碰到朱三和伪小队长喝酒的场合。老洪一进来，就把眼睛盯住伪军小队长。

院里挤满了长枪队，一听说屋里有伪军，三挺歪把机枪都从门框里伸进来。伪军小队长更吓坏了。朱三对老洪说：

“我正对他做些工作！”接着就指着伪军小队长介绍说：“他就是守卫碉堡的小队长！”

刘洪把手一摆，机枪就都缩回去，他缓和地望着伪军小队长，向桌边的凳子上一伸手：“请坐！请坐！”

伪军小队长像钉在墙根上一样，打着立正姿势，一动不动地立在那里，浑身抖个不停。他不敢坐。

朱三说：“大队长叫你坐下，你就坐下吧！”

他好容易才把伪军小队长拉到凳子上坐下，虽然是坐下了，可是上身还是恭敬地挺直着，心还是压制不住地跳动。老洪对伪军小队长说：

“怎么样？我看你那个碉堡太不保险了！枪一响，鬼子也帮不上你的忙的！”说到这里，老洪把两个手指一伸。“只要两分钟，我就可以把它打掉！”

听说两分钟打掉他的碉堡，伪军小队长马上把头对着老洪，眼睛直勾勾[1]地望着他那双刚毅的眼睛。

“可是，不要怕！我并不打算这样做！如果你们不阻拦我们从这里过路，我打掉它干什么呢！我们打的是那些死心投敌的特务汉奸！谁能够暗地帮助抗日的，我们都把他当朋友看待。两条路由你挑！”

“……”

“你说话呀！”朱三着急地催着伪军小队长，要他别放过这个好机会。

“就这样吧！”老洪简洁地说，“我今晚借你这条路走走，可以么？”

“行……”

“好！够朋友！”

老洪点了一支烟，递一支给伪军小队长，对方不敢不接，拿烟的手还在抖着。他第一次没答话，显然是吓得说不出话了。

“这样很好！”老洪说，“以后我的队员从这里过路，都要你帮忙啊！记着不要惹怒他们！你要不叫他们过路，那你就难看了。我想你会做我们的朋友的！”说到这里，他就回头对朱三说：

“你今后要多帮助他呀！他们既然也在秘密地抗日了，就应该多照顾他们。那么，我们走吧！”

半点钟以后，伪军小队长站在铁道边，望着老洪带着他的队员，静静地顺着东西大路，向道西走去。他挥了一下额上的冷汗，倒嘘了一口长气，身上如卸下了千斤重担一样感到轻快了。

老洪把长枪队拉过道西不久，他们就袭击了赤山的湖边剿共司令部，活捉了秦雄，湖边的局面完全打开了。他们又可以分散地出没在湖边的村落了。鬼子虽然在微山、夏镇安了据点，不时三路出发扫荡湖边，可是这里有爱护铁道游击队的人民，和一眼望不到边的青纱帐，使扫荡的敌人常常扑空。

原来敌人在各庄组织起来的“反共自卫团”，被李正保存下来。不过他们已经不“反共”而成了抗日自卫团了。一天傍晚，小坡带着几个队员到一个庄里去，突然鬼子来了，庄上锣号齐鸣，对着要进庄的鬼子开枪，高喊：“八路上来了！打！打！”

鬼子费了好大力气，才跟自卫团联络上，进了庄了。“反共自卫团”都列队欢迎，鬼子挨了顿打，不但不恼怒，反而夸奖这庄反共认真。其实这时小坡正扛着一尊土炮站在欢迎的行列里呢！

铁道上已有两条路被控制在铁道游击队手里，不论白天或黑夜，派人联络一下，就可安全过路，局面已经打开了。王团长带着警卫武装以及已绘好的地图，连夜回山交任务去了。

经过一度紧张，任务总算胜利完成，刘洪才松了一口气。可是，也就在这时候，他渐渐地想起了芳林嫂。刚插到这里的第一天晚上，他就听王强谈到芳林嫂被捕的消息，

① 状态词。形容目光紧盯着（看）。

当时只有一阵难言的愤怒和焦急，可是山里交的任务是这么紧急，他没有在这问题上打圈子，就很快地投进迅速打开湖边局面的战斗了，直到现在，完成了任务，个人的悲痛才浮上心头。

每逢到了苗庄，他总要到榆树下站一会儿，静静地望着被封的大门，脑里映出芳林嫂的面影。李正看到这些天，刘洪是有点瘦了，他知道大队长的心情。

以后刘洪打听到凤儿还寄养在芳林嫂的姨母家，在一天晚上，他就去看凤儿，当他抱着凤儿的时候，凤儿像很懂事地投进他的怀里，刘洪抚着凤儿的软发，想起了孩子的妈妈，他发亮的眼睛，涌出了一层泪水。他虽然还没有正式成为她的爸爸，可是却以父亲的心情，紧抱着这失去妈妈的孩子，而感到一阵阵的难过。

他把自己存下的津贴和搞火车分到的一些值钱的东西，交给孩子的姨姥姥，要她好好照顾孩子，要她给凤儿做件衣服穿，并且买些可口的东西给孩子吃。在战斗中刘洪虽然是坚如钢铁的英雄，可是现在对待凤儿，却是那么细致，周到，充满着温情。

芳林嫂被抓进临城后，松尾整整审了她三天，为了想从她口里掏出铁道游击队的秘密和湖边的关系，芳林嫂曾受尽了苦刑，可是她始终咬紧牙，什么都没说。

每当她受审过后，被鬼子抛向黑屋子里的时候，她虽然遍体鳞伤，可是还是顽强地从湿地上爬起来，默默地用被皮鞭抽烂的衣衫擦着嘴上的血。在她嘴里，从来听不出一声哀叹和呻吟。在湖边，当敌人追捕她的时候，她曾为母亲的死而流过眼泪，当七千敌人围攻微山，炮弹像撕着她的心，她曾为炮火中的老洪他们担心，也落过泪水。可是在残酷的敌人面前，她忍住了一切苦刑，从没有掉过一滴眼泪。她只有满腔的仇恨，因为敌人杀死了她的丈夫，逼死了她的老娘。她知道敌人抓到她就会杀掉她的，所以她从来没想在敌人面前去装可怜相，乞求鬼子的怜悯。她在百般的痛苦中间，咬紧了牙关，她觉得这样做，才对得起老洪。在和老洪相处的时候，她爱老洪坚如钢铁的性格，因此，她知道老洪也会这样希望自己的。

在黑屋子里，还押着一些妇女，她们大多是这次被捕的铁道游击队的家属，她们有的熬不住苦刑，在低低地哭泣。芳林嫂用她坚毅的目光，安慰和鼓励着她们：

“忍着点啊！他们就要回来了，会为我们报仇的！不要出卖自己的人啊！”

在鬼子提喊着“犯人”的名字去审问的时候，芳林嫂知道冯老头就在隔壁的屋子里押着。冯老头受审的次数比她多，她从头三天受审以后，这些日子就没来提她了。可是冯老头几乎每天都被提去拷问一次，这说明老人每天要受一次苦刑。每当铁门一响，芳林嫂听到冯老头扑通一声被抛进屋里的时候，芳林嫂就心疼，她知道老人年纪大了，是经不起这样折磨的。冯老头待她像亲父亲一样，所以她忘记了自己身上的痛苦，为老人哀伤。

半个月以后，松尾已把“犯人”审了一遍，开始屠杀了。每天晚上，押“犯人”的黑屋子里都有人被提出去，永远不回来了。这天夜里，芳林嫂为铁门的叮当声惊醒，她听到隔壁提人了，她不禁一阵心跳，在为冯老头担心，果然不一会儿，听到冯老头的叫骂声：

“要杀我么！杀就杀吧！奶奶的！我死了，有人会为我报仇！……”

接着一阵喊打声，鬼子显然是在打着老人，不准他张口，可是一到院子里，冯老头的叫骂声就更响了：

“铁道游击队马上就过来，你们倒霉的日子就到了，奶奶的！打倒日本帝国主义！……”

老人被带走了，但是远处还传过来隐隐的“八路军万岁！共产党万岁”的呼声。自从被捕以后，芳林嫂没流一滴眼泪，可是现在为着冯老头的死，她却压不住心头的悲痛，泪水哗哗地流下来。

芳林嫂在想着，也许马上就要轮到自己头上了。她在静静地等着，从被捕那一天起，她就知道自己会有这个结果的，可是几天又过去了，鬼子并没有提她去杀。

松尾在看着“犯人”名单，圈定[1]谁可处死的时候，眼睛曾注意到芳林嫂的名字，可是他在这名字上停了一会儿，并没有在那里点点，就又闪过去了。他下决心要从这女人身上挖出些东西，因为她对飞虎队了解比黄二还多。飞虎队被歼灭的“捷报[2]”虽然已经散发出去，而且也开了庆祝会，可是真实的情况，松尾是比别人知道得更清楚的。在围攻微山战斗“胜利”结束的时候，他特别到微山岛去查看俘虏和尸体，并没有发现飞虎队的影子，这一点使他万分惊异。难道他们会插翅飞掉么！就是会飞，在那么稠密的炮火下也难逃脱呀！这对他是个难解的谜。以后听铁甲列车部队报告，当天下午曾有一队“皇军”向东出发，引起他们的怀疑，打了一阵，松尾查了一下这次进攻部队的编制，并没逃亡。直到这时，松尾心中才有数了。他暗暗估计飞虎队可能化装逃走。不过他为了讨好上级，把这个事情压下来，可是在他心头，却不能不估计到飞虎队的卷土重来。他要求大军在湖边多驻几天，协助他迅速伪化这个地区，也就是为了应付这一着。所以现在他不杀芳林嫂，就自有他的道理了。他觉得这个女人留下来，将来对付飞虎队是有大用处的。冯老头他也想留下的，可是这老头顽强，争取没有希望，只有去处死了。可是他认为芳林嫂虽也顽强，究竟是个女人！松尾特务队长，一向看不起女人的，如果连一个女人都不能把她变过来，这不太笑话了么？

一天天过去了。一月以后，突然有新的“犯人”押到黑屋子了，芳林嫂从新进来的一个女人嘴里，探问出湖边的情况，知道铁道游击队又过来了，杀了胡仰，活捉了秦雄，湖边的局面又打开了。这女人就是敌人报复扫荡抓来的，芳林嫂听到这消息是多么高兴啊！在漆黑的夜里，她仿佛常常看到那对发亮的眼睛。

鬼子对芳林嫂的态度突然温和起来了。这天又把她搬到一个比较干净的房子里，虽然还有鬼子警戒着不能自由行动，可是已经不绑她了，送来的饭也变好了。有时一个日本女人也来看看她，她从翻译官口里知道这日本女人是松尾的太太，她还给芳林嫂带一些饼干，满脸的笑容，好像很关心芳林嫂的健康。

芳林嫂不知鬼子肚里打的什么鬼主意，既然送东西来了，一两个月饿得肠子都细了，她就大口地吃着，可是她心里却拿定了主意，要问她什么，她可一句不说。

松尾的女人看看芳林嫂也吃她送去的东西，一天，就把芳林嫂拉到自己漂亮的房间

① 用画圈的方式确定（人选、范围等）。

② 胜利的消息。

来了，让芳林嫂坐在自己的沙发上，端过来一盘盘的点心，像待贵客似的，要芳林嫂吃茶点。

日本女人就和她谈起来了。她开始解释过去给她受刑是没法子的事，主要是怨她自己太傻了，如果把什么都说了，不就不受苦了么！接着又谈到芳林嫂犯的罪，是该杀头的，可是松尾特务队长为了顾全她这条命，不想杀她了。最后这日本女人笑嘻嘻地对芳林嫂说：

"马上，皇军就要放你出去了！"

芳林嫂听着这日本女人用结结巴巴的中国话，啰啰嗦嗦地为松尾解释，心里就有点不耐烦，可是最后她听到说要放自己了，就觉得一阵兴奋，因为她听到铁道游击队又过来了，她是多么愿意出去啊！可是又一想，不会有这么容易的事吧！她半信半疑地问：

"真的么？"

"真的！"

"什么时候？"

"你要想早，明天就可以！"

"还有什么说法么？"

日本女人说："没什么！只有一点手续得办了！"她掏出一张写着字的纸，指着纸上的字说："只要在这上边打个手印就行！"

"那上边说些什么呢？"芳林嫂问。

"上边写着，你的过去做错事了。今后要改过，为了报答大皇军的恩惠，出去后送三次情报！"

芳林嫂的心刷地冷了！原来是这么回事啊！这不是当鬼子特务么！她马上想到黄二叛变，想到林忠、鲁汉那么可爱的队员的死。这样做，她不是成了杀老洪他们的凶手了么！想到这里，她的胸口涌上了不能压制的愤怒。

日本女人看到她在沉思，就端着满盛茶点的托盘，走上来婉言劝说着："只三次呀！三次情报救活你一条命还不值得么！别狐疑了！快吃点心吧！"

芳林嫂忽地把头抬起来，她的眼睛里燃烧着愤怒的火焰，只见她把左手向递过来的茶点一挥，茶点盘子呼呼啦啦地落地粉碎了，当日本女人被这突然的动作惊恐得还没有醒悟过来的瞬间，芳林嫂有力的右掌啪地打在对方的脸颊上了，她像怒吼着似的叫骂着：

"你这熊鬼子娘们！"

芳林嫂被进来的两个鬼子抓住，又带回黑屋子里去了。

拓展阅读

护路沟：铁路是侵华日军的生命线，同时也是抗日军民的重要袭击目标。因此，日军对铁路防护极严，很多地方的铁路两侧都挖了护路沟，设置铁丝网，沟侧每隔几里就建一个炮楼，有的沟侧还会埋地雷。护路沟一般宽3—6米、深3—6米。

第二十七章

掩护过路

曾旅长回山不久，司令部就来了命令，要刘洪、李正马上进山领受任务。张司令和王政委亲自找他俩谈话，要铁道游击队最近掩护某负责同志过路。为了百分之百地完成这个任务，司令部听取与审查了他们提出的计划和布置，并指出了其中可能发生的漏洞，要他们马上回去做更周密的部署①，最后特别嘱咐他们要严守秘密。这事情只允许大队一级干部知道，那就是说除了王强以外，其他任何队员都不应该知道过路人的姓名。如有人问，就说是山里来了一个姓管的队长。

李正在回来的路上，整个身心都在为这将要接受的光荣任务而感到兴奋。他知道掩护的是党中央的胡服②同志。这位中央首长去年冬天从华中到山东来，对山东的军事斗争、抗日根据地建设以及群众工作都做了重要指示。从此，山东的军事斗争不断取得更大的胜利，根据地更巩固而且扩大了。在他的指示下，各根据地减租减息、增加工资的群众运动轰轰烈烈地开展起来。他的到来，改变了山东抗日斗争的面貌，这是个多么高明的领导者啊！他带着毛主席的指示，到了哪里，哪里的危机就转为胜利，原有的胜利扩大成更大的胜利。现在他要回到延安毛主席那里去了，正从微山湖过路，掩护过津浦路的任务，正落在铁道游击队的肩上。这怎能不使李正感到光荣，并为这光荣的任务而兴奋呢！

直到这时，李正才了解到前些时为什么山东军区首长亲自来到鲁南布置任务，张司令又到湖边了解情况，曾旅长带着警卫武装和他们一道出山打开局面，侦察湖边的敌情和地形。想到这里，李正又感到这任务的艰巨，因为在完成这任务当中，任何疏忽大意，就会造成对党的不可弥补的损失和罪过。虽然湖边的局面已经打开了，一切又都归于他们的掌握之中，可是这里究竟是敌区而且是鬼子驻有优势兵力的交通要道啊！因此，这里的情况会有意想不到的变化的。在执行这光荣任务的过程中，如遇到万一想不到的情况，怎么办呢？李正的心情由兴奋而渐渐感到沉重了，这沉重的心情，不是他对任务的胆怯，是由于对党的忠实，而产生一种严肃的责任感所促使的。李正望着走在身边的老洪就问：

“你看怎么样？”

---

① 安排；布置（人力、任务）。

② 共产党重要领导人刘少奇的化名。

老洪知道李正问的“怎么样”的含义，因为他的思想也正在考虑着这严肃的政治任务，所以他便说：

“是应该好好来完成这个任务的！”

按老洪平时的性格，他在任何艰巨的任务面前都会对着上级和政委说：“没问题！保证完成就是！”可是现在他对这光荣而艰巨的任务，却也说“应该好好来完成”了。李正知道老洪和自己一样感到责任的重大。老洪是会保证去完成的。但由于任务太重大了，就不得不在决心之外，再用些脑筋，以免发生意外。

“是的！”

李正点下头，便又去沉思问题了。老洪望到政委有些沉闷，为了补充他刚才说的话，表示一下自己的决心，就对李正说：

“政委！如遇到敌情，我们就是战斗到最后一个人，也要把他老人家安全送过去！要是他有点好歹，就是我们全队都牺牲了，也对不起党呀！”

李正说：“我们不希望在这次任务中，遇到战斗。这就需要我们事先做些周密细致的工作，所有可能发生的漏洞，我们都得估计到，把它堵死。当然，万一遇到情况，咱们都有准备牺牲的决心的。”

这天夜里，月色很亮，微风拂着麦浪。王强带着一个短枪分队到了鲁庄，找到朱三，朱三正要招待他们，王强拦住，说还有事，只要他买几条好烟带着，一道到铁路边的碉堡那边去。

走出庄子，远远望着道旁的碉堡，王强就和队员们在道旁的树下蹲着，他告诉朱三去把伪军小队长找来。朱三说：

“王大队长要过路，过就是了。已经和他约了暗号，岗上问谁，只答应一个‘铁’字，他们就不作声了，敞着口过，没有事，这些天过路都是这样！”

“你去找他来，我和他还有事谈，这些天他们对我们帮助很大，我想到他们碉堡上和伪军弟兄们拉拉！今晚还有人过路！”

“好！我去找他。”

不一会儿，碉堡上的伪军小队长过来了，一见王强就叭地打了一个敬礼。眼睛不由得瞅着王强身后的二十响匣枪，可是王强却很和善地上前拉住伪军小队长的手，低低地说：

“你们很辛苦了！”

伪军小队长还是立正地站着，指了下旁边的碉堡说：“请到上边坐坐吧！”

“好！要打扰你们了，我很想和弟兄们见见面！”

王强随着伪军小队长，通过铁道边的两个伪军岗哨，留两个队员在下边，就到碉堡里去了。

碉堡分上下两层，各住有五六个伪军，都是搭的地铺，武器都挂在墙上。当王强随着伪军小队长身后，一进碉堡门，下层的伪军们都忽地从地铺上站起来，这虽然是对客人的礼貌，但从他们紧张而利索的动作上，可以看到起立致敬的一伙是满怀惊恐的。伪军们目不转睛地注视着王强的面孔，又不时偷瞅着他身后的五棵张着大机头的二十响匣枪。他们是深知道飞虎队的厉害的。一二年来，他们在这铁道线上驻防，随鬼子出发扫荡，都尝过飞虎队的苦头。冈村特务队被消灭，松尾特务队在苗庄的狼狈奔逃，微山岛上七百多皇军的伤亡，他们都是耳闻眼见到的。每逢出发，他们都祈祷着千万别碰上飞虎队，可是现在进来的正是飞虎队，为首的一个还是飞虎队的副大队长。王强的名字在敌伪军那里是赫赫有名的。松尾特务队长一提王强也不免心惊胆战，想不到王强竟出现在眼前了，这怎不使他们惊恐得心跳呢！王强身后的队员们又都握着二十响，更显得威风凛凛。这些二十响，伪军们是晓得它的来路的，那是他们从冈村特务队那里缴获去的。打起来像机关枪似的，只要一梭子，叫你一个也跑不了。王强看出了伪军的心情，向他们一摆手，眨着小眼笑着说：

"不要客气，随便些！"接着他回头对伪军小队长说："叫他们都到上边去吧！我想和大家在一起谈谈，认识一下，咱们交个朋友。"

伪军都攀着扶梯到碉堡的上层去集中了。十多个伪军围坐在地铺上，王强坐在靠扶梯口的一张椅子上，两边站着两个队员，都像小老虎似的，擎着二十响匣枪。朱三抱着四五条大前门香烟上来，对伪军说：

"王大队长这次来看大家，还特别嘱咐我给弟兄们送几条好烟抽呀！"

说着，他就把烟拆开，分给伪军。伪军本来都恭恭敬敬地坐在那里，现在胆怯的眼睛里又流露着感激的神气了。王强对他们谈了这次的来意：

"我们的刘洪大队长和李政委特别要我来看看大家，因为你们虽然在这里为鬼子守路，可是你们暗地里帮助抗日，便利抗日的部队顺利地从这里过路。这一点你们做得很对。现在日本鬼子快要完蛋了，你别看鬼子在铁道线驻有重兵，来往过着兵车，这正说明鬼子急了，不得不把兵力抽到交通线上，这一抽可是其他地方却空了，那边抗日根据地又扩大起来了。鬼子就利用交通线，东边危急，向东增援，西边危急，又调兵往西扫荡。可是四下的漏洞太多了，忙得小鬼子顾头不顾腚，就是铁道线的兵力最近也减少得太可怜了。你们知道临城站的鬼子都换上刚从日本国内抽来的娃娃兵，打仗能管用么！"

说到这里，王强哈哈笑起来了。他的小眼欢快地扫着伪军的人群，他们都在静听着。他抽了一口烟，又说下去：

"在这种情况下，过去被迫为鬼子做事的人，心里都在打自己的算盘[①]了。不要说你们这个碉堡上，就是其他碉堡，甚至你们的上司中队长，也不敢不主动和我们联系啊！因为他们知道鬼子完了，不得不给自己留个后路。别看鬼子还常出发扫荡，各庄都成立了'反共自卫团'，我可以告诉你们，那些死眼皮的臭汉奸特务，一出临城，不出三天，我们准打碎他的脑袋！你们知道，我们说得到，就做得到的，最近我们就打了一批！"

王强说到这里，伪军们身上打了个寒战，他们感到王强是说得到做得到的。不过王强只激动了一会儿，很快他又温和地谈到八路军对敌伪军的政策了。

王强一边谈着，一边看着手腕上的表，已经是下一点了。他眨着小眼，有点焦急的样子，显然他在为着一个急事而等待着。不一会儿，从下边扶梯上上来一个队员，向王强耳边低说了几句，就又下去了。

① 借指计划，打算。

“走，到下边我和你谈句话！”

他拉着伪军小队长就下去了。在碉堡门边，王强低低地对他说：

“刚才送信来，山里有几个客人要过路！”

“过吧！这还用问什么。”

正说话间，突然正南有一点白光闪过来，接着远处铁道上有一阵突突的声响，鬼子巡路的小摩托卡从沙沟驶过来了。王强想向碉堡上喊监视伪军的队员，已来不及，他忙缩进碉堡门里，这时待在下层的另两个队员，也都把二十响对着门外，在路边和伪军一道站岗的两个队员，也都急速地伏到附近的树丛里。

摩托驶近了，到了碉堡旁边，叭的一声停下，松尾特务队长看着站在道边的伪军小队长，问：

“飞虎队的没有？”

伪军小队长这时内心陷入紧张状态，他知道在周围有六棵二十响对着摩托卡，一露马脚①，就是一场激烈的战斗。他压制住自己，恭敬地向松尾报告：

“没有，没有。”

松尾很满意小队长在这深夜还出来查岗，就说了声“好好的”，上了摩托卡突突地又向临城站开去了。

伪军小队长擦了额上的冷汗，来到王强的面前，王强欢欣地拍着他的肩膀说：“你不错！”虽然为了今夜的重要任务，他很不希望和松尾碰面，可是他却对伪军小队长笑着说：“松尾没有进来，是他的幸运，如果他要进碉堡，可就叫他脑袋瓜开花了。”

“天亮前松尾不会再出来了！”

王强望着道边的两个伪军岗哨，就对伪军小队长说：“鬼子既然不出来了，叫他俩也到碉堡里去休息吧，外边我们代为警戒！”

“这行么？”

“行！”王强肯定地说，“有什么动静，我们会告诉你们的，你们也太辛苦了，回碉堡上去睡觉吧！”

碉堡边又恢复了寂静。伪军都集中在碉堡上层，把枪挂在墙上，蜷伏在地铺上蒙头睡下。小坡带着两个队员机警地坐在刚才王强坐的椅子上，两个队员从枪孔里瞭望着外边的动静。小坡却面对着里边，目不转睛地注视着挤在地铺上的伪军的动静。他的二十响匣子，按上大梭子，张着机头，黑黑枪口，正对着铺上睡着的人群，整个碉堡都在他掌握之下，为了防止意外的事情发生，他的手指始终不离枪的扳机。如果伪军敢于妄动，小坡手里的二十响就随时都会响起来，铺上的人就一个也别想能站起来。

王强看了碉堡已经布置好，路边的岗哨也都换成自己人了，便打了一个呼哨②，从道东飞快地过来一队黑影。申茂带着长枪队过来，王强站在铁道上把枪往南北一指，申茂指挥着长枪队员，分两股随着铁道沙沙地跑去。王强看到南北铁道上岗哨都已撒出去，他为了更慎重起见，又去亲自检查了一番。铁道的不远处布满了岗哨，队员们都握着上

① 比喻隐蔽的事实真相泄露出来。

② 把手指放在嘴里用力吹时，或物体迅速运动时，发出的尖锐的像哨子的声音。

了膛的步枪，匍匐在铁道上，申茂亲自掌握着机枪，趴在步哨线的最前端，枪口都朝着临城、沙沟站的方向。

俟一切布置就绪以后，王强才松了一口气。他站在碉堡下边的东西大路旁，静静地瞭望一下四面的景色，临城和沙沟站鬼子的探照灯在闪着光柱，当照到铁道上的时候，铁轨像两条银蛇在跳动。远处的其他碉堡隐约在望。路基下边的又宽又深的封锁沟，沿着铁道向远处伸去。再向铁道两边望去，湖边的村庄浸在夜色里，各村的炮楼林立，从那里不时传出伪自卫团打更①的木梆声，梆声里夹着夜惊的狗吠。有时还听到伪自卫团岗哨的问喊声，远处常有冷枪在砰砰地响，这就是敌占区的夜景。王强望了下远处的碉堡和道边的封锁沟，眨着小眼向地上唾了一口，低低地说：

“碉堡、封锁沟，是死的，人却是活的！封锁沟还能挡住我们过路么！”

他把手指搭在嘴上，呼的一声口哨，只见远处有两个黑影走来，李正带着两个队员走到王强的身边，低低地问：

“怎么样了？”

“一切都布置停当了！”

李正是细心人，又到碉堡和铁道上去检查了一番，才回到路口，对一个队员道：

“去和大队长联系，马上过路！”

队员像箭一样没入道东的黑影里。不一会儿，从东边大路上出现一簇黑色的人影，向这边走来。为首的是彭亮带着一个短枪分队，他们都雄赳赳地提着短枪，眼睛锐利地向四周瞅着，周围任何细微的动静，都能引起他们最大的警惕。一遇到敌情，他们就会像一群猛虎一样扑上去。彭亮他们越过铁道向道西走去，接着后边是老洪，带着一个短枪分队和警卫队。在行进的行列中间，有一个骑在驴背上的瘦长的身影。首长马上就要过路了，虽然这里一切都布置得安如磐石，但由于这任务太重大了，使镶着铁道两边的王强和李正都顿时紧张起来，屏着气息，握紧着手中的短枪，向碉堡和铁道两侧瞅着，做着更负责的警卫。

轻微的驴蹄声，愈来愈清晰了，蹄铁偶尔碰着铁轨，发出叮当的音响。王强不自觉地把小眼从警戒的方向转过来，瞅着从身边经过的骑驴人，他那瘦长的脸上是那么严正和慈祥。他看得多么真切啊！连鬓边的头发有些白霜的痕迹，王强都看清了。他就是从毛主席那里来，又回到毛主席那里去的党的领导人，他把毛主席的指示带到哪里，哪里的人群都在沸腾，斗争都取得伟大的胜利。他是个多么了不起的领导者啊！王强很愿意多看几眼，但骑驴人已经被警卫队簇拥着走远了。

老洪领着胡服同志过路以后，李正叫王强马上把长枪队撤回，作为掩护过路的后卫，在碉堡上仍留几支短枪，一直警戒到天亮才撤。说着带着两个队员向西赶上去。他赶上老洪，便在胡服的前后警卫着。这支小队伍，离开大路插向小道，向湖边挺进。

走到苗庄，李正才松了口气，因为这里离铁路已经六七里路了。他便向胡服同志问：

“首长是否要吃点什么？”

① 旧时把一夜分作五更，每到一更，巡夜的人打梆子或敲锣报时，叫打更。

“不吃，下来休息一下吧！”小队伍就停在庄后的小树林里了。彭亮就带着他的分队到庄里去，找到保长，这是他们可靠的关系。保长一见彭亮就问：

“有什么事么？”

“把你的堂屋收拾一下，我们要到里边休息！”

“好！好！”

保长把堂屋的灯点上，彭亮帮他把屋里的一些杂乱东西收拾了一下，并整理出一张干净的床铺，原来在这屋住的一个老妈妈搬到其他室里去了。保长看着彭亮在整理着床，就有些奇怪，因为铁道游击队夜里来一向并不睡床铺的，要些铺草，向地上一摊，就呼呼地睡去，甚至来时是那么秘密，神不知鬼不觉[①]地就跃进院子，到屋里不点灯就自己弄点草，简单地打个地铺，用大衣一裹，就躺下了，有时甚至天亮以后，房主人才发觉铁道游击队住在自己的家。可是今天，彭亮不但点着灯，而且那么细心地收拾房子，把那张睡觉的单人床的脏被单都换下来，保长就问：

“你要在这床上睡么？我来替你收拾。”

彭亮说：“不！有别人在这床上睡。”

“谁呀？是刘大队长，还是李政委？”

“都不是，山里来了客人！”

听说来了客人，保长就马上要去办饭，彭亮为了怕动静太大，就把他拦住了。保长说：“不办饭，也得烧点茶呀！”彭亮才点头答应。保长便到厨房烧水去了。铁道游击队在这一带活动，保持了鲁南到湖西的交通线，鲁南湖西常有干部从这里过路，由铁道游击队掩护。过路的干部也常住在这庄。过去过路人到苗庄是一个休息站，他们常到芳林嫂家休息，现在芳林嫂被捕到临城了，过路的就到这保长家来。所以一听是山里的客人，保长就知道是过路的干部，照例要办饭烧茶照顾的。可是这次彭亮却没让他办饭，只要他烧水。

老洪和李正叫王强把长枪队，在苗庄四周布置警戒，就和胡服同志进庄了。深夜的街道都由短枪队警戒，大门上院子里都由胡服同志带的随身警卫员站上岗。胡服同志坐在堂屋的灯下休息，李正和刘洪两个轮流地在屋里照顾，并亲自警卫。

当保长在厨房烧好茶水，正提着壶要到堂屋去，一出厨房门，就被李正拦住，把壶接过去。

“我来替你泡，你在这休息吧！”

“这哪行呢，政委！泡茶的事还是由我去吧！”

“不！还是我去，你留在这里！”

保长为了表示殷勤还要争，厨房门边的警卫队员，提着张着机头的二十响，把枪口对保长一摆，严厉地低吼着：“马上进厨房里去！”保长就把头缩回去了。

保长站在厨房门里，望着堂屋灯光下，李政委在泡茶，刘洪大队长正划洋火替这山里来的客人点烟。这一切不能不使保长迷惑地眨着眼睛，在他脑子里，刘大队长、李政

① 形容做事极为隐秘，别人一点儿也不知道。

委是多么了不起的人物呀！他们领着铁道游击队，在铁道上打得鬼子天翻地覆，连皇军的特务队长提起他们的名字都胆战心惊。微山湖边的人民一提到铁道游击队都当成神一样敬奉。可是现在保长又看到这铁道游击队的大队长和政委，在这山里来的“客人”面前却拘谨得像见了老师的小学生，忙得像小勤务兵似的。这山里来的是个什么样的大干部啊！他记得往日过路的干部，也常到这里来，保长都亲自烧水办饭，端进去说几句客气话，就是前些时曾旅长来，虽然对外保守秘密，可是也和自己谈过话啊！可是今天这个过路人，自己不但不能上前说话，看样子连傍边都不行了。好奇心促使着保长，他很想知道这里边的究竟。当李正从堂屋有事出来，保长就走上去，带神秘的语气问：

“政委，这来的是个什么官呀？”

李正细长的眼睛向保长锐利地投了一瞥，就又不在意地回答道：“山里来的一个姓管的队长！”

“队长？”保长不相信地摇摇头，“看把你和刘大队长忙得那个样子，这算个什么样的队长呀？！”

不一会儿，李正把老洪找到僻静处，告诉了保长刚才的疑问。他低低地分析：

“保长这种疑问，可能不是恶意，可是不小心一传出去就不妙了，因为敌人从临城出发二十分钟就可以到达这里的！我看还是不在此处过夜！”

“马上离开这里，到湖里的船上就好封锁消息了。这里离湖只有几里路，天亮准赶到就是。”

他俩就到堂屋里，和首长谈了一阵，几分钟后，他们就又从苗庄出发了。拂晓以前，几只小船静静地顺着湖边的水道，向湖里远处的芦苇里驶去。

在渔船上，胡服同志把李正、老洪和王强找来，听取了他们几年来的铁路线上斗争的情况。胡服同志表扬了他们斗争的成绩和贡献，同时也指出了他们依靠群众不够的缺点，如果群众工作做好了，那么两次暂时撤退是可以避免的。在谈到今后任务前，胡服同志向他们分析了目前的形势，指出苏德战场上，苏联军队在斯大林格勒取得伟大的胜利以后，反攻大军已经席卷苏境内的德寇，战争将要马上打入德国本土，法西斯[①]匪首希特勒的覆灭的日子就要到来。国内抗战形势毛主席指示已到相持阶段，反攻也将开始，日寇为了作临死前的挣扎，一方面停止了向大后方的正面进攻，向蒋介石进行诱降；另一方面抽出兵力向敌后抗日的军民进行疯狂的扫荡。现在鬼子紧紧控制华北铁路交通线，对我各个抗日根据地进行分割封锁。在这种情况下，我们各个根据地之间的联系，就不能不暂时陷入困难。现在延安和山东、华中根据地的联系只有这个口子，胡服同志明确地指示他们要用一切努力保持住这个交通线。铁道游击队今后要以护送东西过往干部为中心任务，来迎接即将到来的反攻局势。最后胡服同志着重向他们指出了为了完成党所交给他们的光荣任务，今后在这里就需要转变斗争方式，转入较隐蔽的对敌斗争，加强铁道两侧的群众工作和敌伪军工作，不要只凭一时的痛快，盲目地在铁道上做单纯的军事上的斗争。如果为了颠覆敌人的火车，而使敌人向这里增重兵（现在敌人还有这个条

① 一种最反动、最野蛮的独裁制度和思想体系。对内实行恐怖统治，对外实行武力侵略和民族压迫。起源于意大利独裁者墨索里尼的法西斯党。

件），堵住了这个口子，那这个一时痛快的战斗胜利，就会给今后更大的斗争造成不可弥补的损失。假如他们在过去斗争胜利的基础上，巧妙地转入隐蔽斗争，向敌伪开展政治攻势，保持住这个交通线，在这阶段，哪怕在军事上并没有什么出色的战斗和可贵的缴获，但取得的胜利，却比消灭上千的鬼子或颠覆敌人无数次火车的胜利，对革命的贡献还要大得多。一定要巩固住这个交通线，为了这个，胡服同志将发电报给鲁南军区。

李正、老洪和王强，望着胡服同志严正而慈祥的面孔，充满智慧的眼睛，都一致表示：

"我们一定完成党交给我们的光荣任务。保住这条交通线。"

第三天西边晋冀鲁豫军区派了部队，从水上来把胡服同志接去，转道太行，回延安。胡服同志走后，李正马上召开党的会议，研究今后掩护过路任务问题。果然山里司令部也来了指示：把胡服同志的指示作为他们今后活动的中心任务。

从此以后，铁道游击队改变了斗争方式，主要任务是掩护干部过路了。老洪和李正研究，把长短枪编为三个分队，由大队干部分工掌握，分驻在峄枣与微山湖的东西一线。一分队由王强负责驻峄县抗日根据地的边沿区，二分队由李正带着驻铁道东，三分队由刘洪大队长带着驻道西湖边一带。

在深夜里，王强带着他的分队，从峄枣附近的山区，接过一批到延安开会或学习的干部，连夜赶七十里路，送到道东，交给李正，李正带了分队掩护过铁路送到道西，由刘洪率领的三分队再把干部送进湖里，搭船西去交给冀鲁豫军区的部队转送。然后再从那里接一批从延安派往山东、华中的干部，送往道东，由李正再往西送，王强就把他们送到鲁南根据地。

就这样，他们不分春秋四季，白天休息，夜晚走路，从道东到道西，东西往返地奔波着。

"队长，老这样跑路么，咱好久没有打仗了呀！"

每当休息下来的时候，小坡就围到刘洪的身边，烦躁地问。并且说："队员们都渴望着打仗呀！"

"这是严肃的政治任务啊！政委不是说过么，掩护干部过路比打仗还重要啊！"

虽然老洪用李正的话来说服小坡，可是在他内心深处，却也有着强烈的渴望打仗的情绪。打仗对老洪来说是件最痛快的事，可是提在手里的二十响，好久没有在他发亮的眼睛愤怒地盯着敌人的时候，当当地叫唤了。尤其是当他想到芳林嫂还囚在临城，老洪的眼睛里时常冒着愤怒的火花，他是多么愿意痛快地和敌人干一场啊！可是一想到目前严重的政治任务，就不得不把那些痛快的想头打消。每当夜里他带着一批过路干部，包括到延安去开会的负责同志，穿过林立的碉堡，顺着他们建立的秘密的点线，在铁道两侧的敌占区行进的时候，常常会遇到突然的情况，也许会遭到碉堡上敌人的射击，或者会偶然地和敌人遭遇。在这时候他不但不该有冲上去的想法，而且他要善于巧妙地躲开敌人，不放一枪，安全地转移。他知道纵然战斗开始了，自己会英勇地抡着二十响，扫向敌人，打个痛快，可是如果被掩护的干部有什么差错，就是自己牺牲了，也会对党犯下难以饶恕的罪过。

有好多华中、山东的党政军重要的负责同志，从这里过路由他们掩护，这些负责同志对于他们的工作都给以口头表扬，当知道他们很喜爱短枪时，常常奖励他们一些最好的短枪。铁道游击队从干部到队员都感到很光荣。所以每当听说有负责同志过路时，老洪都感到兴奋，但同时也感到保护首长安全责任的重大。逢到这时，不但老洪、李正、王强都集中在一起，并选拔优秀的党员和分队一级的骨干①，跟在首长的身边。当到达铁道边上的时候，老洪发亮的眼睛，望着四外林立的碉堡，和交射过来的冷霜一样的探照灯光，都感到一阵头皮发麻。虽然一切都事先布置得妥妥当当，遇有情况，预伏在铁道上的队员都会拼死地掩护，可是总不能不使老洪和李正担心，陷入一种极紧张的心情里边。这种紧张和一般战斗的紧张不同，过去再紧张的战斗，像老洪和他的队员们，都会毫无顾虑地扑向敌人。为了消灭敌人，他们从不怕牺牲个人的生命。可是现在如果遇到敌情，就不是个人牺牲的问题了，而是会给党的事业带来不可弥补的损失。所以在这种紧张的心情下，老洪和李正就一边暗暗地祈祷着："千万不要有什么情况发生吧！"一边争取时间，恨不得马上掩护首长飞过铁道去。

所以刘洪每当听到有首长过路的时候，他一方面感到兴奋和光荣，同时也深深感到这是很细致而艰巨的政治任务。虽然他在上级所交的任何任务面前，都毫不打折扣②，绝对服从，并拼全力去完成，但却总有点有力无处使的感觉，总不像打仗那样痛快，能发挥自己的威力。在这方面他是很佩服政委李正同志的，他不但在战斗中能保持冷静的头脑，机智地去考虑和对待问题，就是在这掩护过路的政治任务中，他也那么沉着周到地去对待一切。

刚过年以后，山里司令部来了指示，最近从延安过来一批干部，由于人数较多，要他们多加小心保护过路。因为敌人对平汉铁路的残酷封锁，不好通过，使这批干部曾在太行山下停了半年。以后第二批、第三批干部都过来了，同样没通过平汉封锁线。最后由晋冀鲁豫军区下决心，抽了两个旅的兵力，把封锁线冲开一个缺口，从两端硬打着，才掩护了这一批干部大队过了平汉路。由于战斗的激烈，有些伤亡。所以中央打电报给鲁南军区，俟这批干部过津浦铁路时，要严加保护。

为了完成这个重要的掩护任务，这天晚上，老洪和李正把三个分队都集中到铁路线上。李正并重新检查了情报网，在伪军里布置了工作。由于几年来在铁道线上的胜利战斗，打得敌伪胆寒，加上转变斗争方式后，最近的政治攻势，除了鬼子和特务队以外，伪军、伪职人员为了自身的安全和留后路，有许多人都主动给铁道游击队送情报。当李正布置就绪以后，就派彭亮带一个分队，到湖边去和从水上过来的干部大队取上了联系。西边护送的部队回去后，彭亮便带着干部大队在湖边的村庄之间的小道上行进，到达指定的村庄，准备过铁路。

月光很亮，在离铁道不远的一个村子里，彭亮把刘洪介绍给干部大队的带队人：

"这就是我们的大队长！"

刘洪和带队人握了手。带队人是个粗实的个子，他过去曾是部队的参谋长，一见面就问刘洪：

① 比喻在总体中起主要作用的人或事物。

② 比喻不完全按规定的、已承认的或已答应的来做。

“怎么样？你们都准备好了么？”

刘洪简洁地回答：“准备好了！过路吧！”

带队人看着刘洪身后蹲着一些穿便衣别短枪的人，以为这是掩护过路的主力部队派来的侦察队，他也认为刘洪就是侦察队的队长。他站在村边借着月光望着铁道上，那里闪烁着雪亮的探照灯光，乌黑的碉堡正立在路口，远处有敌人火车的鸣叫。带队人望着远处路基上也有穿便衣的人影在动，并看不到有什么主力部队，就焦急地问刘洪：

“你们的部队怎么还没有来呢？”

“什么部队？”

“掩护过路的部队呀！”带队人显然有些焦急了。

刘洪指着身边的队员对带队人说：“这不都是么！”

“难道你们就是掩护部队么？”带队人吃惊地问。

“是的！”刘洪点头回答。又指着铁道的远处路基上的人影补充说：“我们政委还带着长枪分队，在铁道上布置好了，快过路吧！同志！”

“你们多少人？”

“长短枪约四五十个！”

“啊？！”带队的听了这个数目，感到非常意外，惊讶地说，“你们简直是开玩笑！”

带队人有点生气地在打着转。他想到自己所带的几百个营以上干部的责任，想到平汉铁路两个旅掩护，还受到损失。他想不到现在过津浦封锁线，掩护的部队人数还不及被掩护的十分之一。根据沿途过封锁线所遇到的严重情况来看，这简直是不堪设想的。他想再折回湖西去，可是护送的部队已经走了，就这样过路吧！遇到危险怎么办呢！带队人在地上转着圈子，喘着粗气，越想越生气。

“你们不负责任！这样怎么行呢？！”

这一严厉的指责，刘洪有些受不住了，他板起了铁青的面孔，发亮的眼睛盯着对方，冷冷地说：

“我们怎么不负责！”

“负责任！就用这么几个人来掩护么？”

刘洪说：“你说用多少人呢？还嫌少？我们全队人都来了！我从来还没有把三个分队都集中起来过，这样掩护过路还是头一次。”说到这里，刘洪顿了一下，显然他是竭力在压制自己的火气，最后对带队人说：

“上级要我们掩护你们过路，你们过路就是了，别问什么人数。”

“如果受损失怎么办呢？你能负得起责任？”

“既执行掩护任务，我们就能够负这个责任。”

带队人对刘洪这轻松和不逊[①]的态度，更火了。他走到刘洪的面前，愤愤地说：“你负不了这责任！”

“怎么负不了这责任？”

① 没有礼貌；骄傲；蛮横。

刘洪也迎上来了，两个人的面孔紧对着，对方短粗的呼吸都能清楚地听到。正在这当儿，李正从铁道上赶来，当他了解了争执的情况后，就把带队人拉到一边，对他说：

“同志！这里和平汉铁路的情况不同，以往过路的干部和负责同志，都是由我们掩护过路的，从来没有出什么危险！半年前，胡服同志就是从这里过去的呀！前几天新四军陈军长①也是从这里过的。这里的情况我们都能掌握，快过路吧！争取时间，不会有什么问题的！一切都布置好了！我们大队长是个火性人，请原谅他的粗鲁！”

在冷清的月光下，队伍像蜿蜒的长蛇一样，悄悄地越过铁道向东奔去。

在铁道游击队完成掩护干部过路的这个时期，他们虽然没有经过什么大的战斗，可是抗日根据地不断扩大的胜利，却常常在鼓舞着他们。从西边过来的干部，给他们带来华北、西北各个抗日根据地军民战斗胜利的捷报，从东边过来的干部，给他们带来了华中、华东抗日根据地胜利扩大的消息。敌后的抗日战争胜利，到处都在扩大着。他们始终保持住这条东西交通线，护送的路程一天天缩短了。这说明，铁道两侧的敌占区逐渐在缩小，而铁道两边的抗日根据地在逐日扩大，已经伸展到铁道边，敌人仅仅是孤立在一条交通线上了。根据地的主力部队也活动到铁道两侧，铁道游击队的长枪队已扩大到近百人。前些时，官桥有一部分反共顽军，集中了几十个县的伪县长在那里开会，想再掀起反共反人民的逆流。军区派了一部分主力部队，并调铁道游击队参加，经过一夜强行军，奔袭过去，在半小时以内，将上千的顽军全部解决。我们的部队已经能够大规模地作战了。

从最近这条东西交通线，过往干部流动的密度上看，李正看到为迎接即将到来的胜利形势，中央是有计划地向各个战略区调整着部署。果然，在他们最后掩护一批干部东去的时候，山里传来了苏军攻克柏林，德寇投降的消息。

这天夜里，铁道游击队从山里回来，住在道东洪口山附近的一个小庄里。队员们都为这胜利的消息所鼓舞了。由于这些日子的奔波，部队较疲劳，李正简短地给大家做了关于形势的报告，最后响亮地指出：

“鬼子完蛋的日子马上就要到来了！”

李正回到队部的屋子里，已经半夜了，可是王强却想办法从外边弄来半瓶酒，把李正和老洪拉到一起，眨着小眼笑着说：

“苏联红军打败希特勒，咱得庆贺一下呀！”当他把李正、老洪面前的茶杯倒满了酒以后，就兴奋地说下去。“现在世界上三个法西斯强盗，德、意两个被打倒，光剩东方这个小日本鬼子，现在又被我们强大的抗日军民夹击在交通线上，他们向中国人民偿还血债②的日子就要到了。你们想想，今天晚上，临城、沙沟的鬼子听到这个消息，心里是个什么滋味？来，干一杯吧！”

“是应该喝一杯！”刘洪是不大爱喝酒的，这时也狠狠地喝了一口，接着愤愤地说，“我们会叫这小鬼子投降的，最后出出这口闷气的时候快到了！”他又想到了还囚在鬼子

① 指任新四军军长兼山东军区司令员的陈毅。

② 指残杀人民的罪行。

那里的芳林嫂。

李正细长的眼睛望着王强喝红了的小眼，平静地说："酒要少喝，敞怀痛饮的日子还没有到。鬼子究竟还没有投降，这就说明我们还要战斗，要知道鬼子是不甘心覆灭的，在临死前他会更疯狂地挣扎，也会比平时更毒辣。"

王强一向信服政委，可是现在却摇着头说："政委快喝一杯吧！法西斯头子都完蛋了，鬼子还挣扎个屁?!"

"政委说得对，要迫使鬼子投降，还得经过一番战斗。今天晚上在这里过夜，要队员们休息一下，明天拉到湖边，我们将好好布置一下，对临城、沙沟的鬼子发动攻势。自从接受护路任务以来，没有痛快地打过仗。现在该最后干一场了。"

李正听到刘洪的语气里，虽然没有王强那种由胜利而带来的麻痹，但也缺乏应有的高度警惕。他觉得在这种胜利形势下，任何的疏忽大意，都会招致不应有的损失。因为敌人并没有放下武器。就以铁道游击队和临城、沙沟铁道线鬼子的兵力对比，如果没有主力部队过来，那么，优势暂时还是在敌人方面的。因为敌人可以凭借他的近代化武器、工事及交通线上的增援。所以这时候还不能像刘洪说的那样痛快地干一场，现在还应该是以智慧、勇敢和敌人进行战斗，并积蓄力量，以配合大反攻的暴风雨的到来。李正想了一下，就叫小坡到各分队去检查一下，看看队员们都休息了没有。不一会儿小坡回来说：

"大家都在议论着胜利，谁也睡不着觉呀！有的分队也喝酒，看样子不喝到天亮是不罢休的！"

李正听到这个情况，深深感到问题的严重性。他看了一下手表，已经是下一点了，便对老洪、王强说：

"这种混乱情况需要马上结束，我们要下命令，马上转移到其他村庄宿营。在胜利到来的前夕，如果由于我们的大意，而招致敌人的袭击，受了损失，将是莫大的罪过！"

"政委，这么晚了，还要转移么?"王强望着李正的脸，小眼在眨着，"在这里过夜吧！"

"马上转移！大队长下命令吧！"

五分钟后，队伍集合在庄头。当李正和老洪研究确定转移的地点后，为了打消队员们涣散的心情，便把分队长召来，严肃地告诉他们：

"转移时，要做战斗准备，路上要保持肃静，分散进庄，各分队仍住上次在该庄住的房子，为了不引起任何动静，还是跳墙进去，不许惊动房东，到房里后，马上打草铺休息，只留一个岗，设在院墙里边。"

各分队长听到政委的指示，认为有什么紧急情况，因为这种活动方式，只有在敌人扫荡较残酷的时候才用的。紧张的战斗情绪都高涨起来，队伍以神速的步伐，秘密地向西北三里路的一个小庄子奔去。

这庄子和铁道两侧其他庄子一样，他们常在夜间来住的，各家房东都熟识，甚至各家的房子，从哪里可以进去，院里哪间房空着，他们都知道。他们悄悄地进庄，直到进到房子里，在铺草上睡下，连庄里的一声狗咬，都没被惊起。只有各分队住的院子里，靠临街的墙头上，有个哨兵在瞭望着街上和四处的动静。

在天快拂晓的时候，小坡把正副大队长和政委从草铺上推醒，老洪忽地坐起来：

“什么事？”

“哨兵报告庄外发现了敌人！”

刘洪、李正、王强都提着枪匆匆地到了院子里，扒上墙头，隔着墙上的枯草向庄南张望着，在夜色里，远远地有脚步声在响，隐隐地看到一队队的鬼子，沿着庄边的小道向东南行进。走出不远，鬼子的队形像扇面形地散开，向刚才他们驻过的那个庄子包抄过去。

王强心里想：“要依着自己的意见，上半夜在那庄住下，正遭到敌人的袭击！政委是正确的！”他现在眨着小眼望着李正和刘洪的脸，意思是问怎么办。

“扑空了！”刘洪从绷紧的薄嘴唇里蹦出三个字。他看到敌人，怒火又在胸中燃烧了。他是多么渴望着投进炽烈①的战斗里啊！他发亮的眼睛盯着李正问：

“怎么样？打一下吧！不要错过机会！”

李正点头说：“好！打他们个措手不及，马上行动吧！”

刘洪命令小坡通知长短枪各分队集合。刘洪和李正掌握长枪队，王强带领短枪队。李正对王强说：

“短枪在野外战斗发挥作用不大，我们从四面包抄过去，你带短枪到那庄后高地的小松林里打伏击。”

他们分头出发了。老洪和李正指挥着长枪队，悄悄地尾随着鬼子，也像扇形的散开，向敌人袭击的庄子反包围过去。他们控制了庄周围所有的有利地形，把机枪封锁在街道路口。

当鬼子扑进庄去，发觉扑了空正在街上彷徨的时候，通！通！掷弹筒的小炮弹，从四面纷纷地落在鬼子群里爆炸了，鬼子被这突然落下的炮弹打得摸不清头脑，陷入一阵混乱，都纷纷地向庄外奔逃。可是刚一出庄，就被猛烈的机枪火力打回来了。机枪一响，四下都响起枪声，整个村庄在枪炮声里震动着，到处飞舞着火光，鬼子在街道里窜来窜去，留下满街的尸体。

当鬼子特务队长带着一部分残部，好容易冲出庄去，奔向庄后的高地，才松了一口气。因为他指定被打乱的部下突围到这高地的小松林里集合，他们向黑松林奔去，好像一到黑松林，险恶的情况就好转了。鬼子们都气喘吁吁地拥到松林边，他们以为到这里可以整顿一下，靠这个有利地形进行防守，等候增援，可是一接近小松林，王强把手中的二十响一抡，怒叫着：

“哪里跑？”

随着他的话音，短枪队员所有的二十响，像急雨样向鬼子群扫去，接着是纷纷的手榴弹的爆炸，鬼子倒了一山坡。

战斗结束，他们摘去了鬼子尸体上的武器，老洪就带着队员穿向道西，隐没在湖边的村庄里。

① 形容感情非常热烈、强烈。

第二天，他们听到，昨天夜里临城、沙沟鬼子是得到铁道游击队所住的村庄的情报，两路特务队配合到道东进行袭击的。在战斗中，沙沟特务队全部被消灭，特务队长被打死了，临城的特务队也伤亡过半。

在这次战斗以后不久，更大胜利的消息传来，苏联已对日宣战，红军已出兵东北。

拓展阅读

胡服同志过铁道线：1942 年 4 月，胡服同志（刘少奇的化名）受中央委托到山东地区处理一些重要事务。8 月，胡服同志在枣庄地区调研，铁道游击队接受了护送他到微山湖区的任务。队长刘金山、副队长王志胜、政委杜季伟等人反复研究护送路线和方案，最后几个人穿着伪军的衣服，让胡服同志牵着一头骡子，在夜间穿过了津浦铁路，成功到达微山湖，与微湖大队进行了交接。

第二十八章

胜 利

八月九日，日寇正式宣布无条件投降。

这个振奋人心的消息，马上传遍了湖边的村庄。冲破重重苦难，和敌人反复进行着残酷战斗的湖边抗日军民，为这胜利消息沸腾起来了。人们含着泪水，带着欢笑，奔走相告，苦盼的这个日子，终于来到了。

这天，彭亮累得满头大汗，在准备着给全队来一顿丰富的会餐。他特别和管理员到湖边买鲤鱼，鱼都是刚出水，还活蹦乱跳着。彭亮感觉到今天的阳光特别温和，湖水也显得格外清澈，微风从一眼望不到边的荷花丛那边吹来，带着一阵阵的清香，远远望着突出水面的微山，它也仿佛显得比往日更加秀丽。彭亮想到政委一向称赞这里的山清水秀，是个好地方，可是直到今天，彭亮才真正感觉到微山湖的美丽。

到上灯的时候，各分队都将丰盛的饭菜端到桌上了，刘洪大队长，今天例外地允许大家喝酒，所以每个桌上都备有足够的酒。会餐是在欢快的气氛里进行的，杯盘叮当声中夹着欢笑声。在艰苦的战斗岁月里，他们不断地谈着胜利，现在胜利已经到来了。虽然过去他们再艰苦也从没有皱过眉头，相信胜利是会到来的，但是今天，他们才真正感到战斗的意义和胜利的愉快。

可是当他们看到屋当门，空着的那桌酒菜和桌正面墙上牺牲同志的牌位时，眼睛里又都充满了悼念之情。他们想起了林忠、鲁汉、老张、冯老头，还有王虎、张兰……这些在战斗中牺牲的战友和同志。这些同志的面貌和英勇的姿态，马上闪进他们的脑际，使他们又想到多年来，在临枣支线，微山湖边的火热的对敌斗争。在残酷的战斗里，他们透过火光和枪声，看到湖边和铁路两侧的人民，遭受着鬼子的烧杀抢掠，陷入难言的苦难。为了战斗的胜利，有多少好同志英勇的牺牲了。现在胜利来到了，可是这胜利是多少抗日军民的血泪换来的啊！

会餐还没有结束，刘洪和李正就接到司令部的紧急命令，要他俩去开会。李正要王强留下，照顾队上的工作，吩咐队员做战斗准备，以便随时完成上级所交的任务，就匆匆地连夜到道东去了。

第二天，刘洪和李正从司令部回来，队员们都以欢乐的心情期待大队长和政委带给他们的好消息，可是他们一看大队长铁青的脸色，就知道刘洪是被一种愤怒的情绪所激动着，他的眼睛闪着逼人的光，嘴唇绷得紧紧的。政委的脸色也很严肃，显然有什么严重的事情发生了。

在队员大会上，政委告诉大家一个气人的消息，就是当日寇宣布投降，我山东军民正要向铁道两侧及大城市进军，迫使鬼子最后放下武器的时候，蒋介石竟发出了反动命令，要敌后血战八年的八路军和新四军的部队停止行动，集中待命；同时又命令华北的敌伪军就地维持治安，等候国军前来受降和接收。李正气愤地对队员们大声说：

"这反动命令是什么意思呢？就是要我们不要去收缴敌人的武器，要敌伪也不把武器交给我们，他们要来受降，就叫鬼子、伪军替他蒋介石'维持治安'！过去抗战打鬼子，他们望风而逃①，跑得无影无踪，现在他们又从老鼠窟窿里钻出来，想独吞胜利果实了！同志们！我们能执行这种反动命令么？"

"不执行这熊命令！"

"抗战时，他们不抗日，光捣蛋，现在胜利了，他们又在捣蛋！"

"打鬼子他们逃跑，别人打鬼子他们扯腿，现在我们把鬼子打投降了，他们来受降。蒋介石有什么脸下这种熊命令！他凭什么要我们来执行！不执行！"

"不执行！"

"不执行！不执行……"

队员们都被蒋介石的反动命令激怒了，额上的青筋在跳着，嘴里不住地咒骂着，一致要求不执行这反动命令，向铁道上的敌人进军，迫使日寇投降。李正用手一摆使浮动的人群静下以后，就又说：

"是的，我们不执行这极端错误的命令！现在我们的朱总司令已经给蒋介石打了电报，拒绝了他这个反动命令。敌后血战八年有功于国家与人民的八路军和新四军，完全有资格也有责任收缴在解放区包围之下的日伪军武装。现在我向大家宣布朱总司令的命令——

延安总部顷发布命令如下：

日本已宣布无条件投降，同盟国在波茨坦宣言基础上将会商受降办法。因此，我特向各解放区所有武装部队发布下列命令：

一、各解放区任何抗日武装部队均得依据波茨坦宣言规定，向其附近各城镇交通要道之敌人军队及其指挥机关送出通牒，限其于一定时间向我作战部队缴出全部武装，在缴械后，我军当依优待俘虏条例给以生命安全之保护。

二、各解放区任何抗日武装部队均得向其附近之一切伪军伪政权送出通牒，限其于敌寇投降签字前，率队反正，听候编遣，过期即须全部缴出武装。

三、各解放区所有抗日武装部队，如遇敌伪武装部队拒绝投降缴械，即应予以坚决消灭。

四、我军对任何敌伪所占城镇交通要道，都有全权派兵接收，进入占领，实行军事管制，维持秩序，并委任专员负责管理该地区之一切行政事宜，如有任何破坏或反抗事件发生，均须以汉奸论罪。

总司令朱德　八月十日二十四时

① 老远看见对方的气势很盛就逃跑了。

“同志们！上边就是朱总司令发给我们的命令，我们要以实际行动坚决执行这个命令！”

“对！坚决执行朱总司令的命令。”

“敌伪军要拒绝投降，我们就坚决把他消灭！”

队员们都举臂高呼，回答政委的号召，准备以坚强的战斗意志和战斗行动，来完成朱总司令的命令。

山东军区司令部，为了执行朱总司令的命令，把全山东所有抗日部队组织了五路大军，向敌人占领的交通要道和大城市进军，他们的任务是迫使敌伪投降，不投降，就消灭他们。部队所经过的村庄、路口，解放区的人民都为自己的胜利进军的部队扎上松柏门和牌坊①，上边写着“胜利”或“凯旋”的金字。年轻人都自愿地去支援部队，老大爷、老大娘、青妇队的姑娘们和儿童，都站在道旁为过往的部队准备茶水，向行进中的战士口袋里塞鸡蛋，送水果。因为只有他们才知道自己的部队在战争的年月里，怎样地克服一切艰难困苦，打击敌伪，为创造抗日根据地而战斗。现在鬼子投降了，和平的日子到来了，这胜利是多少同志为人民流了鲜血才换来的啊！现在抗日根据地的人民是以多么欢悦的心情来欢送自己的抗日部队去接受敌人投降啊！五路大军在人民的欢呼声里，向青岛，向济南，向徐州进军。

鲁南军区的抗日部队被编为第五路大军，他们指向徐州，要使那里的敌人投降。铁道游击队是这支大军的前导，不分日夜地向徐州迫近。

这天夜里，铁道游击队奉命撤到道东，和主力部队汇合，准备向徐州挺进。当过铁路的时候，小坡站在路基上，望着临城站的灯光，那里还有探照灯光在闪。小坡恼火了，低声骂道：“奶奶的！投降了还闪个熊劲呀！”他看着刘洪大队长这时也站在那里，在向临城默默地瞭望，他知道大队长这时的心情，他是在想念芳林嫂。队长是个倔强的人，不愿把感情露在脸上。小坡上前拉了刘洪一把，急切地说：

“我们应该马上进临城去缴鬼子的枪呀！怎么舍了这近处反到南边去呢？”

小坡仰望着刘洪的脸，他看到他的大队长发亮的眼睛里有些湿润。这年轻人又后悔，不该在这时拿这话来问大队长。刘洪略微沉默了一下，又紧绷了一下嘴唇，吃力地咽了一口唾沫。小坡知道大队长不是在思考问题，而是在压制自己的情感。刘洪说：

“同志！要从大处着眼啊，上级决定是正确的！徐州是山东的大门，我们迫使那里的敌人投降，占领了徐州……”

说到这里，刘洪挥动着手臂，向沙沟、临城间画了一条线，斩钉截铁地说：“堵住大门，这些敌人一个也跑不掉！”

刘洪这后一句话，是以一种极愤怒的口吻说了的，显然他是深深地痛恨着还没有放下武器的敌人。

他们星夜赶到徐州附近。因为他们都是短枪便衣，司令部要他们先插进去侦察情况，准备给日本驻军送出通牒。李正和刘洪便带着队员们，分两股秘密潜入徐州。

① 形状像牌楼的构筑物，旧时多用来表彰忠孝节义的人物，如功德牌坊、贞节牌坊。

市内一片混乱，饥民在捣毁鬼子的仓库，日伪军退缩在兵营里不敢动弹。当铁道游击队到达车站时，看到站上停了几列刚开到的兵车，美式服装的国民党军队正源源地从兵车上下来。南边的兵车还在不断地开过来，虽然是在夜间，可是天空的飞机还在嗡嗡地响，通往飞机场那边也有国民党部队向市内拥来，原来是国民党利用鬼子的火车和美国的飞机，从遥远的地方把中央军运来，抢占徐州。鬼子和汉奸看到中央军到来，像得了救似的，又蠢蠢思动，因为他们在这里留下海样深的血债，中国人民都用仇恨的眼光盯着他们，盼望着八路军来缴他们的械。现在国民党中央军来了，他们在反共上是一致的，一见面真像久别的朋友一样握手言欢，让鬼子依然维持治安，并收编伪军。伪军马上把太阳旗扯下来，换上国民党旗，帽花撤下，来不及换上新的就摇身一变，成为中央军编制以内的某师某团了。天不亮，中央军就驻满徐州了。

蒋敌伪合流了。八年来在敌伪铁蹄下呻吟的人民，在血泪中盼着胜利的人民，胜利盼到了，可是胜利却是这样简单：敌人还是敌人，只是换了一面“青天白日”的国民党旗子。

北边响枪了，大概是中央军碰到八路军，向那边射击了。鬼子的枪，汉奸的枪，中央军的枪，都一起在放。飞机翼下的日本国徽刚刷去，也许是由于太仓促了吧，虽然已涂上了“青天白日”，可是透过这油漆未干的国民党党徽，还清楚地看出下边的膏药旗，就加了油飞向北边的抗日根据地扫射去了。

天亮以后，铁道游击队被敌人发现，中央军和敌伪军就向他们展开了攻击，刘洪和李正只得撤出了徐州，回部队报告情况。

在回部队的路上，他们看到一列列的兵车向北开来，中央军在鬼子、汉奸的掩护下，沿着津浦铁路线，进攻山东解放区。他们喊出“到济南受降”“收复失地”的口号，实际上是想消灭八路军。兵车不够用，敌伪顽沿着铁路线步行向北拥进。这些还依然穿着汉奸服装的中央军，每到一个村庄，都是烧杀抢掠，人民一片哭叫声。他们昨天烧杀抢掠，是为了效忠日寇，今天他们的烧杀抢掠，却是为了效忠国民党反动派了。

李正拿着一份从徐州带出的伪报纸，报纸在抖动的手上索索地响。一条消息使他气得浑身打战。原来伪报上登着蒋介石委任的山东省主席到了济南，一到任就慰问受伤的敌伪，并由敌伪协助成立山东省政府。从抗战一开始，山东国民党的军队和政府人员，一听炮声，就都跑了的跑了，投敌的投敌了。是共产党八路军领导了山东人民坚持了抗战，和鬼子苦战八年，才收复了山东大片土地，建立了抗日民主政权，可是现在却从天上飞来了个省主席。当李正把这事告诉了队员，队员们都气得红了眼叫着：

“谁承认他这个熊主席，他有什么资格当山东人民的主席，去他娘的！”

愤怒的队员们，望着一列列往北开去的兵车，想到这么多年来，他们在这铁路线和鬼子反复搏斗，现在总算取得了胜利，可是今天蒋敌伪合流，又像狼群样沿着这条交通线向山东人民进攻了，人民又将被抛进苦难里了。一些队员都咬牙切齿地说：

“我们在这里艰苦战斗，难道就为的你们再来蹂躏这块已经解放了的土地么？”

队员们都摩拳擦掌，气呼呼地跑来找大队长和政委，指着铁道上的兵车要求道：

“咱们和他们干了吧！这口气真咽不下！”

刘洪和李正带着队员回到主力部队，把徐州的情况做了汇报，司令部也早收到这方面的情报，现在部队正在重新部署，决定席卷扫荡内地和交通线上拒降的敌伪。为了配合整个军事行动，张司令对他们说：

“你们铁道游击队马上撤回微山湖一带，任务是阻止顽军北上，迫使敌伪投降。”

就这样，他们不分昼夜地赶回微山湖一带。可是国民党北进的先头部队已经到达兖州了。在兖州和徐州之间的沿站都有顽军部队留下，和当地的敌伪合流，守着铁路，让他们的部队不断地源源北进。临城也驻满了国民党部队，这一点，特别刺痛了刘洪的心，因为芳林嫂还在那里。据收到的情报，国民党进了临城站后，汉奸都被释放了，日本特务摇身一变成了国民党的特务。和八路军有关系的人都遭到逮捕、屠杀。芳林嫂恐怕也要受害。

当鬼子一宣布投降，刘洪就想到芳林嫂。所以在全队为庆祝胜利而会餐时，他特意把凤儿接到队上来，他抱着凤儿，就想到这孩子将要看到妈妈了，而自己也感到说不出的喜悦。刘洪虽然也和小坡一样急切地想早进临城，可是以后他们奉命去徐州，为了完成更重大的任务，他情绪上只微微波动一下，就毅然向南进军了。那天，他和小坡在铁道边指着临城站愤怒地说：“他们还跑得了？”他向小坡解释，这也是自我安慰。他认为敌伪是跑不了的，芳林嫂出来，只是个时间问题。可是蒋敌伪合流，国民党军队竟这样快地到处窜犯[①]，想不到芳林嫂由鬼子的手里又转到中央军的魔掌里了。直到这时，刘洪才感到真正失掉芳林嫂的苦痛。过去芳林嫂被鬼子抓去时他感到难过，鬼子投降了，芳林嫂就有了出来的希望，可是现在国民党中央军又把她夺去了，出来的希望就不大了。刘洪深深知道国民党对待共产党的狠心，因为他自己身上就有着国民党匪军打的伤痕。

夜已深了，连夜行军后的队员都呼呼地睡去了，刘洪在灯影里来回踱着步子，想到芳林嫂，他的心像铁爪抓着似的难过。他不时走到自己的床前，看到凤儿正熟睡在他的床上，她圆圆的脸蛋上突然挂上一丝微笑，也许是她在梦中看到了妈妈。刘洪看到凤儿睡梦的微笑，眼睛里涌出泪水。

刘洪的悲痛是深沉的，可是倔强的他绝不让自己被悲痛压倒。过去革命斗争的锻炼，使他有着坚如钢铁、从不屈服的性格。每当他哀伤的时候，他会忍住眼泪，在这忍住眼泪的同时，一种难以压抑的愤怒便在胸中燃烧，他的眼睛亮了，拳头握紧了，如果手中有枪，他就把子弹顶上膛，他能化悲愤为力量，展开不疲倦的斗争，而且越战越坚强。过去使他难过和愤怒的是日本鬼子，现在使他伤心愤怒的是国民党匪军。他们过去不抗战，反共反人民，使他流了血，如今在八路军和人民用流血牺牲赢得了胜利，他们又卷土重来，人民又要遭受灾害了，芳林嫂又有被杀害的危险。这痛心的一切，使他的胸膛里燃烧起熊熊的怒火，悲愤的眼睛在闪闪发光。

他在灯影下踱着步子，由于心绪的烦乱，他的脚步是那么有力地踏着地面，像要把地面上砸出坑洼似的。

“只有把这些进攻的匪军消灭！消灭！”

他低低地自语着，发泄内心的气愤，他很想马上投入战斗，才感到轻松。想到战斗，他想到将要完成的阻止顽军北上的任务。政委今晚带着长枪队到铁道两侧去发动群众，

① (小股的匪徒或敌军) 进犯。

组织群众性的破坏斗争了。他也要在下半夜带领三个短枪队，到铁路上进行破路。他看了看表，已经十二点多了，按道理他应该躺下睡一阵，消除一下疲劳，到下三点即出发完成任务。可是激动的心情使他不想睡眠，他渴望着尽快地投入阻击蒋匪军的紧张战斗。

刘洪发亮的眼睛，看到墙角的一大捆炸药包，这是主力部队攻城炸碉堡用的黄色炸药①，这次他们从司令部领了一批用来爆炸铁路和火车，以阻击蒋敌伪军北上。

他便坐在墙角，把大炸药捆打开，炸药块都像切成小块的肥皂一样散开来，每块都用油纸包着，他便把炸药都分成一斤、两斤重的轻便小包，因为一斤重足可以把铁轨炸飞了的。他把炸药分好都按上雷管以后，就用一块黑布包了四五个小包，扎在腰里，另外他还装两小包在两个口袋里。

深夜三点，各短枪分队都集合起来，到大队部领了炸药，也像刘洪一样用布扎在腰里。刘洪站在小土堆上，对各分队简洁地谈了任务，规定了路线，最后只见他把二十响一抡，发怒似的命令着：

“开始出发！炸路！”

三个分队分成三股，在夜色中迅速地向铁路边奔去。

临城和沙沟站的探照灯还在照着。国民党命令敌伪军为他们护路，维持铁路的安全。虽然这铁路还有着敌伪的岗楼碉堡守卫着，可是自从日本宣布投降后，他们对守卫铁路这个“任务”已不大感兴趣，只是心惊胆战地缩在碉堡里，因为他们在这里欠了海样深的血债，生怕这里的人民和八路军拥过来，扭碎他们的脑袋。他们这种惧怕是有道理的，因为四下都是上百上千里的解放区，在这样广阔的土地上和强大的抗日军民的包围中，他们怎能不发抖呢！现在他们唯一的希望，就是能得到宽恕，能够生还回家。所以他们哪还有心绪来为国民党卖命呢！一想到铁道游击队勇敢善战，他们就心惊肉跳，控制这条铁路的信心早已失掉了。

刘洪带着他的队员们，敏捷地扑到铁道边，这里的每个地方他们都很熟悉，就是敌人在铁道两侧布满了岗，也挡不住他们靠近铁路。他们把炸药塞到铁轨下边，一列火车过来了，只听轰的一声巨响，车身摇晃了一下就停下了，两节铁轨炸得像两条弯弓一样，随着腾空的铺路石子，被抛出好远。

鬼子、伪军、国民党军队，都仓皇②地跳下车，惊恐地望着铁轨被炸开的缺口，庆幸着火车还没有翻筋斗，不然他们蒋敌伪都将埋葬到一个坑里了。当国民党军队、鬼子、伪军正在修路时，其他的地方也闪起红光，也不断响起沉重的轰轰声，整个铁路瘫痪了。

当彭亮和小坡，带着自己的分队，把第一包炸药塞到铁轨下边，彭亮的心情是很复杂的，过去打鬼子、破铁路、碰火车，他都没有这样过。他和小坡对望了一瞬，他俩在胜利会餐的那天晚上，谈到和平，今后一块干铁路，多年的愿望就要实现了，因此，感到目前这铁道完全是自己的了，所以他们特别珍惜这铁路，甚至对每个螺丝钉都感到珍爱。可是现在蒋敌伪合流，又顺着这条铁路线向解放区进攻了。为了保卫解放区，阻止蒋匪军北上，他们要把这心爱的铁路重新破坏了。

① 烈性炸药，成分是三硝基甲苯，黄色结晶。也叫梯恩梯。
② 匆忙而慌张。

"奶奶！炸了吧！打走了这些龟孙，将来再修新的！"

彭亮狠了狠心，把牙一咬，一边叫骂着，一边和小坡就一起拉着了雷管，跑向路基的远处，在一片洼地里伏下。当震耳的轰隆声响了，看到红光一冒，铁轨和沙石、土块腾空而起，两人感到一阵阵轻松。

白天国民党匪军强迫鬼子、汉奸为他们修路，可是天一黑，这整个南北铁路线上爆炸声又起了，又有了新缺口。当敌伪顽出动部队打着枪，放着炮，赶到出事地点时，背后另一个地方又在爆炸了。当他们折回去时，看到这里折的缺口更宽，有的地方，一两里路长的铁轨都不见了，原来这是李正领着群众破路队干的，他们干脆把铁轨抬走了，抬到湖边，深深地埋在地里隐藏起来。

铁路上的缺口，向南北扩展着，整个津浦路的交通已经断了。

山东的军民为了坚决执行朱总司令的命令，五路大军以疾风扫落叶之势，从九月十日到十月十三日一个月的大进军里，消灭了山东境内十万拒降的敌伪部队，收复了四十三座县城。

靠近交通线的鬼子，大部分都集中到铁路线，国民党指定津浦路的敌伪军，北段的到济南集结，南段的到徐州集结，去接受"国军"受降。可是通往徐州的南段铁轨被铁道游击队彻底破坏了。鲁南的第五路大军和从南边过来的新四军主力，向兖州和徐州一线插过来，把在这一条线的蒋敌伪浊流截为数段，分段的包围起来，向据守在这条线上的敌伪发出通牒，要他们投降，不然，就消灭他们。

窜至界河一带的伪军，由于拒绝投降，被我主力一举歼灭两个师和一个军部。接着收复峄县、邹县，二百多鬼子被迫投降。自卫战争在津浦南段展开了。这一连串的胜利，使被围困的敌伪震动了。

铁路沿线的人民，受不了"国军"的屠杀抢掠，都纷纷逃往解放区。深入解放区的蒋敌伪混合兵团，路断粮绝，被重重包围在滕县、临城、韩庄一线。刚涂上青天白日的日本飞机，又沿线来扫射和平居民，并运粮食给他们被围的部队，可是却不能把他们从灾难中救出。

为"国军"开道的鬼子，穿着破皮靴，寒碜地抱着枪，在外围警戒站岗，打仗，没有东西吃，就偷偷地溜进附近的村庄去抢东西吃，被八路军和民兵，一阵乱枪打回去了。

一列鬼子的铁甲列车，停在沙沟站外的铁轨上，一动不动地在那里喘着气。这是鬼子警卫铁道线的铁甲列车部队，他们奉命要到徐州去集结，向国民党军缴枪。可是他们走出沙沟站不远，前边的铁路就被破坏了，当他们刚想再缩回沙沟站，后边的铁轨也被铁道游击队拆去了。铁甲列车像一条僵硬①的死蛇一样孤零零地被抛在湖边的原野上。

这列铁甲列车，铁道游击队是熟悉的，他们经常在铁道线上碰面。每当铁道游击队打火车破铁路，在铁路上展开战斗的时候，这铁家伙就常来增援，照例是向铁道两侧扫机枪，打小炮。临枣线打票车时，它来增援，搞布车时也有它出现，七千鬼子围攻微山岛，也是这铁家伙封锁了湖面，最后突围过铁路，张兰就是被这上边的鬼子打死的。几

①（肢体）不能活动。

年来他们在铁路线上都是冤家对头，现在这铁甲列车向南逃窜时，又被铁道游击队重重包围。司令部指令铁道游击队，一定要迫使铁甲列车上的鬼子缴枪投降。

刘洪和李正派人把通牒和优待俘虏条例送进了铁甲列车。这列车的长官小林瘦得像只鹤一样，在四下响着的炮火声里，伸长着脖颈，仔细看了通牒和俘虏条例，心情显得沉重。当他再看到里边还夹有一封短信时，他的双手便不住发抖了，这信是飞虎队写来的，原来包围他们的竟是他们的死对头。信尾上写着："马上缴枪！不然就消灭你们！"几年来，他带着他的铁甲列车，在铁路上转来转去，是深深知道飞虎队的厉害的。他们给守路的"皇军"麻烦不少，使"皇军"吃了很多苦头，"皇军"对他们曾使用过不少恶毒办法，还是对付不了他们，结果却使自己的部下一提到飞虎队就头皮发麻。想不到在这倒霉的日子，他们最后像"逃难"似的向徐州撤退的路上，竟又碰到飞虎队。小林部队长用干枯的手指，吃力地扭着自己细长的脖颈，像有什么绳索套着使他闷得透不过气来。

"他们说到，就准能办到！"

小林部队长反复地念着信上的最后两句话，喃喃地自语着。据说最近破铁路，飞虎队又有了新武器，使用炸药了，他想到飞虎队能够飞上火车，把火车开走、碰坏，难道不能把炸药送到他的铁甲车下边么！根据飞虎队以往在铁道线上的活动，这还不是轻而易举的事么！想到这里，小林部队长又在吃力地搔着头皮了。他在焦急、担心自己会有随着车皮飞上天空的危险了。

小林部队长又想，逃避这个灾难的唯一办法，是把枪交给飞虎队。可是到了徐州，国民党向他要枪，怎么办呢？他们到徐州，是执行国民党的命令，指定到那里去缴枪的呀！把枪交给共产党，国民党是会恼怒的。而且从心里说，他也真不愿把枪交给共产党啊！因为只有共产党才是日本法西斯的真正敌人，国民党早已不是他们真正的敌人了，因为他们在反共上还是一脉相通的呀！把枪交给反共的国民党，不也很符合法西斯的脾胃么！可是在眼前被包围的情况下，不把枪交给飞虎队是要吃眼前亏的！不缴又怎么能行呢！

小林在反复地思索着，没有好办法，他深深感觉到现在不是按着自己的意愿去想问题的时候了，他不住地搓着脖子，搔着头皮。可是时间也不能太拖啊！飞虎队是不好对付的，他们等得不耐烦了，用武力来解决问题就麻烦了。他马上把一个中队长叫来，要他代表他本人出去和飞虎队接头，嘱咐在谈判中注意方式，试探一下飞虎队的口气，再做第二步打算。

这天，在铁路附近一个村边的茅屋里，受降谈判正在进行。在放油灯的桌前，站着铁甲列车部队长的代表鬼子中队长，桌后边坐着刘洪和李正。鬼子中队长毕恭毕敬地以合乎标准的立正姿势站在那里，在刘洪亮得逼人的目光下，中队长的眼睛常常畏怯地躲开，不敢和这锐利的眼光对视。可是他却一再申述①不能把武器留下的理由，请求铁道游击队放他们南去徐州。他每次都被刘洪简捷有力的语句驳回：

"不行！一定要把武器缴出，拒绝投降，我们就把你们消灭！"

① 详细说明。

鬼子中队长一方面俯首表示出一副哀求相，一边还是重申他们不能缴出武器的理由，像他们有说不出的苦衷似的，以此来掩盖他们恶毒的阴谋。

“我们是奉命到徐州缴出武器的，你们要把武器留下，我们究竟要服从哪个命令呢！贵国中央……”

看样子他又在叙述国民党中央是唯一合法政府，他只能服从蒋政权的命令等滥调①了。李正马上打断了对方的话，扬起了细长的眉毛，严肃地对鬼子中队长说：

“你不明白服从谁的命令么？我郑重地告诉你！你们要服从山东抗日军民的命令！八年来，你们在这里烧杀抢掠，留下血海深仇，山东人民要你们就地投降，你们就该缴出武器。同时向附近驻军缴出武器，这也是波茨坦宣言的规定。不就地投降，就是拒绝投降，我们要把你们依然当作敌人来消灭！”

“少和他啰嗦！”老洪愤怒地盯着眼前的鬼子中队长说，“再限你们二十四小时答复，不然的话，我们就要就地消灭。不投降，你们就休想走出一步。”

为了着重说明刘洪的意思，李正站起来，用一个小竹竿把鬼子中队长的视线，引到墙上的地图上，小竹竿在地图上指点着，他附加着说明：

“你看！东至东海边，西至太行山，再往西还是解放区，北至平津，南到长江，整个都是我们的解放区，这里有千千万万的抗日军民在监视着你们，你们不就地缴枪，想走出去，比登天还难！”说到这里，李正把竹竿提到手里，走到鬼子中队长的身边，以命令的口吻说：

“回去告诉你的长官，限你们在二十四小时内缴出武器，我们优待俘虏，保证你们生命的安全，发给你们通行证，可以通过解放区，就近回国，不然的话，你们就是自取灭亡。”

“是！是！我回去向部队长转达……”

鬼子中队长唯唯诺诺地退去，当退到屋门口时，正和进来的王强碰了个满怀，鬼子中队长马上退让到旁边，向王强打着敬礼，连连赔礼：“对不起！对不起！”

鬼子中队长走后，王强眯着小眼走进来，笑着对刘洪和李正说：

“打了八年，打得野蛮的鬼子现在倒也学会点礼貌了。”

刘洪和李正都为王强的诙谐而哈哈地笑起来。

中队长回到铁甲车上，向小林部队长报告了谈判的情况，说飞虎队态度很强硬，看样子不缴下武器是很难向南走出一步的。他也向部队长谈了所属部队的情绪很低落，已毫无斗志，都要求早些放下武器回国。同时说明列车上的军粮已经不多，眼看就要饿肚子，派士兵到附近村庄去筹粮，一离铁路边，就被打回来，小林部队长听了中队长的报告，急得瘦长的脸颊上直往下淌汗，又在用干枯的手指扭着脖子。随着事态的严重，好像脖子上有条绳索越勒越紧了。情况确是困难的，四下都是上千里路的解放区，到处都有勇敢的抗日军民，唯一可以挽救他们的这条铁路线也被破坏了，沿途又都驻满了八路军、新四军的主力。这里南距徐州最近，可也有几百里，铁甲列车是开不动了。只有步行，可是这是多么艰难的一段路程啊！要走就得战斗，可是一想到战斗，他便完全陷入

① 叫人腻烦的、不切实际的言辞或论调。

一种惶恐的情绪里了。士兵都失却了斗志，就是勉强战斗，他们这几百人也会很快被一眼望不到边的解放军抗日军民的海洋淹没的。

他焦急得坐不住，就到列车里去巡视一周，四下的钢板都像在压挤着他似的。看着装置在射击孔那里的重机枪和小炮，他觉得这些武器连一点用处都没有，厌恶地吐着唾沫。他的唯一的希望，就是步行向南突围，冲向徐州，可是这些重武器带不动，只有丢下了。

“丢下？”小林部队长自语着，“可是得有个丢法！”他无光的眼睛里突然迸出凶光，狡猾地眨了眨，便对站在身边的中队长说：

“你明天再去找他们谈判，就说重武器我们可以交出，步枪我们得随身带着，理由是我们路上要自卫呀！可是他们得给我们通行证，就是这样。”

当中队长临走时，小林又把他叫转来，又对他说：“如他们不接受，你就再要求把限期延长一天，让我们再商量一下，不要把话说绝，因为我们确实是很困难的呀！”

第二天晚上，在原来的茅屋里，又在进行谈判，当鬼子中队长转述了他部队长的要求后，刘洪瞪起发亮的眼睛肯定地说：

“不行！你们要留着步枪自卫？难道你们屠杀中国人还没屠杀够么！不全部缴出武器，我们就把你们消灭！”

刘洪最后一句话是那么有力，像吼出的一样。在这严厉而愤怒的话音里，鬼子中队长吓得向后退了一步，好像马上就要被消灭似的，呆呆地站在那里。李正望了他一下，严正地说：

“你们只有一条生路，那就是全部缴出武器，这就是你们最好的自卫办法！你们缴出全部武器我们才能执行优待俘虏的条例。不全部缴出武器，根本谈不到给通行证。就是我们不消灭你们，你们带着武器走不出多远，也会被我们沿途大军消灭掉！回去告诉你们的部队长，就说这条路行不通。”

最后鬼子中队长提出要求，限期再延长一天，以便回去和部队长商量。刘洪显得不耐烦了，可是中队长仍哀求着再允许他们一个时间考虑。李正说：

“好！你们今天愿意缴出重武器，总算有了一点进步，我们再宽你们一天，你转告你们的部队长，要快下决心，我们不能再等了。”

刘洪对着唯唯诺诺退去的鬼子中队长吼道：“要记住，只有这一天时间了！”

鬼子第三次来谈判，除原来那个中队长以外，又多了两个副官①。他们带来了整个铁甲列车上的武器装备的表册，上边注明了重武器计有炮四门、重机枪八挺、轻机枪十六挺，步枪五百支，留下二百支。这鬼子中队长一再申述着：

“这两百支步枪我们部队长一定要留下，大部分武器都交下了，我们已经尽到了最大的限度……”

刘洪怒视着鬼子中队长说：“你的头脑要清醒些！我们是命令你们全部缴出武器！这不是在做买卖讨价还价……”

说着，刘洪把三个鬼子拉到茅屋外，这时四外稠密的枪炮声响得正急，这是八路军

① 旧时军队中办理行政事务的军官。

正在歼灭拒降的敌伪。刘洪遥指着远近处闪闪的红光，对鬼子中队长说：

“你听这是什么声音，这是我们在聚歼拒降的敌伪，我们不是给你开玩笑！现在再没有时间和你啰嗦了。对你们的围攻，马上就要开始！”

三个鬼子望着刘洪铁青的面孔，在轰轰的炮声里打着寒战。就在这时，附近突然传来一阵急促的马蹄声，一小股马队向这边疾驰而来。

刘洪和李正仔细一看，为首的那匹高大的白马上，正是鲁南军区张司令，后边的十多个骑者，都是他的警卫队。他俩马上迎上去，打了个敬礼。张司令下了马，就晃着魁梧的身躯走过来，和刘洪、李正握了手，用眼睛扫了一下旁边的三个鬼子，就问：

“谈判进行得怎么样？”说着他便用马鞭指着旁边三个鬼子军官，又严厉地说：“你们还不愿全部交出武器投降么？”

当马鞭指向鬼子的时候，三个鬼子都畏缩地打着敬礼，他们知道这一定是大大的长官。当刘洪站到张司令身边，向首长汇报谈判的情况时，三个鬼子便问李正：

“这是什么的太君？”

李正把手向四下一挥，说：“这是全鲁南军区的张司令！”

听说是鲁南军区的张司令，三个鬼子便围上来，恳求着张司令发给他们通行证，让他们回国。张司令说：

“把你们的武器全部缴出，就放你们通过解放区！”他又回头和李正低低地交谈了几句，就跃身上马，回司令部去了。临走前，他以响亮的声音对三个鬼子说：

“记住！没有铁道游击队发给你们的通行证，你们就休想走出去！”

一个雨后的傍晚，铁道游击队全体指战员，集合在铁甲列车和沙沟站之间的铁路旁边的一个空地上。他们都是服装整齐，雄赳赳地列成二路横队站在那里，长枪中队的步枪上都安上雪亮的刺刀，短枪队都把子弹上了膛的二十响快慢机提在手中，红绿的枪穗在迎风飘展。

空地四周都严密的布满了警戒，张司令特地从司令部调一个警卫连给他们，以便在受降的庄重场面上显得更威风，现在他们也以铁道游击队的名义，散布在四周警卫。一个岗哨接一个岗哨，每个岗哨都端着步枪，做预备刺的姿势站着，刺刀在发着寒光。机枪围着空地摆了一个圆圈，都支在地上，张着黑黑的枪口，趴在机枪身后的射手，在向空地上瞄准着，紧张地扳着扳机，准备随时把子弹从枪口里喷射出去。再往远处，还是岗哨，附近所有的有利地形都被占领。在傍晚的暮色里，看着远处林立的警戒，使鬼子摸不透这周围到底埋伏了多少部队。

西天泛着殷红色的晚霞，映在碧绿清澈的湖水上，漾着一片玫瑰色的紫光，远远的霞光掩映的微山，像披着一件彩色的盛装，屹立在湖心里。深秋的微风，吹皱了平静的湖面，越过含着水珠的淡黄色的豆田吹过来了，带来湖里一阵阵荷花的清香。

空场上是铁样的严肃和寂静……

刘洪、李正和王强在队前默默地踱步。大家的眼睛不时地向着铁甲列车通往这空地的路上眺望，那里有沉重的钉子靴的音响，随着靴声的渐近，广场上更显得肃静，肃静里却充满着紧张。

四路纵队的鬼子，踏着沉重而又显得疲乏的步伐，走进广场，在空地上排成黑黑的行列。静静地面向着铁道游击队立正站着。队形是整齐的，每个鬼子都笔直地站着，但是他们的脖颈仿佛支持不住头的重量，头都低低地垂挂着，步枪还在他们的胁下，一列列的轻重机关枪、炮车，都僵冷地躺在它们低头的主人队前。

一队鬼子军官向广场中央走来。李政委和刘洪大队长、王强副大队长，都昂首站着。鬼子军官在他们面前卡卡地打着敬礼，他们只略微点了下头。

一个瘦长身形的军官，慢慢地向刘、李、王面前走来，数次前来谈判的中队长也紧跑上来，对着刘洪和李正介绍着这就是他们的铁甲列车司令小林部队长。他再向小林叽咕了几句，大概是介绍刘洪、李正和王强的身份。这时广场上又恢复了肃静，四下静得连一点声音都没有，只有小坡在队中举起的那面红旗在扑扑地迎风飘扬。

小林部队长走上来，向刘洪打了个敬礼，枯涩[1]的眼睛呆呆地盯着刘洪的脸，像要从这脸上看出什么东西似的。几年来，在铁路上反复搏斗的两个敌对指挥员，现在第一次会面了，可是当刘洪发亮的眼睛怒视着他的时候，他胆怯地把目光躲开了，向刘洪伸出手来，想握一下，可是刘洪只愤怒地把手一挥，命令着：

"受降马上开始！"

小林对这斩钉截铁的命令，知趣地打了个立正，表示马上就去执行。可是这个过去在中国土地上猖狂一时的法西斯军官，在这决定他命运的一瞬，站在他的胜利者的面前，像有所感慨似的，想说一两句话，但是看样子对方并不打算听他说什么，可是他还是站在那里低低地说：

"你的铁路干活的！我的也是铁路干活的！几年来，你的拆拆，我的补补……"他停了一下，把两手摊开说："现在你的成功啦！我的失败啦！……"说罢转身而去。

接着他在鬼子的大队前，叽里咕噜地讲了一阵话，随着他话的尾音，鬼子大队里，响起了一片噼里啪啦步枪落地的音响。

一个鬼子军官发出了一个口令，大队的鬼子来了个向后转，随着一阵阵杂乱而沉重的钉子靴声，他们放下过去用以屠杀中国人的武器，向远处走去。

李正叫王强派人跟管军械的鬼子去清点武器和军用品。大队鬼子离开广场后，队员们都拥上来了。小山跑上去抱了一挺重机枪，小坡欢快地数着轻机枪：

"一挺，两挺，三挺……十挺……十五挺……"

彭亮带着他的分队在拖炮车，铁路两侧和湖边村庄的人民，都像潮水一样涌来，帮助铁道游击队搬运武器、弹药和军用品。成捆的大盖枪堆向马车上，空地上热闹得像集场一样，人群里充满着欢笑。

队员们押解着满装武器、弹药的马车，有的人除身上的步枪外，还背着机枪，在路上往回走。部队比来时庞大多了，他们迎着夜风还在擦着汗水，被肩上的成捆的武器压得喘息着，但是大家还是咧着嘴欢笑着。胜利使人们兴奋得忘记疲劳。

铁道游击大队在行进着，辚辚[2]的炮车声，载重的马车被压得吱吱地响，毛驴喷着粗

① 干燥，不滑润。

② 形容车行走时的声音。

气在跃着泥蹄，人群在欢笑，连绵数里的行列在向湖边前进。

随着部队的嗡嗡声浪，小坡的歌声起了：

……
巍巍长白山，
滔滔鸭绿江，
誓复失地逐强梁。
争民族独立，
求人类解放，
这神圣的重大责任，
都担在我们双肩。

歌声飞过人群，向遥远的湖面飘去。

三天以后，铁道游击队又重新装备起来了，将近二百人的部队，全部是缴获来的新武器，十多挺机枪，七门手炮，用不完的弹药。他们被调往临城外围，配合主力，监视盘踞在那里的蒋匪军。

李正不分昼夜地整理着临城的秘密关系，不断和临城出来的工人谈话，并把新的关系派进去。他周密地掌握着临城内部的情况，从来往的关系里，查听芳林嫂的下落。

芳林嫂还囚在临城的漆黑潮湿的监狱里。

自从她识破敌人的圈套，揭穿了敌人的阴谋，愤怒地打了松尾老婆以后，她又被投进苦狱里了，日复一日受着折磨，但是她始终没有屈服。

芳林嫂经常在四周布满着惊恐和凄楚的夜里，耳听着远处受刑的“犯人”的惨叫声，和身边受刑后的“犯人”的呻吟。她不住地用自己的手抚摸着身上的伤疤，把披散在脸上的乱发甩开。她的黑黑的蕴藏[①]无限深情的美丽的大眼睛，窥望着铁窗外的星星，在想着刘洪他们，想着凤儿。当想到这一世也许不能再看到他们的时候，她眼睛里就涌出了泪水。用能够见到自己的爱人和孩子为诱饵，鬼子要她出卖铁道游击队，这是万万办不到的，她宁肯牺牲个人的一切。

在她受苦的日子里，胜利来到了。日本宣布投降的消息，虽然被临城的鬼子封锁着，可是这消息很快就在临城人民中间传开了，到处是一片兴奋和欢欣的浪潮。这消息也飞速地越过敌伪的岗哨，传到了监狱里。这些被苦难折磨得遍体鳞伤的“囚犯”们，都从自己坐的或躺的地方爬起来，被苦刑摧残得站不起来的人也爬起来。他们都向铁门那里冲，他们大力地摇晃着铁门上的铁柱，把它们摇得哗啦啦地响，愤怒地向着院里的敌伪哨兵咋呼着：

“快把我们放出来！奶奶的！快开门！”

“快开门！现在你们投降了！”

① 蓄积而未显露或未发掘。

芳林嫂是他们中间咋呼得最厉害的一个，她浑身都充满了力气，用力攀着铁柱在摇着，像要把铁柱折断似的。她在向鬼子的岗哨叫骂着。

鬼子的岗哨没有往日的威风了，要是昨天他看到“犯人”这么起哄，他会端着刺刀来穿人，或者要向铁门里开枪的，可是今天他没有敢这样做。但是他也没有答复他们的要求，岗哨依然站在他警戒的岗位上。

特务队里，有一个会说中国话的鬼子，走到铁门前解释，他脸上的凶恶神情减退了，现在换上一副狡猾的笑脸，隔着铁门，对愤怒的“犯人”说：

“虽然已经宣布投降，可还没有签字，这还不能算作事实。同时我们已奉到蒋政权的命令，就地维持治安，等候国军前来接收。所以我们还得维持秩序！”

“滚你妈的蛋！快把我们放出来！”

“八路军进来，都打死你们这些龟孙！”

“蒋介石要你们维持治安，难道也叫你们把我们关在监狱里么？奶奶的！”

“也许！”鬼子狡黠地笑着说，“这是贵国内部的事情，详情我们就不知道了！”

芳林嫂从铁门边回到自己那个墙角里，坐在一堆烂湿的枯草上，用手指梳拢着蓬乱的头发。虽然鬼子没有答应放她出去，可是出去总是不久的事了，所以胜利所带来的兴奋，还在鼓舞着她，她断然地说：

“国军来接收，万万办不到，他们不知都跑到什么老鼠窟窿里去了，现在不会回来了！”

她想到铁道游击队就住在附近，他们马上就要进到临城了，刘洪、凤儿马上就要见面了。好像刘洪现在就在她的身边，用发亮而又充满爱抚的眼睛盯着她，她怀里像搂着凤儿，用干涩的嘴唇在热吻着孩子的脸颊。她完全沉浸在会见的欢乐情景里，她没有感觉到两行泪水已经慢慢地流上她瘦削的脸颊。

芳林嫂急切地盼着铁道游击队的到来，一天，两天，三天过去了，这对她说来，是多么难熬的时间啊！怎么还不来呢？

远处有枪炮声响了。

“打起来了么？是鬼子要等国民党中央军来，不让铁道游击队进来，又展开战斗了么？”

打起来也好。芳林嫂对铁道游击队的战斗力是知道的，因为她和他们一块战斗过。临城鬼子不投降，铁道游击队是会用武力把他们解决的。鬼子不叫进临城，当然要打的。她知道刘洪的脾气，投降了不缴枪那还行么？而且刘洪也会想到自己，他会很着急的呀！

这天，监牢的大铁门响了，芳林嫂是那么兴奋地从枯草堆里爬起来，她以为是铁道游击队进来了。可是当她向门边一瞅，她眼睛里的欢喜马上退去，瞪大了的眼睛怔在那里，一群美式服装的国民党匪军出现在她的眼前。国民党匪军进临城了。现在从鬼子手里来“接收”监狱的“犯人”了。

原来鬼子的特务队长，陪着一个手拿“犯人”名册的国民党军官，在对照着名单点验着“犯人”。在“犯人”面前，鬼子特务队长和国民党军官的脸上都是一样的狰狞①，每当后者狼样的眼光扫向一个“犯人”时，鬼子特务队长就在旁边低低地做着说明。当望着芳林嫂时，他低低地说：

① （面目）凶恶。

“女八路!”

国民党军官厌恶地在芳林嫂的名字上边，狠狠地划了一个红圈。

国民党匪军到临城的第二天，监狱的“犯人”都做处理了。因犯罪而被鬼子下狱的，一律释放；凡是八路军、共产党嫌疑犯，坚决抗日的，都一律继续监禁。监狱门口的岗哨，换成美式服装的“国军”了。随着“国军”的到来，监狱里又捕来一批新的“犯人”，这些都是在鬼子统治时期漏捕的八路军和共产党嫌疑犯。

“糟了！又落到这些龟孙的手里了!”

芳林嫂低语着。她是深深知道国民党匪军反共杀八路的恶毒罪行的。刘洪是那么英勇的抗日英雄，打得鬼子都怕他，可是他身上就有国民党中央军子弹打的伤痕。在国民党、鬼子互相配合交错着在湖边扫荡铁道游击队的时候，国民党逮住了八路军，不是活埋就是杀头。现在她又落在这些恶魔的手里，她不再希望能活着出去了。她也不流泪，她只有切齿的痛恨。

在一天夜里，芳林嫂被提去受审，她昂然地站在那里。生着一双狼眼睛的国民党特务军官狠狠地盯着她问：

“你为什么干八路？供出来你们在临城的地下党，免得受苦!”

“八路军是坚决抗日的，犯了什么罪?”芳林嫂愤愤地说。

“八路军是匪军，共产党是奸党!”国民党军官吼叫着，“我们要把你们一网打尽①!”

“匪军？奸党?”芳林嫂在反问着。一阵阵怒火在她胸中燃烧，她走上一步，张大了喉咙向对方吼着：

“你们中央军才是匪军，国民党才是奸党！八年来，人民受着鬼子的灾难，你们不抗日，尽跟抗日的捣蛋，和鬼子一样地糟蹋老百姓。鬼子反共，你们也反共，鬼子屠杀我们中国人民，明打八路军，你们也屠杀人民，暗打八路军。你们是中国人，可是良心叫狗吃了。现在八路军和抗日人民把鬼子打败了，你们又回来骑在人民的头上，还是反共反人民、杀害抗日的军民。你们才是人民的敌人！人民总有一天会向你们这些龟孙算账的！……”

芳林嫂不住地叫骂着。国民党军官拍着桌子叫嚣着：“这熊女人！给我动刑!”

两边的匪军，像野兽样扑向芳林嫂，苦刑开始了，鬼子打的伤疤还没有长好，现在她身上又添新的伤痕了。

国民党审讯将近一个月的时间，一般的案情都弄清楚了。在一个阴霾密布的深夜，芳林嫂杂在一批“犯人”里，被赶出了监狱。“犯人”的四周都有端着枪刺的匪军，他们被押解着通过冷清的街道，向临城东边不远的围子墙外走去。

在一片乱坟岗停下，匪军们正在那里挖着坑，显然是要秘密地把这批“犯人”活埋。

芳林嫂这些日来受尽了苦刑，身体瘦弱得几乎站不住，可是她还是顽强地站着。她知道现在就是她生存在人间的最后一刻了。她望着四周空旷的原野，一阵阵寒风吹着她蓬乱的头发，夜空的星星在眨着眼。她现在要死了，她感到自己没有辜负铁道游击队对她的教育，也对得起老洪。她没有屈服。她也想到凤儿，她知道刘洪会像父亲一样地照

① 比喻全部抓住或消灭。

顾她的。她心里有一阵难过，但是在敌人面前，她抑制住了自己的眼泪。

四周都布满了蒋匪军的岗哨，再往远处望，那边是漆黑的一片。她向西南的湖边眺望着，她只能这样和亲人做最后告别。

坑挖好了，她被推进一个湿土坑里，由于身体的虚弱，她一跌倒在里边，就昏过去了，只微微地感到一铲土压在她的身上。

就在这第一铲土抛向芳林嫂身上的一刻，墓地上像突然起了一阵旋转的疾风，震耳欲聋的射击声响成一片，千万道红色的火蛇在墓地的低空飞舞，子弹像雨点样扫来。这突然袭来的暴风雨，马上把四周的蒋匪军扫倒，埋芳林嫂的那个蒋匪军只向坑里送了一铲土，就抛了铁铲栽倒在坑边，脑浆四迸。

随着暴风雨般的射击以后，铁道游击队四下喊着冲杀声，向墓地扑来。当一支雪亮的手电光柱照到土坑里的芳林嫂的脸上时，她苏醒过来了，耳边听到：

“快，快起来！”

这是刘洪的声音。她忽地坐起来，刘洪抓着她的两臂，就把她从坑里拉上来了。小坡跑过来，急叫着：“来！趴在我的背上。”这年轻人背着芳林嫂，向墓地外边跑去。

枪声还在墓地边响着，临城的蒋匪军赶来增援，可是他们被那么激烈的机枪炮火阻拦在围门口，刘洪和李正，看看“犯人”都已救出，便对申茂说：

“长枪队在这里掩护，五分钟后马上撤走。”

他说着便带着短枪队向湖边奔去。临城附近的枪声又响了。不久，又恢复寂静了。

在湖边一个村庄的茅屋里，芳林嫂紧紧地搂着凤儿。队员们和庄里的村民们都围在她的身边。有些老大娘在为芳林嫂整理头发，为她换衣服。当刘洪进来的时候，大家都渐渐地退出去，让他们谈谈。

当刘洪端着一杯热茶，走到芳林嫂的身边，递给她的时候，她不想喝茶，只把美丽的眼睛瞅着刘洪的面孔，眼睛里滚出了两行泪水。由于兴奋和幸福，她的头有点晕眩，不得不把头偎在刘洪的胸膛上。

当芳林嫂休养的时候，国民党匪军又从南边涌来。为了保卫解放区，刘洪带着铁道游击队，又出现在自卫战争的战场上，他带着愤怒和仇恨，继续英勇地战斗着。

一九五三年五月二十二日，脱稿于上海

拓展阅读

日本无条件投降：1945 年 8 月 15 日，日本裕仁天皇向全日本广播，接受《波茨坦公告》，宣布无条件投降。1945 年 9 月 2 日上午 9 时，日本新任外相重光葵和日本参谋总长梅津美治郎代表日本政府在投降书上签字，这标志着抗日战争取得了完全胜利，也标志着第二次世界大战的结束。

后 记

《铁道游击队》出版以后，曾接到不少读者来信，给了我许多鼓励，有的读者并提出宝贵的意见。这次再版，我综合了这些意见，做了一次文字上的修改。在这里谨向热情帮助我的读者，致以诚挚的谢意。

由于初版交稿匆促，未写后记，对于个人写作以及书中人物等问题，没做交代。因此，出书后，有许多青年读者来信问一些问题，比如：《铁道游击队》是否真人真事？这些英雄人物的下落和近况怎样？作者怎样写了这本书？作者和书中人物的关系等。现在就对以上问题，做一简要的说明。

《铁道游击队》是以真人真事为基础写出的。远在抗日战争时期，鲁南地区确有这样一支游击队，开始在临（城）枣（庄）支线，以后发展到津浦干线上活动。他们在党的领导下，创造了很多惊人的英雄斗争事迹。当时，我和他们在同一个地区工作和作战，对他们比较了解和熟悉。后来为了写作这本书，我和他们又曾在一块生活过，直到现在，和其中几个主要干部还有联系。

原先，我想把他们所从事的斗争，用传记或报告文学形式来写的，以后改为小说来写了。既然作为小说来写，对他们的斗争事迹，就不能不加以艺术上的选择和取舍。过于繁琐的重复的人物和战斗情节，有的被删去，有的被合并，当然有的也有所加强。为了反映整个抗日游击战争的实际情况，有些地方又把它丰富和发展了。尽管如此，但我还是以他们真实的斗争发展过程为骨架，以他们的基本性格为基础来写的。老实说，书中所有的战斗场面都是实有其事的。

现在再谈谈我写这本书的过程，以及我和书中人物的关系。

一九四五年日本鬼子投降前后，为了写《铁道游击队》，我曾两度到过他们那里，和他们一起生活了较长时间。很早以前，我就听到他们在铁道线上的战斗故事。当时敌后的抗日游击战争还处在艰苦的阶段，他们在党的领导下，依靠人民的支持，正确地执行了毛主席制定的抗日游击战争的战略和战术，像一把锋利的钢刀一样，插向敌人的血管。为了配合抗日根据地的建设，和内线的主力呼应作战，他们在敌人控制的铁路线上搞机枪、撞车头、打票车，闹得天翻地覆。这些战斗，在当时确实是震撼敌伪，大快人心的。因此，他们的杀敌故事，就像神话一样在群众里流传，被编成歌子唱，被写成剧本上演，给坚持敌后游击战争的抗日军民以很大的鼓舞。我就是被他们英勇斗争故事所鼓舞、感动的一个。在一九四三年山东的战斗英雄模范大会上，我怀着敬慕的心情，结识了他们队上的个别英雄人物和铁道游击队的创始人之一的政委（就是小说中李正的模特儿）。以后，我就产生了写他们的愿望。我曾根据他们的部分材料，在报刊上写了些文艺报道。以后铁道游击队希望我到他们队上去，更进一步地熟悉和了解他们的斗争，希望我能比较全面系统地把它用文学形式反映出来。这个邀请，使我非常兴奋。

回忆和他们相处的日子，是使我永远难以忘怀的。由于他们的热情、豪迈，我们很快就成了不分彼此的亲密战友和同志。在这段期间，我又系统地研究了他们的斗争和生活。我和他们短枪队的“老哥们”做过长久的深谈，我走遍了他们所有曾经战斗过的地方。我也曾到铁路两侧、微山湖边的人民群众里，去了解他们艰苦卓绝的斗争怎样得到人民的支持，并在人民中间留下多么深的影响。人民把他们杀敌的故事，加上神奇的色彩在描绘着。

最使我难忘的一件事，是日寇投降后，他们第一次的新年会餐。在庆祝胜利的丰盛的酒席上，正像我小说里第二十四章所写的那样，他们是以古老的形式，来悼念自己牺牲的战友。他们把一桌最丰满的酒菜，摆在牺牲了的战友的牌位前边。他们平时喝酒喜欢猜拳行令，可是在这一次新年会餐席上，他们却都沉默地喝闷酒。他们隔着酒桌，望着牺牲了的战友的牌位，眼里注满了泪水。哪怕在最欢乐的时候，一提到已牺牲的同志和战友，他们都会痛哭流涕。当时的情景，深深地感动了我。也就在这次会餐的筵席上，为了悼念死者，他们有两个提议：一个是将来革命胜利后，建议领导在微山湖立个纪念碑；再一个就是希望我把他们的斗争事迹写成一本书。这后一个提议，也是他们给予我的光荣的委托，我当时就答应下来了。因此，我写这本书，一方面是出自我个人对他们的敬爱，同时，由于他们的委托，也成为我义不容辞的责任和义务了。

为了完成这一任务，一九四六年，我在枣庄守着他们几个领导人和一些老队员，把他们以往的斗争事迹，详细地记录下来。正要动手写作时，解放战争开始了。为了粉碎蒋匪帮对山东的重点进攻，全山东的军民都动员起来投入紧张的战斗。这时我军从鲁南暂时撤退，铁道线都拆了，他们转入主力作战，我也到其他战场接受新的任务。在这紧张的战争年月，坐下来写作是不可能的。因此，就把这一工作搁置了下来。一搁就是好几年。在此期间，虽然我们分开了，可是他们给我的光荣委托，我并没有忘记。每当我听到他们战斗的胜利消息时，兴奋之余，马上联想到这一未完成的任务，心情也就沉重起来了，总觉得有件重大而严肃的工作没有完成，并因此感到难过。

在这种心情下，我就用嘴来讲，像一般的故事传播者一样，在战斗或工作之余，我把他们的战斗故事，讲给战友和同志们听。大家都很爱听，并深受感动。每当休息下来的时候，同志们都围上来，要我讲，有时我也主动地讲。由于我对铁道游击队故事中人物的喜爱和热心传播，有的同志见到我竟喊我为“铁道游击队”了。当时所讲的故事，也许就成为我今天小说的胚胎了吧！

全国解放以后，我很希望能找个时间来实现我多年来的愿望。可是刚进入大城市，工作是繁忙的，我的岗位又是在机关行政工作上，这个愿望总没有实现。直到一九五二年，我接受了一个写作任务，才有机会把多年来的愿望予以实现。由于事隔经年，为了重温他们以及整个抗日时期的斗争，唤起我原有的创作激情和冲动，在动笔之前，我又找到铁道游击队的一些领导人，到鲁南去了一趟。我们曾经在枣庄寻找早已倒塌的铁道游击队的诞生地——小炭屋子，寻找血染洋行的旧址，沿着临枣线（现已改为公路）向东走去，经过打票车的三孔桥，顺着他们早期战斗活动过的道路，西去临城。在微山湖边上，我们访问了这一带村庄的人民。人们听说铁道游击队的人又来了，像迎接久别的亲人一样都围上来，依然那么生动地谈着他们过去在这里的杀敌故事。我们重游微山湖，夜宿微山岛，触景生情，他们过去在这里所从事的英勇顽强战斗，仿佛是昨天刚发生的事一样浮上脑际，历历犹新。从鲁南回来后，我就开始写作《铁道游击队》这部小说。

以上就是我写作《铁道游击队》的过程，也是我认识和接触他们的过程。他们所创造的英雄的事迹，深深感动了我，为了要把这些英勇斗争在文学上反映出来，我经常和他们接触，并和他们在思想感情上密切地联系。直到现在，每当我有机会遇到他们的老队员，或听到他们的任何消息，我都感到高兴、亲切。

《铁道游击队》出版了，欣慰的是，他们给我的光荣的委托，以及我个人多年的愿望是实现了。遗憾的是，由于我受写作水平的限制，给作品留下很多缺点和不足之处。本来按我个人的经历，写这样长的文学作品，是力不胜任的。我所以有勇气写下去，主要是铁道游击队的可歌可泣的英雄斗争事迹鼓舞了我。我敬爱他们，熟悉他们，我有着要表现他们的热烈愿望。加上他们给予我的光荣的委托，我觉得不完成这一任务，就对不起他们和他们在艰苦卓绝的对敌斗争中牺牲了的战友。同时，作为一个文艺工作者，我熟悉了他们在党的领导下所创造的英雄斗争事迹，也有责任把它写出来献给人民。所有这一切，给了我坚持写作的热情和勇气。可是写出来后，自己再看一遍，又使我很不安，总觉得我所写的，远不如他们原有的斗争那样丰富多彩。

我的创作经过就是这样，写在这里，作为读者看这部作品时的参考，并请读者批评指正。

一九九五年八月一日

《铁道游击队》创作经过（节选）

一九四三年夏天，山东军区召开全省的战斗英雄、模范大会。胶东、渤海、鲁中、滨海和鲁南各个军区的部队选拔的战斗英雄、模范，通过敌人的封锁线，云集山东军区所在地的滨海抗日根据地。这次大会在莒南县的坪上召开。来自各个根据地部队的英雄人物，都集中到这里了。他们在各自的战斗岗位上做出了出色的贡献，将把自己在战斗中创造的动人的英雄事迹，向大会做报告，最后由军区首长进行评选，授予荣誉称号。

这次战斗英模会，是山东根据地的一件大事。党政军民等领导机关都很重视。因为我们的抗日根据地，是由英勇的八路军在人民的支援下，和敌伪顽军及封建地主武装拼命流血，进行了艰苦卓绝的战斗，才从敌人控制下解放出来，建立了坚强的抗日基地，使这里的人民翻身，使我们的部队有了可靠的依托。也可以说，没有八路军指战员的流血牺牲，就没有抗日民主根据地。所以根据地各界人民群众，饮水不忘打井人，他们杀猪宰羊送往大会，让这些为人民立了战功的英雄、模范，能够吃得好，开好大会。

根据地的报刊记者和编辑人员都参加大会。一方面为大会服务，帮助会务人员整理和编印英雄、模范的战斗事迹材料；另一方面对这些英雄人物进行采访，准备为报刊写报道和文章。我们《山东文化》编辑室的同志都投入了这一工作。

我就是在这次英模会上，认识了铁道游击队的英雄人物。听了这位英雄的报告，了解了铁道游击队的战斗事迹。

当时全省闻名的战斗英雄都到了。如胶东的任常伦，鲁中的曹世范，滨海的何万祥，在这次大会上都被评选为甲级战斗英雄，铁道游击队的徐广田也被评为甲级战斗英雄。他在大会上谈到个人以及铁道游击队战友创造的惊人事迹，在与会者中引起极大的轰动。也可以说徐广田把铁道游击队的几次出色的战斗一谈，他就被大家一致评为甲级战斗英雄了。

当时正是抗日战争初期，我军深入敌后，开展敌后的游击战争，创建抗日根据地，对敌斗争任务是很艰苦的。那时我们的部队分散在各个地区，还处在暂时幼小的时期，兵力还没发展起来，装备很差，当地的人民群众还没发动起来，而敌人在兵力上占有绝对优势，并有优良的装备。面对众多的敌人，我军只有和敌人打游击，转山头，寻找有利时机，打击敌人。由于我军武装落后，又没有充足的弹药，所以在战斗中，主要是用手榴弹和刺刀去和敌人拼搏。应该说我们的战士不光是凭武器，也是凭政治觉悟，靠勇敢去消灭敌人的。虽然我军不断地取得战斗的胜利，可是付出的伤亡代价也是极大的。在此情况下，铁道游击队以短枪和便衣，战斗在敌人据点林立、重兵据守的铁路线上。他们在敌人据点里摸敌岗，打特务，在铁路上袭击火车，在客车上打歼灭战。有时把敌人的火车开跑，和另一列火车相撞。他们机智勇敢地消灭敌人，歼灭了日寇对付铁道游击队的各种各样的特务队。他们不仅在军事上牵制敌人兵力，配合山区主力作战，而且夺取敌人的军事物资来支援根据地。把成车皮的布匹截下来，解决了山区根据地军队的冬衣。他们能从火车上搞下可装备一个中队的日式步枪、机枪，送进山里。如果我军主力在战斗上缴获这么多武器，得用成团的兵力和敌人搏斗，要付出很大的伤亡代价才能赢得。可是铁道游击队却不鸣一枪，就把这些主力急需的武器拿到手了。多年来，铁道游击队在铁路线上神出鬼没地和敌人战斗，创造了很多惊人的战斗事迹。真是打得敌伪胆寒，显示了党所领导的游击健儿的神威。他们的英雄业绩，鼓舞了抗日根据地军民的士气和坚持抗战的胜利信心。

我为铁道游击队的战斗事迹所感动。我敬爱这些杀敌英雄，我怀着激动的心情去访问了甲级战斗英雄徐广田，想把他们在铁路线上打鬼子的战斗业绩写出来。

在采访的过程中，我和徐广田渐渐熟了。他有着热情豪爽的性格，为朋友可以两肋插刀。他二十三四岁，中等身材，穿着便衣，脸微黄，说话时面带微笑，慢声慢语，眼睛也常眯缝着，看上去像个腼腆的姑娘，可是一旦眼睛瞪起来，却充满了杀机。他是铁道游击队中出名的杀敌英雄，和我谈了许多他个人和整个铁道游击队的带传奇性的战斗故事。

正巧，铁道游击队的政委杜季伟这时调到省党校学习。党校就在坪上附近，我又去访问了杜季伟。杜二十五六岁，正如《铁道游击队》小说中所描写的：他清秀的面孔上有双细长的丹凤眼，是个读过师范的知识分子干部。在极端艰苦复杂的斗争中，他能够和铁道游击队的哥们儿混在一起，并赢得他们的信任，发挥他的政治工作威力，确非易事。杜和我谈到他怎样被党派进敌人控制的枣庄，在炭厂当“管账先生”，怎样组织力量打洋行，为了配合山区的反扫荡，他们在临枣支线上大显身手，搞了震惊敌伪的“票车上的战斗”。后来他们拉出枣庄，战斗在津浦干线，以微山湖为依托，对这南北干线上的敌人，进行了机智而顽强的战斗。他们打冈村，搞布车，消灭了一批又一批鬼子的特务队。一直到日本侵略者投降，他们紧紧控制着这一段干线的局势。不过，到了一九四三年，他调出铁道游击队，到党校学习。

我向徐广田和杜季伟做过多次访问，对铁道游击队的整个对敌战斗事迹有了一个轮廓，对他们从事的一些重要战斗，有了一定的了解。铁道游击队的斗争事迹深深感染了我，激起我强烈的写作愿望，我决心要把他们所经历的战斗，从文学上反映出来。

英模大会以后，我整理了所采访的铁道游击队的斗争材料进行构思。我认为我是有条件写好这一作品的。第一，我在抗大毕业后，又专学过军事。一九三八到一九三九年我随抗大一分校从陕北到太行山，又从太行山到山东的沂蒙山区，两次深入敌后，熟悉敌后的游击战争生活。第二，我熟悉铁路上的生活。我自小生长在河南北部道清支线的铁路边，这条铁路从我故乡的村边经过，我的父亲又在村边的铁路道班房里做工，我一天到晚能看到客车、货车在运行，听惯了列车在铁轨上运行的轧轧声。我小时候，也曾和一群穷苦的孩子到车站上去捡煤核，在车站上也学会了扒车的技术，慢行的火车还可以上下，快车就不行了。后来我随父亲到过道口、焦作等地上学，后来又在车站上当过义务练习生，因此，我对火车站和列车上的生活比较了解。不仅熟悉铁路上的职工，而且对于行车的规章制度以及一些带规律性的东西也了若指掌。如果不了解铁路上的生活，要写好铁道游击队的斗争是不可能的。

当时，铁道游击队的杀敌故事，在根据地的人民中广为流传，所以没能把他们的事迹从文学上反映出来，一些作者不了解铁路生活是个重要原因。因为抗日根据地的作者，多是生活在山区，他们大多数人不仅没坐过火车，甚至还没看见过火车。有的城市出来的作者，曾经坐过火车，但仅坐过而已，对铁路上的一切并不了解。当时又是战争环境，铁路被敌人控制着，也不能去采访。记得一九四三年《大众日报》的一位记者到铁道游击队采访，被敌人捕去了。当时铁道游击队由于多年来的神奇战斗，打得敌伪胆寒，他们通过伪军硬把这个记者要了出来。这个记者虽有这样惊险的经历，可是除了写点通讯报道，并没有把铁道游击队出色的战斗事迹写出来。我想他没写的主要原因是不熟悉铁路上的生活。

铁道游击队的英雄人物，都具有热情豪爽、行侠仗义的性格，多少还带点江湖好汉的风格。他们经常深入敌穴，以便衣短枪去完成战斗任务。经常和敌人短兵相接，出奇制胜。因此，他们所创造的战斗事迹都带有传奇的色彩。他们在铁路上的战斗，曲折生动，都可以当故事来讲。如“血染洋行”“飞车搞机枪”“票车上的战斗”“搞布车”“打冈村”以及“微山湖化装突围”等。由于他们的豪侠的性格和神奇的战斗，我准备用群众所喜闻乐见的民族文学形式来写，也就是用章回体来表现铁道游击队的战斗事迹。

在动笔前，我经常把所采访的铁道游击队人员的杀敌故事，讲给同志们听，大家都喜欢听。由于讲多了，同志们也听惯了，有时同志们正在聊天，看见我走过来，就高兴地说：“看！铁道游击队来了。”没等坐下，就对我说：“再讲一段。”我又和他们讲起了铁道游击队的杀敌故事。

我动手写铁道游击队的章回体小说了，当时还是写真人真事。我写了草创时的一部分，在好心的编辑同志的鼓励下，在《山东文化》上连载了。当时的标题是《铁道队》。因为在战争时期，他们就叫这个名字，全国解放后，我写这部长篇小说时，为了点明它的战斗性，所以就加上“游击”二字，标题就改为《铁道游击队》了。

它在《山东文化》上连载了两期，由于故事性较强，读者还是欢迎的。可是当这个作品让战斗在微山湖的铁道游击队的干部和队员看到后，却有不同的反映了。

不久，我接到了铁道游击队的来信。当时他们的大队长洪振海已经牺牲，新任大队长是刘金山。原来的政委杜季伟在党校学习后，调到别处工作了。新任政委是张洪义。刘、张用铁道游击队的名义给我写了一封信，信的大意是：当他们知道我在写铁道游击队，向广大读者介绍他们的斗争事迹，他们是高兴的，对我表示感谢。接着他们就向我提出一个要求：他们所有的干部和队员都一致热情邀请我到他们那里去，深入地全面地了解他们的斗争生活。他们说，像徐广田这样的英雄人物，铁道游击队还有一些，因为对敌斗争任务比较紧张，他们只能派徐广田一个人去参加英模会。如果我能够到他们那里去，和他们一道生活一段时间，对他们的战斗生活做多方面的了解，一定会比现在写得更好。最后他们再次表示出极大的热情，欢迎我到他们那里去。

我看了他们的信，沉思良久，深感我对他们的故事的写作，有点过于草率。我仅仅根据徐广田和杜季伟两人提供的材料，不到实际斗争生活中做进一步的深入了解，就凭一时的热情，匆匆地动笔写起来拿去发表，这太不慎重了。从信上看，作品已显出了不好的效果。这封信实际上是对我写的那一部分有意见，只是他们不好意思批评就是了。所以婉转地邀请我到铁道游击队去，然后我会写得更好。这说明我不到他们那里去全面地、深入地了解他们的斗争生活，作品是写不好的。想到这些，我心里感到很惭愧，为此，就把《铁道队》的写作停下，已写出的那一部分稿子，虽然还没刊登完，也停止连载了。

虽然如此，我写铁道游击队的决心并没有变，相反，决心更强了。我决心到铁道游击队深入一段生活，然后再动笔把他们的斗争事迹写成一部小说。

在鬼子投降前后，我两次到鲁南的铁道游击队里去。

红色教育悟语

《铁道游击队》是我国著名的红色经典名著，屡次改编为影视剧，上个世纪六十年代便家喻户晓、广为流传，影响巨大。本书描写的是抗日战争时期活跃在现山东枣庄微山湖一带的抗日武装——铁道游击队，又名飞虎队，这支英勇无畏、机智奋战的队伍为我们展示了抗日战争的胜利是多么艰难以及中国人民是多么坚强和伟大。

小说的主人公刘洪、王强等原本是一批煤矿工人和铁路工人，他们不堪日寇的欺压和蹂躏，在中国共产党的领导下，秘密建立起一支游击队，他们以微山湖为依托，打票车、劫货车、扒铁路、炸桥梁，破坏了敌人的运输线，牵制了敌人的兵力，配合了主力部队作战，在百里铁道上与日寇展开了一场惊心动魄的战斗，他们的战斗堪称抗日战争期间游击战的缩影和典范。铁道游击队开始也遭遇了很多挫折，但也从中吸取了很多经验，不断成长。如炭厂暴露，让大家意识到在敌占区固定下来并活动有多么危险；小坡被捕，如果不是他坚强机智，就可能让初创的铁道游击队遭遇劫难，让队员们意识到必须时刻小心谨慎；敌伪顽的夹击，令老洪负伤，也让大家意识到游击队在夹缝中生存的艰辛；王虎和拴柱的叛逃，以及黄二的投敌，显示出铁道游击队内部也不是铁板一块，必须加强队员的思想教育，使他们学会忍耐，学会为信念而战斗；老洪因为苗庄被烧杀抢掠而失去理智，要跟鬼子正面战斗，让大家几乎面临覆灭的危险，使所有人明白了游击战的真谛；鬼子调集数千人围攻微山岛，几乎给铁道游击队带来灭顶之灾，也让队员们认识到战略转移的重要性；铁道游击队几次转移，铁路旁和微山湖边的村庄再次伪化，地主和伪保长的两面三刀严重影响了铁道游击队的名誉和百姓的信心，更让大家知道坚定百姓的信心有多重要。……面对一次次挫折，有一个人起到了中流砥柱的作用，让大家面对危机时不会慌乱、不会走错路，这个人就是政委李正。而李正的坚定信念，则来自毛主席的《论持久战》和“敌进我退，敌驻我扰，敌疲我打，敌退我追”的游击战略战术。没有他传递的这些先进理念，铁道游击队的队员们也有可能像小说中的人物李九一样，一心想凭借个人英雄主义跟鬼子硬碰硬，结果很快被特务发现而被杀，白白浪费了自己的好枪法，无法为抗日战争做出更大贡献。

《铁道游击队》是一曲英雄的赞歌，刘洪、王强、李正、彭亮、林忠、鲁汉、小坡、王虎、芳林嫂……这些英雄人物固然值得敬仰，但让人们印象深刻的，却是那些以千千万万坚忍顽强的百姓为原型的铁道游击队的支持者。他们面对日军、伪军、土豪劣绅等的百般盘剥，原本就非常困难的生活变得难以为继，常常需要忍饥挨饿。但是，当铁道游击队员到他们家中借宿、躲避时，他们依然会全力帮助，省出自己勉强维持生活的粮食给游击队员吃。由于掩护游击队，很多人被鬼子抓走严刑拷打，但是当铁道游击队再次到他们的家中时，他们依然会接纳和保护队员们。例如：小坡的干娘刘大娘和王大娘，都曾经遭到日本人的毒打，但却依然忘我地保护铁道游击队的队员；为了帮助铁道游击队和山里的部队送信，冯老头献出了自己的生命，直到最后一刻也没有对敌人屈服；芳林嫂生活的苗庄因为掩护铁道游击队被烧毁，她的母亲也因为带病逃难而死去，但乡亲们和芳林嫂都没有去责难铁道游击队，而是对日本人生出更深的仇恨。因为，他们都知道，只有赶走日本人，自己才能过上安定的生活，为了这个目的，这些朴素的百姓不惜牺牲生命。所以，日军的血腥屠杀并没有吓倒中国人，残忍的“三光政策”和一次次扫荡反而让他们更加同仇敌忾。没有这些伟大的人民，装备落后的中国军队是不可能与装备精良的日军周旋那么久并取得最终胜利的。抗日战争的胜利，是坚定信念、善良坚忍、甘于奉献的普通人的胜利。伟大的中国人民，虽然饱经苦难，依然自强不息，是中国经历五千年风雨依然屹立于世界民族之林的牢固基础。

“西边的太阳快要落山了，微山湖上静悄悄。弹起我心爱的土琵琶，唱起那动人的歌谣……”这首《弹起我心爱的土琵琶》是经典电影《铁道游击队》中的插曲，这首歌浪漫与豪情并存，至今让人心动不已，对抗日先烈产生无限敬仰。在长达十四年的抗日战争中，为了保家卫国而前赴后继地奉献、牺牲的先烈数不胜数，铁道游击队就是他们的一个代表。今天，我们站在美丽的微山湖边，欣赏着秀丽的荷花、醉人的夕阳、荡漾的湖光，很难想象先烈们在这里经历了哪些血与火的考验。正是他们的汗水、鲜血乃至生命，才换来了我们今天这样在和平、宁静的环境中欣赏美景的生活。和平生活来之不易，我们应该更加努力学习，用知识和汗水继承先烈的遗志，把我们的国家建设得更加繁荣富强。